LIEUTENANT EVE DALLAS

Du même auteur
aux Éditions J'ai lu

Les illusionnistes (n° 3608)
Un secret trop précieux (n° 3932)
Ennemies (n° 4080)
Meurtres au Montana (n° 4374)
La rivale (n° 5438)
Ce soir et à jamais (n° 5532)
Comme une ombre dans la nuit (n° 6224)
La villa (n°6449)
Par une nuit sans mémoire (n° 6640)
La fortune des Sullivan (n° 6664)
Bayou (n° 7394)
Un dangereux secret (n° 7808)
Les diamants du passé (n° 8058)
Les lumières du Nord (n°8162)
Les feux de la vengeance (n°8822)
Si tu m'abandonnes (n°9136)

Lieutenant Eve Dallas (en poche):
Lieutenant Eve Dallas (n° 4428)
Crimes pour l'exemple (n° 4454)
Au bénéfice du crime (n° 4481)
Crimes en cascade (n° 4711)
Cérémonie du crime (n° 4756)
Au cœur du crime (n° 4918)
Les bijoux du crime (n° 5981)
Conspiration du crime (n° 6027)
Candidat au crime (n° 6855)
Témoin du crime (n° 7323)
La loi du crime (n°7334)
Au nom du crime (n° 7393)
Fascination du crime (n° 7575)
Réunion du crime (n° 7606)
Pureté du crime (n° 7797)
Portrait du crime (n° 7953)
Imitation du crime (n° 8024)
Division du crime (n° 8128)
Visions du crime (n° 8172)
Sauvée du crime (n° 8259)
Aux sources du crime (n° 8441)
Naissance du crime (n° 8583)

Les trois sœurs :
Maggie la rebelle (n° 4102)
Douce Brianna (n° 4147)
Shannon apprivoisée (n° 4371)

Trois rêves :
Orgueilleuse Margo (n° 4560)
Kate l'indomptable (n° 4584)
La blessure de Laura (n° 4585)

Les frères Quinn :
Dans l'océan de tes yeux (n° 5106)
Sables mouvants (n° 5215)
À l'abri des tempêtes (n° 5306)
Les rivages de l'amour (n° 6444)

Magie irlandaise :
Les joyaux du soleil (n° 6144)
Les larmes de la lune (n° 6232)
Le cœur de la mer (n° 6357)

L'île des trois soeurs :
Nell (n° 6533)
Ripley (n° 6654)
Mia (n° 6727)

Les trois clés :
La quête de Malory (n° 7535)
La quête de Dana (n° 7617)
La quête de Zoé (n° 7855)

En grand format

Le secret des fleurs :
Le dahlia bleu
La rose noire
Le lys pourpre

Lieutenant Eve Dallas :
1 & 2
3 & 4
5 & 6

NORA ROBERTS

LIEUTENANT EVE DALLAS

7 - Les bijoux du crime

8 - Conspiration du crime

Traduit de l'américain par Nicole Hibert

J'AI LU

Et quelle est la bête infâme, dont l'heure a enfin sonné,
Qui se traîne vers Bethleem pour y naître ?
YEATS

Défense de tirer sur le Père Noël.
Alfred Emmanuel SMITH

Tout homme sait que les hommes sont mortels,
lui seul se croit immortel.
Edward YOUNG

Laissez-nous avec la Mort.
TENNYSON

Titre original :
HOLIDAY IN DEATH
Berkley Books, published by The Berkley Publishing Group,
a division of Penguin Putnam Inc., N.Y.

CONSPIRACY IN DEATH
Berkley Books, published by The Berkley Publishing Group,
a division of Penguin Putnam Inc., N.Y.

Les bijoux du crime

Et quelle est la bête infâme, dont l'heure a enfin sonné,
Qui se traîne vers Bethleem pour y naître ?

YEATS

Défense de tirer sur le Père Noël.

Alfred Emmanuel SMITH

1

Elle rêvait de mort.

La lumière rouge de l'enseigne au néon palpitait contre les vitres crasseuses tel un cœur furieux. Les flaques de sang qui luisaient sur le sol passaient tour à tour du noir au vermillon. Noir, vermillon. Ombre, lumière.

Elle était recroquevillée dans un coin de la sordide petite pièce. Une gamine maigre, aux cheveux bruns emmêlés, aux yeux mordorés, de la couleur du whisky que l'homme buvait quand il avait de l'argent pour s'en payer. La souffrance et l'horreur avaient éteint ces yeux immenses, répandu sur le visage le blanc cireux de l'agonie. Elle fixait, hypnotisée, la lumière rouge qui ricochait sur les murs, sur le sol. Sur lui.

Lui qui, étendu par terre, baignait dans son sang.

Un grondement sourd roulait dans la gorge de la fille.

Et dans sa main, le poignard était rouge de sang.

Il était mort. Elle le savait. Elle sentait l'odeur cuivrée de la mort qui empuantissait l'atmosphère. Elle n'était qu'une enfant, mais l'animal en elle reconnaissait cette odeur, la craignait et s'en repaissait.

Son bras l'élançait. Il le lui avait cassé. Le feu lui mordait le ventre. Il l'avait violée. Son propre sang et celui de l'homme se mêlaient sur son corps.

Mais il était mort. C'était fini. Elle ne risquait plus rien.

C'est alors qu'il tourna la tête, lentement, telle une marionnette dont on tire les ficelles. La terreur la suffoqua.

Gémissant, elle se rencogna dans l'angle où elle s'était traînée pour lui échapper. Il la regardait. Sa bouche morte s'étira dans un affreux rictus.

Tu ne te délivreras jamais de moi, ma petite. Je suis une part de toi. Pour toujours. Je suis en toi. Pour toujours. Et maintenant, papa va encore devoir te punir.

Il se hissa sur ses genoux. Le sang tombait en grosses gouttes de son visage, de son dos, dégoulinait des plaies qu'il avait aux bras. Quand il fut debout et s'approcha en titubant, elle hurla.

Ce hurlement la réveilla.

Eve enfouit sa figure dans ses mains pour étouffer les cris hystériques qui lui cisaillaient la gorge, pareils à des éclats de verre. Son cœur cognait si fort dans sa poitrine que c'en était douloureux.

La peur l'étreignait, courait en frissons glacés le long de sa colonne vertébrale. Elle se raidit, tenta de se ressaisir. Elle n'était plus une enfant désemparée. Elle avait grandi, elle était désormais une femme adulte, un policier capable de protéger les autres... et elle-même.

Elle ne se trouvait plus seule dans une sinistre chambre d'hôtel. Elle habitait la demeure de Connors. Connors...

Penser à lui, répéter son nom la calmèrent.

Elle s'était installée dans le fauteuil du bureau, comme toujours lorsqu'il partait en voyage intergalactique. Quand il la laissait seule, elle ne pouvait pas dormir dans leur lit. S'il n'était pas auprès d'elle, les mauvais rêves hantaient ses nuits.

Elle détestait cette faiblesse, cette dépendance, autant qu'elle aimait Connors.

Pour se réconforter, elle prit dans ses bras le gros chat gris pelotonné à son côté. Galahad, s'il était habitué à ses cauchemars, n'appréciait guère d'être réveillé à 4 heures du matin.

— Pardon, marmotta-t-elle en frottant sa joue contre la fourrure soyeuse du matou. Je suis idiote. Il est mort, il ne reviendra pas. Les morts ne reviennent pas. Je suis pourtant bien placée pour le savoir.

Elle vivait avec la violence, jour après jour. En cette fin de l'année 2058, les armes étaient bannies, et les progrès de la médecine avaient permis de prolonger l'existence bien au-delà du siècle.

Mais les hommes continuaient à s'entre-tuer.

Eve défendait les victimes ; les morts, c'était son métier.

De crainte de se rendormir, elle s'extirpa du fauteuil. Elle ne tremblait plus, son pouls avait retrouvé un rythme presque normal. Restait l'atroce migraine qui succédait toujours aux cauchemars. « Ça va passer », se dit-elle.

Galahad la suivit et, quand elle pénétra dans la cuisine, s'enroula autour de ses jambes. La perspective d'un petit-déjeuner nocturne l'enchantait.

— Moi d'abord, mon vieux.

Elle programma du café sur l'autochef, puis posa un bol de croquettes sur le sol. Le chat s'y attaqua comme s'il redoutait que ce ne fût son dernier repas.

Eve se campa devant la fenêtre, contemplant l'immense pelouse, le ciel vide. Elle aurait pu se croire seule au cœur de la ville. La quiétude, l'intimité étaient des privilèges que les individus aussi riches que Connors avaient les moyens de s'offrir. Mais au-delà de ce somptueux domaine, au-delà de ses hauts murs de pierre, la vie se déchaînait. Et la mort frappait.

L'univers d'Eve était celui de la rue. Le crime, les trafics en tout genre, le désespoir – elle connaissait cela infiniment mieux que le monde raffiné de l'argent et du pouvoir où évoluait son mari.

Dans des moments comme celui-ci, lorsqu'elle était esseulée et déprimée, elle se demandait comment ils avaient pu se rencontrer – elle, le policier inflexible qui ne croyait qu'à la loi, lui, le ténébreux Irlandais qui s'était si souvent joué de la loi.

C'était la mort qui, contre toute logique, les avait rapprochés et unis – eux qui avaient, pour survivre, suivi des routes radicalement opposées.

— Seigneur, ce qu'il me manque ! C'est ridicule.

Agacée, elle se détourna de la fenêtre avec l'intention d'aller se doucher et s'habiller. Soudain, le voyant lumineux de son vidéocom clignota, lui signalant un appel.

Sur l'écran apparut le visage de Connors. Un visage admirablement sculpté, encadré de longs cheveux noirs et éclairé par des yeux d'un bleu inouï.

Après presque une année de vie commune, la simple vue de sa bouche si généreuse et sensuelle éveillait en elle des sensations voluptueuses.

— Eve chérie, dit-il de sa voix douce, pourquoi ne dors-tu pas ?

— Parce que je suis réveillée.

Il ne serait pas dupe. Elle ne pouvait pas lui cacher grand-chose, il remarquerait sa pâleur, ses cernes. Mal à l'aise, elle passa une main nerveuse dans ses cheveux courts, tout ébouriffés.

— J'ai de la paperasse en retard qui m'attend au bureau, ajouta-t-elle.

Pour Connors, elle était encore plus transparente qu'elle ne l'imaginait. Quand il la regardait, il voyait le courage, la force, et une beauté dont elle n'avait même pas conscience. En cet instant, néanmoins, il lisait aussi dans ses prunelles couleur d'ambre, sur ses traits finement ciselés, une lassitude qui l'incita à modifier ses projets.

— Je serai à la maison ce soir.

— Tu ne comptais pas rester là-bas quelques jours ?

— Je serai à la maison ce soir, répéta-t-il en souriant. Tu me manques, lieutenant.

Une joie, qu'elle jugea absurde, lui gonfla le cœur.

— Ah oui ? Alors, il faudra que je te console.

— Tu as intérêt.

— C'est pour cela que tu m'as appelée, pour m'annoncer que tu serais de retour plus tôt que prévu ?

En réalité, il voulait la prévenir qu'il ne rentrerait pas avant quarante-huit heures – et la convaincre de passer le week-end avec lui sur Olympe.

— Je tenais à ce que ma femme soit informée de mon emploi du temps. Retourne te coucher, Eve.

— D'accord, mentit-elle. Rendez-vous ce soir. Je... Connors ?

— Oui ?

Elle prit une inspiration ; ce genre d'aveu lui coûtait encore un effort.

— Tu me manques aussi, dit-elle très vite, avant d'interrompre la communication.

D'une main plus ferme, elle saisit sa tasse de café et alla se préparer.

Elle sortit de la demeure à pas de loup, presque comme une voleuse. Il était à peine 5 heures du matin, cependant, elle ne doutait pas que Summerset fût déjà à l'affût quelque part. Chaque fois que c'était possible, elle préférait éviter le majordome de Connors – son âme damnée, son ombre, l'homme qui savait tout et avait, selon Eve, une fâcheuse tendance à fourrer son grand nez dans ce qui ne le regardait pas.

La dernière affaire qu'elle avait eu à résoudre les avait rapprochés bien plus qu'ils ne le souhaitaient l'un et l'autre. Depuis, elle avait l'impression que Summerset s'arrangeait pour ne pas se trouver sur son chemin.

Machinalement, elle tâta sa cicatrice juste sous l'épaule. Sa blessure, récoltée lors de sa dernière enquête, la tourmentait encore, surtout le matin ou après une longue journée de travail. Recevoir dans le corps une balle tirée avec sa propre arme n'était pas une expérience qu'elle souhaitait réitérer. Et pour couronner le tout,

Summerset l'avait ensuite forcée à ingurgiter des tonnes de médicaments, profitant du fait qu'elle était trop faible pour lui botter le derrière.

Elle referma la porte derrière elle, respira l'air glacé du mois de décembre, et lâcha un juron.

La veille, elle avait laissé son véhicule au bas des marches, simplement parce que cela mettait Summerset hors de lui. Le traître l'avait déplacé pour se venger. Furibonde, elle contourna la demeure au pas de course. L'herbe gelée crissait sous les semelles de ses bottes, le froid lui picotait les oreilles et lui faisait couler le nez.

Les doigts gourds, elle composa le code, et pénétra avec soulagement dans le garage immaculé où régnait une chaleur bienfaisante.

Les voitures, motos, aéroscooters s'alignaient sur deux niveaux. Il y avait même un petit hélicoptère. Parmi ces superbes engins, le véhicule d'Eve, vert pomme, ressemblait à un malheureux bâtard perdu au milieu d'une bande d'élégants lévriers. N'empêche qu'il était flambant neuf, songea-t-elle en se glissant au volant. Et il fonctionnait à merveille.

De fait, le moteur démarra au quart de tour, dans un ronronnement feutré. Elle n'eut qu'à demander pour que le chauffage se mette en route. Des dizaines de voyants s'allumèrent, puis une voix électronique lui déclara que tout était en ordre.

C'était fantastique. Pourtant, Eve regrettait les caprices et le délabrement de son ancienne voiture de service – bien entendu, il aurait fallu la hacher menu pour qu'elle l'avoue.

Elle sortit du garage et suivit à faible allure l'allée sinueuse menant aux grilles du domaine qui s'ouvrirent sans bruit.

Les rues de ce quartier ultra-chic étaient tranquilles et bien entretenues. Des cristaux de givre, pareils à des éclats de diamants, s'accrochaient aux branches des arbres qui bordaient l'immense jardin public. Dans les profondeurs du parc, dealers et assassins étaient sans doute encore au travail, mais ici, le long de ces avenues flanquées d'immeubles en pierre dont les occupants dormaient en paix, rien ne troublait le silence.

Elle parcourut plusieurs blocs avant d'apercevoir le premier panneau publicitaire, qui barbouillait la nuit de ses couleurs criardes. Un Père Noël rubicond et joufflu, au sourire de maniaque, traversait le ciel dans son traîneau tiré par des rennes, qu'il encourageait par des ho, ho, ho ! virulents, tout en indiquant à la populace qu'il lui restait tant de jours avant Noël pour dévaliser les magasins.

— Oui, oui, je t'ai entendu, espèce de gros plein de soupe ! maugréa Eve.

Jusqu'à présent, elle avait toujours réussi à échapper à la corvée des achats de Noël. Il lui suffisait de dénicher quelque absurde gadget pour Mavis, des friandises pour Feeney, et elle était débarrassée.

Elle n'avait personne d'autre à gâter.

Mais maintenant, elle avait Connors. Et que diable pouvait-on offrir à un homme qui avait déjà tout et possédait même la plupart des entreprises et des usines où l'on fabriquait d'éventuels cadeaux ? Pour une femme qui avait une sainte horreur du shopping, le problème était de taille.

Noël était une calamité, pensa-t-elle sombrement.

Son moral remonta d'un cran, lorsqu'elle atteignit Broadway. Vingt-quatre heures par jour, sept jours sur sept, on y faisait la fête. Les passants se bousculaient sur les trottoirs. Les vendeurs ambulants frissonnaient dans le froid, nimbés par la fumée et la vapeur qui s'élevaient de leurs stands.

Eve baissa sa vitre pour humer l'odeur des marrons grillés, des hot-dogs au soja. Quelqu'un braillait d'une voix stridente et monocorde une chanson où il était question de la fin du monde. Un taxi klaxonnait, enfreignant sans vergogne la loi antibruit, les premiers aérobus du matin pétaradaient allégrement.

Deux filles se battaient. « Des prostituées », se dit Eve. Comme les marchands de nourriture et de boissons, elles devaient défendre leur bout de trottoir avec acharnement. Elle faillit descendre de voiture pour les séparer, mais la petite blonde réussit à sonner la grande rousse, avant de détaler et de se perdre dans la foule.

« Chapeau », la complimenta Eve en silence, observant la rousse qui se redressait et vociférait des insanités on ne peut plus pittoresques.

Eve esquissa un sourire. C'était là le New York qu'elle aimait.

Ce fut avec une pointe de regret qu'elle quitta le tohubohu de Broadway pour gagner le centre. Elle avait besoin d'action. Ces semaines de convalescence lui avaient mis les nerfs en pelote. Elle se sentait inutile, faible. Du coup, elle avait renoncé à sa dernière semaine de congé, et insisté pour passer les tests de capacité physique.

Elle les avait réussis, de justesse. Restait maintenant à convaincre le commandant qu'elle était en pleine forme et ne méritait pas de rester enfermée dans un bureau à remplir de la paperasse.

Quand sa radio grésilla, elle n'écouta que d'une oreille. Elle ne prendrait son service que dans trois heures.

— À toutes les unités du secteur. On signale un 1222 au 6843 de la 7e Avenue, appartement 18 B. Aucune confirmation pour l'instant. S'adresser à l'occupant de l'appartement 2 A. À toutes les unités…

Eve se connecta.

— Ici, le lieutenant Dallas. Je suis à deux minutes de la 7e. Je me rends sur les lieux.

— Bien reçu, lieutenant Dallas. Informez-nous de la situation à votre arrivée sur les lieux.

— Affirmatif.

Le code 1222 signifiait que la police avait reçu un appel anonyme signalant une dispute conjugale. Eve se rangea devant l'immeuble indiqué et examina d'un coup d'œil la façade grise. Quelques lumières étaient allumées çà et là, cependant, aucune fenêtre du dix-huitième étage n'était éclairée.

Elle sortit de sa voiture et, machinalement, posa la main sur son arme glissée dans sa ceinture. Par principe, tout flic digne de ce nom se méfiait des querelles conjugales, car c'était une règle : sitôt qu'un pauvre bougre de policier voulait les empêcher de s'étriper, les conjoints passaient leur rage sur lui.

Le fait qu'Eve se soit portée volontaire pour ce type d'intervention en disait long sur sa frustration.

Elle monta quatre à quatre les marches menant à l'entrée et chercha l'appartement 2 A. Un homme aux petits yeux de fouine entrebâilla la porte. Elle lui fourra son insigne sous le nez.

— Il y a un problème dans l'immeuble ?

— Je ne sais pas. La police m'a appelé. Je suis le gardien, je ne suis au courant de rien.

Il sentait le rance et, bizarrement, le fromage.

— Vous pouvez m'ouvrir le 18 B ?

— Vous avez un passe, non ?

Elle le détailla d'un coup d'œil : il était petit, chétif, et visiblement effrayé.

— Vous pouvez peut-être me renseigner sur les personnes qui habitent cet appartement ?

— Il n'y en a qu'une. Une femme. Divorcée, ou quelque chose comme ça. Elle n'est pas très liante.

— Vous connaissez son nom ?

— Marianna Hawley. Une trentaine d'années. Agréable à regarder. Elle habite ici depuis à peu près six ans. Jamais d'ennuis. Moi, je n'ai rien entendu, rien vu. Il est cinq heures et demie du matin. Si les locaux sont détériorés à cause d'elle, il faut me le dire. Sinon, ça ne me concerne pas.

Sur quoi, il referma sa porte.

— C'est ça, marmonna Eve, dépêche-toi de rentrer dans ton trou.

Haussant les épaules, elle se dirigea vers l'ascenseur, de l'autre côté du hall. Elle pénétra dans la cabine et extirpa son communicateur de sa poche.

— Lieutenant Dallas. Je suis sur les lieux. Le gardien de l'immeuble est une lavette. Je vous recontacterai quand j'aurai interrogé Marianna Hawley qui occupe l'appartement 18 B.

— Il vous faut des renforts ?

— Pas pour l'instant.

L'ascenseur la déposa au dix-huitième étage. Levant les yeux, elle constata que les caméras de surveillance fonctionnaient. Tout était silencieux. À en juger par son emplacement et son architecture, ce bâtiment devait abriter des employés qui se levaient vers 7 heures du matin, avalaient leur café et couraient prendre l'aérobus ou le métro.

Des gens ordinaires, qui menaient une vie ordinaire.

Elle se demanda si, par hasard, cet immeuble n'appartiendrait pas à Connors. Chassant cette pensée incongrue, elle s'approcha de la porte du 18 B.

Le voyant lumineux était vert, le système de sécurité désactivé. Par réflexe, elle se plaqua contre le mur et appuya sur la sonnette.

Pas le moindre écho. Le logement était insonorisé, impossible d'entendre ce qui se passait à l'intérieur.

Elle utilisa son passe et, avant d'entrer, lança :

— Madame Hawley ? Police. On nous a signalé un incident chez vous. Lumière, ordonna-t-elle.

Le salon s'éclaira. Le décor était simple et charmant. Des couleurs douces, des lignes pures. Sur l'écran mural, une vieille vidéo montrant deux superbes créatures qui s'ébattaient sur un lit jonché de pétales de rose en poussant des gémissements théâtraux.

Devant le canapé vert amande, sur une table basse, des bougies rouge et argent, à moitié consumées, étaient artistiquement groupées près d'une corbeille pleine de friandises.

La pièce embaumait l'airelle et le sapin.

Eve tourna la tête vers le petit arbre de Noël installé près de la fenêtre ; on l'avait renversé, les angelots et les guirlandes lumineuses qui l'ornaient étaient en miettes. Les paquets enrubannés disposés sur le sol avaient été piétinés.

Eve dégaina son arme et fit le tour du salon.

Il n'y avait pas d'autre signe de violence. Elle tendit l'oreille, perçut une musiquette entraînante. Un chant de Noël.

Tous les sens en éveil, elle passa dans un petit couloir. Il y avait deux portes entrebâillées. La première était celle de la salle de bains. Le dos collé au mur, Eve s'approcha de la seconde. La musique venait de là.

Et dans l'air flottait l'odeur douceâtre de la mort. D'un coup de pied, elle poussa la porte. Elle pénétra dans la chambre, l'arme au poing. Une précaution inutile, elle savait déjà qu'elle était seule dans l'appartement avec la défunte Marianna Hawley.

Elle s'avança vers le lit.

Le gardien avait raison. Cette femme était agréable à regarder. Elle ne possédait pas cette beauté éclatante qui fait saliver les hommes, mais elle était jolie, avec ses cheveux châtains soyeux, ses yeux d'un vert profond. La mort ne l'avait pas dépouillée de son charme. Pas encore.

On avait soigneusement maquillé son visage blême, appliqué du mascara noir sur ses cils et du rouge sur ses lèvres. Dans sa chevelure, juste au-dessus de l'oreille droite, était piqué un petit sapin scintillant orné d'un oiseau doré.

Une guirlande argentée était enroulée autour de son corps nu. Eve se pencha pour examiner les meurtrissures violacées que la victime avait au cou. Peut-être s'était-on servi de la guirlande pour l'étrangler.

Elle avait aussi des hématomes aux poignets et aux chevilles. On l'avait ligotée.

Près du lit, la chaîne égrenait la petite musique entraînante. Joyeux Noël !

Eve soupira et saisit son communicateur.

— Lieutenant Dallas. Nous avons un homicide sur les bras.

— Quelle détestable façon de commencer la journée ! déclara Peabody en étouffant un bâillement.

Même à cette heure indue, elle arborait un uniforme sans le moindre faux pli et une coiffure impeccable. Seule une marque rouge sur sa joue, laissée par son oreiller, indiquait qu'elle avait été tirée de son lit.

— C'est surtout cette pauvre femme qui a mal fini la sienne, marmonna Eve. Selon moi, la mort remonte à minuit, à quelques minutes près. Strangulation. Elle était ligotée et il ne semble pas qu'elle se soit débattue. Elle a été violée de toutes les façons possibles avant d'être tuée. Elle aurait pu hurler à s'en faire claquer les cordes vocales, personne ne l'aurait entendue. L'appartement est insonorisé.

— Je n'ai pas remarqué de signes de lutte dans l'entrée ou le salon. À part le sapin de Noël, bien sûr. Mais je dirais qu'on l'a renversé et piétiné exprès. C'est une mise en scène.

— Excellente déduction, approuva Eve. Prévenez le type du 2 A et récupérez les disquettes de surveillance de cet étage. On verra qui lui a rendu visite.

— Tout de suite.

— Qu'on interroge les voisins, ajouta Eve, et que quelqu'un arrête cette fichue musique !

Peabody éteignit la chaîne d'un doigt ganté.

— Vous ne paraissez pas apprécier les chants de Noël, lieutenant.

— Tout ce qui concerne Noël me fatigue. Vous avez terminé ? demanda Eve à l'équipe du labo. Retournez-la sur le ventre avant de l'emporter.

Eve se pencha pour étudier le tatouage de couleur vive que la morte avait sur l'omoplate droite.

— Peabody, filmez-moi ça.

Peabody s'exécuta ; les lèvres plissées en une moue songeuse, elle déchiffra l'inscription, dont les lettres tarabiscotées, d'un rouge cru, tranchaient sur la peau blanche.

— « Mon seul amour », lut-elle à voix haute.

— Un tatouage effaçable, à mon avis. Appliqué tout récemment. Il faudra vérifier quel institut de beauté elle fréquentait.

— La perdrix sur le poirier.

Eve se redressa et regarda son assistante avec perplexité.

— Pardon ?

— Dans ses cheveux, l'espèce de broche.

Comme Eve écarquillait les yeux, ahurie, Peabody expliqua :

— C'est un vieux chant de Noël, lieutenant. Chaque jour, pendant les douze jours qui précèdent Noël, le garçon offre un cadeau à son amoureuse. Et il commence par une perdrix sur un poirier.

— Quel cadeau grotesque ! Qu'est-ce qu'on peut faire d'un oiseau sur un arbre ?

Eve s'interrompit, en proie à un mauvais pressentiment.

— Espérons qu'elle était vraiment le « seul amour » de ce salaud. Vous pouvez l'emmener, ordonna-t-elle à l'équipe du labo.

Tandis qu'ils s'affairaient, elle visionna les communications de la victime durant les dernières vingt-quatre heures. À 18 heures, elle avait discuté un moment avec sa mère. Celle-ci riait aux éclats, et Eve songea avec un pincement au cœur qu'il allait falloir lui annoncer que sa fille venait d'être assassinée.

La victime avait ensuite appelé un dénommé Jerry, un homme d'une trentaine d'années au sourire agréable, aux yeux bruns très expressifs. La conversation était tendre, badine, tissée de sous-entendus érotiques. Ils étaient certainement amants. Peut-être était-ce lui le « seul amour » de Marianna Hawley.

Eve retira la disquette du lecteur et la fourra dans son sac. Puis elle fouilla le bureau sous la fenêtre, y trouva l'agenda électronique de Marianna, son portable et son répertoire. Les coordonnées du fameux Jerry – alias Jeremy Vandoren – y étaient notées.

Eve s'approcha à nouveau du lit. Les draps tachés de sang gisaient sur le sol, de même que les vêtements de la victime.

Elle l'avait fait entrer, songea-t-elle. Elle lui avait ouvert la porte. L'avait-elle suivi dans cette pièce de son plein gré, ou l'avait-il forcée ? Était-elle droguée ? L'examen toxicologique révélerait si elle avait absorbé des substances illégales.

Une fois dans la chambre, il lui avait ligoté les poignets et les chevilles, et avait attaché les liens aux montants du lit. Puis il avait découpé ses vêtements. Avec soin, sans hâte. Il n'avait pas agi sous l'emprise de la rage ou d'une pulsion incontrôlable. Tout était calculé, programmé. Après, il l'avait violée parce qu'il était libre de le faire. Il avait le pouvoir.

Elle avait dû hurler, supplier. Il s'était délecté de ses cris, de ses prières. « Les violeurs adorent ça », songea Eve qui se raidit pour repousser le souvenir de son père.

Son forfait accompli, il l'avait étranglée. Là aussi, en prenant tout son temps. Ensuite, il l'avait coiffée, maquillée et parée d'une guirlande de Noël argentée. La broche qu'il lui avait piquée dans les cheveux était-elle à lui ou à Marianna ? Était-ce lui qui avait appliqué le tatouage sur son omoplate ?

Eve passa dans la salle de bains voisine. Le carrelage blanc étincelait, une légère odeur de désinfectant flottait dans l'air. Il s'était lavé et avait tout nettoyé pour effacer d'éventuels indices.

Elle ordonnerait quand même qu'on examine cette pièce à la loupe. Un seul petit poil pubien suffirait à faire condamner l'assassin.

Marianna avait une mère qui l'aimait, pensa Eve. Une mère qui riait avec elle, lui parlait de tout et de rien.

— Lieutenant ?

Eve se retourna. Peabody était immobile dans le couloir.

— Oui ?

— J'ai les disquettes de surveillance. On interroge les voisins.

— Très bien, rétorqua Eve en se passant la main sur le visage. On pose les scellés et on emporte les pièces à conviction. Il faut que je prévienne les proches.

Elle jeta son sac sur son épaule, empoigna son kit de terrain.

— Vous aviez raison, Peabody. C'est une détestable façon de commencer la journée.

2

— Vous avez le dossier du petit ami ?

— Oui, lieutenant. Jeremy Vandoren, domicilié à New York, 2e Avenue, employé comme expert-comptable par la firme Foster, Bride & Rumsey de Wall Street. Trente-six ans, divorcé, vit seul. Un beau spécimen de la gent masculine.

— Hmm, fit Eve en glissant la disquette de surveillance dans le lecteur de son ordinateur. Voyons si ce beau gosse n'aurait pas rendu visite à sa copine hier soir.

— Voulez-vous du café, lieutenant ?

— Hmm ?

— Vous voulez du café ?

— Si vous en avez envie, ne tournez pas autour du pot : allez vous en chercher.

Peabody leva les yeux au ciel.

— Oui, lieutenant.

— Par la même occasion, prenez-en une tasse pour moi. La victime est rentrée chez elle à 16 h 45. Pause, ordonna Eve à l'ordinateur.

Elle étudia attentivement l'image de Marianna Hawley sur l'écran. Jeune, svelte et ravissante avec son béret rouge vif assorti à son long manteau et à ses bottes.

— Elle avait fait du shopping, commenta Peabody en posant une tasse de café devant Eve.

— Oui, chez Bloomingdale. Lecture, commanda-t-elle.

Marianna, gênée par ses paquets, extirpait péniblement sa clé électronique de sa poche. Ses lèvres remuaient. Elle parlait toute seule. Non, elle chantonnait. Puis, bataillant encore avec ses paquets, elle pénétrait dans l'appartement, refermait la porte et la verrouillait.

Le film de vidéosurveillance continuait à se dérouler, montrant d'autres occupants de l'immeuble. Des personnes seules, des couples. Des gens ordinaires.

— Elle a dîné chez elle, dit Eve. D'après son autochef, elle a mangé une soupe vers 19 heures.

Elle imaginait, derrière la porte close de l'appartement, Marianna qui passait d'une pièce à l'autre, vêtue du pantalon bleu marine et du sweat blanc que, plus tard, son assassin lui arracherait. Elle allumait l'écran mural, suspendait le manteau rouge dans la penderie, posait le béret sur l'étagère, les bottes au fond du placard, rangeait ses emplettes. C'était une femme soigneuse qui aimait les jolies choses et se préparait à passer une soirée tranquille dans son nid douillet.

— Elle a bavardé avec sa mère, puis elle a appelé son petit ami.

Eve tressaillit. Sur l'écran, les portes de l'ascenseur s'ouvraient.

— Qu'est-ce que c'est que ça ?

— Le Père Noël, répondit Peabody avec un sourire. Il apporte des cadeaux.

L'homme, affublé d'une houppelande rouge et d'une barbe neigeuse, tenait en effet une grande boîte enveloppée de papier d'argent et ornée d'un nœud vert et or.

— Pause ! ordonna Eve d'un ton brusque. Gros plan sur la boîte.

Au centre du nœud brillait un oiseau doré perché sur un petit arbre argenté.

— Le salaud ! C'est lui.

— Mais... c'est le Père Noël.

— S'il vous plaît, Peabody, ressaisissez-vous. Lecture.

L'homme s'avançait vers la porte de Marianna, levait une main gantée pour appuyer sur la sonnette. La tête rejetée en arrière, il riait. Puis la porte s'ouvrait. Radieuse, Marianna invitait son visiteur à entrer.

Avant de disparaître, il se tournait vers la caméra de surveillance pour lui adresser un clin d'œil.

— Stop ! Le salaud, l'ordure ! Impression de l'image, commanda Eve à l'ordinateur, tout en étudiant la figure de l'assassin, ses joues rondes et rubicondes, ses yeux bleus pétillant d'ironie. Il savait qu'on visionnerait ces disquettes. Et ça l'amuse.

— Il est habillé en Père Noël, vous vous rendez compte ? Je trouve ça révoltant. Ce n'est... pas bien.

— Pourquoi ? S'il était déguisé en Satan, ce serait plus convenable ?

— Euh... non, bredouilla Peabody. Mais je... enfin, c'est abominable.

— Et très habile. Qui fermerait sa porte au nez du Père Noël ? Lecture.

Sur l'écran, on ne voyait plus que le couloir désert. Les minutes s'égrenaient. 21 h 33.

Il avait effectivement pris tout son temps, pensa Eve. Deux heures et trente minutes s'étaient déjà écoulées depuis qu'il avait pénétré dans l'appartement. La corde dont il s'était servi pour ligoter Marianna devait être dans la grande boîte enveloppée de papier d'argent.

À 23 heures, un couple émergeait de l'ascenseur. Bras dessus bras dessous, hilares et visiblement un peu éméchés, l'homme et la femme passaient devant la porte de Marianna, sans se douter de la tragédie qui se jouait à quelques mètres d'eux.

La peur, la souffrance.

La mort.

À minuit et demi, la porte de Marianna se rouvrait, livrant passage à l'assassin en houppelande rouge. Il portait toujours la boîte argentée, un sourire réjoui éclairait sa figure. À nouveau, il regardait la caméra de surveillance. Une lueur sauvage flambait dans ses yeux.

Puis, d'un pas dansant, il rejoignait l'ascenseur.

— Copie de la disquette pour le dossier Hawley – numéro 25176-H. Peabody, dans ce chant de Noël... Il est question de combien de jours ?

— Douze, lieutenant, répondit Peabody d'une voix sourde. Douze jours.

— Nous avons intérêt à découvrir si Marianna Hawley était vraiment son « seul amour », ou s'il en a onze autres en réserve, rétorqua Eve en se levant. Allons voir le petit ami.

Jeremy Vandoren travaillait dans un box minuscule, environné de box identiques qui évoquaient les alvéoles d'une ruche en pleine effervescence. Sur les parois transparentes de son réduit – juste assez grand pour abriter un ordinateur et un fauteuil pivotant – étaient punaisés des listings de cotations boursières, un programme de théâtre, une carte de Noël représentant une pulpeuse créature uniquement vêtue de flocons de neige placés aux endroits stratégiques, ainsi qu'une photo de Marianna Hawley.

Lorsque Eve pénétra dans le box, il lui jeta à peine un regard et continua à taper sur le clavier de son ordinateur, tout en parlant dans le micro fixé à ses écouteurs :

— Comstat à 5,8. Kenmart en baisse de trois points. Non, pour Connors Industries, nous avons une hausse de six points. Nos analystes prévoient que, d'ici à la fin de la journée, les actions auront encore augmenté de deux points.

Eve haussa les sourcils. Elle était là à cause d'un meurtre et, pendant ce temps, Connors gagnait des millions.

L'ironie du sort...

— C'est fait, dit Vandoren en appuyant sur une touche, les yeux rivés sur les chiffres et les symboles cabalistiques qui s'affichaient sur son écran. Oui, absolument. Merci.

Impatiente, Eve sortit son insigne et le lui montra. Il battit des paupières, écarta son micro.

— Que puis-je pour vous, lieutenant... Dallas ?

— Vous êtes bien Jeremy Vandoren ?

— Oui.

Ses yeux d'un brun profond se posèrent brièvement sur Peabody.

— Est-ce que j'aurais des problèmes avec la police ?

— Avez-vous quoi que ce soit à vous reprocher, monsieur Vandoren ?

— Pas que je sache, répondit-il avec un sourire qui creusa une petite fossette au coin de sa bouche. À moins que vous ne veniez m'arrêter pour cette barre de chocolat que j'ai volée quand j'avais huit ans.

— Connaissez-vous Marianna Hawley ?

— Bien sûr. Ne me dites pas que Marianna a elle aussi chipé du chocolat.

Soudain, comme une lumière qui s'éteint, son sourire s'évanouit.

— Qu'y a-t-il ? Il lui est arrivé quelque chose ?

Il se leva d'un bond, regarda par-dessus les cloisons du box.

— Où est-elle ?

— Monsieur Vandoren, je suis navrée, Marianna Hawley est morte.

— Non... ce n'est pas possible, balbutia-t-il. Non... je lui ai parlé hier soir. Nous devons dîner ensemble. Elle va bien. Vous avez dû faire une erreur.

— Il n'y a pas d'erreur. Je suis navrée, répéta Eve. Marianna Hawley a été assassinée cette nuit, à son domicile.

— Assassinée ?

Il secouait la tête, incrédule.

— Vous vous trompez, marmonna-t-il en pivotant pour chercher son vidéocom. Elle est à son travail, je vais l'appeler tout de suite.

Eve lui posa la main sur l'épaule, l'obligea à s'asseoir.

— Elle a été identifiée grâce à ses empreintes digitales et son ADN. Si vous en avez la force, j'aimerais que vous veniez avec moi reconnaître le corps.

— Reconnaître le...

Il se releva d'un mouvement si brusque qu'il heurta l'épaule blessée d'Eve, qui réprima une grimace.

— Oui, je viens avec vous. Parce que ce n'est pas elle, j'en suis certain. Ce n'est pas Marianna.

La morgue n'a jamais été un lieu très plaisant, mais en cette période de fête, quelqu'un avait eu la malencontreuse idée de suspendre au plafond du hall des ballons rouges et verts, et d'accrocher autour des portes des guirlandes dorées dépenaillées. Le décor n'en paraissait que plus macabre.

Eve, campée près de Jeremy Vandoren, le sentit se raidir en apercevant le cadavre étendu sur une table d'autopsie, de l'autre côté de la vitre.

Seule la tête était visible. On avait recouvert la victime d'un drap pour cacher à ceux qui l'aimaient le torse incisé en Y, l'étiquette attachée à l'un des pieds sur laquelle étaient inscrits un nom et un numéro.

— Oh non ! gémit Vandoren, pressant ses paumes contre la vitre. Non, ce n'est pas possible.

Eve lui prit doucement le bras. Il tremblait comme une feuille.

— Si vous reconnaissez Marianna Hawley, hochez la tête.

Il opina, puis éclata en sanglots.

— Peabody, trouvez-nous un bureau libre. Et un verre d'eau.

Vandoren s'appuyait sur elle de tout son poids, le visage inondé de larmes.

— Venez, Jerry, murmura-t-elle.

Elle lui passa le bras autour de la taille pour l'aider à marcher. Jamais, songea-t-elle, elle ne s'habituerait au chagrin, à la douleur de ceux à qui la mort arrachait un être cher. Il n'existait pour eux aucun remède susceptible d'alléger leur souffrance.

— Nous pouvons nous s'installer ici, annonça Peabody en lui désignant une porte. Je vais chercher de l'eau.

— Asseyez-vous, Jerry.

Eve lui avança un fauteuil, lui tendit un mouchoir.

— Croyez bien que je suis profondément désolée.

Des mots dérisoires, qu'elle prononçait toujours pourtant, parce qu'elle ne trouvait rien de mieux à dire.

— Marianna... Qui aurait pu lui vouloir du mal ? Qui ?

— Je le découvrirai, je vous le promets.

Il leva vers elle des yeux rougis, emplis d'un indicible désespoir. Ravalant un sanglot, il extirpa de sa poche un petit écrin recouvert de velours.

— Je... je comptais le lui donner ce soir. J'aurais dû attendre la veille de Noël, parce que... Marianna adorait Noël, mais j'étais impatient...

De ses doigts tremblants, il ouvrit l'écrin où scintillait une bague de fiançailles.

— Je voulais la demander en mariage. Elle aurait dit oui. Nous nous aimions. Est-ce que...

Il referma l'écrin, le remit dans sa poche.

— Elle... elle a été tuée par un cambrioleur ?

— Nous ne le pensons pas. Depuis combien de temps la connaissiez-vous ?

— Six mois, presque sept. La période la plus heureuse de mon existence, ajouta-t-il en saisissant le verre d'eau que Peabody, qui les avait rejoints, lui tendait.

— Comment vous êtes-vous rencontrés ?

— Par l'intermédiaire d'Amoureusement Vôtre. Une agence de rendez-vous.

— Vous vous étiez inscrit dans une agence ? s'étonna Peabody.

— Sur un coup de tête, soupira-t-il. Mon travail m'accaparait, je ne sortais pas beaucoup. J'étais divorcé depuis deux ans, je suppose que je ne me sentais pas très à l'aise avec les femmes. Ça ne marchait jamais. Un jour, je suis tombé sur une publicité pour l'agence et je me suis dit : Pourquoi pas ? Je peux toujours essayer.

Il but une gorgée d'eau, déglutit avec peine.

— L'agence m'a proposé cinq rendez-vous. Les deux premiers n'ont rien donné. Ensuite j'ai rencontré Marianna. Et là… le coup de foudre.

Il ferma les yeux.

— Elle est si… merveilleuse, si enthousiaste, si dynamique. Elle aimait son travail, le théâtre. Elle fait partie d'une troupe d'amateurs.

Eve nota qu'il employait tour à tour le présent et le passé ; son cerveau ne parvenait pas à assimiler la terrible réalité.

— Vous avez donc commencé à vous fréquenter ?

— Oui. Le premier soir, nous avions décidé de prendre juste un verre ensemble. Pour faire connaissance. Mais, finalement, nous avons passé des heures à bavarder. Nous étions déjà amoureux.

— Elle éprouvait les mêmes sentiments que vous ?

— Oh oui !… Nous avons pris le temps de construire une vraie relation. On dînait au restaurant, on allait au théâtre. Le samedi après-midi, on visitait une exposition ou on partait en balade. Elle m'a emmené dans sa ville natale, pour me présenter à sa famille. Le 4 juillet, je lui ai présenté la mienne.

— Durant toute cette période, elle n'est pas sortie avec un autre homme ?

— Nous étions fidèles.

— Savez-vous si quelqu'un l'importunait - un ancien amant ? Son ex-mari ?

— Non, elle m'en aurait parlé. On se disait tout.

Le regard de Vandoren se durcit.

— Pourquoi cette question ? Est-ce que Marianna... Est-ce qu'il... Ô mon Dieu ! gémit-il. Il l'a violée, c'est ça ?

Il se redressa, les poings serrés.

— Ce salaud l'a violée ? répéta-t-il d'une voix sourde. J'aurais dû être avec elle. Si j'avais été là, il ne lui serait rien arrivé.

— Où étiez-vous, Jerry ?

— Pardon ?

— Où étiez-vous hier soir, entre 21 h 30 et minuit ?

— Vous croyez que je...

Il respira profondément, à plusieurs reprises.

— Je comprends. Vous devez explorer toutes les pistes. C'est pour elle que vous me demandez cela.

— Oui, rétorqua Eve avec compassion. C'est pour elle.

— J'étais chez moi. J'ai travaillé et commandé quelques cadeaux de Noël. J'ai aussi vérifié que le restaurant où nous devions dîner ce soir avait bien noté la réservation. J'étais nerveux, je voulais que...

Il s'interrompit, se racla la gorge.

— ... que tout soit parfait. Ensuite, j'ai téléphoné à ma mère. Il fallait que je me confie à quelqu'un. Elle était ravie, folle de joie. Elle aime beaucoup Marianna. J'ai appelé ma mère vers 22 heures. Vous pourrez le contrôler.

— Très bien, Jerry.

— Vous avez... la famille de Marianna est au courant ?

— Oui. J'ai prévenu ses parents.

Il fixa sur Eve un regard noyé de larmes.

— Il faut que je leur parle, que je leur ramène leur fille.

— Je veillerai à ce qu'on vous rende le corps le plus rapidement possible. Y a-t-il quelque chose que je puisse faire pour vous ?

— Non. Je dois avertir mes parents. Je dois m'en aller.

Il se dirigea vers la porte. Sans se retourner, il dit :

— Trouvez celui qui a tué Marianna. Je vous en supplie, trouvez-le.

— Comptez sur moi. Encore une chose, Jerry.

— Oui ?

— Marianna avait-elle un tatouage sur l'omoplate ?

Il émit un petit rire éraillé.

— Marianna ? Non, sûrement pas. Elle avait horreur de ces trucs à la mode, elle n'aurait même pas supporté un tatouage effaçable.

— Vous en êtes certain ?

— Nous étions amants, lieutenant. Nous nous aimions. Je la connaissais mieux que moi-même.

— Très bien. Merci, Jerry.

Eve attendit qu'il eût quitté la pièce pour demander :

— Vos impressions, Peabody ?

— Ce garçon a le cœur brisé.

— Je suis d'accord avec vous. Mais il arrive parfois qu'on tue ce qu'on aime le plus au monde. Son alibi n'est pas terrible.

— Il n'a pas l'allure d'un Père Noël.

— L'assassin non plus, je vous le garantis. Sinon, il n'aurait pas plastronné devant la caméra. Avec un peu de rembourrage, des lentilles de contact colorées, un bon maquillage, une perruque et une barbe, n'importe qui peut ressembler au Père Noël.

Eve soupira.

— J'ai malgré tout l'intuition que Vandoren n'est pas notre coupable. Cherchons plutôt dans l'entourage de Marianna, ses collègues de travail, ses amis. Et surtout, ses ennemis.

Des ennemis, Marianna n'en avait apparemment pas.

Toutes les personnes interrogées la décrivaient comme une jeune femme enjouée et extravertie qui aimait la vie, son travail et sa famille.

Elle faisait partie d'un groupe d'amies étroitement soudé, adorait le shopping, le théâtre et était passionnément éprise de Jeremy Vandoren.

Elle nageait dans le bonheur.

Tout le monde l'aimait.

Elle avait un cœur d'or.

Au volant de sa voiture, Eve se remémorait tout ce qu'on lui avait dit sur Marianna. Personne ne lui trouvait le moindre défaut. Elle n'avait entendu aucun de ces commentaires sournois, mi-figue, mi-raisin, que les morts inspirent souvent aux vivants.

Quelqu'un l'avait pourtant bel et bien tuée. Il l'avait fait de sang-froid et, si l'on en jugeait par les yeux étincelants du Père Noël, avec jubilation.

Mon seul amour.

Oui, quelqu'un l'avait aimée au point de l'assassiner. Eve était bien placée pour savoir que ce genre d'amour pervers, violent, existait. Elle en avait été la victime. Et elle s'en était délivrée, songea-t-elle en branchant son communicateur.

— Dickie, vous avez le rapport de toxicologie pour Hawley ?

La figure perpétuellement affligée du responsable du labo apparut sur l'écran.

— À cette époque de l'année, on est débordés, je ne vous apprends rien. Les gens s'entre-tuent, et les techniciens ne pensent qu'à Noël au lieu de faire leur boulot.

— Je vous plains de tout mon cœur. N'empêche qu'il me faut ce rapport.

— Et moi, j'ai besoin de congés, grommela-t-il en se tournant vers son ordinateur. Elle était sous tranquillisant. Un médicament léger, délivré sans ordonnance. Compte tenu du poids de la victime, la dose qu'on lui a administrée l'a assommée pendant une dizaine de minutes, pas plus.

— Ça suffisait largement, murmura Eve.

— Le tranquillisant lui a été injecté dans l'avant-bras droit. Elle a dû se sentir étourdie, désorientée. Peut-être même qu'elle a perdu conscience un moment.

— Bon. Des traces de sperme ?

— Non, pas le moindre petit soldat. Il a sans doute utilisé un préservatif, mais nous devons vérifier. Le corps était aspergé de désinfectant, on en a même trouvé des traces dans le vagin, ce qui expliquerait que les spermatozoïdes aient été anéantis. Oh ! encore une chose. Les cosmétiques qu'il a utilisés pour la farder ne correspondent pas à ceux qu'elle possédait. Nous n'avons pas encore fini de les analyser, mais il semblerait que ce soient des produits naturels, donc onéreux. Il les a probablement apportés sur place.

— Communiquez-moi les marques dès que possible. C'est une piste intéressante. Bon boulot, Dickie.

— Ouais, vous parlez d'une trêve des confiseurs !

— Merci quand même.

Elle interrompit la communication. Quelques minutes plus tard, elle franchissait les hautes grilles du domaine. Les immenses fenêtres cintrées de la demeure répandaient dans l'obscurité hivernale leur douce et chaleureuse lumière.

Ce palais était désormais sa maison, car l'homme qui le possédait lui avait passé la bague au doigt, songea-t-elle en baissant les yeux sur son alliance. Jeremy Vandoren, lui aussi, voulait épouser Marianna.

Elle était tout pour moi, avait-il dit. L'an dernier encore, Eve n'aurait pas saisi la portée de ces paroles. Maintenant, elle comprenait.

Elle resta assise un instant dans la voiture, poussa un lourd soupir. Le chagrin de cet homme l'avait bouleversée. C'était une faute : se laisser aller à l'émotion ne l'aiderait pas à mener son enquête, au contraire, cela risquait d'en entraver les progrès.

L'amour n'était pas toujours vainqueur, mais la justice pouvait remporter la bataille, si Eve faisait ce qu'il fallait.

Elle gara sa voiture au pied du perron et grimpa les marches. Parvenue dans le hall, elle jeta négligemment sa veste en cuir sur la rampe de l'escalier.

Comme à l'accoutumée, Summerset apparut aussitôt, surgi de nulle part, tel un grand oiseau de malheur, maigre et blême.

— Lieutenant, articula-t-il, dardant sur elle un regard réprobateur.

— Ne vous avisez surtout pas de déplacer mon véhicule, lança-t-elle en montant l'escalier quatre à quatre.

— Vous avez plusieurs messages.

— Ça attendra !

Dans l'immédiat, elle ne rêvait que d'une douche brûlante, d'un verre de bon vin et d'un petit somme.

— Lieutenant ! insista Summerset.

Mais déjà elle n'écoutait plus. Elle poussa la porte de la chambre... et s'arrêta net. Connors était campé devant la penderie, torse nu. Il tendait le bras pour prendre une chemise propre, les muscles de son dos roulaient sous sa peau. Quand il tourna la tête, Eve crut que son cœur explosait dans sa poitrine. Jamais elle ne se lasserait de contempler ce beau visage encadré de cheveux noirs, cette bouche sensuelle, ces yeux d'un bleu incroyable, rayonnant de tendresse.

— Salut, lieutenant.

— J'ignorais que tu étais déjà rentré.

Il reposa la chemise. Elle avait mal dormi, se dit-il. Il y avait dans son regard la lassitude et les ombres des mauvais jours.

— Je me suis dépêché.

Elle s'élança vers lui, se blottit dans les bras qu'il lui ouvrait, et respira son parfum.

— Alors c'est vrai ? murmura-t-il. Je t'ai manqué ?

— Laisse-moi tranquille, tu veux ?

— D'accord.

Elle était si bien contre lui, leurs corps étaient faits l'un pour l'autre, comme les deux moitiés d'un même fruit. Elle pensa à la bague que lui avait montrée Jeremy Vandoren, ce bijou qui était une promesse de bonheur.

— Je t'aime, souffla-t-elle d'une voix tremblante. Pardon de ne pas te le dire plus souvent.

Elle était au bord des larmes. Alarmé, il massa doucement sa nuque contractée.

— Qu'y a-t-il, Eve ?

— Pas maintenant.

Elle s'écarta, prit entre ses mains le visage de son mari.

— Je suis si contente que tu sois de retour, que tu sois à la maison.

Elle l'embrassa, et il sentit dans son baiser cette passion qui ne cessait de l'émerveiller. Il y perçut aussi le besoin éperdu de tout oublier.

— Tu étais en train de te changer ?

— Oui. Hmm... encore, murmura-t-il en lui mordillant la lèvre inférieure.

— À mon avis, les vêtements sont superflus, dit-elle en lui dégrafant son pantalon.

— Tu as absolument raison.

Il la débarrassa adroitement de son holster.

— J'adore te désarmer, lieutenant.

Vive comme l'éclair, elle le plaqua contre la penderie.

— Je n'ai pas besoin d'une arme pour te soumettre à ma volonté.

— Prouve-le.

Quand elle referma les doigts sur son sexe, il réprima un tressaillement.

— Une fois de plus, tu as perdu tes gants. Tes mains sont glacées.

— Des récriminations ?

— Pas la moindre.

Il avait déjà le souffle court. De toutes les femmes qu'il avait connues, Eve était la seule capable de le mettre dans cet état. Il lui déboutonna fébrilement son chemisier, lui caressa les seins.

— Viens au lit...

— Pourquoi ? Tu n'es pas bien, ici ?

— Si...

D'un coup de genou, il la déséquilibra et l'allongea sur la moquette.

— Mais c'est moi qui commande, ajouta-t-il d'une voix rauque.

Il lui baisa la gorge, mordit la chair tendre de son cou, ses mamelons dressés. Il la connaissait si bien, mieux peut-être qu'elle ne se connaissait elle-même. Et il savait qu'elle avait besoin de se noyer dans le flot brûlant du plaisir, pour se libérer de ce qui la tourmentait.

Elle avait perdu du poids pendant sa convalescence, elle était si frêle qu'il craignait presque de la casser, pourtant il la prendrait sauvagement, avec fièvre, parce qu'elle le voulait ainsi.

Elle se cambrait sous lui qui l'écrasait de son poids, pour lui offrir ses seins palpitants entre lesquels brillait, telle une larme, le diamant qu'il lui avait offert.

En un tour de main, il lui ôta son pantalon. Puis il promena sa bouche le long de ses côtes, jusqu'à son ventre et à sa toison brune. Quand il la pénétra de sa langue, un violent tremblement la secoua tout entière. Il vit le sang battre dans ses veines bleutées, de fines gouttelettes de sueur perler sur le satin de sa peau. Elle se tordait sur le sol, gémissait.

Impatiente, elle l'agrippa par les épaules, noua ses longues jambes autour de sa taille. D'un coup de reins, il entra en elle, ravala un cri en sentant l'étau soyeux étreindre son sexe. Déjà elle accélérait le tempo, les yeux rivés aux siens. Ils jouirent au même instant et retombèrent, pantelants, exténués.

— C'est bon de te retrouver, murmura-t-il.

Elle avait eu sa douche, son verre de vin et ce qu'elle considérait comme le comble de la décadence : un dîner au lit avec son mari.

— Raconte-moi, Eve.

Il avait attendu qu'elle eût mangé, qu'elle fût parfaitement détendue. Maintenant, il voulait savoir ce qui la tracassait.

— Je ne tiens pas à parler boulot quand je suis à la maison.

Souriant, il remplit à nouveau leurs verres.

— Pourquoi pas ? Je le fais bien, moi.

— C'est différent.

— Tu ne peux pas te couper en deux, Eve, pas plus que moi. Tu es un flic, tu as ton métier dans le sang.

Elle s'adossa aux oreillers, leva les yeux vers le dôme vitré au-dessus de leur lit. Et elle raconta tout.

— C'était horrible, conclut-elle, mais ce n'est pas ce qui me perturbe, j'ai vu des spectacles bien plus affreux. Elle était... innocente. Tu comprends ? Il y avait quelque chose de si pur dans l'expression de son visage, dans sa façon d'être. Je sais bien que la pureté est souvent foulée aux pieds. Moi, je ne me rappelle pas avoir jamais été pure. Mais je me souviens de ce qu'on éprouve quand on vous détruit.

Connors lui prit la main.

— Tu as été blessée, tu es vulnérable. Une affaire de viol, de meurtre, ce n'est peut-être pas très bon pour toi.

— J'ai bien failli m'en décharger, avoua-t-elle, et cette confession lui fit tellement honte qu'elle baissa la tête. Si j'avais deviné ce qui m'attendait, je ne serais même pas allée sur les lieux.

— Tu peux encore confier le dossier à l'un de tes collègues. Personne ne t'en blâmera.

— Mais moi, je me le reprocherai. Maintenant que je connais Marianna, je ne peux pas lui tourner le dos et m'en aller comme ça.

Elle fourragea dans ses cheveux.

— Si tu l'avais vue quand elle a ouvert la porte. Surprise, ravie. Une petite fille. Oh, chouette, un cadeau ! Et le coup d'œil que ce salaud a lancé à la caméra avant d'entrer. Son sourire. Et après, quand il a rejoint l'ascenseur… il dansait de joie, l'ordure.

Connors l'observait en silence. La flamme qui brûlait dans les yeux d'Eve était celle de la vengeance.

— Il jubilait. Ça m'a rendue malade.

Elle ferma brièvement les paupières ; quand elle les rouvrit, le feu dans ses prunelles s'était éteint.

— Il a fallu que je prévienne ses parents, que je soutienne Vandoren quand il s'est effondré. Marianna était une jeune femme toute simple, gentille, heureuse de vivre. Elle allait se fiancer et elle a ouvert sa porte au Père Noël parce que, pour elle, il symbolisait l'innocence de l'enfance. Elle en est morte.

Connors lui pressa doucement les doigts.

— Tu as le droit d'être bouleversée, cela n'enlève rien à tes qualités de flic.

— Mais cela me rapproche du moment où je me dirai : voilà, j'ai atteint la limite, je ne supporterai pas un meurtre de plus.

— Il ne t'est jamais venu à l'idée de faire un break ?

Comme elle fronçait les sourcils, il esquissa un sourire.

— Non, bien sûr. Tu le supporteras, Eve, puisque c'est ton métier, ta vie.

Elle posa la tête sur l'épaule de son mari.

— J'ai peur de devoir y faire face plus tôt que je ne le voudrais. Connors, tu crois que Marianna sera la seule ? Son seul amour ? Et si elle n'était que la première des douze ?

3

Eve fit pour la deuxième fois le tour du parking du centre commercial.

— Qu'est-ce qu'ils fichent là, tous ces gens ? Ils n'ont pas un travail, une maison ?

— Pour certains, le shopping est essentiel, répondit Peabody d'un ton docte.

Eve, qui venait de repérer une place entre les voitures serrées comme des sardines, donna un brusque coup de volant. Peabody ferma les yeux et se cramponna au tableau de bord.

— Je vous signale qu'on peut acheter tout ce qu'on veut en restant tranquillement chez soi, bougonna Eve.

— Le shopping en ligne ne procure pas du tout le même plaisir. Se faire bousculer, jouer des coudes... ça, c'est excitant.

— Pfff, vous parlez d'un amusement !

Exaspérée, Eve sortit de la voiture. Aussitôt, une musique tonitruante lui écorcha les tympans. Maintenant, elle comprenait pourquoi les gens se ruaient dans les magasins : pour échapper à ces maudits chants de Noël.

Sous l'immense verrière de la galerie tourbillonnait une fine neige artificielle. Des tableaux animés occupaient les vitrines : un Père Noël et ses lutins s'affairaient à fabriquer des jouets ; des rennes volaient au-dessus des toits, tandis que de blonds chérubins déballaient leurs cadeaux.

Plus loin, un droïde vêtu d'une combinaison noire et d'une chemise lumineuse à carreaux – la tenue des adolescents branchés – faisait des sauts périlleux. Il était chaussé du gadget de l'année : des patins volants. Quand on appuyait sur le bouton, près de la vitrine, on l'entendait vanter avec un enthousiasme délirant les mérites de ses patins. Il indiquait aussi leur prix, les différents modèles disponibles et le rayon où l'on pouvait les acheter.

— J'aimerais bien les essayer, fit Peabody.

— Vous n'auriez pas passé l'âge des jouets ?

— Ce n'est pas un jouet, c'est une aventure, rétorqua Peabody, répétant mot pour mot le slogan publicitaire.

— Dépêchez-vous un peu. Ce genre d'endroit me flanque de l'urticaire.

Dès qu'elles eurent franchi les portes, une voix mélodieuse leur susurra : « Bienvenue chez Bloomingdale. Chez nous, le client est roi. »

À l'intérieur régnait une cacophonie assourdissante qui résonnait jusque sous la voûte du gigantesque édifice, temple de la consommation.

Des droïdes circulaient parmi la foule, exhibant les vêtements, les accessoires et les bijoux vendus dans le magasin. Au rez-de-chaussée était aménagé un vaste espace où l'on pouvait laisser bambins, animaux domestiques et personnes âgées – pour ceux qui ne souhaitaient pas s'encombrer de Junior, Médor, ou grand-papa.

On pouvait également louer – pour une heure ou une journée entière – des mini-voitures afin de se déplacer d'un étage à l'autre sans fatigue malgré les paquets.

Un droïde, auréolé de mèches flamboyantes qui se tortillaient sur son crâne tels des serpents, s'approcha. Il tenait un flacon de cristal.

— Enlevez-moi ça de sous le nez, gronda Eve.

— Moi, j'en veux bien, dit Peabody en renversant la tête pour que le droïde lui vaporise du parfum sur le cou.

— Une goutte de *C'est moi*, et vous serez conquise, roucoula-t-il.

— Hmm, ça sent bon. Qu'est-ce que vous en pensez, lieutenant ?

Eve renifla, secoua la tête.

— Non, ce n'est pas vous.

— Ça pourrait le devenir, bougonna Peabody, vexée.

— Essayons de ne pas perdre notre objectif de vue, s'il vous plaît, rétorqua Eve en prenant le bras de son assistante pour la forcer à accélérer le pas. On file au rayon des vêtements pour hommes et on déniche le vendeur qui a servi Hawley hier. Elle a payé avec sa carte de crédit, par conséquent, ils ont son nom et son adresse.

— Je pourrais profiter de ce que nous sommes là pour terminer mes achats de Noël.

— Terminer ?

— Oui, il ne me reste que deux ou trois cadeaux à choisir. Et vous ? Je suppose que vous n'avez pas encore commencé ? demanda Peabody, narquoise.

— J'y ai réfléchi.

— Qu'est-ce que vous allez offrir à Connors ?

— J'y réfléchis.

— Ici, ils ont des vêtements magnifiques.

— Connors en a de pleines penderies.

— Vous lui en avez déjà acheté ?

— Je ne suis pas sa mère, répliqua Eve sèchement.

Peabody lui désigna un droïde qui présentait un pantalon de cuir noir et une chemise en soie gris tourterelle.

— Cette tenue lui irait à la perfection. Vous savez, les hommes adorent que leur femme les habille.

— J'ai du mal à m'habiller moi-même, alors s'il faut en plus que je m'occupe des autres... non merci. De toute façon, on n'est pas là pour faire des emplettes. Un peu de sérieux, Peabody.

Une lueur assassine dans les yeux, Eve fonça vers le premier comptoir qu'elle aperçut et brandit son insigne.

Le vendeur sursauta.

— Que puis-je pour vous, lieutenant ?

— Une dénommée Marianna Hawley est venue ici avant-hier. Je veux savoir qui l'a servie.

— Je pense pouvoir vous renseigner. Lieutenant, enchaîna-t-il à voix basse, cela ne vous ennuierait pas de ranger votre insigne, et de... euh... boutonner votre veste pour cacher votre arme ? Il me semble que... euh... tout le monde serait plus à l'aise.

Sans un mot, Eve s'exécuta.

— Mme Hawley, dit-il, visiblement soulagé, en se penchant vers l'écran de son ordinateur. Savez-vous si elle a réglé ses achats en espèces, par carte de crédit ? À moins qu'elle n'ait un compte chez nous ?

— Elle a réglé la facture avec sa carte de crédit. Elle a acheté des vêtements pour homme. Deux chemises – une en soie, l'autre en coton –, un pull en cachemire et une veste.

— Oui, oui, je me souviens. C'est moi qui l'ai servie. Une jolie brune d'une trentaine d'années.

— Vous avez une excellente mémoire.

— C'est mon travail, rétorqua-t-il, modeste. Je n'oublie jamais un client ni les articles qu'il a choisis. Mme Hawley a un goût très sûr, et elle a eu la bonne idée d'apporter un hologramme de son compagnon, afin que nous puissions déterminer quelle gamme de coloris lui conviendrait le mieux.

— Est-ce qu'un autre vendeur s'est occupé d'elle ?

— Pas à cet étage.

— Vous avez son adresse dans vos fichiers ?

— Oui, naturellement. Je lui ai proposé de faire livrer ses achats, mais elle a refusé. Elle a dit qu'elle adorait le shopping et que porter ses paquets ajoutait à son plaisir.

Il s'interrompit, soudain inquiet.

— Elle n'est pas mécontente, au moins ?

Eve le regarda droit dans les yeux, sûre à présent qu'elle perdait son temps.

— Non, rassurez-vous. Vous n'avez remarqué personne qui rôdait dans le coin, qui l'observait ou lui parlait ?

— Je n'ai pas fait attention, je suis un peu débordé, vous comprenez. Mon Dieu, j'espère qu'elle n'a pas été importunée dans le parking ! Au cours des dernières semaines, nous avons eu à déplorer plusieurs incidents de ce genre. Cela me dépasse. C'est Noël, comment peut-on avoir l'idée d'agresser les gens ?

— À ce propos, vous vendez des tenues de Père Noël ?

— Pardon ? Oh... oui ! vous en trouverez sans doute au sixième étage.

— Merci. Peabody, vous vérifiez, ordonna Eve en s'éloignant. Notez le nom et l'adresse de tous ceux qui ont acheté ou loué un déguisement depuis la mi-novembre. Moi, je vais au rayon des bijoux pour voir si quelqu'un reconnaît la broche. Vous me rejoignez là-bas.

— Bien, lieutenant.

Eve agita un doigt menaçant.

— Je vous accorde un quart d'heure, pas une minute de plus. Passé ce délai, je vous fais arrêter par les vigiles du magasin pour vol à l'étalage.

— Elle est très sévère, dit Peabody au vendeur médusé.

Devoir se frayer un chemin dans la cohue pour gagner le troisième étage ne contribua pas à améliorer l'humeur d'Eve. Quand elle parvint enfin à destination, la vue des innombrables présentoirs acheva de la décourager. Il y avait là des tonnes d'or, d'argent, de pierres précieuses, de toutes les couleurs et de toutes les formes.

Elle ne comprenait pas cette manie qu'avaient les gens de se couvrir de bijoux. Connors lui-même ne cessait de lui offrir des boucles d'oreilles, des colliers, songea-t-elle en tâtant machinalement le diamant qu'elle dissimulait sous son chemisier.

Comme les vendeurs s'obstinaient à l'ignorer, elle en agrippa un par le col. Outré, il protesta d'une voix stridente :

— Voyons, madame !

— Lieutenant, rectifia-t-elle en extirpant son insigne de sa poche. Vous êtes disponible, à présent ?

— Oui, bredouilla-t-il. Qu'y a-t-il pour votre service ?

Elle lui montra le sachet transparent qui renfermait la broche découverte sur la victime.

— Vous rappelez-vous avoir vendu cet objet ?

— Je ne crois pas que cela vienne de chez nous. Du bel ouvrage, un cadeau idéal pour les fêtes.

— Où peut-on l'acheter, selon vous ?

— À mon avis, chez un joaillier. Il y en a six dans la galerie marchande. Peut-être que l'un d'eux le reconnaîtra.

— Génial, grommela Eve.

— Vous avez besoin d'autre chose ?

Elle baissa les yeux sur le présentoir, remarqua un collier formé de trois rangs d'énormes perles multicolores. L'ensemble était spectaculaire, un brin vulgaire. Il plairait à Mavis.

— Ça, dit-elle, pointant le doigt.

— Ah ! vous voulez voir notre parure barbare. Une pièce unique, admirable. Je vous la montre tout de suite.

— Vous ne me la montrez pas, vous me l'emballez. Et vite fait.

— Bien, bien, répliqua-t-il, choqué.

Il tendait à Eve un paquet rouge et or lorsque Peabody reparut.

— Je vous y prends ! lança-t-elle d'un ton accusateur. Vous avez fait du shopping.

— Non, j'ai sauté sur l'occasion, nuance. La broche ne vient pas d'ici. Le vendeur a été catégorique, or, il semble savoir de quoi il parle. Partons d'ici, nous avons perdu assez de temps.

— Parlez pour vous, marmonna Peabody. Qu'est-ce que vous avez acheté ?

— Un truc pour Mavis. Ne vous inquiétez pas, vous aussi vous aurez votre cadeau.

— C'est vrai ? rétorqua Peabody qui, du coup, retrouva son sourire. Moi, j'ai déjà le vôtre. Vous voulez savoir ce que c'est ?

— Non.

— Je vous donne un indice ?

— Ressaisissez-vous, Peabody ! Lisez-moi plutôt les noms qu'on vous a communiqués au rayon des déguisements.

— Oui, lieutenant. Où allons-nous, maintenant ?

— À l'agence Amoureusement Vôtre. Là-bas aussi, interdiction de faire du shopping, ajouta Eve en lançant à son assistante un regard acéré.

— J'avais compris, lieutenant.

Elles prirent la direction de la 5e Avenue, où se dressait un immeuble de marbre noir. Elles entraient là dans un autre temple : celui de la remise en forme physique, morale et affective.

Plusieurs salles de gym dotées d'équipements dernier cri attendaient le client qui souhaitait se délester de quelques kilos superflus. Un étage entier était consacré aux adeptes des méthodes plus philosophiques ; on y rééquilibrait les chakras et on y administrait notamment – ce qui fit grimacer Eve – des lavements au café.

Bains de boue, d'algues, injections de placenta de brebis élevées sur Alpha 6, séances de relaxation, de réalité virtuelle, lifting, chirurgie esthétique pour remodeler telle ou telle partie du corps – toutes les formules imaginables étaient proposées.

Une fois que le client se sentait mieux dans sa peau et dans sa tête, on l'invitait à consulter le personnel hautement qualifié d'Amoureusement Vôtre qui l'aiderait à trouver le partenaire idéal.

L'agence occupait trois étages de l'immeuble. Ses employés étaient évidemment superbes, tous vêtus de sobres tailleurs ou costumes noirs ornés d'un petit cœur rouge brodé sur la poitrine.

Le hall de réception évoquait un temple grec, avec des colonnes de marbre blanc autour desquelles s'enroulaient des plantes grimpantes, des fontaines musicales et des bassins où frétillaient des poissons rouges. Des fauteuils bas, garnis de coussins moelleux, étaient harmonieusement disposés sur le sol dallé. Un comptoir se dissimulait entre d'immenses palmiers.

Eve montra son insigne à la réceptionniste.

— Je cherche des renseignements sur l'une de vos clientes.

La jeune femme se mordit la lèvre et, d'un geste nerveux, effleura le minuscule cœur, pareil à une larme de sang, tatoué sous son œil.

— Tous nos dossiers sont strictement confidentiels. Nous avons l'obligation de préserver l'intimité de nos clients.

— La cliente dont je vous parle ne se soucie plus de son intimité. Il s'agit d'une enquête officielle. Si vous insistez, j'obtiendrai un mandat dans cinq minutes pour passer vos fichiers au peigne fin.

— Si vous voulez bien patienter un instant, je préviens la direction.

— Parfait.

Eve et Peabody s'assirent dans les fauteuils les plus proches, près d'une fontaine.

— Hmm, ça sent bon, soupira Peabody, les reins confortablement calés par un coussin doré. Ils doivent mettre du parfum dans le système de climatisation. Ce qu'on est bien, ici. Voilà le genre d'endroit où j'aimerais vivre.

— Vous me semblez incroyablement frivole, ces temps-ci.

— C'est Noël qui me fait ça. Waouh ! regardez ce canon, chuchota Peabody en fixant un regard admiratif sur un homme aux cheveux blonds décolorés qui passait dans le hall. Pourquoi un type aussi beau a-t-il besoin d'une agence de rendez-vous ?

— Pourquoi les gens en général en ont-ils besoin ? C'est nul.

— Je n'en suis pas si sûre, rétorqua Peabody qui se pencha pour ne pas perdre le beau blond de vue. On gagne du temps, on s'épargne de la fatigue et des larmes. Je devrais peut-être tenter ma chance.

— Ce type n'est pas pour vous, décréta Eve.

— Qu'est-ce que vous en savez ? s'indigna Peabody. Il est tout à fait à mon goût.

— Essayez donc de discuter avec lui et vous déchanterez vite. Il est imbu de lui-même, ça crève les yeux. Au bout de dix minutes de conversation, vous bâilleriez à vous en décrocher la mâchoire.

— Eh bien, on ne parlerait pas. On se contenterait de se donner du plaisir.

— Là aussi, vous seriez déçue. Je vous garantis que c'est un amant déplorable. Il est comme Narcisse, amoureux de sa jolie petite gueule. Que sa partenaire prenne du plaisir ou non, il s'en fiche éperdument.

À cet instant, l'adonis oxygéné sortit un miroir de sa poche et s'examina avec un bonheur si évident que Peabody soupira :

— Pourquoi faut-il que vous ayez toujours raison ? Ça m'agace.

— Regardez ces deux-là, murmura soudain Eve. Ils sont tellement éblouissants qu'il faut des lunettes de soleil pour les contempler.

— Ken et Barbie.

Comme Eve la considérait d'un air ahuri, Peabody soupira de nouveau.

— Vous n'aviez pas de poupée Barbie quand vous étiez enfant ?

— Je n'ai pas eu d'enfance, rétorqua simplement Eve en se tournant vers le couple spectaculaire qui approchait.

La femme avait une poitrine généreuse et des hanches étroites, ainsi que la mode l'exigeait. Ses cheveux raides, d'un blond si pâle qu'il paraissait argenté, tombaient comme un rideau de soie jusqu'à sa taille. Elle avait le visage lisse, d'une pâleur d'albâtre, éclairé par des yeux émeraude frangés de cils du même vert que ses iris. Un sourire poli étirait ses lèvres pleines, d'un rouge ardent.

Son compagnon était tout aussi étonnant, avec ses épaules d'athlète et ses longues cuisses musclées. Sa chevelure, dont la couleur évoquait un clair de lune, était retenue sur la nuque par un mince ruban doré.

Contrairement aux autres membres du personnel, ils étaient vêtus de blanc. La femme avait noué une écharpe rouge sur sa combinaison, pour mettre en valeur sa taille de sylphide.

Ce fut elle qui parla la première, d'une voix douce :

— Je suis Piper, et voici mon associé, Rudy. Que pouvons-nous faire pour vous ?

— Je cherche des renseignements sur l'une de vos clientes, répondit Eve en exhibant son insigne. Elle a été assassinée.

La dénommée Piper pressa une main sur son cœur.

— Assassinée ? Quelle horreur ! Rudy...

— Soyez assurée de notre entière coopération, s'empressa-t-il de dire. Mais nous devrions discuter de cela en privé, ajouta-t-il, désignant une cabine d'ascenseur transparente, flanquée de gigantesques azalées blanches. Vous êtes certaine que la victime était l'une de nos clientes ?

— Son fiancé l'a rencontrée grâce à votre agence, répliqua Eve qui, tandis que l'ascenseur les emportait vers le dernier étage, sentait le vertige la gagner et s'efforçait de ne pas regarder en bas.

— Pour former des couples, nous sommes les meilleurs, déclara Piper. Nous avons un remarquable taux de réussite. J'espère qu'il ne s'agit pas d'une querelle d'amoureux qui a tourné au drame ?

— Nous n'avons pas encore de certitude sur ce point.

— Cela m'étonnerait beaucoup, rétorqua Rudy. Nous veillons toujours à associer des tempéraments compatibles.

— Comment vous y prenez-vous ?

— Pour chaque candidat, nous établissons une banque de données : situation personnelle, financière, tests de personnalité, préférences sexuelles. Ceux qui s'avèrent avoir un penchant pour la violence sont immédiatement rejetés.

Il poussa la porte d'un vaste bureau où le blanc et le rouge dominaient. L'un des murs, entièrement vitré, était pourvu d'un écran qui filtrait la lumière et le bruit du trafic aérien.

— Vous avez quel pourcentage de déviants ?

Piper pinça les lèvres.

— Nous ne considérons pas les préférences sexuelles comme des déviances.

— Mettons les points sur les i, fit Eve d'un ton sec. Je vous parle des sadiques, des adeptes du fouet et autres instruments de torture. Vous en avez, dans votre banque de données ?

Rudy toussota, gêné, et s'approcha d'une grande console blanche.

— Nous avons sans doute quelques clients qui cherchent à vivre... comment dire, des expériences un peu particulières. Mais nous leur proposons des partenaires dont les goûts correspondent aux leurs.

— Qui avez-vous proposé à Marianna Hawley ?

— Marianna Hawley ? répéta-t-il en lançant un regard perplexe à Piper.

— Cela ne me rappelle rien. Il faut que je la voie, je n'oublie jamais un visage.

Rudy annonça le nom à l'ordinateur et, une seconde après, Marianna était là devant eux, sur l'écran mural. Souriante, les yeux pétillants.

— Oui, je me souviens d'elle, déclara Piper. Elle était charmante, travailler avec elle a été un vrai plaisir. Elle voulait un compagnon qui ait le sens de l'humour et qui aime l'art – surtout le théâtre, il me semble. C'était une romantique, elle avait quelque chose de délicieusement suranné.

Piper s'interrompit soudain, comme frappée par la foudre.

— Elle a été assassinée ? Oh ! Rudy...

Avec la vivacité et la grâce d'un félin, il se précipita pour la soutenir et la faire asseoir sur un divan.

— Piper est très attachée à nos clients. C'est pour cette raison qu'elle accomplit un travail admirable : le sort de chacun lui tient à cœur.

— Le sort de Marianna Hawley me préoccupe, moi aussi, rétorqua froidement Eve.

Rudy la dévisagea et hocha la tête.

— Bien sûr. Selon vous, elle aurait connu son meurtrier par l'intermédiaire de notre agence.

— L'enquête nous le dira. Il me faut des noms.

— Donne-lui ce qu'elle demande, Rudy, balbutia Piper en séchant ses larmes.

— Je le voudrais bien, mais nous avons des obligations envers nos clients. Quand ils s'inscrivent chez nous, nous nous engageons à ne rien révéler de leur vie privée.

— Marianna Hawley a été violée et étranglée. Vous trouvez qu'on a respecté sa vie privée ? Vous souhaitez qu'une autre femme connaisse la même fin ?

Rudy devint aussi blanc que les murs du bureau.

— D'accord, je vous donne la liste tout de suite. Je compte sur votre discrétion.

— Vous pouvez surtout compter sur mon efficacité.

4

Pour Sarabeth Greenbalm, ce n'était pas une bonne journée. Elle détestait se produire en matinée. Au *Sweet*, la clientèle de l'après-midi était essentiellement composée de jeunes cadres en quête de plaisirs bon marché. Ils avaient des oursins dans les poches, et les strip-teaseuses qui espéraient un pourboire pouvaient se brosser, elles ne récoltaient que des commentaires salaces.

Cinq heures de travail ne lui avaient rapporté qu'une petite centaine de dollars, et une demi-douzaine de propositions malhonnêtes.

Pas la moindre demande en mariage, naturellement.

Car Sarabeth ne rêvait que de mariage. C'était son Graal.

Inutile de se leurrer, elle ne se dénicherait pas un mari fortuné au cours de ces spectacles en matinée. Même dans une boîte aussi huppée que le *Sweet*. Le gibier intéressant – P-DG et hommes d'affaires – ne venait que la nuit. Là, on se faisait facilement dans les mille dollars, voire le double quand on s'asseyait sur les genoux de ces messieurs. Et, plus important encore, on glanait de précieuses cartes de visite.

Tôt ou tard, un de ces Crésus au sourire étincelant et aux mains avides lui passerait la bague au doigt pour s'offrir le privilège de la tripoter à loisir.

Tel était le plan de carrière qu'elle avait résolu de mettre en œuvre lorsque, cinq ans auparavant, elle avait quitté Allentown, en Pennsylvanie, pour s'installer à New York. À Allentown, le strip-tease rapportait tout juste de quoi ne pas coucher sous les ponts. Cependant, à New York, ce n'était pas non plus de la tarte. Il fallait se bagarrer, et la compétition était rude.

Les belles filles ne manquaient pas. Et elles avaient l'éclat de la jeunesse.

La première année, Sarabeth avait couru de clubs minables en boîtes miteuses – elle assurait deux ou trois représentations par nuit, pour un salaire de misère. Elle en avait bavé, mais elle avait réussi à mettre de côté un petit pécule.

Ensuite, elle s'était démenée pour décrocher un emploi régulier dans un établissement huppé. Il lui avait fallu douze longs mois d'efforts, mais elle avait fini par creuser sa niche au *Sweet*. La troisième année, elle s'était acharnée à grimper les échelons pour devenir l'une des vedettes du show. Là-dessus, elle avait commis l'erreur de se lancer dans une liaison avec l'un des videurs du club. Résultat : six mois de perdus.

Elle aurait peut-être pu vivre avec ce garçon, s'il ne s'était pas fait trucider par des ivrognes dans le bouge où il travaillait au noir, parce que Sarabeth lui avait dit que, pour être son concubin, il avait intérêt à renflouer son compte en banque.

Tout bien considéré, elle n'éprouvait pas de tristesse. Maintenant, elle ne devait plus se fourvoyer. Elle avait quarante-trois ans, le temps pressait.

Se déshabiller devant les hommes ne la dérangeait pas. C'était une excellente danseuse et son corps représentait son meilleur atout. La nature s'était montrée généreuse, elle l'avait dotée de seins ronds et fermes qui n'avaient pas nécessité d'opération esthétique. Du moins jusqu'à présent. Elle avait la taille fine, des jambes interminables, des fesses de rêve. Bref, de ce côté-là, elle était parfaitement armée.

Par contre, son visage avait demandé quelques retouches. Cela lui avait coûté cher, mais elle estimait que c'était un bon investissement. Elle était née avec une petite bouche, un menton fuyant et un front excessivement bombé. On lui avait arrangé ces vilains défauts en un tour de main. Elle avait maintenant des lèvres pulpeuses, un petit menton impertinent, un front haut et lisse.

En résumé, Sarabeth Greenbalm se trouvait superbe.

Elle n'avait qu'un problème : il lui restait à peine cinq cents dollars, elle n'avait pas encore payé son loyer et, cet après-midi au *Sweet*, un crétin surexcité lui avait déchiré son plus beau string de scène.

Elle avait la migraine, ses pieds lui faisaient un mal de chien, et elle était toujours célibataire.

C'était une mauvaise journée et elle avait le moral à zéro.

Jamais elle n'aurait dû donner ses économies – trois mille dollars – à Amoureusement Vôtre. Au début, l'idée lui avait paru excellente, mais elle commençait à se dire qu'elle avait jeté son argent par les fenêtres. Seuls les ratés recouraient à une agence de rendez-vous. Or, les ratés attiraient les ratés.

Après avoir rencontré le premier partenaire qu'on lui avait proposé, elle avait foncé à l'agence pour exiger d'être remboursée. La directrice l'avait carrément envoyée sur les roses. Quand il s'agissait d'appâter le client, elle était tout sucre tout miel mais, ensuite, si on venait se plaindre, elle jouait les icebergs.

Haussant les épaules avec philosophie, Sarabeth enfila un court peignoir violet et se dirigea vers la cuisine de son appartement – guère plus grand que la loge des strip-teaseuses du *Sweet*.

Elle avait gaspillé trois mille dollars, cela lui servirait de leçon : désormais, elle ne compterait que sur elle-même.

Elle passait en revue les offres – pas très alléchantes – de son autochef, lorsqu'on tambourina à sa porte. Machinalement, elle resserra les pans de son peignoir et tapa contre le mur. Le couple d'à côté était épouvantablement bruyant : tous les voisins profitaient de leurs incessantes querelles et, la nuit, de leurs ébats amoureux. Sarabeth passait son temps à donner des coups de pied et de poing dans la cloison. Ça ne les faisait pas taire mais, au moins, ça la soulageait.

Elle s'approcha de la porte et colla un œil circonspect au judas électronique. Un sourire de gamine illumina son visage. Elle se hâta d'ouvrir.

— Bonjour, Père Noël !

Il avait le regard pétillant de gaieté. Dans ses mains, il tenait une grande boîte enveloppée de papier argenté.

— Joyeux Noël, ma petite Sarabeth ! J'espère que tu as été sage, cette année.

Assis sur le coin de la table, dans le bureau d'Eve, le capitaine Ryan Feeney grignotait des amandes. Il avait l'expression vaguement mélancolique d'un épagneul, des cheveux roux striés de fils blancs. Une tache ornait le devant de sa chemise froissée – souvenir de la soupe aux haricots qu'il avait engloutie à l'heure du déjeuner – et il avait une écorchure au menton. Il s'était coupé en se rasant, comme d'habitude.

Il paraissait inoffensif.

Eve l'aurait pourtant suivi jusqu'en enfer sans la moindre appréhension. D'ailleurs, elle l'avait souvent fait.

Il l'avait formée, lui avait appris son métier. Maintenant qu'il travaillait pour la DDE, la Division de détection électronique, il lui était d'une aide inestimable.

— Ce colifichet n'est malheureusement pas une pièce unique, dit-il en gobant une amande. Une dizaine de boutiques l'ont en stock, on en a vendu quarante-neuf au cours des deux derniers mois. Ça coûte près de cinq cents dollars. Quarante-huit acheteurs l'ont payé par carte bancaire, un seul en liquide.

— Notre assassin.

— Vraisemblablement. Il a acheté la broche à la joaillerie Salman, dans la 49e Rue.

— Merci du tuyau.

— De rien. Tu as besoin d'autre chose ? McNab est dans les starting-blocks.

— McNab ?

— Il a adoré travailler avec toi. Il est compétent et très malin. Tu peux lui confier les tâches les plus rebutantes, il ne rechignera pas.

— L'ennui, c'est qu'il poursuit Peabody de ses assiduités.

— Tu ne crois pas qu'elle est capable de lui tenir la dragée haute ?

— Tu as raison, c'est une grande fille, et McNab me serait utile. J'ai contacté l'ex-mari de la victime, à Atlanta. Il semble avoir un bon alibi pour la nuit du crime, mais il vaudrait mieux s'assurer qu'il n'est pas venu en douce à New York.

— McNab te le vérifiera en un clin d'œil.

— Banco, rétorqua Eve en lui tendant une disquette. Tu lui donneras cela, c'est le dossier de l'ex-mari. J'étudie les noms que nous a communiqués Amoureusement Vôtre. Quand j'aurai fini, je les lui transmettrai.

— Je ne comprends pas qu'on puisse s'inscrire dans une agence. Ça me renverse. De mon temps, pour rencontrer une femme, on allait dans les bars.

— C'est là que tu as connu la tienne ?

— Et je m'en félicite ! répliqua-t-il avec un grand sourire. Dis donc, Dallas, tu as vu l'heure ? Tu ne rentres pas chez toi ?

— Si, dès que j'aurai terminé.

— À ta guise. Moi, j'en ai assez fait pour aujourd'hui. Oh ! à propos... ma femme et moi, nous attendons avec impatience la fête de Noël.

Eve, déjà penchée sur l'écran de son ordinateur, ne leva même pas le nez.

— Quelle fête ?

— Celle qui aura lieu chez toi, pardi !

Eve fouilla sa mémoire, en vain ; dès qu'il s'agissait de réceptions, elle devenait amnésique.

— Ah ! marmonna-t-elle. Très bien.

Il la considéra d'un air narquois.

— Tu as oublié, pas vrai ?

— Ce n'est pas impossible. Mais ça va me revenir, ajouta-t-elle avec un sourire, parce que c'était Feeney et qu'elle avait de l'affection pour lui. En partant, si tu aperçois Peabody, dis-lui que je n'ai plus besoin d'elle.

— Entendu.

« Une fête », songea-t-elle en soupirant, tandis qu'il sortait du bureau. Dès qu'elle avait le dos tourné, Connors organisait un raout ou acceptait une invitation. Mavis allait encore la tanner pour qu'elle se rende chez le coiffeur, l'esthéticienne, et qu'elle essaie une nouvelle toilette conçue par Leonardo, son amant.

Mais que reprochait-on à son apparence physique, nom d'une pipe ? Pourquoi ne la laissait-on pas tranquille ?

Bien sûr, elle connaissait la réponse à ces questions : elle avait épousé Connors, elle était donc forcée de l'accompagner dans ces réunions mondaines qu'elle abhorrait, et d'avoir l'air d'une femme plutôt que d'un flic.

Toute médaille avait son revers.

— Ordinateur, commanda-t-elle, affiche l'identité des partenaires proposés à Marianna Hawley par Amoureusement Vôtre.

— *Recherche en cours... Liste de cinq noms. Premier : Dorian Marcell, célibataire, âgé de trente-deux ans.*

Eve examina avec attention le portrait qui s'imprimait sur l'écran. Dorian Marcell avait un visage agréable, on lisait de la timidité dans ses yeux. Il aimait l'art, le théâtre, les vidéos d'autrefois, il se définissait comme un romantique en quête de l'âme sœur. Il avait deux hobbies : la photo et le snowboard.

Rien d'extraordinaire, pensa Eve. Il faudrait cependant vérifier où il était le soir du meurtre.

— *Deuxième : Charles Monroe, célibataire...*

— Stop ! Tiens, tiens... ce bon vieux Charles. Quelle surprise !

Elle esquissa un sourire en constatant que Charles Monroe n'avait rien perdu de sa séduction. Elle l'avait rencontré près d'un an plus tôt, lors d'une autre enquête – celle qui les avait réunis, Connors et elle. Charles était un prostitué, un charmeur doté d'une intelligence aiguë. Que fabriquait-il dans une agence de rendez-vous ?

— On racole, Charlie ? Il va falloir qu'on ait une petite conversation, tous les deux. Ordinateur, la suite.

— *Troisième : Jeremy Vandoren, divorcé...*

— Lieutenant ?

— Pause. Oui, Peabody ?

— Le capitaine Feeney dit que vous n'avez plus besoin de moi ?

— Exact. Je jette un œil à la liste d'Amoureusement Vôtre, et je regagne mes pénates.

— Le capitaine m'a dit aussi que... Vous avez vraiment l'intention de reprendre McNab pour les recherches électroniques ?

— En effet. Cela vous pose un problème ?

Peabody se dandinait d'un pied sur l'autre.

— Non, seulement... lieutenant, vous pouvez sans doute vous passer de lui. Il est tellement assommant !

— Moi, il ne m'assomme pas, rétorqua Eve avec un petit sourire. Vous n'aurez qu'à vous tenir à distance, pour qu'il ne vous pince pas les fesses. Ne vous affolez pas, il fera la majeure partie du boulot à la DDE. Vous ne l'aurez pas constamment pendu à vos basques.

— Il se débrouillera pour m'enquiquiner quand même, marmonna Peabody. Ce crétin se prend pour la huitième merveille du monde.

— Il bosse bien et...

Soudain, le communicateur d'Eve bourdonna.

— Merde, je n'aurais pas dû m'attarder. Dallas, j'écoute !

La figure sévère du commandant Whitney apparut sur le petit écran de l'appareil.

— Lieutenant, on nous signale un homicide qui paraît avoir un lien avec l'affaire Hawley. Des policiers sont déjà sur les lieux : 112e Rue Ouest, numéro 23 B, appartement 5 D. Je veux que vous vous rendiez là-bas. Appelez-moi à mon domicile dès que vous aurez fait les premières constatations.

— Très bien, commandant.

Eve bondit sur ses pieds, enfila sa veste de cuir.

— Peabody, vous pouvez dire adieu à votre soirée télé.

Eve n'eut qu'à regarder la femme policier qui montait la garde devant la porte pour savoir ce qui l'attendait. Elle déchiffra son nom, inscrit sur son badge.

— Agent Carmichael, votre rapport ?

— Une femme blanche, environ quarante ans. Il s'agit sans doute de la locataire, Sarabeth Greenbalm. Pas de signes d'effraction ni de lutte. L'immeuble n'a pas de système de vidéosurveillance, sauf pour le hall du rez-de-chaussée. À 18 h 35, je patrouillais dans le secteur avec mon équipier quand le Central nous a alertés. Ils avaient reçu un appel anonyme, de type 1222. Nous sommes arrivés à 18 h 42. La porte de l'immeuble et celle de l'appartement étaient déverrouillées. Nous sommes entrés, et nous avons découvert la victime.

— Où est votre équipier, Carmichael ?

— Il cherche le gardien de l'immeuble.

— Parfait. Interdisez l'accès à ce couloir, et restez là jusqu'à nouvel ordre.

— Très bien, lieutenant.

Carmichael lança un coup d'œil furtif à Peabody. Celle-ci avait la réputation, parmi les policiers en tenue, d'être la chouchoute de Dallas. Elle leur inspirait un mélange de jalousie, de rancœur et d'admiration.

Gênée par le regard de sa collègue, Peabody se raidit et suivit Eve à l'intérieur.

— L'enregistreur est branché, Peabody ?

— Oui, lieutenant.

— Lieutenant Dallas, domicile de Sarabeth Greenbalm, 112e Rue Ouest, commença Eve en ouvrant sa mallette pour y prendre un aérosol et vaporiser du liquide protecteur sur ses mains et ses bottes, avant de le tendre à Peabody. La victime, qui n'est pas encore formellement identifiée, est de race blanche.

Dans un coin du salon était aménagée une sorte d'alcôve meublée d'un lit étroit qu'on pouvait relever contre le mur pour gagner de la place. Des draps blancs tout simples et une couverture marron passablement usée le recouvraient.

Cette fois, l'assassin avait utilisé une guirlande rouge. Il l'avait entortillée autour du corps, depuis le cou jusqu'aux chevilles, si bien que la morte ressemblait à une momie. Ses cheveux, d'une couleur violette que Mavis aurait adorée, étaient soigneusement coiffés en un chignon conique.

Il lui avait appliqué du fard violet sur les lèvres, du rose sur les joues et une ombre dorée, pailletée, sur les paupières.

Au creux de sa gorge, épinglée à la guirlande, brillait une broche : un cercle vert qui entourait deux oiseaux face à face, l'un doré et l'autre argenté.

— Un couple de tourterelles, n'est-ce pas ? dit Eve. Je me suis procuré les paroles de la chanson. Le deuxième jour, il offre à son amour deux tourterelles.

D'un geste précautionneux, elle toucha la joue fardée.

— Elle est encore tiède. Je parierais que le décès remonte à moins d'une heure.

Elle prit son communicateur pour appeler le commandant et demander qu'on envoie une équipe du labo.

Il était près de minuit, lorsqu'elle rentra à la maison. Son épaule l'élançait, mais ce n'était pas le plus grave. Ces temps-ci, elle était sujette à de brusques accès de fatigue qui lui coupaient bras et jambes.

Elle savait pertinemment qu'elle avait eu tort d'abréger sa convalescence, alors qu'il lui restait encore dix jours de congé. Elle avait repris le collier trop tôt.

Comme cette pensée avait tendance à la déprimer, elle s'empressa de la repousser. Elle avait sauté le déjeuner, il lui fallait un peu de carburant pour alimenter la machine, voilà tout, se dit-elle. Une barre de chocolat la requinquerait.

— Où est Connors ? demanda-t-elle au scanner, près de la porte.

— *Connors est dans son bureau.*

« J'aurais dû m'en douter », songea Eve en montant l'escalier. Son mari, contrairement au commun des mortels, semblait ne pas avoir besoin de sommeil. Elle le trouverait sans doute aussi frais et dispos que ce matin, quand elle l'avait quitté.

En franchissant le seuil du bureau, elle constata qu'elle ne s'était pas trompée. Assis à sa console, il scrutait les multiples écrans qui l'entouraient, donnait des ordres dans son communicateur, tandis que le fax bourdonnait derrière lui. Il paraissait déborder d'énergie.

Et il était plus sexy que jamais.

Elle s'avança, les poings sur les hanches.

— Tu ne t'arrêtes donc jamais ?

Il leva la tête, lui sourit tendrement.

— John, veillez à ce que ces modifications soient effectuées. Nous reverrons tout cela en détail demain, conclut-il, et il interrompit la communication.

— Ne t'interromps pas pour moi. Je ne voulais pas te déranger.

— Tu ne me déranges jamais. Je me distrayais en t'attendant.

Il la dévisagea longuement.

— Tu as oublié de manger, n'est-ce pas ?

— J'ai envie d'une barre de chocolat.

Il se redressa et se dirigea vers l'autochef. Un instant après, il revint avec un bol de soupe fumante.

— Ce n'est pas du chocolat.

— Une fois que nous aurons nourri l'adulte, nous pourrons gaver la petite fille de sucreries.

Eve s'assit à la table et s'attaqua à sa soupe.

— Délicieux. Et toi, tu as dîné ? Hmm, du pain chaud. Tu me gâtes trop.

— C'est l'un de mes plaisirs favoris.

Il s'installa près d'elle, se servit un cognac qu'il sirota tout en l'observant. Elle dévorait et, peu à peu, reprenait des couleurs.

— J'ai dîné, mais je ne refuserais pas un bout de ce pain qui m'a l'air succulent.

Elle rompit un petit pain et lui en tendit la moitié. « Scène de la vie conjugale », pensa-t-elle. Un homme et une femme qui, après une journée de travail exténuante, partageaient une collation.

Comme des gens normaux. Heureux.

— J'ai appris que les actions de Connors Industries avaient augmenté de huit points ?

Il haussa les sourcils.

— Huit points trois quarts. Tu t'intéresses à la Bourse, lieutenant ? C'est nouveau.

— Je te surveille. Si tes actions dégringolaient, je me verrais peut-être dans la triste obligation de te laisser tomber.

— Je m'arrangerai pour que cela n'arrive pas. Tu veux du vin ?

— Volontiers, mais je vais me servir.

— Tu ne bouges pas, je m'occupe de toi.

Il alla prendre une bouteille déjà ouverte, remplit le verre d'Eve. Elle avait fini sa soupe et raclait le bol avec sa cuillère ; pour un peu, elle l'aurait léché. Elle était détendue, sereine.

— Dis-moi, Connors, est-ce que nous aurions par hasard une fête en perspective ?

— Je suppose. À quelle date ?

— Je l'ignore. Si je le savais, je ne te poserais pas la question. C'est Feeney qui m'en a parlé. Il paraît que nous donnons une réception pour Noël.

— Ah oui ! effectivement. Le 23 décembre.

— Mais pourquoi ?

Il se pencha, lui déposa un baiser sur le front, puis se rassit à côté d'elle.

— Parce que c'est Noël, ma chérie.

— Pourquoi tu ne m'as pas prévenue ?

— Il me semble l'avoir fait.

— Je ne m'en souviens pas.

— Tu as ton agenda sous la main ?

Grommelant, elle sortit son agenda de sa poche et vérifia. C'était bien là, inscrit en toutes lettres. Il y avait même ses initiales, preuve qu'elle l'avait noté elle-même.

— Oh, flûte !

— On nous livrera les sapins demain.

— Les quoi ?

— Les sapins, Eve chérie. Il y aura un arbre gigantesque dans le hall, plusieurs dans la salle de bal. J'en ai aussi commandé un plus petit pour notre chambre. Nous nous amuserons à le décorer.

— Tu veux décorer un sapin ? répliqua-t-elle, éberluée.

— Absolument.

— Mais je n'ai jamais fait ça de ma vie.

— Moi non plus. En tout cas, pas depuis un paquet d'années. Ce sera notre premier sapin de Noël.

Émue, elle lui prit la main et la pressa doucement.

— Il aura certainement une drôle d'allure, le pauvre.

— Peu importe, ce sera le nôtre. Tu te sens mieux ?

— Oui, beaucoup mieux.

— Tu veux me parler de ta soirée ?

Elle hocha la tête et se leva. Marcher lui éclaircissait les idées.

— Il a recommencé. Même *modus operandi*. Les caméras de l'entrée de l'immeuble l'ont filmé. Il était déguisé en Père Noël, il portait une grande boîte enveloppée de papier argent, avec un gros nœud. Il a laissé une autre broche sur le corps. Deux oiseaux dans un cercle vert.

— Des tourterelles.

— Exact. Enfin, je présume. Je n'ai jamais vu de tourterelles, j'ignore à quoi ressemblent ces fichus volatiles. Pas de signes d'effraction ni de lutte. Il a dû lui administrer un tranquillisant, le rapport de toxicologie nous le confirmera. Elle a été ligotée, probablement bâillonnée, puisque l'appartement n'est pas insonorisé. On a prélevé des fibres textiles dans sa bouche, sur sa langue, mais le bâillon a disparu.

— Elle a été violée ?

— Oui, comme la première. Elle avait un tatouage tout frais sur le sein droit : *Mon seul amour*. Il l'a maquillée et coiffée, et a entortillé une guirlande rouge autour de son corps. La salle de bains a été récurée de fond en comble, c'est l'endroit le plus propre de l'appartement. Il s'est lavé, et il a tout nettoyé. Elle était morte depuis à peine une heure, quand je suis arrivée. Le Central avait reçu un appel anonyme provenant d'une cabine publique.

La frustration se lisait sur le visage d'Eve. Connors lui resservit du vin et lui tendit le verre.

— Qui était cette femme ?

— Une strip-teaseuse. Elle travaillait au *Sweet*, un club huppé.

— Oui, je connais.

Comme elle posait sur lui des yeux étrécis, il hocha la tête.

— Tu as deviné ; cette boîte m'appartient.

— Ce que tu peux m'agacer, parfois ! Enfin, bref, passons. Elle s'était produite en matinée, elle a quitté le club peu avant 17 heures. D'après ce que nous savons pour l'instant, elle est rentrée directement chez elle. À 18 heures, elle a programmé son autochef, au moment précis où les caméras du rez-de-chaussée filmaient ce salaud qui pénétrait dans l'immeuble.

— Il ne perd pas de temps.

— Et il s'amuse comme un petit fou. J'ai l'impression qu'il veut terminer son sale boulot d'ici la Saint-Sylvestre. Il faut que je vérifie les communications de la victime, sa situation financière, personnelle. Que je trouve le magasin qui a vendu la broche. J'ai éliminé la tenue de Père Noël et les guirlandes, ça ne donne rien. À ton avis, quel lien peut-il y avoir entre une gentille secrétaire administrative et une strip-teaseuse ?

Connors se leva et se dirigea vers la console.

— Essayons de répondre à cette question.

— Je ne t'ai rien demandé, rétorqua-t-elle d'un air digne.

— Tu l'as pensé très fort. Quel est le nom de la victime ?

— Il n'y avait aucun sous-entendu dans mes paroles, insista-t-elle. Je réfléchissais à voix haute, voilà tout.

Elle se campa près de Connors.

— Elle s'appelle Sarabeth Greenbalm. 112e Rue Ouest, numéro 23 B.

— Que veux-tu savoir ?

— Je m'occuperai de ses communications demain. J'aimerais jeter un coup d'œil à son dossier personnel et à ses relevés bancaires.

— Commençons par les relevés bancaires. C'est le plus long.

— Tu cherches à m'épater, j'ai horreur de ça, fit-elle en s'efforçant de ne pas sourire.

— Bien sûr que j'ai envie de t'épater, dit-il en la prenant par la taille pour l'attirer contre lui. Sarabeth Greenbalm.

Relevés bancaires, commanda-t-il à l'ordinateur. Dernières opérations effectuées.

— *Recherche en cours...*

— Parfait, murmura-t-il. Nous devrions avoir le temps de...

Sans achever sa phrase, il embrassa Eve à pleine bouche. En proie à un délicieux vertige, elle s'agrippa à ses épaules.

— *Recherche terminée.*

— Quelle barbe ! rouspéta-t-il. Voilà tes renseignements, lieutenant.

— Tu es génial ! Vraiment génial.

— Je sais.

Il la fit asseoir sur ses genoux, glissa les mains sous son chemisier.

— Hé, pas touche ! Je travaille.

— Moi aussi, rétorqua-t-il en lui mordillant la nuque.

— Tu m'empêches de me concentrer, protesta-t-elle avec un petit rire.

Elle se pencha vers l'écran.

— La majeure partie de son salaire passe dans le loyer et les vêtements. Arrête ! dit-elle en assenant une tape sur les doigts experts qui déboutonnaient son chemisier.

— Je sens que tu as trop chaud.

— Merde ! jura-t-elle soudain en se levant d'un bond. Le salaud. Voilà le lien entre les deux victimes !

Résigné, Connors reporta son attention sur l'écran.

— Où est-il, ce lien ?

— Elle a versé trois mille dollars à Amoureusement Vôtre, il y a six semaines. Hawley et Greenbalm étaient inscrites dans la même agence de rendez-vous. Ce n'est pas une coïncidence. Il me faut la liste des hommes qu'on avait sélectionnés pour Sarabeth.

Comme Connors lui lançait un regard interrogateur, elle secoua la tête.

— Non, non, je suivrai la procédure normale. À la lettre. J'irai moi-même chercher cette liste.

— Je peux te la procurer tout de suite. Ce n'est pas compliqué.

— C'est illégal, répliqua-t-elle d'un ton réprobateur, luttant pour garder son sérieux, car il avait la mine polissonne d'un gamin qui s'apprête à jouer un tour pendable aux adultes. Mais ta sollicitude me va droit au cœur.

— Ah oui ? Et si tu me prouvais un peu ta gratitude ?

Le sourire aux lèvres, elle vint se rasseoir sur ses genoux et se pressa langoureusement contre lui.

— Avec le plus grand plaisir. À mon tour de m'occuper de toi...

— Je te laisse faire, lieutenant, souffla-t-il en l'embrassant.

5

Le lendemain matin, Eve se leva de bonne heure et gagna son bureau pour préparer le rapport qu'elle comptait adresser au commandant. Il lui restait quelques blancs à remplir.

— Ordinateur, recherche informations sur Amoureusement Vôtre. Siège social : New York, 5e Avenue.

— *Recherche en cours... Amoureusement Vôtre, 5e Avenue, numéro 2052. Société fondée et dirigée par Rudy et Piper Hoffmann.*

— Stop ! La société appartient à Rudy et Piper Hoffmann ? Confirmation.

— *Affirmatif. Rudy et Piper Hoffmann, jumeaux âgés de vingt-huit ans. Domicile : 5e Avenue, numéro 500. Poursuivre recherche sur Amoureusement Vôtre ?*

— Non, sur les propriétaires.

Tandis que l'ordinateur effectuait l'opération, Eve alla se servir une tasse de café. Des jumeaux, tiens donc. En les voyant, elle avait pensé que ces deux-là étaient amants. Ils avaient une façon de se regarder, de se toucher... Elle était à peu près sûre de pas se tromper. « Un frère et une sœur incestueux », songea-t-elle avec une grimace de dégoût.

Un bruit de pas dans le couloir la fit se retourner.

— Tu es bien matinale, dit Connors en entrant dans la pièce.

— J'ai mon rapport à envoyer à Whitney. Tu veux du café ?

— Volontiers. Je serai en réunion toute la journée, mais si tu as besoin de moi, n'hésite pas à m'appeler.

L'ordinateur émit un bip, indiquant que la recherche était terminée.

— D'accord, dit-elle distraitement.

Soudain, Connors l'agrippa par le chemisier et l'attira contre lui.

— Hé ! protesta-t-elle. Qu'est-ce que tu fais ?

— J'adore ton odeur le matin, murmura-t-il en l'embrassant dans le cou.

Elle noua les bras autour de sa taille.

— J'ai du travail.

Il l'étreignit de toutes ses forces.

— Moi aussi, hélas ! Tu me manques, Eve.

— Toi et moi, nous sommes un peu débordés, murmura-t-elle en se nichant contre lui. Mais il m'est impossible de laisser tomber cette enquête. Tu comprends ?

— Bien sûr, ma chérie. Essayons de profiter des moments que nous pouvons voler à l'adversité. Tu sais que, comme voleur, je n'ai pas mon pareil...

— Tu ferais mieux de ne pas t'en vanter, rétorqua-t-elle en lui couvrant le visage de baisers.

Ils ne s'étaient pas rendu compte que Peabody se tenait sur le seuil de la pièce. Rouge de confusion, elle observait le couple tendrement enlacé. Il émanait d'eux une telle sensualité qu'elle en avait des bouffées de chaleur.

Atrocement embarrassée, elle toussota. Connors lâcha sa femme, non sans lui avoir ébouriffé les cheveux.

— Bonjour, Peabody, dit-il en souriant. Du café ?

— Je... euh... oui, merci. Il fait drôlement froid, aujourd'hui.

— Ah oui ?

— Oui, on... on pourrait bien avoir de la neige avant ce soir.

— Qu'est-ce que vous avez ? demanda Eve en regardant son assistante avec attention. Vous êtes écarlate. Vous avez de la fièvre ?

— Non, non. Je... euh... merci, bafouilla Peabody en saisissant la tasse que Connors lui tendait.

— À votre service. Bon, je vous laisse travailler. Dès qu'il fut sorti, Peabody poussa un soupir extatique.

— Il a une façon de vous regarder... À votre place, je crois que je m'évanouirais. Quel effet ça fait, d'être aimée à ce point ?

— Je vous en prie, Peabody, gronda Eve, gênée. Au lieu de divaguer, pensez plutôt à notre enquête. Asseyez-vous et concentrez-vous.

— Oui, lieutenant.

— Avant tout, il faut vérifier les alibis des cinq individus qui figuraient dans la sélection proposée à Marianna Hawley et voir si nous pouvons rayer définitivement Jeremy Vandoren de la liste des suspects. Ensuite, nous retournerons à l'agence.

— Salut, la compagnie ! lança brusquement une voix joyeuse.

Ian McNab entra dans le bureau. Un sourire réjoui illuminait son visage séduisant. Adepte des tenues excentriques, il était vêtu d'une combinaison vert sapin, d'une longue veste fuchsia. Un ruban vert et rose retenait sur sa nuque ses cheveux blonds.

— Comment ça va, McNab ?

— Super bien, lieutenant. Salut, Peabody !

Celle-ci, raide comme un piquet, ne daigna pas répondre.

— Le capitaine Feeney m'a dit que vous aviez besoin de moi pour l'affaire du Père Noël. Je suis à vos ordres. Il n'y aurait pas quelque chose à grignoter ?

— Servez-vous.

— Génial. J'adore travailler avec vous, lieutenant Dallas, déclara-t-il se dirigeant vers l'autochef.

— Qu'est-ce qu'il fabrique ici, ce crétin ? chuchota Peabody, outrée. Il ne devait pas rester à la DDE ?

— Je l'ai convoqué pour vous faire enrager, ironisa Eve. Pour quelle autre raison ? McNab, ajouta-t-elle, vous n'aurez qu'à poursuivre les recherches que j'ai entreprises. Peabody et moi, nous allons enquêter sur le terrain.

— Faites-moi une liste, répliqua-t-il en mordant à belles dents dans un muffin aux myrtilles. Je vous bâclerai ça en un rien de temps.

— Quand vous aurez fini de vous engraisser, attaquez-vous aux partenaires sélectionnés pour Hawley. Il me faut le maximum d'informations.

— Hier soir, je me suis occupé de son ex, dit-il, la bouche pleine. Jusqu'ici, son alibi tient le coup. Je n'ai pas trouvé la moindre faille.

— Très bien.

Eve appréciait la célérité du jeune enquêteur, cependant, elle préféra ne pas le féliciter, de crainte que Peabody ne boude toute la journée.

— Je vous transmettrai une autre liste de cinq noms. Là aussi, je veux le maximum de renseignements. Ensuite, vous vérifierez si certains détails se recoupent. J'aimerais aussi que vous vous penchiez sur les jumeaux Hoffmann, Rudy et Piper. Maintenant, venez voir ça.

Elle cliqua sur le fichier des pièces à conviction, et appela l'hologramme de la deuxième broche.

— Je veux savoir qui a fabriqué cet article, combien d'exemplaires ont été mis sur le marché, quelles boutiques les commercialisent, combien elles en ont vendu et à qui. Même chose pour la broche découverte sur le corps de Hawley. Vous avez saisi, McNab ?

— C'est gravé dans mon disque dur personnel, répliqua-t-il en pointant l'index vers son front.

— Trouvez-moi le nom du type qui a acheté ces broches, qui a rencontré les deux victimes par l'intermédiaire de l'agence, et je veillerai à ce que vous ayez votre muffin quotidien jusqu'à la fin de vos jours.

— Ça, c'est rudement motivant ! s'exclama-t-il en agitant les doigts, tel un pianiste qui s'apprête à plaquer son premier accord. Je m'y mets tout de suite !

— À cheval, Peabody, ordonna Eve en empoignant son sac. Au fait, McNab, je vous interdis d'embêter Connors.

Il opina, tout en suivant des yeux Peabody qui se dirigeait vers la porte.

— Toujours aussi mignonne, lui susurra-t-il.

Elle grinça des dents, émit une sorte de sifflement qui évoquait celui d'une vipère, puis sortit à grands pas, furieuse d'entendre McNab glousser dans son dos.

— La DDE regorge d'enquêteurs convenables et courtois, se plaignit-elle. Comment se fait-il que nous ayons hérité du seul voyou ?

— Parce que nous sommes des petites veinardes, rétorqua Eve qui enfila sa veste de cuir, jetée sur la rampe de l'escalier, et ouvrit la porte de la demeure. Bon Dieu, on gèle !

— Vous devriez vous offrir un manteau, lieutenant.

— Cette bonne vieille veste me suffit amplement.

Eve s'engouffra cependant en vitesse dans son véhicule.

— Chauffage, fissa ! commanda-t-elle. Vingt-cinq degrés.

Peabody se carra confortablement dans le siège du passager et poussa un soupir de satisfaction.

— J'adore cette voiture. Tout marche, c'est formidable.

— Moi, je trouve que cette bagnole manque de caractère, riposta Eve.

Elles franchissaient les grilles de la propriété, quand le communicateur de bord bourdonna. Le joli visage de Nadine Furst apparut sur l'écran minuscule. La journaliste était manifestement exaspérée.

« Dallas ? J'ai appelé chez vous, Summerset m'a dit que vous veniez juste de partir. Je sais que vous êtes dans votre voiture. Répondez, nom d'une pipe ! »

— Oh que non ! soupira Eve.

« Ce n'est pas possible, ça ! Vous autres flics, vous n'êtes même pas fichus d'avoir des communicateurs qui fonctionnent ! »

Eve et Peabody échangèrent un regard amusé. Sur l'écran, Nadine continuait à ronchonner.

— Vous croyez qu'elle est au courant des deux meurtres ? demanda Peabody.

— Évidemment. Elle veut me soutirer des infos pour le journal de la matinée et m'extorquer une interview pour celui de 13 heures.

« Dallas, il me faut des renseignements sur les deux femmes qui ont été assassinées. Est-ce qu'il y a un lien entre ces deux affaires ? Allez, Dallas, soyez sympa. J'ai mon édition de la matinée à boucler. »

— Qu'est-ce que je vous disais, Peabody ?

« Appelez-moi, d'accord ? insista Nadine. J'ai besoin d'un coup de main, je suis charrette. »

— Je vous plains de tout mon cœur, railla Eve en étouffant un bâillement.

Dépitée, Nadine interrompit la communication.

— Je l'aime bien, décréta Peabody.

— Moi aussi. Elle est intelligente, honnête, et c'est une excellente professionnelle. Mais je n'ai pas l'intention de lui mâcher le boulot. Si je ne me manifeste pas, elle sera bien obligée de mener sa propre enquête. Laissons-la se dépatouiller, on verra si elle découvre quelque chose d'intéressant.

— Vous êtes vraiment retorse, lieutenant. C'est ce que j'admire chez vous. Par contre, en ce qui concerne McNab...

— J'ai peur que vous ne deviez vous habituer à ce cher McNab, coupa Eve.

Elles avaient atteint la 5e Avenue. Eve se gara devant le gratte-ciel de marbre noir. Peabody sur les talons, elle pénétra dans le hall du rez-de-chaussée puis elle s'engouffra, tout en serrant les dents pour combattre le vertige, dans le tube qui les emporta jusqu'à l'étage d'Amoureusement Vôtre.

Derrière le comptoir de la réception se tenait un bellâtre à la carrure impressionnante ; sa peau avait la couleur d'un chocolat crémeux à souhait, ses yeux brillaient comme d'antiques louis d'or.

— Peabody, arrêtez de frétiller, chuchota Eve. Prévenez Rudy et Piper que le lieutenant Dallas et son assistante veulent leur parler, enchaîna-t-elle à voix haute.

Il lui adressa un sourire rêveur.

— Je suis navré, mais Rudy et Piper sont en consultation.

— Dites-leur que je suis là. Et qu'ils ont encore perdu une cliente.

— Je... entendu, lieutenant, je les appelle. Je vous en prie, asseyez-vous, et n'hésitez pas à vous servir un rafraîchissement, cela vous aidera à patienter.

— Je ne vous conseille pas de me faire poireauter trop longtemps.

Cinq minutes plus tard, alors que Peabody se remettait tout juste de ses émotions et venait de commander une crème de framboise, Rudy et Piper firent leur apparition.

Comme la dernière fois, ils étaient vêtus de blanc. Ils portaient de longs manteaux qui leur tombaient jusqu'aux chevilles, et chacun d'eux arborait un simple anneau d'or à l'oreille droite – visiblement, les deux anneaux formaient la paire. Rudy avait passé un bras possessif autour de la taille de sa sœur.

Eve sentit un frisson de répulsion courir le long de son dos.

— Excusez-nous, lieutenant, fit Rudy, mais ce matin nous avons un emploi du temps chargé.

— Vous ne croyez pas si bien dire. Vous préférez que nous discutions ici ou dans votre bureau ?

Une lueur irritée vacilla dans les yeux émeraude de Rudy qui s'inclina cependant et, courtoisement, les invita à le suivre.

Dès que la porte du bureau fut refermée, Eve lança :

— Sarabeth Greenbalm était bien votre cliente ? Elle a été assassinée hier.

Piper s'effondra dans un fauteuil blanc et enfouit son visage dans ses mains.

— Mon Dieu ! souffla-t-elle.

— Calme-toi, murmura Rudy en lui caressant les cheveux. Lieutenant, vous êtes sûre qu'elle était inscrite chez nous ?

— Certaine. Il me faut la liste des partenaires que vous lui aviez choisis. Lequel de vous deux s'est occupé d'elle ?

— Moi, sans doute, chevrota Piper.

Elle releva la tête. Des larmes brillaient dans ses yeux verts, ses lèvres, qui semblaient sculptées dans de l'or pâle, tremblaient.

— En principe, c'est moi qui travaille avec les femmes, Rudy se charge des hommes. L'expérience nous a appris que les gens hésitent moins à parler d'amour avec une personne du même sexe.

Eve gardait le regard rivé sur le visage de Piper et s'efforçait de ne pas voir sa main fine qui cherchait celle de son frère.

— Je me souviens de Sarabeth, reprit Piper. Je m'en souviens, parce qu'elle n'était pas satisfaite des deux premiers rendez-vous que nous lui avions proposés. Elle voulait être remboursée.

— Et vous avez accédé à sa demande ?

— Nos contrats stipulent qu'une fois que le client a accepté un rendez-vous, il ne peut plus être remboursé, répondit Rudy.

Il pressa doucement les doigts de sa sœur, puis se dirigea vers la console blanche.

— Je vois, marmonna Eve. Au fait, vous ne m'aviez pas dit que l'agence vous appartenait.

— Vous ne nous avez pas posé la question, rétorqua-t-il.

— Qui, à part vous deux, a accès aux fichiers des clients ?

— Nous employons trente-six consultants. Piper et moi effectuons la sélection initiale, ensuite, nous attribuons à chaque candidat retenu un conseiller qui assure le suivi. Nos collaborateurs sont triés sur le volet. Ils sont tous diplômés et extrêmement compétents.

— Je veux leur dossier.

Rudy se figea.

— Je refuse, lieutenant. C'est une violation de la vie privée de nos employés.

— Peabody, demandez un mandat nous autorisant à réquisitionner toutes les bases de données informatiques de l'agence Amoureusement Vôtre.

— Oui, lieutenant.

Piper se redressa. Elle se tordait les mains.

— Rudy, tu crois que c'est nécessaire ?

— Absolument. Si la police doit examiner nos fichiers, je tiens à ce que ce soit fait de manière officielle. Pardonnez-moi, lieutenant Dallas, je vous parais sans doute peu coopératif, mais de nombreuses personnes dépendent de moi. Je me dois de les protéger.

— Moi aussi, j'ai des gens à protéger ! riposta Eve.

Son communicateur bourdonna, ce qui fit sursauter Piper.

— Un instant, dit-elle en tournant le dos à ses interlocuteurs. Dallas, j'écoute.

La figure maussade de Dickie emplit le petit écran de l'appareil.

— On a trouvé la marque des produits qu'il a utilisés pour maquiller Hawley, annonça-t-il. Ils font partie de la gamme Idéal Naturel. Je ne m'étais pas gouré, ça coûte la peau des fesses.

— Bon boulot, Dickie.

— Ça m'a pris un temps fou et, avec tout ça, je n'ai pas terminé mes achats de Noël. Bon… à première vue, il s'est servi des mêmes produits pour farder Greenbalm. Pour se procurer ces cochonneries, il faut aller dans un salon de beauté ou un centre de remise en forme. Les magasins normaux, même les plus chicos, ne les vendent pas. On ne peut pas non plus les commander sur des sites de commerce en ligne.

— Parfait, ça nous simplifiera la tâche. Vous savez qui les fabrique ?

— Mais oui, répliqua-t-il avec un sourire goguenard. L'entreprise Renaissance, filiale de Kenbar, une branche de Connors Industries. Vous n'étiez pas au courant, Dallas ?

— Allez vous faire voir, Dickie, grommela Eve qui interrompit la communication.

Elle se retourna.

— Vous savez si l'un des salons de l'immeuble vend les produits Idéal Naturel ?

— Oui, répondit Piper. Sublimissime, au dixième étage.

— Vous avez des relations avec eux ?

— Nous avons des accords avec tous les salons et les boutiques de cet immeuble, expliqua Rudy en ouvrant un tiroir où il prit une luxueuse brochure accompagnée d'une disquette qu'il tendit à Eve. Nous remettons ceci à nos clients, ce qui leur donne droit à des tarifs préférentiels. Sublimissime n'est fréquenté que par l'élite. Leur forfait Diamant comprend une consultation chez nous.

— C'est futé.

— Les affaires sont les affaires.

— Lieutenant, intervint Peabody, vous avez votre mandat. On nous le transmet immédiatement.

— Communiquez toutes les données à McNab, ordonna Eve à son assistante, alors qu'elles quittaient les bureaux d'Amoureusement Vôtre.

— Toutes ? répéta Peabody en écarquillant des yeux effarés.

— Vous avez bien entendu. Commencez par les partenaires sélectionnés pour Sarabeth Greenbalm. Ensuite, les dossiers du personnel, et la liste des clients qui se sont inscrits à l'agence au cours des douze derniers mois.

— Mais ça va me prendre au moins une demi-heure !

— Trouvez-vous un coin tranquille et mettez-vous au travail. Quand vous aurez terminé, rejoignez-moi au salon Sublimissime.

— Bien, lieutenant.

— Et souriez, Peabody. Quand vous boudez, vous êtes vilaine comme un pou.

— Je ne boude pas, je fais une tête de six pieds de long. Les poux n'ont pas une tête de six pieds de long.

Au dixième étage flottait une suave odeur printanière. Les enceintes acoustiques distillaient une douce musique - lyres et flûtes. Le sol était recouvert d'une moquette dont la texture donnait au visiteur la sensation de marcher sur des pétales de rose. Sur les murs gris ruisselait une eau limpide qui alimentait un bassin circulaire où glissaient de grands cygnes aux couleurs pastel.

Les portes de Sublimissime coulissèrent sans bruit à l'approche d'Eve, qui pénétra dans un vaste et somptueux hall meublé de profonds fauteuils vert pâle et orné de statues de bronze.

De petits droïdes circulaient entre les sièges, apportant aux clients des rafraîchissements, de la lecture, des lunettes de réalité virtuelle, et tout ce qu'il fallait pour les distraire pendant qu'on s'affairait à les mettre en beauté.

— Puis-je vous aider, madame ? demanda la femme assise derrière une console en U.

Ses yeux gris acier, de la couleur des mèches qui striaient sa chevelure magenta coiffée en pyramide, détaillèrent Eve des pieds à la tête, depuis ses bottes éraflées, son jean usé, jusqu'à sa tignasse en bataille.

— Vous êtes peut-être intéressée par notre forfait complet ? ajouta-t-elle d'une voix sucrée.

— Dois-je interpréter cette proposition comme une critique ?

— Pardon ? fit l'autre en battant des cils.

— Je vous pardonne. Ce sont les produits Idéal Naturel qui m'intéressent, figurez-vous.

— Comme vous avez raison. C'est la meilleure marque de cosmétiques qui existe sur le marché. Vous souhaitez sans doute rencontrer l'une de nos conseillères qui vous expliquera comment utiliser ces produits ? Voulez-vous que nous fixions un rendez-vous ?

Eve lui brandit son badge sous le nez.

— En effet. Et tout de suite.

— Excusez-moi, je ne comprends pas très bien.

— C'est ce que je vois. Appelez la personne qui dirige ce salon.

— Je... un instant.

Elle fit pivoter son tabouret et murmura dans l'interphone :

— Simon, pourriez-vous venir à la réception, s'il vous plaît ?

Les mains dans les poches, Eve se balançait sur ses talons, contemplant les élégants flacons disposés dans une vitrine, derrière la console.

— Qu'est-ce que c'est que ces trucs-là ?

— Des parfums personnalisés. Nous étudions les traits marquants de votre personnalité, vos atouts physiques, et nous créons un parfum à votre image. Vous concevez vous-même le flacon qui sera fabriqué selon vos directives. Il n'y en aura qu'un seul exemplaire, le vôtre.

La réceptionniste arqua ses sourcils qui paraissaient tracés au pinceau.

— C'est un beau cadeau à offrir pour Noël. Hélas ! le prix en est élevé.

— Ah oui ? rétorqua Eve, agacée par la note sarcastique qui vibrait dans la voix de son interlocutrice. J'en veux un.

— Il faut payer au moment de la commande, avant que nous ne lancions la fabrication.

Eve, furieuse, allait riposter vertement quand un bruit de pas retentit dans son dos.

— Quel est le problème, Yvette ? Je n'ai pas de temps à perdre.

— Il s'agit de cette dame, répondit la dénommée Yvette avec un sourire fielleux.

Eve se retourna. Elle fut d'abord frappée par les yeux de l'homme qui approchait. D'un bleu translucide, ils étaient frangés d'épais cils noirs et surmontés de sourcils en forme d'accent circonflexe. Ses cheveux flamboyants, coiffés en arrière pour dégager le front et les tempes, cascadaient en boucles serrées jusqu'aux épaules.

Il avait la carnation bronze d'un métis, les lèvres fardées. Sur sa pommette saillante était tatouée une licorne blanche aux sabots dorés.

D'un geste ample, il repoussa la cape bleu électrique drapée sur ses épaules. Il portait une combinaison vert pistache à rayures argent et, sur sa large poitrine, étincelait un pectoral digne d'un pharaon. Il pencha la tête de côté, ce qui fit tinter ses pendants d'oreilles, dardant sur Eve son étonnant regard.

— Que puis-je pour vous, très chère ?

— Je veux...

— Stop ! s'écria-t-il, levant ses deux mains dont les paumes étaient ornées de cœurs et de fleurs tatoués. Je connais votre visage.

Il s'avança encore. Une bouffée de parfum enveloppa Eve. Il sentait la confiture de prunes.

— Je n'oublie jamais un visage. C'est mon métier, mon art, dit-il avec emphase. J'ai déjà vu le vôtre. Oh, oui ! je l'ai déjà vu.

Sans crier gare, il saisit Eve par les épaules pour mieux l'examiner.

— Lâchez-moi, espèce de...

— La femme de Connors ! glapit-il.

Là-dessus, il lui planta un baiser sonore sur la bouche et recula prestement avant qu'elle ait pu réagir.

— Yvette, ma chérie ! dit-il, pressant les mains sur son cœur, comme s'il craignait qu'il n'éclate. L'épouse de Connors honore notre modeste salon de sa visite !

La réceptionniste blêmit.

— L'épouse de... de Connors ? Mon Dieu !

Sans prêter attention au désarroi de son employée, l'homme entraîna Eve vers un fauteuil.

— Dites-moi ce que je peux faire pour vous. Yvette, soyez un ange, annulez tous mes rendez-vous. Très chère, je suis tout à vous. Vos désirs sont des ordres.

— Pour commencer, je vous ordonne de me lâcher, mon vieux. Et de répondre à mes questions, ajouta-t-elle en lui montrant son insigne.

— Seigneur ! Comment ai-je pu oublier que Connors a épousé l'as de la police new-yorkaise ? Mille excuses, très chère.

— Dallas. Lieutenant Dallas.

— Pardonnez-moi, lieutenant. Je suis tellement émotif... Vous voir ici m'a fait perdre la tête. Vous comprenez, vous figurez parmi les dix personnalités que nous souhaiterions compter parmi notre clientèle, au même titre que la Présidente et Slinky LeMar, la reine de la vidéo. Avouez que c'est flatteur.

— J'avoue. Il me faut la liste des clients qui achètent les produits Idéal Naturel.

— Ah !

Il se laissa tomber dans un fauteuil, effleura l'écran incrusté dans l'accoudoir.

— Qu'on m'apporte une citronnade. Un rafraîchissement, lieutenant ?

— Non merci. Il me faut cette liste.

— M'autorisez-vous à demander pourquoi ?

— J'enquête sur un meurtre.

— Un meurtre, répéta-t-il.

Il se pencha vers elle et chuchota :

— C'est affreux, je sais, mais je trouve cela passionnant. Je suis un fan de films policiers.

Il avait un sourire si désarmant qu'Eve se radoucit.
— Nous ne sommes malheureusement pas dans un film.
— Oui, bien sûr. Quelle horreur, mon Dieu ! Mais je ne vois pas en quoi une gamme de cosmétiques…
Il s'interrompit, écarquilla ses yeux bleus.
— Du poison ? On a mis du poison dans l'un de nos rouges à lèvres. Oui, c'est ça ! La victime se maquillait en prévision d'une soirée de gala, au moment de se farder la bouche, elle a hésité. Que choisir ? Rouge Passion, Poudre de Bronze…
— Simon, vous voulez bien freiner un peu votre imagination ?
Il rougit, émit un petit rire confus.
— Oh, je suis incorrigible, je mériterais une fessée ! Je vais vous remettre cette liste sur-le-champ, naturellement. Mais elle risque d'être longue. Si vous pouviez me dire quels produits précis sont incriminés, ce serait plus simple.
— Pour l'instant, faites-moi une copie de la liste complète, ensuite on avisera.
— À vos ordres !
Il bondit sur ses pieds et, virevoltant comme une abeille, passa derrière la console.
— Yvette, soyez un ange, donnez à notre cher lieutenant Dallas quelques échantillons.
Eve s'approcha, dévisagea la réceptionniste avec un sourire perfide.
— Je n'ai pas besoin d'échantillons. En revanche, je veux le parfum dont nous discutions tout à l'heure.
La pauvre Yvette était tellement troublée qu'elle faillit faire la révérence.
— Mais bien sûr. C'est pour vous ?
— Non, je compte l'offrir.
— Un très beau cadeau, très original.
D'une main tremblante, Yvette extirpa de sa poche un ordinateur miniature.
— C'est pour un homme ?

— Une femme.

— Pouvez-vous m'indiquer trois traits marquants de sa personnalité ?

— L'intelligence, répondit Eve qui pensait au Dr Mira, la compassion, la conscience professionnelle.

— Très bien. Comment est-elle, physiquement ?

— Taille moyenne, mince, cheveux bruns, yeux bleus, teint clair.

— Très bien, répéta Yvette qui trouvait que ce portrait serait parfait pour un rapport de police. Ses cheveux sont-ils brun foncé, châtains ? Comment se coiffe-t-elle ?

Eve marmonna un juron. Tout ça pour un cadeau de Noël ! Elle se concentra cependant, et décrivit de son mieux le Dr Mira, la meilleure psychiatre et profileuse de New York.

Lorsque Peabody la rejoignit, elle était en train de choisir le flacon, tandis que Simon s'affairait à la console.

— Vous avez encore profité de mon absence pour faire du lèche-vitrines ! accusa Peabody.

— Non, j'en ai profité pour acheter.

— Lieutenant, le parfum doit-il être livré à votre domicile ou à votre bureau ?

— À mon domicile. Simon, vous en êtes où ?

— J'ai fini, mon cher lieutenant ! clama-t-il, rayonnant, en glissant les documents et une disquette dans un grand sac doré. Je vous ai mis aussi quelques échantillons de nos produits. Je suis certain qu'ils vous plairont. Vous me tiendrez au courant des progrès de votre enquête, n'est-ce pas ? Et revenez quand vous voudrez, à n'importe quelle heure. J'adorerais travailler sur votre visage. Oh oui, j'adorerais !

6

Une véritable marée humaine inondait la 5e Avenue. Les gens se pressaient sur les trottoirs, devant les vitrines, se bousculaient pour pénétrer dans les magasins, avec l'intention évidente de les dévaliser.

Certains, chargés comme des mules de paquets enrubannés, se frayaient péniblement un chemin dans la foule, à l'affût d'un taxi. Les panneaux publicitaires attisaient la frénésie ambiante en annonçant les prix – imbattables ! – des produits – indispensables ! – qu'un consommateur avisé se devait d'acquérir au plus vite s'il ne voulait pas compromettre son avenir et celui de sa famille.

— Ils sont tous cinglés, décréta Eve.

— Je vous signale que vous venez d'acheter du parfum, rétorqua Peabody, rancunière. Ça prouve que vous êtes contaminée.

— Je ne cours pas partout comme une folle.

— Moi, j'aime bien la cohue de Noël. Je trouve que c'est joyeux.

— Eh bien, réjouissez-vous, vous allez pouvoir en profiter. On se gare.

— Ici ?

Eve se rangea le long du trottoir, à l'angle de la 51e Rue.

— Le joaillier est à quelques blocs d'ici. On ira plus vite à pied.

Elles sortirent de la voiture. Le vent d'hiver s'engouffrait dans la rue comme dans un canyon et giflait sans pitié les passants.

— Quelle plaie ! bougonna Eve qui avait déjà le nez tout rouge. La moitié de ces gens n'habitent même pas New York. Chaque année au mois de décembre, ils nous tombent dessus comme une nuée de sauterelles.

— Ils font marcher le commerce.

— Et grimper le taux de criminalité.

À cet instant, un cri attira l'attention d'Eve qui fit demi-tour. Un voleur à la tire, chaussé de patins à air, avait renversé deux femmes pour leur arracher leurs paquets et leurs sacs.

— Lieutenant ?

— Oui, j'ai vu.

Un sourire triomphant aux lèvres, l'olibrius se fondit dans la foule. Il filait comme l'éclair, mais il eut la malencontreuse idée de passer tout près d'Eve. Leurs regards se croisèrent une fraction de seconde ; celui du garçon luisait d'excitation. Il ne comprit pas ce qui lui arrivait : un poing plus dur que l'acier le cueillit en plein foie. Le souffle coupé, il tomba à la renverse. S'il y avait eu moins de monde sur le trottoir, pensa Eve avec un brin de dépit, il aurait fait un vol plané de dix mètres.

— Peabody, trouvez un agent de la circulation, qu'il embarque ce coco !

Eve se massa le poing et, l'air absent, posa son pied botté sur le ventre du voyou. Il poussa un couinement de douleur.

— Vous savez quoi, Peabody ? Je me sens beaucoup mieux.

Au bout du compte, l'arrestation du jeune délinquant fut le seul événement satisfaisant de la matinée. Elle n'avait rien obtenu du joaillier. Ni lui ni son vendeur ne se souvenaient du client qui avait payé la première broche – la perdrix sur le poirier – en liquide. En cette période de fêtes, la boutique ne désemplissait pas, avait expliqué le bijoutier. Comment pouvait-il se souvenir de tout ce qu'il vendait et à qui ?

Eve lui avait suggéré de fouiller sa mémoire et de la contacter. Là-dessus, elle avait acheté un anneau d'oreille pour Leonardo, l'amant de Mavis – ce qui avait définitivement écœuré Peabody.

— Maintenant vous prenez le métro ou l'aérobus, vous rentrez chez moi et vous travaillez avec McNab, annonça Eve, quand elles eurent quitté la bijouterie.

— Charmant...

— Arrêtez de râler, Peabody. Il faut que j'aille au Central. Je dois informer Whitney et je veux voir Mira, pour lui demander de nous faire un profil.

— Et, par la même occasion, vous achèterez deux ou trois cadeaux de Noël.

— Serait-ce une critique ?

— Non, lieutenant, c'est un reproche.

— Débrouillez-vous pour trouver un dénominateur commun entre les listes que nous avons, Peabody, ou nous serons forcées d'interroger tous les cœurs solitaires qui ont eu recours à Amoureusement Vôtre.

Abandonnant Peabody à son triste sort, Eve s'installa dans sa voiture. Elle brancha son communicateur pour prévenir le commandant et la psychiatre de son arrivée, après quoi elle consulta ses messages. Nadine Furst lui en avait laissé deux. Eve hésita un instant, puis décida de rappeler la journaliste.

— Vous me harcelez, Nadine.

— Dallas, nom d'une pipe ! Mais où étiez-vous passée ?

— Je patrouillais dans les rues de notre bonne vieille ville afin que vous y soyez en sécurité.

— Écoutez, il ne me reste plus beaucoup de temps avant le journal de 13 heures. Donnez-moi quelque chose à me mettre sous la dent.

— Je viens de pincer un voleur à la tire dans la 5e Avenue.

— Ne vous fichez pas de moi, s'il vous plaît. Quel est le lien entre les deux meurtres ?

— Quels meurtres ? À cette époque de l'année, ce ne sont pas les cadavres qui manquent. L'esprit de Noël, sans doute.

— À d'autres, Dallas. Je sais que vous enquêtez sur l'assassinat de Marianna Hawley et de Sarabeth Greenbalm. Elles auraient été étranglées. Vous confirmez ?

— Pas de commentaire.

— Il paraît que leur meurtrier les a violées.

— Pas de commentaire.

— Mais pourquoi ce silence, bon Dieu !

— Dans l'immédiat, j'ai une marge de manœuvre extrêmement réduite. J'essaie d'arrêter un assassin, Nadine, alors, vous imaginez bien que le taux d'audience de Channel 75 est le cadet de mes soucis.

— Je pensais que nous étions amies.

— Je le pense aussi. C'est la raison pour laquelle je vous préviendrai dès que j'aurai du nouveau.

Le regard de Nadine s'éclaira.

— J'aurai l'exclusivité ? Accordez-moi une interview, Dallas. Je peux être au Central dans une heure.

— Non, pas aujourd'hui. Dites-moi, Nadine… vous fréquentez quelqu'un, ces temps-ci ?

— Vous me demandez si j'ai un petit ami, un amant ? Non, pas vraiment.

— Vous vous êtes déjà inscrite dans une agence de rendez-vous ?

— Je vous en prie, s'offusqua la journaliste en battant coquettement des cils. Je n'ai besoin de personne pour me trouver un partenaire.

— Ces agences sont à la mode à ce qu'on m'a dit.

Eve s'interrompit. Une étincelle s'était allumée dans les yeux de Nadine. Elle avait compris.

— Vous pourriez essayer, ajouta Eve.

— Oui, c'est une idée. Merci, Dallas. Je vous quitte, je suis à l'antenne dans cinq minutes.

— Encore une question. Est-ce que je dois vous acheter un cadeau de Noël ?

— Absolument, répondit la journaliste avec un sourire malicieux. Moi, j'ai déjà le vôtre.

— C'est bien ma veine.

Tout en pestant, Eve mit fin à la communication et accéléra. Quelques minutes plus tard, elle se garait dans le parking du Central.

Avant de rejoindre le commandant Whitney, elle fit halte devant un distributeur pour se payer un tube de Pepsi et une barre de chocolat vitaminé qu'elle se hâta d'engloutir. Résultat, quand elle entra dans le bureau de Whitney, elle avait l'estomac chaviré.

— Où en êtes-vous, lieutenant ?

— Nous avons les listes des partenaires sélectionnés par Amoureusement Vôtre pour Hawley et Greenbalm. Nous espérons mettre le doigt sur un dénominateur commun. McNab de la DDE et Peabody sont chez moi, ils explorent la piste des broches que le meurtrier a laissées sur le corps des victimes et des cosmétiques qu'il a utilisés pour les farder.

La lassitude se lisait sur le visage de Whitney ; dans la lumière hivernale, sa peau d'un brun chaud paraissait presque grise. D'un geste, il montra la baie vitrée derrière lui. La circulation aérienne était particulièrement intense et, en contrebas, la rue grouillait de monde.

Comme toujours quand elle était dans le bureau du commandant, Eve songea qu'elle ne supporterait pas d'avoir en permanence ce panorama sous les yeux. Elle aurait le vertige du matin au soir. Elle préférait de très loin son cagibi encombré, avec sa minuscule fenêtre.

— Savez-vous combien de touristes et de visiteurs cette ville accueille durant les semaines qui précèdent Noël ?

— Non, je n'en ai pas la moindre idée.

— Des centaines de milliers, d'après le maire. Il m'a appelé ce matin pour me dire que New York ne pouvait pas se permettre d'abriter dans ses murs un tueur en série. C'est mauvais pour le commerce.

Il esquissa un sourire sans joie.

— Que des femmes se fassent violer et étrangler ne semble pas le déranger outre mesure. Il a surtout peur que les médias ne révèlent que l'assassin est déguisé en Père Noël. Voilà ce qui, selon lui, serait désastreux.

— Pour l'instant, les journalistes ne sont pas au courant. Mais Nadine Furst, de Channel 75, a déjà été informée qu'il s'agissait de crimes sexuels. Elle n'en sait pas plus.

— Il vaudrait mieux qu'elle n'en apprenne pas davantage. Quand va-t-il recommencer, à votre avis ?

— Cette nuit, demain au plus tard.

« Et nous ne pouvons pas l'en empêcher », pensa-t-elle. Whitney hocha la tête.

— L'agence de rendez-vous est votre seule piste ?

— Oui, commandant. Jusqu'à présent, c'est la seule qui nous paraisse valable. Apparemment, les victimes ne se connaissaient pas. Elles n'habitaient pas le même quartier, elles évoluaient dans des milieux différents. Il n'y avait même pas de ressemblance physique entre elles.

Elle s'interrompit, attendit une réaction, mais Whitney demeura silencieux.

— Je vais de ce pas consulter le Dr Mira, mais je crois que notre homme a déjà un plan précis. Il s'est fixé un objectif : frapper douze fois avant la fin de l'année. Il lui reste moins de deux semaines, donc il ne doit pas perdre de temps.

— Vous non plus.

— Effectivement. Pour lui, Amoureusement Vôtre est un vivier, c'est là qu'il pêche ses victimes. Il se doutait bien qu'on chercherait la provenance des cosmétiques et des broches. Cela ne l'a pas arrêté. Par conséquent, il est sûr d'avoir brouillé ses traces. Si on ne découvre pas une faille dans les prochaines vingt-quatre heures, il nous faudra peut-être recourir aux médias pour prévenir la population.

— Et quelle sera la teneur de votre message ? Si vous apercevez un gros bonhomme en houppelande rouge, alertez la police ?

Whitney se leva.

— Débrouillez-vous pour trouver cette faille. Je ne veux pas avoir douze cadavres au pied de mon sapin de Noël.

Eve opina avec raideur et sortit du bureau. Dès qu'elle eut franchi le seuil, elle alluma son communicateur.

— McNab, par pitié, annoncez-moi une bonne nouvelle.

— Je fais le maximum, lieutenant, répondit-il en mastiquant ce qui semblait être de la tarte à l'ananas. J'ai rayé de la liste des suspects potentiels l'ex-mari de la première victime. Le soir du meurtre, il assistait à un match de base-ball avec trois copains. Aucune compagnie de transport n'a délivré de billet à son nom. Il n'est pas venu sur la côte Est depuis deux ans.

— Un de moins, dit Eve en pénétrant dans l'ascenseur. Ensuite ?

— Aucun point commun entre les listes de Hawley et de Greenbalm, mais je vérifie les empreintes digitales et vocales de ces dix types. Deux d'entre eux, sélectionnés pour Hawley, ont un alibi. Je m'attaque aux autres.

— Non, occupez-vous d'abord des clients de Sublimissime qui achètent les produits Idéal Naturel. Bon, je vous laisse. Je serai de retour dans environ deux heures, conclut-elle, comme l'ascenseur s'arrêtait.

Elle traversa le hall du service que dirigeait le Dr Mira. Il n'y avait personne à la réception, mais la porte du bureau de la psychiatre était entrebâillée. Eve hésita puis s'approcha. Mira, plongée dans l'étude d'un dossier, grignotait un petit sandwich.

Eve s'immobilisa. Elle n'avait pas souvent l'occasion de l'observer en catimini. Mira était toujours tellement vigilante.

Elle avait un visage serein, une silhouette racée. Elle incarnait l'idée qu'Eve se faisait d'une grande dame : réservée, élégante, cultivée.

La folie, la violence et la perversion, qu'elle côtoyait pourtant quotidiennement, ne la décourageaient pas : la compassion qu'elle témoignait à ses semblables semblait inépuisable.

Soudain, Mira sentit sa présence et tourna la tête. Un sourire chaleureux éclaira son visage.

— Excusez-moi d'arriver sans me faire annoncer, dit Eve. Votre assistante n'est pas là.

— Elle est allée déjeuner. Entrez donc.

— Elle déjeune, et vous vous contentez d'un sandwich ?

— Les policiers et les psychiatres sont logés à la même enseigne, n'est-ce pas ? Nous mangeons quand nous en avons le temps. Une tasse de thé ?

Sans attendre de réponse, Mira programma l'autochef. C'était un rituel qu'Eve avait appris à supporter. Elle avait une sainte horreur du thé de Mira, qui avait un vague goût de fleur, mais elle en boirait stoïquement une gorgée.

— J'ai lu les informations que vous m'avez transmises, ainsi que la copie des rapports. Vous aurez un profil complet dès demain.

— Et aujourd'hui, vous ne pouvez rien me dire ?

— Rien que vous ne sachiez déjà, je présume.

Mira s'installa dans un confortable fauteuil, près d'Eve. Le lieutenant Dallas, songea-t-elle, n'avait pas bonne mine. Elle était pâle, amaigrie. Elle avait repris le travail trop tôt. Il était cependant inutile de lui conseiller de se ménager.

— La personne que vous recherchez est vraisemblablement un homme. Il a entre trente et cinquante ans. Il est maître de lui, bien structuré, très organisé. Il aime être au centre de l'attention, il a une très haute opinion de lui-même. Peut-être a-t-il eu l'ambition de devenir acteur, peut-être évolue-t-il dans le milieu du spectacle.

— En tout cas, devant la caméra, il a joué son rôle à fond, commenta Eve.

— Exactement. Il porte un costume, il utilise des accessoires. À mon avis, ce n'est pas uniquement pour brouiller les pistes. Il campe un personnage. Un personnage comique. Quand il tue, il donne une représentation. Il en retire un plaisir intense. Et, comme il est lâche, il ne laisse rien au hasard.

— Ils sont tous lâches, observa Eve.

— Sans doute, mais lui en est conscient. Il se hâte de droguer ses victimes pour les empêcher de se débattre et, éventuellement, de prendre le dessus. Ensuite, il met en scène le spectacle qu'il a imaginé. Il couche sa victime, il la ligote et la déshabille. Il ne lui arrache pas les vêtements, il les découpe soigneusement. Une fois qu'elle est à sa merci...

— ... il la viole.

— Oui, parce qu'elle est attachée, nue et impuissante. Sinon, elle le rejetterait, il le sait. Il a vécu le rejet, il en a souffert. Il fait très attention à ce que sa victime ne soit pas assommée par la drogue, il veut qu'elle reste lucide, qu'elle le voie et comprenne qu'il a le pouvoir.

— Le pouvoir... murmura Eve d'une voix sans timbre. Les violeurs cherchent toujours à démontrer qu'ils sont les plus forts.

— En effet.

Mira, qui connaissait le passé d'Eve, faillit lui prendre la main. Elle s'en abstint cependant, sachant que la jeune femme n'apprécierait pas ce geste.

— Puis il passe au dernier acte, poursuivit-elle. La strangulation. Pour lui, c'est le comble du plaisir sexuel. Enfin, la guirlande, le maquillage. À nouveau le spectacle, la comédie. C'est une sorte de récompense, un cadeau qu'il s'offre à lui-même. Il se peut que le thème de Noël ait un sens particulier pour lui.

— Et le sapin de Marianna Hawley ?

Voyant que Mira haussait les sourcils d'un air interrogateur, Eve enchaîna, un peu embarrassée, comme toujours lorsqu'elle se lançait dans une interprétation psychologique.

— En abîmant le sapin, en piétinant les anges qui le décoraient, il cherchait peut-être à détruire un symbole de pureté.

— Ce n'est pas impossible.

— Et les broches, les tatouages ?

— Il est romantique.

— Romantique ?

— Oui, profondément. Il marque ses victimes pour signifier qu'il les aime, il leur offre un bijou, il prend le temps et le risque de les faire belles avant de les quitter.

— Est-ce qu'il les connaît ?

— À mon avis, oui. Ce n'est pas forcément réciproque. Mais lui les connaît, il les a observées, épiées. Il les a choisies et, pendant les quelques heures où elles lui ont appartenu, il les a vraiment aimées. Vous noterez qu'il ne les mutile pas. Il les pare, les embellit. Artistiquement, voire amoureusement. Mais quand il a terminé, il asperge la morte de désinfectant. Il s'efface, en quelque sorte. Il nettoie, récure, il se lave pour débarrasser son propre corps du souvenir de la femme. Lorsqu'il s'en va, il jubile. Il est triomphant. Et il se prépare pour sa prochaine conquête.

— Marianna Hawley et Sarabeth Greenbalm ne se ressemblaient pas du tout. Elles avaient des modes de vie, des habitudes, des métiers différents.

— Elles avaient néanmoins un point commun. À un moment de leur existence, elles se sont senties tellement seules et perdues qu'elles ont déboursé une somme rondelette pour qu'on les aide à trouver un compagnon.

— Leur « seul amour », marmonna Eve.

Elle reposa sa tasse de thé. Elle n'en avait même pas bu une goutte.

— J'espère que vous êtes remise de votre blessure, Eve ?

— Je suis en pleine forme.

— Vous n'avez pris que trois semaines de convalescence, n'est-ce pas ? C'est peu.

— Le travail est mon meilleur remède.

— Oui, je sais que vous en êtes convaincue, répliqua Mira avec un sourire plein de gentillesse. Où en êtes-vous de vos préparatifs de Noël ?

— Bof, j'ai acheté deux ou trois bricoles.

— Ce ne doit pas être facile d'offrir quelque chose à Connors.

— Un vrai casse-tête.

— Je suis certaine que vous résoudrez parfaitement le problème. Personne ne le connaît mieux que vous.

— Quelquefois, j'en doute, avoua Eve. Je ne comprends pas qu'il se laisse contaminer par la frénésie ambiante. Il veut donner des fêtes, décorer la maison, tout le tralala. Ça me dépasse.

— Tous les deux, vous n'avez pas été des enfants comme les autres. Vous n'avez pas connu l'excitation, l'émerveillement qu'éprouvent les enfants, le matin de Noël, quand ils découvrent leurs cadeaux au pied du sapin. Je crois que Connors cherche à rattraper le temps perdu, à vous fabriquer des souvenirs heureux. Vu ce que je sais de lui, ajouta Mira avec un rire joyeux, je suis sûre que ce Noël sera mémorable !

— Vous parliez de sapins, eh bien, figurez-vous qu'il en a commandé une ribambelle, de quoi reboiser la planète.

— Laissez-vous aller, Eve. Permettez-lui de vous émerveiller. Ce sera votre cadeau mutuel.

— Avec Connors, de toute façon, je n'ai pas le choix.

Eve se leva.

— Merci de m'avoir reçue, docteur Mira.

— Encore une chose, Eve, rétorqua la psychiatre en se levant à son tour. Pour l'instant, le meurtrier ne représente un danger que pour les personnes sur lesquelles il a jeté son dévolu. Il ne tuera pas au hasard, sans s'être méticuleusement préparé. Il est néanmoins possible que cela change. Je ne sais pas quand ni pourquoi, mais il pourrait modifier son *modus operandi*.

— Oui, je n'en serais pas surprise. Je vous tiendrai au courant.

Quand Eve rentra chez elle et monta dans son bureau, Peabody et McNab, assis côte à côte à la console, étaient en pleine bagarre. Ils avaient l'air de deux bouledogues qui se disputent le même os. On les entendait presque grogner.

Dans d'autres circonstances, Eve s'en serait amusée. Mais, ce jour-là, ce comportement puéril accrut son irritation.

— Arrêtez ce manège ! dit-elle d'un ton sec. Où en êtes-vous ? Peabody, je vous écoute !

Celle-ci coula un regard noir en direction de son ennemi, puis déclara :

— Nous sommes sur la piste des cosmétiques et nous avons fait des recoupements avec les listes de Hawley et de Greenbalm. Ça nous donne trois noms. Deux – un pour Hawley et un pour Greenbalm – ont acheté les produits Idéal Naturel. Ça va des crèmes de soin pour la peau au mascara. Un autre, un partenaire de Hawley, a acheté des brosses pour les cils et les sourcils, ainsi que deux rouges à lèvres. Nous savons que Greenbalm avait sur les lèvres le rouge Cupidon. Les trois suspects ont acheté ce fard.

Tel un professeur interrompant une élève trop bavarde, McNab leva un doigt autoritaire.

— Vous oubliez un petit détail ! Le rouge Cupidon et le mascara Châtaigne sont généralement offerts en échantillon. La preuve, ajouta-t-il, désignant l'assortiment que Simon avait remis à Eve, vous les avez là.

— On ne peut pas suivre la piste de chaque échantillon, riposta Peabody avec mépris. On a trois noms, c'est un bon point de départ.

— L'ombre à paupières Brume Londonienne qu'il a utilisée pour Hawley est l'un des produits les plus chers de la gamme. On ne la donne pas en échantillon. Elle est vendue séparément ou dans le coffret de luxe. C'est cette piste-là qu'il faut suivre.

— Peut-être que ce salaud l'a piquée quand il s'est procuré les autres fards. Vous voulez pister tous les voleurs à l'étalage de cette ville ?

— On n'arrive pas à savoir qui a acheté cette ombre à paupières. Donc, c'est à ce produit-là que nous devons nous intéresser.

Comme ils semblaient prêts à se mordre, Eve s'interposa.

— Le premier qui ouvre son clapet, je l'assomme. Vous avez raison tous les deux. On va interroger ces types et chercher l'acheteur de ce truc pour les paupières. Peabody, vous descendez et vous m'attendez dans la voiture.

Le regard menaçant d'Eve dissuada Peabody de protester. Sitôt qu'elle eut quitté la pièce, McNab secoua la tête d'un air dégoûté.

— Pas de commentaire, sinon gare ! tonna Eve. Vous me repassez les fichiers d'Amoureusement Vôtre au peigne fin, clientèle et personnel, et vous me trouvez qui, là-dedans, a acheté l'ombre à paupières. Dites : oui, lieutenant.

— Oui, lieutenant, soupira-t-il.

— Très bien. Pendant que vous y êtes, McNab, jetez un œil aux relevés bancaires de Rudy et de Piper. Et débrouillez-vous pour découvrir leur marque de cosmétiques préférée.

— Oui, lieutenant.

— Et arrêtez de bouder ! ordonna-t-elle en quittant le bureau d'un pas de grenadier

— Ah, les femmes ! grommela-t-il.

— De merveilleuses créatures, n'est-ce pas ? lança une voix grave.

McNab sursauta. Connors se tenait immobile dans l'encadrement de la porte de communication entre son bureau et celui de son épouse.

— Je me permets d'émettre quelques réserves, répondit McNab, lugubre.

— Haut les cœurs, voyons ! rétorqua Connors, narquois. Pensez que, si vous découvrez qui a acheté ce fard à paupières, on vous tressera des lauriers.

Il s'approcha, se pencha sur l'écran et parcourut les documents qui, en principe, étaient strictement confidentiels.

— Figurez-vous que j'ai deux heures de liberté devant moi. Vous voulez un coup de main ?

— C'est-à-dire que...

— Ne vous inquiétez pas pour le lieutenant, coupa Connors en s'asseyant près du jeune enquêteur. Je sais comment l'amadouer.

Donnie Ray Michael était encore en peignoir. Un anneau d'argent orné d'une émeraude ornait son nez. Il avait des yeux noisette, une chevelure couleur beurre frais et une haleine pestilentielle.

Il examina l'insigne d'Eve, bâilla à s'en décrocher la mâchoire.

— Qu'est-ce qui se passe ?

— Vous avez un moment à nous accorder ?

— Ce n'est pas le temps qui me manque. Pourquoi ?

— Je vous répondrai si vous nous laissez entrer et si vous allez vous rincer la bouche.

— Oh ! fit-il en rougissant. C'est que, vous comprenez, je dormais. Je n'attendais personne. Surtout pas des flics.

D'un geste, il les invita à pénétrer dans l'appartement et se précipita vers la salle de bains.

Son studio était une vraie porcherie. Des vêtements traînaient dans tous les coins. Des emballages de traiteur, des cendriers débordant de mégots et des disquettes jonchaient le sol. Dans un angle, près d'un divan usé jusqu'à la corde, trônait un saxophone étincelant.

Eve renifla. Une odeur d'oignon et d'herbe illicite flottait dans l'air.

— Si nous avons besoin d'un mandat, nous n'aurons pas à chercher bien loin un motif valable, glissa-t-elle à Peabody.

— Usage de stupéfiants ?

— Exactement. Il fume du Zoner, les murs en sont imprégnés.

— Moi, je sens juste l'oignon et la transpiration.

— Vous avez le nez bouché, ma parole !

Donnie Ray les rejoignit. Il avait le regard plus vif et s'était manifestement aspergé la figure d'eau fraîche.

— Excusez le désordre. Le droïde est en congé sabbatique. Alors, qu'est-ce que vous me voulez ?

— Vous connaissez Marianna Hawley ?

— Marianna ? répéta-t-il, perplexe. Ça ne me dit rien. Pourquoi, je devrais la connaître ?

— Vous l'avez rencontrée par l'intermédiaire d'Amoureusement Vôtre.

— Ah ! l'agence de rendez-vous.

Il écarta d'un coup de pied un tas de vêtements et se laissa tomber dans un fauteuil.

— Ouais, ça remonte à quelques mois. J'étais dans une mauvaise passe. Marianna... Une grande rousse ? Non, attendez, celle-là s'appelait Tania. On s'entendait bien, mais elle est partie s'installer à Albuquerque. Qu'est-ce qu'on peut faire dans un trou pareil, je vous le demande.

— Je vous parle de Marianna, Donnie Ray. Une jolie brune, mince, les yeux verts.

— Mais oui ! Maintenant je m'en souviens. Elle était gentille. On n'a pas eu le déclic, si vous voyez ce que je veux dire. Elle est venue m'écouter au club où je jouais, on a bu un verre, et voilà.

— Il vous arrive de regarder les informations ?

— Pas quand je bosse. Depuis trois semaines, je travaille à *L'Empire* avec un groupe. De 22 heures à 4 heures du matin.

— Sept soirs par semaine ?

— Non, cinq. Plus, c'est pas possible.

— Et mardi, vous avez travaillé ?

— Non, le lundi et le mardi, je suis de repos.

Il était à présent complètement réveillé ; une expression méfiante se peignit sur son visage.

— Pourquoi ces questions ?

— Marianna Hawley a été assassinée dans la soirée de mardi. Où étiez-vous entre 21 heures et minuit ?

— Assassinée. Merde alors !

Il se leva et se mit à arpenter la pièce, piétinant au passage un carton de pizza. Eve nota avec intérêt qu'il ne semblait pas effrayé. Il était simplement consterné.

— Vous auriez souhaité qu'elle devienne votre maîtresse ? Votre compagne ?

— Écoutez, j'ai bu un verre avec elle, c'est tout. On a bavardé, j'admets que j'ai essayé de la convaincre de coucher avec moi. Comme ça, pour le plaisir. Elle a refusé. Les aventures passagères, ce n'était pas son style. Je l'ai trouvée adorable. Cette fille-là, on ne pouvait pas s'empêcher de l'aimer.

Il fourragea dans ses cheveux.

— Je l'ai rencontrée il y a six mois, peut-être plus. Je ne l'ai pas revue depuis.

— Où étiez-vous mardi soir ?

— Je n'en sais rien. J'ai sans doute fait la tournée des clubs, j'ai traîné. Attendez que je réfléchisse...

Il ferma les yeux pour mieux se concentrer.

— Il me semble que je suis allé au *Crazy Charlie*. Il y avait un nouvel orchestre.

— Vous étiez seul ?

— J'ai commencé la soirée avec une bande de potes, mais je ne me rappelle pas qui m'a accompagné au *Crazy*

Charlie. Quand j'ai atterri là-bas, j'étais déjà passablement éméché.

— Dites-moi, Donnie Ray, pour qui avez-vous acheté les produits Idéal Naturel ? Vous ne me paraissez pas du genre à vous maquiller.

— Quoi ?

Interloqué, il se rassit dans le fauteuil.

— Idéal Naturel ? Qu'est-ce que c'est que ce machin-là ?

— Vous devriez le savoir, vous avez déboursé plus de deux mille dollars. Ce sont des cosmétiques, Donnie Ray.

— Des cosmétiques...

Il fourragea de nouveau dans ses cheveux, qui se dressaient maintenant sur son crâne tels des piquants jaunes.

— Ah oui, ça me revient ! s'exclama-t-il. Je les ai offerts à ma mère pour son anniversaire.

Eve jeta un coup d'œil circulaire. Une porcherie, vraiment.

— Vous avez claqué deux mille dollars pour l'anniversaire de votre mère ? fit-elle, sceptique.

— Maman est géniale. Mon père nous a abandonnés quand j'étais gamin. Elle a trimé comme une esclave pour que j'aie un toit et que j'apprenne la musique. Je suis un bon musicien, vous savez, ajouta-t-il en désignant le saxophone. Sacrément bon, même. Et maintenant, c'est moi qui l'aide à payer son loyer. Elle habite le Connecticut, une jolie maison dans un quartier agréable. Je reconnais qu'ici, c'est le foutoir, mais je m'en fiche. Je ne suis jamais là, sauf pour dormir.

— Et si j'appelais votre mère, là tout de suite, et lui demandais ce que son petit Donnie Ray lui a offert pour son dernier anniversaire ?

Il n'eut pas l'ombre d'une hésitation.

— Le communicateur est sur cette table, contre le mur. Le numéro de maman est programmé. Seulement, s'il vous plaît, ne lui dites pas que vous êtes flic. Elle s'inquiéterait. Racontez-lui... je ne sais pas, moi... n'importe quoi.

— Peabody, enlevez votre veste d'uniforme, et contactez la mère de Donnie Ray.

Eve s'écarta et se percha sur l'accoudoir du fauteuil du jeune homme.

— Lorsque vous vous êtes inscrit à Amoureusement Vôtre, est-ce Rudy qui a établi votre profil ?

— C'est lui que j'ai vu la première fois. Comme tous les candidats, je suppose. On passe un genre d'audition. Ensuite, on a affaire à un consultant qui vous pose tout un tas de questions sur vos goûts, vos rêves, vos loisirs. Il faut aussi subir un examen médical, pour s'assurer que vous ne prenez pas de stupéfiants.

— En ce qui vous concerne, les analyses n'ont pas révélé que vous aviez un penchant pour le Zoner ?

— Euh... non, répondit-il, penaud. Ce jour-là, j'étais clean.

— Votre mère désirerait sans doute que vous le restiez.

— Euh... oui.

Peabody, à l'autre bout de la pièce, reposa le communicateur.

— Mme Michael a bien reçu une gamme complète de cosmétiques et de fards Idéal Naturel pour son anniversaire, déclara-t-elle en remettant sa veste.

Elle sourit à Donnie Ray.

— Elle était enchantée de son cadeau.

— Elle est belle, hein ?

— Très.

— Elle est géniale.

— Elle dit la même chose de vous.

— Pour Noël, je lui ai acheté des boucles d'oreilles. Deux diamants. Ils sont petits, bien sûr, mais je crois qu'elle sera contente.

Maintenant qu'il avait vu Peabody sans sa veste – qui ne mettait pas ses formes en valeur –, il fixait sur elle un regard nettement plus pétillant. À l'évidence, elle ne lui déplaisait pas.

— Vous êtes déjà allée à *L'Empire* ?

— Non, pas encore.

— Vous devriez venir, un de ces soirs. L'orchestre est super, je vous garantis que ça déménage.

— Eh bien, peut-être que je viendrai vous écouter.

Comme Eve fronçait les sourcils, Peabody se hâta d'enchaîner :

— Merci de votre coopération, monsieur Michael.

— Faites plaisir à votre mère, lança Eve avant de sortir. Nettoyez un peu votre studio et oubliez le Zoner.

— Ouais, d'accord.

Il adressa à Peabody un sourire enjôleur, puis referma la porte.

— Agent Peabody, déclara Eve d'un ton sévère, il est interdit de flirter avec les suspects.

— Je suis convaincue qu'il n'est pas coupable. Et il est mignon tout plein.

— Tant que nous n'aurons pas vérifié son alibi, il est suspect. J'ajoute qu'il vit dans une porcherie, d'où je conclus que c'est un cochon.

— Un cochon vraiment mignon, lieutenant.

— Peabody, nous avons encore deux personnes à interroger. Essayez de contrôler vos hormones, s'il vous plaît.

— Je m'y efforce, lieutenant. Mais je dois avouer que ce n'est pas désagréable quand ce sont elles qui me contrôlent...

7

Les autres interrogatoires ne donnèrent rien. Quand elle rentra chez elle, Eve était d'une humeur massacrante. En découvrant son bureau plongé dans l'obscurité, et McNab envolé, elle faillit piquer une crise.

Heureusement pour le jeune enquêteur et son avenir professionnel, il avait eu la prudence de laisser un mémo enregistré.

« Lieutenant, je suis parti à 16 h 45. J'ai mis le doigt sur deux ou trois petites choses qui pourraient vous intéresser. Tout est dans le dossier de l'affaire, fichier E. Piper et Rudy ont acheté le fard à paupières. Piper s'est aussi payé le rouge à lèvres. Entre parenthèses, ces deux-là roulent sur l'or. Pas autant que Connors, mais ils ont le portefeuille bien garni. Tout leur fric, jusqu'au dernier sou, est sur un compte commun. »

« Tiens donc », se dit Eve. Lors de ses entretiens avec les jumeaux Hoffmann, elle avait eu la nette impression que Rudy dirigeait la société. C'était toujours lui qui avait pris les décisions, qui lui avait remis les documents qu'elle réclamait.

Il gérait donc aussi l'argent.

Il contrôlait tout.

Il avait le pouvoir.

Il lui était facile de se choisir des victimes parmi les clientes de l'agence.

« Toujours à propos du fard à paupières et du rouge à lèvres, poursuivait la voix de McNab, j'ai un client pour les deux : Charles Monroe. La première fois, il m'a échappé parce qu'il a inscrit un autre nom sur le bon de commande qu'il a rempli pour recevoir le catalogue des nouveaux produits. Fin du mémo. »

Eve fronça les sourcils. Son instinct lui soufflait de se concentrer sur Rudy, mais elle serait quand même obligée d'interroger ce bon vieux Charlie.

Tournant la tête, elle vit que de la lumière filtrait sous la porte du bureau de Connors. Puisqu'il travaillait, c'était le moment de s'occuper d'une affaire beaucoup plus personnelle.

Sans bruit, elle monta l'escalier, s'assura que Summerset ne rôdait pas dans les parages et se faufila dans la bibliothèque.

Les murs de l'immense pièce et de la mezzanine étaient couverts de livres. Elle ne comprendrait jamais pourquoi un homme qui pouvait s'offrir une petite planète rien qu'en claquant des doigts préférait s'encombrer de volumineux bouquins au lieu de lire sur un écran, comme tout le monde.

Elle reconnaissait cependant que les reliures en cuir avaient une odeur incomparable et que ces innombrables volumes alignés sur les étagères d'acajou étaient bien agréables à contempler.

Des canapés et des fauteuils en cuir bordeaux étaient disposés à chaque bout de la pièce. Sur des guéridons et des tables fabriqués et sculptés par des artisans d'un autre siècle trônaient des lampes en cuivre. Les abat-jour en pâte de verre colorée diffusaient une douce lumière qui se reflétait sur le parquet de chêne ciré, réchauffé par de somptueux tapis d'Orient.

Eve ne venait pas souvent ici. Connors, en revanche, y passait de longs moments. Il disait que la lecture le détendait. Il avait appris à lire tout seul, quand il n'était encore qu'un gamin des bas-fonds de Dublin. Un jour, il avait trouvé dans une ruelle un livre de Yeats, à moitié déchiré ; cette découverte avait changé sa vie.

Elle savait qu'un ordinateur ultra-moderne était dissimulé dans un cabinet ancien, incrusté de lapis-lazuli et de malachite. Elle s'en approcha, jeta un coup d'œil inquiet par-dessus son épaule, et ouvrit doucement les portes.

— Démarrage, commanda-t-elle à voix basse. Index des auteurs. Recherche Yeats.

— *Yeats, Elizabeth ? Yeats, William Butler ?*

Eve se gratta le nez.

— Qu'est-ce que j'en sais, moi ? Un poète irlandais.

— *Yeats, William Butler. Répertoire des ouvrages...* Les Pérégrinations d'Oisin, *section D, cinquième rayon.* La Comtesse Cathleen, *section D...*

— Stop. Modifie la recherche. Indique-moi les bouquins de ce bonhomme qui ne sont pas dans cette bibliothèque.

— *Recherche...*

Connors les avait certainement tous, pensa-t-elle, irritée. Son idée, qui lui avait paru lumineuse, était grotesque.

— Lieutenant ?

Eve fit un bond. Summerset était entré à pas de loup et se tenait à côté d'elle.

— Vous ne perdrez donc jamais cette sale manie de me tomber dessus sans crier gare ?

Elle avait horreur de cela, il le savait pertinemment et prenait un malin plaisir à la surprendre.

Il la dévisagea d'un air impassible.

— Je croyais que vous lisiez uniquement des rapports et, exceptionnellement, une disquette, cependant... je puis peut-être vous aider à trouver le livre que vous cherchez ?

— Écoutez, mon vieux, je suis chez moi. J'ai le droit de venir ici, aboya-t-elle, car il lui donnait l'impression d'être une voleuse. Et je n'ai pas besoin de votre aide !

— Toutes les œuvres de Yeats, William Butler, figurent au catalogue de la bibliothèque. Voulez-vous les titres ?

— Non, pas la peine !

— Yeats, lieutenant ? demanda Summerset, intrigué. Est-ce une pièce qui vous intéresse, un recueil ou un poème particulier ?

— On vous a engagé dans la police ?

— Ces livres ont une grande valeur, poursuivit-il, imperturbable. La plupart d'entre eux sont des éditions originales, très rares. Vous pouvez trouver toutes les œuvres de Yeats dans la bibliothèque informatique. Cela vous conviendrait sans doute mieux.

— Je n'ai aucune envie de lire ces trucs-là, je voulais juste voir s'il lui manquait un titre. Mais il les a tous, naturellement. Qu'est-ce que je vais faire ?

— À quel propos ?

— Noël, espèce de vieux schnock ! bougonna-t-elle, furieuse.

Summerset plissa les lèvres.

— Vous souhaitiez offrir un ouvrage de Yeats à Connors pour Noël.

— Bravo, vous avez tout compris.

Il devait admettre, à contrecœur, qu'elle était parfois touchante. En outre, il avait une dette envers elle : elle avait failli mourir pour lui sauver la vie, un souvenir qui les mettait tous deux terriblement mal à l'aise. Peut-être pouvait-il se racheter, du moins en partie.

— Lieutenant... il lui manque une édition originale : *Le Pays du désir du cœur*.

— C'est quoi ?

— Une pièce en vers.

— De Yeats ?

— Oui.

Une part d'elle-même, la moins reluisante, brûlait d'envoyer le majordome sur les roses. Elle réussit à se retenir.

— D'après l'ordinateur, il a pourtant tout.

— Il possède en effet cet ouvrage, mais pas en édition originale. Yeats est extrêmement important aux yeux de Connors, je suppose que vous le savez. Je connais un marchand de livres anciens à Dublin. Je pourrais le contacter et voir si on peut se procurer cette pièce.

— On l'achète, on ne la vole pas, rétorqua-t-elle d'un ton ferme.

Comme le majordome se raidissait, elle esquissa une grimace sarcastique.

— C'est que je connais vos relations. Je tiens à ce que cette transaction reste dans la légalité.

— Je n'avais pas l'intention de procéder autrement. Toutefois, ce ne sera pas bon marché, ajouta-t-il, perfide. Dans la mesure où vous avez attendu la dernière minute, il faudra sans doute payer un supplément pour l'obtenir à temps pour Noël.

— Si votre copain me déniche ce bouquin, je paierai ce qu'il demande.

Puis, comme elle ne trouvait rien d'autre à dire, elle marmotta :

— Merci.

Il hocha la tête et la regarda sortir de la bibliothèque d'un pas décidé ; ce fut seulement quand elle eut disparu qu'un sourire presque malicieux éclaira la figure émaciée du majordome.

Eve prit l'ascenseur pour rejoindre la chambre conjugale. Elle pestait intérieurement. L'amour était un fléau, il vous poussait à collaborer avec des individus qui s'ingéniaient pourtant à vous empoisonner l'existence. Si le squelette ambulant lui arrangeait le coup, elle lui devrait une fière chandelle.

Quelle humiliation !

Puis les portes de l'ascenseur s'ouvrirent, Eve vit Connors devant elle. Son visage d'ange déchu, son demi-sourire, ses yeux incroyablement bleus.

Pour lui, elle serait prête à endurer les pires humiliations.

— J'ignorais que tu étais rentrée, ma chérie.

— Je... j'avais des trucs à faire. Dis donc, tu m'as l'air très content de toi.

Il la guida vers l'estrade sur laquelle trônait leur lit.

— Qu'est-ce que tu en penses ?

Dans les profondeurs du bow-window se dressait un arbre aux branches largement déployées et dont la cime touchait presque le plafond.

Eve battit des cils.

— Il n'est pas un peu... grand ?

— Apparemment, tu n'as pas encore eu l'occasion d'admirer celui du salon. Il est deux fois comme celui-ci.

Circonspecte, elle s'approcha. Cet arbre mesurait au moins trois mètres. Si jamais il se renversait, il tomberait comme une masse sur le lit et les écrabouillerait.

— Ça sent la forêt. Et maintenant, je suppose qu'il faut le décorer ?

Il lui enlaça la taille, l'attira doucement contre lui.

— Je m'occuperai des guirlandes plus tard.

— Pourquoi toi ?

— C'est un travail d'homme, répliqua-t-il en l'embrassant dans le cou.

— Ah bon, qui a décrété ça ?

— Les dames des siècles passés, lesquelles étaient assez malignes pour ne pas se charger des corvées que leurs maris pouvaient exécuter. Tu as fini ta journée, lieutenant ?

Les yeux clos, elle ployait la nuque sous ses baisers. Un délicieux vertige la faisait vaciller.

— J'ai encore un rapport à rédiger. Mais je crois qu'il peut attendre.

— Tant mieux. Viens avec moi.

— Où ?

— Au bout du monde.

Il la souleva dans ses bras, l'emporta dans l'ascenseur qui descendit jusqu'à l'étage de la salle d'hologrammes.

— Programme, commanda-t-il.

Les murs, tapissés du sol au plafond de miroirs d'un noir d'obsidienne, parurent soudain prendre vie. Un parfum de résine se répandit dans l'air. Des images se formèrent.

Un odorant feu de bois crépitait dans une cheminée en pierre. Une immense fenêtre ouvrait sur un paysage de montagnes coiffées d'une neige poudreuse que le clair de lune teintait d'argent. Dans des urnes s'épanouissaient de magnifiques fleurs blanches. Des centaines de bougies également blanches éclairaient de leur lumière vacillante un plancher de bois sombre et un gigantesque lit aux montants de cuivre ciselé. La courtepointe vieil or et les coussins moelleux étaient jonchés de pétales de roses blanches.

— Waouh ! s'exclama Eve. Où sommes-nous ?

— Dans les Alpes.

Il adorait faire des surprises à Eve. Ses réactions l'enchantaient. Quand elle découvrait quelque chose de nouveau, le flic – toujours méfiant, sur le qui-vive – s'évanouissait pour céder la place à une gamine prompte à s'émerveiller.

— Je n'ai jamais pu t'emmener en Suisse. Ce chalet holographique est un pis-aller.

Il saisit un vêtement jeté sur un fauteuil.

— Veux-tu mettre ceci, ma chérie ?

— Qu'est-ce que c'est ?

— Une robe de chambre.

— Ça, j'avais remarqué. Je voulais savoir ce que c'était. Du vison ?

— De la zibeline, mon amour. Je peux peut-être t'aider ?

— Toi, tu as une idée derrière la tête, murmura-t-elle, comme il lui déboutonnait son chemisier.

— Oui, je projette de conquérir ma femme.

— Je suis déjà conquise, Connors, souffla-t-elle en cherchant sa bouche.

Il l'embrassa avec douceur et tendresse. Puis il la débarrassa de son jean, de ses bottes. Elle tremblait, il sentait la fièvre gronder dans son corps si svelte. Un bonheur fou lui dilata le cœur.

— Chaque jour, je te désire un peu plus, ma chérie. Chaque jour, je t'aime davantage.

Elle s'appuya contre lui de tout son poids, enfouit son visage dans ses cheveux noirs dont le parfum l'enivrait.

— Tu as changé toute ma vie, balbutia-t-elle.

Il la coucha sur le grand lit, et elle ferma les yeux. Elle allait vivre un moment magique, elle le savait. Ces instants-là lui étaient devenus aussi indispensables que l'air qu'elle respirait. Quand leurs corps se mêlaient, ne faisaient plus qu'un, elle était prête à tout donner, tout prendre.

Un flot de sensations étourdissantes la submergea. La peau de Connors, le satin de la courtepointe, le velours des pétales de roses. Le sang qui bruissait à ses oreilles. La lueur des bougies, des flammes qui mordaient les bûches.

Les lèvres brûlantes de Connors, ses mains si belles. Son sexe palpitant, qui se tendait vers elle, la pénétrait. Son cri rauque, l'éclat sauvage de ses yeux.

Il allait et venait en elle qui se cambrait pour mieux l'accueillir, s'agrippait aux montants du lit, murmurait son nom comme une prière.

Quand le plaisir l'emporta, elle crut que tout son être implosait. Fourbue, elle retomba sur les pétales de roses. Connors la garda dans ses bras, attendit que son souffle s'apaise. Puis il se leva et la couvrit avec la zibeline.

Pour toute réponse, elle émit un ronronnement de chaton repu.

Il se dirigea vers l'autre extrémité de la pièce, programma un bain chaud et déboucha une bouteille de champagne. Puis il revint auprès de sa femme et lui caressa les cheveux.

Elle sursauta.

— Je ne dormais pas, figure-toi, bredouilla-t-elle avec cette mauvaise foi qu'il adorait.

— Si tu ne rédiges pas ton rapport, tu me le reprocheras pendant des années.

Il la souleva et, comme si elle était un bébé, l'assit dans le bain chaud.

— Mais qu'est-ce que tu... ? Oh, quelle merveille ! Voilà où je veux vivre, dans cette baignoire.

— Prends des vacances, et nous irons dans les Alpes pour de vrai. Tu pourras te prélasser dans ton bain jusqu'à ce que tu sois aussi rouge qu'une écrevisse.

Il ne plaisantait pas. Il souhaitait l'emmener loin d'ici, la choyer jusqu'à ce qu'elle soit complètement remise de sa blessure. Mais jamais elle n'accepterait. Autant lui demander d'embrasser Summerset sur la bouche.

Cette pensée le fit sourire.

— Qu'est-ce qui t'amuse ?

— Rien... une idée saugrenue, répondit-il en la rejoignant dans la baignoire.

— Hé, j'ai du travail ! protesta-t-elle.

— Je sais. Dix petites minutes...

Elle soupira. L'eau chaude et parfumée, le champagne frappé, comment résister à de telles délices ?

— Dire qu'avant, quand je m'accordais une pause, je n'avais que du mauvais café pour me requinquer...

— Tu n'as pas totalement perdu cette sale manie. Le champagne est pourtant un bien meilleur remontant.

— Je ne prétendrai certainement pas le contraire.

Elle leva la jambe, examina pensivement ses orteils.

— Il ne me laissera pas de répit, Connors. Il me prendra de vitesse.

— Combien de temps as-tu devant toi ?

— Je n'en aurai pas assez.

— Tu y arriveras. Je ne connais pas de flic plus efficace que toi. Et pourtant, j'en ai connu.

Les sourcils froncés, elle contemplait les bulles dorées qui dansaient dans son verre.

— Ce n'est ni la haine qui le pousse ni l'appât du gain. Ce n'est pas non plus une affaire de vengeance. Si seulement je comprenais son mobile...

— L'amour.

— « Mon seul amour »... murmura-t-elle. On ne peut pas aimer douze personnes à la fois.

— Tu es trop rationnelle. Tu considères qu'un homme est incapable d'aimer plusieurs femmes avec la même ferveur. Mais lui, de toute évidence, en est capable.

— Parce qu'il a le cœur dans le bas-ventre.

Connors éclata de rire.

— Eve chérie, il est souvent impossible de séparer le cœur et le sexe. Pour certains, s'empressa-t-il d'ajouter, car elle lui lançait un regard noir, l'attirance physique est une forme de sentiment. Il est peut-être convaincu que chacune de ses victimes est l'amour de sa vie. Et comme elles le rejettent, il n'a plus qu'un moyen de les conquérir : les tuer.

— J'ai réfléchi à tout ça. Mais ce n'est pas suffisant pour me permettre de saisir comment il fonctionne. Il aime ce qu'il ne peut pas avoir, et ce qu'il ne peut pas avoir, il le détruit...

— Il a aussi la passion du théâtre.

— Oui, je compte d'ailleurs sur ça pour le coincer. À force, il finira bien par se prendre à son propre jeu. Je me ferai alors un plaisir d'enfermer notre Père Noël dans une cage.

Comme mue par un ressort, elle se redressa et sortit de la baignoire.

— Au boulot !

À cet instant, son communicateur bourdonna.

— Merde !

Ruisselante, elle se précipita vers son jean qui gisait près du lit et extirpa l'appareil d'une poche.

— Brouillage de l'image, ordonna-t-elle. Dallas, j'écoute.

— Lieutenant Dallas, ici le dispatching. On nous signale un homicide au 432, Houston Street, appartement 6 E.

Ravalant un nouveau juron, elle passa une main nerveuse dans ses cheveux mouillés.

— Contactez l'agent Peabody, dites-lui de me rejoindre sur les lieux.

— Affirmatif. Terminé.

— Un homicide ? demanda Connors.

— Oui, répondit-elle en enfilant son jean. Bon Dieu, j'ai interrogé ce garçon aujourd'hui même !

Donnie Ray était entortillé dans une guirlande verte et dorée, ses cheveux joliment déployés sur l'oreiller. Il avait les yeux clos et ses cils dessinaient une ombre impalpable sur ses pommettes. Ils étaient fardés de mascara bronze – de la même teinte que le fard qu'on lui avait appliqué sur les lèvres. À son poignet droit, juste au-dessus de l'endroit où la corde avait meurtri la peau, brillait un gros bracelet en or orné de trois ravissants oiseaux.

— Les trois merles siffleurs, dit Peabody qui se tenait derrière Eve. C'est abominable !

— Le sexe de la victime diffère, mais le *modus operandi* reste le même, rétorqua Eve d'un ton morne. Je suppose qu'on va trouver un tatouage. Il a été ligoté comme les autres, sans doute violé.

— C'était un chic type, murmura Peabody, la gorge nouée.

— Maintenant, c'est un type mort. Au travail, aidez-moi à le retourner.

Peabody se raidit.

— Oui, lieutenant.

Elles découvrirent le tatouage sur la fesse gauche de Donnie Ray. À l'évidence, il avait été violé. Eve ne manifesta aucun signe d'émotion.

Les premières constatations terminées et la scène du crime protégée, elle ordonna à deux policiers de commencer l'enquête de voisinage, puis demanda qu'on emporte le corps à la morgue.

— Vérifiez son vidéocom et son agenda, dit-elle à Peabody. Voyez s'il n'avait pas dans ses dossiers des documents concernant Amoureusement Vôtre. Et je veux que l'équipe du labo passe cet appartement au peigne fin.

Elle se dirigea vers la salle de bains, poussa la porte. Les murs, le sol, le lavabo et la baignoire étincelaient.

— On peut parier que ce n'est pas Donnie Ray qui a nettoyé. Ce n'était pas un maniaque du ménage.

— Il ne méritait pas de mourir de cette façon.

— Personne ne le mérite, rétorqua Eve d'un ton brusque. Vous l'aimiez bien, moi aussi. À présent, arrêtez de pleurnicher, parce que vos larmes ne le ressusciteront pas. Il est mort, et si nous ne voulons pas avoir une quatrième victime sur les bras, nous avons intérêt à découvrir vite fait qui est le prochain ou la prochaine sur sa liste.

— Je sais bien, mais je ne peux pas m'empêcher d'être triste. Bon sang ! il y a quelques heures à peine, nous étions ici avec lui, en train de plaisanter. Je ne peux pas m'empêcher d'être triste, répéta Peabody, ulcérée. Je ne suis pas comme vous.

— Il se fiche bien de votre tristesse ! Ce n'est pas de la pitié qu'il demande, il réclame qu'on lui rende justice !

Eve regagna la pièce principale, écartant d'un coup de pied rageur une tasse qui traînait sur la moquette. Ses yeux flamboyaient.

— Il y a quelque chose qui m'échappe, mais quoi ? Quoi, nom d'un chien ! C'est pourtant là, sous mon nez. Chaque fois, c'est là. Ce salaud me laisse tous les indices dont j'ai besoin, et je ne les vois pas !

Muette, Peabody l'observait. Elle se sentait honteuse. Ce n'était pas la première fois qu'elle commettait l'erreur d'interpréter le détachement professionnel d'Eve comme un manque de sensibilité. Après des mois de collaboration, elle aurait pourtant dû connaître mieux le lieutenant Dallas.

Elle prit une inspiration.

— Peut-être qu'il nous laisse trop d'indices, justement. Du coup, on ne repère plus rien.

Eve se figea, fixant sur Peabody un regard scrutateur.

— Oui... mais oui, vous avez raison ! Trop d'informations, trop de pistes. Il faut en choisir une et ne plus en dévier. On commence tout de suite, dit-elle en extirpant son communicateur de sa poche. Je vous préviens, la nuit va être longue.

Lorsque Eve rentra chez elle, à 4 heures du matin, elle titubait de fatigue. Elle avait les yeux rougis et était au bord de la nausée à cause de l'infâme café du Central. Elle pénétrait dans son bureau, quand un bruit de pas la fit sursauter. Par réflexe, elle porta la main à son arme et se tourna vivement.

— Connors, qu'est-ce que tu fabriques ici ?

— Je pourrais te poser la même question, lieutenant.

— J'ai du boulot.

Il lui prit doucement le menton, étudia son visage.

— Tu as une mine de papier mâché.

— Je n'avais plus de vrai café sur mon autochef, j'ai dû ingurgiter le jus de chaussette du Central. Un bon arabica, et je serai d'aplomb.

— Deux heures de sommeil, et tu serais encore mieux.

— J'ai une réunion à 8 heures. Il faut que je la prépare.

— Eve...

Il lui posa les mains sur les épaules, sans se soucier de l'expression menaçante qui crispait ses traits.

— Loin de moi l'idée de t'empêcher de travailler. Mais permets-moi de te dire que si tu dors debout, tu n'avanceras pas.

— Je vais prendre un dopant.

— Toi ? rétorqua-t-il d'un air narquois.

Elle esquissa un sourire.

— Je serai peut-être obligée de recourir aux produits autorisés par le ministère pour boucler cette affaire.

— Laisse-moi plutôt t'aider.

— Je ne peux pas te demander de l'aide chaque fois que les choses deviennent difficiles.

— Pourquoi ? répliqua-t-il en lui massant la nuque. Parce que je ne suis pas un produit autorisé par le ministère ?

— C'est ça…

Elle sentait ses muscles se dénouer sous les doigts experts de Connors, à tel point qu'elle n'avait plus la force d'ébaucher un mouvement.

— Tu as gagné, je m'accorde deux heures. Il m'en restera encore deux pour préparer la réunion. Mais je dors ici.

— Parfait.

Il la guida jusqu'à la méridienne et s'étendit près d'elle.

— Tu serais mieux dans notre lit, murmura-t-elle en se pelotonnant contre lui.

— Je préfère dormir avec ma femme.

— Tu sais, fit-elle en étouffant un bâillement, je crois que je tiens un début de piste.

— Repose-toi, ma chérie.

8

— Au fait, j'ai une chose à te dire…

Connors attendit, le sourire aux lèvres, qu'Eve eût englouti son omelette, mousseuse à souhait, pour ajouter :

— Cela concerne les cosmétiques Idéal Naturel.

Elle but une gorgée de café.

— L'entreprise qui les fabrique t'appartient.

— C'est une filiale d'un des groupes de Connors Industries. Donc, en effet, elle m'appartient.

— Je le savais déjà.

Comme il haussait les sourcils, surpris par sa placidité, elle poursuivit :

— J'espérais pourtant tomber sur une affaire où, pour une fois, ton nom n'apparaîtrait pas.

— Tu finiras bien par t'y habituer, ma chérie. Bref, enchaîna-t-il, je devrais pouvoir t'aider à retrouver les produits qui ont servi à maquiller les victimes.

Eve se leva et se dirigea vers son bureau.

— De ce côté-là, on a un peu avancé. On part du principe que ces cosmétiques ont été achetés à New York. Les gens qui ont les moyens de se les offrir ne sont pas légion. Ces machins-là sont abominablement ruineux.

— Quand on veut de la qualité, il faut payer.

— Deux cents dollars pour un tube de rouge à lèvres. Non mais, franchement, tu devrais avoir honte !

— Ce n'est pas moi qui fixe les prix, rétorqua-t-il avec un sourire malicieux. Je me contente d'empocher les bénéfices.

Il était heureux de la voir moins pâle. Si seulement elle acceptait de se ménager... Il s'approcha d'elle et effleura avec douceur les cernes qui ombraient ses yeux mordorés.

— Si tu y tiens, tu n'auras qu'à assister au prochain conseil d'administration. Tu demanderas à ces vautours de baisser leurs tarifs.

— Ha, ha !

Elle l'embrassa sur la bouche.

— Écarte-toi, tu m'empêches de me concentrer.

— Je t'écoute, ma chérie. Tu sais que réfléchir à voix haute t'aide toujours à progresser.

Elle soupira.

— Ce pauvre garçon, hier soir... il était charmant, inoffensif.

— Les autres victimes étaient des femmes. Qu'est-ce que tu en conclus ?

— Qu'il est bisexuel. Donnie Ray a été violé, ligoté, marqué et maquillé comme les autres.

Elle se mit à arpenter la pièce, saisit machinalement sa tasse de café et en but une gorgée.

— C'est dans la clientèle d'Amoureusement Vôtre qu'il recrute ses victimes. Il doit avoir accès à leur vidéo et à leur dossier personnel. Il a peut-être donné rendez-vous aux femmes, mais pas à Donnie Ray. Donnie était un hétéro. Ce qui me conduit à penser qu'il n'a pas eu de tête-à-tête avec ses proies. Avec aucune d'elles. Il n'en est pas tombé amoureux parce qu'il les a rencontrées en chair et en os. Il est dans le fantasme absolu.

— Il sélectionne des personnes qui vivent seules.

— Il est lâche. Il refuse une confrontation, une vraie relation. Il commence par leur administrer un tranquillisant, il les attache. De cette façon, il est sûr d'avoir le pouvoir.

Une fois de plus, elle songea à Rudy. Lui aussi était avide de pouvoir.

— Il est intelligent, mais obsessionnel, poursuivit-elle. Sur certains plans, il est même prévisible. C'est grâce à ça que je le coincerai.

— Cette nuit, tu as dit que tu avais un début de piste.

— Oui, j'en ai même deux. Je compte bien les suivre jusqu'au bout. Je vais devoir éviter Nadine pendant quelque temps. Je ne peux pas lui révéler que l'assassin se balade avec un costume rouge et une barbe blanche. On retrouverait des Pères Noël égorgés à tous les coins de rue.

— Cela ferait des gros titres sensationnels. « Le Père Noël s'attaque aux célibataires ! » Nadine adorerait.

— Tant que j'aurai le choix, elle n'en saura rien. Je ne lui parlerai que d'Amoureusement Vôtre, elle aura un os à ronger, elle se calmera, et, par la même occasion, les personnes inscrites à l'agence seront prévenues. Rudy et Piper vont crier au harcèlement, ajouta-t-elle avec un sourire mauvais.

— Tu ne les aimes pas.

— Ils me dégoûtent. J'ai la certitude qu'ils couchent ensemble.

— Où est le mal ?

— Ils sont frères et sœurs. Jumeaux.

— Oh ! fit Connors avec un frisson de répulsion. C'est effectivement très déplaisant.

— Le mot est faible. Rudy contrôle tout, y compris sa sœur. Pour le moment, il est mon principal suspect. Il a accès aux dossiers des clients et, si je ne me trompe pas en ce qui concerne ses relations avec Piper, il est pervers. J'ai l'intention d'infiltrer une taupe dans l'agence.

À cet instant, des pas résonnèrent dans le couloir.

— La voilà, justement, murmura-t-elle.

Peabody entra dans la pièce. Comme Eve et Connors la regardaient fixement, elle se dandina d'un pied sur l'autre, mal à l'aise.

— Il y a un problème ?

— Non, aucun. Venez vous asseoir, qu'on se mette au travail.

— Du café ? proposa Connors avec sollicitude, car il avait évidemment compris ce qu'Eve avait en tête.

— Oui, merci. McNab n'est pas encore là ?

— Non. Je voulais d'abord vous parler.

Eve décocha un coup d'œil à Connors qui tendit sa tasse à Peabody.

— Eh bien, je vous laisse travailler, fit-il.

Il passa dans la pièce voisine et referma la porte. Dès qu'il eut disparu, Peabody chuchota :

— Il est toujours aussi beau, le matin ?

— Le matin, l'après-midi, le soir. Et surtout la nuit.

Peabody poussa un soupir rêveur.

— Vous êtes sûre qu'il est humain ?

— Je n'en suis pas convaincue, rétorqua Eve avec un petit rire.

Elle se percha sur le coin de la table et dévisagea longuement son assistante.

— Dites-moi, ça vous plairait de faire de nouvelles connaissances ?

— Pardon ?

— D'élargir votre cercle de relations, de rencontrer des hommes qui partagent vos goûts ?

— C'est justement pour cette raison que je suis entrée dans la police, gloussa Peabody, croyant qu'Eve plaisantait. Pour me dégoter un compagnon.

— Les flics font des maris lamentables. Vous devriez plutôt passer par une agence. Amoureusement Vôtre, par exemple.

— Draguer dans les bars est bien plus amusant…

Soudain, Peabody écarquilla les yeux.

— Oh, oh !

— Il me faut l'accord de Whitney pour infiltrer l'agence. Et avant que vous acceptiez, je veux m'assurer que vous mesurez bien les risques auxquels vous vous exposez.

— Infiltrer l'agence, répéta Peabody d'un air extatique.

— Hé ! Redescendez sur terre ! s'exclama Eve. Ce n'est pas une partie de plaisir que je vous propose. Je vous envoie en première ligne, je me sers de vous comme appât, et vous souriez aux anges. On dirait que je vous fais un cadeau.

— Vous me jugez suffisamment compétente pour assumer cette mission, vous avez confiance en moi. C'est un sacré cadeau.

— Vous êtes compétente et digne de confiance parce que vous savez exécuter les ordres qu'on vous donne. Or, j'attends de vous que vous suiviez mes instructions à la lettre. Pas d'initiative intempestive, et surtout pas d'héroïsme.

— Dites donc, il y a un problème. Rudy et Piper m'ont vue.

— Ils ont vu un uniforme. Les gens ne prêtent pas attention à la personne qui le porte. De toute façon, on demandera à Mavis et à Trina de vous transformer.

— Super !

— Peabody, s'il vous plaît. Parallèlement, nous allons vous fabriquer une nouvelle identité. J'ai étudié les vidéos des victimes et les tests que leur a fait subir l'agence. À partir des similitudes que j'ai relevées, nous élaborerons votre profil pour vous fabriquer une personnalité sur mesure.

— Votre plan est complètement foireux !

McNab se tenait sur le seuil de la pièce. La colère crispait ses traits.

— Foireux ! répéta-t-il.

— Bonjour, inspecteur, lança Eve d'un ton doucereux. Je prends note de votre opinion.

— Vous comptez accrocher cette fille à un hameçon et l'agiter sous le nez des requins ? Bon sang, Dallas, elle n'a pas la formation nécessaire pour un boulot d'infiltration !

Outrée, Peabody se redressa, les poings serrés.

— Occupez-vous de vos oignons ! Je suis tout à fait capable de me débrouiller.

Ils étaient maintenant face à face, se défiant du regard.

— Non, vous n'en êtes pas capable ! Vous n'êtes qu'une assistante, une porteuse de valises. Vous êtes juste à l'échelon au-dessus du droïde moyen.

— Ça suffit, tonna Eve, excédée. Bouclez-la, McNab. Vous aussi, Peabody.

— Je ne peux pas me laisser traiter de droïde par ce salaud sans réagir ! s'écria Peabody.

— On se calme et on s'assied ! Tous les deux, avant que je vous colle un blâme. Je vous rappelle que c'est moi qui commande. Si vous n'arrivez pas à maîtriser vos nerfs, je me passerai de vos services.

— On n'a pas besoin de la DDE, marmonna Peabody.

— J'en ai décidé autrement, point à la ligne ! J'ai également décidé qu'il me fallait des informateurs dans le camp ennemi. Des appâts.

Eve regarda McNab.

— Des appâts des deux sexes. Vous êtes partant ?

Peabody sauta au plafond. Elle suffoquait de rage.

— Vous voulez qu'il infiltre l'agence, lui aussi ? Avec moi ?

— Je suis partant, déclara McNab.

Il adressa à Peabody un petit sourire perfide. De cette manière, il la surveillerait et, éventuellement, il volerait à sa rescousse.

— Ça va être grandiose ! s'exclama Mavis en virevoltant dans le bureau.

Elle était chaussée de cuissardes transparentes qui moulaient ses jambes superbement galbées. Ses talons démesurés, sa minirobe et ses longues boucles serpentines d'un rouge éclatant – la couleur de Noël – accrochaient la lumière. Un petit cœur était tatoué sous son sourcil gauche.

— Je te rappelle que nous avons un budget limité, grommela Eve, inquiète.

Cet avertissement était inutile, elle ne se faisait pas d'illusions, mais elle tenait quand même à tempérer l'enthousiasme de Mavis. L'étincelle qui pétillait dans les yeux verts de son amie – elle avait changé de lentilles – ne lui disait rien qui vaille.

— Un budget... que c'est trivial ! claironna Trina.

L'esthéticienne tournait autour de Peabody, tel un sculpteur devant un bloc de marbre passablement endommagé. Elle l'examinait sous tous les angles, avec une extrême attention, et une pointe de découragement.

Ce jour-là, Trina arborait des piercings de sourcils, une ribambelle d'anneaux qu'Eve ne pouvait regarder sans avoir le frisson. Elle avait coiffé ses cheveux prune en un chignon conique haut d'une bonne trentaine de centimètres, et revêtu une combinaison noire relativement sobre, qui découvrait cependant une poitrine sur laquelle dansaient des Pères Noël nus comme des vers.

Seigneur ! pensa Eve en se frottant les paupières. C'était pour ces deux créatures invraisemblables qu'elle avait convaincu le commandant Whitney de débloquer des fonds.

— Je veux quelque chose de simple, leur dit-elle. Il faut juste qu'elle n'ait plus l'air d'un flic.

Mavis approcha du visage de Peabody une mèche de ses cheveux rouges.

— Cette teinte la flatte, non ? On est en période de fêtes, cela me paraît tout à fait indiqué. Et attendez de voir la garde-robe que Leonardo a accepté de nous prêter ! Il y a une combinaison transparente qui vous ira comme un gant.

— Transparente ? gémit Peabody, songeant aux bourrelets, discrets mais disgracieux, qu'une tenue translucide ne manquerait pas de révéler. Lieutenant...

— De la simplicité ! insista Eve, sourde aux supplications de son assistante – elle n'en pouvait plus de tous ces caquetages ineptes.

D'une main ferme, Trina prit le menton de Peabody.

— Qu'est-ce que vous utilisez pour votre peau ? Du papier de verre ?

— Je...

— Vous avez des pores comme des cratères, ma petite. Il vous faut un soin facial complet. On commencera par un peeling.

— Écoutez, je...

— Et ces seins, ils sont d'origine ou vous les avez fait remodeler ?

Peabody, affolée, croisa les bras sur sa poitrine.

— Ils sont à moi. Et j'en suis très contente.

— Ils ne sont pas mal. Déshabillez-vous, qu'on examine le reste.

— Me déshabiller ? Lieutenant...

— Vous m'avez affirmé que, pour exécuter cette mission, vous ne reculeriez devant rien, répondit Eve, implacable, bien que le triste sort de son assistante lui inspirât une profonde pitié.

Elle tourna les talons et se dirigea vers la porte.

— Bon, vous avez deux heures pour la transformer !

— Trois ! protesta Trina. Je suis une artiste et mon art exige du temps.

— Je vous accorde deux heures, pas une de plus !

Eve quitta la demeure – ou, plus exactement, elle prit la fuite. Elle avait décidé de rendre visite à un vieil ami.

Charles Monroe était un séduisant prostitué qu'Eve avait rencontré à plusieurs reprises. Il l'avait même aidée à résoudre une précédente affaire, puis il lui avait courtoisement proposé de l'envoyer au septième ciel. Gratis.

Elle avait poliment refusé.

Elle sonna à la porte du bel appartement qu'il occupait dans un élégant immeuble du centre-ville. Un immeuble qui, évidemment, appartenait à Connors.

Quand le voyant de sécurité passa au vert, elle extirpa son insigne de sa poche, au cas où Charles l'aurait oubliée.

Mais il avait une excellente mémoire car, la porte à peine ouverte, il se jeta littéralement sur elle pour la serrer dans ses bras.

— Mon petit lieutenant en sucre !

— Bas les pattes, mon vieux.

— Je n'ai pas le droit d'embrasser la mariée ? Quel effet ça fait d'avoir épousé l'homme le plus riche de l'univers ?

— Ce n'est pas désagréable.

Il la dévisagea longuement.

— Vous êtes amoureuse de lui, ça se voit. Tant mieux. Les chroniqueurs mondains m'ont régulièrement donné de vos nouvelles. Je me suis souvent demandé comment vous supportiez tout ce battage autour de vous. Mais me voilà rassuré, je constate que cela ne vous empêche pas d'être heureuse. Enfin, bref, je suppose que vous n'êtes pas là parce que vous avez décidé d'accepter la proposition que je vous ai faite voilà quelques mois ?

— En effet. J'ai à vous parler.

— Entrez donc.

Elle le suivit, observant d'un œil appréciateur sa longue silhouette athlétique que moulait une combinaison noire.

— Vous buvez quelque chose ? Mon café ne vaut pas celui de Connors, hélas ! En revanche, j'ai du Pepsi à vous offrir.

— Volontiers.

La cuisine était d'une netteté irréprochable, comme toujours. Eve s'assit à la table, tandis qu'il sortait deux tubes de Pepsi du réfrigérateur et versait la boisson dans de grands verres en cristal.

Il jeta les tubes dans le recycleur, puis s'installa en face de sa visiteuse.

— Trinquons au bon vieux temps même s'il n'y a pas eu que des bons moments.

— Comme vous dites. Charles, j'ai une question à vous poser. Pourquoi un prostitué comme vous, qui réussit très bien dans son métier, aurait-il recours à une agence de rendez-vous ? Avant que vous répondiez, je vous rappelle qu'il est illégal de racoler par l'intermédiaire d'un organisme de ce genre.

Elle fut médusée de le voir piquer un fard et baisser les yeux.

— Seigneur, vous savez donc toujours tout !

— Si c'était le cas, je ne vous interrogerais pas. Vous pouvez m'expliquer ?

— C'est personnel, murmura-t-il.

— Je répète ma question : pourquoi avez-vous consulté Amoureusement Vôtre ?

— Parce que je désire avoir une femme dans mon existence, voilà pourquoi ! rétorqua-t-il, ulcéré. Une vraie compagne, qui n'achète pas mes services. Je veux avoir une véritable relation amoureuse. Où est le mal ? Avec les personnes que je rencontre dans le cadre de mes activités professionnelles, c'est impossible. Elles me paient pour leur faire l'amour et pour le faire bien. Mon job me plaît, mais j'ai envie d'avoir une vie personnelle. Ce n'est pas interdit par la loi, que je sache !

— Non, effectivement.

— J'admets que, quand j'ai rempli le formulaire d'inscription, j'ai triché. Les femmes qui sont attirées par les prostitués, je les connais par cœur. Je ne tenais pas à ce qu'on me présente ce type de fille, alors j'ai menti. Vous allez m'arrêter pour ça ?

— Non, rassurez-vous, dit Eve, sincèrement désolée de l'avoir embarrassé. Marianna Hawley figurait parmi les partenaires choisies pour vous par l'agence. Vous vous souvenez d'elle ?

— Marianna... Oui, je me rappelle sa vidéo. Une jolie femme, très douce. Je l'ai contactée, mais elle était déjà amoureuse d'un autre.

Il esquissa un sourire narquois.

— C'est bien ma veine. Elle aurait été parfaite pour moi.

— Vous l'avez rencontrée ?

— Non, mais j'ai rencontré les quatre autres. Avec l'une d'elles, ça marchait plutôt bien. Nous sommes sortis ensemble pendant quelques semaines. Là-dessus, je me suis dit que si je voulais que notre histoire continue, je devais lui avouer la vérité, lui dire ce que je faisais réellement dans la vie. Je l'ai fait et elle m'a plaqué.

— Je suis navrée.

— Bah ! C'est tant pis pour elle, répliqua-t-il avec un nouveau sourire qui n'éclaira pas son regard. Dommage que Connors vous ait trouvée avant moi, mon petit lieutenant en sucre.

— Charles... Marianna est morte.

— Quoi ?

— Vous n'avez pas suivi l'actualité, ces temps-ci ?

— Non, je me suis un peu coupé du monde. Elle est morte ?

Il s'interrompit, dévisagea fixement Eve.

— On l'a tuée, lâcha-t-il à brûle-pourpoint. Si elle s'était éteinte tranquillement pendant son sommeil, vous ne seriez pas là. On l'a assassinée. Je figure parmi les suspects ?

— Oui, répondit-elle franchement, car elle avait de l'affection pour lui. Je vais devoir enregistrer votre déposition, c'est la procédure. Avant cela, dites-moi où vous étiez mardi soir, mercredi soir, et hier soir.

Il secoua la tête d'un air atterré.

— Comment pouvez-vous faire ce métier ?

— Je pourrais vous poser la même question, Charles. Répondez-moi. Vous avez un alibi ?

— Je n'en sais fichtrement rien. Vous m'autorisez à aller chercher mon agenda ?

— Je vous y autorise.

Il sortit de la cuisine. Un instant après, il reparaissait et posait sur la table un luxueux agenda.

— Voyons voir... Mardi, j'ai passé toute la nuit avec l'une de mes clientes attitrées. Elle vous le confirmera. Hier soir, j'étais au théâtre. Ensuite, j'ai dîné dans un restaurant où j'ai eu une touche. La dame est partie d'ici à deux heures et demie du matin. Entre parenthèses, elle m'a laissé un généreux pourboire. Mercredi, je suis resté chez moi. J'étais seul.

Il poussa l'agenda vers Eve.

— Tenez, vous n'avez qu'à vérifier.

Muette, elle copia les noms et les adresses.

— Sarabeth Greenbalm, Donnie Ray Michael... ça vous dit quelque chose ?

— Non.

— Je ne vous ai jamais vu maquillé. Or, je sais que vous avez acheté chez Sublimissime un rouge à lèvres et un fard à paupières de la marque Idéal Naturel. Pourquoi ?

— Mais... où est le problème ? bredouilla-t-il, déconcerté. Comme j'avais consulté Amoureusement Vôtre, j'avais droit à des remises sur les prix de Sublimissime. La fille avec qui je sortais – celle dont je vous ai parlé – m'a demandé de lui prendre deux ou trois bricoles. Ça vous embête que j'aie acheté du rouge à lèvres, mon petit lieutenant en sucre ?

— Écoutez-moi bien, Charles. Trois personnes inscrites à Amoureusement Vôtre ont été assassinées.

— Trois ? Mon Dieu !

— En moins d'une semaine. Je ne peux pas vous donner beaucoup de détails, et je vous demande de ne pas répéter ce que je vais vous dire : je pense que le meurtrier se sert des fichiers de l'agence pour choisir ses victimes.

— Il a tué trois femmes en moins d'une semaine ? Quelle horreur !

— Sa dernière victime était un homme. Je vous recommande la plus grande prudence.

— Vous croyez que je pourrais être dans son collimateur ?

— Selon moi, aucun client d'Amoureusement Vôtre n'est à l'abri. Si on sonne à votre porte, n'ouvrez pas avant d'être certain que vous connaissez votre visiteur.

Eve s'interrompit, regarda Charles droit dans les yeux.

— Il est déguisé en Père Noël.

— Vous rigolez !

— J'ai déjà trois cadavres sur les bras, ça ne me donne pas vraiment envie de rire. Il s'introduit dans l'appartement de sa victime, il la drogue, la ligote et la tue.

— Seigneur, c'est complètement dingue !

— Si cet individu se présente chez vous, prévenez-moi immédiatement. Essayez de le retenir si vous pouvez mais, surtout, ne le laissez pas entrer. Il est malin et il est redoutable.

— Il n'entrera pas, comptez sur moi. Il faut que j'avertisse ma... enfin la femme que je fréquentais, celle que j'ai connue par l'agence. Darla McMullen.

— J'ai ses coordonnées, je la préviendrai. Encore une chose : promettez-moi de garder cette histoire pour vous, je ne veux pas que les médias s'en emparent.

— Ce n'est certainement pas moi qui irai la leur raconter. Un prostitué inscrit dans une agence de rendez-vous, vous parlez d'une publicité ! Dites... vous avertirez Darla, n'est-ce pas ? Aujourd'hui ? Elle vit seule, vous comprenez, et elle est tellement... innocente. Si un Père Noël sonne à sa porte, elle lui sautera au cou.

— Elle a l'air charmante.

— Oui, répliqua-t-il d'un ton morne. Elle l'est.

— Je vais aller la voir tout de suite. Vous devriez peut-être la rappeler.

— Non, ça ne servirait à rien.

Il s'efforça de sourire.

— Mais vous, mon petit lieutenant en sucre, si vous en avez assez de Connors, n'oubliez pas de me faire signe. Ma proposition tient toujours.

« Le cœur a ses raisons que la raison ignore », songeait Eve un peu plus tard, au volant de sa voiture. Difficile d'imaginer, *a priori*, couple plus mal assorti qu'un prostitué branché et l'intellectuelle réservée qu'elle venait de quitter. Pourtant Darla McMullen et Charles Monroe étaient amoureux l'un de l'autre – Eve en aurait mis sa main à couper.

Simplement, ils ne savaient que faire de cet amour.

Sur ce point, elle les comprenait. La plupart du temps, elle-même était ébahie par l'intensité des sentiments que lui inspirait son mari.

Avant de rentrer, elle interrogea trois autres personnes figurant sur les listes dont elle disposait. Elle enregistra leur déposition et leur donna des instructions pour assurer leur sécurité, ainsi qu'elle l'avait fait avec Charles.

Si Donnie Ray avait été prévenu, peut-être serait-il encore vivant.

Qui serait la prochaine victime ? Taraudée par cette question, elle accéléra pour regagner au plus vite sa demeure. Elle voulait que Peabody et McNab soient inscrits à Amoureusement Vôtre avant la fin de la journée.

Le véhicule de Feeney était garé devant le perron, ce qui fit naître un sourire satisfait sur les lèvres d'Eve. Apparemment, elle avait réussi à convaincre le commandant Whitney de lui adjoindre l'as de la DDE. Avec Feeney et McNab pour assurer les recherches informatiques, elle serait libre de travailler sur le terrain.

Tandis qu'elle grimpait l'escalier menant à son bureau, elle fut agressée par une musique – si on pouvait appeler ça de la musique – tonitruante.

Mavis, campée devant l'écran mural où défilait un clip vidéo, hurlait une chanson d'amour. Assis à la table d'Eve, Feeney semblait accablé, à la limite du désespoir. Connors, debout derrière un fauteuil, écoutait avec attention.

Eve, résignée, attendit que les derniers accords retentissent et que Mavis, rouge d'émotion, salue son public.

— Alors, qu'est-ce que vous en pensez ? demanda-t-elle à Connors.

— J'ai l'impression que ce sera un tube.

— C'est vrai ?

Ravie, Mavis s'élança vers Connors et lui planta un baiser sur la joue.

— Je n'arrive pas y croire. J'enregistre un disque pour la plus grande compagnie de la planète !

— Vous allez me rapporter beaucoup d'argent, rétorqua-t-il en l'embrassant à son tour.

— Je veux que ça marche. Il faut que ça marche !

Tournant la tête, elle aperçut Eve.

— Tu es là ! Tu as entendu ?

— Seulement la fin. J'ai trouvé ça formidable, répondit Eve et, comme elle avait de l'amitié pour Mavis, elle était sincère. Feeney, on t'a mis sur cette affaire ?

— Je fais officiellement partie de l'équipe. McNab est à Amoureusement Vôtre, il passe l'audition de sélection. On a élaboré sa nouvelle identité, tout est en place. Notre McNab est désormais un informaticien spécialisé dans les droïdes, employé par l'une des entreprises de Connors.

— Une entreprise de Connors ?

— Logique, non ? répliqua Feeney, moqueur. Quand on a ce qu'il faut sous la main, pourquoi chercher ailleurs ? À propos... merci pour votre aide, Connors.

— À votre disposition, répondit celui-ci.

Il sourit tendrement à sa femme.

— Comme tu es un peu débordée, nous avons pris quelques initiatives. Nous avons notamment élaboré le profil de Peabody : elle travaille dans l'un de mes immeubles, en tant qu'agent de la sécurité. Feeney a pensé qu'il serait plus simple pour McNab et Peabody de jouer un personnage proche de ce qu'ils sont dans la réalité.

— Ben voyons... grogna Eve. Je n'ai plus qu'à m'incliner, je suppose ? De toute façon, tu possèdes la moitié de cette ville, personne ne s'étonnera. Et je présume que vous avez minutieusement fabriqué les dossiers, inutile que je vérifie.

— Tu peux nous faire confiance.

— Mouais... Où est Peabody ?

— Avec Trina.

— Encore ! La pomponner et l'habiller ne réclame quand même pas des heures !

— Trina a eu une idée fabuleuse, déclara Mavis avec un enthousiasme qui glaça le sang d'Eve. Tu verras. Au fait, tu dois prendre rendez-vous avec elle sans tarder. Elle veut te faire belle pour les fêtes.

Eve émit un nouveau grognement. Il n'était pas question qu'elle endure une autre séance de soins esthétiques – jamais de la vie.

— J'y réfléchirai. Qu'est-ce qu'elles fichent, nom d'une...

Elle n'acheva pas sa phrase. Trina et Peabody entraient dans le bureau.

— Je dois reconnaître que je suis une grande artiste ! clama Trina avec sa modestie coutumière.

Eve, bouche bée, contemplait Peabody qui rougit comme une pivoine.

— Vous... vous croyez que je réussirai l'audition ? bafouilla-t-elle.

Ses cheveux, habituellement coiffés sobrement, auréolaient son visage d'un halo couleur de jais. Le maquillage rehaussait savamment la finesse de ses traits. Elle avait des yeux de biche et la bouche couleur corail.

Sa silhouette, que l'uniforme avait tendance à alourdir, était maintenant voluptueusement féminine, par la magie d'une longue robe vert foncé retombant en plis souples jusqu'aux chevilles. Un collier formé de plusieurs rangs de pierres colorées ornait sa gorge. Dans son décolleté, on distinguait un ange aux ailes dorées.

Peabody l'avait choisi elle-même ; il lui semblait qu'en cette période de Noël, un ange s'imposait. Elle n'avait même pas bronché lorsque les mains prestes et expertes de Trina lui avaient empoigné le sein gauche pour appliquer le tatouage délébile. Au début de la séance, elle avait paniqué, mais Trina avait su apaiser ses craintes. Finalement, se laisser métamorphoser l'avait enchantée.

À présent cependant, le regard fixe du lieutenant l'embarrassait. Elle se dandina sur ses talons aiguilles, dorés comme les ailes de l'ange.

— Je... Ça ne va pas ?

— Vous n'avez plus l'air d'un flic, ça c'est sûr ! répondit Eve d'un ton brusque.

Connors, amusé par la stupéfaction de sa femme, s'approcha de Peabody et lui prit les mains.

— Vous êtes superbe. Absolument ravissante.

Il lui baisa les doigts. Peabody, qui avait un cœur de midinette, manqua défaillir.

— Waouh ! fit-elle.

— Remettez-vous ! grommela Eve. Feeney, tu as vingt minutes pour la briefer. Peabody, cette toilette vous va à ravir, mais, où rangez-vous votre communicateur ?

— Là, expliqua Peabody en glissant la main dans une poche dissimulée sur le côté de la robe. Pratique, non ?

— Ne rêvez pas, ce n'est pas demain que les flics seront habillés par des couturiers. Allez, au boulot. Vous devez mémoriser le profil que Feeney vous a concocté. Enregistrez-le, vous vous le repasserez pendant le trajet. Nous ne pouvons pas nous permettre la moindre bourde. Je veux que vous soyez inscrite à l'agence dès cet après-midi et que vous ayez votre liste de partenaires.

— Oui, lieutenant.

Trina, les paupières plissées, observait Eve comme un chat guette une souris. Elle s'approcha, lui saisit le menton et promena un regard acéré sur son visage et ses cheveux ébouriffés.

— Et maintenant, à nous deux !

Eve grinça des dents.

— J'ai autre chose à faire ! aboya-t-elle en s'écartant.

— Si vous ne soignez pas régulièrement votre peau, ce n'est pas la peine que je m'échine. Connors, je vous préviens : elle trouve un moment à m'accorder avant la fête que vous comptez donner, ou je décline toute responsabilité.

— Elle le trouvera, ne vous tourmentez pas, promit-il d'une voix apaisante.

Il glissa son bras sous le sien et, tout en l'abreuvant de compliments sur les prodiges qu'elle avait accomplis avec Peabody, se hâta de l'entraîner hors de la pièce.

9

En arrivant au Central, Eve eut la mauvaise surprise de découvrir Nadine Furst dans son bureau. Elle se vernissait les ongles.

— Hé ! qu'est-ce que vous fichez dans mon fauteuil ? Allez, ouste !

Nadine rangea tranquillement le vernis dans son grand sac en cuir et décroisa ses longues jambes.

— Bonjour, Dallas, dit-elle avec un sourire. Je suis contente de vous voir. Ces temps-ci, vous travaillez beaucoup chez vous, n'est-ce pas ? Notez que je ne vous blâme pas...

Elle se redressa, embrassa d'un regard réprobateur la petite pièce encombrée et poussiéreuse.

— Cet endroit est un vrai taudis.

Sans un mot, Eve s'avança vers son ordinateur afin de consulter les messages.

— Je n'ai touché à rien, susurra Nadine.

— Vous avez résisté à la tentation ? Mes compliments. Écoutez, j'ai beaucoup de travail et pas une minute à consacrer aux journalistes.

Sans se départir de son sourire, Nadine s'assit sur le siège inconfortable réservé aux visiteurs.

— À votre place, je m'arrangerais pour me libérer. Sauf si vous voulez que je révèle au public ce que j'ai appris.

Eve sentit ses muscles se crisper. Avec une feinte nonchalance, elle s'installa dans son fauteuil et posa les pieds sur la table.

— Et qu'est-ce que vous avez appris, au juste ?

— Des célibataires en mal d'amour sont sauvagement assassinés. Amoureusement Vôtre : agence de rendez-vous ou piège mortel ? Le lieutenant Dallas, l'as de la Criminelle, mène l'enquête. Accrocheur, comme résumé, non ?

Nadine scrutait le visage d'Eve. Celle-ci ne cilla pas, cependant la journaliste perçut la tension qui l'habitait.

— Ensuite, ajouta-t-elle, j'annoncerai que la responsable des investigations n'a aucun commentaire à faire.

— L'enquête suit son cours. Nous avons plusieurs pistes et nous nous efforçons de les explorer.

— Alors vous confirmez que ces meurtres sont liés ?

— Je ne dirai rien tant que votre enregistreur sera branché. Mettez-le là, sur cette table, sinon je confisque votre sac et tout ce qu'il contient. Les appareils de ce genre ne sont pas autorisés dans les locaux du Central.

— Oh, ce que vous pouvez être agaçante !

Nadine sortit son mini-enregistreur de sa poche et le lança à Eve qui le rattrapa au vol.

— Vous confirmez, maintenant ? Officieusement.

Eve opina. Elle savait que la journaliste ne cachait pas un autre micro dans son sac. Nadine était tenace et têtue comme une mule, mais honnête.

— Les meurtres ont été perpétrés par le même individu. Il semble choisir ses victimes dans la clientèle d'Amoureusement Vôtre. Ça, je vous autorise à le révéler.

Eve remarqua l'étincelle qui s'allumait dans les yeux de son interlocutrice. Elle avait eu raison de miser sur son intelligence et son flair ; Nadine avait mené sa propre enquête sur l'agence.

— Quelles autres informations pouvez-vous me donner, Dallas ?

— Et vous ?

Nadine extirpa un portable de sa poche et ouvrit le dossier de l'affaire.

— J'ai là l'organigramme de la société, le parcours professionnel des propriétaires. Ils font de la publicité sur Channel 75. L'an dernier, ils ont déboursé deux millions de dollars pour que nous diffusions leurs spots. Nous avons vérifié leur solvabilité. Pour eux, cette somme est une bagatelle, à peine dix pour cent de leurs bénéfices.

— L'amour rapporte gros.

— Et comment ! J'ai procédé à un petit sondage auprès de mes collègues. Beaucoup d'entre eux ont eu recours à des agences. Le journalisme et la vie sentimentale, ça ne fait pas bon ménage.

— Vous avez des amis inscrits à Amoureusement Vôtre ?

— C'est bien possible. Pourquoi ?

— Les trois victimes y étaient inscrites.

— Donc l'assassin traque bien les cœurs solitaires, je ne me trompais pas.

— Nous pensons qu'Amoureusement Vôtre lui sert de terrain de chasse, rétorqua Eve, répétant délibérément le nom de l'agence afin que Nadine se l'enfonce bien dans la tête et n'aille pas fouiner ailleurs.

— Vous avez des suspects ?

— Les interrogatoires sont en cours.

— Un mobile ?

— Ce sont des crimes sexuels, répondit Eve après un silence.

— Ah !… Il a tué deux femmes et un homme. J'en conclus qu'il est bisexuel ?

— Je ne peux pas me prononcer sur ce point.

Une fraction de seconde, Eve revit le corps de Donnie Ray ; la tristesse et la culpabilité la submergèrent.

— Les trois victimes ont laissé entrer leur meurtrier chez elles de leur plein gré. Nous n'avons relevé aucun signe d'effraction.

— Elles lui ont ouvert la porte ? Elles le connaissaient ?

— Elles croyaient le connaître. Vous devriez recommander à vos téléspectateurs de se montrer extrêmement prudents si on sonne chez eux. Il m'est impossible de vous en dire plus sans compromettre l'enquête.

— Il a tué trois fois en moins d'une semaine. Vous pensez qu'il va continuer ?

— Il a un plan précis. Ça, vous le gardez pour vous. Il a un plan qu'il respecte à la lettre. C'est ce qui nous permettra de le coincer.

— Dallas, accordez-moi une interview, supplia Nadine. J'appelle un cameraman, ça ne prendra pas plus de dix minutes.

— Non, pas encore. Vous êtes la seule à qui j'ai donné des renseignements, alors ne vous plaignez pas. Vous aurez votre interview quand je le déciderai. Si vous voulez me mettre dans de bonnes dispositions, creusez du côté de Rudy et de Piper Hoffmannn, et refilez-moi les tuyaux que vous trouverez.

— Marché conclu. Je...

À cet instant, la porte s'ouvrit à la volée. Peabody se rua dans le bureau.

— Dallas, vous n'allez pas en revenir, je... Oh ! bonjour, Nadine.

Celle-ci écarquillait les yeux, éberluée.

— Peabody, c'est vous ?

La jeune femme se rengorgea.

— Mais oui, dit-elle, faussement modeste.

— Vous êtes métamorphosée ! Et cette robe... Ce ne serait pas une création de Leonardo ? Quelle merveille !

— Elle me va bien, hein ?

— Vous êtes splendide ! s'exclama Nadine en riant.

Elle se carra dans son siège pour mieux admirer Peabody. Un pli s'imprima entre ses sourcils, son regard de chat s'aiguisa. Eve eut l'impression d'entendre cliqueter les rouages de son cerveau.

— Dites-moi, Dallas, vous autorisez votre assistante à courir les salons de beauté en plein milieu d'une enquête ? Voilà qui m'étonnerait fort. Je suis prête à parier que j'ai devant moi la plus ravissante des taupes. Vous cherchez l'âme sœur, Peabody ?

— Fermez la porte, ordonna Eve. Nadine, enchaîna-t-elle quand Peabody se fut exécutée, si jamais vous ébruitez ça, je briserai votre carrière. Je vous garantis qu'il n'y aura plus dans New York un seul flic qui acceptera de vous fourguer une bribe d'information, ne serait-ce que l'heure qu'il est.

Le visage de la journaliste se rembrunit.

— Vous me croyez capable de mettre Peabody en danger ? s'indigna-t-elle en attrapant son sac et en se levant. Allez au diable, Dallas !

— Attendez...

Furieuse de sa maladresse, Eve retint Nadine par son sac.

— C'est moi qui ai pris cette décision et, si les choses tournent mal, je serai responsable.

— Lieutenant...

— Bouclez-la, Peabody ! tonna Eve. Quant à vous, Nadine, sachez que je ne reculerai devant rien pour protéger mon assistante et résoudre cette affaire. Si ça vous déplaît, tant pis.

— Bon, d'accord, répliqua la journaliste d'un ton plus conciliant, car c'était la première fois qu'elle lisait de la peur dans les yeux d'Eve Dallas. Mais vous avez l'air d'oublier que j'ai de l'amitié pour Peabody. Pour vous aussi, d'ailleurs. Et j'ai du mérite !

Redressant les épaules, elle se dirigea vers la porte et l'ouvrit.

— Peabody, cette coiffure vous va à ravir ! lança-t-elle avant de sortir.

— Et merde ! grommela Eve en se tournant vers la fenêtre aux vitres crasseuses.

— Lieutenant, je suis capable d'assurer cette mission.

Eve, qui observait le ciel d'un œil morne, soupira.

— Je ne vous l'aurais pas confiée si je pensais le contraire. Il n'en reste pas moins que je suis responsable de vous. Or, en matière d'infiltration, vous n'avez aucune expérience.

— Justement, vous me donnez une chance de devenir inspecteur. Pour ça, il faut que je fasse mes preuves.

— Oui, je sais.

— Je reconnais que mes... arrières sont un peu trop larges – encore que je suive un régime draconien –, mais je vous jure que je sais les protéger.

Eve ne put s'empêcher de rire.

— Vos arrières sont parfaits, Peabody. Casez-les donc dans ce siège et faites-moi votre rapport.

— Ça a marché comme sur des roulettes. Ils ne se doutent pas que je suis flic et ils ne se souviennent pas de m'avoir vue il y a à peine deux jours. On m'a traitée comme une reine, ajouta Peabody en battant des cils.

— Qu'est-ce que vous avez ? Une poussière dans l'œil ? bougonna Eve. Je ne vous demande pas vos impressions, mais un rapport ! ajouta-t-elle.

— Oui, lieutenant, répliqua la jeune femme, penaude. En arrivant sur les lieux, j'ai déclaré que je souhaitais une consultation. Après un bref entretien, on m'a conduite dans une salle où Piper m'a fait subir le test de personnalité. Elle a tout enregistré sur son ordinateur de poche. Elle m'a aussi proposé quelque chose à boire. J'ai accepté, je me suis dit que ça collait avec mon personnage. Figurez-vous, lieutenant, qu'on m'a offert du chocolat chaud. Du vrai chocolat, vous vous rendez compte ! Et des petits biscuits en forme de renne. Les rennes du Père Noël. Un délice ! J'en ai mangé trois.

— Ce n'est pas de cette façon que vous réduirez la taille de votre postérieur.

— Je sais, soupira Peabody. J'ai insisté sur le fait que j'étais pressée, parce que l'idée de me retrouver seule pour Noël me déprimait. Piper a été charmante, pleine de sollicitude. Je comprends pourquoi les femmes qu'elle reçoit lui font confiance et sont convaincues qu'elle va réussir à les caser. Elle voulait me remettre entre les mains d'une consultante, mais j'ai protesté. Je lui ai expliqué que cette démarche m'embarrassait beaucoup et qu'avec elle, au moins, je me sentais rassurée. J'ai proposé de payer un supplément pour qu'elle continue à s'occuper de moi.

— Bien joué.

— Elle a été très gentille. Elle est restée près de moi pendant qu'on tournait la vidéo, elle m'a donné des conseils pour que je sois à mon avantage. Là-dessus, Rudy est venu la chercher : ils avaient une réunion. Lui non plus ne m'a pas reconnue. Il a flirté avec moi.

— De quelle manière ?

— C'est une sorte de réflexe conditionné, une déformation professionnelle. Il vous sourit, il vous complimente, il vous tripote la main. Ce n'est pas du tout mon type d'homme, mais je suis entrée dans son jeu. Il m'a offert une tasse de chocolat chaud que j'ai refusée – avec regret, je vous l'avoue. Ensuite, il m'a fait visiter les locaux. Il y a un club où les partenaires peuvent se rencontrer, s'ils sont trop timides pour se voir à l'extérieur de l'agence. Le cadre est raffiné, très élégant. Ils ont également un genre de café.

Peabody grimaça.

— J'y ai aperçu McNab.

— Bon, nous voilà donc introduits dans la place. Et votre liste de partenaires ?

— Je l'aurai demain matin. Ils préfèrent la remettre directement plutôt que de la faxer. Ils m'ont filmée pendant près d'une heure. Apparemment, ils ont gobé mon histoire. Si j'étais une vraie cliente, je me sentirais en sécurité.

— Une fois que vous aurez votre liste, vous contacterez les personnes qu'on a sélectionnées mais vous les rencontrerez à l'extérieur.

Eve réfléchit un instant.

— On organisera les entrevues dans l'un des établissements de Connors – un petit club ou un bar. Je m'arrangerai pour que deux ou trois flics en civil assurent votre protection. Moi, je ne peux pas me montrer. Si Rudy et Piper se trouvaient par hasard dans les parages, ils me repéreraient et ça ficherait tout en l'air. On demandera un véhicule de surveillance. Débrouillez-vous pour avoir deux rendez-vous, trois si possible, d'ici demain soir. Il ne faut pas traîner.

Eve passa une main nerveuse dans ses cheveux déjà tout ébouriffés.

— Trouvez-nous une salle vide, et dites à McNab et à Feeney de nous rejoindre. Je veux les mettre au courant. Et j'aimerais que la réunion se déroule sans incident.

Peabody se renfrogna.

— Si McNab m'agresse, je l'assomme.

— Attendez qu'on ait bouclé cette affaire. Ensuite, vous l'assommerez tant que vous voudrez.

Lorsqu'elle franchit les grilles pour s'engager dans la longue allée sinueuse, Eve crut que le rez-de-chaussée de la maison était en feu. Elle accéléra, puis distingua avec soulagement la silhouette d'un arbre qui se découpait derrière l'immense baie vitrée du hall. Il était nimbé de lumières qui dansaient comme des flammes.

Médusée, elle gara sa voiture et grimpa les marches du perron. Le sapin occupait la majeure partie de l'espace, pourtant vaste. Il devait bien faire six mètres de haut. Des kilomètres de guirlandes argentées étaient savamment drapées sur les branches auxquelles étaient accrochées des centaines de boules vertes et rouges. À sa cime étincelait une étoile en cristal et, à son pied, sur un tapis immaculé pareil à de la neige poudreuse, s'amoncelaient des paquets enrubannés.

— C'est joli, non ?

Eve sursauta et se retourna vers Connors qui s'était approché sans bruit.

— Mais où as-tu déniché ce monument ?

— Dans l'Oregon. Les racines ont été traitées pour qu'il ne meure pas. Après la Saint-Sylvestre, il sera replanté avec les autres dans un jardin public.

— Les autres ?

— Celui de la salle de réception qui est un peu plus grand...

— Plus grand ? répéta-t-elle, effarée.

— Tu joues les perroquets, ma chérie ? Il y a aussi celui de Summerset, installé dans ses appartements, et celui de notre chambre.

Il la prit par la taille.

— J'ai pensé que nous pourrions décorer le nôtre ce soir.

— Il va nous falloir au moins deux jours !

Connors éclata de rire.

— L'équipe que j'ai engagée pour celui-ci n'y a passé que quatre heures. Et notre sapin à nous est beaucoup plus modeste. On va bien s'amuser.

— Ça, j'en doute, grommela-t-elle.

Inexplicablement, la vue de cet arbre illuminé lui mettait les nerfs en pelote.

— Bon, j'ai du travail, décréta-t-elle.

Elle s'écarta, avec l'intention de se réfugier dans son bureau, mais Connors lui barra le passage.

— Tu as aussi une vie privée. Notre vie à tous les deux. Je veux une soirée avec ma femme.

— Je déteste quand tu dis « ma femme » sur ce ton.

— Je le sais bien.

Avant qu'elle ait eu le temps de réagir, il la souleva de terre.

— Je te tiens, lieutenant, et je te garde.

— Attention, je sens que je vais me fâcher !

— Tant mieux, j'adore te faire l'amour quand tu es furieuse contre moi.

— Je n'ai pas envie de faire l'amour, riposta-t-elle sans conviction.

— Tu me défies ? De mieux en mieux.

— Repose-moi, espèce d'âne, ou je te casse la figure !

— Des menaces. Que c'est excitant !

Elle se mordit les lèvres pour ne pas rire. Quand ils entrèrent dans leur chambre, elle était prête pour l'une de ces joutes dont ils avaient le secret. Il l'allongea sur le lit, lui bloqua les bras. Elle lui décocha un regard flamboyant.

— Tu ne m'auras pas si facilement, mon vieux ! siffla-t-elle.

— Je l'espère bien.

D'une brusque détente, elle lui emprisonna la taille entre ses jambes. Ils roulèrent sur le lit. Galahad, qui somnolait sur l'oreiller, se hérissa, émit un crachement féroce et s'enfuit.

— Regarde ce que tu as fait, accusa Eve. Tu as vexé le chat.

— S'il est jaloux, il n'a qu'à se trouver une compagne, marmonna Connors en lui mordant le cou.

Il la sentait se tordre sous lui, elle se débattait bec et ongles, une vraie diablesse. Il la connaissait si bien. Certains soirs, quand elle était angoissée, elle avait besoin de se bagarrer avant de capituler.

Cela ne le dérangeait pas, au contraire, il ne l'en aimait que plus.

Il l'embrassa à pleine bouche, lui retira son holster et glissa la main sous son chemisier.

Elle frissonnait, son corps se tendait comme un arc.

— J'ai faim de toi... souffla-t-il.

— Oui, prends-moi... maintenant... gémit-elle.

Ivres de désir, ils ôtèrent fiévreusement les vêtements qui les encombraient. D'un coup de reins, Connors la pénétra. Elle cria de bonheur, ses yeux s'assombrirent. Il se mit à aller et venir en elle, fiévreusement, violemment.

— Je veux que tu jouisses encore, murmura-t-il. Avec moi, Eve...

Elle avait perdu la notion du temps. Plus rien au monde n'existait, hormis les bras de Connors qui la serraient, ses cheveux noirs qui lui chatouillaient le cou. Elle se demanda vaguement s'il était normal d'aimer, de désirer un homme à ce point.

Puis il releva la tête, lui sourit, et elle se dit qu'elle se fichait éperdument de savoir si c'était normal.

— J'espère que tu es content ?

— Tout à fait, répondit-il en lui baisant les lèvres. J'ai l'impression que, toi aussi, tu es plutôt satisfaite.

— Pff... je t'ai laissé gagner, pour ne pas froisser ta vanité de mâle.

— Naturellement.

— Pousse-toi, tu pèses lourd, rétorqua-t-elle d'un ton brusque que démentait l'éclat malicieux de son regard.

— À vos ordres, lieutenant.

Il se redressa et, sans effort, la souleva dans ses bras.

— Une petite douche, ensuite, on décore notre arbre.

— Ma parole, c'est une obsession !

— Je n'ai pas fait ça depuis des lustres – depuis Dublin, quand je vivais chez Summerset. Je veux voir si je n'ai pas perdu la main.

Comme il entrait dans la cabine, Eve le bâillonna. Contrairement à elle, il avait une prédilection pour les douches froides.

— Trente-deux degrés ! commanda-t-elle.

— Trop chaud, se plaignit-il.

— Tant pis pour toi.

Elle resta dix bonnes minutes sous la douche, puis passa dans la cabine de séchage, tandis que Connors se frictionnait avec un drap de bain. Encore une manie qu'elle ne comprendrait jamais. Pourquoi se fatiguer à s'étriller ainsi alors qu'une machine pouvait vous sécher en un clin d'œil ?

Secouant la tête, elle saisit son peignoir. Elle allait l'enfiler lorsqu'elle s'aperçut que ce n'était pas celui qu'elle portait le matin.

— Encore un nouveau peignoir ? Tu m'en as déjà offert des centaines !

— Celui-ci est en cachemire. Essaie-le.

Pour lui faire plaisir, elle s'exécuta. Il lui sembla qu'un nuage impalpable glissait sur sa peau.

— C'est doux... soupira-t-elle, tout en pensant qu'il était ridicule de s'extasier sur un bout de tissu. Merci.

— Je suis heureux qu'il te plaise, répliqua Connors avec un grand sourire. Bon... pendant que je travaille, explique-moi où tu en es.

— Peabody et McNab sont inscrits à l'agence. Ils auront leur liste de partenaires demain matin.

D'un pas alerte, elle se dirigea vers la bouteille de champagne et le plateau d'appétissants canapés posés sur une table. Elle en engloutit un goulûment et remplit deux flûtes.

— Ils n'ont pas eu de problème. La couverture que tu leur as fabriquée a tenu le coup.

— Évidemment, rétorqua-t-il en se penchant pour prendre une guirlande lumineuse dans une énorme boîte.

— Ne roule pas des mécaniques, s'il te plaît. Nous ne sommes pas au bout de nos peines, loin de là. Quand je suis arrivée au Central, Nadine était dans mon bureau. Là-dessus, Peabody a débarqué, dans toute sa splendeur. J'ai été forcée de donner à Nadine plus d'informations que je ne le voulais.

— C'est l'une des rares journalistes à qui tu peux te fier. Elle gardera le secret.

— Oui, je sais. On a eu une prise de bec à ce sujet. Je regrette que Rudy et Piper m'aient vue. J'aurais pu m'inscrire à Amoureusement Vôtre à la place de Peabody.

— Je n'aurais peut-être pas apprécié que ma femme rencontre des inconnus, remarqua-t-il en saisissant une deuxième guirlande.

— Je n'aurais pas couché avec eux... sauf si mon devoir de policier l'avait exigé, le taquina-t-elle. Mais j'aurais pensé à toi tout le temps.

— Je te garantis que ça n'aurait pas duré longtemps, déclara-t-il d'un air féroce. Je me serais empressé de châtrer le monsieur et de lui faire manger ses bijoux de famille !

Eve, qui buvait une gorgée de champagne, s'étrangla.

— Eh bien, toi, tu n'y vas pas de main morte !

— Aux grands maux, les grands remèdes. Passe-moi donc une autre guirlande.

— Encore ? Tu comptes en mettre beaucoup ?

— Autant qu'il faudra.

— Hmm... Tu sais, je m'inquiète pour Peabody. Elle n'a pas l'expérience de ce genre de mission.

— Elle a reçu une excellente formation, grâce à toi. Aie confiance en elle. Et en toi-même.

— McNab ne décolère pas, il ne la croit pas à la hauteur.

— Il a le béguin. Lumière ! ordonna Connors.

Les guirlandes s'allumèrent, scintillant de mille feux. Il recula d'un pas, contempla son œuvre d'un air satisfait.

— Ce sapin est magnifique !

Eve n'y jeta même pas un regard. Interloquée, elle dévisageait son mari.

— Comment ça, il a le béguin ? McNab serait amoureux de Peabody ? C'est grotesque.

— Il n'est pas encore sûr de l'aimer, mais elle l'attire.

— Elle ne le supporte pas, il l'exaspère.

— Moi aussi, au début, je t'exaspérais. Regarde où ça nous a menés. Bon, continuons.

Eve se laissa tomber sur le lit.

— Oh non ! il ne manquait plus que ça. Si tu as raison, je ne pourrai plus les faire travailler ensemble. Qu'ils se bouffent le nez, ce n'est pas trop gênant, mais s'ils se mettent à roucouler, alors là...

— Il faut bien que les enfants vivent leur vie, ma chérie.

Il ouvrit une autre boîte, y prit un ange en porcelaine, visiblement très ancien.

— À toi d'accrocher le premier ange. Désormais, ce sera notre rituel à nous.

— S'il arrive quelque chose à Peabody...

— Tu ne le permettras pas.

— Non, en effet. Je le mets où, ce truc ?

— Choisis une branche.

Elle opta pour la plus basse et, de ses doigts malhabiles, y accrocha l'angelot.

— Je t'aime, Connors. Je te le dirai chaque année, au pied du sapin, jusqu'à la fin de mon existence.

— Et je te répondrai que je t'aime aussi, murmura-t-il en l'enlaçant.

Les guirlandes étaient éteintes, les bûches dans la cheminée achevaient de se consumer. Couchée dans le grand lit, près de son mari, Eve ne parvenait pas à trouver le sommeil.

Que faisait le tueur, en ce moment ? Rôdait-il dans la ville endormie ? Allait-on appeler Eve pour lui annoncer un nouveau meurtre ?

Réussirait-il, une fois encore, à la prendre de vitesse ?

10

À l'aube, la neige commença à tomber, mais au lieu de ces flocons duveteux qu'on voyait sur les cartes de Noël, c'étaient de méchantes aiguilles glacées qui martelaient les toits des voitures. Lorsque Eve arriva au Central, une boue grisâtre et glissante recouvrait déjà les trottoirs.

Par la fenêtre de son bureau, elle aperçut deux hélicoptères appartenant à des chaînes météorologiques rivales qui tournoyaient dans le ciel plombé. Elle ne comprendrait jamais pourquoi les gens avaient besoin de regarder les informations pour savoir quel temps il faisait. Ils n'avaient qu'à ouvrir leur porte et lever le nez.

La journée s'annonçait mal.

Irritée, elle s'assit à sa table et commanda la mise en route de son ordinateur.

— Calcul de probabilités. Analyse des données, liste des victimes potentielles.

— Recherche en cours...

— Ouais, c'est ça. Cherche, espèce de vieux clou.

Elle prit les photos confisquées à Amoureusement Vôtre, les fixa sur le panneau qui surmontait son bureau.

Marianna Hawley, Sarabeth Greenbalm, Donnie Ray Michael. Trois visages souriants, pleins d'espoir. Trois solitaires en quête d'amour.

La secrétaire, la strip-teaseuse, le saxophoniste. Des vies différentes, des ambitions, des besoins différents. Qu'avaient-ils donc en commun ? Qu'est-ce qui les reliait au meurtrier ?

Quand il les regardait, que voyait-il qui pût le pousser à tuer ?

— *Analyse terminée. Tous les sujets en mémoire sont des victimes potentielles.*

— Des nèfles ! fulmina-t-elle. On recommence.

— *Données insuffisantes pour un calcul plus précis.*

— Mais comment je fais, moi, pour protéger deux mille personnes !

Elle ferma les yeux, inspira à fond pour se calmer.

— Bon... Élimine tous les sujets qui vivent avec un colocataire ou un membre de leur famille. Élimine aussi ceux qui ne sont pas de race blanche.

— *Analyse en cours... Terminé.*

— Il nous en reste combien ?

— *Six cent vingt-quatre sujets.*

— Merde ! Supprime ceux qui ont plus de quarante-cinq ans et moins de vingt et un ans.

— *Analyse en cours... Terminé.*

Eve se redressa et se mit à tourner en rond dans la pièce, réfléchissant à voix haute.

— C'était leur première inscription, marmotta-t-elle. Élimine ceux qui ont consulté Amoureusement Vôtre à plusieurs reprises.

— *Analyse...*

L'ordinateur émit un hoquet. Agacée, Eve abattit son poing sur la machine.

— Ce n'est pas le moment de tomber en panne !

— *... en cours... Ter... miné.*

— Tu n'es qu'un dinosaure bégayant ! Il nous en reste combien ?

— *Deux... cent... six.*

— Ah ! c'est mieux. Beaucoup mieux. Imprime-moi la liste.

Tandis que l'ordinateur s'exécutait, non sans peine, elle appela la DDE.

— Feeney, j'ai deux cent six clients sur lesquels il me faut des renseignements. Vois combien ont quitté la ville, combien se sont dégoté un compagnon, se sont mariés, combien sont morts de leur belle mort ou sont partis en vacances sur la planète Disney.

— Envoie-moi tout ça.

— Merci. C'est urgent.

À cet instant, elle entendit dans le couloir une cacophonie de sifflets admiratifs. Peabody entra et referma la porte. Elle avait les joues rouges et des étoiles dans les yeux.

— Seigneur, on croirait que ces crétins ne m'ont jamais vue en civil. Henderson vient de me proposer un week-end à la Barbade. Il a une femme et des gosses !

Eve, les sourcils froncés, détailla son assistante. Elle était maquillée comme une star, vêtue d'une courte jupe moulante framboise et chaussée de bottes aux talons vertigineux.

— Comment pouvez-vous marcher sur des échasses pareilles ?

— Je me suis entraînée.

— Asseyez-vous avant de vous casser la figure.

— C'est plus facile à dire qu'à faire.

Se cramponnant au bureau, Peabody posa précautionneusement les fesses sur le bord du siège.

— Ça me serre un peu à la taille, expliqua-t-elle.

— Quand vous aurez fini de vous tortiller, nous pourrons peut-être passer aux choses sérieuses. On vous attend à l'agence dans une heure et, d'ici là, je veux...

La porte s'ouvrit, livrant passage à McNab. Lorsqu'il vit la minijupe de Peabody, il faillit s'étouffer.

— Qu'est-ce que vous fichez dans cette tenue ?

— Mon travail, répondit-elle avec dédain.

— Vous cherchez les ennuis ou quoi ? Dallas, dites-lui de s'habiller autrement.

— Je ne suis pas costumière, McNab. Et si je l'étais...

Elle désigna du menton la tenue du jeune homme : pantalon large à rayures rouges et blanches et pull à col roulé jaune canari.

— ... je vous suggérerais sans doute d'opter vous aussi pour un autre accoutrement. Toujours à propos de changement, j'envisage de me trouver d'autres assistants capables de se comporter comme des gens civilisés.

Peabody et McNab eurent le bon goût – et la prudence – de se taire.

— Une fois que vous aurez vos listes, débrouillez-vous pour traîner dans le secteur. Je tiens à ce qu'on vous voie.

— On a un budget pour faire des emplettes ? demanda McNab. Il faudrait pouvoir acheter quelques babioles, papoter avec les vendeurs.

— Chacun de vous dispose de deux cents dollars, pas un sou de plus. Si vous dépassez cette somme, vous en serez de votre poche. McNab, n'oubliez pas de faire un tour chez Sublimissime, puisque Donnie Ray y a acheté des cosmétiques pour sa mère.

— Son salaire mensuel n'y suffira pas, susurra Peabody perfidement.

Eve la foudroya du regard.

— Vous aussi, vous irez chez Sublimissime, comme Hawley. Et chez Désirable, la boutique de lingerie.

— Bien, lieutenant.

— Ensuite, vous contacterez vos « partenaires ». Je veux que les premiers rendez-vous aient lieu cet après-midi. À partir de 16 heures, au Nova Club, dans la 53e Rue. Nous ne savons pas encore s'il a recommencé hier soir. Peut-être pas, avec un peu de chance, mais il ne tardera pas.

Eve tourna les yeux vers les photos des trois victimes.

— Il y aura des flics en civil dans le club. Feeney et moi, nous serons dehors dans un véhicule de surveillance. Vous serez équipés de micros, nous serons constamment en contact avec vous. Surtout, ne quittez pas la salle. Si vous avez besoin d'aller aux toilettes, signalez-le discrètement. Un de nos hommes vous suivra.

— Il n'agira pas dans un lieu public, ce n'est pas son habitude, fit remarquer Peabody.

— C'est vrai, mais je vous interdis de prendre des risques inutiles. Vous obéissez aux instructions, sinon je vous vire. Dès que vous aurez les listes, transmettez-les-nous. Si un membre du personnel d'Amoureusement Vôtre ou des boutiques de l'immeuble vous témoigne un intérêt particulier, prévenez-moi immédiatement. Des questions ?

Peabody et McNab secouèrent la tête.

— Alors, à vous de jouer.

Eve réprima un sourire lorsque Peabody se leva avec difficulté, tira sur sa jupe et sortit dignement.

McNab leva les yeux au ciel.

— Elle ne sera pas à la hauteur, grogna-t-il. Elle n'a pas d'expérience.

— Elle se débrouillera très bien.

— Je préfère quand même garder un œil sur elle.

— Vous n'aurez sans doute pas à vous forcer, rétorqua Eve, sarcastique.

Quand il eut disparu, elle se tourna de nouveau vers les photos. Ces trois visages la hantaient. Elle revoyait sans cesse les masques fardés, pathétiques, qu'ils arboraient dans la mort.

« Arrête de penser à ce qu'ils ont subi, se tança-t-elle. Demande-toi plutôt pourquoi on les a tués. »

Elle s'approcha du portrait de Marianna Hawley. Comment définir cette jeune femme ? Une secrétaire, romantique, un peu démodée. Belle, sans être provocante, attachée à sa famille, passionnée par le théâtre. Une jolie femme qui aimait s'entourer de jolies choses.

Sarabeth Greenbalm, la strip-teaseuse. Une célibataire qui dépensait son argent avec parcimonie et collectionnait les cartes de visite. Pas de hobby particulier, pas d'amis ni de proches parents.

Enfin Donnie Ray, le saxophoniste qui adorait sa mère, qui vivait dans une porcherie et avait un sourire d'ange.

Tout à coup, Eve tressaillit. Mais, bien sûr, comment n'y avait-elle pas pensé plus tôt ?

Les trois victimes avaient effectivement un point commun : le spectacle.

— Oui, c'est ça ! s'écria-t-elle en se précipitant sur son ordinateur. Affiche les dossiers d'Amoureusement Vôtre pour Hawley, Greenbalm et Michael, commanda-t-elle. Cherche la rubrique : profession et loisirs.

— *Recherche en cours... Hawley Marianna, secrétaire administrative. Membre d'une troupe de théâtre amateur. Autres loisirs...*

— Stop ! Sujet suivant.

— *Greenbalm Sarabeth, danseuse...*

— Stop ! Et Donnie Ray était musicien. Calcule les probabilités pour que le tueur choisisse des personnes qui s'intéressent au théâtre ou au spectacle en général.

— *Analyse en cours... D'après les données en mémoire, le taux de probabilité est de quatre-vingt-treize pour cent.*

— J'en étais sûre !

Le bourdonnement de son communicateur la fit sursauter.

— Dallas, j'écoute !

— Lieutenant Dallas, ici le dispatching. On nous a signalé un incident au 341, 18e Rue Ouest. Il semble que cela ait un rapport avec l'enquête en cours sur les homicides.

— J'y vais !

Sans même prendre le temps d'interrompre la communication, Eve se rua vers la porte.

— Jacko s'affole toujours pour rien. C'était simplement un peu bizarre.

La femme qui parlait à Eve était aussi menue et délicate que les petites fées qui dansaient aux branches du sapin en verre blanc installé devant la baie vitrée du loft luxueusement restauré.

— Je sais ce que je dis, rétorqua-t-il en roulant des yeux. Ce n'était pas normal, Cissy.

Il resserra son bras autour des épaules de sa compagne. Il aurait pu la briser comme une allumette, pensa Eve. Il mesurait plus de deux mètres et pesait bien cent cinquante kilos. Il avait la morphologie d'un joueur de football, un visage qui paraissait taillé dans le roc. Des cicatrices zébraient ses mâchoires et son front.

La femme était d'une pâleur lunaire, alors que lui avait la peau tannée par le soleil. Ils formaient un couple vraiment bizarre.

Le loft qu'ils habitaient était divisé en trois parties. Derrière la cloison coulissante entrouverte, Eve apercevait un grand lit défait. Dans le salon trônait un long canapé en U où vingt personnes auraient pu s'installer confortablement – Jacko occupait d'ailleurs trois places à lui tout seul. Le décor raffiné suggérait que, dans cette maison, l'argent n'était pas un problème.

— Expliquez-moi ce qui s'est passé.

— Nous l'avons déjà fait hier soir, déclara Cissy en souriant, mais une note irritée vibrait dans sa voix. Ce n'était qu'une blague idiote.

— À d'autres ! tonna Jacko. Ce type était déguisé en Père Noël, il portait une grande boîte enveloppée dans du papier brillant.

Eve sentit son pouls s'accélérer, cependant, elle demanda d'un ton neutre :

— Qui lui a ouvert la porte ?

— Moi, répondit Cissy. Mon père vit dans le Wisconsin. Quand je ne peux pas y aller pour les fêtes, il m'envoie toujours un cadeau original. Or, cette année, il m'est impossible de me libérer. J'ai donc pensé que c'était lui qui avait loué les services d'un Père Noël pour me faire une surprise. Et je crois toujours que...

— Il n'était pas envoyé par ton père, coupa Jacko, catégorique. Elle l'a laissé entrer. Moi, j'étais dans la cuisine. Je l'ai entendue rire avec ce type...

— Je dois vous préciser que Jacko est d'une jalousie maladive.

— J'ai des raisons, Cissy. Pour que tu t'aperçoives qu'un mec te drague, il faut qu'il ait la main sous ta jupe.

Il secoua sa grosse tête d'un air écœuré.

— Enfin, bref, il allait se jeter sur elle quand je suis sorti de la cuisine.

— Se jeter sur elle ? répéta Eve.

— Ouais, il allait le faire. Il avait les yeux qui luisaient, il souriait d'une oreille à l'autre.

— Ses yeux pétillaient, corrigea Cissy. Et un Père Noël est censé sourire.

— N'empêche que, quand il m'a vu, il n'a plus du tout eu envie de rigoler. Il s'est pétrifié, je vous garantis qu'il crevait de trouille. Ensuite, il a détalé comme un lapin.

— Tu lui as aboyé dessus.

— Pas avant qu'il prenne la fuite. Alors là, c'est vrai que j'ai aboyé. Et je lui ai couru après. Je l'aurais rattrapé, si tu ne m'avais pas barré le passage. Le temps que j'arrive en bas, il avait disparu.

— Le policier qui est venu hier soir a emporté les disquettes de surveillance ?

— Oui, il a dit que c'était la routine.

— En effet. Et la voix de ce Père Noël, comment était-elle ?

— C'est-à-dire ? s'étonna Cissy.

— Comment la décririez-vous ?

— Elle était... joyeuse.

— Bon sang, Cissy, tu es stupide ou quoi ? Elle sonnait faux !

Vexée, Cissy se leva d'un bond et se mit à arpenter la pièce, son corps frêle frémissant d'indignation.

— Il avait une voix de gorge, on aurait cru qu'il roucoulait, enchaîna Jacko. « Tu as été une gentille petite fille ? Je t'apporte un cadeau. Rien que pour toi. » C'est là que je me suis montré. Il en est resté comme deux ronds de flan.

— Vous ne l'avez pas reconnu ? demanda Eve à Cissy. Malgré le costume, la barbe, vous n'avez rien noté de familier ? Un regard, un geste ?

— Non... vous savez, cela n'a duré que deux ou trois minutes.

— Il faudra visionner la vidéo de surveillance. Un détail vous frappera peut-être.

— Vous ne pensez pas que vous faites une montagne d'une taupinière ?

— Non, je suis même persuadée du contraire. Depuis combien de temps vivez-vous ensemble, tous les deux ?

— Deux ans, avec des périodes d'éloignement.

— Surtout ces derniers temps, grommela Jacko.

— Parce que tu es trop possessif ! accusa Cissy. Dès qu'un homme m'approche, tu l'expédies à l'hôpital.

— Quelle profession exercez-vous, Cissy ? lança Eve pour faire diversion.

— Je suis comédienne et, quand je n'ai pas d'engagement, j'enseigne l'art dramatique.

« Bingo », se dit Eve.

— Elle a un talent fou, déclara Jacko avec une fierté touchante, presque enfantine. Pour l'instant, elle répète une pièce qui se jouera à Broadway.

— Off-Broadway, corrigea Cissy d'un ton radouci. Tu exagères toujours.

— Ce sera un triomphe, mon petit chat. À l'audition, il y avait une vingtaine de candidates – des artistes réputées – et ils ont choisi ma Cissy. Ce rôle va la rendre célèbre.

— Je n'oublierai pas de venir l'applaudir. Cissy, avez-vous été en contact avec Amoureusement Vôtre ?

La jeune femme détourna les yeux.

— Je... non.

Eve prit un air sévère – son air de flic.

— Je vous rappelle que le faux témoignage est un délit puni par la loi.

— Mais je... je ne vois pas en quoi cela vous concerne.

— Amoureusement Vôtre ? articula Jacko, dérouté. C'est quoi ?

— Une agence de rendez-vous.

— Bon sang, Cissy !

Furibond, il se leva à son tour et, crispant ses énormes poings, s'approcha de sa compagne.

— Tu es vraiment inouïe !

— Nous avions rompu ! s'écria-t-elle avec une telle virulence que le géant recula d'un pas. J'étais furieuse contre toi. Je me suis dit que ce serait amusant et que ça te servirait de leçon, espèce de gros bêta. Quand tu ne vis pas ici, j'ai le droit de fréquenter qui je veux.

— Je te conseille de ne pas en abuser, de ce droit.

— Vous voyez ? riposta Cissy, prenant Eve à témoin. Voilà ce que je dois endurer !

— Calmez-vous, tous les deux, ordonna Eve, et asseyez-vous. Quand avez-vous consulté l'agence, Cissy ?

— Il y a six semaines, environ, marmonna la comédienne. J'ai eu deux rendez-vous...

— Avec qui ? vociféra Jacko.

— J'ai eu deux rendez-vous, répéta Cissy, ignorant la question de son compagnon. Et puis, Jacko est revenu. Il m'a offert des fleurs. Des pensées violettes. J'ai cédé, mais à présent, je me demande si je n'ai pas eu tort.

— Vous avez eu raison, croyez-moi, rétorqua Eve. Cette décision vous a sauvé la vie.

— Quoi ?

D'instinct, Cissy se rapprocha de Jacko qui l'entoura de son bras.

— Votre visiteur d'hier soir avait probablement l'intention de vous tuer. Ses trois autres victimes vivaient seules. Heureusement pour vous, Jacko était là.

— Mon Dieu ! Jacko...

— Ne t'affole pas, mon petit chat, ne t'affole pas. Je suis là. Je savais bien que ce type était bizarre. Qu'est-ce que c'est que cette histoire, lieutenant ?

— Je vais vous expliquer, ensuite je vous demanderai de venir au Central visionner la vidéo de surveillance et faire une déposition. Vous, Cissy, il faudra me dire tout ce dont vous vous souvenez, concernant Amoureusement Vôtre. J'ai besoin de *tous* les détails, même les plus insignifiants.

— Les témoins sont décidés à coopérer pleinement.

Trop énervée pour s'asseoir, Eve se tenait debout face au commandant Whitney, les mains derrière le dos.

— La femme est sous le choc. Inutile de compter sur elle pour nous fournir un élément concret. Lui est plus lucide. Ils ne connaissent pas l'assassin. J'ai interrogé les deux hommes avec qui Cissy Peterman est sortie, chacun a un alibi solide pour au moins l'un des meurtres. Je pense que nous pouvons les rayer de la liste des suspects.

Whitney opina et parcourut d'un coup d'œil le rapport qu'Eve lui avait remis.

— Jacko Gonzales ? s'écria-t-il soudain. Le Gonzales des Brawlers ?

— Oui, il est footballeur professionnel.

Un sourire de gamin éclaira le visage du commandant.

— Vous voulez dire que c'est un as ! Lors du dernier match des Brawlers, il a marqué trois buts à lui tout seul. Il a pulvérisé la défense adverse.

Comme Eve le regardait d'un air perplexe, il toussota.

— Mon petit-fils est l'un de ses fans.

— Ah !

— Dommage que Gonzales n'ait pas pu mettre la main sur notre Père Noël. Je vous garantis qu'il en aurait fait de la chair à pâté.

— C'est l'impression que j'ai eue, commandant.

— Mlle Peterman a eu beaucoup de chance.

— Oui, Jacko Gonzales a chamboulé le planning du tueur. Il va frapper à nouveau. Ce soir. J'en ai discuté avec le Dr Mira. Selon elle, il doit être furieux, et déstabilisé. Je pense que, du coup, il sera moins prudent. McNab et Peabody ont trois rendez-vous prévus pour ce soir. Tout est en place.

Eve hésita un instant.

— Commandant, l'opération de ce soir est une étape nécessaire. Mais, pendant ce temps, il va bouger.

— Dallas, dans la mesure où vous n'avez pas de boule de cristal susceptible de vous révéler le nom de ce maniaque, vous êtes bien obligée d'avancer pas à pas.

— Je crois avoir trouvé un autre lien entre les victimes : le théâtre ou le spectacle en général. J'espère que cela permettra à Feeney de réduire le nombre des cibles possibles - dans l'immédiat, nous en avons plus de deux cents. Ces personnes doivent être protégées.

— Comment ? rétorqua Whitney en écartant les mains dans un geste d'impuissance. Vous savez pertinemment que nous n'avons pas assez de policiers pour en placer un derrière chaque victime potentielle.

— Mais si Feeney réussit à...

— Même s'il divise le nombre par quatre, c'est encore trop.

— Ce soir, quelqu'un va mourir. Il faut prévenir ces gens. Si on demande aux médias de diffuser un communiqué, on évitera peut-être le pire.

— Si nous recourons aux médias, nous allons déclencher la panique. Les New-Yorkais tomberont à bras raccourcis sur les pauvres bougres déguisés en Père Noël qui font la manche sur les trottoirs. Combien en enverront-ils à la morgue ? Dallas, vous n'êtes pas là pour décider qui mérite ou non de vivre.

Comme elle ouvrait la bouche pour protester, il lui intima le silence.

— En outre, si nous alertons les médias, nous allons effrayer le tueur. Il se terrera dans son coin, et nous risquons de ne jamais le pincer. Trois personnes ont été tuées, leur assassin doit être châtié.

Il avait raison, bien sûr, mais Eve ne se sentait pas soulagée pour autant.

— Si Feeney parvient à nous donner une liste relativement courte, je peux constituer une équipe qui se chargera de contacter ces personnes.

— L'affaire s'ébruitera, lieutenant.

— Il faut bien faire quelque chose ! S'il tue encore, nous serons responsables.

« *Je* serai responsable », pensa-t-elle.

— Si nous n'avons même pas tenté de mettre sa prochaine victime en garde, nous aurons sa mort sur la conscience, continua-t-elle. Ce salaud sait que nous avons compris sa manière d'opérer, que nous avons les noms des clients d'Amoureusement Vôtre. Il sait aussi que nous pataugeons et que nous en sommes réduits à attendre qu'il frappe à nouveau. Il jubile. Il a fait tout un numéro devant la caméra de surveillance, dans l'immeuble de Peterman. Hier soir, si Gonzales avait été au stade, Mlle Peterman aurait été assassinée. Ce qui aurait fait quatre meurtres en une semaine. C'est trop. Beaucoup trop.

Le commandant l'avait écoutée sans broncher.

— Lieutenant, vous imaginez sans doute que ma place est plus confortable que la vôtre. Détrompez-vous. La discussion est close. Je n'accéderai pas à votre requête.

— Vous redoutez que l'affaire ne s'ébruite, mais je crois que les journalistes sont déjà sur le sentier de la guerre. Un autre crime, et la bombe nous explosera à la figure.

— Qu'avez-vous dit à Nadine Furst, lieutenant ? rétorqua-t-il d'un ton glacial.

— Ce que j'étais autorisée à lui dire, et encore, sous le sceau du secret. Elle a tenu sa langue, mais elle n'est pas la seule à avoir du flair, et ses confrères n'ont pas tous son intégrité, loin de là.

— Je soumettrai le problème au chef de la police, c'est tout ce que je peux faire. Transmettez-moi la liste de Feeney dès que vous l'aurez, et je demanderai le feu vert pour contacter les personnes figurant sur cette liste. Dans l'immédiat, sans l'accord de la hiérarchie, il m'est impossible de débloquer des fonds.

Il planta son regard dans celui d'Eve.

— Débrouillez-vous pour que l'opération de ce soir soit fructueuse. Bouclez-moi cette affaire, Dallas.

Quand elle pénétra dans son bureau, Eve trouva Feeney assis devant l'ordinateur.

— Tu es là, tant mieux. Ça m'évitera de courir jusqu'à la DDE.

— Il paraît que tu as rencontré Jacko Gonzales ? Il est déjà reparti ?

— Toi aussi, tu es un fan ? railla-t-elle. Je sens que tu me vas me demander de t'avoir un autographe.

— Ça, ce serait chic de ta part.

— Dépêche-toi plutôt d'analyser toutes ces données et de me sortir une cinquantaine de noms. S'il n'y en a que cinquante à contacter, j'arriverai à convaincre Whitney. Pour les autres, on n'aura plus qu'à prier. Bon, j'ai besoin d'un remontant, décréta-t-elle en fouillant dans le tiroir de son bureau. Où est passée la barre de chocolat qui était là-dedans ?

— Je ne l'ai pas prise, j'ai mes amandes, se défendit Feeney. Mais NcNab était là tout à l'heure. Dès qu'il renifle une barre de chocolat quelque part, il la pique.

— Quel emmerdeur ! File-moi des amandes.

Elle plongea la main dans le sachet qu'il lui tendait, puis s'approcha de l'autochef pour se commander un café.

— Je voudrais que tu travailles sur la vidéo de surveillance qu'on a récupérée chez Peterman. Il faudrait que tu agrandisses au maximum l'image de notre bonhomme au moment où il est vraiment lui-même, à savoir quand il a la trouille et qu'il fiche le camp. Compare ce portrait avec toutes les photos que nous avons. Malgré le déguisement, la barbe, le maquillage, on repérera peut-être une vague ressemblance : la forme du visage, des yeux...

Elle avala une gorgée de café, pensive.

— Les oreilles ! s'exclama-t-elle brusquement. Est-ce qu'il se serait donné la peine de modifier la forme de ses oreilles ? On les voit, sur la vidéo ?

Elle se pencha vers l'écran, fit défiler le film.

— Merde, on ne les voit pas. Ah si ! Là, regarde ! Tu peux exploiter ça ?

Tout en mastiquant ses amandes, Feeney étudia l'image.

— Le bonnet couvre le haut des oreilles, mais je réussirai peut-être à en tirer quelque chose. Bravo, Dallas, bonne idée ! Je n'y aurais pas pensé. Je vais scanner tous les portraits que nous avons, les comparer trait par trait. Une analyse aussi complexe réclamera plusieurs jours de travail.

Eve se massa les tempes ; la migraine lui vrillait le crâne.

— Il faut que je sache à quoi ressemble ce salaud. On va reprendre la piste des broches, des cosmétiques, des tatouages. Ce fichu tatouage est un modèle unique. Une création.

— Dallas, les deux tiers des salons de beauté de cette ville emploient des artistes qui leur créent des tatouages.

— Avec un peu de chance, l'un d'eux reconnaîtra celui qui nous intéresse.

Elle inspira à fond.

— Écoute, il nous reste deux heures avant l'opération au Nova. Mettons-nous au boulot.

11

Peabody ne décolérait pas : McNab figurait sur la liste des partenaires sélectionnés pour elle par l'agence. Un comble ! Certes, cela semblait assez logique, dans la mesure où son profil et celui de McNab avaient été soigneusement élaborés pour correspondre à celui des victimes.

N'empêche qu'elle était furibonde.

Elle ne supportait pas cet individu, ses accoutrements ridicules, ses sourires impudents et son arrogance. Malgré toute l'admiration qu'elle avait pour Eve Dallas, elle considérait que le lieutenant surestimait l'enquêteur de la DDE. Hélas ! même les êtres les plus brillants commettaient des erreurs.

Pour l'heure, McNab bavardait avec l'une des filles choisies pour lui par Amoureusement Vôtre – une grande perche blonde. Il était pile dans le champ de vision de Peabody. Il l'avait fait exprès, évidemment, uniquement pour l'embêter.

Il lui gâchait le paysage. Le décor du club était pourtant raffiné. De superbes gravures représentant les rues de New York ornaient les murs dont le jaune s'harmonisait à merveille avec le bleu pâle des box conçus pour que les clients puissent y bavarder en toute intimité.

« Quelle classe ! » pensa Peabody en tournant le regard vers le bar surmonté de miroirs étincelants derrière lequel s'affairaient des serveurs en smoking. Mais un établissement appartenant à Connors ne pouvait évidemment pas être ordinaire.

On y servait des cocktails sublimes, chaque table était équipée d'une chaîne audio et vidéo, et d'un casque qui permettaient aux solitaires ou à ceux qui attendaient quelqu'un de se distraire.

Peabody avait bien envie d'utiliser le sien, pour ne plus entendre l'homme assis en face d'elle. Il était ennuyeux comme la pluie. Prénommé Oscar, il enseignait la physique. Depuis son arrivée, il avait ingurgité une quantité astronomique d'alcool et n'avait cessé de déblatérer contre son ex-femme. D'après lui, ce n'était qu'une garce égoïste et frigide.

Malgré son exaspération, Peabody jouait le jeu. Elle avait la conviction qu'Oscar n'était pas celui qu'ils cherchaient. Ce type était un alcoolique, or l'assassin, selon toute vraisemblance, ne buvait pas. Il était trop prudent, trop méthodique.

À l'autre bout de la salle, McNab éclata soudain d'un rire qui hérissa Peabody. Là-dessus, il se débrouilla pour lui faire un petit clin d'œil en douce. Elle faillit lui tirer la langue.

Ce fut avec soulagement qu'elle prit congé d'Oscar. Il bredouilla qu'il était enchanté d'avoir fait sa connaissance et qu'il espérait la revoir. Puis il s'éloigna d'un pas chancelant.

— On se reverra quand les poules auront des dents, marmonna-t-elle.

La voix d'Eve, dans son oreillette, la fit tressaillir.

— Un peu de tenue, Peabody.

Celle-ci toussota, consulta sa montre : son prochain rendez-vous n'arriverait pas avant dix minutes.

— Nom d'une pipe !

Cette fois, la voix d'Eve lui vrilla le tympan.

— Lieutenant ? chuchota-t-elle.

— Qu'est-ce qu'il fiche ici, bon sang ?

Décontenancée, Peabody jeta un coup d'œil circulaire, tout en avançant machinalement la main vers sa botte gauche, où était glissée son arme de service. À cet instant, elle aperçut Connors qui entrait dans la salle.

— Voilà le partenaire idéal, souffla-t-elle. Pourquoi on ne m'en propose pas un de cet acabit ?

— Ne lui adressez pas la parole, ordonna Eve d'un ton abrupt. Vous ne le connaissez pas.

— D'accord. Je me contente de saliver, comme toutes les femmes qui sont dans cette salle.

Elle ne put s'empêcher de pouffer en entendant Eve débiter un chapelet de jurons. Consciente que le couple installé un peu plus loin la regardait d'un air surpris, elle toussota, but une gorgée de son cocktail et s'adossa à la banquette pour admirer à loisir le mari du lieutenant.

Tels des soldats à l'approche de leur général, les serveurs s'étaient figés, une expression respectueuse sur le visage. Connors salua plusieurs personnes, embrassa une cliente sur la joue, puis gagna l'extrémité du bar. Il avait une démarche féline, souple et silencieuse.

Tout en lui respirait la sensualité. Ce devait être un amant fabuleux, songea Peabody. Cette idée la fit rougir jusqu'à la racine des cheveux. Heureusement que son micro n'enregistrait pas les pensées.

Dehors, dans la camionnette de surveillance, Eve dardait un œil noir sur l'écran où défilaient les images filmées par la caméra miniature dissimulée dans le bouton du col de Peabody. Elle regarda Connors déambuler dans la salle, avec sa nonchalance coutumière, et se promit de lui tordre le cou à la première occasion.

— Il n'a pas à intervenir dans cette opération ! dit-elle à Feeney.

— Le club lui appartient, fit remarquer ce dernier en rentrant la tête dans les épaules, comme s'il craignait de recevoir une balle perdue.

— Il vient vérifier le niveau des bouteilles et le contenu du tiroir-caisse, c'est ça ? Je me marre !

Voyant que Connors s'approchait de la table de Peabody, Eve émit un grondement féroce.

— Le cocktail est à votre goût, mademoiselle ?

— Euh... je... Oh, mince ! bafouilla Peabody.

Il sourit, se pencha pour murmurer :

— Dites à votre lieutenant d'arrêter de me traiter de tous les noms.

Peabody écouta la réponse d'Eve et réprima un gloussement.

— Elle vous suggère de débarrasser le plancher. Elle... euh... elle vous bottera les fesses plus tard.

— J'attends cela avec impatience.

Il prit la main de Peabody, lui baisa le bout des doigts.

— Vous êtes splendide, ma chère.

— On se calme, Peabody ! grommela Eve. Le numéro 2 arrive.

— Je suis prête.

Elle tourna la tête vers la porte et reconnut immédiatement l'homme qui entrait. C'était l'adonis qui l'avait fascinée lors de leur première visite à l'agence – celui qui s'admirait à tout bout de champ dans son miroir.

Au moins, celui-là serait agréable à contempler.

Il s'immobilisa sur le seuil, fouilla la salle du regard. Ses yeux – de la même teinte vieil or que ses cheveux – se posèrent sur Peabody. D'un mouvement soigneusement étudié, il rejeta sa chevelure en arrière et s'avança.

— Vous devez être Delilah.

— Oui, en effet. Et vous êtes Brent.

À l'autre bout de la salle, McNab grimaça. Le type qui parlait à Peabody n'était qu'un poupon en plastique. Il était refait de la tête aux pieds.

Une jalousie rampante s'insinua en lui. Cette cruche de Peabody frétillait, elle buvait littéralement les paroles qui tombaient des lèvres de ce bellâtre. « Des lèvres gonflées au collagène », pensa-t-il méchamment.

Les femmes n'avaient pas une once de cervelle.

McNab sursauta quand Connors, qui s'était approché sans bruit, lui dit :

— Elle est vraiment ravissante, n'est-ce pas ?

— Il n'en faut pas beaucoup pour éblouir les hommes. Un décolleté plongeant et ils bavent comme des malades.

Connors esquissa un sourire amusé. Les yeux de McNab jetaient des éclairs, ses doigts tambourinaient sur la table.

— Mais vous, vous êtes au-dessus de ça.

— Hmm… J'aimerais bien, soupira-t-il tandis que Connors s'éloignait. L'ennui, c'est qu'elle a effectivement des seins magnifiques.

— Oubliez-les, ordonna Eve dans l'oreillette. Votre deuxième rendez-vous arrive.

— Je la vois. Je repars à l'attaque.

Dans le camion, Eve, penchée sur l'écran, scrutait le visage du partenaire de Peabody.

— Feeney, sors-moi le dossier de ce monsieur. Il a quelque chose qui me turlupine.

— Brent Holloway, mannequin spécialisé dans la publicité. Il travaille pour Cliburn-Willis Marketing. Trente-huit ans, deux fois divorcé, pas d'enfants.

— Un mannequin qui fait de la pub ? On peut considérer qu'il est dans le spectacle, non ?

— Tu ne dois pas souvent regarder la pub. Personnellement, je ne dirais pas que c'est du spectacle. Mais cette opinion n'engage que moi. Holloway est originaire de Morristown, New Jersey. Il s'est installé à New York en 2049, il habite dans Central Park Ouest. Il gagne bien sa vie. Pas d'arrestation à son actif. En revanche, il collectionne les contraventions.

— Peabody et moi l'avons croisé à Amoureusement Vôtre. Combien de fois a-t-il consulté l'agence ?

— C'est la quatrième fois depuis le début de l'année.

— Pourquoi un type qui a ce physique-là, de l'argent, qui réussit bien dans son métier et habite un quartier chic deviendrait accro à une agence de rendez-vous ? Quatre consultations en un an... Il a déjà rencontré vingt femmes, et ça n'a marché avec aucune. Qu'est-ce qui ne tourne pas rond chez lui ?

Feeney plissa les lèvres.

— Il me donne l'impression d'être un imbécile prétentieux.

— Oui, mais il y a des filles que cela ne dérange pas. Il est beau, il a du fric. Il aurait dû réussir à se caser. Tu es sûr qu'il n'a pas eu de démêlés avec la justice ?

— Certain. Son casier judiciaire est vierge.

— Il y a un hic quelque part...

À cet instant, sur l'écran de contrôle, Eve vit son assistante assener un violent coup de poing à Brent Holloway dont le nez, modelé à la perfection, se mit à saigner.

— Bon Dieu ! Tu as vu ça, Feeney ?

— Elle ne l'a pas loupé, commenta ce dernier, placide.

— Mais quelle mouche l'a piquée ? Qu'est-ce qui se passe, Peabody ? Vous déraillez !

— Ce salaud m'a tripotée sous la table !

Rouge de colère, Peabody se redressa.

— Il me parle de la nouvelle pièce qui se joue à *L'Univers* et il me fourre la main entre les cuisses. Sale pervers ! Lève-toi, espèce de maniaque !

— McNab, restez où vous êtes ! hurla Eve, comme l'enquêteur bondissait sur ses pieds. Ne bougez pas, ou vous êtes viré. C'est un ordre, vous m'entendez ? Peabody, lâchez ce type !

Malheureusement, Peabody ne l'écoutait plus. Elle empoigna Holloway et lui balança un deuxième coup de poing. Elle l'aurait réduit en bouillie si Connors ne s'était pas interposé.

— Ce monsieur vous importune, mademoiselle ? demanda-t-il en écartant Holloway afin qu'il soit hors de portée. Je suis absolument navré. Permettez-moi de vous offrir un autre cocktail.

Il fit signe à un serveur qui accourut, puis, saisissant Holloway par le col, le poussa vers la sortie.

— Ne me touchez pas ! glapit Holloway. Cette garce m'a cassé le nez. Mon visage est mon outil de travail, mon gagne-pain. Je vais porter plainte, je vais...

Sitôt qu'ils furent sur le trottoir, Connors le plaqua contre le mur. Le crâne de Holloway heurta les briques avec un bruit sourd.

— Laisse-moi te mettre les points sur les i, articula Connors. Ce club m'appartient. Chez moi, on ne pelote pas les dames. Alors, si tu ne veux pas que je te coupe ce que je pense, tu déguerpis, et tu t'estimes heureux de t'en tirer avec un nez en compote.

— Cette salope m'a provoqué !

— Tu n'aurais pas dû dire ça. Franchement, tu n'aurais pas dû...

Dans le camion, Eve s'arrachait les cheveux. Feeney, lui, jubilait.

— Tu as remarqué, Dallas ? Quand il est en colère, ton mari retrouve son accent irlandais. J'adore cet accent. Pas toi ?

Atterrée, Eve vit Connors serrer les poings. L'instant d'après, Holloway s'effondrait, les mains crispées sur le bas-ventre. Connors se tourna vers le camion de surveillance, le sourire aux lèvres, puis retourna à l'intérieur du club.

— Joli travail, observa Feeney.

— Il ne reste plus qu'à appeler une voiture de patrouille, pour qu'on emmène ce crétin à l'hôpital, soupira Eve. McNab, Peabody, restez à vos places. Il faut impérativement continuer à jouer vos personnages respectifs. Quand cette petite sauterie sera terminée, je vous attends à mon domicile. On essaiera de sauver les meubles, en admettant que vous n'ayez pas tout bousillé. Exécution !

À 21 heures, Eve arpentait son bureau, tel un lion en cage. Personne ne pipait mot – ils n'étaient pas suicidaires –, mais Connors avait posé une main rassurante sur l'épaule de Peabody.

— Votre prochain rendez-vous est prévu pour demain midi. Peabody, dans la matinée, vous irez raconter à Piper cet... incident avec Holloway. Je veux que vous fassiez un scandale. La réaction des Hoffmann m'intéresse. Dès que ce débriefing sera terminé, McNab et vous rentrerez chez vous. Surtout, laissez vos communicateurs branchés. Feeney et moi, nous garderons un œil sur vous.

— Oui, lieutenant.

Rassemblant son courage, Peabody se leva.

— Je vous prie d'accepter mes excuses. Je suis consciente que mon attitude a peut-être compromis l'enquête.

— On s'en fout ! explosa McNab. Vous auriez dû lui écrabouiller sa belle gueule et...

— McNab ! coupa Eve d'un ton menaçant.

— Quoi ? Ce fumier a eu ce qu'il méritait, il...

— McNab, il ne me semble pas vous avoir demandé votre opinion. Je vous suggère de réintégrer vos pénates et de vous calmer. Je vous attends demain, au Central, à 9 heures tapantes.

Bouillant de colère, le jeune enquêteur secoua la tête et sortit du bureau.

— Connors, Feeney, vous voulez bien me laisser seule avec mon assistante ?

— Avec plaisir, répliqua Feeney, ravi de pouvoir quitter le champ de bataille. Vous n'auriez pas une goutte de whisky, Connors ? La journée a été un peu longue.

— Je vais vous trouver ça, dit Connors en l'entraînant hors de la pièce.

Quand ils eurent disparu, Eve ordonna :

— Asseyez-vous, Peabody.

— Lieutenant, je regrette de vous avoir déçue. Je vous avais affirmé que j'étais capable d'accomplir ce travail et, au premier pépin, j'ai craqué. Je reconnais que vous êtes en droit de me retirer de cette enquête, en tout cas de l'opération d'infiltration. Néanmoins... je vous supplie de me donner une autre chance.

Eve l'observait en silence. Peabody était pâle comme un linge, cependant elle se tenait bien droite, le menton crânement pointé en avant.

— Je ne crois pas avoir dit que je vous retirais de cette opération, agent Peabody. En revanche, je vous ai ordonné de vous asseoir.

— J'ai agi sans réfléchir. Je n'ai pas su me maîtriser.

Eve déboucha une bouteille de vin et remplit deux verres.

— Vous n'aviez pas à tolérer que ce type vous tripote, déclara-t-elle d'un ton radouci. Tenez, buvez.

Peabody saisit le verre d'une main tremblante.

— On était là, en train de bavarder, et tout à coup il a glissé la main dans ma culotte. J'admets que je lui ai un peu trop montré mes seins, que je l'ai provoqué et...

— Arrêtez de vous culpabiliser, vous n'avez rien à vous reprocher. Nul n'a le droit d'agresser une femme de cette manière.

De la brutaliser, de prendre possession de son corps alors qu'elle l'implore d'arrêter, de la laisser tranquille. Parce que c'est atroce, que ça fait tellement mal...

À cette pensée, une violente nausée secoua Eve qui se détourna un instant.

— Non, murmura-t-elle. Pas maintenant.

— Lieutenant ?

Eve inspira à fond, redressa les épaules.

— Ce n'est rien, ne vous inquiétez pas. Je suis désolée de vous avoir exposée à ça. Dès que Holloway est arrivé, j'ai su qu'il n'était pas clair.

— Je ne comprends pas que l'agence n'ait pas rejeté sa candidature.

— On peut en conclure que leur sélection n'est pas aussi rigoureuse qu'ils le prétendent. Demain matin, vous exigerez de parler à Piper en personne. Ne lésinez pas, menacez-la de tout révéler à la presse, de la traîner devant un tribunal. Hurlez, trépignez, soyez hystérique. Vous vous sentez capable de jouer cette comédie ?

— Dans l'état où je suis, ce ne sera pas difficile.

— Surtout ne débranchez pas votre communicateur, je veux être en contact permanent avec vous. Maintenant, Feeney va vous ramener chez vous. D'accord ?

— D'accord.

— Au fait, je vous félicite : vous avez un sacré punch. Mais la prochaine fois, enchaînez par un coup au bas-ventre, histoire de mettre votre agresseur hors d'état de nuire.

Peabody ravala un sanglot.

— Merci, lieutenant.

Eve s'assit à son bureau et attendit que Connors la rejoigne, après avoir accompagné Feeney et Peabody jusqu'au perron. Elle comptait sur lui pour réconforter Peabody. Son sourire, son incomparable courtoisie feraient oublier à la jeune femme ce qu'elle venait de subir.

La violence, le sexe, la perversion... Cette affaire rappelait à Eve des souvenirs qu'elle s'acharnait à effacer de sa mémoire. Le visage des victimes, leur corps meurtri, violenté l'obsédaient. Elle avait l'impression de se revoir telle qu'elle était autrefois.

Et cette vision la révulsait.

« Ce n'est pas le moment de ruminer, se tança-t-elle. Débrouille-toi plutôt pour coincer ce salaud. »

Un bruit de pas lui fit relever la tête. Connors s'approcha, se servit un verre de vin et s'assit en face d'elle. Il prit une cigarette – quelques grammes de tabac qui valaient une fortune –, l'alluma et aspira une bouffée. Une fumée à l'odeur suave s'échappa en volutes bleutées de ses lèvres.

— Alors, lieutenant ?

— Je suppose que tu es content de toi ?

— À quel propos ?

— Ne fais pas le malin, Connors. Qu'est-ce que tu fabriquais dans ce club ?

— Excuse-moi, mais je suis le propriétaire de cet établissement, répondit-il d'une voix où vibrait une note de défi. Je m'y rends très souvent pour m'assurer que mes employés accomplissent correctement leur travail.

— À d'autres !

— Eve, cette affaire te rend malade. Tu crois que je ne le vois pas ? Tu ne dors plus, tu as une mine épouvantable. Je sais ce que tu endures.

« Feeney a raison, songea-t-elle. Quand il est en colère, il retrouve son accent irlandais, son adorable accent. »

— J'ai pour toi une admiration sans bornes, poursuivit-il avec véhémence. Mais ne me demande pas de rester sur la touche et de me croiser les bras. Je m'inquiète pour toi, je veux essayer de t'aider.

— Il ne s'agit pas de moi. Ce n'est pas le problème. Trois personnes sont mortes et...

— Et elles t'obsèdent.

Il se leva du fauteuil et vint s'asseoir près de sa femme, sur le bord du bureau.

— Voilà justement pourquoi tu es le meilleur flic que je connaisse. Pour toi, une victime n'est pas simplement un nom sur un dossier numéroté. C'est un être humain. Tu as la faculté d'imaginer ce qu'elle a ressenti pendant ses derniers instants de vie. Cela te torture. N'exige pas que je sois indifférent à ce que tu éprouves. Prends-moi tel que je suis, Eve. Moi, je t'accepte telle que tu es.

Immobile, elle scrutait son visage. Et comme chaque fois qu'elle contemplait ce visage si beau, qu'elle se perdait dans ces yeux si bleus, la rage la quitta. Il lui était encore parfois difficile d'accepter le fait qu'elle n'était plus seule désormais, que Connors et elle étaient indissociables. Pourtant, cette profonde intimité, cette fusion, la rendait libre. Elle pouvait tout lui dire.

— Oui, murmura-t-elle, je sais ce qu'ont subi les victimes quand il les a violées. La peur, la souffrance, l'humiliation. Je sais ce qu'elles ont ressenti dans leur corps, dans leur âme. Je voudrais ne pas me rappeler ce que cela fait d'être souillée, crucifiée, déchirée. Mais je m'en souviens. Et puis...

Elle s'interrompit, réalisant qu'elle n'était jamais allée aussi loin dans les confidences.

— Et puis, tu viens vers moi, Connors. Tu touches ma main, tu m'embrasses, et j'oublie tout. Les souvenirs s'effacent. C'est aussi simple que cela. C'est... magique.

— Je t'aime, Eve. Infiniment.

— Et tu négliges ton travail pour rester près de moi.

Comme il ouvrait la bouche pour protester, elle lui posa un doigt sur les lèvres.

— Tu étais là ce soir, parce que tu pensais que j'aurais besoin de toi. Tu savais que je serais furieuse et tu étais prêt à te bagarrer avec moi pour me distraire de mes obsessions. Je te connais. Je suis flic. Connaître les gens, c'est mon boulot.

Il lui sourit.

— Je suis découvert. Alors ?

— Alors, merci. Mais il y a plus de dix ans que je fais ce métier, je suis capable d'assumer. D'un autre côté...

Elle but une gorgée de vin.

— ... j'ai apprécié que tu assommes cette petite ordure de Holloway. Je ne pouvais pas sortir de ce fichu camion, c'était trop risqué. Je te remercie de lui avoir réglé son compte.

— Ce fut un vrai plaisir. Peabody n'est pas trop ébranlée, à ton avis ?

— La femme est ébranlée, le flic surmontera l'épreuve. Peabody est un bon flic.

— Grâce à toi.

— Je n'y suis pour rien.

Elle le dévisagea d'un air sévère.

— Je suppose que, tout à l'heure, tu ne t'es pas privé de la consoler ? Tu lui as fait le coup du baisemain ?

Une lueur malicieuse s'alluma dans les yeux de Connors.

— Ça t'ennuie ?

— Pas du tout, bougonna-t-elle. Son petit cœur de midinette a dû battre la chamade. Pour elle, tu incarnes l'homme idéal.

— Vraiment ? rétorqua-t-il avec un sourire éblouissant.

— Je te prierai de ne pas flirter avec mon assistante. Ce n'est pas le moment de la perturber, il faut qu'elle reste concentrée sur sa mission.

— Et toi, si j'essayais de te déconcentrer un peu ?

— Tu auras du mal, je suis trop préoccupée.

— J'aime les tâches difficiles, dit-il en éteignant sa cigarette. J'ajoute que, en principe, rien ne me résiste.

Eve était couchée sur le grand lit, nue et comblée, quand son communicateur bourdonna. D'une main molle, elle s'en saisit et commanda le brouillage de l'image.

Trente secondes après, elle bondissait sur ses pieds et cherchait ses vêtements. On venait de l'informer que le Central avait reçu un appel anonyme signalant une dispute conjugale. Eve avait aussitôt reconnu l'adresse.

— C'est celle de Holloway. Je vais le trouver mort, j'en suis sûre.

Connors enfilait déjà son pantalon.

— Je t'accompagne.

— Non, tu... commença-t-elle, par réflexe. Oh ! après tout, d'accord. Je dois prévenir Peabody, et elle risque de réagir mal. Tu la réconforteras, je compte sur toi. En ce qui me concerne, je vais devoir être dure avec elle pour qu'elle accomplisse sa mission.

— Je n'envie pas ton travail, lieutenant.

— Dans l'immédiat, je ne l'aime pas tellement non plus.

Soupirant, elle saisit le communicateur et appela Peabody.

12

Brent Holloway avait eu une vie agréable et une mort atroce. Le décor et le mobilier de son petit hôtel particulier indiquaient que le maître des lieux avait le goût du confort, et des plaisirs plus ou moins avouables. Un grand canapé trônait dans le salon, garni de coussins triangulaires qui, au toucher, évoquaient une fourrure humide. Un écran vidéo était dissimulé dans le plafond. Un cabinet, dont la forme rappelait un plantureux corps féminin, abritait une collection de disquettes pornos, dont certaines étaient interdites à la vente.

Un long bar chromé, qui occupait tout un pan de mur, renfermait des alcools coûteux et des drogues illicites. La cuisine était entièrement automatisée, sans âme. À l'évidence, elle servait peu. Holloway disposait également d'un bureau équipé d'un ordinateur dernier cri, et d'une salle de détente pourvue d'un système de réalité virtuelle. Un droïde serviteur se tenait dans un coin de la pièce, le regard éteint.

Holloway était dans la chambre, étendu sur le matelas à eau. Paré d'une guirlande argentée, il semblait contempler son reflet dans le miroir du plafond. Un tatouage était peint sur son ventre, et une chaîne en argent ornée de quatre oiseaux aux ailes déployées brillait à son cou.

— Je suppose qu'il a dû aller à l'hôpital faire soigner son nez, dit Eve.

En tout cas, il n'y avait plus de trace d'hématome sur son visage soigneusement fardé.

Connors demeura sur le seuil de la chambre, sachant qu'il n'était pas autorisé à y pénétrer. Ce n'était pas la première fois qu'il regardait Eve travailler. Comme toujours, il était frappé par son efficacité et la douceur de ses gestes, lorsqu'elle touchait le mort.

En attendant l'arrivée de Peabody et des techniciens du labo, elle procéda au test pour déterminer l'heure de la mort et enregistra ses premières constatations.

— Meurtrissures aux poignets, aux chevilles et au cou. La victime a été ligotée et étranglée. La mort a dû se produire aux environs de 23 heures.

On sonnait à la porte.

— Je la fais entrer ? demanda Connors.

— Oui. Dis, tu pourrais réactiver le droïde ?

— Ça ne devrait pas me poser de problème.

Forcer un système de sécurité ne lui posait que rarement un problème.

— Hmm... Ne t'en vante pas, s'il te plaît.

Elle lui lança l'aérosol de Seal-It.

— Protège-toi les mains, j'aimerais autant que tu ne laisses pas tes empreintes.

Un instant après, Peabody apparaissait sur le seuil. Elle avait remis son uniforme et recoiffé ses cheveux comme avant. Elle était livide.

— Dallas... balbutia-t-elle. Oh, merde !

— Si c'est trop dur pour vous, dites-le-moi tout de suite.

Peabody s'était déjà posé la question, et elle n'avait pas de réponse.

— Il y a un droïde, déclara Eve, émue par son désarroi. Vous n'avez qu'à vous en occuper. Vérifiez les communications, les disquettes de surveillance. Il faut aussi interroger les voisins.

Peabody eut une brève hésitation, puis s'avança.

— Non, je préfère travailler avec vous.

Eve la dévisagea longuement, hocha la tête.

— Très bien, branchez votre enregistreur, on recommence. Holloway Brent. Premières constatations effectuées par le lieutenant Dallas assistée de l'agent Peabody. Heure et cause apparente de la mort déterminées.

— C'est comme pour les autres, murmura Peabody qui, l'estomac noué, s'était approchée du lit.

— Apparemment. Il semble que le corps ait été aspergé de désinfectant. Vous sentez cette odeur ?

Eve prit des lunettes à infrarouge dans sa mallette et en régla la puissance.

— Extinction des lumières, ordonna-t-elle. Oui, il y a des particules brillantes. C'est bien du désinfectant. Le tatouage est identique aux précédents. Peint à la main, un travail d'artiste. Attendez... donnez-moi une pince. Je vois un cheveu ou une fibre textile. Il y en a même plusieurs.

Délicatement, elle saisit un mince filament, l'étudia avec attention.

— C'est blanc... J'ai l'impression que notre Père Noël perd les poils de sa barbe. Il vient de commettre sa première erreur. Peabody, inspectez la salle de bains, de fond en comble. Son échec avec Cissy l'a secoué. Il devient négligent.

Lorsque l'équipe du labo arriva, Eve avait trouvé plus d'une dizaine de poils, ainsi que des fragments de fibres. Une détermination farouche se lisait sur son visage, quand elle rejoignit Connors dans la salle de détente.

— Tu as réactivé le droïde ?

— Bien sûr, répondit-il.

Il tourna la tête vers le serviteur.

— Rodney, je vous présente le lieutenant Dallas.

— Enchanté, lieutenant.

Le droïde était petit et trapu, avec une figure sans charme et une voix métallique. Manifestement, Holloway s'entourait de créatures qui ne risquaient pas de l'éclipser. Il tenait à être, toujours et partout, le plus beau.

— À quelle heure avez-vous cessé votre service, ce soir ?

— À 22 heures, peu après le retour de M. Holloway. Quand il n'a pas besoin de moi, il préfère me désactiver.

— Et ce soir, il n'a pas eu besoin de vous.

— Je suppose que non.

— A-t-il reçu de la visite, entre le moment où il est rentré et celui où il vous a désactivé ?

— Non. Si vous me permettez cette remarque, M. Holloway ne semblait pas d'humeur sociable.

— C'est-à-dire ?

— Il paraissait bouleversé.

Gêné, le droïde pinça les lèvres.

— Rodney, il s'agit d'une enquête officielle. Vous devez répondre à mes questions.

— Je ne comprends pas. L'appartement a-t-il été cambriolé ?

— Votre employeur est mort. Est-ce que quelqu'un est venu ici avant le retour de Holloway ?

— Oh ! je vois...

Rodney se tut, le temps peut-être que ses circuits électroniques assimilent la nouvelle.

— Non, je n'ai accueilli aucun visiteur, déclara-t-il. M. Holloway avait un rendez-vous à l'extérieur. Il est rentré à 21 h 50. Il était en colère. Il m'a insulté. J'ai noté qu'il avait des hématomes au visage et je lui ai demandé si je pouvais l'aider. Il m'a dit : « Va te faire foutre. » Je ne suis pas programmé pour exécuter cet ordre. Ensuite, il m'a ordonné d'aller au diable, ce qui m'est également impossible, et puis, il m'a commandé de rester ici, dans cette pièce, et d'y passer la nuit. Je devais reprendre mon service à 7 heures.

Du coin de l'œil, Eve vit que Connors souriait, amusé par les explications du droïde.

— Votre employeur a en sa possession des drogues et des disquettes pornos illicites.

— Je ne suis pas programmé pour parler de ces sujets.

— Lui arrivait-il de recevoir ici des personnes avec qui il avait des relations sexuelles ?

— Oui.

— Des femmes ? Des hommes ?

— Les deux, quelquefois en même temps.

— C'est un homme que je cherche. Environ un mètre quatre-vingts, probablement de race blanche. Il a sans doute des mains assez fortes, de longs doigts. Il a entre trente et cinquante ans. Il s'intéresse au théâtre, il a des dons artistiques.

— Je suis désolé, rétorqua Rodney en inclinant poliment la tête. Ces informations sont insuffisantes.

— Je ne vous le fais pas dire, grommela Eve.

Quand on eut emporté le corps à la morgue, Eve demeura seule avec Connors dans l'appartement.

— Ce type est une énigme. Il avait de l'argent, il dépensait des fortunes en soins de beauté. Il était complètement narcissique : regarde-moi ça, il y a des miroirs partout. Il prétendait être un hétéro pur et dur, mais son droïde affirme qu'il était bisexuel. Il rencontre Peabody, il discute cinq minutes avec elle, et il se met à la tripoter. S'il s'est comporté de cette façon avec elle, il a dû le faire avec d'autres. Les clients d'Amoureusement Vôtre subissent des tests destinés à écarter les brebis galeuses, pourtant Holloway est passé à travers les mailles du filet.

Les mains dans les poches, Eve arpentait le salon tout en réfléchissant à voix haute.

— Il avait peut-être une relation particulière avec Rudy ou Piper. Une relation sexuelle. Ou alors il les faisait chanter. Holloway était un pervers. Les Hoffmannn ne pouvaient pas l'ignorer. L'un d'eux, en tout cas, le savait.

Elle s'immobilisa près du cabinet, d'où l'on avait retiré les vidéos pornos qui constituaient des pièces à conviction.

— Certaines de ces vidéos ont été tournées par Holloway. Je suis curieuse de découvrir qui il a filmé.

Elle s'interrompit, dévisagea longuement Connors. Il lui sourit avec tendresse.

— Tu n'aurais pas besoin d'un coup de main par hasard ? Surtout, ne te sens pas obligée de le dire carrément, je peux comprendre à demi-mot.

Elle soupira.

— Je ne suis quand même pas aussi hypocrite. J'aimerais que tu me donnes tous les renseignements possibles sur Holloway. Il cachait quelque chose de pas très propre, et je veux savoir quoi. Avec le matériel que nous avons, cette recherche demanderait à Feeney plusieurs jours de boulot. Je n'ai pas le temps de patienter. Le tueur, lui, n'attendra pas.

Connors s'approcha et lui effleura les lèvres d'un baiser.

— Compte sur moi. Je suis heureux de pouvoir t'aider.

— J'ai besoin de la voiture pour aller au Central. Il faudra que tu rentres par tes propres moyens.

— Ne t'inquiète pas pour moi.

Il l'embrassa de nouveau, puis se dirigea vers la porte.

— Au fait, lieutenant, tu as rendez-vous avec Trina à 18 heures. Mavis et elle viendront à la maison pour que tu n'aies pas à te déplacer.

— Oh non !

— Si tu es en retard, je les distrairai, lança-t-il, avant de s'éclipser.

Pestant entre ses dents, Eve rangea ses affaires.

— Peabody ! appela-t-elle. On s'en va d'ici et on file au labo en quatrième vitesse. Je tiens à ce que Dickhead examine les indices prélevés sur le corps. Prévenez le légiste qu'il me faut les résultats de l'autopsie d'ici à demain matin. Ça ne nous apprendra sans doute pas grand-chose, mais il vaut mieux ne rien négliger.

Tandis qu'elles fonçaient vers le Central, Eve lança un regard de biais à son assistante.

— La journée sera longue, Peabody. Je vous conseille vivement de prendre un stimulant.

— Non, je tiendrai le coup.

— N'oubliez pas que vous devez voir Piper à 9 heures. Vous aurez intérêt à être en pleine forme pour jouer la comédie de façon convaincante.

— Oui, je sais.

Peabody se tut, contemplant les façades obscures qui défilaient derrière les vitres de la voiture. Au coin de la 9e Rue, un vendeur ambulant frigorifié dansait d'un pied sur l'autre pour se réchauffer.

— Je ne regrette pas de lui avoir mis mon poing sur la figure, dit-elle tout à trac. Je pensais que j'aurais des remords, mais je n'en ai pas. J'avais peur d'entrer dans cette chambre, je redoutais d'être bouleversée. Je ne l'ai pas été.

— Cela prouve que vous êtes un bon flic.

— Je refuse de devenir un flic indifférent, insensible. Vous, lieutenant, vous n'êtes pas comme ça. À vos yeux, une victime n'est pas simplement un cadavre. C'est un être humain.

— Pour vous aussi. S'il en était autrement, vous ne seriez pas mon assistante.

Peabody réprima un soupir de soulagement.

— Merci, lieutenant.

— Au lieu de me remercier, appelez plutôt Dickhead. Dites-lui que je l'attends au labo séance tenante.

— Aïe !

— S'il râle, passez-le-moi. Dickie a un faible pour la bière irlandaise de Connors.

Eve dut promettre à Dickie deux caisses de bière et menacer de lui arracher les yeux pour le persuader de quitter son lit.

À 3 heures du matin, elle faisait les cent pas dans le labo et, son communicateur à la main, enguirlandait copieusement l'assistant du légiste.

— Comment ça, vous avez pris du retard à cause des fêtes ? aboyait-elle. Je vous conseille de vous grouiller, sinon je préviens le commandant Whitney. Il va vous souffler dans les bronches, je vous le garantis.

— Écoutez, Dallas, je suis débordé. J'ai des macchabées qui s'entassent dans tous les coins.

— Je vous suggère de mettre le mien sur une table et de l'autopsier dare-dare. Si je n'ai pas votre rapport à 6 heures tapantes, c'est moi qui vous découperai en morceaux.

Elle interrompit la communication et s'adressa à Dickie :

— Où en êtes-vous ?

— Ne me bousculez pas, Dallas. Vous ne me faites pas peur. Et, à moins que je n'aie la berlue, il n'y a pas d'étiquette « Priorité absolue » sur cette pièce à conviction.

Elle s'approcha, lui assena une tape sur le crâne.

— Attention, j'ai les nerfs en pelote. Je n'ai pas bu mon café.

— Servez-vous et fichez-moi la paix, rétorqua-t-il en levant vers elle des yeux qui, derrière les lunettes grossissantes, évoquaient ceux d'un hibou. Vous voulez que je travaille vite ou que je travaille bien ?

— Les deux.

Résignée, elle se commanda une tasse du breuvage infâme qui passait pour être du café. Elle avala une gorgée et grimaça.

— Nous y voilà ! s'exclama soudain Dickie. C'est un cheveu humain. Traité avec un fixateur. Il porte des traces d'un désinfectant aux plantes.

— Un fixateur ? Ça sert à quoi ?

— À préserver la couleur et la texture. Le blanc ne jaunit pas, et le cheveu reste souple. Il y a de l'adhésif à l'extrémité de deux des échantillons. Ils proviennent sans doute d'une perruque d'excellente qualité, confectionnée avec de véritables cheveux humains, donc coûteuse. Je dois faire des analyses supplémentaires pour déterminer quel type d'adhésif et de fixateur on a utilisé.

— Et les fibres que Peabody a trouvées dans le siphon du lavabo et de la baignoire ?

— Je ne les ai pas encore examinées. Je ne suis pas une machine, bon sang !

Elle soupira et lui posa la main sur l'épaule.

— Dickie, il me faut ces renseignements au plus vite. Ce type a tué quatre personnes, et il se cherche déjà une cinquième proie.

— J'irais plus vite si vous n'étiez pas sans arrêt sur mon dos.

— D'accord. Peabody !

La jeune femme qui sommeillait sur une chaise sauta au plafond.

— Lieutenant ?

— On lève l'ancre. Dickie, je compte sur vous.

— Ouais, ouais. À propos, il ne me semble pas avoir reçu une invitation pour votre fête de demain soir. Elle a dû s'égarer, ajouta-t-il avec un sourire matois.

— Je veillerai à ce qu'on la retrouve. Quand vous aurez fini votre boulot.

— Considérez qu'il est déjà terminé, ricana-t-il.

— Espèce de vieux renard ! Tenez, Peabody, buvez ce café. Si ça ne vous empoisonne pas, ça vous réveillera.

Elles quittèrent le labo pour se rendre à la morgue, où Eve houspilla l'assistant du légiste jusqu'à ce qu'il lui confirme ce qu'elle savait déjà : Holloway était mort par strangulation et on lui avait injecté un tranquillisant.

De retour au Central, elle ordonna à Peabody d'aller dans la salle de repos, une petite pièce aveugle meublée de couchettes superposées, et de dormir.

Elle gagna son bureau, rédigea son rapport et transmit les copies à qui de droit. L'aube pointait, lorsque son communicateur bourdonna. Le visage de Connors apparut sur l'écran.

— Lieutenant, tu as l'air d'un zombie. J'ai quelque chose pour toi.

Connors ne pouvait pas en dire davantage, au cas où leur conversation serait écoutée. Eve sentit son cœur battre plus vite.

— Je vais passer à la maison. Peabody se repose, elle ne se réveillera pas avant deux ou trois heures.

— Toi aussi, tu as besoin de sommeil.

— Je n'ai pas le temps. J'arrive.

— Je t'attends.

Elle laissa un mémo à Peabody, au cas où elle se lèverait avant son retour, puis rejoignit sa voiture. Tout en roulant, elle rappela le labo.

— Vous avez du nouveau ?

— Mais c'est de la persécution ! Enfin, bon, j'ai examiné la fibre textile. De la laine synthétique, vendue sous la marque Wulstrong, utilisée pour confectionner des manteaux et des pulls. Celle-ci était teinte en rouge.

— Elle pourrait provenir d'une houppelande de Père Noël ?

— Oui, mais pas de celle que portent les Pères Noël qui mendient devant les magasins. Ces pauvres bougres n'ont pas les moyens de se payer un tissu de cette qualité. Les fabricants prétendent que c'est encore mieux que de la vraie laine – plus chaud, plus solide, bla-bla-bla. Bref, ça coûte bonbon. Comme la perruque en cheveux naturels, d'ailleurs. Votre bonhomme ne regarde pas à la dépense.

— Beau travail, Dickie.

— Vous avez retrouvé mon invitation, Dallas ?

— Oui, figurez-vous qu'elle était tombée derrière mon bureau. Incroyable, non ?

— Bah, ce sont des choses qui arrivent.

— Donnez-moi d'autres informations, Dickie, et je vous la ferai porter par coursier.

Elle savait où trouver Connors. Dans une salle qui n'aurait pas dû exister et qui était pourvue d'un équipement dont un policier aurait dû ignorer l'existence. Eve fit cependant taire ses scrupules de flic – elle y parvint sans trop de peine – et appuya sa paume sur le scanner fixé près de la porte.

— Lieutenant Dallas.

Le système analysa ses empreintes digitales et vocale, puis la porte coulissa.

Connors n'avait pas tiré les rideaux qui masquaient l'immense baie vitrée ; les verres étaient traités afin qu'on ne puisse pas voir ce qui se passait à l'intérieur. La pièce était vaste, dallée de marbre. Des œuvres d'art ornaient trois murs, plusieurs écrans occupaient le quatrième. Pour l'instant, tous étaient éteints, à l'exception d'un seul sur lequel Connors, assis à sa console en forme de U, faisait défiler les cours de la Bourse.

— Tu as été plus rapide que je ne le pensais, dit-elle.

— L'opération n'était pas très compliquée. Viens là, ajouta-t-il, désignant un fauteuil à côté de lui.

— Si ce n'était pas compliqué, j'aurais peut-être pu me débrouiller seule, fit-elle. L'idée de trafiquer mon rapport ne m'enchante pas.

Il lui sourit. Son lieutenant bien-aimé était toujours tellement à cheval sur la légalité, songea-t-il avec tendresse.

— Il suffisait de savoir où chercher – et pour cela, il t'aurait fallu vingt-quatre ou quarante-huit heures de plus. Installe-toi.

Il avait attaché ses cheveux avec une fine cordelette en cuir et remonté les manches de son pull noir. Hébétée, Eve contemplait les mains de son mari. Des mains racées, belles et habiles.

Soudain, elle se sentit vaciller. Elle serait tombée si Connors ne l'avait pas agrippée par le bras et forcée à s'asseoir.

— Tu dors debout.

— Non, je... je réfléchissais.

— Ben voyons. Voilà ce que je te propose, lieutenant. Je te livre le résultat de mes recherches et, en échange, tu me promets d'être là ce soir à 18 heures. Tu prendras un décontractant...

— Tu marchandes, maintenant ?

— Tu seras là à 18 heures, répéta-t-il, imperturbable. Tu prendras un décontractant, et tu laisseras Trina s'occuper de toi.

— Je n'ai pas de temps pour une fichue coupe de cheveux.

Il ne pensait pas à une nouvelle coiffure, mais à une séance de relaxation. Eve en avait besoin.

— Tu acceptes le marché ou j'efface toutes les informations.

— J'ai quatre meurtres à élucider, bon Dieu !

— Même si tu en avais quatre cents, cela ne changerait rien. Chacun ses priorités. Or, dans l'immédiat, tu es ma priorité. Tu les veux, ces renseignements ?

— Tu es aussi emmerdant que Dickhead !

— Pardon ?

Son air outré la fit rire. Elle se frotta les yeux, soupira. Force lui était de reconnaître qu'il avait raison : à ce rythme-là, elle ne tiendrait plus le coup très longtemps.

— Très bien, je m'incline. Qu'est-ce que tu as trouvé ?

Il scruta un moment son visage, arquant les sourcils d'un air sceptique, puis se tourna vers le mur d'écrans.

— Affiche le dossier Holloway. Il y a quatre ans, notre ami s'est offert un changement d'identité, ce qui lui a coûté une fortune. Auparavant, il s'appelait... John B. Boyd.

Elle se leva et s'approcha des écrans pour déchiffrer les rapports de police.

— Arrêté pour viol. Dénoncé par sa victime, jugé et condamné à six mois de traitement psychiatrique et de travail obligatoire au service de la collectivité. Deuxième arrestation pour perversion sexuelle, sadisme et possession d'accessoires illicites. Nouveau traitement psychiatrique. Merde ! Ce type était complètement détraqué et on l'a laissé en liberté.

— Il avait de l'argent. Quand on a écopé de condamnations légères, ce n'est pas difficile de s'acheter une virginité. Il s'en est tiré, tout ça pour finir violé et étranglé. Ironie du sort ou justice immanente ?

— Moi, je m'intéresse uniquement à la justice qui est rendue dans les tribunaux, rétorqua-t-elle d'un ton sévère. Est-ce qu'Amoureusement Vôtre avait connaissance de son passé ?

— Tout dépend du matériel dont ils disposent. S'ils ont un système performant, ils ont fatalement déterré son casier judiciaire.

— Tu as ses relevés bancaires ?

— Naturellement. Situation financière, écran six. Comme tu vois, son travail lui rapportait gros. Il avait un courtier avisé qui plaçait intelligemment ses revenus. Il était dépensier, mais il pouvait se le permettre. Néanmoins, tu noteras que des sommes importantes étaient régulièrement versées sur son compte. Dix mille dollars tous les trois mois, et ce pendant deux ans.

— Mmm... Tu as réussi à savoir d'où elles venaient ?

— À force de mettre mes capacités en doute, tu vas finir par me vexer.

Comme elle lui décochait un regard noir, il esquissa un sourire suave.

— Bien sûr que je le sais. Il s'agit de virements électroniques qui ont transité par différentes banques afin de brouiller les pistes. Ils proviennent évidemment de la même source.

— Amoureusement Vôtre.

— Excellente déduction, lieutenant.

— Donc, il faisait chanter les Hoffmann. Tous les deux, ou seulement l'un d'entre eux. Tu as l'identité du titulaire du compte débiteur ?

— C'est un compte joint numéroté. Les opérations s'effectuent avec un code, et non une signature. J'ignore si c'était Rudy ou Piper qui payait.

— Parfait. J'ai suffisamment d'éléments pour les cuisiner. Peabody commencera par faire un scandale, histoire de les mettre sur les dents. Ensuite, je prendrai le relais.

— N'oublie pas que tu dois être ici à 18 heures.

Irritée, elle se tourna vers lui. Les premières lueurs de l'aube, qui filtraient par la baie vitrée, accentuaient sa pâleur et teintaient de mauve les cernes qui creusaient ses yeux.

— J'ai accepté le marché, dit-elle d'un ton sec. Je tiendrai parole.

— Je n'en doute pas, répondit-il posément.

Sinon, il irait lui-même la chercher au Central et la ramènerait à la maison par la peau du cou.

13

Eve avait décidé de frapper un grand coup. Si Peabody jouait correctement son rôle, Rudy et Piper seraient ébranlés et s'emploieraient fiévreusement à éviter une mauvaise publicité et un éventuel procès.

C'est à ce moment-là qu'Eve leur porterait l'estocade.

À 9 h 30, elle pénétrait dans le hall de Sublimissime et montrait la photo de Holloway à la réceptionniste. Si tout se déroulait comme prévu, elle aurait terminé lorsque Peabody la rejoindrait et lui donnerait le signal de passer à l'action.

— Oui, je connais M. Holloway, déclara Yvette qui, à présent, se montrait étonnamment amicale et serviable. C'est l'un de nos plus fidèles clients, il vient toutes les semaines.

— Pour faire quoi ?

— Nettoyage de peau, manucure, massage et bain relaxant aux huiles essentielles. Il a un corps superbe, et je vous garantis qu'il sait l'entretenir. Une fois par mois, il passe toute la journée ici pour un traitement complet.

— Avec la même personne ?

— Oh oui ! il ne veut avoir affaire qu'à Simon. Voilà quelques mois, il a piqué une crise parce que Simon était parti en vacances. Pour le calmer, nous lui avons offert notre formule O.

— C'est-à-dire ?

— O pour orgasme. Un salon privé et un droïde prostitué. Nous ne sommes pas autorisés à employer des humains licenciés, mais nos droïdes soutiennent aisément la comparaison. La formule O coûte cinq cents dollars, cependant, nous l'avons offerte à M. Holloway de bon cœur. Nous ne tenions pas à ce qu'il soit mécontent. Il nous laisse au minimum cinq mille dollars par mois, sans compter les cosmétiques qu'il nous achète. J'espère qu'il n'a pas de problèmes ?

— Rassurez-vous, il n'en aura plus. Simon est dans le coin ?

— Oui, dans le studio 3. Mais vous ne pouvez pas...

— Oh si, je peux !

Eve longea un couloir percé de portes vitrées derrière lesquelles on devinait des silhouettes, des tables de massage et tout un assortiment d'appareils sophistiqués. On se serait presque cru dans un hôpital, à ceci près que l'atmosphère qui régnait ici était conçue pour la détente et le bien-être. Dans l'air qui embaumait la rose, le musc et l'eucalyptus, flottait une douce musique : chants d'oiseaux et bruit de cascades.

Une porte s'ouvrit, livrant passage à un homme en tenue blanche et à une femme couverte des pieds à la tête d'une épaisse boue verdâtre. Eve réprima une grimace de dégoût.

— Le studio 3 ?

— À gauche.

Eve poursuivit son chemin et traversa un vaste espace occupé par plusieurs bassins entourés de petits cerisiers en fleur. Dans l'un d'eux, rempli d'une bouillonnante mixture rose, trois femmes se prélassaient en papotant joyeusement.

Parvenue au studio 3, Eve frappa à la porte. Sans attendre de réponse, elle entra... et ravala une exclamation de stupéfaction. McNab, allongé dans un fauteuil inclinable, la regardait avec des yeux ronds. Il avait la figure tartinée d'argile noire.

Simon se précipita, agitant les mains comme pour chasser une mouche.

— Vous êtes dans une salle de soins ! Personne n'est autorisé à pénétrer ici.

— J'ai quelques questions à vous poser. Je ne vous retiendrai pas longtemps.

— Mais je travaille !

— Deux minutes.

Elle se mordait les lèvres pour ne pas rire, tant la mine effarée de McNab était cocasse.

— Alors, sortons.

Simon saisit une serviette pour s'essuyer les mains.

— Excusez-moi, dit-il à McNab. Relaxez-vous, essayez de vous vider l'esprit. Je reviens tout de suite.

— Pas de problème, articula McNab.

— Chut, susurra Simon avec un sourire indulgent. On ferme les yeux, on se détend, on ne pense plus à rien.

Il poussa Eve dans le couloir, referma la porte. Son sourire s'effaça.

— Vous n'avez pas le droit de déranger mes clients.

— Figurez-vous que, cette nuit, l'un de vos clients a été sérieusement dérangé. Vous pouvez d'ailleurs le rayer de vos tablettes.

— Mais de quoi parlez-vous ?

— De Brent Holloway. Il est mort.

— Brent est mort ?

Simon chancela et s'adossa au mur, pressant sur son cœur une main encore gluante d'argile.

— Je l'ai vu il y a quelques jours. Vous devez vous tromper.

— Moi, je l'ai vu ce matin. À la morgue.

— Pardonnez-moi, je ne… peux plus respirer…

Titubant, Simon s'en fut à l'aveuglette dans le couloir. Eve lui emboîta le pas. Elle le retrouva un peu plus loin, effondré sur un divan, la tête entre les genoux.

— J'ignorais que vous étiez si proches, s'étonna-t-elle.

— Je suis... j'étais son consultant. Cela crée des liens, une profonde intimité.

Eve essaya de s'imaginer nouant des liens intimes avec Trina. Cette idée la fit frémir.

— Je suis navrée, Simon. Vous voulez un verre d'eau ?

— Oui... non. Ô mon Dieu !

Il releva la tête. Son visage, encadré par une chevelure d'un rouge éclatant, était cendreux. Il activa l'écran encastré dans la table, devant lui.

— J'ai besoin d'un calmant. Une camomille glacée. Qu'est-ce qui s'est passé ?

— Nous enquêtons. Parlez-moi de lui.

— Il était exigeant. C'est une qualité que je respecte. Il était très soucieux de son apparence, il... Mon Dieu ! Excusez-moi, il faut que je me ressaisisse.

D'une main tremblante, il prit le verre que lui apportait un droïde et but avidement.

— Il n'a jamais manqué un rendez-vous, reprit-il d'une voix plus ferme. Il m'a envoyé beaucoup de ses amis, il appréciait énormément mon travail.

— Savez-vous s'il fréquentait quelqu'un de chez vous ? Des stylistes, des consultants ? Ou même des clients de votre établissement ?

— Notre personnel n'est pas autorisé à avoir des relations personnelles avec la clientèle. Je sais qu'il aimait les femmes. Il avait une vie sexuelle bien remplie et très satisfaisante.

— Vous en discutiez ensemble ?

Simon reposa son verre.

— Ce qui se raconte entre un consultant et son client est strictement confidentiel.

— Il aimait aussi les hommes ?

— Je l'ignore, répondit-il, les lèvres pincées. Je trouve vos questions déplaisantes, lieutenant. Et indiscrètes.

— Là où il est, Holloway se fiche pas mal que vous soyez discret ou non.

Eve se tut un instant, le regard rivé sur Simon. Il hocha la tête.

— Bien sûr, vous avez raison. Ne m'en veuillez pas, je suis encore sous le choc.

— L'un de vos employés de sexe masculin lui témoignait-il un intérêt particulier ?

— Non, pas à ma connaissance. Je vous le répète, notre personnel obéit à des consignes strictes. Nous sommes des professionnels, vous comprenez.

— Je comprends. Vous avez un spécialiste du tatouage, dans l'équipe ?

Il poussa un lourd soupir.

— Nous en avons plusieurs. Des artistes de talent.

— Il me faut des noms.

— Demandez à Yvette, elle vous fournira les renseignements que vous souhaitez. J'ai un client qui m'attend. Lieutenant... Brent n'avait pas de famille. Que va-t-il advenir de son... de lui ?

— La ville prendra les obsèques en charge.

— Quelle tristesse !

Il se leva, hésita.

— Je pourrais peut-être m'occuper de l'enterrement ? Il me semble que ce serait mieux. Vous pensez qu'on me donnera l'autorisation ?

— Il n'y a aucune raison de vous la refuser. Mais vous devrez aller à la morgue remplir les documents nécessaires pour qu'on vous remette le corps.

— À la mor...

Il s'interrompit, les lèvres tremblantes. Puis il prit une inspiration.

— Bien, j'irai à la morgue.

— Je préviendrai la direction. Vous ne serez pas obligé de voir le cadavre, ajouta-t-elle pour le rasséréner. Nous avons déjà procédé aux formalités d'identification. Vous n'aurez qu'à signer les papiers et on le fera transporter jusqu'au centre funéraire de votre choix.

— Merci. Pardonnez-moi, mon client m'attend, répéta-t-il d'une voix atone. Celui-là s'est toujours négligé. Heureusement qu'il est jeune, j'espère parvenir à réparer les dégâts. J'estime que nous avons le devoir de soigner notre apparence. Dans ce monde impitoyable, la beauté est une consolation.

— Sans doute. Au revoir, Simon. Je reprendrai contact avec vous.

Eve rejoignit la réception et réclama à Yvette les noms des spécialistes du tatouage qu'employait Sublimissime. Elle empochait la liste, lorsque Peabody apparut. Eve remarqua qu'elle avait les yeux cernés, l'air fiévreux.

— Je viens de la part de l'agence Amoureusement Vôtre, déclara-t-elle. On m'offre le forfait Diamant.

— Vous avez beaucoup de chance, rétorqua Yvette avec un large sourire. Et vous ne serez pas déçue, je vous l'assure. J'ai l'impression que vous êtes un peu fatiguée, soit dit sans vous offenser. Nos soins vous remettront d'aplomb. On va s'occuper de vous dans un instant.

— Merci.

Peabody se dirigea vers une vitrine regorgeant de flacons multicolores qui garantissaient, si on les utilisait régulièrement, beauté et vitalité. À voix basse, elle fit son rapport à Eve qui s'était approchée.

— Ils ont eu un choc, même s'ils ont essayé de le dissimuler. Ils ont commencé par me dire que j'exagérais, que j'avais mal interprété un geste innocent. Ensuite, ils ont cherché à me calmer, comme prévu. Ils m'ont promis de régler cette histoire, et ils m'ont offert une deuxième consultation chez eux ainsi qu'une séance de soins ici. J'ai vu la brochure. Le forfait Diamant coûte cinq mille dollars. Je n'ai pas baissé pavillon. Je leur ai déclaré que j'allais m'accorder une journée de réflexion avant de contacter mon avocat.

— Parfait. Pendant qu'on vous bichonnera, débrouillez-vous pour papoter avec les employés. Mentionnez le nom de Holloway dans la conversation. Notez bien les réactions, les commentaires, les ragots. Et arrangez-vous pour vous mettre entre les mains de consultants.

— Je suis prête à tout pour accomplir mon devoir, lieutenant.

— Mademoiselle Peabody ? lança soudain une voix masculine.

La jeune femme se retourna et manqua tomber à la renverse en découvrant le superbe blond qui l'avait apostrophée.

— Je... Oui ?

— Je suis Anton. Voulez-vous me suivre, je vous prie ?

— Avec joie, répliqua Peabody d'une voix mourante.

Eve la regarda s'éloigner, puis gagna l'étage d'Amoureusement Vôtre.

— Rudy et Piper ne sont pas disponibles, lui annonça la réceptionniste d'un petit air pincé.

— Ça m'étonnerait, riposta Eve en exhibant son insigne.

— Je sais très bien qui vous êtes, lieutenant, et je vous répète que Rudy et Piper ne sont pas disponibles. Si vous désirez les voir, je me ferai un plaisir de vous fixer un rendez-vous.

Eve se pencha vers elle.

— Vous êtes une fille instruite, vous devez connaître cette expression : obstruction à la justice.

— Mais...

— Je vous résume la situation : vous prévenez vos patrons, tout de suite, ou je vous embarque au Central et je vous fais inculper pour outrage à un officier de police. Je vous laisse dix secondes de réflexion.

— Excusez-moi...

La réceptionniste se détourna, murmura quelques mots dans le micro relié à ses écouteurs. Puis elle articula :

— Vous pouvez entrer, lieutenant.

— Vous voyez, avec un peu de bonne volonté, on arrive à tout !

Eve poussa les portes vitrées donnant accès au couloir qui conduisait au bureau des Hoffmann. Ces derniers se tenaient sur le seuil.

— Était-il vraiment indispensable de rudoyer notre réceptionniste ? s'insurgea Rudy.

— Absolument. Et vous, aviez-vous une raison valable de refuser de me recevoir ?

— Nous sommes très occupés.

— Eh bien, ça ne va pas s'arranger. Vous venez avec moi.

Piper enfonça ses ongles dans le bras de Rudy.

— Où ? balbutia-t-elle.

— Au Central. Brent Holloway a été assassiné cette nuit et nous avons beaucoup de choses à nous raconter.

Piper chancela. Elle se serait effondrée si Rudy ne l'avait pas soutenue.

— Il est mort ? Mon Dieu !... Il est mort... comme les autres ?

— Calme-toi, ma chérie.

Les yeux rivés sur Eve, Rudy serra sa sœur contre lui.

— Je ne vois pas la nécessité d'aller au Central.

— C'est là que nos opinions divergent, mon vieux. Soit vous m'accompagnez de votre plein gré, soit vous sortez d'ici entre deux policiers en uniforme.

— Vous ne pouvez pas nous arrêter.

— Pour l'instant, vous n'êtes pas en état d'arrestation. Je vous demande simplement de me suivre afin que nous procédions à un interrogatoire en bonne et due forme.

— Je veux contacter nos avocats.

— Vous aurez tout le loisir de le faire au Central.

— On les garde séparés, dit Eve à Feeney, tout en observant Piper à travers le miroir sans tain de la salle A.

Piper était recroquevillée sur son siège, tel un petit animal apeuré. À son côté, un avocat lui parlait à voix basse.

— On pourrait se mettre à deux pour les interroger, poursuivit Eve, mais je ne crois pas que ce soit la bonne méthode. Lequel tu prends ? Elle ou Rudy ?

Feeney eut une moue pensive.

— Je commence avec lui, ensuite, tu me relaies. On attaque, on les déstabilise, et dès que l'un d'eux perd les pédales, on achève le travail ensemble.

— Entendu. McNab a donné de ses nouvelles ?

— Oui. Il est encore au salon de beauté. Dès qu'on aura fini de le pomponner, il reviendra ici.

— Tu lui diras de rester dans les parages. Si les Hoffmann crachent le morceau, on aura de quoi obtenir un mandat pour passer leur système informatique au crible. Cela permettra peut-être à McNab de trouver quelque chose.

Sinon, songea Eve, elle devrait une fois de plus demander à Connors de jouer les magiciens.

— Tu me bipes quand tu veux que je prenne le relais, conclut-elle.

— Pareil pour toi.

Eve poussa la porte et pénétra dans la salle d'interrogatoire. L'avocat se leva d'un bond. Bombant le torse, il s'écria :

— Lieutenant, je suis révolté ! Ma cliente est bouleversée, à bout de nerfs. Vous n'avez aucun motif sérieux pour l'interroger.

— Adressez donc une requête au juge. Enregistrement, enchaîna Eve. Interrogatoire mené par le lieutenant Dallas, ID 5347 BQ, en présence de l'avocat de la prévenue. Mademoiselle Hoffmannn, je vous ai lu vos droits et vos obligations. Les avez-vous bien compris ?

Piper coula un regard vers son défenseur qui lui fit signe de répondre.

— Oui.

— Connaissiez-vous Brent Holloway ?

Elle hocha la tête.

— Mlle Hoffmann acquiesce, commenta Eve. Était-il client de votre agence ?

— Oui.

— Par conséquent, vous lui avez proposé une sélection de partenaires féminines.

— Eh bien, je... c'est la raison d'être de notre société : réunir des personnes qui ont des goûts communs, leur offrir l'occasion de se rencontrer et de nouer une relation.

— Une relation sentimentale ou sexuelle ?

— C'est à chaque couple d'en décider.

— Vous testez vos clients avant de retenir leur candidature et de leur réclamer le paiement de vos honoraires.

— Nous les soumettons à des tests rigoureux.

Piper semblait reprendre du poil de la bête, les questions d'Eve la rassuraient. Elle se redressa sur son siège, rejeta en arrière ses cheveux argentés.

— Nous veillons à ce que nos clients correspondent à certaines normes.

— Les individus condamnés pour des agressions sexuelles correspondent-ils à ces normes ?

— Certainement pas, répondit Piper d'un ton ferme.

— Vous avez donc des principes très stricts.

— Et nous n'y dérogeons pas.

— Vous avez pourtant fait une exception pour Brent Holloway.

Les mains de Piper étaient jointes sur la table. Ses longs doigts fuselés se crispèrent.

— Je... je ne comprends pas de quoi vous...

Elle s'interrompit et regarda son avocat.

— Lieutenant, intervint celui-ci, ma cliente vous a expliqué la déontologie de son agence. Passons à la suite, s'il vous plaît.

— J'y viens, maître. Brent Holloway avait été reconnu coupable à plusieurs reprises de viol et de harcèlement. Je vous demande donc pour quelle raison vous avez retenu sa candidature.

Piper devint blanche comme un linge.

— Mais je... nous n'étions pas au courant. Cela ne figurait pas dans notre dossier sur M. Holloway.

— Alias John B. Boyd. Ce nom vous rappelle quelque chose ?

Eve vit passer une ombre dans les yeux de Piper.

— Vous m'avez affirmé, enchaîna-t-elle, que vous possédiez un système informatique extrêmement sophistiqué. J'en déduis que vous aviez les moyens d'effectuer toutes les recherches nécessaires. À moins qu'il n'y ait des failles dans votre organisation ?

— Je n'aime pas vos insinuations, lieutenant ! protesta l'avocat.

— Je le note. Qu'avez-vous à répondre, mademoiselle Hoffmann ?

— Je… je ne sais pas ce qui s'est passé, répliqua Piper d'une voix hachée.

« Oh si, tu le sais ! pensa Eve. Et tu as une trouille bleue. »

— Quatre clients de votre agence sont morts. Ils ont été violés et étranglés.

Piper se mit à trembler de tous ses membres.

— C'est une épouvantable coïncidence. Rudy me le répète sans arrêt, ce n'est qu'une atroce coïncidence.

— Mais vous n'y croyez pas. Vous ne pouvez pas y croire. D'un geste brusque, Eve posa sur la table les photos prises sur les lieux des crimes. Des clichés horribles, insoutenables.

— Regardez ! Pensez-vous réellement que ces personnes aient été les victimes du hasard ?

— Mon Dieu ! gémit Piper en se cachant la figure dans ses mains. S'il vous plaît… je crois que je vais vomir.

L'avocat se redressa comme un ressort.

— C'est inadmissible !

— Je suis d'accord avec vous, maître. Je considère aussi que le meurtre est inadmissible.

Eve se leva à son tour et se dirigea vers la porte.

— J'accorde à votre cliente quelques minutes de répit. Profitez-en pour la réconforter.

Dès qu'elle fut sortie, elle appela Feeney.

— Je l'ai poussée à bout, lui dit-elle lorsqu'il la rejoignit. Tu n'as plus qu'à lui donner une pichenette, et elle s'écroulera. À ta place, j'emploierais la méthode douce.

— C'est toujours toi qui joues les flics vachards, se plaignit-il.

— Parce que c'est le rôle qui me convient le mieux. Tapote-lui la main, console-la, ensuite, demande-lui pourquoi ils versaient de l'argent à Holloway. Je n'ai pas encore abordé le sujet.

— D'accord. Rudy tient le coup. Il est coriace, il prend ça de haut. Si tu veux mon opinion, ce type n'est qu'un paon bouffi d'orgueil.

— Ça tombe bien, je me sens d'humeur à bouffer du paon. Sa sœur prétend qu'ils ignoraient le passé de Holloway. Elle ment, évidemment, ce qui nous donne un motif valable pour mettre le nez dans leur système informatique. Je vais essayer d'obtenir un mandat.

Elle prit le temps de s'occuper des formalités pour l'obtention du mandat et de se servir un petit café avant de gagner la salle B. Elle s'assit à la table, sourit à Rudy et à son avocat.

— Allons-y, messieurs.

Elle répéta les questions qu'elle avait posées à Piper. Rudy, à l'inverse de sa sœur, ne manifestait aucun signe de désarroi. Au contraire, à mesure qu'Eve parlait, l'expression de son visage se durcissait.

Tout à coup, il déclara :

— J'exige de voir ma sœur.

— On est en train de l'interroger.

— Elle est émotionnellement fragile. Cette affreuse affaire risque de l'anéantir.

— Je connais quatre personnes qui, elles, sont définitivement anéanties. Mais je dois admettre que Piper ne va pas très bien. Plus vite vous parlerez, plus vite elle se remettra.

Il serra les poings. Ses yeux émeraude luisaient comme ceux d'un chat.

— Laissez-la se reposer, prendre un calmant, insista-t-il.

— Ici, voyez-vous, nous ne sommes pas très portés sur les calmants. Et je vous rassure, elle n'est pas seule. Elle a son avocat, de même que vous avez le vôtre. Je présume que, dans la mesure où vous êtes jumeaux, vous êtes intimement liés, tous les deux ?

— Naturellement.

— Holloway lui a-t-il jamais fait des avances ?

— Bien sûr que non.

— Et à vous ?

— Non plus.

Il saisit le verre d'eau posé devant lui ; sa main ne tremblait pas.

— Pourquoi lui versiez-vous de l'argent ?

Le verre tressauta.

— J'ignore de quoi vous parlez.

— Pendant deux ans, vous lui avez régulièrement versé des sommes importantes, dix mille dollars chaque fois. Que savait-il sur vous qui valait ce prix-là ?

Le regard de Rudy s'assombrit.

— Ils n'ont pas le droit de contrôler mes comptes bancaires, n'est-ce pas ? demanda-t-il à son avocat.

— Certainement pas. Lieutenant, si vous avez procédé à ce contrôle sans motif valable et sans le mandat qui...

— Ai-je dit une chose pareille ? coupa-t-elle avec un sourire féroce. Je n'ai pas à vous expliquer comment je détiens certaines informations ayant trait à cet homicide. Cherchez-vous un autre os à ronger, maître, vous ne trouverez aucun vice de forme.

Elle s'adossa à son siège.

— Holloway vous faisait chanter, Rudy. Vous saviez que c'était un pervers, mais il vous obligeait à lui présenter des partenaires féminines. Combien de clientes vous a-t-il fallu amadouer, payer ou intimider pour étouffer cette histoire ?

— J'ignore de quoi vous parlez, répéta-t-il.

Il saisit de nouveau son verre ; cette fois, un imperceptible tremblement agitait ses doigts. Une vilaine rougeur colorait son cou d'albâtre.

— Vous mentez, dit Eve tranquillement. Il me sera facile de convaincre certaines de vos clientes d'avouer que Holloway leur a sauté dessus dès la première rencontre. Dès que j'aurai leur témoignage, je vous ferai inculper, vous et votre sœur. Fraude et complicité de crime sexuel. Les journalistes se jetteront sur vous, et je vous garantis que votre agence coulera à pic.

— Nous ne pouvons pas être tenus pour responsables. Piper n'est pas responsable des actes de ce... maniaque.

— J'aimerais m'entretenir avec mon client, lieutenant, intervint l'avocat.

— Pas de problème. Vous avez cinq minutes.

Eve sortit, se posta derrière le miroir sans tain et alluma son communicateur.

— McNab ?

Elle se balançait sur ses talons, les yeux rivés sur les deux hommes à l'intérieur de la salle. Rudy avait les bras croisés, il crispait les doigts sur ses biceps. L'avocat, le dos voûté, lui parlait à voix basse, avec véhémence.

— McNab, j'écoute.

— Dépêchez-vous de rappliquer. J'attends d'une minute à l'autre l'autorisation de perquisitionner le système informatique d'Amoureusement Vôtre.

— Je peux prendre une pause casse-croûte ?

— Vous achèterez quelque chose à grignoter en chemin. Je veux que vous soyez à pied d'œuvre quand le mandat arrivera.

Elle l'entendit pousser un soupir à fendre l'âme.

— Au fait, railla-t-elle, on vous a bien bichonné au salon de beauté ?

— J'ai les joues aussi roses que des fesses de bébé. Et j'ai vu Peabody toute nue. Enfin, presque. Elle était enduite d'une espèce de bouillie verte, mais j'ai pu me faire une idée de la marchandise.

— Effacez donc ce charmant tableau de votre cervelle, et préparez-vous à bosser.

— L'un n'empêche pas l'autre. Peabody était mignonne comme un cœur et vexée comme un pou.

Eve préféra interrompre la communication avant d'éclater de rire.

— À nous deux, mon vieux, murmura-t-elle en poussant la porte de la salle d'interrogatoire.

Elle se rassit à la table, face à Rudy. Muette, elle le dévisagea. Parfois, le silence était plus efficace que des accusations.

— Lieutenant, commença l'avocat en s'agitant sur son siège, M. Hoffmann désire faire une déposition.

— Parfait. Qu'avez-vous à nous dire, Rudy ?

— Brent Holloway m'extorquait de l'argent. Je m'efforçais de protéger mes clientes, mais il me faisait chanter. Il exigeait notamment des consultations régulières et des listes de partenaires à rencontrer. Certes, il était odieux, cependant, il ne me paraissait pas dangereux pour les femmes avec qui nous le mettions en contact.

— C'est votre opinion de professionnel ?

— En effet. Nous recommandons toujours à nos clientes d'avoir leur premier rendez-vous dans un lieu public. Celles qui désirent aller plus loin assument leur décision. Nous leur demandons de signer un document dégageant notre responsabilité.

— Mmm... une manière habile de protéger vos arrières. Je ne suis pas sûre qu'un juge partage votre point de vue. Mais revenons à nos moutons. Pourquoi vous faisait-il chanter ?

— Je ne suis pas tenu de répondre à cette question.

— Oh que si !

— Cela concerne ma vie privée.

— Cela concerne un meurtre, Rudy. Mais si vous refusez d'en parler, je questionnerai votre sœur.

Elle fit mine de se lever ; il l'arrêta d'un geste.

— Non, laissez-la tranquille ! Elle est fragile.

— Il faudra bien que l'un d'entre vous crache le morceau. Vous ou elle.

Il resta un instant silencieux, puis :

— Piper et moi, nous avons une relation très particulière... Nous sommes jumeaux. Nous sommes les deux moitiés d'un même fruit.

— Vous couchez ensemble.

— Vous n'avez pas à nous juger ! riposta-t-il. Je ne vous demande pas de comprendre la nature du lien qui nous unit. Personne ne peut comprendre. Même si ce que nous vivons n'est pas puni par la loi, la société le réprouve.

— L'inceste n'a rien de glorieux, Rudy.

Le souvenir de son père, de son visage grimaçant, de son regard implacable, la transperça. Elle cacha ses mains sous la table, enfonça ses ongles dans ses paumes. La douleur dissipa la nausée qui menaçait de la suffoquer.

— Nous sommes les deux moitiés d'un même fruit, répéta-t-il, têtu. Pendant des années, nous avons lutté. Nous avons essayé de fréquenter d'autres amis, de nous écarter l'un de l'autre. Nous étions désespérés. Faut-il que nous soyons éternellement malheureux et frustrés, parce que des gens comme vous considèrent que notre amour est condamnable ?

— Mon avis importe peu. Comment Holloway a-t-il découvert la vérité ?

— Piper et moi étions en vacances aux Antilles. Normalement, nous sommes très discrets. Sinon, nous perdrions notre clientèle. Cette année-là, nous avions décidé de partir loin pour être libres de vivre comme n'importe quel couple. Holloway était là-bas. Nous ne le connaissions pas, et il ignorait qui nous étions. À l'hôtel où nous étions descendus, nous nous étions inscrits sous un faux nom.

Il s'interrompit, but une gorgée d'eau.

— Quelques mois plus tard, il est venu à l'agence pour une consultation. Je ne l'ai même pas reconnu. Mais après les tests, lorsque nous avons refusé sa candidature, il s'est empressé de nous rappeler dans quelles circonstances nous nous étions rencontrés.

Il marqua une nouvelle pause, les yeux baissés sur son verre.

— Il nous a exposé très clairement ses exigences. Piper était atterrée. Tous les deux, nous sommes profondément convaincus du bien-fondé des services que nous offrons. Nous sommes bien placés pour savoir à quel point il est essentiel d'avoir auprès de soi un être qui vous rend heureux. Nous nous sommes donné pour mission d'aider les autres à trouver ce trésor que nous avons la chance de posséder.

— Une mission qui vous rapporte une coquette fortune.

— Gagner de l'argent n'entame en rien la qualité de notre travail. Vous vivez dans le luxe, lieutenant, ajouta-t-il posément. Cela signifie-t-il que votre mariage est méprisable ?

« Un point pour toi », pensa Eve qui se borna cependant à hausser un sourcil sévère.

— Parlons plutôt de la façon dont vous avez réagi quand Holloway a commencé à jouer les maîtres chanteurs.

— J'étais résolu à porter plainte contre lui, mais Piper n'en a pas eu le courage.

Il ferma les yeux.

— Il a réussi à la voir en tête à tête, il l'a menacée. Il a même essayé de la forcer à...

Il rouvrit les paupières. Une lueur farouche brûlait dans ses prunelles.

— Il la voulait. Les types dans son genre veulent toujours ce qui ne leur appartient pas. Alors, nous avons payé, nous avons fait tout ce qu'il demandait. Cela n'empêchait pas que, chaque fois qu'il venait à l'agence, il se débrouillait pour harceler Piper.

— Vous deviez le haïr.

— En effet, je le haïssais.

— Assez pour le tuer, Rudy ?

— Oui, répondit-il avant que son avocat eût pu intervenir. Oui, assez pour le tuer.

14

— Nous n'avons pas de quoi l'inculper.

Eve en était consciente, mais elle n'en éprouvait pas moins l'envie irrésistible de boxer l'assistante du procureur.

— Il était en mesure de tuer Holloway, et Dieu sait qu'il avait un mobile ! insista-t-elle. De plus, il possédait les produits de la marque Idéal Naturel qui ont servi à maquiller les victimes. Enfin, il connaissait toutes les victimes.

— Vous n'avez pas l'ombre d'une preuve tangible contre lui.

Carla Rollins ne cédait pas un pouce de terrain. Petite – à peine un mètre soixante malgré les hauts talons sur lesquels elle était juchée –, elle avait des yeux bridés, couleur de jais. Des cheveux noirs et raides, coupés à hauteur des épaules, encadraient son visage rond au teint crémeux.

Elle avait l'air d'une étudiante et on l'imaginait aisément s'occupant de jeunes enfants dans un centre de loisirs. Mais cette apparence était trompeuse : en réalité, elle était aussi inébranlable qu'un roc. Elle aimait gagner, or elle ne voyait pas de victoire possible dans le dossier « Ministère public contre Hoffmann ».

— Vous voulez que je le prenne en flagrant délit quand il étranglera sa prochaine proie ? fulmina Eve.

— Ce serait mieux, rétorqua Rollins, placide. À défaut, obtenez-moi des aveux complets.

L'entretien se déroulait dans le bureau du commandant Whitney. Eve, comme à son habitude, faisait les cent pas dans la pièce.

— Jamais il ne se mettra à table si on le relâche !

— Jusqu'ici, son seul tort est de coucher avec sa sœur, rétorqua Rollins de sa voix suave, et de s'être soumis à un chantage. Nous pourrions éventuellement l'accuser de fraude professionnelle et de proxénétisme, puisqu'il connaissait le passé et les tendances perverses de Holloway, mais je doute que cela tienne devant un tribunal. Sans éléments tangibles, sans aveux, il m'est impossible de vous aider.

— Dans ce cas, il faut que je continue à le cuisiner.

— Nous sommes contraints de le libérer. Vous reprendrez l'interrogatoire demain, lorsque le délai réglementaire de douze heures sera écoulé.

— Je veux qu'on lui mette un bracelet électronique.

— Dallas, soupira Rollins, dans l'immédiat je n'ai aucun motif valable de le placer sous surveillance électronique. Ce n'est qu'un simple suspect. La loi l'autorise à jouir de sa liberté de mouvement.

— Bon Dieu, donnez-moi un petit quelque chose !

Eve fourragea rageusement dans ses cheveux.

— Je veux que Mira le voie et établisse son profil.

— Encore faudra-t-il qu'il y consente.

Comme Eve ouvrait la bouche, Rollins l'interrompit en levant la main. Elle était habituée à ce que les policiers l'abreuvent d'insultes, et cela ne la perturbait pas outre mesure. En revanche, elle ne tolérait pas qu'on l'interrompît.

— Je parviendrai peut-être à convaincre l'avocat que c'est dans l'intérêt de son client. Je lui dirai que, s'il coopère, le procureur abandonnera certains chefs d'accusation, notamment le proxénétisme.

Satisfaite, Rollins se leva.

— Arrangez-vous avec Mira, de mon côté, je négocierai avec le défenseur de Hoffmann. Mais n'oubliez pas, Dallas, j'exige que vous le relâchiez séance tenante.

Sitôt que l'assistante du procureur fut sortie, Whitney grommela :

— Asseyez-vous, lieutenant.

— Commandant, je...

— Asseyez-vous, répéta-t-il d'un ton impérieux. Je suis inquiet.

— J'ai besoin d'un peu de temps pour le coincer. McNab travaille sur la banque de donnés d'Amoureusement Vôtre. On aura peut-être quelque chose d'ici ce soir.

— C'est vous qui m'inquiétez, lieutenant. Vous êtes sur le pont vingt-quatre heures sur vingt-quatre, ou quasiment, et ce depuis plus d'une semaine.

— Le tueur aussi.

— Mais lui est vraisemblablement en pleine forme. Tandis que vous n'êtes pas encore tout à fait remise d'une blessure qui a failli vous expédier au cimetière.

— Mon bilan de santé est excellent ! riposta-t-elle.

Elle se mordit les lèvres. Si elle ne réussissait pas à garder son calme face à Whitney, cela lui prouverait qu'il avait raison.

— Votre inquiétude me touche, reprit-elle, mais je vous assure qu'elle n'est pas fondée.

— Vraiment ? Dans ce cas, vous ne verrez pas d'inconvénient à subir un examen médical ?

Eve se raidit, submergée par un sentiment de révolte qu'elle eut bien du mal à contenir.

— C'est un ordre, commandant ?

— Je vous laisse le choix, Dallas. Soit vous passez cet examen, soit vous levez le pied jusqu'à demain matin 9 heures.

— Vu la situation, il ne me semble pas que l'une ou l'autre de ces options soient judicieuses.

— Je vous demande pourtant d'en choisir une, sinon je vous retire cette affaire.

Il eut l'impression qu'une décharge électrique la transperçait et, durant une fraction de seconde, craignit qu'elle ne lui sautât à la gorge. Elle réussit néanmoins à juguler sa fureur.

— Il a déjà tué quatre fois, articula-t-elle, et je suis la seule à avoir une chance de l'arrêter. Si vous me dessaisissez du dossier, vous perdrez du temps et d'autres personnes mourront.

— J'en déduis que vous désirez poursuivre votre enquête. Rentrez donc chez vous, Dallas, ajouta-t-il d'un ton radouci. Offrez-vous un bon repas et dormez.

— Pendant ce temps, Rudy sortira d'ici libre comme l'air.

— Je ne peux pas le maintenir en garde en vue ni le placer sous surveillance électronique. En revanche, rien ne m'empêche de le faire filer.

Whitney esquissa un petit sourire.

— Ne vous tracassez pas, on ne le quittera pas d'une semelle. Et demain, nous tiendrons une conférence de presse. Vous l'avez demandée, vous l'aurez. Le maire et le chef de la police vont passer un sale quart d'heure, mais vous ne serez pas non plus à la fête.

— Ça ne me fait pas peur.

— Je sais. Nous révélerons certains détails, ceux qui ne risquent pas de compromettre l'enquête, pour mettre les gens en garde. Maintenant, lieutenant, débarrassez-moi le plancher. Je veux vous voir fraîche et dispose demain matin.

Eve était bien forcée d'obéir. Elle refusait qu'on lui retire l'affaire, et elle ne pouvait pas se permettre de subir un nouvel examen médical. Elle craignait trop qu'on ne la déclare inapte au travail.

Elle avait mal partout. Tout juste si elle était en état de conduire. Des mouches dansaient devant ses yeux, elle avait la sensation bizarre que sa tête était détachée de son corps et flottait dans les airs.

Sur Madison, elle faillit tamponner un vendeur ambulant, l'évita de justesse et se résigna à passer en pilotage automatique, ce dont elle avait horreur. Il ne manquerait plus qu'elle ait un accident !

Bon d'accord, elle avait peut-être besoin d'un somme et d'un remontant mais cela ne signifiait pas pour autant qu'elle était hors service. Dès qu'elle serait à la maison, elle mangerait un morceau et se remettrait au boulot.

Elle eut à peine conscience que sa voiture franchissait les grilles du domaine.

Les lumières qui ruisselaient des fenêtres lui firent rouvrir les yeux. Il lui sembla qu'on jouait du tambour sous son crâne. Des élancements cuisants lui taraudaient l'épaule.

Elle s'extirpa péniblement du véhicule. Ses jambes flageolaient. Comme chaque fois qu'elle se sentait physiquement affaiblie, la colère la prit.

Jurant entre ses dents, elle poussa la porte d'entrée... et tomba nez à nez avec Summerset.

— Vos invitées sont déjà arrivées, annonça-t-il. Vous avez vingt minutes de retard.

— Allez vous faire foutre, lança-t-elle en jetant sa veste sur la rampe d'escalier.

— Non, merci, je n'en ai aucune envie. Pouvez-vous m'accorder un instant, lieutenant ?

— La vie est trop courte pour vous consacrer ne fût-ce qu'une seconde. Écartez-vous de mon chemin, vieux corbeau, ou je vous plume.

Mine de rien, il scrutait son visage. Elle paraissait exténuée, malade, et sa voix n'avait pas son mordant habituel.

— On a trouvé l'ouvrage que vous souhaitez offrir à Connors, dit-il d'un ton guindé.

— Oh ! très bien.

— Dois-je demander qu'on vous l'envoie ?

— Oui... évidemment.

— Il faudra que vous régliez la facture, ainsi que les frais d'expédition, par virement bancaire. Dans la mesure où le vendeur me connaît, il a accepté de vous faire parvenir le livre dans les plus brefs délais, à condition d'être payé d'ici à demain. Je vous ai noté son numéro de compte sur votre agenda électronique.

— Parfait.

Ravalant son orgueil, elle murmura :

— Merci.

Puis elle se tourna vers l'escalier, leva la tête. Jamais elle n'aurait la force d'escalader cette montagne. Mais il n'était pas question qu'elle prenne l'ascenseur. Son amour-propre était déjà passablement écorné, elle ne s'humilierait pas davantage devant Summerset.

Le majordome la regarda gravir les premières marches, puis se dirigea vers l'interphone.

— Connors, le lieutenant monte vous rejoindre.

Il hésita, réprima un soupir.

— Elle semble souffrante.

Quand Eve entra dans la chambre, Connors l'y attendait.

— Tu es en retard.

— Il y avait des embouteillages, marmonna-t-elle en se débarrassant de son holster.

— Déshabille-toi.

— Écoute, tu es gentil, mais...

— Déshabille-toi, insista-t-il en saisissant un peignoir, et enfile ça. Tu as rendez-vous avec Trina au bord de la piscine.

— Oh, non ! Tu crois que je suis d'humeur à supporter des soins de beauté ?

— Je crois plutôt que tu es bonne pour un séjour à l'hôpital. Et c'est là que tu te retrouveras si tu continues à te surmener.

— Ne pousse pas trop loin le bouchon ! Tu es mon mari, pas mon tuteur.

— Une gamine irresponsable a justement besoin d'un tuteur.

Profitant de ce qu'elle était trop faible pour se débattre, il l'empoigna par le bras et l'assit de force dans un fauteuil.

— Ne bouge pas, ordonna-t-il d'une voix vibrante de colère, ou je t'attache.

— Non mais qu'est-ce qui te prend ?

Il se dirigea vers l'autochef.

— Tu t'es regardée dans un miroir ? Tu es livide, tu as les yeux tellement cernés qu'ils te mangent la figure. Et je sais que tu souffres.

Il revint vers elle, lui tendit un grand verre rempli d'un liquide ambré.

— Bois !

— Pas question d'avaler un tranquillisant.

— Tu boiras ça, de gré ou de force.

Il se pencha vers elle. La fureur qui flambait dans ses yeux bleus la fit tressaillir.

— Je t'empêcherai de tomber malade. Je te conseille vivement de m'obéir, Eve. De toute façon, tu es trop épuisée pour lutter.

Elle saisit le verre, envisagea un instant de le balancer à travers la pièce, mais elle n'était pas en état d'affronter les conséquences de son geste. Avec une grimace de dégoût, elle ingurgita le breuvage.

— Voilà ! Tu es content ?

Sans répondre, il s'agenouilla pour lui ôter ses bottes.

— Je peux me déshabiller toute seule !

— Tais-toi, Eve.

— Je vais prendre une douche, manger un peu et, ensuite, je te demanderai de me ficher la paix.

Toujours muet, il lui déboutonna sa chemise.

— Tu m'entends, Connors ? Je veux que tu me laisses tranquille.

— N'y compte pas.

— Je déteste qu'on me dorlote. Ça me met en pétard.

— Eh bien, tu risques d'être en pétard un bon moment.

— Je le suis depuis que je t'ai rencontré !

Elle avait de la peine à garder les yeux ouverts, cependant, elle crut discerner sur les lèvres de Connors une ombre de sourire.

Il acheva de la dévêtir prestement, et l'enveloppa dans le peignoir. Il sentait que les muscles de sa femme se relâchaient peu à peu sous l'effet de l'antalgique et du léger sédatif qu'il avait ajoutés au breuvage vitaminé.

Néanmoins, lorsqu'il la souleva dans ses bras, elle trouva encore l'énergie de protester d'une voix pâteuse :

— Tu n'as pas besoin de me porter, je peux marcher.

— Je n'aime pas me répéter, Eve, mais je te prie de la boucler.

— J'ai horreur qu'on me traite comme un bébé, bredouilla-t-elle, tandis qu'ils pénétraient dans l'ascenseur. Qu'est-ce que tu as mis dans cette mixture ?

— Un tas de choses. Détends-toi.

— Tu sais que je déteste les tranquillisants.

— Je sais, répliqua-t-il en lui baisant le front. Demain, tu auras tout le loisir de m'accabler de reproches.

— Je ne m'en priverai pas. Maintenant... je crois que... je vais dormir... un peu.

— Ce n'est pas trop tôt.

Lorsqu'il sortit de l'ascenseur, Mavis se précipita, affolée.

— Mon Dieu ! Elle est malade ?

— Je lui ai administré un sédatif.

Serrant sa femme endormie contre sa poitrine, il contourna la piscine bordée de luxuriants palmiers pour s'approcher de la table de massage que Trina avait installée au bord de l'eau miroitante.

— Aïe, aïe ! s'exclama Mavis. Quand elle se réveillera, elle va tout casser !

— C'est probable.

Avec une infinie douceur, Connors caressa les cheveux en bataille de son épouse.

— Trina, oubliez les soins de beauté. Pour l'instant, elle a surtout besoin d'une séance de relaxation.

— Mouais...

Vêtue d'une combinaison couleur chair sous un long et transparent manteau pourpre, Trina se frotta les mains.

— ... mais puisqu'elle est comateuse, autant en profiter pour s'occuper un peu de son esthétique, non ? Elle renâcle toujours. Cette fois, au moins, elle sera docile.

Connors frémit en voyant luire les yeux de l'esthéticienne.

— Vous savez qu'elle aime la simplicité, dit-il d'un ton hésitant.

Il s'éclaircit la voix. Si Eve se retrouvait avec une chevelure teinte en rose fuchsia, jamais elle ne le lui pardonnerait.

— Et si je demandais à Summerset de nous préparer un bon petit repas ? Cela me ferait plaisir de dîner avec vous.

Elle entendait des voix, des rires, loin, très loin. Elle avait la tête pleine de brouillard. Connors l'avait droguée. Il le lui paierait cher.

Elle aurait voulu qu'il la serre dans ses bras, très fort, jusqu'à ce qu'elle sente tous ses nerfs vibrer de désir.

Quelqu'un lui massait le dos. C'était bon...

Ce parfum qui flottait dans l'air, elle le connaissait. Connors était là, tout près.

Puis on l'immergea dans une eau délicieusement chaude et bouillonnante. Une indicible sensation de bien-être l'inonda. Son corps ne pesait plus rien, elle était aussi légère qu'une plume à la surface des vagues.

On lui touchait l'épaule. Ça brûlait. On lui murmurait des mots qu'elle ne comprenait pas. Un liquide frais, apaisant, coulait sur sa peau, à l'endroit de la blessure.

Elle n'avait plus mal. Elle s'abandonnait, tombait doucement dans cet abîme liquide et bienfaisant, dans le sommeil.

Lorsqu'elle rouvrit les yeux, il faisait sombre. Il lui fallut un moment pour comprendre qu'elle était nue, couchée à plat ventre dans son lit.

Elle se tourna sur le côté.

— Tu es réveillée ?

La voix de Connors était claire. Il avait, entre autres talents, l'irritante faculté de passer sans transition du sommeil à l'état de veille.

— Quelle heu...

— Bientôt l'aube. Comment vas-tu ?

Elle ne savait pas trop. Elle se sentait toute molle et alanguie.

— Bien, répondit-elle machinalement.

— Tant mieux. Tu es donc prête pour la dernière phase de ton programme de relaxation.

Du bout de la langue, il lui caressa les lèvres.

— Laisse-moi te goûter...

Il promena sa bouche sur la gorge de sa femme.

— Te mordre...

Ses doigts se glissèrent entre les cuisses d'Eve.

— Te prendre...

Elle était déjà prête pour lui, chaude et humide. Dans l'obscurité de la chambre, elle ne distinguait pas ses traits. Elle ne voyait qu'une ombre qui pesait sur elle, une force magnifique qui l'envahissait, lui redonnait souffle et vie.

Le plaisir fut violent, éblouissant. Puis Connors, haletant, lui effleura la joue d'un baiser.

— Je crois que tu vas beaucoup mieux.

Elle réprima un sourire.

— Toi, tu peux numéroter tes abattis !

Hilare, il la serra contre lui et roula sur le dos. Elle se retrouva affalée sur lui.

— Ça t'amuse ? bougonna-t-elle en se dégageant pour s'asseoir au bord du lit. Pas moi, figure-toi ! Tu m'as forcée à ingurgiter un tranquillisant.

— Je n'aurais pas pu te contraindre à quoi que ce soit si tu n'avais pas été sur le point de t'effondrer. Lumière tamisée, commanda-t-il.

Il étudia longuement le visage d'Eve.

— Tu as une mine radieuse. Malgré ses goûts extrêmement personnels, Trina sait comment t'embellir.

Comme Eve écarquillait des yeux effarés, il éclata de nouveau de rire.

— Tu l'as laissée me pomponner pendant que j'étais dans les vapes ? Espèce de sadique, sale traître ! fulmina-t-elle en bondissant hors du lit pour se précipiter vers le miroir.

Elle fut soulagée de constater qu'elle n'était pas métamorphosée. Mais cela ne calma pas pour autant sa fureur.

— Je devrais te faire arrêter pour ça, te jeter en prison !

— Mavis était aussi dans le coup, rétorqua-t-il gaiement. De même que Summerset.

Ces mots lui coupèrent les jambes. Atterrée, elle tituba jusqu'au lit.

— Summerset ? bredouilla-t-elle d'une voix éraillée.

— Il a une formation médicale, tu ne l'ignores pas. Il s'est contenté de soigner ton épaule. Les muscles étaient enflammés. Tu as encore mal ?

À vrai dire, c'était la première fois depuis des jours qu'elle n'éprouvait aucun élancement douloureux. Elle se sentait reposée, débordante d'énergie. Toutefois, les méthodes de Connors n'en restaient pas moins inacceptables.

D'un geste brusque, elle enfila son peignoir.

— Je vais te réduire en bouillie.

— D'accord, rétorqua-t-il aimablement.

Il se leva, revêtit lui aussi son peignoir.

— Le match sera plus équilibré qu'hier soir. Tu veux qu'on se batte ici ou tu préfères la salle de gym ?

Il n'avait pas achevé sa phrase qu'elle lui sautait dessus. Un coup bas, qu'il ne réussit pas à esquiver totalement. Il tomba comme une masse sur le lit.

— Ah ! je retrouve le lieutenant que je connais.

— Je devrais te couper ce que je pense !

— Pourquoi pas ? Mais avant, je suggère que nous l'utilisions une dernière fois.

D'une détente du bras, il l'agrippa et la déséquilibra. Puis il la plaqua sur le lit.

— Maintenant, écoute-moi, dit-il, et il ne souriait plus. Chaque fois qu'il faudra que j'intervienne pour t'empêcher de te détruire, je le ferai. Je ne te demande pas ton accord. Tu devras t'y habituer.

Voyant que les yeux d'Eve jetaient des éclairs, il soupira, la repoussa et se redressa.

— Je t'aime, bon Dieu !

Il y avait dans sa voix tant de frustration qu'Eve sentit son cœur se fendre. Il était devant elle, immobile, les cheveux ébouriffés. Le chagrin, l'amour qu'elle lisait dans son regard eurent raison de sa colère, de ses démons.

— Je suis désolée, murmura-t-elle. J'ai eu tort.

Ces mots le firent tressaillir d'étonnement.

— C'est vrai que tes méthodes me déplaisent, mais je reconnais que j'ai eu tort. J'ai trop tiré sur la corde. Tu me disais sans cesse de me reposer et je refusais de t'écouter.

— Pourquoi ?

— J'avais peur.

Cet aveu lui fut pénible, même si elle savait qu'elle pouvait tout confier à Connors.

Il se rassit auprès d'elle, lui prit la main.

— Peur de quoi ?

— D'être incapable de faire mon boulot, de ne plus avoir assez de force, de lucidité.

Elle se mordit les lèvres.

— Je suis un flic. Si je ne peux plus l'être, je suis perdue.

— Tu aurais dû m'en parler.

— Je n'osais même pas me l'avouer.

Elle se frotta les yeux, agacée par les larmes qui lui brouillaient la vue.

— Depuis que j'ai repris le collier, je me suis coltiné la paperasserie, les auditions au tribunal. C'est ma première affaire criminelle depuis que j'ai été blessée. Si je n'arrive pas à la résoudre...

— Tu la résoudras.

— Hier soir, Whitney m'a ordonné de rentrer à la maison si je ne voulais pas qu'il me retire le dossier. Je débarque ici, et tu me drogues.

Il lui pressa doucement les doigts.

— Disons que ce n'était pas ton jour. Mais le commandant et moi, nous souhaitions simplement que tu te détendes un peu. Ne considère pas ça comme une attaque personnelle. Ni lui ni moi ne mettons en doute tes capacités.

Il s'interrompit, effleura l'adorable fossette qui creusait le menton de sa femme.

— Par moments, tu as la faculté sidérante de t'oublier complètement. Quand tu as une enquête à mener, tu te jettes corps et âme dans le travail. Mais, lorsque celle-ci a commencé, tu étais physiquement amoindrie. Eve, je te jure que tu es toujours le flic remarquable que j'ai rencontré l'hiver dernier. D'ailleurs, ce n'est pas fait pour me rassurer.

Elle baissa la tête, contempla leurs doigts entrelacés.

— Je ne suis pourtant plus la même personne que l'hiver dernier. Je ne veux plus l'être. J'aime ce que je suis à présent. Ce que nous sommes.

Il se pencha.

— Heureusement, souffla-t-il contre sa bouche, parce que nous sommes enchaînés l'un à l'autre.

— Et je m'en félicite. Néanmoins...

Elle lui mordit la lèvre inférieure, si fort qu'il laissa échapper un cri.

— ... si jamais tu laisses à nouveau Summerset poser les mains sur moi quand je ne suis pas en état de me défendre...

Elle se redressa d'un bond. Elle se sentait divinement bien.

— ... je te tondrai pendant ton sommeil. Tu te réveilleras chauve comme un œuf.

Par réflexe, il tâta ses longs cheveux noirs.

— Que dirais-tu d'un solide petit-déjeuner ? ajouta-t-elle, goguenarde.

15

Serrant sous son bras les résultats du calcul des probabilités concernant Rudy, Eve arpentait la salle d'attente du Dr Mira. Il lui fallait coûte que coûte le profil établi par la psychiatre pour placer Hoffmann en garde à vue et, avec un peu de chance, obtenir un mandat d'arrêt.

Les minutes s'égrenaient.

— Elle sait que je suis là ? demanda Eve à l'assistante.

Celle-ci ne daigna pas lever le nez. Elle était accoutumée à ce que des policiers impatients tournent autour d'elle comme des frelons.

— Le Dr Mira est en entretien. Elle vous recevra dans un instant.

Eve, à qui sa nuit de repos avait rendu son punch, se remit à faire les cent pas. Elle s'arrêta devant une aquarelle représentant une cité balnéaire noyée dans une brume mélancolique, puis alla se planter devant l'autochef qu'elle considéra d'un œil critique. Inutile d'espérer boire un café ; Mira imposait à ses patients et à ses collaborateurs son infâme thé à la saveur fleurie.

Soudain, la porte du cabinet s'ouvrit. Eve se retourna... Elle fut stupéfaite de voir apparaître Nadine Furst.

La journaliste piqua un fard, mais soutint sans flancher le regard suspicieux qu'Eve dardait sur elle.

— Si vous tentez de soutirer des renseignements au Dr Mira, je vous garantis que vous n'obtiendrez plus jamais aucun tuyau du département de police. Et je n'hésiterai pas à vous traîner en justice !

— Je suis ici pour une affaire personnelle, riposta Nadine avec raideur.

— Gardez ces sornettes pour le tribunal !

Comme Mira allait intervenir, Nadine l'interrompit d'un geste.

— Je vous répète que je suis là à titre personnel. Je consulte le Dr Mira depuis... l'incident du printemps dernier. Vous m'avez sauvé la vie, Dallas, le docteur s'occupe de ma santé mentale. De temps à autre, j'ai besoin d'un peu... d'aide. Maintenant, je vous prie de me laisser passer.

— Je suis désolée, rétorqua Eve, honteuse. Vous avez subi une dure épreuve, et je suis bien placée pour savoir que les mauvais souvenirs ne s'effacent pas facilement. Je suis vraiment navrée.

— Oublions cela, répliqua Nadine qui s'éloigna d'un pas pressé, ses hauts talons claquant sur le carrelage.

— Voulez-vous entrer ? dit Mira, impassible.

Elle referma doucement la porte. Eve, qui sentait la réprobation de la psychiatre, enfonça les mains dans les poches de sa veste.

— J'admets que j'ai été brutale, grommela-t-elle, mais elle n'arrête pas de me harceler, et nous donnons une conférence de presse dans deux heures. J'ai cru qu'elle...

— Vous avez du mal à accorder votre confiance aux gens, même quand vous les connaissez bien.

Mira s'assit à sa table, lissa les plis de sa jupe.

— Vous montez tout de suite sur vos grands chevaux et, ensuite, vous présentez des excuses. Vous êtes pétrie de contradictions, Eve.

— Nous ne sommes pas là pour parler de moi. Je... Nadine va bien ?

— C'est une femme solide et volontaire - des traits de caractère que vous avez en commun, toutes les deux. Je ne peux pas vous parler d'elle, le secret professionnel me l'interdit.

— Bien sûr... Je suppose que j'ai dû la vexer. Je lui donnerai une interview en exclusivité, ça la calmera.

— Elle attache beaucoup d'importance à votre amitié, plus qu'aux informations que vous lui fournissez. Vous ne voulez pas vous asseoir ? Je ne vais pas vous psychanalyser, rassurez-vous.

Eve grimaça un sourire, et posa sur le bureau le dossier qu'elle tenait.

— Voici l'étude de probabilités concernant Rudy Hoffmann. Avec les éléments dont nous disposons pour l'instant, on arrive à quatre-vingt-six pour cent. Ce n'est pas rien, mais ça ne suffit pas. J'espère que les tests psychologiques feront pencher la balance dans le bon sens. Rollins m'a dit que Rudy avait écouté son avocat et accepté de vous voir.

— En effet, je le recevrai cet après-midi.

— J'ai besoin de savoir comment il fonctionne, s'il a des tendances à la violence. Il faudrait que je puisse le mettre à l'ombre, le temps de réunir des preuves tangibles contre lui. Je serais surprise qu'il craque. Par contre, si sa sœur sait quelque chose, je parviendrai peut-être à lui extorquer des aveux.

— Je vous communiquerai mes conclusions dès que possible. Je n'ignore pas que vous et vos collaborateurs subissez une terrible pression. Néanmoins, ajouta Mira en penchant la tête de côté pour mieux étudier le visage d'Eve, vous me semblez en meilleure forme. Lors de votre dernière visite, vous m'avez inquiétée. Je persiste à penser que vous avez repris le travail trop tôt.

— Vous n'êtes pas la seule, soupira Eve. Mais vous avez raison, je me sens mieux. Hier soir, j'ai eu droit à une séance de relaxation de derrière les fagots, et à dix heures de sommeil.

— Vraiment ? s'étonna Mira avec un sourire malicieux. Comment Connors a-t-il réussi ce tour de force ?

— Il m'a droguée. C'est ça, riez... Je me doutais que vous l'approuveriez.

— Je l'applaudis ! Cet homme vous fait tellement de bien, Eve. Vous formez un couple merveilleux. J'ai hâte de vous revoir tous les deux ce soir.

— Ah oui, la fameuse fête !

« Super ! » maugréa Eve silencieusement. Comme Mira éclatait de nouveau de rire, elle grommela :

— Dressez-moi le profil que je vous demande et, ce soir, je serai peut-être d'humeur à m'amuser.

Lorsqu'elle pénétra dans son bureau, elle découvrit McNab en train de fouiller dans ses tiroirs.

— Si vous cherchez ma réserve de chocolat, je l'ai planquée ailleurs !

Il se redressa si brusquement que sa hanche heurta le tiroir, lequel se referma sur ses doigts.

— Ouille ! gémit-il. Lieutenant, vous m'avez fait une de ces frousses...

— Je devrais vous coller un blâme. Voler les sucreries d'un supérieur hiérarchique peut être considéré comme une faute grave, mon vieux.

— Je ne recommencerai plus, répliqua-t-il avec un sourire faussement contrit. Vous avez l'air en forme, ce matin.

— Épargnez-moi vos flagorneries, McNab.

Eve se laissa tomber dans son fauteuil et étendit les jambes.

— Si vous voulez remonter dans mon estime, annoncez-moi des bonnes nouvelles.

— J'ai vérifié les relevés bancaires des Hoffmann. J'ai aussi déniché dans le système un fichier codé où ils stockent tous les trucs emmerdants dont ils ont à s'occuper. J'y ai trouvé huit plaintes contre Holloway. À chacune des huit plaignantes, comme à Peabody, on a offert des compensations : consultations gratuites, soins de beauté ou argent dans diverses boutiques.

— Qui décidait de ces compensations ?

— Lui ou elle, ça dépendait. Ce qui signifie qu'elle était au courant de ce qui se passait.

— Bien, ça me donnera de quoi faire pression sur elle.

— Je suis tombé sur un autre truc intéressant. Un mémo à propos de Donnie Ray, qui date de six mois et qui a été réactualisé le 1er décembre.

Eve sursauta.

— Quel genre de mémo ?

— Rudy l'a adressé à l'équipe de consultants. Il leur notifie qu'il se chargera des entretiens avec Donnie Ray ou les supervisera, et que ce client ne doit pas être en relation avec Piper. Dans le second document, il reprend le texte du premier et ajoute qu'il a constaté des négligences. En l'occurrence, Piper a eu Donnie Ray en ligne à cause d'un membre du personnel qui n'a pas filtré l'appel.

— Voilà qui est intéressant, en effet. Il ne voulait donc pas que Donnie Ray tourne autour de Piper. Ça me sera utile. Et sur les autres victimes, vous avez quelque chose ?

— Rien.

Pensive, Eve tambourinait sur la table.

— Vous avez vérifié le dossier médical des Hoffmann ?

— Ils sont tous les deux stérilisés, répondit McNab avec un frisson, car il imaginait la morsure glacée du laser sur la partie la plus intime de sa personne. Ils ont sacrifié leur capacité à procréer voici cinq ans.

— C'est raisonnable de leur part.

— Piper consulte un psychiatre depuis des lustres, au moins une fois par semaine. L'an dernier, elle a passé un mois sur Optima II, dans un centre spécialisé. Il paraît que les patients ont droit à des purges, des cures de sommeil et qu'ils se nourrissent exclusivement de grains de blé.

— Charmant programme. Et lui ?

— Que dalle !

— Eh bien, cet après-midi, lui aussi aura sa séance de psychanalyse. Bon boulot, McNab.

La porte s'ouvrit à cet instant, livrant passage à Peabody.

— Quel timing ! commenta Eve. Tous les deux, vous allez vous mettre sur la piste des quatre merles siffleurs. Je veux savoir où le tueur les a achetés. Lors de son dernier exploit, il s'est montré moins précautionneux qu'auparavant. Quand il s'est procuré le collier, il n'a peut-être pas pris la peine de brouiller complètement ses traces.

Peabody, qui déployait des efforts considérables pour ne pas poser les yeux sur McNab, protesta :

— Mais, lieutenant…

— Je file voir Piper, je ne peux pas vous emmener avec moi. Si l'un de vous deux doit quitter ce bâtiment, l'autre l'accompagne. Notre assassin est à l'affût. Je vous ordonne de rester ensemble.

Sur ces mots, Eve se leva et sortit. Elle refermait la porte, quand elle entendit McNab lancer d'un ton narquois :

— Du calme, ma jolie, je suis un professionnel.

— Tu parles, Charles !

Eve avait bien calculé son coup. Si l'avocat de Rudy n'était pas totalement crétin, il devait être en train de préparer son client aux tests qu'il subirait au cours de l'après-midi. Eve avait donc une heure devant elle avant de retourner au Central pour la conférence de presse.

Cette fois, la réceptionniste d'Amoureusement Vôtre ne s'aventura pas à lui barrer la route. Elle se borna à lui indiquer les portes vitrées, sans un mot.

Piper l'attendait sur le seuil du bureau. Pâle, les yeux cernés.

— Bonjour, lieutenant. Mon avocat m'a dit que je n'étais pas obligée de vous parler. Il m'a déconseillé de répondre à vos questions, à moins qu'il ne s'agisse d'un interrogatoire officiel, auquel cas, il exige d'y assister.

— À vous de décider, Piper. Nous pouvons procéder de cette façon ou rester ici, où nous serons installées plus confortablement. J'aimerais que vous m'expliquiez pourquoi Rudy refusait que vous ayez affaire à Donnie Ray Michael.

Piper joignit les mains et les serra si fort que les jointures de ses doigts blanchirent.

— C'est ridicule, balbutia-t-elle d'une voix tremblante. Vous vous focalisez sur des détails dénués d'importance.

— Dans ce cas, ce sera vite réglé.

Sans attendre d'y être invitée, Eve entra dans le bureau et s'assit. Elle se tourna à demi, dévisagea Piper en silence. Celle-ci poussa un soupir.

— Donnie Ray avait un petit faible pour moi. Rien de sérieux. C'était insignifiant.

— Pourquoi Rudy a-t-il adressé ces mémos au personnel ?

— Simple précaution pour éviter certains... désagréments.

— Ces désagréments se produisent-ils souvent ?

— Non.

Le sang affluait aux joues de Piper. Ce jour-là, elle avait tiré en arrière sa longue chevelure argentée. Coiffée ainsi, elle paraissait à la fois sophistiquée et vulnérable. Un contraste saisissant.

— Non, pas du tout, insista-t-elle en allant s'asseoir à son tour. Notre rôle est d'aider les gens à trouver le bien-être grâce à une vie sentimentale harmonieuse. Je pourrais vous faire lire des dizaines de témoignages de clients satisfaits, des gens à qui nous avons permis de se rencontrer et de s'aimer.

— Vous croyez à l'amour, Piper ?

— De toute mon âme.

— Jusqu'où iriez-vous pour garder celui que vous aimez ?

— Je ne reculerais devant rien.

— Parlez-moi de Donnie Ray.

— Il m'a invitée à deux ou trois reprises. Il souhaitait que j'aille l'écouter jouer.

Piper soupira de nouveau et sembla se tasser dans son fauteuil.

— Ce n'était qu'un gamin, lieutenant. Il n'avait rien à voir avec... avec Holloway. Mais Rudy a estimé – à juste titre – que pour remplir nos obligations envers ce client, il était préférable qu'il n'y ait aucun contact entre lui et moi.

— Cela vous aurait plu d'aller l'écouter jouer ?

Un petit sourire mélancolique étira les lèvres de Piper.

— Peut-être... s'il s'en était contenté. Malheureusement, il espérait autre chose, c'était évident. Pour rien au monde je n'aurais voulu le blesser. L'idée de faire du mal à quelqu'un m'est intolérable.

— Et vous ? Votre relation avec votre frère ne vous fait pas du mal ?

Piper se raidit.

— Je... je n'en discuterai pas avec vous.

— Qui a décidé que vous seriez stérilisée ?

— Vous outrepassez vos droits !

— Vous avez vingt-huit ans. Vous avez renoncé à la possibilité d'avoir des enfants, car ils auraient eu pour père votre frère jumeau. Vous êtes en thérapie depuis des années. On vous a empêchée de nouer une relation avec un autre homme. Vous menez une existence clandestine, vous avez versé de l'argent à un maître chanteur pour préserver votre secret, parce que l'inceste est condamné.

— Vous ne pouvez pas comprendre.

— Oh si !

« Quoique moi, pensa Eve, j'aie été une enfant martyrisée par son père. Je n'avais pas le choix. »

— Je sais ce que vous vivez, ajouta-t-elle.

— Je l'aime ! Tant pis si c'est une honte, un péché. Pour moi, il est toute ma vie.

— Alors de quoi avez-vous peur ? Pourquoi avez-vous laissé Holloway s'en prendre à vos clientes ? Vous lui avez servi de rabatteurs, vous êtes passibles d'une inculpation pour proxénétisme.

— Ce serait une injustice ! Nous nous sommes efforcés de lui trouver des femmes qui avaient des affinités avec lui.

— Et quand elles se plaignaient, vous les dédommagiez. Était-ce votre idée ou celle de Rudy ?

— Il fallait songer à l'avenir de notre société. Rudy possède un sens des affaires que je n'ai pas.

— C'est la justification que vous vous donnez ? Rudy était-il avec vous le soir où Donnie Ray a été assassiné ? Regardez-moi droit dans les yeux et jurez-moi qu'il est resté avec vous toute la nuit.

— Rudy ne ferait pas de mal à une mouche. Il en est incapable.

— En êtes-vous absolument certaine ? Au point de courir le risque qu'une autre personne soit tuée, aujourd'hui ou demain ?

— Le meurtrier que vous cherchez est un fou cruel et pervers. Si je soupçonnais Rudy, ne fût-ce qu'une fraction de seconde, j'en mourrais. Nous ne formons qu'un seul être, et si le mal était en lui, il serait aussi en moi. Je n'y survivrais pas.

Piper enfouit son visage dans ses mains.

— Je n'en peux plus. Je ne dirai plus rien. Si vous accusez Rudy, c'est moi que vous accusez. Vous ne m'arracherez plus un mot.

Eve se leva.

— Vous n'êtes pas enchaînée à lui, Piper, malgré ce qu'il vous raconte. Si vous souhaitez vous libérer, je connais quelqu'un qui vous y aidera.

Elle prit l'une de ses cartes de visite, nota au dos les coordonnées du Dr Mira, et la posa sur l'accoudoir du fauteuil. Puis elle sortit.

Elle avait le cœur serré lorsqu'elle rejoignit sa voiture. Il lui fallut quelques instants pour se ressaisir. Ensuite elle prit son communicateur personnel et appela Nadine.

— Qu'est-ce que vous voulez, Dallas ? Je suis en plein coup de feu, la conférence de presse a lieu dans une heure.

— Retrouvez-moi chez Crack, amenez votre cameraman.

— Je ne peux pas vous...

— Mais si, vous pouvez. Je vous attends dans quinze minutes.

Eve interrompit la communication et accéléra.

Elle avait choisi ce lieu de rendez-vous par sentimentalisme et aussi parce qu'il était peu fréquenté durant la journée. En outre, le propriétaire était un ami ; il veillerait à ce qu'elle ne soit pas dérangée.

— Quel bon vent t'amène, ma blanche colombe ? lui lança Crack, du haut de son mètre quatre-vingt-quinze, quand elle entra.

Il souriait de toutes ses dents qui étincelaient dans sa large figure noire. Son crâne rasé luisait, tel un miroir. Comme à l'accoutumée, il arborait une tenue spectaculaire : veste en plumes de paon, pantalon de cuir tellement moulant qu'on se demandait comment il réussissait à s'asseoir, et bottes cerise.

— J'ai un rancard, répondit-elle en fouillant la salle des yeux.

Il n'y avait que quelques danseurs en train de répéter leur numéro sur la scène, et une poignée de clients qui, à en juger par leur mine accablée, avaient déjà deviné qu'elle appartenait à la police.

Ils n'allaient pas tarder à foncer aux toilettes et, bientôt, des drogues illicites finiraient dans les égouts new-yorkais.

— Avec des flics ? rétorqua Crack en lançant un coup d'œil en direction de deux dealers maigrichons qui, effectivement, se précipitaient vers les toilettes. Gâcher de la bonne marchandise, soupira-t-il, quel scandale !

— Ils ont tort de s'affoler. J'attends une journaliste. Tu as un coin tranquille pour nous ?

— C'est Nadine qui vient ? Je l'adore. Tu n'as qu'à t'installer dans le salon particulier, là-bas. Je ferai le guet, tu seras tranquille.

— Merci, tu es sympa.

Elle s'éloignait, quand la porte s'ouvrit. Nadine apparut, suivi d'un cameraman.

— Par ici, ordonna Eve.

Tous trois pénétrèrent dans une minuscule pièce aux murs crasseux, meublée d'un lit défoncé qui occupait presque tout l'espace. Nadine fronça le nez d'un air dégoûté.

— Vous fréquentez de drôles d'endroits, Dallas.

— Vous devenez snob. Si je me souviens bien, c'est ici même qu'un soir vous vous êtes déshabillée pour danser sur la scène en petite culotte.

— J'étais un tantinet éméchée, rétorqua Nadine en se drapant dans sa dignité. La ferme, Mike ! ajouta-t-elle comme le cameraman ricanait.

Eve s'assit sur le lit.

— J'ai cinq minutes à vous accorder. Soit vous me posez des questions, soit vous me laissez parler. Je n'ai pas de scoop à vous livrer, tout ce que je vous dirai sera repris au cours de la conférence de presse, mais vous aurez ces informations vingt minutes avant vos confrères. Je vous donne aussi le feu vert pour utiliser les éléments dont nous avons déjà discuté.

— Pourquoi ?

— Parce que nous sommes amies, répliqua posément Eve.

— Tu veux sortir une seconde, Mike ?

Nadine attendit que le cameraman eût refermé la porte en râlant pour lâcher d'un ton sec :

— Ne vous croyez pas obligée de me faire une fleur. Je ne supporte pas la pitié.

— Il ne s'agit pas de cela. Vous aviez promis de ne rien révéler au public tant que je ne vous n'y autoriserais pas, vous avez tenu votre parole. À présent, je respecte la mienne. Je sais que vous ne déformerez pas la vérité. Tout cela est purement professionnel. Je vous aime bien, même quand vous m'énervez – cela, en revanche, c'est personnel.

Eve s'interrompit, regarda Nadine droit dans les yeux.

— Vous la voulez, cette interview, oui ou non ?

Un sourire flotta sur les lèvres de la journaliste.

— D'accord. Moi aussi, je vous aime bien, Dallas, pourtant vous m'énervez en permanence.

— Expliquez-moi rapidement ce que vous avez trouvé sur Rudy et Piper.

— Ils sont parfaits, ces deux-là. Des publicités vivantes pour leur agence. J'ai essayé de les coincer, ils ont toujours eu la bonne réaction. De vrais robots.

— Qui est aux manettes ?

— Lui, indubitablement. Si vous me demandez mon avis, je le trouve un peu trop protecteur à l'égard de sa sœur. Et cette façon qu'ils ont de mettre en avant leur ressemblance physique, depuis les chaussures jusqu'au fard à paupières... beurk !

— Vous avez interrogé des membres du personnel ?

— J'ai parlé avec quelques consultants, au hasard. Ils sont tous fiers de travailler pour Amoureusement Vôtre.

— Que disent-ils de leurs patrons ?

— Ils leur tressent des louanges. Je n'ai pas entendu un seul commentaire perfide. C'est ce que vous cherchiez ? Des ragots, des vacheries ?

— Je cherche un assassin, répliqua Eve d'un ton las. Bien, rappelez votre cameraman.

Nadine frappa à la porte.

— Mike, tu peux venir ! On commence par votre exposé, Dallas, ensuite je vous pose des questions.

— Ce sera fromage ou dessert, pas les deux.

— Ce que vous êtes bornée, parfois... Bon, allez-y, je suis tout ouïe.

Nadine jeta un coup d'œil au lit. La vue des taches qui maculaient la couverture lui arrachèrent une grimace. Pour rien au monde, elle ne s'assiérait là-dessus.

Une heure plus tard, Eve écoutait Tibble, le chef de la police, répéter presque mot pour mot ce qu'elle avait déclaré à Nadine. Malgré le froid, il avait décidé de s'adresser à la presse au pied de la tour au sommet de laquelle se trouvaient ses bureaux.

Pour la circonstance, le trafic aérien avait été détourné durant une demi-heure. Seuls quelques hélicoptères de surveillance patrouillaient dans le ciel gris.

Tibble savait certainement qu'Eve avait déjà accordé une interview à une chaîne de télévision. Il pouvait lui infliger un blâme pour lui avoir coupé l'herbe sous le pied. Mais dans la mesure où il ne lui avait pas officiellement interdit de parler avant lui, elle aurait de quoi se justifier et ce serait une perte de temps pour tous les deux.

Or, Tibble n'était pas du genre à gaspiller son énergie et celle de ses collaborateurs.

Eve le respectait pour cela, de même qu'elle admirait l'aisance avec laquelle il distillait les informations sans révéler les éléments concrets qui risqueraient, lors du procès de l'assassin, de fournir des armes à la défense.

Comme les reporters massés sur les marches commençaient à le bombarder de questions, il leva les mains.

— C'est le lieutenant Eve Dallas, l'officier chargé de l'enquête, qui va vous répondre !

Il se tourna vers Eve et lui chuchota à l'oreille :

— Cinq minutes, et n'entrez pas dans les détails. Vous êtes frigorifiée, lieutenant, vous devriez vous acheter un manteau.

Frissonnant dans sa veste de cuir, Eve fit face à la forêt de micros et de caméras. « Quelle corvée ! » songea-t-elle en étouffant un soupir.

— Avez-vous des suspects ? lança un journaliste.

— Nous interrogeons plusieurs personnes.

— Les victimes ont-elles été violentées ?

— Il s'agit en effet de crimes sexuels.

— Est-ce que les victimes se connaissaient ?

— Il m'est impossible de répondre à cette question. Nous considérons néanmoins que ces différentes affaires sont liées. Ainsi que le chef de la police vous l'a expliqué, il semblerait que nous ayons un seul et unique meurtrier.

— Le Père Noël ! s'exclama un petit malin.

Les autres s'esclaffèrent. La colère enflamma les joues d'Eve et lui fit momentanément oublier le vent glacial.

— Ne plaisantez pas, vous n'avez pas vu le carnage qu'il laisse chaque fois derrière lui. Ce n'est pas vous qui devez annoncer la terrible nouvelle aux parents et aux amis des victimes.

Les journalistes se turent. Eve poursuivit :

— Le coupable sera, j'imagine, enchanté d'être au centre de l'attention des médias. Vous voulez le flatter dans le sens du poil ? Allez-y ! Faites-en une star, tournez en ridicule la mort des quatre personnes qu'il a massacrées, traitez-la comme un fait divers sans importance. Mais nous, au Central, nous savons ce qu'il est. Un individu lamentable, encore plus lamentable que vous. Et maintenant, vous pouvez vous en aller, je n'ai plus rien à dire.

Ignorant les cris et les protestations, elle se détourna... et heurta Tibble. La prenant par le bras, il l'entraîna à l'intérieur de la tour, protégée par des portes blindées.

— Bravo, lieutenant. À présent que nous en avons terminé avec cette pitoyable pantomime, je vais rejoindre le maire et jouer les politiciens. De votre côté, Dallas, remettez-vous au travail. Je veux que vous arrêtiez ce salaud.

— Entendu.

— Et pour l'amour du ciel, payez-vous une paire de gants avant d'attraper des engelures !

Fourrant une main dans sa poche pour tenter de la réchauffer – et la cacher –, Eve brancha son communicateur. Elle appela d'abord Mira, en vain. La psychiatre était toujours en entretien, lui annonça-t-on. Ensuite, elle contacta Peabody.

— Du nouveau pour le collier ?

— Nous avons un début de piste. Baubles et Bangles sur la 5e Avenue. Leur designer a créé le collier. Une pièce unique faite sur commande. Ils sont en train de vérifier leurs fichiers mais, d'après la vendeuse, le client est venu lui-même chercher le bijou. Le magasin est équipé de caméras de surveillance.

— Rendez-vous là-bas. Je pars tout de suite.

Soudain, une voix masculine l'interpella :

— Lieutenant ?

Eve se retourna et découvrit Jerry Vandoren.

— Que faites-vous ici, Jerry ?

— J'ai appris que vous donniez une conférence de presse. Je voulais...

Il ébaucha un geste puis laissa retomber son bras.

— Je voulais entendre ce que vous aviez à dire. Vous avez bien parlé. Je vous remercie de les avoir...

À nouveau il n'acheva pas sa phrase. Il regarda autour de lui d'un air désorienté, comme s'il venait d'atterrir sur une planète inconnue.

Le prenant par le bras, elle l'entraîna à l'écart, de crainte que les journalistes – attirés par l'odeur d'un gibier de choix – ne fondent sur lui.

— Jerry, vous devriez rentrer chez vous.

— Je ne peux plus dormir. Je la vois toutes les nuits. Quand je rêve d'elle, Marianna est vivante.

Il poussa un soupir.

— Et puis je me réveille, et elle est morte. On me répète que j'ai besoin d'une thérapie. Mais je refuse qu'on me prive de mon chagrin, lieutenant Dallas. Je veux continuer à l'aimer.

Réconforter les êtres en détresse n'entrait pas dans ses attributions de policier, pourtant, elle ne se sentait pas le droit de se dérober.

— Elle ne souhaiterait pas que vous sombriez dans le désespoir. Elle vous aimait trop.

— Quand je cesserai de la pleurer, elle aura définitivement disparu.

Il baissa la tête.

— Je désirais simplement vous dire que j'ai apprécié votre attitude avec les journalistes. C'est vrai qu'ils seraient bien capables de présenter cette tragédie comme un banal fait divers...

Il releva les yeux, fixa sur elle un regard implorant.

— Vous arrêterez l'assassin de Marianna, n'est-ce pas ?

— Je vous le promets. Par ici, ajouta-t-elle en le poussant vers une sortie de secours, on va vous conduire chez votre mère.

— Ma mère ? répéta-t-il d'une voix blanche.

— Oui... il vaut mieux vous installer chez elle quelque temps.

Il cligna des paupières, ébloui par la lumière du dehors.

— Ce sera bientôt Noël, balbutia-t-il.

Eve adressa un signe à un policier en uniforme, immobile près de sa voiture de patrouille.

— Ne restez pas seul, Jerry. Passez les fêtes auprès de votre famille. C'est ce que Marianna aurait voulu.

Dès que le véhicule de police eut disparu, Eve se força à chasser Jeremy Vandoren de son esprit et s'engouffra dans sa propre voiture. Quelques minutes plus tard, sans se soucier du panneau de stationnement interdit, elle se garait devant la bijouterie. Jouant des coudes pour se frayer un chemin parmi les passants qui déferlaient sur le trottoir, elle pénétra dans le magasin.

Connors s'y serait probablement senti comme un poisson dans l'eau, pensa-t-elle. Il y aurait même volontiers dépensé plusieurs milliers de dollars.

Le décor, rose et or, évoquait un coquillage nacré. De superbes bouquets de fleurs fraîches, disposés çà et là, exhalaient un parfum délicat qui se mêlait aux échos d'une suave musique.

Un vigile discrètement armé lui barra le passage. Comme il examinait d'un air dédaigneux sa veste et ses bottes éraflées, elle lui colla son insigne sous le nez. Il changea aussitôt de mine, ce qui procura à Eve un certain plaisir.

Elle s'avança, jeta un regard circulaire. Une femme en vison, assise dans un fauteuil capitonné, hésitait entre des diamants et des rubis ; un homme grand, aux cheveux poivre et sel, son pardessus soigneusement plié sur le bras, examinait des montres en or ; une ravissante idiote se pavanait en gloussant devant un type ventripotent qui aurait pu être son grand-père et qui avait, de toute évidence, plus d'argent que de jugeote.

Eve leva les yeux vers les caméras dont on apercevait les objectifs, dissimulés dans les moulures du plafond. Sur la droite s'élevait un magnifique escalier en spirale. Un ascenseur pourvu d'une grille en cuivre pouvait également emmener à l'étage les dames fatiguées de trimballer à leur cou des kilos d'or et de pierreries.

D'un geste machinal, Eve palpa le diamant caché sous sa chemise. Elle pouvait se moquer des autres… Dire que Connors avait les moyens d'acheter ce magasin et tout ce qu'il contenait !

Elle s'approcha d'une vitrine où étaient savamment disposés des bracelets ornés de pierres colorées. Le vendeur l'accueillit avec une politesse que démentaient ses lèvres pincées, son regard où brillait une lueur de mépris.

— Puis-je vous aider, madame ?

— Oui, je veux parler au directeur.

Il renifla et pencha la tête de côté.

— Y aurait-il un problème ?

— Il n'y en aura pas si vous allez me chercher le directeur en vitesse.

Il grimaça comme s'il avait un bout de viande avariée fiché entre les dents.

— Un instant, je vous prie. Soyez aimable de ne pas toucher la vitrine. On vient juste de la nettoyer.

« Petit con », pensa Eve qui s'empressa de presser les deux mains sur le verre étincelant. Elle admirait le résultat – dix empreintes de doigts joliment déployées en éventail – lorsque le vendeur reparut avec une séduisante femme brune à la silhouette élancée.

— Bonjour, je suis Mme Kates, la directrice de ce magasin. En quoi puis-je vous être utile ?

— Lieutenant Dallas. Mon assistante vous a appelée ce matin à propos d'un collier.

— En effet. Voulez-vous que nous en discutions dans mon bureau ?

— Ce sera très bien.

Jetant un coup d'œil par-dessus son épaule, Eve vit Peabody et McNab entrer. Elle leur fit signe de la rejoindre, et tous trois emboîtèrent le pas à Mme Kates qui les conduisit jusqu'à une pièce de dimensions modestes, au décor raffiné.

— Je me souviens parfaitement de ce collier. Mon mari l'a créé sur commande. Il est absent, je n'ai pas pu le joindre, mais je pense être en mesure de vous donner les renseignements que vous souhaitez.

— Vous avez le double de la commande ?

— Oui, je l'ai retrouvé, et je vous en ai fait une copie que voici, dit Mme Kates en tendant le document à Eve.

Une chaîne à maillons en or de quatorze carats, ornée de quatre oiseaux stylisés. Un bel objet.

Un « bel objet » qui, autour du cou meurtri de Holloway, était parfaitement hideux, songea Eve.

— Nicolas Noël, murmura-t-elle, déchiffrant le nom de l'acheteur.

L'assassin devait trouver ça malin...

— Vous lui avez demandé une pièce d'identité ?

— Ce n'était pas nécessaire. Il a payé en liquide, vingt pour cent à la commande et le solde à la livraison.

Mme Kates s'interrompit pour dévisager Eve.

— Je vous reconnais, lieutenant. Dois-je en déduire que ce bijou est un élément de votre enquête ?

— Excellente déduction. Ce M. Noël est-il venu ici ?

— Trois fois, si je ne m'abuse. Lors de sa première visite, c'est moi qui l'ai reçu. Un homme d'une taille légèrement au-dessus de la moyenne. Mince, mais pas trop. Élégant et soigné. Les cheveux noirs, plutôt longs, avec des mèches argentées. J'ai été frappée par sa façon de bouger, ajouta Mme Kates après réflexion. Il était... gracieux. Il s'est montré très courtois. Il savait exactement ce qu'il voulait.

— Décrivez-moi sa voix.

— Sa voix ? répéta Mme Kates, déroutée. Eh bien... je dirais qu'il est cultivé. Il a une pointe d'accent. Un accent européen, selon moi. Je suis sûre que, si je l'entendais à nouveau, je le reconnaîtrais. Je me souviens de l'avoir eu en ligne, un jour, et j'ai su qui il était à l'instant même où il m'a dit bonjour.

— Il a appelé ?

— Une ou deux fois, pour demander où en était la fabrication du collier.

— J'aurai besoin des enregistrements de vos communications et des disquettes de vidéosurveillance.

Mme Kates se leva aussitôt.

— J'espère que vous n'êtes pas trop pressée. Cela risque de prendre un moment.

— McNab, allez aider Mme Kates.

— Bien, lieutenant.

Dès qu'elle fut seule avec Peabody, Eve se mit à tourniquer dans la pièce.

— Il devait se douter qu'on retrouverait la trace de ce fichu collier. Il l'a fait fabriquer exprès, et il l'a laissé sur le lieu du crime. Il savait qu'on remonterait la piste jusqu'à ce magasin.

— Il n'imaginait peut-être pas qu'on y arriverait si vite, ni que Mme Kates aurait une aussi bonne mémoire.

— Non, il savait. Il a tout manigancé. Il s'est composé un autre personnage. Je suis persuadée qu'il ne ressemble pas du tout à l'homme que nous allons voir sur les vidéos de surveillance, pas plus qu'il ne ressemble au Père Noël.

Eve s'immobilisa, les yeux rivés sur Peabody.

— Il a utilisé des accessoires et un costume différents, mais c'est encore et toujours du spectacle. Seulement, il n'est pas aussi futé qu'il le croit. Son empreinte vocale nous permettra de le coincer.

16

— Lâche-moi un peu, Dallas ! maugréa Feeney en repoussant Eve penchée sur son épaule.

— Combien de temps il te faut pour analyser cette empreinte vocale ?

— Des plombes, si tu restes dans mes pattes.

À contrecœur, Eve s'écarta et se dirigea vers la fenêtre.

— Il tombe de la neige fondue, remarqua-t-elle. Cela nous promet de sacrés embouteillages pour ce soir.

— De toute façon, à cette époque de l'année, la circulation est épouvantable. C'est la faute des touristes, ils nous envahissent. Hier en fin d'après-midi, j'ai voulu faire un peu de shopping. Ma femme a envie d'un pull-over, figure-toi. Eh bien, dans les magasins, les gens se jetaient sur les rayons comme des loups affamés sur un malheureux agneau. Une galère inimaginable !

— Personnellement, je préfère de loin le commerce en ligne.

— Ouais, mais les serveurs sont complètement encombrés. Tout le monde marchande, c'est l'horreur. Et moi, je suis dans la mélasse. Si je n'ai pas une dizaine de paquets à mettre sous le sapin, ma femme m'obligera à dormir au salon jusqu'au printemps.

— Une dizaine ? s'écria Eve, effarée. Tu lui offres plusieurs cadeaux ?

— Ma pauvre Dallas, on voit qu'en matière de vie conjugale tu es une débutante. Un seul cadeau ne suffit pas, ma vieille. La quantité, c'est ça qui compte.

— Génial ! Dans ces conditions, je suis fichue.

— Tu as encore deux jours devant toi. Ah ! nous y voilà.

Eve se précipita.

— Vas-y, déroule la bande.

« Pourrais-je parler à M. ou Mme Kates ? »

— J'ai coupé les autres voix, expliqua Feeney. On passe directement à la suite.

« Bonjour, madame Kates. Ici Nicolas Noël. J'aimerais savoir où vous en êtes de la fabrication du collier que je vous ai commandé. »

— On pourrait continuer, mais ces quelques phrases me suffisent pour procéder à une comparaison.

— L'accent est vraiment léger, rétorqua pensivement Eve. Il n'en fait pas des tonnes, c'est habile. Tu as la voix de Rudy ?

— Ça vient. Un extrait de son interrogatoire : « Nous recommandons toujours à nos clientes d'avoir leur premier rendez-vous dans un lieu public. »

— Et maintenant, au travail, dit Feeney en tapotant affectueusement sa machine. Cette petite merveille analyse tous les éléments constitutifs d'une voix : l'inflexion, le rythme, les graves et les aigus, la façon d'accentuer les syllabes, etc. C'est aussi fiable qu'une empreinte ADN. Tu peux déguiser ta voix, jamais tu ne réussiras à tromper cet appareil. Bon, à présent, on compare les deux courbes.

Eve se pencha pour étudier les graphiques qui s'inscrivaient sur l'écran, puis se tourna vers Feeney. En le voyant grimacer, elle sentit son cœur manquer un battement.

— Tes conclusions ?

— Regarde ces points-là, soupira-t-il. Ça ne colle pas, Dallas. Il n'y a même aucune similitude. Rudy n'est pas Nicolas Noël.

— Merde ! pesta-t-elle en passant une main nerveuse dans ses cheveux. Attends, laisse-moi réfléchir... Et s'il avait équipé son communicateur d'un système de brouillage ?

— Ça ne changerait pas grand-chose. Je peux scanner les enregistrements, si tu y tiens, mais je te garantis que nous avons là deux individus différents.

Il poussa un nouveau soupir.

— Je suis désolé, Dallas. Nous revoilà à la case départ.

— Ouais... Où en est l'analyse morphologique ?

— Ça vient – une chose après l'autre. Je vais comparer les oreilles et les yeux de Rudy avec ceux de notre Père Noël.

— D'accord. Moi, je rappelle Mira pour savoir si elle a terminé le profil.

La secrétaire lui répondit que la psychiatre était absente pour la journée, mais qu'elle avait fait transmettre son rapport préliminaire à Eve.

Celle-ci regagna son bureau, plongée dans ses réflexions. L'assassin était vraiment rusé. Sans doute avait-il prévu qu'on analyserait son empreinte vocale. Il avait trouvé une parade. Avait-il demandé à quelqu'un – et si oui, à qui ? – d'appeler la bijouterie ?

C'était peu vraisemblable, mais pas impossible. Pour ne pas perdre espoir, Eve se raccrochait au moindre détail.

En poussant la porte de son antre, elle entendit un rire flûté. Elle eut la stupéfaction de découvrir Peabody en train de deviser aimablement avec Charles Monroe.

— Peabody ?

Celle-ci se redressa, rouge comme un coquelicot.

— Lieutenant... Charles... enfin, M. Monroe a eu... il voudrait...

— Cessez de bégayer, je ne comprends rien à ce que vous racontez. Charles ?

— Salut, Dallas. Je vous attends depuis un moment, et votre assistante me tenait gentiment compagnie.

— Je vois ça. Qu'est-ce qui vous amène ?

— Ce n'est peut-être rien, néanmoins...

Il haussa négligemment les épaules.

— L'une des femmes sélectionnées pour moi par Amoureusement Vôtre m'a appelé tout à l'heure. Elle avait prévu de passer le week-end à la campagne avec un monsieur, mais l'affaire était tombée dans le lac. Elle m'a proposé de le remplacer, bien que ça n'ait pas vraiment marché entre nous lors de notre rencontre.

— Voilà qui est passionnant, grommela Eve, énervée, car elle avait hâte de se mettre au travail. Malheureusement, je ne suis pas qualifiée pour vous donner des conseils en ce qui concerne votre vie mondaine.

— Je n'ai pas besoin de vous pour ça, rétorqua-t-il en adressant un clin d'œil à Peabody qui rougit de plus belle. Bref, je me suis dit qu'une petite escapade ne serait pas désagréable. Seulement, vous connaissez le dicton : Chat échaudé craint l'eau froide. J'ai donc tâté un peu le terrain...

— Vous pouvez en venir au fait ? coupa Eve, excédée.

Il se pencha vers elle, lui décocha un sourire éclatant.

— Ne me gâchez pas mes effets, mon petit lieutenant en sucre.

Ces mots firent sursauter Peabody. Eve la foudroya du regard pour la dissuader d'émettre le moindre commentaire.

— Je lui ai posé quelques questions insidieuses, et elle a vidé son sac. Elle en avait gros sur le cœur. Elle venait de rompre avec le type qu'elle fréquentait. Il la trompait avec une rousse, et elle l'a pris la main dans le sac, si j'ose dire. Là-dessus, elle me raconte que, pour se faire pardonner, il a eu l'idée de lui envoyer – hier soir – un Père Noël avec un cadeau.

Eve se figea.

— Continuez !

— Je pensais bien que ça vous intéresserait. On a sonné à sa porte vers 22 heures, et elle a vu par le judas un bonhomme en houppelande rouge qui portait une grande boîte enveloppée de papier argent.

Il secoua la tête.

— Je vous avoue qu'en entendant ça j'ai failli m'évanouir. Mais elle m'a expliqué qu'elle n'était pas de celles qu'on amadoue avec un cadeau, et qu'elle n'avait pas ouvert sa porte.

— Elle ne l'a pas laissé entrer, murmura Eve.

— Je suppose que ça l'a sauvée.

— Savez-vous quel est son métier ?

— Elle est danseuse de ballet.

— Oui, évidemment. Il me faut son nom et son adresse.

— Cheryl Zapatta, 28e Rue Ouest. Je ne connais pas le numéro de son immeuble.

— Nous le trouverons.

— Écoutez, je ne sais pas si j'ai eu raison, mais je lui ai craché le morceau. On venait de diffuser votre entretien avec Nadine Furst, j'ai donc estimé que ce n'était plus un secret d'État. Elle a sacrément paniqué. Elle m'a dit qu'elle partait se mettre au vert.

— Si elle a pris la fuite, nous lancerons un avis de recherche. Vous avez fait ce qu'il fallait, Charles. S'il était revenu à la charge, elle aurait pu lui ouvrir sa porte. Je vous remercie.

— De rien, mon petit lieutenant en sucre. Vous me tiendrez au courant ?

— Vous n'aurez qu'à regarder les infos.

— D'accord.

Il se tourna vers Peabody, la gratifia d'un sourire dévastateur.

— Ça vous ennuierait de me montrer le chemin ? En arrivant, j'ai failli me perdre dans les couloirs.

— Lieutenant ?

— Allez-y, marmonna Eve en les chassant d'un geste de la main.

Lorsque la porte se ferma, elle se plongea dans la lecture du rapport de Mira. Elle était tellement concentrée et frustrée qu'elle ne prêta pas attention au fait que Peabody avait mis plus de vingt minutes pour raccompagner Charles jusqu'à l'ascenseur.

— Mira innocente cette ordure, déclara-t-elle à son assistante, la mine sombre. Je n'ai rien pour l'épingler.

— Vous parlez de Rudy ?

— Il ne correspond pas au profil de l'assassin. Il est quasiment incapable de violence physique. Il est intelligent, rusé, possessif, obsessionnel, sexuellement limité, mais la psychiatre estime qu'il n'est pas notre meurtrier. Bon sang ! Son avocat aura une copie de ce rapport, il m'empêchera de l'approcher.

— Vous voulez continuer à chercher dans cette direction ?

— Si seulement je savais ce que je cherche ! s'exclama Eve, furibonde.

Elle inspira à fond : s'énerver ne la mènerait nulle part.

— Bon, on reprend tout depuis le début, décréta-t-elle. On commence par la première victime.

À 20 h 45, Eve grimpait quatre à quatre l'escalier menant à sa chambre. Elle fulminait à cause de Summerset qui l'avait accueillie avec un sourire et un commentaire fielleux : elle avait exactement quinze minutes pour se rendre présentable avant l'arrivée des invités.

Naturellement, Connors était déjà fin prêt.

— J'y arriverai, clama-t-elle en se ruant dans la cabine de douche.

— C'est une fête, ma chérie, pas un marathon. Prends ton temps.

— Pas question d'être en retard et de donner à ce vieux corbeau une raison supplémentaire de me critiquer.

— Ne te sens pas obligée d'avoir l'approbation de Summerset.

Nonchalant, il s'adossa au mur pour mieux contempler sa femme. Il adorait l'observer dans ces moments de leur vie intime, il était toujours frappé par la vivacité et l'énergie qui émanaient d'elle.

— De toute façon, ajouta-t-il, tu n'as pas à t'inquiéter. Quand ils sont conviés à une réception, les gens ne sont jamais ponctuels.

— J'ai des excuses, marmonna-t-elle en se shampouinant furieusement. Je viens de perdre mon principal suspect, je reprends l'enquête de zéro.

Elle fonça vers la cabine de séchage, s'arrêta net.

— Zut ! j'ai oublié comment on se sert de cette fichue pommade. Je la mets sur les cheveux secs ou mouillés ?

Devinant de quoi elle parlait, Connors saisit un flacon sur l'étagère et versa un peu de gel dans le creux de sa paume. Puis il massa doucement le cuir chevelu d'Eve qui en soupira d'aise.

— Arrête ce manège, gronda-t-elle pour la forme.

— Je ne vois pas du tout ce que tu veux dire.

Ravi, il prit un autre flacon – du lait pour le corps délicieusement parfumé – et l'étala sur les épaules et la poitrine de la jeune femme.

— Je t'aide à te préparer, murmura-t-il, pour que tu ne te fatigues pas trop.

— Hmm, ronronna-t-elle en fermant les yeux pour mieux savourer la caresse des mains de Connors sur sa taille, ses hanches, ses cuisses. Oh ! je crois que tu oublies un endroit.

— Dieu que je suis négligent.

Il se pencha, lui mordilla le cou.

— Tu as envie d'être très, très en retard ?

— Oui, mais je résisterai à la tentation.

Se dégageant, elle pénétra dans la cabine.

— Tâche de ne pas oublier où tu en es resté ! le taquina-t-elle.

Connors se détourna.

— Il n'y a aucun danger que j'oublie. Je ne pense même qu'à cela...

Quand elle fut sèche, Eve se posta devant le miroir et entreprit de se farder les cils.

— Je vais avoir l'air d'un clown, ronchonna-t-elle. Tu as une idée de ce qu'on porte pour ce genre de circonstance ?

— J'ai ce qu'il te faut.

— Est-ce que je t'habille, moi ?

— Tu ne détestes pas me déshabiller.

— C'est ça, fais le malin.

Étudiant son reflet d'un œil critique, elle glissa les doigts dans ses courtes boucles brunes. Voilà, elle était coiffée. Puis elle se retourna vers Connors qui tenait ce qu'il considérait comme une robe.

— Ah non ! Je ne mettrai pas ce truc-là.

— Mavis a apporté cette splendeur l'autre soir. Leonardo l'a dessinée spécialement pour toi. Elle t'ira à merveille.

Les sourcils froncés, elle examina la toilette constituée de deux pans de lamé argent réunis sur les côtés par de fines chaînettes en brillants qui servaient aussi de bretelles. Le décolleté était plongeant, le dos échancré jusqu'au creux des reins.

— Autant me balader toute nue, ce sera plus pratique !

— Voyons de quoi tu as l'air là-dedans.

— Qu'est-ce que je mets dessous ?

— Rien, répondit-il avec un sourire enjôleur.

— De mieux en mieux !

Pestant entre ses dents, elle enfila le vêtement. Elle eut l'impression qu'un nuage glissait sur sa peau. Connors lui prit la main, pressa ses lèvres sur sa paume, geste qui avait le don de la bouleverser.

— Eve chérie, murmura-t-il, certains jours, ta beauté me coupe le souffle.

Il choisit sur la coiffeuse des boucles d'oreilles en diamants.

— Elles sont à moi ? s'inquiéta-t-elle. Je les avais déjà ?

— Depuis des mois, rétorqua-t-il en riant. Non, mais que crois-tu ? Tu n'auras plus aucun cadeau d'ici à Noël.

Résignée, elle mit les boucles, puis les chaussures qu'il avait sorties de la penderie.

— Cette robe n'a même pas de poche. Où est-ce que je range mon communicateur ? Je te signale que je suis de service.

— Tiens, répliqua-t-il en lui tendant une pochette ridiculement petite.

— Il ne manque rien d'autre, tu en es sûr ? ironisa-t-elle.

— Tu es parfaite.

À cet instant, un bip résonna, annonçant que la première voiture franchissait les grilles du domaine.

— Descendons, dit-il. Je veux montrer ma femme au monde entier.

— Je ne suis pas une attraction de fête foraine, riposta-t-elle, ce qui le fit éclater de rire.

Une heure plus tard, la demeure bruissait de voix joyeuses et de musique. Embrassant du regard l'immense salle de bal ruisselante de lumière, Eve se félicita que Connors ne lui ait pas demandé de participer aux préparatifs de la fête. Jamais elle n'aurait été à la hauteur de la tâche.

Le buffet était somptueux : jambon au miel de Virginie, magret de canard en provenance de France, bœuf du Montana, homard, saumon, huîtres de Silas, légumes frais disposés de façon à former une mosaïque de couleurs. Des desserts à damner un saint entouraient un arbre en massepain, haut d'un mètre, aux branches duquel pendaient des dattes luisantes.

L'homme qu'elle avait épousé, songea Eve, ne cesserait de la surprendre. C'était un magicien capable d'accomplir des prodiges.

À l'autre bout de la salle se dressait un majestueux sapin orné de milliers d'étoiles argentées et de bougies. Dehors tombait une pluie glacée, mais on avait masqué les hautes fenêtres avec des hologrammes représentant un paysage enneigé idyllique, où des couples patinaient sur un étang gelé tandis que des enfants, sur des luges rouges, dévalaient une colline immaculée.

Connors avait le goût de la perfection et un incomparable sens du détail.

Soudain, une main baladeuse se posa sur les reins d'Eve.

— Salut, ma belle ! Vous êtes toute seule ?

Reconnaissant la voix de McNab, elle pivota lentement. Le jeune policier passa par toutes les couleurs de l'arc-en-ciel.

— Oh ! je... je... lieutenant...

— Que fait votre grosse patte sur mon postérieur, McNab ?

Il retira sa main comme s'il s'était brûlé au troisième degré.

— Oh ! je... bafouilla-t-il. Je vous demande pardon, je ne me doutais pas que c'était vous. Je pensais que... vous êtes tellement...

— Il me semble que l'inspecteur McNab essaie de te complimenter, Eve, dit Connors qui s'était approché sans bruit.

Feignant de prendre un air sévère, voire un brin menaçant, il scruta le jeune homme qui paraissait au bord de l'apoplexie.

— N'est-ce pas, Ian ?

— Oui, je...

— Il ne s'est pas rendu compte, je suppose, que sa main s'égarait, enchaîna Connors, implacable – la tentation de martyriser le pauvre McNab était trop forte. Il mérite cependant un châtiment.

— Je crois qu'il l'a eu, rétorqua Eve d'un ton railleur. Vous êtes verdâtre, McNab, j'ai l'impression qu'un remontant vous ferait du bien.

— Oui, lieutenant. Ça me ferait un bien fou.

— Connors, tu t'occupes de lui ? J'aperçois Mira, j'aimerais lui parler.

— Je me charge de notre ami, déclara Connors en entourant de son bras les épaules du jeune homme, pour le pousser, avec une certaine rudesse, vers le buffet.

Eve, quant à elle, se dirigea vers l'autre extrémité de la salle. Cette traversée ne fut pas une mince affaire. Elle ne comprendrait décidément jamais pourquoi les gens, lorsqu'ils assistaient à une réception, devenaient plus bavards que des pies. Tous l'arrêtaient au passage pour lui débiter des platitudes. Quelle plaie !

Tandis qu'elle poursuivait son chemin cahin-caha, elle avisa brusquement Peabody, vêtue d'un ample pantalon vieil or et d'une tunique sans manches, qui se pavanait au bras de Charles Monroe.

Mira attendrait.

— Peabody ?

— Bonsoir, Dallas. Dites donc, c'est superbe !

— Oui, répliqua Eve d'un ton froid. Charles...

— Vous avez une magnifique demeure, lieutenant.

— Je ne me rappelle pas avoir vu votre nom sur la liste des invités.

Peabody se raidit, ses joues s'empourprèrent.

— Sur le carton d'invitation, il était écrit que je pouvais venir accompagnée.

— Voilà donc votre chevalier servant ? articula Eve en fixant Charles.

— Absolument, répondit-il avec aplomb, mais une lueur peinée assombrit son regard. Je vous signale, ajouta-t-il à voix basse, que votre assistante n'ignore pas quelle profession j'exerce.

— Vous lui faites une remise ?

— Dallas ! s'exclama Peabody, révoltée.

— Ce n'est pas grave, lui dit Charles. J'espérais passer une soirée agréable avec une femme charmante que j'apprécie beaucoup. Néanmoins, lieutenant, si vous préférez que je parte... je m'en vais.

— Peabody est libre de décider, c'est une grande fille.

— Je suis même adulte et vaccinée, marmonna Peabody. Un instant, Charles.

Agrippant Eve par le bras, elle l'entraîna à l'écart.

— Mais qu'est-ce que...

— Taisez-vous, Dallas, et écoutez-moi bien. Je ne vous permets pas de vous mêler de ma vie privée, et encore moins de m'humilier en public.

— Mais je...

— Je n'ai pas terminé !

Eve blêmit, cependant Peabody était trop furieuse pour y prêter attention.

— Ce que je fais en dehors des heures de travail ne concerne que moi. Si j'ai envie d'aller me soûler dans un bar et de danser toute nue sur les tables, c'est mon affaire. Si je veux me payer dix prostitués pour le week-end, c'est encore mon affaire. Et si je désire sortir avec un homme séduisant et cultivé qui se montre délicieusement courtois à mon égard, ça ne regarde que moi !

— Attendez, je...

— Je n'ai toujours pas terminé ! coupa Peabody d'une voix sifflante. Au boulot, c'est vous qui commandez. Mais quand je ne suis plus en service, vous n'avez pas d'ordres à me donner. Et maintenant, nous nous en allons.

Comme Peabody tournait les talons, Eve la retint.

— Je ne veux pas que vous partiez, dit-elle calmement. Vous avez raison, je n'ai pas à m'immiscer dans votre vie privée. J'espère ne pas avoir gâché votre soirée et je vous prie d'accepter mes excuses.

La gorge nouée, elle s'éloigna et se hâta de rejoindre Mira.

— Si cela ne vous ennuie pas trop, j'aimerais vous parler. En tête en tête.

— Bien sûr, rétorqua la psychiatre, alarmée par sa pâleur. Qu'y a-t-il, Eve ?

— Suivez-moi. Dans la bibliothèque, nous serons tranquilles.

En pénétrant dans la pièce, Mira écarquilla les yeux, émerveillée.

— Mon Dieu, que de trésors ! De nos jours, rares sont les personnes capables de savourer le bonheur d'avoir un vrai livre dans les mains.

— Connors adore ça, répliqua Eve d'un ton bref.

Elle referma la porte.

— Je souhaitais discuter de Rudy avec vous. Vos conclusions me chiffonnent.

— Je m'en doutais.

Mira s'installa sur un sofa en cuir, lissa d'un geste gracieux les plis de sa robe bois de rose.

— Ce n'est pas le tueur que vous traquez, Eve. Ce n'est pas non plus un monstre, contrairement à ce que vous pensez.

— La question n'est pas là.

— Ses liens avec sa sœur vous perturbent profondément. Mais vous oubliez qu'elle n'a rien à voir avec vous. Ce n'est pas une enfant sans défense et, quoiqu'il ait indiscutablement du pouvoir sur elle, Piper a librement choisi cette relation.

— Il se sert d'elle.

— Oui, et elle de lui. Ils sont sur un pied d'égalité. Je vous accorde qu'il est obsédé par elle. En outre, il est sexuellement immature. Je suis convaincue – et ce fait même doit l'éliminer de votre liste de suspects – qu'avec une autre femme que sa sœur, il est impuissant.

— Il versait de l'argent à un maître chanteur, lequel a été assassiné. Un client de l'agence courtisait Piper, il a été tué.

— Je reconnais que, compte tenu de ces éléments, il me paraissait *a priori* capable d'avoir commis ces meurtres. En réalité, il ne l'est pas. Il peut être violent quand il se sent menacé, acculé. Mais il s'agit d'un simple réflexe, d'une réaction passagère. Il n'a pas la personnalité qu'il faut pour préméditer et perpétrer les crimes sur lesquels vous enquêtez.

— Alors, on le laisse filer ?

— L'inceste est puni par la loi, à condition qu'il y ait une victime et qu'elle porte plainte. Ce n'est pas le cas. Je comprends cependant que vous ressentiez inconsciemment le besoin de le châtier et, d'une manière symbolique, de délivrer Piper de l'emprise de son frère.

— Il n'est pas question de moi.

— Mais si, Eve. Cessez donc de vous fustiger, de vous torturer.

Accablée, Eve s'assit au côté de Mira. Une amère nausée lui tordit l'estomac.

— Je me suis focalisée sur lui à cause de... tout ça. Je le sais bien. Et du coup, j'ai peut-être négligé un détail qui m'aurait conduite jusqu'à l'assassin.

— Vous avez procédé de façon logique. Il fallait s'assurer que Rudy n'était pas le coupable.

— Cela m'a pris trop de temps. Mon instinct me soufflait pourtant que je me trompais de cible. Je l'ai fait taire, parce que je m'identifiais à Piper. Je la regardais, et je me disais : « Je pourrais être comme elle. Si je n'avais pas tué mon... bourreau, je serais comme elle. »

Elle enfouit son visage dans ses mains.

— Nom d'un chien, je ne suis vraiment bonne à rien !

— Pourquoi ?

— Je suis ridicule.

— Pourquoi ? insista Mira en lui caressant doucement les cheveux.

— Ces fêtes de fin d'année me donnent la chair de poule. C'est grotesque. Je ne sais pas ce qu'il faut faire, acheter...

— Oh, ma chère Eve ! s'exclama Mira en riant. Tout le monde réagit comme vous, rassurez-vous. C'est parfaitement normal.

— Pas pour moi. Jusqu'ici, je ne m'en souciais pas. Je n'avais quasiment personne dans ma vie.

— Maintenant vous n'êtes plus seule, rétorqua Mira qui s'autorisa à lui caresser de nouveau les cheveux. Vous êtes sûre qu'il n'y a pas autre chose qui vous tourmente ?

— Je crois que je viens de me fâcher avec Peabody.

Nerveuse, Eve se redressa.

— Elle est arrivée ici au bras d'un prostitué. Un type charmant, plein d'humour, mais… un prostitué tout de même.

— Un homme que vous appréciez et que, parallèlement, vous méprisez à cause de son métier.

— Il ne s'agit pas de moi, mais de Peabody. Il prétend vouloir trouver l'amour, elle a des étoiles plein les yeux quand elle le regarde, et elle est furieuse contre moi parce que j'ai émis quelques objections.

— La vie est compliquée, Eve, elle engendre des conflits, des malentendus, des blessures. Il faut l'accepter. Votre assistante est fâchée contre vous, parce que vous êtes la personne qu'elle respecte et admire le plus au monde.

— Seigneur !

— Nous sommes responsables de ceux qui nous aiment. Or, Peabody compte beaucoup pour vous.

— Je commence à penser qu'il y a autour de moi trop de gens qui comptent.

À cet instant, l'écran de l'interphone s'alluma. La triste figure de Summerset apparut.

— Lieutenant, vos invités vous réclament.

— La ferme, vieux corbeau ! le rabroua Eve, ravie d'entendre Mira étouffer un petit rire. En voilà au moins un avec qui il n'est pas question de sentiments. N'empêche qu'il n'a pas tort, je n'aurais pas dû vous retenir si longtemps.

— Au contraire, j'ai été enchantée de bavarder avec vous.

— Je… Vous voulez bien m'attendre ici une seconde ? Je vais chercher quelque chose dans mon bureau.

— D'accord. Puis-je regarder les livres ?

— Naturellement.

Pour gagner du temps, Eve emprunta l'ascenseur. Lorsqu'elle revint, Mira, pelotonnée dans un fauteuil, feuilletait un volume relié.

— *Jane Eyre*... soupira la psychiatre. Je n'ai pas relu ce roman depuis ma jeunesse. L'histoire est tellement romantique.

— Vous n'avez qu'à le prendre. Connors sera heureux de vous le prêter.

— J'ai mon propre exemplaire. C'est le temps qui me manque.

— Comme je ne vous reverrai peut-être pas avant Noël, je... euh... je voulais vous donner ça.

Gauchement, Eve lui tendit l'élégant paquet cadeau portant la griffe de Sublimissime.

— Oh, merci ! Vous m'autorisez à l'ouvrir tout de suite ?

— Ben, oui. C'est la coutume, non ?

Mira entreprit de défaire le nœud et de déplier le papier en ayant soin de ne pas le déchirer. Eve rongeait son frein.

— Je sais que c'est insupportable, dit gaiement Mira. Chaque année, ma famille me reproche ma maniaquerie. Figurez-vous que j'ai un placard plein de papier cadeau et de rubans. Je me promets toujours de les réutiliser, mais...

Elle ouvrit l'écrin, contempla longuement le flacon couché sur un lit de satin.

— C'est ravissant, Eve... Et mon prénom est gravé dessus.

— Le fabricant m'a demandé comment vous étiez physiquement et moralement pour composer ce parfum rien que pour vous. Il est censé refléter votre personnalité.

— Charlotte... murmura Mira. Je ne me doutais pas que vous connaissiez mon vrai prénom.

— J'ai dû l'entendre prononcer ici ou là.

Les yeux embués, la psychiatre entoura Eve de ses bras.

— Je suis infiniment touchée par cette délicate attention. Merci.

Émue et gênée, Eve se laissa embrasser.

— Je suis contente que ça vous plaise. Je ne suis pas très douée pour faire des cadeaux.

— Au contraire, vous vous en tirez à merveille.

Mira prit le visage de la jeune femme entre ses mains.

— Je vous aime beaucoup, Eve. Et maintenant, il faut que j'aille me repoudrer le nez. J'adore verser quelques larmes sur mes cadeaux de Noël, c'est pour moi une tradition sacrée. Ne vous donnez pas la peine de me montrer le chemin de la salle de bains, je le trouverai toute seule.

Elle tapota affectueusement la joue d'Eve.

— Rejoignez votre mari, grisez-vous de champagne. Ne pensez plus à rien, le monde attendra bien jusqu'à demain.

— Il faut que j'arrête ce tueur.

— Vous l'arrêterez. Mais ce soir, profitez de la vie.

17

Eve observa à la lettre les prescriptions du Dr Mira. Elle ne le regretta pas. C'était divin de siroter du champagne et de danser dans les bras de Connors au son d'une musique langoureuse.

— Je m'y habitue plutôt bien, murmura-t-elle.

— Hmm ?

Elle effleura les lèvres de son mari.

— Je m'habitue à tout cela. Le monde de Connors.

— Tant mieux, répliqua-t-il en caressant son dos nu. Je suis heureux de l'apprendre.

— J'ai du mérite, parce que ce monde est un… tourbillon.

Une étincelle malicieuse s'alluma dans les yeux de Connors. Il n'avait pas si souvent l'occasion de voir sa femme pompette.

— Quelquefois cela me donne le vertige, insista-t-elle d'une voix un peu pâteuse. Mais pas maintenant. Là, tout de suite, cela me plaît. C'est quoi, cette musique ?

— Tu aimes ?

— Oui, je la trouve sexy.

— Elle date du XXe siècle, des années quarante. Le morceau que tu entends s'intitule *Sérénade au clair de lune*.

— Comment tu connais toutes ces antiquités ?

— Je ne suis peut-être pas né à l'époque qui me convenait.

Elle se blottit étroitement contre lui.

— Si tu étais né plus tôt, je ne t'aurais pas rencontré.

La tête nichée au creux de l'épaule de Connors, elle jeta un regard circulaire.

— Nos invités ont l'air contents. Feeney danse avec sa femme. Mavis et Leonardo discutent avec Mira et son mari. McNab s'imbibe de scotch et drague toutes les filles qui passent à sa portée, mais il ne quitte pas Peabody des yeux.

Connors haussa les sourcils.

— Voilà Trina qui lui met le grappin dessus. Seigneur, elle va le dévorer tout cru !

— Il ne me semble pas particulièrement terrorisé. Quelle belle fête...

Le slow s'acheva, et les premiers accords d'une musique endiablée retentirent. Eve écarquilla les yeux.

— Hé ! tu as vu Dickhead ? Qu'est-ce qu'il fabrique ?

— Il danse le rock.

Le chef du labo de la police et Nadine Furst tournoyaient à une vitesse étourdissante.

— Je ne l'ai jamais vu se remuer autant, fit Eve, médusée. Waouh ! s'exclama-t-elle, tandis que Dickie faisait passer entre ses jambes une Nadine hilare.

Cette acrobatie fut saluée par des applaudissements enthousiastes. Eve s'appuya contre Connors.

— Ils s'amusent comme des petits fous.

— Tu veux essayer ?

— Oh non, surtout pas ! répliqua-t-elle en tapant du pied pour marquer la cadence. Je préfère admirer le spectacle.

Mavis les rejoignit, flanquée de Leonardo.

— Ils sont fantastiques, non ? Qui aurait cru ça de Nadine ? Connors, votre fête est absolument ébouriffante.

— Merci. Vous êtes splendide, Mavis.

— N'est-ce pas ?

Mavis tourna sur elle-même. Les pans multicolores de sa longue robe s'écartèrent, découvrant sa peau nue, de la même teinte dorée que ses cheveux qui, rassemblés sur le sommet du crâne, retombaient en cascade jusqu'aux épaules.

— Leonardo a estimé que, pour toi, une tenue plus raffinée conviendrait mieux, expliqua-t-elle à Eve.

— Personne ne porte aussi bien mes créations que Mavis et vous, déclara Leonardo avec un sourire éblouissant. Joyeux Noël, Dallas ! ajouta-t-il en se penchant pour embrasser Eve sur la joue. Nous avons quelque chose pour vous deux. Un témoignage d'affection.

Il lui tendit le paquet qu'il cachait derrière son dos.

— C'est le premier Noël que je passe avec Mavis. Or, nous vous devons en partie notre bonheur.

Rose de confusion, Eve défit le papier et extirpa de la boîte un coffret en bois sculpté aux ferrures de cuivre rutilant.

— C'est très joli.

— Ouvre-le ! s'écria Mavis, surexcitée. Leonardo, dis-lui ce que cela signifie.

— Le bois symbolise l'amitié, et le métal l'amour. Vous voyez qu'à l'intérieur il y a deux compartiments tapissés de soie. Le premier pour vos souvenirs, le second pour vos souhaits.

— L'idée vient de lui, enchaîna Mavis en pressant la main de Leonardo. Il n'est pas génial ?

— Si, répliqua Eve, la gorge nouée. Je...

Devinant l'émotion de sa femme, Connors lui entoura la taille de son bras.

— C'est un très beau cadeau. Merci à vous deux.

— Maintenant, vous pourrez faire un vœu ensemble le soir de Noël.

Les yeux embués, Mavis étreignit son amie de toutes ses forces. Puis elle se tourna vers Leonardo.

— Allons danser, mon amour !

— Si ça continue, je vais sombrer dans la sensiblerie, marmonna Eve lorsque le couple se fut éloigné.

Connors lui prit doucement le menton, plongea son regard dans le sien.

— Je ne t'en aimerai que plus.

Nouant les doigts sur la nuque de son mari, elle l'embrassa tendrement. Quand leurs lèvres se désunirent, elle lui sourit.

— Ce sera le premier souvenir que nous rangerons dans notre coffret.

— Lieutenant ?

En entendant la voix du commandant Whitney, elle fit demi-tour et baissa la tête pour dissimuler sa bouche rougie par le baiser de Connors.

— Oui ? bredouilla-t-elle.

— Navré de vous déranger. On vient de m'informer que Piper Hoffmann a été agressée.

Eve redressa aussitôt les épaules. La femme amoureuse s'effaçait pour céder la place au flic.

— Où est-elle ?

— En route pour le Hayes Memorial Hospital. Pour l'instant, on ne connaît pas la gravité de son état. Où pouvons-nous discuter tranquillement ?

— Dans mon bureau.

— J'y conduis le commandant, intervint Connors, pendant que tu rameutes ton équipe.

— Elle a été attaquée dans l'appartement situé audessus de l'agence, déclara Whitney à ses subordonnés. On présume qu'elle était seule à ce moment-là. Heureusement pour elle, son frère est arrivé *in extremis*. L'agresseur s'est enfui.

— Rudy a pu l'identifier ?

— Pas encore. Il est à l'hôpital avec sa sœur. J'ai ordonné à la brigade d'intervention de boucler l'appartement et de vous attendre.

— J'emmène Feeney, nous irons d'abord à l'hôpital.

Du coin de l'œil, Eve remarqua que son assistante tiquait.

— Je tiens à préserver la couverture de Peabody et de McNab, expliqua-t-elle au commandant. Je préfère qu'ils restent ici jusqu'à ce que je sois sur les lieux de l'agression.

Whitney acquiesça d'un hochement de tête.

— Cette fois, nous avons des témoins, poursuivit Eve. Il doit avoir peur. Si Piper s'en sort, ce sera sa troisième erreur.

Elle se tourna vers ses équipiers.

— Il faut que je me change. Feeney, je te rejoins en bas dans cinq minutes. Peabody, contactez les urgences pour prendre des nouvelles de la victime. McNab, on vous apportera les disquettes de vidéosurveillance. Je veux que vous les ayez analysées avant mon retour.

— Dallas ! l'interpella Whitney tandis qu'elle se dirigeait vers l'ascenseur. Coincez-moi ce salaud.

— Je suis maudit, rouspéta Feeney alors qu'ils pénétraient dans l'hôpital. Chaque fois que j'assiste à une réception chez toi, je repars sans ma femme.

— Console-toi, mon vieux. On va peut-être réussir à tirer le fil qui nous permettra enfin de démêler l'écheveau et de régler cette affaire. Après quoi, tu pourras passer un beau Noël avec ta dulcinée.

— Ouais, je l'espère.

Derrière une porte close, un blessé gémissait. Feeney grimaça.

— Celui-là a dû avoir un accident. Rien d'étonnant. Avec le temps qu'il fait, on aura des centaines de morts sur les routes.

— Tu es vraiment d'une gaieté folle. Ah, voilà Rudy ! Je me charge de lui. Toi, essaie de trouver le médecin qui s'occupe de Piper.

Feeney lança un coup d'œil à Rudy, effondré sur un siège, le visage enfoui dans ses mains.

— Je t'abandonne avec plaisir, ma grande.

Eve s'approcha, toussota. Rudy releva lentement la tête. Un indicible désespoir ternissait son regard.

— Il l'a violée, balbutia-t-il. Il l'avait ligotée. Elle hurlait, elle suppliait.

Elle s'assit près de lui.

— Qui était-ce ?

— Je n'en sais rien. Je ne l'ai pas vu. Je crois que... il a dû m'entendre arriver. Oui, il m'a certainement entendu. Je me suis précipité dans la chambre et je l'ai trouvée là. Ô mon Dieu !

— Calmez-vous, ordonna-t-elle en lui prenant la main. Il faut vous ressaisir si vous voulez aider Piper. Donc, en rentrant, vous avez été alerté par ses cris. D'où veniez-vous ?

— J'étais allé lui acheter son cadeau de Noël, répondit-il en essuyant une larme. Une statuette dont elle était tombée amoureuse. Une adorable naïade. Piper en était tellement folle qu'elle avait semé des indices un peu partout dans l'appartement. Un croquis sur la coiffeuse, l'adresse de la galerie sur la table du salon... Mais, avec les événements de ces derniers jours, je n'avais pas eu le temps de m'en occuper. Jamais je n'aurais dû la laisser seule.

Eve se promit de vérifier auprès de la galerie. Par précaution, pour s'assurer que l'agresseur de Piper n'était pas l'homme dont elle tapotait la main. Car une question cruciale la turlupinait : pourquoi la jeune femme, sachant qu'un assassin rôdait dans les parages, s'était-elle montrée si imprudente ?

— La porte était-elle verrouillée à votre arrivée ?

— Oui, il a fallu que je tape le code. Tout de suite, j'ai entendu Piper sangloter, appeler au secours.

Il ferma les yeux, suffoquant à demi.

— Elle était sur le lit. Nue, les poignets et les chevilles attachés. Je crois… je n'en suis pas sûr, mais il me semble avoir aperçu quelque chose, dans un coin de la pièce. Une ombre. À moins que j'aie simplement capté un mouvement. Puis on m'a frappé, je suis tombé.

Il se massa la tempe.

— Je me suis cogné contre le pied du lit. J'ai dû m'évanouir. Pas longtemps, puisque je l'ai entendu s'enfuir. Je n'ai même pas essayé de le rattraper. Je m'en veux, mais je n'ai pensé qu'à Piper. Elle ne respirait plus, vous comprenez. J'ai eu peur que… qu'elle soit morte.

— Vous avez appelé une ambulance ?

— D'abord, je l'ai couverte. Je ne supportais pas qu'on la voie dans cet état… Ensuite, comme je n'arrivais pas à la ranimer, j'ai alerté les secours. Et maintenant, on m'interdit de rester à son chevet.

Il enfouit de nouveau son visage dans ses mains. Apercevant Feeney, Eve se leva et alla à sa rencontre.

— Elle est dans le coma, lui expliqua-t-il. D'après les médecins, il s'agit d'un choc psychologique plutôt que physique. Elle a été violentée comme les autres. On lui a administré un tranquillisant et elle a un tatouage sur la cuisse droite.

— Le pronostic ?

— Je ne maîtrise pas bien le jargon médical mais, en gros, elle s'est déconnectée. Les médecins ne peuvent pas grand-chose. Elle reprendra conscience si elle le veut et quand elle le voudra.

— Bon, inutile de rester ici. On n'a qu'à mettre un policier devant sa porte, et un autre sur le dos du frère.

— Tu le soupçonnes toujours, Dallas ?

Elle jeta un coup d'œil à Rudy, abîmé dans son chagrin, et fut surprise de la pitié qu'elle éprouvait pour lui.

— Non, répondit-elle, je tiens simplement à ce qu'on le protège.

— Il est vraiment anéanti. Je me demande s'il pleure sa sœur ou sa maîtresse.

— Mystère, rétorqua Eve en entrant dans l'ascenseur et en appuyant sur le bouton du rez-de-chaussée. Mais la question essentielle n'est pas là. Comment notre homme savait-il qu'elle était seule ce soir ? Car il en avait la certitude. Sinon, jamais il n'aurait pris un tel risque. Ce n'est pas son style.

— Peut-être qu'elle le connaissait. Ou alors il surveillait l'appartement.

— Je suis persuadée qu'il les connaît tous les deux. Et je ne pense pas qu'elle soit son « seul amour ». Elle n'entre pas dans le schéma habituel. Elle n'est évidemment pas inscrite à l'agence. Il l'a attaquée pour que nous restions accrochés aux basques de Rudy. Voilà comment je vois les choses.

Ils sortirent de l'hôpital, s'engouffrèrent dans la voiture d'Eve.

— Il sait que nous avons interrogé Rudy, que je le considérais comme notre principal suspect, reprit-elle. Il pensait qu'en s'en prenant à Piper il écarterait le danger. Cette fois, il n'a pas agi par « amour », mais pour couvrir ses arrières. De plus, comme il a manqué son coup avec Cissy et Cheryl, la danseuse de ballet, il était en manque.

Feeney fouilla dans ses poches, en quête de son sempiternel sachet d'amandes, puis se souvint que sa femme le lui avait confisqué avant de partir pour la fête de Connors. Il soupira.

— Donc, je résume : d'après toi, Piper et lui se connaissent.

— Elle n'aurait pas ouvert sa porte à un étranger, et encore moins à un type affublé d'un costume de Père Noël. Il faut impérativement que McNab étudie de près les disquettes de vidéosurveillance.

— Tu veux mon avis, Dallas ? Je crois qu'il n'y aura pas de disquettes.

Feeney ne se trompait pas. Le policier en faction sur le palier des Hoffmann leur annonça que les caméras de surveillance avaient été débranchées depuis le poste central à 21 h 50.

Eve examina les serrures et le scanner digital.

— Aucun signe d'effraction. On a sonné à la porte, Piper a regardé par le judas et vu un visage familier. Elle a ouvert. Je suis sûre que les caméras intérieures ont également été déconnectées.

Elle pénétra dans l'appartement. Un sapin blanc orné de boules et de guirlandes en cristal se dressait devant l'une des fenêtres donnant sur la 5e Avenue. Au lieu de l'étoile ou de l'ange traditionnels, une colombe immaculée couronnait l'arbre au pied duquel étaient disposés des cadeaux enrubannés.

Dans l'entrée, des paquets jonchaient le sol. Rudy les avait lâchés en entendant les cris de sa sœur. D'autres emplettes étaient abandonnées sur la moelleuse moquette blanche du salon. Celui-ci communiquait avec un boudoir tapissé d'écrans muraux, meublé de fauteuils tendus de satin crème et de petites tables en ivoire. Dans des vases de cristal s'épanouissaient des fleurs aux pétales neigeux.

On avait l'impression d'évoluer au cœur d'un nuage.

C'était à la fois apaisant et déconcertant.

Du boudoir, on accédait à une salle de gym équipée d'un bassin à remous et de divers appareils.

— Les chambres sont au fond, dit Eve à Feeney. Même en courant, il a fallu plusieurs secondes à Rudy pour traverser cette enfilade de pièces.

Ils pénétrèrent dans la chambre principale. Un écran d'ambiance masquait la fenêtre afin de préserver ses occupants des regards indiscrets.

Contre un mur se trouvait une grande coiffeuse blanche encombrée d'une multitude de flacons, de pots et de tubes. Deux fauteuils capitonnés étaient placés côte à côte devant l'immense miroir composé de trois panneaux.

Piper et Rudy ne faisaient rien l'un sans l'autre, songea Eve. Ils allaient même jusqu'à se maquiller ensemble.

Les liens qui avaient servi à entraver la victime pendaient encore aux montants métalliques blancs, moulés en arabesques, du lit en forme de cœur.

— Il n'a pas remporté ses joujoux, commenta Eve en se penchant pour étudier la boîte argentée qui gisait sur le sol. Cette fois, nous avons quelque chose à nous mettre sous la dent, Feeney. Voilà la seringue, les produits pour le tatouage. Et regarde ça...

Après avoir enduit ses mains de Seal-It, elle prit une mallette et souleva le couvercle. L'intérieur était divisé en trois compartiments où l'on avait soigneusement rangé une gamme complète de fards Idéal Naturel.

— Je ne m'y connais pas beaucoup, mais ça m'a tout l'air d'être du matériel de professionnel.

— Tiens, tiens... marmonna Feeney en saisissant avec une pince un poil de barbe blanc. Finalement, peut-être qu'il était costumé.

— Selon moi, il l'a d'abord maîtrisée, puis il a revêtu sa tenue de Père Noël. Pour respecter le rite.

Elle s'assit sur ses talons.

— Il est entré, lui a administré le tranquillisant, l'a ligotée. Après, il a pris le temps de s'habiller, de la tatouer et de la maquiller. Il a rangé les fards. Surtout pas de désordre, il a horreur de ça. Quand Piper est revenue à elle, qu'elle a été suffisamment consciente pour comprendre ce qui lui arrivait...

Les yeux étrécis, Eve contempla le lit, s'efforçant d'imaginer la scène.

— Elle émerge du brouillard. Elle se débat. Elle sait qui il est. Elle est stupéfaite, terrifiée. Il lui parle en découpant ses vêtements...

— Apparemment, elle portait un peignoir.

— Oui, elle s'était mise à l'aise, elle s'apprêtait à passer une agréable soirée. Elle se doutait que son frère était allé lui acheter son cadeau de Noël, elle était heureuse. Et maintenant elle est là, attachée aux montants du lit, nue et épouvantée, elle regarde ce visage qu'elle connaît. Elle ne parvient pas à croire que cet homme va la violenter. On ne peut pas y croire.

« Et pourtant cela vous arrive, songea-t-elle, luttant pour contrôler le tremblement qui agitait ses mains. Et on est impuissante. »

— Il se déshabille. Je suis certaine qu'il plie méticuleusement son costume. Peut-être enlève-t-il aussi sa barbe. Avec elle, il n'a pas besoin de se cacher.

Eve voyait sa figure grimaçante, son regard brûlant.

— Il est excité. Cela attise son désir qu'elle sache qui il est. Il n'a plus besoin de son déguisement, il n'en a plus envie. À cet instant, sans doute pense-t-il qu'il l'aime vraiment. Elle lui appartient. Elle est sans défense. Il a le pouvoir. Il a d'autant plus de pouvoir qu'elle l'appelle par son nom quand elle le supplie d'arrêter. Mais il ne s'arrête pas. Il continue à la déchirer, à la crucifier.

— Hé ! l'interrompit Feeney en lui posant doucement la main sur l'épaule. Allons, ma grande…

Elle ferma les yeux.

— Excuse-moi.

— Ce n'est rien, rétorqua-t-il en lui ébouriffant gauchement les cheveux.

Il était au courant de ce qu'elle avait subi durant son enfance, Connors lui en avait parlé. Se doutait-elle qu'il savait ? Quoi qu'il en soit, il estimait préférable de feindre l'ignorance.

— Quelquefois tu prends les choses trop à cœur, voilà tout, ajouta-t-il.

— Oui, tu as raison.

Par réflexe, elle s'essuya la bouche d'un revers de main. Il lui semblait sentir l'odeur du sperme, de la sueur, et des femmes terrifiées qu'on prend contre leur gré.

— Tu veux un verre d'eau ? proposa Feeney.

— Non, ça va. C'est juste que je... Les crimes sexuels me sont intolérables. Finissons d'emballer tout ça.

Elle se releva.

— Nous aurons peut-être la chance de trouver des empreintes, déclara-t-elle d'un ton plus ferme. On va demander aux gars du labo de passer l'appartement au peigne fin, au cas où il aurait laissé d'autres indices.

Elle s'interrompit brusquement, agrippa le bras de son collègue.

— Attends, Feeney... Il manque quelque chose.

— Quoi donc ?

— Piper est la cinquième... n'est-ce pas ?

Elle se mit à fredonner à voix basse le chant de Noël.

— Où sont les cinq anneaux d'or ? s'exclama-t-elle.

Ils fouillèrent chaque pièce de fond en comble. En vain.

— Il a repris le bijou, dit Eve, atterrée. Cela signifie qu'il compte maintenant s'attaquer à sa cinquième victime. Mais il n'a plus son matériel. Je descends au salon de beauté, pour vérifier s'il s'est introduit dans les locaux. Tu peux terminer ici et appeler le labo ?

— D'accord. Attention à toi, Dallas.

— Il est parti, Feeney. Il est retourné se terrer dans son trou.

Elle fut néanmoins prudente. Parvenue à l'étage de Sublimissime, elle constata que les portes n'avaient pas été forcées. La réception était plongée dans l'obscurité.

Écoutant ce que lui soufflait son instinct, elle dégaina son arme et utilisa son passe pour déverrouiller les serrures.

— Lumière ! ordonna-t-elle.

Le tiroir de la caisse qui contenait l'argent liquide était ouvert et vide.

— Ouais, tu es bien passé par ici, mon coco.

Elle s'approcha des vitrines. Apparemment, on n'avait touché à rien, il ne manquait pas un tube de rouge à lèvres, pas un boîtier de fard.

Obliquant vers la gauche, elle s'engagea dans le couloir qui desservait les salles de soins.

Toutes étaient désertes et impeccablement rangées.

Elle ouvrit la porte donnant accès à l'espace de repos réservé au personnel ainsi qu'au vestiaire. Comme partout ailleurs, un ordre parfait y régnait. Eve sentit les battements de son cœur s'accélérer. Chez Sublimissime, lui semblait-il, on aimait justement un peu trop l'ordre.

Elle vérifia les serrures des placards, regretta que Connors ne fût pas là pour les crocheter. Son passe ne suffisait pas, il lui fallait un mandat pour fouiller dans les affaires des employés.

La pièce voisine servait de réserve. Et là, il y avait un sacré désordre : des cartons éventrés, des flacons et des tubes éparpillés. Il avait tout mis sens dessus dessous, pressé de remplacer les produits que, dans sa panique, il avait abandonnés derrière lui.

Hâtant le pas, Eve ressortit et entreprit d'inspecter les cabines de chaque consultant. Dans l'une d'elles, sur la table d'un blanc étincelant, on avait répandu une sorte de liquide épais qui n'était pas encore complètement figé.

Bien qu'elle sût déjà à qui elle avait affaire, elle chercha la licence du styliste.

— On n'a pas eu le temps de nettoyer, Simon ? murmura-t-elle, les yeux rivés sur la photo. Je te tiens, espèce d'ordure.

Elle regagna l'entrée, brancha son communicateur.

— Dispatching, ici le lieutenant Dallas. Alertez toutes les brigades, lancez un avis de recherche contre Simon Lastrobe. Dernier domicile connu : 63e Rue Ouest, numéro 4530, appartement 35. Attention, l'homme est dangereux, probablement armé, coupable de plusieurs meurtres au premier degré. Je vous transmets immédiatement sa photo.

— Bien reçu, lieutenant Dallas.

Eve referma les portes, y apposa les scellés, puis appela Feeney.

— Rejoins-moi tout de suite. Je demande à Peabody de contacter le labo. Nous, on file d'ici en vitesse.

— Dire que notre tueur est un esthéticien, soupira Feeney, tandis qu'Eve fonçait à toute allure en direction de l'est. Mais dans quel monde vivons-nous, Dallas ? C'est dingue.

— Oui... Il les maquillait, les massait, les coiffait, écoutait leurs confidences. Il en tombait amoureux et, ensuite, il les assassinait.

— Tu crois qu'il s'est personnellement occupé de toutes les victimes ?

— Peut-être. En tout cas, il les a croisées chez Sublimissime. Il les a choisies. Il lui était facile d'obtenir des renseignements, puisque le salon travaille en relation avec Amoureusement Vôtre. Il avait accès aux listes établies par l'agence.

— Ça n'explique pas son fétichisme de Noël.

— On comprendra mieux quand on l'aura épinglé.

Elle enfonça la pédale de freins et, dans un hurlement de pneus, se gara entre deux voitures de patrouille qui barraient la rue. Son insigne à la main, elle bondit hors du véhicule.

— Vous êtes montés ? cria-t-elle à un policier, pour couvrir le mugissement du vent.

— Oui, lieutenant. On a sonné à la porte, personne n'a répondu. Les fenêtres ne sont pas éclairées. Des hommes sont postés à l'entrée et devant la sortie de secours.

— Feeney, on a le mandat de perquisition ?

— Pas encore.

— Tant pis, on entre ! rétorqua-t-elle en se précipitant vers les portes vitrées protégées par des barreaux de fer forgé.

— Au procès, on risque de l'avoir dans l'os pour vice de forme, objecta-t-il.

Il la suivit néanmoins, râlant entre ses dents car, au lieu de prendre l'ascenseur, elle grimpait déjà l'escalier.

— Il se pourrait bien qu'on trouve la porte déverrouillée, suggéra-t-elle en lui lançant un coup d'œil par-dessus son épaule. Ce serait possible, non ?

— Dallas, tu m'emmerdes. On attendra le mandat.

Feeney soufflait comme un phoque, lorsqu'ils atteignirent le troisième étage. D'un geste brusque, il repoussa Eve.

— Patiente un peu, bon sang ! Nous devons respecter la procédure légale.

Consciente qu'il avait raison, elle faillit balancer un coup de pied dans la porte. Elle était tellement tendue qu'il lui semblait que tous ses muscles vibraient.

Elle brûlait d'avoir l'assassin devant elle, de serrer les mains autour de son cou, de sentir sa peur, sa souffrance et son impuissance. Voilà ce qu'elle voulait par-dessus tout. Et ce désir, elle s'en rendait compte, était d'une violence suspecte.

— D'accord, articula-t-elle avec peine. Dès que nous aurons le droit d'entrer, si jamais il est là, tu te chargeras de lui.

— Le gibier t'appartient, ma grande.

— Tu l'embarqueras. Je ne suis pas certaine de réussir à me contrôler.

Il la dévisagea, fut frappé par sa pâleur.

— Entendu.

Le communicateur de Feeney bourdonna.

— Nous avons le mandat. Allons-y ! C'est toi qui t'accroupis ou moi ?

— Autrefois, tu ne me laissais pas le choix, répliqua-t-elle avec un sourire sans joie.

— Aujourd'hui non plus. J'ai des rhumatismes dans les genoux.

Ils reculèrent et, telle une machine bien huilée, défoncèrent la porte. Eve dégaina son arme et se courba en deux.

Se couvrant mutuellement, ils pénétrèrent dans le vestibule plongé dans la pénombre.

— Tu sens cette odeur d'hôpital ? murmura-t-il.

— Son désinfectant préféré. Je prends le côté gauche.

— OK.

— Lumière ! ordonna-t-elle, puis elle pivota sur ses talons. Simon ? Nous sommes armés. Toutes les issues sont bloquées.

Elle désigna une porte à Feeney qui hocha la tête.

Pointant son laser, elle s'avança, poussa le battant.

— Il est passé par ici, dit-elle, montrant les vêtements disséminés dans la chambre. Il a pris quelques affaires et il s'est tiré.

18

— Je vous résume la situation, déclara Eve à son équipe rassemblée dans le bureau de sa demeure. C'est un maître du travestissement. Nous pouvons communiquer son portrait aux médias, leur demander de le diffuser toutes les heures, personne ne le reconnaîtra. Nous supposons qu'il a suffisamment d'argent liquide et de faux papiers pour voyager. Autrement dit, nos chances de le coincer sont minces.

Elle frotta ses yeux rougis par la fatigue, vida sa tasse de café.

— Je veux l'avis de Mira sur ce point mais, pour ma part, je pense que le fait d'avoir été interrompu, ce soir, l'a mis dans tous ses états. Il doit être sexuellement frustré, nerveux, déstabilisé. C'est un maniaque de l'ordre, pourtant, il a laissé son appartement et son lieu de travail sens dessus dessous, tant il était pressé de récupérer ce dont il avait besoin et de déguerpir.

— Lieutenant, intervint Peabody qui avait momentanément oublié sa colère contre Eve, vous croyez qu'il est encore en ville ?

— D'après les informations dont nous disposons pour l'instant, il est né à New York, il y a grandi. Je doute qu'il ait eu l'idée de se cacher ailleurs. Le capitaine Feeney et

McNab vont continuer à fouiller son passé mais, dans l'immédiat, je préfère considérer qu'il est toujours ici.

— Il ne possède pas de véhicule, ajouta Feeney. Il n'a jamais passé le permis. Il doit donc emprunter les transports en commun.

— À cette époque de l'année, ce n'est pas de la tarte, commenta McNab, les yeux rivés sur son ordinateur. S'il n'a pas réservé de billet et qu'il veut quitter la ville, il n'a qu'une solution : se faire pousser des ailes.

— Exactement, approuva Eve. De plus, ses victimes potentielles résident toutes à New York. Bien qu'il ait la police aux trousses, le besoin de tuer sera le plus fort. Il se débrouillera pour mettre ses plans à exécution avant que l'année ne s'achève. Noël l'obsède.

Elle s'approcha de l'écran mural.

— Affichage de la pièce à conviction 1-H, commanda-t-elle. Nous avons trouvé dans son appartement des dizaines de vidéos sur le thème de Noël. Là, vous voyez un vieux film du XXe siècle...

— *La vie est belle*, dit Connors en entrant dans le bureau. Avec James Stewart et Donna Reed. Une merveille.

Comme Eve lui décochait un regard noir, il eut un sourire angélique et, sans se troubler, s'assit sur l'accoudoir du fauteuil de Peabody.

— Je dérange ?

— C'est une réunion de travail, répondit Eve. Cet homme ne dormait donc jamais ?

— Vous êtes sur le pont depuis des heures. Que diriez-vous d'un petit en-cas ?

— Connors...

— Je mangerais volontiers un morceau ! s'exclama McNab.

— Nous avons plusieurs vidéos du même genre, reprit Eve en se retournant vers l'écran, tandis que Connors se dirigeait vers le coin cuisine. Il les collectionnait. Nous avons aussi découvert une foule de films et de textes pornos sur le même thème. Affichage de la pièce à conviction 68-A. Pour vous donner une idée, ironisa-t-elle.

Connors les rejoignit juste à temps pour voir sur l'écran une femme nue qui portait des bois de renne sur la tête et s'apprêtait à faire une gâterie à un Père Noël en érection. « Je suis ta danseuse », lui susurrait-elle.

— Un chef-d'œuvre du septième art, railla-t-il.

— Il possédait aussi des films beaucoup moins drôles, des classiques du siècle dernier, interdits à la vente, où les acteurs étaient réellement assassinés. Je vais vous montrer maintenant celui qui a la palme. Affichage de la pièce à conviction 72.

Sur l'écran, Marianna Hawley, ligotée, se débattait frénétiquement. Elle sanglotait. Simon, vêtu de sa houppelande rouge et affublé de sa barbe, entrait dans le champ. Il souriait à la caméra, puis à la jeune femme.

— Est-ce que tu as été sage, ma petite fille ?

Sois sage, ma petite. Papa a un cadeau pour toi. La voix obscène résonnait dans l'esprit d'Eve. Elle crispa les poings, s'obligea à garder les yeux rivés sur les images qui défilaient.

— Moi, je crois que tu as été très, très méchante, mais je vais quand même être gentil avec toi.

Il se tournait alors vers la caméra et, tel un strip-teaseur sur une scène, se déshabillait. Puis, sans ôter sa perruque ni sa barbe, il commençait à se caresser.

— C'est le premier jour de l'avent, mon amour. Mon seul amour.

Il la violait. Vite, brutalement. Déchirée par les hurlements de Marianna, Eve saisit sa tasse et but une lampée de café. Il lui parut affreusement amer.

Simon la couchait sur le côté. Elle ne criait plus, elle pleurait sans bruit, comme une enfant.

Il avait le regard vitreux. Haletant, il se penchait pour prendre une gélule dans sa mallette.

— Nous pensons qu'il ingère un produit à base de plantes, afin de rester en érection, déclara Eve d'une voix atone.

Elle ne détournait toujours pas les yeux de l'écran. Par respect à l'égard de la morte et par défi envers elle-même, elle regarderait ce cauchemar jusqu'au bout. Et elle y survivrait.

Il pénétrait une troisième fois Marianna qui ne se débattait plus. Elle était déjà loin, Eve le savait. Repliée au tréfonds d'elle-même, pour ne plus souffrir, seule dans les ténèbres.

Elle ne réagissait pas davantage lorsque Simon, en larmes, se mettait à l'insulter, à la traiter de putain, à entortiller la guirlande scintillante autour de son cou, à la serrer si fort qu'elle se rompait et qu'il devait, pour achever sa besogne, étrangler Marianna de ses mains.

— Seigneur... balbutia McNab, la voix vibrant d'horreur et de pitié. Ça ne suffit pas ?

— Maintenant, il la fait belle, continua Eve, sourde aux protestations du détective. Il la maquille, il la coiffe, il drape la guirlande autour de son corps. Vous noterez que, quand il la soulève, on distingue le tatouage qui était donc déjà peint avant le premier viol. La caméra s'attarde sur elle. Il veut le maximum d'images pour pouvoir se les repasser plus tard, contempler sa victime telle qu'il l'a parée.

L'écran s'obscurcit.

— Le reste ne l'intéresse pas, il ne s'est pas filmé en train de tout nettoyer. Cette vidéo dure exactement trente-trois minutes et douze secondes. C'est le temps qu'il lui faut pour atteindre son but, obtenir ce qu'il désire. Les crimes suivants obéissent au même schéma. Simon est un homme d'ordre, de routine. Je suis persuadée qu'il va se chercher un endroit confortable, un lieu qu'il connaît, pour se cacher et récupérer. Il ne se réfugiera pas dans un bouge quelconque, mais dans un bon hôtel ou un autre appartement.

— Trouver une chambre ou un logement à cette époque de l'année ne sera pas facile, objecta Feeney.

— Non, mais nous suivrons quand même cette piste-là. En commençant par le centre-ville. Demain matin, nous interrogerons ses amis et ses collègues. Ils nous fourniront peut-être une indication. Peabody, vous me rejoindrez à 9 heures chez Sublimissime. En uniforme.

— Bien, lieutenant.

— Dans l'immédiat, nous n'avons plus qu'à attendre et à prendre un peu de repos.

— Dallas, je ne suis pas encore complètement vanné. Si vous m'autorisiez à dormir ici, je pourrais continuer un moment et m'y remettre dès l'aube.

— Entendu, McNab.

— Allez, au lit ! dit Feeney en se levant. Peabody, je vous raccompagne.

Avant de descendre avec Connors, Eve lança à McNab :

— N'abîmez pas mes joujoux, sinon gare à vous !

Connors lui entoura les épaules de son bras.

— Je vais te donner un somnifère.

— Toi, ne m'embête pas.

— Je ne tiens pas à ce que tu fasses des cauchemars. Il faut que tu te vides l'esprit. Pour ton bien.

— Fiche-moi la paix.

Sitôt qu'ils furent dans leur chambre, elle se déshabilla en hâte et se précipita sous la douche. Elle éprouvait le besoin impérieux de se laver, de se purifier sous des flots d'eau brûlante. Elle se sentait souillée.

Connors, silencieux, attendit. Il la connaissait si bien, il savait qu'elle était à cran, que l'envie de se disputer avec lui la démangeait. Elle ressemblait à un chat sauvage qui attaque pour mieux se défendre. Son agressivité – cette carapace hérissée de piquants sous laquelle elle s'abritait quand elle était blessée – était l'une des facettes de sa personnalité qui le fascinait.

Il imaginait sans peine – et même il le ressentait dans toutes les fibres de sa chair – ce qu'elle avait enduré en visionnant ce film abominable.

Aussi, lorsqu'elle émergea de la cabine de douche, se borna-t-il à lui ouvrir les bras. Elle se blottit contre lui.

— Mon Dieu ! gémit-elle. Je sentais son odeur sur moi, son haleine.

Bouleversé, Connors l'étreignit.

— Il est mort, il ne te touchera plus jamais.

— Ce n'est pas vrai. Il se glisse dans ma tête, il est là, et je ne peux pas le chasser.

— Moi, je le peux.

Il l'entraîna vers le lit, l'assit sur ses genoux.

— Ne pense plus à rien, ma chérie. Accroche-toi à moi.

— Je réussirai à mener cette enquête jusqu'au bout.

— Bien sûr.

« Mais à quel prix ? » songea-t-il en la berçant comme une enfant.

— Je ne veux pas de somnifère. Je ne veux que toi. Tu me suffis.

Il lui embrassa le front.

— Alors, ferme les yeux et dors.

Elle se lova contre lui, poussa un long soupir.

— Ne t'en va pas. J'ai tellement besoin de toi. Trop.

— Ce ne sera jamais trop.

Pendant la fête, elle avait enfermé leur premier souvenir dans le coffret de Leonardo et de Mavis. Lui, à présent, y déposait son premier vœu : qu'elle dorme en paix !

Il continua à la bercer jusqu'à ce qu'elle sombre dans un sommeil de plomb.

Elle se réveilla dans ses bras et s'aperçut qu'il l'avait couchée entre les draps de satin. Elle demeura un instant immobile, à contempler le visage de son mari. Ses traits volontaires, ses longs cils qui dessinaient un croissant d'ombre sur ses pommettes, sa bouche de poète romantique.

Elle déposa un baiser sur ses lèvres, pour lui témoigner sa gratitude, puis, précautionneusement, elle essaya de se dégager. Il resserra son étreinte.

— Reste là, souffla-t-il d'une voix rauque.
Elle arqua les sourcils d'un air narquois.
— Tu es fatigué ?
— Oh, oui !
— À d'autres. Tu n'es jamais fatigué.
— Je te jure que je le suis. Arrête de te trémousser.
Elle pouffa de rire.
— Tu n'es pas obligé de te lever.
— Je l'espère bien.
— Je t'abandonne, répliqua-t-elle en lui ébouriffant les cheveux. Rendors-toi.
— Je pourrais me rendormir si tu ne m'écorchais pas les tympans.
Hilare, elle se redressa.
— Connors ?
— Pitié ! protesta-t-il en enfouissant sa figure dans l'oreiller. Qu'y a-t-il encore ?
— Je t'aime.
Il tourna la tête, un éclair bleuté filtra entre ses paupières mi-closes. Eve sentit un frisson délicieux la parcourir. Cet homme était un sorcier, capable de lui donner une envie folle de faire l'amour, malgré ce qu'elle avait subi jadis.
— Si tu m'aimes, viens là. Je réussirai peut-être à rester éveillé assez longtemps...
— On verra ça plus tard.
— Hmm...
— Quel enthousiasme ! Pour un peu, je me vexerais.
Elle s'habilla, boucla son holster puis, une tasse de café à la main, sortit de la chambre pour gagner son bureau. Elle y trouva McNab affalé sur la méridienne. Galahad s'était pelotonné sur sa tête, on aurait cru que le détective était coiffé d'une toque en fourrure. Tous deux ronflaient allégrement.
À l'approche de sa maîtresse, le chat ouvrit un œil et poussa un miaulement réprobateur.
— McNab ?

Comme celui-ci ne bronchait pas, Eve lui donna une bourrade.

— Attention à tes ongles, poupée, tu me griffes... bredouilla-t-il d'une voix pâteuse.

— On émerge, mon vieux ! claironna Eve en le secouant plus rudement. Pas de rêves érotiques sur mon divan.

— Hein ? C'est vous, Dallas ? Où suis-je ?

Étonné de sentir un poids sur sa tête, il tendit une main molle et la referma sur une queue touffue.

— Mais... qu'est-ce que c'est que ça ?

— À votre avis ?

Il leva le nez, tressaillit.

— Un chat ?

— Je vous signale qu'il habite ici. Bon, vous avez les idées assez claires pour me faire votre rapport ?

— Ouais, pas de problème...

Il se redressa avec difficulté, passa la langue sur ses lèvres sèches.

— Du café, je vous en supplie.

Étant elle-même accro à la caféine, elle eut pitié de lui et se dirigea vers le coin cuisine. Un instant plus tard, elle lui tendait une tasse fumante.

Galahad s'était installé sur les genoux du jeune homme ; il dardait sur lui un regard fixe, comme pour le défier d'ébaucher un mouvement. McNab prit la tasse à deux mains, en vida bruyamment la moitié.

— Ah, ça va mieux ! Je rêvais que j'étais sur une île perdue au fin fond de l'espace intersidéral et que je faisais l'amour avec une mutante couverte de poils.

Il adressa un sourire de connivence à Galahad.

— Maintenant, je comprends tout.

— Épargnez-moi vos fantasmes lubriques. Qu'avez-vous trouvé ?

— J'ai contacté tous les hôtels de luxe. Personne n'y a réservé de chambre hier soir. Ensuite, j'ai appelé les établissements de deuxième catégorie. Même résultat. Je me suis aussi plongé dans la biographie de notre Père Noël. La disquette est sur votre bureau.

Eve s'en saisit et la rangea dans son sac.

— Résumez-moi les événements marquants.

— Il a quarante-sept ans, il est né à New York. Ses parents ont divorcé quand il avait douze ans. Il est resté avec sa mère.

McNab s'interrompit, bâilla à s'en décrocher la mâchoire.

— Pardon... Elle ne s'est jamais remariée. Elle était actrice, mais elle a essentiellement joué dans des navets. Elle souffrait de troubles mentaux. Elle était régulièrement internée dans des cliniques psychiatriques réservées aux riches, pour dépression. On n'a pas réussi à la guérir, puisqu'elle s'est suicidée l'année dernière. Devinez quand ?

— À Noël.

— Gagné. Simon a reçu une excellente éducation, il est titulaire de deux diplômes : études théâtrales et cosmétologie. Il a décroché quelques contrats en tant que maquilleur de cinéma. Il s'occupe du salon de beauté depuis deux ans. Il ne s'est jamais marié, il vivait avec sa maman.

McNab avala une nouvelle lampée de café.

— Il n'est pas pauvre, mais les séjours de sa mère en clinique ont passablement écorné son capital. Il n'a pas de casier judiciaire. Quant à son dossier médical, je n'ai trouvé que des bilans de santé normaux. Il n'a jamais eu affaire à un psychiatre.

— Transmettez tous ces renseignements à Mira, et voyez ce que vous pouvez trouver sur le père. Continuez à contacter les hôtels. Il est forcément quelque part.

— Ce serait possible d'avoir un petit déjeuner ?

— Vous savez où est la cuisine. Bon, je vous laisse. Tenez-moi au courant.

— Entendu. Dites, Dallas... ça va, entre Peabody et vous ?

— Pourquoi cette question ?

— Ben... j'ai eu l'impression qu'il y avait de l'eau dans le gaz.

— Tenez-moi au courant si vous avez du nouveau, se borna-t-elle à répéter, avant de s'éloigner à grands pas.

Peabody avait dû se lever dès potron-minet pour repasser son uniforme. Elle était déjà là, raide comme un piquet, quand Eve arriva. Elles se saluèrent d'un hochement de tête, et entrèrent ensemble dans le hall de Sublimissime. Yvette, derrière le comptoir, préparait le planning de la journée.

— On ne voit plus que vous, dit-elle à Eve. Vous devriez prendre un rendez-vous pour une manucure ou un soin.

— Il y a une cabine de libre ?

— Oui, mais je n'ai pas de consultant disponible avant 14 heures.

— Suivez-moi, Yvette.

— Pardon ?

— Venez avec moi, il faut que je vous parle.

— J'ai du travail.

— Si vous préférez, je vous embarque au Central.

— Seigneur !

Excédée, Yvette descendit du tabouret sur lequel elle était perchée.

— Laissez-moi quand même le temps d'activer le droïde qui me remplace en cas d'urgence. Vous savez, nous n'aimons guère utiliser les droïdes, ils sont trop impersonnels.

Maugréant, elle se dirigea vers l'angle du hall et ouvrit un placard qui renfermait une splendide créature vêtue d'une élégante combinaison dont la couleur pastel mettait admirablement en valeur le teint hâlé et la chevelure flamboyante. Dès qu'Yvette l'eut activée, elle ouvrit de grands yeux bleus frangés de longs cils recourbés et sourit.

— Puis-je vous aider ?

— Remplace-moi à la réception.

— Je suis enchantée de pouvoir vous rendre service. Vous êtes superbe aujourd'hui.

— Tu parles, bougonna Yvette en tournant les talons. Elle dirait la même chose si j'avais la figure couverte de pustules. C'est le problème avec les droïdes. J'espère que vous ne me retiendrez pas longtemps, ajouta-t-elle en se dirigeant vers l'une des cabines. Simon n'aime pas que les employés abandonnent leur poste de travail.

— Il ne vous le reprochera pas.

Elles entrèrent dans la pièce. Eve frissonna. Elle avait l'impression d'être dans une salle d'autopsie.

— Quand avez-vous parlé à Simon pour la dernière fois ?

— Hier.

Profitant de l'aubaine, Yvette saisit un gant de massage électrique qu'elle promena voluptueusement sur sa nuque et ses épaules.

— Il avait une cliente qui voulait augmenter le volume de ses seins. Il a terminé vers 18 heures. Si vous souhaitez le voir, il sera là d'un instant à l'autre. En réalité, il devrait déjà être là. La veille de Noël, nous sommes toujours débordés.

— Si j'étais vous, je ne l'attendrais pas aujourd'hui.

Yvette sursauta.

— Il y a un problème ? Simon a eu un accident ?

— Non, mais il y a effectivement un gros problème. Cette nuit, il a agressé Piper Hoffmann.

— Simon ? s'écria Yvette en riant. Vous déraillez, lieutenant.

— Il a assassiné quatre personnes, après les avoir violées. Piper a failli subir le même sort. Il a pris la fuite. Où peut-il se cacher, selon vous ?

— Vous vous trompez, ce n'est pas possible. Simon est un homme adorable qui ne serait même pas capable d'écraser un moustique.

— Depuis combien de temps le connaissez-vous ?

— Je... Deux ans, depuis qu'il a repris le salon. Non, vous vous trompez...

Yvette pressa ses mains tremblantes sur ses joues.

— Vous dites que Piper a été agressée ? Elle est blessée ? Où est-elle ?

— À l'hôpital, elle est dans le coma. Heureusement pour elle, Simon a été interrompu par l'arrivée de Rudy. Il a réussi à s'enfuir, il est passé à son appartement et il est reparti. Où peut-il être, à votre avis ?

— Je n'en sais rien. Je suis... abasourdie. Vous êtes sûre de ce que vous dites ?

— Certaine, répondit froidement Eve.

— Mais il adorait Piper. C'est toujours lui qui s'occupait d'elle et de Rudy. Il les surnommait « les jumeaux célestes ».

— De qui était-il proche ? À qui parlait-il de sa vie privée ? De sa mère ?

— Sa mère est décédée l'an dernier. Il était anéanti. Elle est morte dans un accident.

— Il vous a raconté qu'elle avait eu un accident ?

— Oui, si je me souviens bien, elle a eu un malaise alors qu'elle était dans son bain. Elle s'est noyée. Une vraie tragédie... Ils étaient tellement proches, tous les deux.

— Donc, il vous parlait d'elle ?

— Nous travaillons ensemble, nous passons toutes nos journées ici. Nous sommes amis.

Les yeux d'Yvette s'embuèrent.

— Ce n'est pas un assassin, je me refuse à le croire.

— Vous feriez mieux de vous en persuader, pour votre propre sécurité. Où est-il, Yvette ? Il est menacé, il ne peut pas rentrer chez lui. Où se cache-t-il ?

— Je n'en ai pas la moindre idée. Le salon, surtout depuis qu'il a perdu sa mère, représente pour lui son deuxième foyer. Je ne pense pas qu'il ait de la famille. Son père est mort quand il était enfant. Je vous jure, lieutenant, que j'ignore où il est.

— S'il vous appelle, prévenez-moi immédiatement. Méfiez-vous de lui. S'il vous demande de le rejoindre, n'y allez pas seule. S'il sonne à votre porte, n'ouvrez pas. Maintenant, j'aimerais fouiller son vestiaire et interroger les autres employés.

— D'accord... Vous savez, je n'ai jamais rien remarqué de bizarre chez lui.

Yvette essuya une larme.

— Il adore Noël, il était tout excité. C'est un sentimental, un tendre. L'an dernier, le décès de sa mère lui a gâché les fêtes.

— Eh bien, cette année, il se rattrape.

Elles sortirent de la cabine pour gagner la salle de repos réservée au personnel. Un consultant bâti comme une armoire à glace sirotait une boisson vitaminée vert pistache.

Yvette passa dans la pièce voisine et s'approcha du vestiaire de Simon. Elle tripota la serrure, fronça les sourcils.

— Il a modifié le code.

— Qui est responsable en son absence ?

— Moi, soupira Yvette.

Eve dégaina son arme.

— Je vais ouvrir ce placard, mais vous devez au préalable me donner votre assentiment.

Les épaules d'Yvette se voûtèrent.

— Vous l'avez.

— Vous êtes témoin, Peabody ?

— Oui, lieutenant.

Eve visa la serrure et appuya sur la détente de son arme. Un éclair éblouissant jaillit, accompagné d'un bruit sourd. Le verrou vola en éclats.

Alarmé, le consultant accourut.

— Mais qu'est-ce qui se passe ?

Yvette le chassa d'un geste impatient de la main.

— Ce sont des policiers, Stevie. Tu as un lifting prévu à 9 h 30. Dépêche-toi d'aller préparer la cabine.

— Simon sera furieux, déclara-t-il d'un air outré.

S'écartant sur le côté pour que Peabody puisse filmer la fouille, Eve voulut tirer le battant.

— Merde, le métal est brûlant.

Peabody extirpa de sa poche un mouchoir blanc plié avec soin. Leurs regards se croisèrent brièvement.

— Tenez, lieutenant.

— Merci.

Eve enroula le mouchoir autour de ses doigts et ouvrit le placard.

— Le Père Noël était pressé, murmura-t-elle.

Sur la houppelande rouge, roulée en boule, gisaient de hautes bottes d'un noir luisant.

— Passez-moi le Seal-It, ordonna-t-elle à son assistante. Voyons ce que nous avons là-dedans.

Elle trouva deux petits bidons de désinfectant, du savon aux plantes, plusieurs tubes de crème protectrice, ainsi que le gadget à la mode qui détruisait prétendument les germes grâce à des ondes électromagnétiques. Il y avait aussi, dans une boîte, des modèles de tatouages effaçables aux motifs tarabiscotés. Tous agrémentés de la même inscription en lettres stylisées :

Mon Seul Amour

— Emballez ces pièces à conviction, Peabody, et demandez qu'on vienne les chercher. Je veux qu'elles soient au labo dans une heure. Pendant ce temps, j'interrogerai le personnel.

Elle n'apprit rien de plus. Simon était apprécié de ses employés qui le considéraient comme un homme agréable, généreux et plein de compassion à l'égard de ses semblables.

Eve, en les écoutant faire l'éloge de leur patron, se remémorait le visage de Marianna Hawley, déformé par la terreur et la souffrance.

Flanquée de Peabody, elle quitta le salon de beauté pour se rendre à l'hôpital. Elles firent le trajet en silence. Malgré la chaleur bienfaisante qui régnait dans la voiture

– le chauffage de ce carrosse flambant neuf fonctionnait à merveille – l'ambiance était glaciale.

Tant pis, se dit Eve avec cette mauvaise foi qui la caractérisait parfois. Si Peabody voulait faire la tête et continuer à se draper dans sa dignité, c'était son problème. Du moment que cela n'affectait pas son travail.

Elles se garèrent devant le service des urgences et descendirent du véhicule.

— Appelez McNab pour savoir s'il a progressé. Ensuite, vérifiez si Mira a reçu le dossier de Simon.

— Bien, lieutenant.

— Répondez-moi encore une fois sur ce ton pincé, et je vous flanque une baffe.

Là-dessus, Eve se dirigea vers l'ascenseur qui l'emporta à l'étage où se trouvait la chambre de Piper. Au bureau des infirmières, elle exhiba son badge.

— Je voudrais des nouvelles de Mlle Hoffmann.

— On vient de lui administrer un calmant.

— Comment ça ? Elle est sortie du coma ?

L'infirmière, qui portait une tunique à fleurs de couleur vive, lâcha un soupir irrité.

— Elle a repris conscience il y a une vingtaine de minutes.

— Pourquoi ne m'en a-t-on pas avertie ? J'avais instamment demandé qu'on me tienne informée de l'évolution de son état.

— Je sais, lieutenant, mais nous avons dû la mettre sous sédatif, avec l'accord du médecin et de son frère.

— Où est-il, celui-là ?

— À son chevet. Il y est resté toute la nuit.

— Contactez le médecin. Qu'il rapplique dare-dare.

Eve tourna les talons et longea le couloir menant à la chambre de Piper.

La jeune femme ressemblait à la Belle au bois dormant : blonde et pâle, les yeux clos. Près du lit, les moniteurs bourdonnaient discrètement. Hormis ces machines, on se serait cru dans la chambre d'un palace. Les malades fortunés avaient les moyens de se soigner dans un cadre luxueux et raffiné.

Eve, pour sa part, gardait un souvenir cauchemardesque de son premier séjour à l'hôpital. Jamais elle n'oublierait la longue salle commune aux murs gris, aux fenêtres masquées par des rideaux noirs, les rangées de lits étroits sur lesquels les femmes et les fillettes se tordaient de douleur. L'air empestait l'urine et la misère.

Elle avait huit ans, elle était seule et brisée. Elle ne se rappelait même pas son nom.

Piper ne subirait pas le même sort. Son frère lui tenait la main, délicatement, comme s'il craignait de la casser. Des fleurs artistiquement disposées dans des corbeilles et de grands vases en cristal embaumaient l'atmosphère. Les enceintes diffusaient en sourdine une douce mélodie.

— Elle s'est réveillée en criant, murmura-t-il sans quitter des yeux le visage de sa sœur. Elle m'appelait au secours. Elle poussait des cris affreux de bête blessée.

Il se pencha pour appuyer sa joue sur les doigts fuselés de Piper.

— Elle ne m'a pas reconnu. Elle se débattait, elle essayait de me frapper. Elle ne savait plus qui j'étais, où elle était. Elle pensait que… qu'il était encore là.

— A-t-elle dit quelque chose, Rudy ? A-t-elle prononcé son nom ?

— Elle l'a hurlé.

Quand il releva la tête, son visage était cireux, émacié, comme si la chair avait fondu.

— Elle a crié plusieurs fois : « Pitié, Simon, non ! » Eve sentit son cœur se serrer.

— Rudy, il faut que je lui parle.

— Elle a besoin de dormir, d'oublier. Quand elle ira mieux, ajouta-t-il en caressant les cheveux de Piper, quand elle sera rétablie, je l'emmènerai loin d'ici. Quelque part au soleil, dans une île où il fera chaud, où les fleurs seront belles. Là-bas, elle guérira. Je sais ce que vous pensez de moi, de nous, mais je m'en moque.

— Mon opinion n'a aucune importance. C'est Piper qui compte.

Elle s'approcha de lui.

— Pour qu'elle guérisse, ne vaudrait-il pas mieux que l'homme qui lui a infligé cette torture soit derrière les barreaux ? Il faut que je lui parle, répéta-t-elle.

— Vous n'avez pas le droit de l'y obliger, c'est inhumain. Vous ne comprenez pas ce qu'elle ressent, ce qu'elle a subi.

— Je sais ce qu'elle éprouve, croyez-moi, répliqua-t-elle avec une conviction qui le fit tiquer. Je veux arrêter cet homme, Rudy, avant qu'il ne recommence avec une autre.

— J'exige d'être présent, soupira-t-il après un long silence. Elle aura besoin de moi… et de son médecin. Il restera à son chevet, lui aussi. Si elle est trop bouleversée, il lui administrera un calmant.

— D'accord, mais je vous demande de me laisser faire mon travail.

Il acquiesça, reporta son attention sur le visage de Piper.

— Est-ce que… Combien de temps… Si vous savez ce qu'elle endure, combien de temps lui faudra-t-il pour oublier ?

— Elle n'oubliera jamais, murmura Eve. Elle apprendra simplement à vivre avec ce souvenir.

19

— Elle va se réveiller peu à peu.

Le docteur était jeune, son regard brun reflétait la compassion que lui inspiraient ses patients et l'amour qu'il vouait à son art. Au lieu de confier cette tâche subalterne à une infirmière ou à un étudiant, il avait tenu à préparer lui-même la perfusion.

— Je ne force pas la dose, ajouta-t-il, afin que le réveil ne soit pas trop brutal.

— Je veux qu'elle soit cohérente.

— Je le sais, lieutenant. Normalement, vu l'état de Mlle Hoffmann, je n'aurais pas accédé à votre requête. Mais je comprends votre situation. De votre côté, comprenez qu'elle a besoin de repos.

Il tourna les yeux vers les moniteurs.

— La tension est stable. Se remettre d'un traumatisme pareil, physiquement et émotionnellement, n'est pas chose facile.

— Vous avez visité le service réservé aux victimes de viols, à Alphabet City ?

— Il n'y a pas de service de ce genre dans ce secteur.

— Il y en avait un, on l'a restructuré voici cinq ans. Il accueillait principalement de jeunes prostitués qui faisaient le trottoir. Des garçons et des filles fraîchement débarqués de la campagne et qui, pour leur malheur, étaient tombés sur un ou plusieurs clients défoncés au Zeus ou à l'Exotica. J'ai travaillé avec eux pendant six mois. C'était l'enfer. Croyez-moi, je connais le problème.

Le médecin hocha la tête. Il prit le pouls de Piper, lui souleva une paupière.

— Elle reprend conscience. Rudy, mettez-vous là, qu'elle vous voie. Rassurez-la, parlez-lui d'une voix douce et calme.

Plaquant un pathétique sourire sur ses lèvres, Rudy se pencha.

— Piper… C'est moi, ma chérie. Tu ne risques rien, tu es avec moi. Tu m'entends ?

— Rudy ? bredouilla-t-elle. Qu'est-ce qui s'est passé ? Où étais-tu ?

— Je suis là, répondit-il, les yeux pleins de larmes. Je ne te quitterai plus.

— Simon… il me fait mal. Je ne peux pas bouger…

— Il est parti. Tu es en sécurité.

— Piper, intervint Eve, vous vous souvenez de moi ?

Une lueur de panique flamba dans les prunelles de la jeune femme.

— La police, le lieutenant… vous vouliez que je vous dise du mal de Rudy.

— Non, je veux juste que vous me disiez la vérité. Rudy est près de vous. Il va rester là. Racontez-moi ce qui vous est arrivé avec Simon.

— Simon… où est-il ?

Piper leva la main, comme pour parer un coup. Eve la lui prit et la pressa entre les siennes.

— Il n'est pas là, il ne vous fera plus de mal. Je l'en empêcherai, mais vous devez m'aider. Il faut m'expliquer ce qui s'est passé.

Piper ferma les yeux.

— Il a sonné à la porte. J'étais contente de le voir. J'avais son cadeau de Noël, et lui… il tenait une grande boîte argentée. J'ai cru que c'était pour nous, pour Rudy et moi.

Je l'ai prévenu que Rudy n'était pas encore rentré. Il le savait. Il souriait, puis il... il a posé la main sur mon bras.

Elle s'humecta les lèvres.

— Je me suis sentie tout étourdie, j'avais la tête qui tournait. Je ne tenais plus debout, j'ai dû m'allonger. Je l'entendais qui me parlait, mais je ne comprenais pas bien. Je ne pouvais plus bouger.

— Vous rappelez-vous ce qu'il vous a dit ? Un mot, une phrase ?

— « Tu es belle. Je vais te rendre encore plus belle. » J'ai senti quelque chose de froid sur ma cuisse, qui me tirait la peau. Il m'a dit : « Je n'aime que toi, je veux que tu sois mon seul amour, les autres ne comptent pas, il n'y a que toi. Les autres sont morts, parce qu'ils n'étaient pas sincères. Ils n'étaient pas purs, innocents. » Oh non ! gémit-elle en dégageant sa main d'un mouvement brusque.

— Tout va bien, vous êtes en sûreté. Je vous comprends, Piper. Je sais combien vous avez souffert, combien vous avez eu peur, mais vous n'avez plus rien à craindre. Regardez-moi, ordonna Eve d'un ton doux mais ferme. Je vous jure qu'il ne vous touchera plus.

Les larmes ruisselaient à présent sur les joues de la jeune femme.

— Il m'a attachée au lit. Il m'a enlevé mes vêtements. Je l'ai supplié. Il était mon ami. Il a revêtu cet horrible costume. Il avait une caméra, il prenait des poses, il souriait... « Tu as été une méchante petite fille. » Il avait le regard d'un fou. J'ai hurlé, mais personne ne m'a entendue. Rudy !

— Je suis là, balbutia-t-il en lui baisant la tempe. Je suis là, ma chérie.

— Il... il m'a violée. C'était atroce, murmura-t-elle en fermant les yeux. Il m'a traitée de putain. Il a dit que les femmes mentaient, qu'elles jouaient la comédie, qu'elles prétendaient avoir des sentiments mais qu'elles n'étaient que des putains. Alors, les hommes se servaient d'elles et les abandonnaient. Moi aussi je n'étais qu'une traînée, il pouvait me faire ce qu'il voulait. Rudy… je t'ai appelé au secours !

— Rudy vous a sauvée, Piper.

— C'est vrai ?

— Oui. Il vous a entendue, il est accouru et il a pris soin de vous.

— Il me semble que Simon s'est mis à sangloter. Il pleurait à cause de sa mère. Après… je ne sais plus.

— Très bien. Je vous remercie, Piper.

Celle-ci attrapa la main d'Eve et la serra avec force.

— Vous l'empêcherez de revenir ?

— Je vous le promets.

— Il m'a aspergée avec une sorte de liquide. Partout. Son corps à lui est épilé à la cire. Entièrement. Il a un tatouage sur la hanche.

Eve en fut étonnée. Sur les vidéos qu'elle avait visionnées, on ne distinguait pas de tatouage.

— Vous vous souvenez du motif ?

— Une phrase : « Mon seul amour. » Il me l'a montré, il voulait que je l'admire. Il m'a expliqué que c'était tout nouveau et que celui-là ne s'effacerait pas. Parce qu'il en avait assez d'être rejeté et abandonné par tous ceux qu'il aimait. Moi, je le suppliais, je lui disais que je ne lui avais jamais fait de mal. Il a fondu en larmes, il m'a répondu qu'il était désolé, qu'il ne pouvait pas agir autrement.

— Vous rappelez-vous autre chose ?

— Il a dit que je l'aimerais pour l'éternité, parce qu'il serait mon dernier amant. Et qu'il ne m'oublierait jamais, parce que j'avais été son amie.

Le voile qui troublait le regard de Piper s'était dissipé, cédant la place à un indicible désespoir.

— Il allait me tuer. Il n'était plus lui-même, lieutenant. L'homme qui m'a infligé toutes ces horreurs n'était pas le Simon que je connaissais. Il ne s'appartenait plus. Et je crois que cela l'effrayait autant que moi.

— À présent, vous n'avez plus rien à craindre.

Eve lança un coup d'œil à Rudy.

— Sortons un instant, pendant que le docteur examine votre sœur.

— Je reviens, murmura-t-il en pressant tendrement la main de Piper.

Il suivit Eve dans le couloir, referma la porte de la chambre.

— Je ne veux pas m'éloigner d'elle.

— Elle aura besoin de se confier à quelqu'un.

— Elle a suffisamment parlé. Bon sang ! elle vous a tout dit et...

— Il lui faudra une thérapie, coupa Eve. L'emmener sur une île paradisiaque ne suffira pas à la guérir. Il y a quelques jours, je lui ai donné ma carte de visite. Au dos, j'ai noté les coordonnées du Dr Mira. Contactez-la, Rudy. Elle aidera votre sœur.

Il ébaucha un geste de protestation puis laissa retomber son bras.

— Vous avez été très gentille avec elle, lieutenant, très douce. En l'écoutant raconter ce qu'elle a subi, j'ai compris pourquoi vous avez été si dure à mon égard, quand vous pensiez que j'étais coupable de ces... atrocités. Je vous suis reconnaissant.

— Vous pourrez l'être lorsque j'aurai arrêté ce monstre. Vous le connaissez bien, n'est-ce pas ?

— Je le croyais.

— Où se cache-t-il, à votre avis ? A-t-il des intimes ?

— Il me semble que Piper et moi étions ses plus proches amis. Nous passions beaucoup de temps ensemble, pour des raisons professionnelles et aussi pour le plaisir.

Il soupira.

— Voilà pourquoi il avait accès à notre banque de données. Personne ne se méfiait de lui. Si je ne vous avais pas mis des bâtons dans les roues pour tenter de protéger ma réputation et ma société, cette tragédie aurait pu être évitée.

— Il est encore temps de m'aider. Parlez-moi de lui, de sa mère.

— Elle s'est suicidée. Je pense être le seul à le savoir. Un soir, il a craqué et il m'a tout avoué. C'était une femme perturbée, déséquilibrée. Simon considérait que son père était responsable des troubles mentaux de sa mère. Elle ne s'était jamais remise de son divorce. Elle s'obstinait à espérer que son mari lui reviendrait un jour.

— Il était donc son seul amour ?

— Mon Dieu ! balbutia-t-il, atterré. Oui, vous avez raison. Elle était actrice, elle n'avait pas beaucoup de succès, mais Simon la jugeait merveilleuse, extraordinaire. Il la vénérait. Pourtant, son comportement le désespérait souvent. Quand elle sombrait dans la dépression, elle collectionnait les amants. Les hommes lui servaient d'euphorisant. Simon était extrêmement tolérant, néanmoins, dans ce domaine, il avait l'esprit étroit. Il ne supportait pas que sa mère eût des aventures. Nous n'en avons discuté qu'une fois, peu de temps après le suicide, alors qu'il était assommé par le chagrin. Elle s'est pendue. Il l'a trouvée morte le matin de Noël.

— Ça explique tout, dit Peabody en se cramponnant à son siège, car Eve zigzaguait à toute allure dans les embouteillages. Il n'a pas réglé son œdipe et chaque fois qu'il s'en prend à une femme, c'est sa mère qu'il aime et qu'il punit. Les deux victimes masculines représentent son père ou ses tendances sexuelles dominantes.

— Merci pour le diagnostic, railla Eve.

Elle donna un brusque coup de volant pour éviter un véhicule.

— Quel foutoir ! Pas étonnant qu'au mois de décembre les hôpitaux et les cliniques psychiatriques ne désemplissent pas !

— C'est la veille de Noël.

— Je sais très bien quel jour nous sommes !

Exaspérée, Eve enfonça la manette ascensionnelle, obliqua brutalement sur la gauche et fila comme l'éclair au-dessus des automobiles bloquées dans les bouchons.

— Attention à l'aérobus, souffla Peabody.

— Je ne suis pas aveugle, riposta Eve qui évita le bus d'un cheveu.

— Ce taxi va nous...

Peabody ferma les yeux. Eve fit une embardée et tamponna le taxi qui n'avait pas ralenti. Elle lâcha un juron, brancha la sirène qui se mit à ululer sinistrement, et se gara à la va-comme-je-te-pousse, à moitié sur la chaussée et à moitié sur le trottoir, indifférente à l'indignation des piétons.

— À nous deux, crétin !

Elle claqua la portière, marcha à grands pas vers le taxi. Le chauffeur, qui était manifestement dans le même état d'esprit qu'elle, jaillit hors de sa voiture et s'avança, tel un ours écumant de rage.

S'il voulait en découdre avec un flic, songea Peabody, apitoyée, il n'avait pas choisi le bon.

Elle descendit de la voiture et, jouant des coudes pour écarter les badauds, s'approcha des deux belligérants. Au fond, elle se félicitait qu'Eve ait l'occasion de passer ses nerfs sur quelqu'un. Elle serait peut-être de meilleure humeur ensuite.

— Moi aussi j'ai une manette ascensionnelle, et j'ai le droit de l'utiliser comme vous ! vociférait le chauffeur. Vous n'aviez pas mis votre clignotant ni branché votre sirène ! Les flics ne sont pas propriétaires de la route. C'est la municipalité qui va me rembourser mon pare-chocs ? Parce que ce n'est pas moi qui paierai les réparations, ma petite !

— Ma petite ?

La voix d'Eve était tellement glaciale que Peabody frissonna.

— Écoute-moi bien, *mon grand*. Tu recules ou je te fais arrêter pour outrage à agent de la force publique.

— Hé ! Je ne vous ai même pas touchée...

— Tu recules, et vite !

— Tout ça pour de la tôle froissée, franchement...

— Tu refuses d'obtempérer ?

— Non, marmonna-t-il. C'est la veille de Noël, on passe l'éponge. Qu'est-ce que vous en dites ?

— J'en dis que tu aurais intérêt à respecter un peu la police.

— Figurez-vous, ma petite dame, que j'ai un cousin dans la police. Et il est gradé.

Grinçant des dents, Eve lui fourra son insigne sous le nez.

— Tu sais lire ? Tu vois ce qui est écrit là ? Lieutenant. Pas « ma petite » ni « ma petite dame ». Comment il s'appelle, ton cousin gradé ?

— Brinkleman, bredouilla-t-il. Il est sergent.

— Tu demanderas à ton sergent Brinkleman de contacter le lieutenant Dallas, au Central, brigade des homicides. J'attends qu'il m'explique pourquoi son cousin chauffeur de taxi est un abruti. Si je juge sa démonstration satisfaisante, je ne te retirerai pas ta licence et je ne te ferai pas condamner pour avoir percuté un véhicule officiel. Pigé ?

— Ouais, lieutenant, j'ai compris.

— Maintenant, dépêche-toi de ficher le camp.

Vaincu, le chauffeur remonta dans sa voiture et attendit patiemment qu'une brèche s'ouvre dans les embouteillages et lui permette de redémarrer.

Eve, qui n'était pas encore calmée, fit demi-tour. Elle décocha un regard noir à Peabody.

— Quant à vous, si vous voulez rester avec moi, je vous conseille d'enlever au plus vite le parapluie que vous avez dans le postérieur.

— Sauf votre respect, lieutenant, j'ignorais avoir un objet étranger dans cette partie de mon anatomie.

— Épargnez-moi vos fines plaisanteries, agent Peabody. Si vous n'êtes pas satisfaite de votre statut d'assistante, vous pouvez demander votre mutation.

Peabody sentit son cœur s'emballer. Elle eut l'impression qu'il cognait dans sa gorge.

— Je ne veux pas être mutée, lieutenant. Je ne suis pas mécontente de ma situation.

Furieuse, Eve restait plantée sur le trottoir, indifférente aux passants qui la bousculaient.

— Continuez à me parler sur ce ton solennel, et nous allons en venir aux mains !

— Vous menacez de me virer.

— Absolument pas. Je vous offre la possibilité d'occuper un autre poste.

Peabody, qui commençait à trembler, se crispa.

— J'ai eu le sentiment, et je l'ai toujours, que vous aviez dépassé les bornes, hier soir, en ce qui concerne ma relation avec Charles Monroe.

— Je ne l'ignore pas, vous avez été très claire sur ce point.

— J'ai estimé que mon supérieur hiérarchique n'avait pas à se mêler de questions personnelles et de...

— Ça oui, c'était effectivement personnel !

Le regard d'Eve s'était assombri. Peabody fut stupéfaite d'y lire non pas de la colère mais du chagrin.

— Hier, ce n'était pas un supérieur hiérarchique qui s'adressait à son subalterne. Je croyais parler à une amie.

La honte submergea Peabody.

— Dallas...

— Une amie, répéta Eve avec véhémence, qui faisait les yeux doux à un prostitué impliqué dans une affaire de meurtres en série.

— Mais Charles ne...

— Il figurait sur la liste des suspects ! Il a rencontré l'une des victimes et il a fréquenté une femme qui a failli être assassinée.

— Vous n'avez jamais pensé que Charles pouvait être le tueur.

— Non, je croyais que Rudy l'était, et j'avais tort. J'aurais également pu me tromper à propos de Charles Monroe.

Une idée qui, même à présent, donnait à Eve la chair de poule.

— Ramenez la voiture au Central, enchaîna-t-elle. Communiquez les informations que nous avons récoltées au capitaine Feeney et au commandant Whitney. Prévenez-les que je reste sur le terrain.

— Mais...

— Retournez au Central ! l'interrompit Eve. C'est votre supérieur hiérarchique qui vous l'ordonne !

Sur ces mots, elle s'éloigna et s'enfonça dans la foule, tel le soc d'une charrue labourant la terre.

— Bonté divine... balbutia Peabody.

Les jambes en coton, la jeune femme s'appuya contre la voiture. Les klaxons, les flots de musique que déversaient les magasins l'assourdissaient.

« Peabody, tu n'es qu'une cruche », s'insulta-t-elle mentalement.

Elle renifla, chercha son mouchoir, puis se souvint qu'Eve ne le lui avait pas rendu. S'essuyant le nez d'un revers de main, elle se mit au volant et s'apprêta à exécuter les ordres du lieutenant.

Quand Eve atteignit l'angle de la 41e Rue, sa colère retomba d'un coup. Elle réalisa alors qu'il lui faudrait un temps fou pour rejoindre Dickie au labo.

Elle jeta un coup d'œil aux trottoirs aériens où circulait une foule compacte. Inutile d'espérer aller plus vite par ce chemin-là.

Une vague de piétons déferla soudain sur elle. Entraînée par le mouvement, elle parcourut une centaine de mètres avant de réussir à se dégager. Désorientée, elle manqua de percuter l'étal d'un vendeur de hot-dogs au soja. Suffoquée par l'âcre fumée, les yeux pleins de larmes, elle extirpa son insigne de sa poche.

Au péril de sa vie, elle s'avança sur la chaussée, brandit son insigne pour arrêter un taxi et s'y engouffra.

Elle poussait un soupir de soulagement, lorsqu'elle croisa dans le rétroviseur le regard accablé du chauffeur. Il s'agissait du malheureux cousin du sergent Brinkleman.

— Quelle coïncidence ! s'esclaffa-t-elle.

— Il y a des journées comme ça, marmonna-t-il, où on ferait mieux de rester au lit.

— Je déteste Noël.

— Moi aussi, aujourd'hui, ça me tape sur les nerfs.

— Emmenez-moi dans la 18e Rue.

— Vous iriez plus vite à pied.

— J'en ai marre de me traîner sur les trottoirs. Démarrez et appuyez sur le champignon. Si vous écopez d'une contredanse, je vous la ferai sauter.

— C'est vous le patron, lieutenant.

Tandis qu'il filait comme le vent, Eve ferma les paupières. Une épouvantable migraine lui taraudait le crâne. Elle ne couperait pas à un antalgique, elle qui avait horreur des médicaments.

— À propos de votre pare-chocs... commença-t-elle. Vous risquez d'avoir des ennuis ?

— Bof, pas vraiment, répliqua-t-il en se garant à l'angle de la 18e Rue. Ce soir, je ne serai pas le seul chauffeur qui rentrera au garage avec une carrosserie en miettes. Je regrette de vous avoir manqué de respect, lieutenant. À force de se coltiner ces fichus embouteillages, on devient méchant.

— C'est vrai.

Elle glissa sa carte de crédit dans la fente de l'appareil fixé au siège.

— Considérez que nous sommes quittes, ajouta-t-elle.

— Je vous remercie. Joyeux Noël quand même !

— À vous aussi.

Les passants étaient rares dans ce quartier où étaient rassemblés les laboratoires de la police et les morgues de la ville. Ce n'était pas le secteur idéal pour faire du lèche-vitrines.

Eve pénétra dans le bâtiment, une hideuse construction en acier conçue par un amateur débile d'architecture high-tech. Elle traversa le hall désert et s'approcha du portique de sécurité.

Le droïde de service la salua poliment quand elle pressa sa paume sur le scanner digital et déclina son identité. Elle poursuivit son chemin, emprunta le tapis roulant pour descendre au sous-sol. Il n'y avait pas âme qui vive dans les couloirs et les bureaux. On était pourtant au milieu de l'après-midi, un jour de semaine.

Les sourcils froncés, elle poussa la porte du labo... et s'arrêta net.

La fête battait son plein, au son d'une musique tonitruante. Une fille, la tête renversée, buvait un breuvage d'un vert douteux qui lui dégoulinait sur le menton. Une autre, les yeux cachés derrière des verres grossissants et qui ne portait visiblement rien sous sa blouse blanche, tournoyait comme une toupie.

— Où est Dickie ? lui demanda Eve en l'agrippant par la manche.

— Oh ! par là.

Eve jeta un regard circulaire et finit par apercevoir Dickie qui, perché sur une paillasse, pelotait une technicienne.

Celle-ci devait être complètement soûle, pensa Eve. Sinon, jamais elle n'aurait laissé le chef du labo poser sur elle ses mains baladeuses.

— Salut, Dallas ! lui cria-t-il. Notre petite sauterie n'est pas aussi chic que la vôtre, mais on s'amuse quand même bien !

— Où sont mes rapports ? Qu'est-ce que vous fabriquez, nom d'une pipe ?

— Hé, c'est la veille de Noël ! Ça s'arrose.

Elle l'empoigna par le col, le secoua.

— J'ai quatre cadavres sur les bras et une femme à l'hôpital. Grouillez-vous, espèce de limace, j'attends vos conclusions !

— La veille de Noël, rétorqua-t-il en essayant vainement de se libérer, le labo ferme à 14 heures. C'est le règlement. Or, il est plus de 15 heures.

— Il se planque quelque part dans cette ville. Vous avez vu ce qu'il a infligé à ses victimes ? Vous voulez que je vous montre les films qu'il a tournés pendant qu'il les violait et les tuait ? Vous avez envie de vous réveiller demain matin et d'apprendre qu'il a recommencé parce que vous n'avez pas fait votre boulot ? Si cela se produisait, vous auriez peut-être du mal à mastiquer votre dinde de Noël, non ?

— Vous êtes un fléau, Dallas. Je n'ai rien de nouveau, ou quasiment. Lâchez-moi, s'il vous plaît.

Avec une dignité surprenante, il rajusta son col.

— Suivez-moi dans le labo d'à côté. Inutile de gâcher la fête.

Il se dirigea vers une porte, la déverrouilla.

— Feinstein, rugit-il, vous ne comptez pas la sauter ici, j'espère ? Allez faire ça dans la réserve, comme tout le monde.

Eve détourna la tête pour ne pas voir le couple enlacé qui sursautait et s'empressait de ramasser les vêtements éparpillés sur le sol. Noël rendait les gens complètement mabouls, songea-t-elle, tandis que l'homme et la femme déguerpissaient en gloussant comme des idiots.

— On a mitonné un cocktail du feu de Dieu, déclara Dickie en guise de justification. Uniquement des substances légales, je vous rassure, mais ça décoiffe.

Il se laissa tomber sur un siège, alluma l'ordinateur.

— Cette fois, vous ne l'ignorez pas, on a ses empreintes. Il a utilisé le même désinfectant. Les fards qu'il a abandonnés sur place correspondent à ceux dont il s'est servi précédemment. Les fibres de tissu que nous avions récupérées proviennent bien du costume que vous avez découvert dans son vestiaire. Vous le tenez, Dallas. Il est cuit.

— C'est tout ce que vous avez ? Il me faut autre chose pour le retrouver.

— Les gars ont tout passé au peigne fin. La moisson a été maigre. Ce type est un maniaque de la propreté. Chez lui, tout est nettoyé, récuré à fond. On n'a récolté que quelques poils de barbe, identiques à ceux qu'il a laissés chez les Hoffmann. Quand vous l'aurez épinglé, j'ai largement de quoi le faire coffrer pour le restant de ses jours. Mais je n'ai rien de plus à vous donner.

— D'accord. Transférez ces informations sur mon ordinateur du Central et communiquez une copie à Feeney.

Dickie se borna à hausser les épaules, conscient qu'il avait failli à son devoir.

— Désolé de vous avoir arraché à votre nouba, ajouta-t-elle, perfide.

— Dans une heure ou deux, cette ville se mettra en roue libre. C'est la trêve des confiseurs, Dallas. Les gens ont le droit de se distraire.

— Je connais une femme qui va passer Noël à l'hôpital. Il ne me semble pas qu'elle ait mérité ça.

Elle le planta là, et quitta le bâtiment à grandes enjambées. La migraine lui vrillait toujours le crâne, et elle regretta de ne pas avoir demandé à Dickie l'un de ses remèdes miracles.

Elle leva les yeux vers le ciel. Le soleil avait déjà disparu. Elle détestait l'hiver, ces longs mois durant lesquels le jour se levait trop tard et la nuit tombait trop tôt.

Elle prit son communicateur et appela la ligne privée de Connors. Le visage de son mari apparut sur l'écran ; derrière lui, le fax laser crachait du papier.

— Tu travailles ? demanda-t-elle.

— Je n'ai pas tout à fait terminé.

— Ce n'est pas grave, je ne rentrerai pas à la maison avant deux bonnes heures.

— Où vas-tu ?

— À l'appartement de Simon. Je compte le fouiller de fond en comble. En principe, je laisse cette tâche aux gars du labo, mais il est possible que quelque chose leur ait échappé. Je veux vérifier, tu comprends ?

— Bien sûr.

— C'est Peabody qui a ma voiture. Comme le logement de Simon n'est pas très loin de la maison, tu pourrais m'envoyer une voiture ?

— Naturellement.

— Merci. Je te rappellerai quand j'aurai fini.

— D'ici là, prends un antalgique pour calmer ta migraine. Tu as les yeux vitreux.

Eve esquissa un sourire.

— Je n'en ai pas sur moi. Débouche plutôt une bouteille de bon vin, ça me fera le même effet. Et quand je serai ivre, nous ferons l'amour comme des bêtes. D'accord ?

— J'avais prévu une soirée tranquille et une partie d'échecs, mais si tu préfères des plaisirs moins avouables, je suis partant.

Elle rit de bon cœur, et interrompit la communication. Ce fut d'un pas presque guilleret qu'elle se remit en route.

En arrivant au pied de l'immeuble de Simon, elle ne fut pas réellement surprise de voir, le long du trottoir, la voiture qu'elle avait demandée... et Connors.

— Tu aurais dû charger un droïde de cette corvée.

— Tu me croyais capable de me défiler ?

— Non, répondit-elle en repoussant une mèche qui lui tombait sur le front. Et j'imagine que tu refuseras de m'attendre ici.

— Nous nous connaissons si bien, cela m'émerveille.

Il plongea la main dans la poche de son élégant manteau, en sortit une petite boîte en émail où il pêcha une pilule bleue.

— Ouvre le bec.

Comme elle pinçait les lèvres, il fronça les sourcils d'un air réprobateur.

— Ce cachet soulagera ta migraine. Ensuite, tu auras les idées plus claires.

— C'est quoi, ce machin ?

— Rassure-toi, je n'ai pas l'intention de te droguer. Sois mignonne, avale ça.

— Je te hais.

— Je sais, ma chérie. Au fait, je t'ai apporté ton kit de terrain.

— Merci. Heureusement que, toi, tu n'as pas la tête à l'envers.

Ils pénétrèrent dans le bâtiment.

— J'ai désormais tous les éléments nécessaires pour faire condamner Simon, expliqua-t-elle. Les preuves tangibles, un témoin, le mobile...

— Tu peux ajouter à ta liste une autre pièce à conviction. La mallette de cosmétiques qu'il a abandonnée chez Piper Hoffmann est un modèle unique. Il l'a commandée à Renaissance – qui, comme tu le sais, m'appartient. La société ne vend ce genre de modèles qu'aux esthéticiens diplômés.

— Parfait. Maintenant, il ne me reste plus qu'à le débusquer.

— Il n'est pas dans un hôtel. McNab n'a pas chômé. Il a contacté tous les établissements de la ville et les agences de location – du moins celles qui n'étaient pas fermées pour cause de vacances.

— Aujourd'hui, tout le monde se roule les pouces, grommela Eve. Figure-toi qu'au labo, je suis tombée sur une véritable orgie.

— Et nous n'étions pas invités ? Quelle humiliation !

— Moi, je m'en félicite. Voir Dickie se balader en tenue d'Adam, c'est un cadeau de Noël dont je me passerai volontiers.

Parvenue devant l'appartement 35, Eve ôta les scellés.

— Si tu tiens à entrer, il faut que tu mettes ça, dit-elle en lui tendant l'aérosol de Seal-It.

Connors fronça le nez.

— La police ne pourrait pas utiliser un produit moins malodorant ?

Il se protégea néanmoins les mains et les chaussures. Eve l'imita, puis alluma son enregistreur.

— 24 décembre, 16 h 12. Lieutenant Eve Dallas, assistée de Connors, civil mandaté pour la perquisition du domicile personnel de Simon Lastrobe.

Elle s'immobilisa sur le seuil du salon. La pièce, naguère si bien rangée, offrait à présent un piteux spectacle. Les techniciens du labo avaient relevé les empreintes, tout était recouvert d'une fine poussière. On avait déplacé les meubles, retourné les coussins du canapé, décroché les tableaux.

— Jette un coup d'œil, dit-elle à Connors. Si tu remarques quoi que ce soit, appelle-moi. Je m'occupe de la chambre.

Elle commençait à fouiller la penderie, lorsque Connors la rejoignit. Il tenait une disquette entre le pouce et l'index.

— J'ai remarqué cette petite chose, lieutenant.

— Où l'as-tu dénichée ? Logiquement, toutes les disquettes ont été emballées comme pièces à conviction.

— À cette époque de l'année, les gens sont distraits. Elle était dissimulée dans le cadre d'un hologramme – le portrait de sa mère, je présume. Il m'a semblé que, pour quelqu'un qui aimait trop sa maman, cette cachette s'imposait.

— Et je n'ai rien pour la lire ! Ils ont emporté le matériel électronique. Il faut que je...

Elle s'interrompit. Connors, le sourire aux lèvres, venait de sortir de sa poche un mince boîtier noir dont il souleva le couvercle, révélant un écran miniature.

— Un nouveau gadget, expliqua-t-il. Il n'est pas tout à fait au point, nous n'avons pas pu le lancer sur le marché pour Noël.

— Tu es sûr que cela ne risque pas d'endommager la disquette ?

— Celui-ci, je l'ai contrôlé personnellement. C'est un petit bijou.

Il inséra la disquette dans le lecteur.

— On y va ?

— Oui, voyons ce que nous avons là.

20

Il s'agissait d'un journal intime décousu et pathétique. Un an dans la vie d'un homme dont l'univers avait volé en éclats et qui glissait inexorablement vers l'abîme.

Le Dr Mira aurait sans doute qualifié ce document d'appel au secours.

Simon y faisait constamment référence à sa mère. Son seul amour, celle qu'il portait aux nues un jour pour la traîner dans la boue le lendemain.

Une sainte. Une putain.

À l'évidence, elle avait été pour lui un terrible fardeau dont il n'avait pu se libérer. Il n'avait même jamais compris à quel point elle l'asservissait.

Chaque année, à Noël, elle refaisait le paquet cadeau contenant la gourmette en or achetée pour son époux et sur laquelle était gravée l'inscription « Mon seul amour ». Elle le plaçait au pied du sapin, pour l'homme qui les avait jadis abandonnés, Simon et elle. Et elle promettait à son fils que son père serait là le matin de Noël.

Longtemps, il l'avait crue.

Puis il l'avait laissé croire que son époux reviendrait.

Enfin, l'année précédente, la veille de Noël, à bout de patience, révolté car elle collectionnait les aventures d'une nuit, il avait piétiné le paquet cadeau, détruit la gourmette et, du même coup, les illusions de sa mère.

Elle s'était pendue avec la guirlande que son fils avait drapée sur les branches du sapin.

— Comme conte de Noël, ce n'est pas très gai, murmura Connors. Pauvre diable !

— Une enfance malheureuse ne justifie pas qu'on viole et qu'on tue, déclara Eve sèchement.

— Non, mais cela explique qu'on puisse commettre de tels actes. On n'est pas forcément maître de son destin, Eve.

— On est responsable de ses choix, rétorqua-t-elle, butée.

Elle glissa la disquette dans un sachet transparent réservé aux pièces à conviction, puis alluma son communicateur pour appeler McNab.

— Je n'ai toujours pas découvert sa planque, Dallas. Par contre, j'ai retrouvé le père. Il s'est installé sur Nexus il y a environ trente ans. Il s'est remarié, il a des petits-enfants. J'ai ses coordonnées, si vous voulez le contacter.

— À quoi bon ? Pour ma part, j'ai déniché chez Simon un journal vidéo qui avait échappé à l'attention des gars du labo. Je le transmets à la DDE. Vous le classerez, ensuite vous pourrez partir. Prévenez Peabody qu'elle aussi est en vacances. Mais je vous demande à tous les deux de rester en liaison avec moi tant que notre homme ne sera pas sous les verrous.

— Entendu. Il finira bien par sortir de sa tanière, Dallas.

— Hmm... Allez mettre vos chaussons devant la cheminée, McNab, et joyeux Noël ! Espérons que nos vœux se réaliseront. Terminé, conclut-elle en rempochant son communicateur.

Connors l'observait, la tête inclinée sur le côté.

— Tu t'inquiètes trop, Eve.

— Je suis certaine qu'il recommencera cette nuit. C'est plus fort que lui. Or, il est le seul à savoir à qui il s'attaquera.

Elle soupira et se tourna vers la penderie.

— Regarde-moi ça... Tous ces vêtements méticuleusement rangés par couleur, matière. Dans ce domaine, il est encore plus obsessionnel que toi.

— Je ne vois pas en quoi une armoire en ordre relève de l'obsession.

— Eh bien, pour moi, c'est limpide. Surtout quand, comme toi, on possède une bonne centaine de chemises en soie noire. Il ne faudrait surtout pas se tromper, en choisir une qui n'aille pas. Ce serait une impardonnable faute de goût, n'est-ce pas ?

— J'en conclus que tu ne m'as pas acheté de chemise en soie noire, rétorqua-t-il avec un sourire moqueur.

Elle grimaça.

— Question cadeaux, je me suis un peu plantée. Feeney m'a expliqué trop tard qu'on était censé offrir une foultitude de choses à son conjoint. D'après lui, c'est la quantité qui compte. Toi, malheureusement, tu n'auras droit qu'à un seul présent.

— Tu me donnes un indice ?

— Ah non ! Au jeu des devinettes, tu es beaucoup trop fort.

Un pli soucieux entre les sourcils, elle se replongea dans l'examen de la penderie.

— À propos de devinettes, essaie de résoudre celle-ci. Tu vois ces vêtements ? Ça va du blanc au crème, puis au... comment s'appelle cette teinte ?

— Taupe, ma chérie.

— Admettons. Ensuite, on passe au bleu, au vert, puis au brun, au gris et au noir. Quelle couleur manque, à ton avis ?

— Le rouge.

— Exact. Il ne portait peut-être du rouge que pour des occasions très spéciales. Il avait au moins un costume de rechange qu'il a emporté avec lui. Et le gage d'amour pour sa prochaine victime ? Cinq oies sauvages, si je me souviens bien de cette maudite ritournelle. Les techniciens du labo n'ont pas trouvé le bijou. Donc, il l'a pris.

Il est prêt pour le spectacle. Mais où a-t-il rangé tout son matériel ?

Eve se mit à arpenter la pièce.

— Il ne peut pas revenir dans cet appartement, il le sait. Il a pris le risque de repasser chez lui parce qu'il avait besoin de ses accessoires pour continuer à exécuter son plan. Cependant, il est trop intelligent, trop bien organisé, trop méthodique pour n'avoir pas prévu un refuge.

— Sa vie était ici, dans ce lieu imprégné du souvenir de sa mère. Ici, et au salon de beauté.

— Mais oui, bien sûr ! s'exclama-t-elle. Il est retourné là-bas.

— Alors dépêchons-nous.

Les conditions de circulation étaient toujours aussi mauvaises, d'autant qu'une fine pellicule de verglas recouvrait à présent les rues de New York. Sur les trottoirs, les gens se hâtaient, pressés de rejoindre leurs parents et leurs amis. Ceux qui cherchaient un cadeau de dernière minute se bousculaient dans les rares magasins encore ouverts.

Les réverbères s'allumaient un à un. Sur un gigantesque panneau publicitaire, un Père Noël dans son traîneau souhaitait à tous de joyeuses fêtes.

Une pluie glacée tombait.

Connors se gara au pied du building. Eve et lui descendirent précipitamment de la voiture. Elle déverrouilla les portes à l'aide de son passe, hésita, puis se pencha pour extirper l'arme du fourreau attaché à sa cheville par une fine lanière.

— Prends ça, au cas où.

Ils pénétrèrent dans le hall.

— Toute la journée, dit-elle, le salon de beauté et les boutiques n'ont pas désempli. Lui avait besoin de tranquillité. Il y a probablement quelques bureaux inoccupés, nous pourrions y jeter un œil, mais j'ai l'intuition qu'il s'est réfugié dans l'appartement des Hoffmann. Il sait que Piper est à l'hôpital et que Rudy ne la quittera pas un instant. Il a dû penser que, chez eux, il serait en sécurité, que la police ne viendrait pas le chercher là.

Elle appuya sur le bouton de l'ascenseur, en vain.

— Merde, jura-t-elle, il est bloqué !

— Veux-tu que je t'arrange ça, lieutenant ?

— Ne fais pas le malin.

— La réponse est donc : oui, mon chéri.

Il pêcha dans la poche intérieure de son manteau une minuscule trousse à outils.

— J'en ai pour une minute.

Il dévissa la plaque qui protégeait les circuits électroniques, pianota de ses doigts agiles sur les touches du tableau. Un bourdonnement se fit entendre, puis le voyant lumineux s'alluma.

— Tu aurais fait un bon travailleur manuel, ironisa-t-elle.

— Merci du compliment, rétorqua-t-il en la suivant dans la cabine. Appartement des Hoffmann, commanda-t-il.

On ne pouvait accéder à l'étage qu'avec un code chiffré ou une carte magnétique officielle.

Irritée, Eve s'apprêtait à utiliser son passe, mais Connors ne lui en laissa pas le temps. En un clin d'œil, il débloqua le mécanisme.

— Ça va beaucoup plus vite, commenta-t-il, tandis que l'ascenseur s'élevait en silence.

Sitôt qu'il commença à ralentir, Eve s'interposa entre les portes et Connors. Celui-ci ne broncha pas. Il attendit que la cabine s'arrêtât pour écarter sa femme d'une bourrade et bondir sur le palier, l'arme au poing.

— Ne me refais jamais ça, protesta-t-elle d'une voix sifflante.

— Et toi, ne t'avise plus jamais de me servir de bouclier. Bon, il n'y a personne. On y va ?

Eve ravala sa colère. Elle réglerait ses comptes plus tard. Prestement, elle déverrouilla la porte.

— Je m'accroupis, dit-elle. Je préfère.

— D'accord. À trois, on fonce. Un, deux...

Ils poussèrent violemment le battant.

Ils furent éblouis par la lumière, assourdis par la stéréo qui braillait des chants de Noël. Devant la fenêtre masquée par un écran d'ambiance, le sapin étincelait.

D'un geste, Eve montra à Connors la direction de la chambre. Elle nota qu'il ne restait plus la moindre trace du passage de l'équipe du labo. Tout avait été récuré. Une odeur de fleur et de désinfectant flottait dans l'air.

Il y avait de la buée sur le miroir de la salle de gym. L'eau du bassin à remous était encore chaude.

La chambre était impeccablement rangée, le lit refait.

Eve repoussa la courtepointe, lâcha un juron.

— Il a mis des draps propres. Ce salaud a dormi dans le lit où il l'a violée.

Outrée, elle ouvrit brutalement la penderie. Plusieurs chemises et pantalons étaient soigneusement rangés parmi les vêtements excentriques qu'affectionnaient Rudy et Piper.

— Il s'est installé ici comme chez lui.

Elle saisit la valise posée au fond de l'armoire.

— Et voilà ses accessoires, dit-elle, le cœur au bord des lèvres. Les bijoux sont là... y compris celui réservé à la douzième victime : cette broche ornée de douze jeunes tambours. Ils y sont tous, hormis le cinquième.

Elle se redressa.

— Il a pris un bain relaxant, revêtu son costume, préparé ses accessoires, puis il est parti. Et il a l'intention de revenir ici.

— Il ne nous reste donc plus qu'à l'attendre.

La proposition de Connors était plus que tentante. Car, par-dessus tout, Eve désirait être celle qui arrêterait ce monstre. Elle voulait pouvoir le regarder dans les yeux, lorsqu'elle lui passerait les menottes aux poignets, se dire qu'elle l'avait vaincu, qu'elle avait aussi triomphé de l'enfant martyrisée qui hantait ses cauchemars.

— Je contacte le Central. Nous avons quelques malchanceux qui sont de service cette nuit. Il faut que j'organise la surveillance de l'immeuble, ça prendra une heure ou deux. Ensuite, nous rentrerons à la maison.

— Tu n'en as aucune envie, Eve.

— Non, c'est vrai, mais c'est mieux ainsi. Je...

Elle s'interrompit, se remémorant les paroles de Mira.

— J'ai le droit de profiter de la vie que j'ai commencé à me construire. Avec toi.

Ému, il lui effleura la joue.

— Dans ce cas, appelle les renforts et rentrons chez nous.

Peabody poussa un soupir à fendre l'âme. Elle se lamentait sur son triste sort, quand elle avisa McNab dans l'encadrement de la porte.

— Qu'est-ce que vous faites là ?

— Je passais. Et vous, vous êtes encore au travail ? Je vous ai dit que Dallas vous donnait quartier libre.

— J'avais des rapports à terminer.

— Qu'est-ce que vous avez prévu pour ce soir ? Vous avez rendez-vous avec votre bellâtre ?

— Vous êtes complètement ignare, McNab. On ne passe pas Noël en compagnie d'un garçon avec qui on n'est sorti qu'une fois.

D'ailleurs, pensa-t-elle, Charles avait déjà sa soirée prise.

— Vous n'avez pas de famille à New York, n'est-ce pas ?

— Non.

Agacée, pressée de se débarrasser de lui, elle se leva et s'affaira à ranger ses affaires.

— Vous n'avez pas pu aller chez vous pour les fêtes ?

— Non.

— Moi non plus. Cette affaire m'a bouffé tout mon temps. Je n'ai même pas de projets pour ce soir.

Il enfonça les mains dans ses poches.

— Dites, Peabody… si on s'accordait une trêve ?

— Je ne suis pas en guerre contre vous.

Elle se retourna, saisit sa veste d'uniforme accrochée à la patère.

— Vous ne paraissez pas avoir un moral d'acier, reprit-il.

— La journée a été longue, je suis fatiguée.

— Puisque vous n'avez pas de rancard avec le bellâtre, vous accepteriez peut-être de sortir avec un collègue ? Se retrouver seul le soir de Noël, ce n'est pas folichon. Je vous invite à dîner.

Peabody boutonna sa veste. La tête baissée, elle réfléchissait. La solitude ou McNab, la peste ou le choléra. Elle releva le nez.

— Vous ne m'invitez pas, je paie ma part.

— Si vous y tenez, je n'insiste pas.

Elle n'aurait jamais cru apprécier la compagnie de McNab mais, après deux cocktails, elle décida que, tout compte fait, elle passait une soirée relativement agréable.

Tout en grignotant une succulente aile de poulet – au diable son régime ! –, elle lorgnait avec envie l'énorme pizza que McNab dévorait à belles dents.

— Comment pouvez-vous manger autant sans devenir un tas de lard ?

— C'est une question de métabolisme, répondit-il, la bouche pleine. Je brûle les calories. Vous en voulez un morceau ?

Elle hésita – combattre la graisse qui se collait sournoisement sur ses hanches était chez elle un souci permanent –, puis finit par accepter une demi-part. Un vrai délice.

— Vous vous êtes réconciliée avec Dallas ?

Peabody tressaillit, darda sur lui un regard suspicieux.

— Elle vous en a parlé ?

— Hé, vous oubliez que je suis inspecteur ! Quand il y a un os quelque part, je le déterre.

— Elle est vraiment fâchée contre moi, avoua-t-elle, car l'alcool commençait à lui délier la langue.

— Vous avez fait une boulette ?

— Oui, et elle aus.si. Mais la mienne est plus grosse que la sienne. Je me demande si j'arriverai à arranger les choses.

— Lorsqu'on se brouille avec quelqu'un qui se jetterait dans les flammes pour vous, on trouve une solution. Dans ma famille, par exemple, quand on s'engueule, on boude un moment, et après on s'excuse.

— Il ne s'agit pas d'une histoire de famille.

Il éclata de rire.

— C'est tout comme ! Vous ne finissez pas vos ailes de poulet ?

Peabody eut soudain la sensation que l'étau qui lui comprimait le cœur se desserrait. McNab était peut-être insupportable, cependant, il n'avait pas toujours tort.

— Je vous échange six ailes de poulet contre une autre part de pizza.

Eve avait résolu de ne plus penser à rien. L'immeuble des Hoffmann était surveillé par des policiers expérimentés, on avait installé des radars dans tout le quartier. À l'instant où Simon pénétrerait dans le périmètre, il serait arrêté.

Il ne fallait plus s'interroger, se demander où il était, ce qu'il faisait. Si quelqu'un devait mourir cette nuit, elle n'avait hélas pas les moyens de l'empêcher.

Avant le lever du jour, Simon serait en prison. Il n'en sortirait jamais, Eve avait de quoi convaincre les juges de le condamner à perpétuité.

— Je crois me souvenir que tu avais demandé du bon vin, dit Connors en lui tendant un verre.

— En effet, répondit-elle, étonnée qu'il fût si simple de sourire.

— Tu souhaitais aussi que nous fassions l'amour comme des bêtes.

— Je me rappelle avoir émis cette suggestion.

Elle reposa son verre et, les yeux brillants, étreignit sauvagement son mari.

Peabody rentra chez elle beaucoup plus tard que prévu. Elle s'était bien amusée. Les cocktails y étaient certainement pour beaucoup.

Cela dit, songea-t-elle en gravissant l'escalier menant à son appartement, McNab s'était révélé moins horripilant qu'à l'accoutumée.

Maintenant qu'elle était repue et délicieusement imbibée d'alcool, elle allait enfiler son vieux peignoir, allumer les guirlandes de son sapin et se pelotonner sous sa couette pour regarder un film sentimental. À minuit, elle appellerait ses parents et verserait quelques larmes.

Finalement, sa soirée de Noël n'aurait pas été trop lamentable.

Fredonnant, elle atteignit le haut des marches, s'avança sur le palier.

À cet instant, le Père Noël surgit de l'ombre. Il tenait sa grande boîte argentée, une lueur démente flamboyait dans ses yeux.

— Voilà enfin ma petite fille ! Tu es en retard. Je craignais de ne pas pouvoir te donner ton cadeau.

Mon Dieu !

Elle avait une fraction de seconde pour choisir. Fuir ou affronter l'assassin. Son arme paralysante était sous son manteau, lequel était boutonné. En revanche, son communicateur se trouvait dans sa poche, à portée de main.

Elle décida de rester. Plaquant un sourire sur ses lèvres, elle glissa les doigts dans sa poche et alluma l'appareil.

— Ça alors, le Père Noël ! s'exclama-t-elle. Je ne m'attendais pas à vous trouver devant ma porte. En principe, vous passez par la cheminée.

Il rejeta la tête en arrière et éclata d'un rire tonitruant.

Eve poussa un soupir et s'étira. Ils avaient fait l'amour par terre, elle se sentait meurtrie et divinement bien.

— Pour un début, ce n'était pas mal, commenta-t-elle.

Amusé, Connors effleura les seins de sa femme, emperlés de sueur.

— Je partage ton opinion. Maintenant, je veux mon cadeau de Noël.

— Je viens de te l'offrir, le taquina-t-elle. L'année prochaine, peut-être...

Elle s'interrompit brusquement en reconnaissant la voix de Peabody qui semblait sortir des vêtements éparpillés sur le sol.

« Ça alors, le Père Noël ! Je ne m'attendais pas à vous trouver devant ma porte... »

— Oh, non ! hurla Eve en se ruant sur son pantalon. Non !

Connors s'habillait déjà.

— Vite, allons-y, dit-il. Tu appelleras les renforts en chemin.

— Je t'attendais, déclara Simon. J'ai un beau cadeau pour toi.

Gagne du temps, ma vieille. Il le faut.

— Vous me donnez un indice ?

— C'est quelque chose de très spécial, choisi pour toi par quelqu'un qui t'aime.

Il s'approcha. Toujours souriante, Peabody déboutonnait fébrilement – et aussi discrètement que possible – son manteau.

— Ah oui ? Mais qui peut bien m'aimer ?

— Le Père Noël t'adore, Delia. Ma belle Delia.

Il tendit le bras ; elle vit la seringue luire dans le creux de sa paume. Elle pivota, lui assena un violent coup de coude et réussit enfin à écarter les pans de son épais manteau en lainage.

— Garce ! siffla-t-il en la plaquant contre le mur.

Elle riposta par un nouveau coup qui, hélas, ne rencontra que la boîte. Maintenant, elle avait la main droite coincée, elle ne parvenait pas à saisir son arme.

— Lâche-moi, espèce d'ordure !

Mue par l'énergie du désespoir, elle se retourna d'un bond, lui décocha un coup de pied dans la cheville. Si seulement elle n'avait pas bu tous ces cocktails...

À cet instant, elle sentit une piqûre sur le côté de son cou.

— Oh, non ! souffla-t-elle.

Elle chancela et s'affaissa lourdement.

— Regarde ce que tu as fait, méchante petite fille, gronda-t-il se penchant pour prendre dans le sac de Peabody sa clé électronique. Ma jolie boîte est tout abîmée, si jamais tu as cassé quelque chose, je vais être très en colère. À présent, sois sage.

Il la traîna jusqu'à la porte qu'il déverrouilla, puis la laissa tomber dans le vestibule, tel un vulgaire paquet.

Elle ressentit la brutalité du choc, mais n'en éprouva qu'une douleur vague, comme si son corps était enveloppé de mousse. Son cerveau commandait à ses membres de bouger, il hurlait si fort ce message que Peabody se voyait en train de se relever. Pourtant, ses jambes demeuraient inertes.

Du fond de son brouillard, elle l'entendit revenir et refermer la porte.

— Et maintenant, au dodo. Nous avons du pain sur la planche, minuit sonnera bientôt, ce sera Noël. Laisse-toi faire, mon amour, murmura-t-il en la soulevant dans ses bras.

— Je me fiche éperdument de vos problèmes de personnel, pauvre crétin ! vociféra Eve dans le communicateur de Connors. L'agent Peabody est en danger. Vous saisissez, bougre d'âne ? Elle est en danger !

— De tels écarts de langage ne sont pas tolérables, lieutenant Dallas. Cela sera noté. Les renforts seront sur place dans douze minutes.

— Elle n'a pas douze minutes devant elle ! Si elle est blessée, espèce de débile, je me chargerai personnellement de démolir tous vos circuits électroniques !

Elle interrompit la communication.

— Des droïdes ! fulmina-t-elle. Ils ont mis des droïdes au dispatching sous prétexte que c'est Noël ! Bon Dieu, Connors, tu ne peux pas aller plus vite ?

Il roulait déjà à près de deux cents, malgré la pluie glacée qui rendait la chaussée glissante, cependant il accéléra.

— On y est presque, Eve. On arrivera à temps.

Écouter la voix de Simon dans son propre communicateur – qu'elle tenait serré entre ses doigts – était pour elle une indicible torture. Elle imaginait la scène.

Il ligotait Peabody, il découpait ses vêtements.

Il l'aspergeait de désinfectant, pour qu'elle soit bien propre, parfaite.

Eve bondit hors de la voiture avant même que celle-ci ne s'immobilisât, dérapa sur le trottoir et se rua vers la porte d'entrée de l'immeuble. Ses mains tremblaient tellement qu'elle dut s'y reprendre à deux fois avant de réussir à déverrouiller la serrure électronique.

Lorsqu'elle s'élança dans l'escalier, Connors était à son côté.

Elle perçut avec soulagement, au loin, le mugissement des sirènes.

À l'aide de son passe, elle débloqua la porte de Peabody et poussa le battant d'un coup de pied.

— Police !

L'arme au poing, elle fonça vers la chambre.

Peabody était nue, attachée aux montants du lit. Elle claquait des dents, frigorifiée. La fenêtre était ouverte.

— Il est parti par l'échelle d'incendie, articula-t-elle avec difficulté. Je vais bien.

Eve n'hésita qu'une fraction de seconde. Elle enjamba le rebord de la fenêtre.

— Reste avec elle ! ordonna-t-elle à Connors.

— Non, non ! protesta Peabody en tirant frénétiquement sur ses liens. Elle le tuera, Connors. Elle veut le tuer. Empêchez-la de faire ça.

— Tenez bon.

Il jeta une couverture sur la jeune femme, puis suivit le chemin qu'avait emprunté son épouse.

Eve atteignit le dernier barreau de l'échelle qu'un bon mètre séparait du sol et sauta. Sa cheville se déroba, elle tomba rudement sur les genoux, se releva tant bien que mal. Elle le voyait qui courait en direction de l'est, sa houppelande rouge pareille à un feu de détresse dans la nuit.

— Police ! Restez où vous êtes !

Tout en hurlant cet ordre, elle se lança à sa poursuite.

Il lui semblait qu'un essaim d'abeilles vrombissait dans sa tête, sous sa peau. Au fond de son ventre palpitait une boule de haine si dure, si cuisante que sa brûlure irradiait dans toute sa chair. Elle glissa son arme dans la ceinture de son pantalon. Elle voulait se battre à mains nues.

Elle se jeta sur lui comme un fauve bondit sur sa proie, le déséquilibra. Il tomba à plat ventre.

Elle l'enfourcha, le laboura de ses ongles, le frappa à coups redoublés. Il ne se débattait pas, ne criait pas.

Elle le fit rouler sur le dos, sortit son arme et en appuya le canon sur la gorge de Simon.

— Eve, dit calmement Connors, immobile à cinquante centimètres d'elle.

— Je t'avais demandé de rester avec elle. Ne te mêle pas de ça.

Elle gardait les yeux rivés sur le visage de Simon, inondé de larmes. C'était son propre père qu'elle voyait.

Son doigt se crispa sur la détente de l'arme.

— Tu as gagné, tu l'as arrêté.

Bouleversé par la souffrance qu'il devinait chez sa femme, Connors s'accroupit près d'elle.

— Tuer ne te ressemble pas, Eve.

Elle tremblait. Les fines aiguilles de glace mêlées à la pluie lui martelaient douloureusement la figure.

— Je l'ai déjà fait, pourtant.

— C'est du passé, murmura-t-il en lui caressant les cheveux. Tu n'es plus la même.

— Je ne suis plus la même, répéta-t-elle d'une voix blanche. C'est vrai.

Elle se redressa, contempla l'homme recroquevillé sur le pavé. Il appelait sa mère. Les larmes barbouillaient son visage grimé.

Il était pitoyable.

« Définitivement vaincu, songea Eve, anéanti. »

— Surveille-le pendant que je demande qu'on vienne le chercher. Je n'ai pas de menottes sur moi.

— Moi, j'en ai ! lança Feeney qui approchait. J'avais laissé mon communicateur branché. McNab et moi, nous sommes arrivés ici juste après toi.

Il s'interrompit, la scruta.

— Beau travail, Dallas. Je me charge de lui, retourne auprès de Peabody.

— Oui…

Elle s'essuya la joue d'un revers de main, vit du sang sur ses doigts. Le sien, peut-être, ou celui de Simon.

— Merci, Feeney.

Connors la serra contre lui. Dans leur hâte, ils n'avaient même pas pris le temps d'enfiler une veste. Ils étaient trempés, et Eve commençait à grelotter.

— Je remonte par là, dit-elle en désignant l'échelle métallique. Ça ira plus vite.

Ils s'en approchèrent ensemble.

— Fais-moi la courte échelle.

Il s'exécuta, lui tendit ses mains en coupe pour qu'elle y posât le pied, et la hissa. Puis il la regarda grimper agilement.

— Je te laisse un moment seule avec elle.

— D'accord.

Elle se retourna. Son nez coulait, à cause du froid et de la tempête émotionnelle qui bouillait encore en elle.

— Je n'aurais pas pu le tuer, Connors. Je me demandais si j'en étais capable. J'avais peur de l'être. Mais, au bout du compte, je n'aurais pas pu.

— Je le sais, Eve.

Il lui sourit tendrement.

— Dépêche-toi de te mettre à l'abri, tu es gelée. Je t'attends dans la voiture.

L'escalade s'avéra infiniment plus pénible que la descente. Eve était moulue lorsqu'elle enjamba à nouveau le rebord de la fenêtre.

Peabody, emmitouflée dans la couverture, était blottie contre un McNab qui la frictionnait énergiquement.

— Elle n'a rien, marmonna-t-il. Il ne l'a pas...

Il s'interrompit, livide.

— Elle a seulement eu la peur de sa vie. J'ai demandé aux collègues de rester sur le palier.

— Excellente initiative, McNab. Rentrez chez vous, à présent.

Il dévisagea Peabody.

— Je... je peux dormir sur le canapé du salon, si vous voulez.

— Non, ce n'est pas la peine. Merci.

Gauchement, il se leva, se dandina d'un pied sur l'autre.

— Il faudrait peut-être que je rédige le rapport ?

— Ça attendra après-demain, rétorqua Eve. Profitez de votre journée de congé, vous l'avez bien méritée.

Il esquissa un sourire.

— On l'a tous méritée. Bon... on se revoit après Noël.

Quand il eut quitté la pièce, Peabody poussa un long soupir.

— Il a été vraiment gentil. Il a empêché les autres d'entrer, pour qu'ils ne me voient pas dans cet état. Il m'a réchauffée. J'avais tellement froid. Mon Dieu... balbutia-t-elle en baissant la tête.

— Je préférerais vous emmener à l'hôpital.

— Non, ça ira. Je suis juste encore un peu étourdie par le sédatif. Ça, plus les cocktails que j'avais ingurgités dans la soirée... Oh, quelle histoire ! Vous l'avez eu, n'est-ce pas ?

— Oui.

Peabody dévisagea Eve.

— Il est vivant ?

— Oui.

— Tant mieux. Je craignais...

— Moi aussi. Je me suis contrôlée.

Soudain, un sanglot échappa à Peabody. Ses yeux s'emplirent de larmes.

— Et merde ! pesta-t-elle. Voilà que je pleure.

— Laissez-vous aller, murmura Eve en s'asseyant à côté d'elle et en l'étreignant.

— J'étais tellement terrifiée. Je ne m'attendais pas qu'il ait autant de force. Je n'ai même pas pu sortir mon arme.

— Vous auriez dû vous enfuir.

— Vous l'auriez fait, vous ?

Toutes deux connaissaient la réponse à cette question.

— Je savais que vous viendriez à mon secours, balbutia Peabody. Mais quand j'ai repris conscience, que je me suis vue attachée sur le lit... j'ai eu peur que vous n'arriviez trop tard.

— Vous avez eu la présence d'esprit de gagner du temps.

Eve se redressa, contempla Peabody assise au bord du lit. Cette jeune femme était admirable, un roc inébranlable auquel on avait envie de s'accrocher.

— Je vais renvoyer la brigade au Central. Vous désirez que quelqu'un reste auprès de vous ?

— Non.

Le fossé recommençait à se creuser, songea Peabody. Eve était à nouveau distante.

— Dallas, pour l'autre soir… je vous demande pardon.

— Ce n'est pas le moment d'en discuter.

Peabody prit une inspiration pour se donner du courage. Résolument, elle écarta la couverture, montrant son corps nu.

— Vous constaterez que je n'ai pas mon uniforme, ce n'est donc pas l'assistante qui parle à son supérieur hiérarchique. Cela signifie que je peux dire ce qui me chante. Je n'ai pas apprécié vos remarques. Sur ce point, je persiste et je signe. Mais j'ai compris que vous teniez suffisamment à moi pour me passer un savon. Je ne regrette pas de vous avoir envoyée sur les roses. Je suis simplement désolée de n'avoir pas saisi que vous étiez inquiète comme peut l'être une amie.

Eve garda un instant le silence.

— D'accord. On tourne la page. Mais si jamais vous vous payez dix prostitués pour une orgie du tonnerre de Dieu, j'exige que vous me racontiez tout par le menu.

Peabody renifla, grimaça un pauvre sourire.

— C'est malheureusement un fantasme que je n'ai pas les moyens de m'offrir. En revanche, ce soir, j'en ai réalisé un autre. Figurez-vous que Connors m'a vue en tenue d'Eve.

— Peabody, espèce de midinette !

Pleurant et riant à la fois, Eve l'entoura de ses bras. Cette fois, elle l'étreignit de toutes ses forces.

— Je vous retrouve enfin, murmura-t-elle.

Elle paraissait si solide, pensa Connors, en la regardant sortir de l'immeuble. Si maîtresse d'elle-même, tandis qu'elle donnait ses ordres aux policiers.

Pourtant, elle était si frêle dans sa chemise mouillée que le vent glacial collait à sa peau. Elle avait encore du sang sur les mains. Sans doute n'en était-elle même pas consciente.

Une vague d'amour le submergea, lorsqu'il la vit s'avancer d'un pas déterminé vers la voiture. Il lui ouvrit la portière.

— Tu veux rester avec elle ?

Eve se pelotonna sur son siège.

— Une nuit de repos, et elle sera sur pied. C'est un bon flic.

— Toi aussi.

Il lui prit doucement le menton, déposa sur ses lèvres un tendre baiser.

Elle glissa ses doigts tachés de sang dans les cheveux de son mari.

— Quelle heure est-il ?

— Presque minuit.

Elle l'embrassa, soupira.

— Un souvenir de plus à ranger dans notre coffret. Désormais, ce sera notre rite secret. Joyeux Noël, Connors !

Conspiration du crime

Tout homme sait que les hommes sont mortels,
lui seul se croit immortel.

Edward YOUNG

Laissez-nous avec la Mort.

TENNYSON

Prologue

Je possède le pouvoir suprême. Je l'ai là, dans mes mains. Le pouvoir de guérir ou de détruire. D'octroyer la vie ou la mort. C'est un don que je révère, je l'ai peaufiné au fil du temps pour en faire un art aussi magnifique et grandiose que les œuvres enfermées au Louvre.

Je suis l'art, je suis la science. Je suis Dieu.

Dieu doit être impitoyable et clairvoyant. Dieu étudie ses créatures et distingue le bon grain de l'ivraie. Les meilleures de ces créatures doivent être chéries, protégées, soutenues. La grandeur récompense la perfection.

Cependant, même l'imperfection a un but.

Dieu, dans sa sagesse, examine, utilise ce qui passe entre Ses mains, et crée des merveilles. Le plus souvent sans pitié, c'est vrai, voire avec une brutalité que la populace condamne.

À nous, qui détenons la puissance, de ne pas nous laisser distraire par l'opprobre, les lois mesquines et dérisoires des hommes ordinaires. Ils sont aveugles, la peur leur obscurcit l'esprit – la peur de souffrir, de mourir. Ils sont trop sots pour comprendre que la mort peut être vaincue.

Je l'ai presque vaincue.

Si mon œuvre était découverte, les hommes ordinaires, ces fous bardés de lois imbéciles, me voueraient aux flammes de l'enfer.

Mais quand ma tâche sera accomplie, ils me vénéreront.

1

Pour certains, la mort n'était pas la suprême ennemie. La vie était un adversaire autrement plus implacable. Pour les zombis qui déambulaient dans la nuit, les camés aux yeux vitreux et aux mains tremblantes, l'existence n'était qu'un périple sans but, d'une dose à l'autre, un gouffre ténébreux où ils n'avaient pour toute lumière que les fulgurances de la drogue.

De la naissance au tombeau, ils ne connaissaient guère que la souffrance, le désespoir et, parfois, la terreur.

En ces premiers jours de 2059, la souffrance, le désespoir et la terreur escortaient sans relâche les pauvres et les vagabonds qui hantaient les entrailles de New York. Pour les êtres atteints de déficiences physiques ou mentales, tombés dans les crevasses de la société, la ville n'était qu'une prison.

Bien sûr, il existait des programmes sociaux. Après tout, on vivait une époque formidable. C'était du moins ce qu'affirmaient les politiciens. Le Parti libéral réclamait à cor et à cri des logements, des écoles, des hôpitaux, des centres de formation professionnelle et de réinsertion, sans préciser comment il comptait financer tout cela. Le Parti conservateur, de son côté, s'empressait de sabrer le budget des programmes déjà en place, puis discourait avec une conviction vibrante sur la famille et la qualité de la vie.

Pourtant, des foyers d'hébergement accueillaient les personnes qui possédaient les qualités requises et toléraient qu'on leur fasse la charité. On offrait effectivement de l'aide à ceux qui savaient naviguer, sans perdre complètement la boussole, dans les inextricables méandres de la bureaucratie.

Mais les enfants continuaient à crever de faim, les femmes vendaient leur corps, et les hommes tuaient pour une poignée de *credits*.

On avait beau vivre une époque formidable, la nature humaine demeurait inchangée, aussi prévisible que la mort.

Pour les sans-abri, le mois de janvier à New York se résumait à une succession de nuits glaciales. Rien, ni l'alcool ni la drogue, ne pouvait vaincre ce froid-là. Quelques-uns abdiquaient et se traînaient jusqu'aux refuges, pour y dormir sur des matelas défoncés ou avaler la maigre soupe et l'insipide pain de soja que leur servaient des étudiants en sociologie aux yeux luisant de curiosité malsaine. Les autres restaient dehors, trop déphasés ou entêtés pour abandonner leur bout de trottoir.

Et durant ces nuits glaciales, beaucoup glissaient sans bruit de vie à trépas.

La ville les avait tués, mais nul ne considérait cela comme un crime.

L'aube était à peine levée, et le lieutenant Eve Dallas roulait déjà en direction du centre. Elle pianotait nerveusement sur le volant. En principe, la mort d'un clochard dans le Bowery n'aurait pas dû la concerner. C'était l'affaire de ceux qu'au département de police on surnommait « les éboueurs », les flics qui patrouillaient dans les secteurs où il y avait une forte concentration de sans-abri. Ils embarquaient les macchabées à la morgue, afin qu'on les autopsie, qu'on les identifie, puis qu'on les fasse enterrer.

Cette corvée incombait aux policiers qui gardaient encore l'espoir d'intégrer une unité plus glorieuse, ou qui avaient définitivement cessé de croire aux miracles. La brigade des homicides n'intervenait que si une mort était à l'évidence suspecte.

Mais ce matin-là, la corvée était tombée sur Eve, l'arrachant à son lit douillet et aux bras de son mari.

— Je parie que c'est un novice qui a alerté la brigade, grommela-t-elle. Un jeune crétin qui rêve d'arrêter son premier serial killer.

Peabody, assise à son côté, bâilla à s'en décrocher la mâchoire. Par-dessous sa frange noire, elle regarda Eve d'un air implorant.

— Je ne vous serai d'aucune utilité. Si vous me déposiez au prochain arrêt d'aérobus, je pourrais être chez moi dans dix minutes et me recoucher.

— Si je souffre, vous devez souffrir aussi.

— Merci, Dallas. C'est bon de se sentir... aimée.

Eve réprima un sourire. Personne, songea-t-elle, n'était plus solide, plus fiable que son assistante. Malgré l'heure indue, Peabody arborait une tenue impeccable. Son uniforme d'hiver en épais lainage ne présentait pas le moindre faux pli, les boutons de sa veste étaient soigneusement astiqués, ses chaussures brillaient comme des miroirs. Elle avait encore les paupières lourdes de sommeil, mais elle verrait ce qu'il fallait voir. Eve pouvait compter sur elle.

— Dites donc, vous n'aviez pas une grande réception, hier soir ?

— Si, à Washington. Connors avait organisé une espèce de bal pour une œuvre de charité. Je crois qu'il s'agissait de sauver les taupes, ou une bestiole ridicule du même genre. Il y avait assez de bouffe pour nourrir tous les clochards de l'East Side pendant un an.

— Quelle épreuve pour vous ! Je suppose que vous avez dû mettre une superbe toilette, voyager dans l'avion privé de Connors et siroter du champagne. L'horreur, quoi !

Eve ne releva pas. Le faste qu'elle connaissait depuis son mariage l'étonnait toujours, l'irritait souvent, et Peabody ne l'ignorait pas.

— Ouais, bougonna-t-elle. Il a aussi fallu que je danse avec Connors. Pendant des heures.

— Il était en smoking ?

Peabody l'avait vu une fois en smoking. Une image inoubliable.

— Évidemment.

Eve se remémora avec un délicieux frisson le retour à la maison ; elle lui avait littéralement arraché ses vêtements. Nu, il était encore plus beau.

— Quelle merveille, soupira Peabody qui visualisait le tableau. Quelle splendeur !

— Beaucoup de femmes apprécieraient moyennement que leur mari tienne la vedette dans les fantasmes érotiques de leur assistante.

— Mais vous êtes au-dessus de ces médiocrités, lieutenant. C'est ce que, moi, j'apprécie chez vous.

Eve émit un grognement sarcastique et fit rouler ses épaules pour décontracter ses muscles. Elle était moulue. Voilà ce qu'on récoltait quand on s'abandonnait sauvagement à la luxure pendant une nuit entière.

Secouant la tête pour s'éclaircir les idées, elle considéra les immeubles délabrés, les trottoirs jonchés de détritus. Les plaies, les verrues et les tumeurs qui gangrenaient le béton et l'acier citadins.

Un soupirail crachait des jets de vapeur qui se répandaient sur la chaussée, telle une couche de brume sale au-dessus d'une rivière boueuse.

L'univers d'Eve, depuis qu'elle avait rencontré Connors, était à des années-lumière de ce monde-là. Elle évoluait désormais dans un décor somptueux, où les sols étaient en bois ciré, où l'air embaumait les fleurs fraîches disposées dans des vases en cristal et le parfum enivrant de la richesse.

Mais elle savait ce que c'était que de vivre dans des quartiers comme celui-ci. Ils se ressemblaient tous, à New York ou ailleurs. La même puanteur, la même désespérance y régnaient.

Les rues étaient quasiment désertes. Rares étaient les habitants qui s'aventuraient dehors avant l'aube. Les dealers et les prostitués avaient réintégré leur tanière. Les commerçants assez intrépides pour travailler dans ce secteur n'avaient pas encore désactivé les grilles électroniques de leur boutique. Les vendeurs ambulants, poussés par la nécessité de gagner leur pitance, allaient par deux pour mieux se défendre en cas d'agression.

Eve repéra enfin le véhicule de patrouille noir et blanc.

— Non mais, regardez-moi ça ! Ils me tirent du lit à 5 heures du matin, et ils n'ont même pas fini de boucler le périmètre. Pas étonnant qu'on les ait enrôlés dans la brigade des éboueurs. Quels crétins !

Peabody garda un silence prudent, tandis qu'Eve s'arrêtait dans un hurlement de freins et bondissait hors du véhicule. Les crétins, songea-t-elle avec un brin de pitié, étaient bons pour une engueulade de première.

Elle sortit à son tour et suivit Eve qui fonçait vers deux policiers en uniforme visiblement frigorifiés, la tête enfoncée dans les épaules. Dès qu'ils virent Eve, ils rectifièrent aussitôt la position et se mirent quasiment au garde-à-vous.

Le lieutenant produisait toujours cet effet-là sur les flics de base, nota Peabody. Ce n'était pas seulement son allure qui impressionnait, sa silhouette longiligne, ses courtes boucles brunes si souvent ébouriffées, où brillaient des reflets cuivrés. Non, c'était son visage qui attirait immanquablement l'attention. Ses yeux ambrés, dont la couleur évoquait celle d'un bon whisky irlandais ; la fossette qui creusait son menton volontaire, juste au-dessous d'une bouche sensuelle.

Eve était belle, d'autant plus qu'elle n'en avait absolument pas conscience et ne possédait pas une once de coquetterie.

À cela s'ajoutait qu'elle était le meilleur flic que Peabody eût jamais croisé sur sa route. Un flic qui ne reculait devant aucun danger, qui défendait avec acharnement les vivants et les morts.

Et qui n'hésitait pas à botter les fesses de ceux qui avaient failli à leur tâche.

— Où avez-vous appris votre métier ? lâcha-t-elle froidement. Vous me faites venir jusqu'ici pour un homicide, et vous n'avez même pas sécurisé le périmètre ! Vous êtes plantés là à vous rouler les pouces ! Et votre rapport, il est prêt ? Vous êtes des policiers, nom d'un chien ! Comportez-vous comme tels !

— Oui, lieu... lieutenant, bégaya le plus jeune du tandem, qui semblait tout juste sorti de l'adolescence.

Sa coéquipière, en revanche, avait beaucoup plus d'expérience. C'était surtout elle qu'Eve visait.

— Oui, lieutenant, marmonna-t-elle, d'un ton si chargé de rancœur qu'Eve lui décocha un regard acéré.

— Vous avez un problème, agent... Bowers ?

— Non, lieutenant.

La femme avait un teint rouge brique qui contrastait de façon saisissante avec le bleu très pâle de ses yeux. De courtes mèches noires s'échappaient du képi réglementaire. Il manquait un bouton au manteau de son uniforme, ses chaussures étaient éraflées et crottées. Eve faillit la réprimander vertement pour sa tenue débraillée, cependant elle s'abstint. Elle comprenait que, quand on faisait un travail aussi peu ragoûtant, on n'eût pas envie de se mettre sur son trente et un.

— Tant mieux, fit-elle simplement, après quoi elle tourna le regard vers le jeune policier.

Celui-là lui inspirait une certaine sympathie. Il était blanc comme un linge et tremblait de tous ses membres.

— Agent Trueheart, mon assistante va vous montrer comment on boucle un périmètre. Je vous conseille d'être attentif.

— Oui, lieutenant.

— Peabody ?

Cette dernière n'avait pas besoin de longues phrases. Elle tendit à Eve son kit de terrain.

— Eh bien, Bowers, de quoi s'agit-il ?

— Un indigent de type caucasien. Surnommé le Brochet. Voilà sa niche.

Bowers désignait un abri ingénieusement fabriqué – une grande caisse ornée d'étoiles et de fleurs bariolées, qui avait pour toiture un couvercle de poubelle bosselé. Une couverture mangée aux mites servait de porte, surmontée par un panneau portant une inscription laconique en lettres capitales : LE BROCHET.

— Il est là-dedans ?

— Oui. On est payés pour jeter un coup d'œil à ces cahutes et ramasser les cadavres. Et comme cadavre, le Brochet se pose un peu là.

— Je m'en doute, rétorqua Eve en s'approchant de la cahute. Bon Dieu, quelle puanteur !

— C'est ce qui m'a alertée. Tous ces clodos empestent la crasse, la sueur et j'en passe, mais un macchabée a une autre odeur.

Eve acquiesça. Elle ne connaissait que trop le fumet de la mort. Douceâtre, écœurant. Or, c'était bien cette odeur qu'elle sentait, ainsi qu'un relent plus métallique qui la fit sourciller. Du sang.

— On l'a poignardé ? Ces malheureux ne possèdent rien qui puisse attirer les voleurs.

Pour la première fois, Bowers esquissa un sourire. Son regard, cependant, demeura froid et dur, empli d'amertume.

— Pourtant, on lui a effectivement volé quelque chose.

Satisfaite de ces paroles sibyllines, elle recula d'un pas. Elle priait pour que ce lieutenant bouffi d'orgueil ait le choc de sa vie en découvrant ce qui l'attendait derrière la couverture miteuse.

Eve enduisit ses mains et ses bottes de Seal-It.

— Vous avez appelé le légiste ?

— J'ai préféré laisser la brigade des homicides prendre la décision, répondit Bowers, perfide.

— Qu'est-ce que ça signifie ? Il est mort ou non ?

Agacée, Eve se pencha pour écarter le rideau.

Elle eut un choc, mais pas aussi violent que Bowers ne l'espérait. Elle en avait trop vu. Cependant, les horreurs que les humains pouvaient infliger à leurs semblables ne cesseraient jamais de la stupéfier. Et le sort des victimes lui inspirait une compassion que la femme immobile à son côté était incapable d'éprouver ou même de comprendre.

— Pauvre diable, murmura-t-elle.

Elle s'accroupit pour examiner le corps. Le Brochet n'était plus qu'un sac d'os aux cheveux clairsemés. Il avait les yeux et la bouche grands ouverts, il ne lui restait que quelques dents. Les gens comme lui profitaient rarement des soins médicaux et dentaires gratuits auxquels ils avaient droit.

Il devait être né à la fin du siècle dernier, estima Eve. Mais vu l'état de malnutrition dans lequel il se trouvait, même s'il n'avait pas été assassiné, il n'aurait pas vécu beaucoup plus longtemps.

Elle remarqua également les bottes qu'il avait aux pieds. Quoique le cuir fût craquelé et mal entretenu, ces chaussures étaient solides, il aurait pu les porter encore plusieurs années. De même la couverture qui gisait sur le sol était de bonne qualité. Et le Brochet possédait quelques bricoles : une tête de poupée, une lampe de poche en forme de grenouille, une tasse ébréchée qui servait de vase à un bouquet de jolies fleurs en papier. D'autres silhouettes en papier découpé tapissaient les parois de la cabane : des arbres, des chiens, des anges, et surtout des étoiles et des fleurs.

Le Brochet n'avait apparemment pas lutté contre son agresseur. On ne voyait pas de meurtrissures ou d'écorchures sur sa peau. Son assassin n'avait pas frappé au hasard.

Il avait même fait preuve d'une précision chirurgicale, songea Eve en étudiant le trou béant, de la taille d'un poing, dans la poitrine du mort. Il avait extrait le cœur, sans doute avec un bistouri au laser.

— C'est bien un homicide, Bowers.

Eve sortit à reculons de la cahute. Quand elle se tourna vers son interlocutrice, l'insolence qu'elle lut sur sa figure lui fouetta le sang.

— Mettons les points sur les i, Bowers. Nous ne nous apprécions pas. Ce sont des choses qui arrivent. Mais vous êtes assez intelligente pour comprendre que j'ai les moyens de vous pourrir la vie.

Eve s'avança, posa le bout de sa botte sur la chaussure de Bowers et, délibérément, lui écrasa les orteils.

— Alors montrez-moi que vous êtes futée, Bowers. Rengainez votre petit sourire et écartez-vous de mon chemin.

Le rictus sarcastique s'effaça des lèvres de Bowers. Mais ses pupilles s'étrécirent, pareilles à deux têtes d'épingle luisantes d'hostilité.

— Le règlement stipule que les officiers supérieurs n'ont pas le droit d'agresser verbalement des subalternes.

— Sans blague ? N'oubliez pas de noter ça dans votre rapport, Bowers. Et veillez à ce que ce rapport, en triple exemplaire, soit sur mon bureau à 10 heures tapantes. Écartez-vous de là, répéta Eve d'une voix sourde, redoutable.

Elles restèrent un instant face à face, à s'affronter du regard. Puis Bowers baissa les yeux. Comme si elle n'existait plus, Eve pivota et prit son communicateur.

— Lieutenant Eve Dallas. Nous avons un homicide.

Pourquoi volerait-on un cœur aussi manifestement usé ? se demandait-elle, à nouveau accroupie près de la victime.

Elle se rappelait qu'après la guerre urbaine, durant un certain temps, les organes volés avaient rapporté pas mal d'argent. Souvent les dealers n'avaient pas la patience d'attendre que le donneur soit mort. Cela remontait cependant à plusieurs décennies, avant qu'on ne soit capable de fabriquer industriellement des substituts artificiels.

Eve ne s'intéressait guère aux progrès de la médecine. Elle éprouvait une antipathie viscérale à l'égard des docteurs. Elle savait néanmoins que les gens très riches dédaignaient les produits manufacturés. Quand ils avaient besoin d'un greffon, ils préféraient acheter à prix d'or le cœur ou les reins d'un jeune accidenté de la route. À condition que ces organes soient en parfait état. Or, le Brochet n'avait pas le profil du donneur idéal, loin de là.

Eve se pencha, fronça le nez. Une faible odeur d'antiseptique flottait dans l'air.

Les sourcils froncés, elle s'assit sur ses talons.

À première vue, et compte tenu de la température extérieure, la mort remontait aux environs de minuit. Le rapport de toxicologie révélerait si la victime avait ingéré de la drogue.

À l'évidence, le Brochet était un pochard. La bouteille marron caractéristique, qui servait à transporter de la gnôle artisanale, était rangée dans un coin, presque vide. Eve trouva aussi une maigre réserve de came : un mince joint de Zoner roulé à la main, deux capsules roses de Jags, et un petit sachet de poudre blanche qu'elle renifla – du Grin mélangé à une pointe de Zeus.

Sur la figure crevassée du Brochet, les vaisseaux sanguins dessinaient une sorte de toile d'araignée. Il avait la peau couverte de croûtes. Cet homme buvait comme un trou, il fumait et se nourrissait de détritus. Un jour prochain, il serait mort dans son sommeil.

Pourquoi l'avait-on assassiné ?

— Lieutenant ? appela Peabody. Le légiste est arrivé.

— Pourquoi a-t-on emporté le cœur ? marmonna Eve qui réfléchissait à voix haute. Pourquoi l'a-t-on retiré avec tant de soin ? S'il s'agissait d'un meurtre banal, on l'aurait roué de coups. Si on voulait le mutiler, on lui aurait arraché les bras ou les jambes. Tandis que là, nous avons affaire à un travail chirurgical.

Peabody grimaça.

— Je n'ai jamais assisté à une opération de cardiologie, mais je vous crois sur parole.

— Regardez cette plaie. Il aurait dû pisser le sang, non ? Il a un trou énorme dans la poitrine, nom d'une pipe ! Les veines caves et les artères ont été ligaturées. Celui qui a fait ça ne voulait pas bâcler la besogne. Au contraire, il est méticuleux. Fier de son travail.

Eve s'extirpa de la cahute, se redressa et aspira une goulée d'air.

— Il est doué, reprit-elle. Par conséquent, il a eu une bonne formation. De plus, je ne pense pas qu'une personne seule aurait pu exécuter une telle opération. Vous avez envoyé les éboueurs à la recherche d'éventuels témoins ?

— Oui.

Peabody embrassa du regard la rue déserte, les immeubles aux fenêtres cassées, l'enchevêtrement de cartons et de caisses qui encombrait le trottoir.

— Je leur souhaite bonne chance, ajouta-t-elle.

— Salut, lieutenant !

Eve se retourna.

— Salut, Morris ! Je ne m'attendais pas à ce que la fine fleur de la médecine légale se déplace pour un clodo.

Un sourire réjoui éclaira le visage du médecin. Ses cheveux plaqués en arrière et nattés étaient coiffés d'un bonnet de ski rouge vif, assorti à son long manteau qui claquait au vent. Morris était toujours habillé à la dernière mode.

— J'étais disponible, et votre clodo a éveillé mon intérêt. Il n'a plus de cœur, c'est ça ?

— En tout cas, je ne l'ai pas trouvé.

— Voyons voir.

Eve, qui claquait des dents, lui envia son manteau manifestement confortable et, surtout, chaud. Elle en avait un – une splendeur que Connors lui avait offerte pour Noël – mais elle refusait de le porter pour travailler. Pas question de salir ce somptueux cachemire vert bronze.

Et c'était probablement dans les poches de cette merveille qu'elle avait fourré ses gants flambant neufs. Résultat, elle avait les doigts gourds.

Elle les glissa sous sa veste en cuir pour tenter de les réchauffer, et regarda Morris procéder à l'examen du corps.

— Du beau travail, commenta-t-il. Remarquable.

— Il a de l'expérience, n'est-ce pas ?

— Ça oui, dit-il en ajustant ses verres grossissants. Et comment ! Ce n'est pas sa première opération, je vous le certifie. Et il n'a pas utilisé des instruments de pacotille. Notre tueur est un chirurgien de premier ordre. Pour un peu, je serais jaloux.

— Certaines sectes prônent les sacrifices humains. Mais, en principe, elles dépècent les corps de leurs victimes. De plus, les cérémonies se déroulent dans un cadre, une ambiance particuliers.

— À mon avis, ce n'est pas une affaire religieuse, mais médicale.

— Je partage votre opinion. Vous pensez qu'il était en mesure d'accomplir ce boulot tout seul ?

— J'en doute. Pour une opération aussi délicate, et dans des conditions aussi défavorables, il avait besoin d'un assistant expérimenté.

— S'il ne s'agit pas d'un quelconque rituel de magie noire, pourquoi a-t-on pris le cœur de ce pauvre bougre ?

— Je n'en ai pas la moindre idée, répondit Morris, jovial.

Il se redressa, poussa Eve hors de la cabane et respira à fond.

— Je suis surpris que ce vieux bonhomme ne se soit pas asphyxié. Ce que ça peut puer, là-dedans ! Bon... *a priori*, je dirais que son cœur battait déjà la breloque, il était en bout de course. Vous avez prélevé un échantillon d'ADN pour l'identification ?

— Tout est emballé, prêt à partir pour le labo.

— Eh bien alors, il ne nous reste qu'à l'embarquer.

— Votre curiosité est-elle suffisamment titillée pour que vous le fassiez passer avant les autres macchabées que vous devez autopsier ?

— Figurez-vous que oui, glousse-t-il, tout en ordonnant d'un signe à ses assistants d'emmener le corps. Vous devriez vous acheter un bonnet, Dallas. On se gèle.

Elle haussa les épaules d'un air détaché, mais en réalité, elle aurait volontiers renoncé à un mois de salaire pour un café brûlant.

Laissant Morris terminer son travail, elle rejoignit Bowers et Trueheart. En la voyant approcher, Bowers grinça des dents. Elle était frigorifiée, elle avait l'estomac vide. Regarder de loin le lieutenant et le légiste en chef papoter amicalement avait décuplé son ressentiment.

« Elle couche sans doute avec lui », se dit-elle aussitôt. Les femmes comme Eve Dallas, elle les connaissait bien. Ces garces n'hésitaient pas à s'allonger pour sortir du rang. Elle était bien placée pour le savoir : elle n'avait jamais obtenu la moindre promotion justement parce qu'elle refusait de s'abaisser à ça.

Tout est pourri. Elle sentit le sang cogner à ses tempes. Un jour, elle aurait sa revanche.

Espèce de traînée. Les mots résonnèrent dans sa tête, s'échappèrent presque de sa bouche. Elle déglutit avec peine. « Contrôle-toi », se tança-t-elle.

La haine qu'Eve perçut dans le regard pâle de Bowers la sidéra. Cette hostilité était trop violente, trop farouche, pour avoir été suscitée par une banale réprimande. Eve dut se réfréner pour ne pas porter la main à son arme. Elle se borna à hausser un sourcil inquisiteur.

— Votre rapport, agent Bowers ?

— Personne n'a rien vu, personne ne sait rien, articula Bowers. C'est toujours comme ça, avec ces gens-là.

Du coin de l'œil, Eve remarqua que le jeune Trueheart ébauchait un mouvement. Elle plongea la main dans sa poche, en extirpa quelques pièces.

— Allez me chercher un café, agent Bowers.

Le dédain qui crispait les traits de la femme céda la place à la stupeur.

— Pardon ?

— Je veux du café, pour mon assistante et pour moi. Vous connaissez le quartier, n'est-ce pas ? Vous filez à la supérette du coin et vous me rapportez des cafés.

— Mais Trueheart est d'un rang inférieur au mien.

— Peabody, ôtez-moi un doute. Me serais-je par inadvertance adressée à Trueheart ?

— Non, lieutenant, vous avez parlé à l'agent Bowers.

Peabody, qui n'aimait pas non plus l'attitude de Bowers, ajouta avec un sourire charmant :

— Je prends mon café avec du lait et du sucre. Le lieutenant Dallas le préfère noir et très fort. Il me semble avoir aperçu une supérette pas très loin d'ici.

Bowers la dévisagea, les mâchoires crispées, puis tourna les talons en marmonnant.

— Vous avez entendu, Peabody ? fit Eve. Elle vous a traitée de sale garce.

— Je crois que le compliment vous était plutôt destiné.

— Vous avez sans doute raison, rétorqua Eve avec un sourire carnassier. À nous deux, Trueheart. Crachez-moi le morceau.

Le visage du jeune homme devint livide.

— Je ne...

— Que savez-vous au juste ?

Il jeta un regard nerveux à la silhouette de Bowers qui s'éloignait. Eve s'approcha de lui.

— Oubliez-la, ordonna-t-elle d'un ton sec. À présent, c'est à moi que vous avez affaire. J'attends votre rapport.

Il prit une inspiration.

— Personne dans le secteur n'a rien remarqué de spécial. La victime n'a eu aucun visiteur durant la nuit. Mais...

— Oui ?

— Je... j'allais en informer Bowers, seulement... elle m'a coupé la parole et...

— Moi, je vous écoute.

— C'est à propos du Lézard. Il avait sa cahute tout près de celle du Brochet. Depuis qu'on m'a affecté à ce poste, elle a toujours été là. Ça ne fait que deux mois, mais...

— Vous avez patrouillé dans le coin, hier ?

— Oui, lieutenant.

— Et il y avait une cabane près de celle du Brochet ?

— Oui, lieutenant, comme d'habitude. Maintenant, elle est de l'autre côté de la rue, au bout de l'allée.

— Vous avez interrogé ce type ?

— Non, on n'a pas pu le réveiller. Il était ivre mort, et Bowers a dit que ça ne valait pas la peine d'insister.

Eve le dévisagea pensivement. L'émotion lui rosissait les joues, il avait un regard clair et direct.

— Depuis combien de temps êtes-vous sorti de l'académie, Trueheart ?

— Trois mois, lieutenant.

— Alors vous avez des excuses. Vous vous laissez encore impressionner par l'uniforme, même quand c'est une imbécile qui le porte.

Une étincelle malicieuse s'alluma dans les yeux de Trueheart.

— Mais j'ai l'intuition que vous apprendrez vite, poursuivit Eve. Demandez qu'on envoie un fourgon et faites emmener votre Lézard au Central. Je tiens à ce que vous soyez là quand il aura fini de cuver. Il vous connaît ?

— Oui, lieutenant.

— Vous resterez avec lui et vous nous l'amènerez dès qu'il sera cohérent. Vous assisterez à l'interrogatoire.

— Vous voulez que... bafouilla Trueheart, dont le visage s'illumina. Mais, je suis affecté à la brigade des éboueurs. Bowers est mon instructeur.

— Cela correspond-il à vos aspirations, Trueheart ?

Il n'hésita qu'une fraction de seconde.

— Non, lieutenant, pas du tout.

— Dans ce cas, je vous conseille d'obéir à mes ordres.

Sur quoi, après avoir houspillé l'équipe du labo, elle regagna sa voiture.

— Vous êtes vraiment gentille, déclara Peabody.

— Ne commencez pas à débiter des sornettes, s'il vous plaît.

— N'empêche que vous avez offert à ce garçon une sacrée bouée de sauvetage.

— Il nous apporte un témoin sur un plateau, et je ne suis pas mécontente de couper l'herbe sous le pied de cette Bowers. À l'occasion, Peabody, renseignez-vous sur cette teigne. J'aime bien avoir le maximum de renseignements sur les gens qui ont envie de m'arracher les yeux.

— Je m'en occupe séance tenante.

— Tuyautez-vous aussi sur Trueheart, pour la forme.

— Avec grand plaisir. Je le trouve adorable.

Eve leva les yeux au ciel.

— Vous êtes beaucoup trop vieille pour lui, ma pauvre.

— Je n'ai que deux ou trois ans de plus, à tout casser ! protesta Peabody. Et je vous signale que certains garçons préfèrent les femmes un peu mûres.

— Je croyais que vous étiez toujours avec Charles.

— On sort ensemble, répliqua Peabody, gênée. Mais on ne s'est pas juré fidélité.

Un compagnon licencié avait effectivement du mal à être fidèle, songea Eve. Elle s'abstint cependant de tout commentaire. Quelques semaines auparavant, elle s'était aventurée à critiquer la relation que Peabody entretenait avec Charles Monroe, et elles avaient failli se brouiller.

— Ça ne vous dérange pas ? demanda-t-elle simplement.

— Nous nous sommes mis d'accord. Nous nous aimons beaucoup, Dallas. Nous passons ensemble des moments très agréables. Je souhaiterais que vous...

Peabody n'acheva pas sa phrase.

— Je n'ai rien dit, se défendit Eve.

— Vous l'avez pensé si fort que j'ai entendu.

Eve se mordit les lèvres. Elle s'était promis de ne pas ranimer cette querelle.

— Pour l'instant, déclara-t-elle, je pense à un bon petit-déjeuner, avant de nous attaquer à la paperasse.

Peabody respira un bon coup.

— Je suis partante. Surtout si c'est vous qui payez.

— Je l'ai fait la dernière fois.

— Je n'en ai pas le souvenir. Attendez un peu que je vérifie, rétorqua Peabody en saisissant son mémo électronique.

Elles se regardèrent et éclatèrent de rire.

2

La nourriture servie à la cafétéria du Central n'avait qu'un seul mérite : elle calait un estomac creux à la façon dont le plâtre bouche des trous dans un mur. Entre deux bouchées de ce qui passait pour une omelette aux épinards, Peabody lisait à Eve les informations qui défilaient sur l'écran de son ordinateur de poche.

— Ellen Bowers... Diplômée de l'académie de police de New York en 46...

— Ah oui ? En 46, j'y étais aussi. Elle a dû décrocher son diplôme juste avant moi. Je ne me souviens pas d'elle.

— Je ne peux pas consulter son dossier scolaire sans autorisation.

— Ne vous embêtez pas avec ça, rétorqua Eve qui s'escrimait à scier le bout de carton censé être une crêpe qu'elle avait dans son assiette. Elle est dans la police depuis une dizaine d'années et elle en est encore à ramasser des macchabées ? Apparemment, je ne suis pas la seule à qui elle flanque de l'urticaire.

— Elle a été affectée à cette brigade il y a deux ans. Auparavant, elle était à la circulation. Elle a aussi été gratte-papier au Central. Les services se la renvoient comme une balle de ping-pong.

Le sirop dont elle avait inondé sa crêpe n'ayant pas suffi à la ramollir, Eve renonça et avala le café qui n'avait pas son pareil pour transformer un tube digestif en gruyère.

— Ouais, on dirait que notre copine a du mal à se trouver une place stable.

— On me réclame une autorisation pour accéder aux rapports d'évaluation. J'en demande une ?

— Laissez tomber, décida Eve après réflexion. De toute façon, je serais surprise qu'elle vienne à nouveau nous pomper l'air.

— Apparemment, elle est célibataire, continua Peabody. Elle ne s'est jamais mariée, elle n'a pas d'enfants. Elle est âgée de trente-cinq ans, ses parents habitent le Queens, elle a deux frères et une sœur. J'espère que vous avez raison et que nous n'aurons plus affaire à elle. Cette bonne femme a une envie folle de vous écorcher vive.

— Eh bien, elle risque d'être déçue, déclara Eve tranquillement. D'après vous, pourquoi m'en veut-elle à ce point ?

— Parce que vous êtes Eve Dallas, et qu'elle ne vous ressemble pas.

Peabody frissonna.

— À votre place, je me méfierais. Elle est du genre à poignarder les gens dans le dos.

— Encore faudrait-il qu'elle en ait l'occasion. Bon, dépêchez-vous de manger. Je veux voir si le clodo de Trueheart sait quelque chose.

Eve décida d'utiliser une salle d'interrogatoire ; ce cadre austère et solennel déliait souvent les langues. Le Lézard, quand il entra, paraissait à peu près cohérent, grâce à la dose massive de Sober-Up qu'on lui avait fait ingurgiter. Il était néanmoins agité de soubresauts, et ses yeux caves roulaient sans relâche dans leurs orbites.

Un passage dans la cabine de décontamination l'avait – du moins, Eve l'espérait-elle – délesté des parasites auxquels il devait servir d'asile ; une odeur de citron synthétique masquait tant bien que mal le fumet *sui generis* que dégageait son corps squelettique.

Un toxico, pensa Eve, dont les vices divers et variés avaient vraisemblablement grillé la majeure partie des neurones.

Sachant que les poivrots souffraient d'une soif inextinguible, elle lui tendit un verre d'eau dont il vida la moitié d'un trait.

— Quel âge avez-vous, le Lézard ?

— J'sais pas. Cinquante, par là.

Il avait plutôt l'air d'un octogénaire en mauvaise santé.

— Quel est votre vrai nom ?

Il haussa les épaules. On lui avait pris ses guenilles pour les mettre au rebut. Il portait à présent un pantalon usé jusqu'à la corde, trois fois trop grand pour lui et une chemise grise. Sa peau était quasiment de la même couleur que le tissu.

— J'sais pas. On m'appelle le Lézard.

— D'accord. Vous connaissez l'agent Trueheart, ici présent, n'est-ce pas ?

— Ben, ouais.

Soudain, un sourire de gamin éclaira sa trogne ravagée.

— Ouais ! Y m'a refilé quelques pièces pour me payer de la soupe.

Trueheart piqua un fard, se dandina d'un pied sur l'autre.

— Je suppose qu'avec cet argent, vous vous êtes acheté de l'alcool.

— J'sais pas.

Le sourire s'évanouit, les yeux papillotants se posèrent sur Eve.

— Qui vous êtes ? Pourquoi je suis ici ? J'ai rien fait, moi. Si je les surveille pas, on va me chouraver mes affaires.

— Ne vous inquiétez pas, on s'en occupe. Je suis le lieutenant Dallas.

Elle parlait d'une voix posée, aimable, pour ne pas l'effrayer.

— Je désire simplement bavarder avec vous. Vous avez faim ?

— J'sais pas. Peut-être bien.

— Dès que nous aurons fini, on vous apportera quelque chose de chaud. Je vais brancher l'enregistreur, c'est la procédure normale.

— Mais j'ai rien fait.

— Nous en sommes tous convaincus. Enregistrement, enchaîna-t-elle. Affaire 28913-H. Interrogatoire du témoin surnommé le Lézard, mené par le lieutenant Eve Dallas, en présence de l'agent Peabody, Delia et de l'agent Trueheart... votre prénom ?

— Troy, dit-il en rougissant de plus belle.

— Trueheart, Troy, répéta-t-elle, amusée par la timidité du jeune homme. Parfait.

Elle dévisagea le pitoyable individu assis en face d'elle.

— Le témoin n'est aucunement suspect, et l'officier chargé de l'enquête apprécie sa coopération. Vous comprenez, le Lézard ?

— Quoi ?

Eve ravala un soupir. Elle commençait à craindre que l'acariâtre Bowers n'ait raison, qu'il n'y ait rien à tirer de lui.

— Nous ne sommes pas là pour vous créer des ennuis. Je vous remercie d'avoir accepté de discuter avec moi. On m'a dit que vous aviez déplacé votre cabane, cette nuit.

Il but une gorgée d'eau pour humecter ses lèvres gercées.

— J'sais pas.

— Avant, elle était près de celle du Brochet. Vous connaissez le Brochet, n'est-ce pas ?

— Peut-être.

Sa main tremblait tellement que le contenu de son verre se répandit sur la table.

— Il fait des dessins. De jolis dessins. Je lui ai échangé une dose de Zoner contre un arbre. Il fait aussi des fleurs. Elles sont belles.

— Je les ai vues. Elles sont très belles, c'est vrai. C'était votre ami ?

Les yeux aux paupières rougies s'emplirent de larmes.

— Ouais, peut-être. J'sais pas.

— On lui a fait du mal, le Lézard. Vous le saviez ?

Un mouvement spasmodique secoua ses maigres épaules. Il regarda autour de lui, l'air déboussolé.

— Pourquoi je suis là ? J'aime pas être dedans. Je veux mes affaires. On va me les piquer, c'est sûr.

— Avez-vous vu la personne qui lui a fait du mal ?

— Je peux les garder, ces fringues ? marmonna-t-il en tâtant la manche de sa chemise. Hein, je peux les garder ?

— Bien sûr. Dites-moi, le Lézard... ajouta Eve, guidée par son intuition. Pourquoi vous ne lui avez pas pris ses bottes ? Il était mort, et il avait de belles bottes, solides.

— Je vole rien au Brochet, rétorqua-t-il dignement. On vole pas un pote, même s'il est mort. Pourquoi ils lui ont fait ça ?

Il se pencha vers elle, répéta d'un air sincèrement étonné :

— Pourquoi ils lui ont fait ce trou dans la couenne ?

Elle aussi se rapprocha, comme s'ils devisaient tranquillement, en tête à tête.

— Je l'ignore et je me pose des questions. Est-ce que quelqu'un lui en voulait ?

— Le Brochet, il embête personne. On se mêle de nos oignons, et voilà. Quand les droïdes de la police nous regardent pas, on mendie un peu. On n'a pas cette putain de licence de mendiant mais, si les droïdes sont pas dans le coin, on arrive à récolter quelques pièces. Et le Brochet, quelquefois, il vend ses fleurs en papier. On se paye de quoi boire ou fumer, on embête personne. Y a pas de quoi lui faire ce trou, pas vrai ?

— Je suis d'accord avec vous. Vous les avez vus, ces gens, la nuit dernière ?

— J'sais pas ce que j'ai vu. Hé ! lança-t-il à Trueheart avec un sourire réjoui, vous voulez pas me refiler un peu de pognon ? Pour que je m'achète de la soupe.

Trueheart coula un regard vers Eve qui acquiesça.

— Je vous en donnerai en sortant d'ici. Mais avant, il faut que vous parliez au lieutenant.

— Vous l'aimiez bien, le vieux Brochet, pas vrai ?

Captant le signe qu'Eve lui adressait, Trueheart s'assit à la table.

— Oui, j'avais de la sympathie pour lui. Les fleurs qu'il dessinait étaient très belles. Il m'en a offert une.

« Il les offrait qu'aux gens qui lui plaisaient. Il m'a dit que vous, il vous aimait bien. Par contre, l'autre, il pouvait pas la piffer, et moi non plus. Elle a des yeux méchants. Elle est du genre à vous flanquer un coup de couteau, si vous faites pas gaffe. Qu'est-ce que vous fabriquez avec elle ?

— Elle n'est plus là, répondit Trueheart d'un ton doux. Vous êtes avec le lieutenant. Et elle n'a pas des yeux méchants.

Le Lézard plissa les lèvres, étudia le visage d'Eve.

— Peut-être pas. Mais elle a des yeux de flic. Y a des flics partout, ici.

Il pouffa de rire, avala une lampée d'eau, regarda Peabody.

— Encore des flics, chantonna-t-il. Y en a partout.

— J'ai du chagrin pour le pauvre vieux Brochet, poursuivit Trueheart, sans se laisser démonter. Il aurait voulu que vous disiez au lieutenant Dallas ce qui s'est passé. Il aurait voulu que ce soit vous qui le disiez, parce que vous étiez copains.

Le Lézard tira nerveusement sur le lobe de son oreille.

— Vous croyez ?

— J'en suis certain. Expliquez-lui ce que vous avez vu cette nuit.

— J'sais pas ce que j'ai vu.

La tête penchée sur le côté, le Lézard tapa sur la table avec le tranchant de la main.

— Y a des gens qui sont venus. La nuit, des gens comme ça, c'est rare. Ils avaient une grosse bagnole noire. Une sacrée bagnole, toute luisante. Ils ont pas dit un mot.

Eve indiqua d'un geste à Trueheart qu'elle prenait le relais.

— Combien étaient-ils, le Lézard ?

— Deux. Ils portaient de longs manteaux noirs. Bien chauds. Ils avaient des masques sur la figure, on voyait que les yeux. Je me suis dit : c'est pourtant pas Halloween.

Il émit un nouveau gloussement ravi.

— Ben non, c'est pas Halloween, n'empêche qu'ils avaient des masques et de grands sacs.

— Comment étaient ces sacs ?

— Y en avait un noir, un truc qui valait du blé. L'autre, il était blanc et il faisait un drôle de bruit. Il clapotait, voyez. Ces gens, ils sont entrés chez le Brochet, comme s'ils étaient invités. J'ai rien entendu à cause du vent. Peut-être que j'ai dormi.

— Ils vous ont vu ?

— J'sais pas. Ils avaient des manteaux chauds, de belles godasses, une grosse bagnole. J'ai pas cru qu'ils allaient lui faire ce trou, au Brochet. Si je m'étais douté, j'aurais essayé de les arrêter, ou alors j'serais allé chercher le droïde, celui qui fait la ronde dans le coin. Parce qu'on était potes, le Brochet et moi.

Il fondit en larmes. Eve lui tapota la main, sans se soucier des vilaines croûtes qui lui rongeaient la peau.

— Vous ne pouviez pas prévoir une chose pareille. Ce n'est pas votre faute. Qu'avez-vous vu d'autre ?

— J'sais pas, bredouilla-t-il en pleurant. Peut-être que j'ai dormi. Après, je me suis réveillé et j'ai regardé dehors.

Y avait plus de bagnole. Je me suis dit que peut-être, y en avait jamais eu, de bagnole. J'savais plus trop. J'suis allé voir le Brochet. Et je l'ai vu, avec ce gros trou dans la couenne. Y avait du sang. Il avait la bouche et les yeux ouverts. Je me suis dit comme ça : ils lui ont fait ce trou, et ils vont me le coller sur le dos. Ça, pas question, ah non ! Alors, j'ai déménagé mes affaires de là. J'ai pas traîné. Et puis j'ai bu mon reste de gnôle. Je me suis rendormi. Je l'ai pas aidé, le Brochet.

— C'est maintenant que vous l'aidez. Parlez-moi encore des deux personnes qui portaient ces longs manteaux.

Elle le cuisina ainsi durant une heure, le ramenant patiemment sur les rails quand il s'en écartait trop. Elle ne lui soutira pas d'autres informations, mais estima cependant qu'elle n'avait pas perdu son temps. Si elle devait à nouveau faire appel à lui, il la reconnaîtrait et se souviendrait qu'elle avait été aimable – elle lui avait commandé un repas et offert cinquante *credits* qui passeraient, elle ne s'illusionnait pas, dans l'alcool et la drogue.

Elle aurait dû l'envoyer dans un hôpital psychiatrique ou un centre de cure, mais à quoi bon ? Il s'en échapperait. Au fil du temps, elle était devenue réaliste : certains êtres sombraient inexorablement dans la déchéance, on ne pouvait pas les sauver.

— Trueheart, vous avez fait du bon travail.

Le jeune homme s'empourpra jusqu'aux oreilles. Eve trouvait sa timidité charmante, néanmoins, il avait intérêt à s'en guérir. Sinon, ses collègues policiers le dévoreraient tout cru, avant même que les voyous ne plantent les dents dans sa chair trop tendre.

— Merci, lieutenant. Je vous suis reconnaissant de m'avoir donné une chance de vous aider.

— C'était normal, vous nous avez amené ce témoin. Je présume que vous désirez quitter la brigade des éboueurs.

Il redressa fièrement le menton.

— J'espère avoir un jour ma plaque d'inspecteur, quand on m'en jugera digne.

Tous les novices en uniforme nourrissaient cette ambition, toutefois, Eve hocha la tête.

— Ça viendra. Je pourrais appuyer votre candidature, recommander qu'on vous affecte à un autre poste, avec un autre instructeur. Mais, pour le moment, je vais vous demander de rester où vous êtes. Vous avez le sens de l'observation, Trueheart, et j'aimerais que vous l'exerciez pour moi jusqu'à ce que cette affaire soit bouclée.

Il écarquilla des yeux extasiés.

— Comptez sur moi, lieutenant.

— Parfait. Bowers va vous faire passer un sale quart d'heure.

— J'ai l'habitude, grimaça-t-il.

C'était une perche pour en apprendre un peu plus sur Bowers, mais Eve ne la saisit pas. Elle ne voulait pas le mettre en position de dénoncer son supérieur.

— Très bien. Retournez à votre brigade et rédigez votre rapport. Si vous découvrez quoi que ce soit de nouveau, contactez-nous.

Là-dessus, Eve regagna son bureau, tout en donnant ses instructions à Peabody.

— Vous classerez l'enregistrement de l'interrogatoire. Il faudra faire la tournée des dealers qui opèrent dans le secteur. On ne peut pas négliger cette piste-là. Je serais surprise qu'un petit trafiquant de came s'amuse à zigouiller les mauvais payeurs en leur retirant proprement leurs organes vitaux, mais on a vu des choses plus bizarres. On regardera aussi du côté des sectes. À tout hasard.

— Je n'ai qu'à appeler Isis, suggéra Peabody, qui faisait allusion à une prêtresse de Wiccan, rencontrée lors d'une précédente enquête. Elle saura peut-être si une confrérie adepte de la magie noire pratique ce genre de rituel.

— Bonne idée. Ça nous permettra éventuellement d'éliminer cette piste.

Toujours flanquée de Peabody, Eve emprunta l'escalier roulant et jeta un regard à l'immense paroi vitrée sur laquelle montaient et descendaient les tubes transparents – qu'elle évitait comme la peste, car elle était sujette au vertige – bondés de policiers, d'employés et de civils. Dans le ciel, elle aperçut deux engins de surveillance aérienne qui filaient vers l'ouest et zigzaguaient entre un dirigeable publicitaire et un aérotram.

L'intérieur du bâtiment bruissait comme une ruche. Eve aimait cette animation. Elle consulta sa montre et constata avec une sorte de jubilation qu'il était tout juste 9 heures. Elle était sur le pont depuis quatre heures déjà, et la journée commençait à peine.

— Voyons aussi si nous parvenons à identifier réellement la victime, reprit-elle. On a ses empreintes digitales et son ADN. Si l'autopsie est en cours, Morris nous donnera peut-être un âge approximatif.

Tandis que Peabody obliquait à gauche, Eve rejoignit son bureau. Il était exigu, mais cela ne la dérangeait pas. L'unique fenêtre laissait entrer une lumière avare et le brouhaha de la circulation aérienne. En revanche, l'autochef marchait à merveille et fournissait à la demande le sublime café de Connors.

Elle s'en servit une tasse, but une gorgée et poussa un soupir voluptueux. Après quoi elle s'assit à sa table et alluma son vidéocom, avec la ferme intention de harceler Morris.

— Je sais bien qu'il est en pleine autopsie, dit-elle à l'assistante qui tentait de faire barrage. Mais j'ai des informations pour lui, concernant le cadavre qu'il est en train de découper. Passez-le-moi.

Elle s'adossa à son siège et attendit patiemment, tout en sirotant son café.

Le visage de Morris apparut sur l'écran.

— Dallas, je déteste être dérangé quand j'ai les mains dans une cervelle.

— J'ai un témoin qui a aperçu deux personnes sur le lieu du crime. Elles étaient dans une grosse voiture, elles avaient de belles chaussures aux pieds. L'une portait un sac en cuir, l'autre un sac blanc qui – je cite – clapotait. Ça vous dit quelque chose ?

Morris fronça les sourcils.

— Votre témoin a vu ce qui s'est passé ?

— Non, c'est un ivrogne, il ronflait. Quand il s'est réveillé, les types étaient partis. Mais, apparemment, c'est lui qui a découvert le corps. Est-ce que ce sac blanc pourrait être ce à quoi je pense ?

— Une glacière servant au transport des organes ? Oui, effectivement. Dallas, le travail a été exécuté de façon impeccable, professionnelle. Une opération magistrale. J'ai déjà certains résultats des analyses sanguines. Votre victime a reçu une forte dose d'anesthésiant. Il n'a absolument rien senti. Mais si j'en juge par ce qui reste de lui, le cœur devait être quasiment hors service. Son foie est foutu, ses reins sont dans un état lamentable, il a deux blocs de charbon en guise de poumons. Les vaccins anticancer et la médecine en général étaient le cadet de ses soucis. Il était fichu. Il avait six mois à vivre, maximum.

— Ils ont donc pris un cœur inutilisable, marmonna Eve, pensive. Peut-être se sont-ils trompés.

— Un étudiant en médecine de première année se serait rendu compte qu'il était sur le point de claquer.

— Ils voulaient ce cœur-là. Ils se sont donné trop de mal pour qu'il s'agisse juste de tuer un clochard.

Plusieurs hypothèses étaient envisageables. Une vengeance, un rite abracadabrant, le marché noir. Un pari imbécile. Une expérience.

— Morris, vous dites que c'est une opération difficile. Combien de chirurgiens new-yorkais seraient capables de la mener à bien ?

— Moi, j'opère les morts, répondit-il avec une ombre de sourire. Ceux qui s'occupent des vivants évoluent dans un autre milieu. L'hôpital privé le plus chic de New York, c'est le Drake Center. Si j'étais vous, je commencerais par là.

— Merci, Morris. J'aimerais bien avoir votre rapport le plus vite possible.

— Alors, laissez-moi retourner à ma cervelle, maugréa-t-il en interrompant la communication.

Eve se tourna vers son ordinateur qu'elle considéra d'un œil suspicieux. Il recommençait à faire ce drôle de bruit, qu'elle avait déjà signalé à deux reprises aux employés de la maintenance. Elle grinça des dents.

— Au boulot, espèce de vieux clou. Recherche données sur le Drake Center, établissement hospitalier, New York.

— *Recherche...*

L'appareil émit un hoquet, suivi d'un long couinement plaintif. Une aveuglante et inquiétante lumière rouge envahit l'écran.

— *Erreur système. Impossible afficher écran bleu. Poursuivre recherche ?*

— Je te hais. Oui, tu poursuis. Et vite !

— *Recherche... Drake Center, New York, 2e Avenue... Fondé en 2023 en mémoire de Walter C. Drake, inventeur du vaccin anticancer. Établissement privé comportant un service hospitalier et des cliniques, répertorié en Classe A par l'Association américaine de médecine. Unité d'enseignement de Classe A. Laboratoires de recherche, Classe A. Voulez-vous la liste des membres du conseil d'administration ?*

— Oui. Tu l'affiches et tu en fais une copie.

— *Travail en cours... Erreur système.*

Le couinement se fit plus aigu, l'écran se mit à trembloter.

— *Répéter demande.*

— Ces types de la maintenance, je vais les bouffer au déjeuner.

— *Impossible répondre à la demande. Voulez-vous commander un déjeuner ?*

— Ha, ha, très drôle ! Affiche-moi la liste des membres du conseil d'administration, andouille !

— *Travail en cours... Conseil d'administration : Colin Cagney, Lucille Mendez, Tia Wo, Michael Waverly, Charlotte Mira...*

— Le Dr Mira, murmura Eve.

La psychiatre était l'une des meilleures spécialistes de New York, elle collaborait avec la police. C'était aussi une amie d'Eve.

L'ordinateur continua à égrener des noms. Certains lui parurent vaguement familiers. Quand on arriva aux administrateurs du laboratoire de recherche, Eve sursauta.

— *Connors, Carlotta Zemway...*

— Stop ! aboya-t-elle en serrant les poings. Nom d'un chien ! il ne peut pas rester en dehors de mes affaires ?

— *Reformulez la question...*

— Boucle-la, toi !

Elle ferma les yeux, soupira.

— Bon... imprime-moi cette fichue liste.

— *Erreur système. Impossible répondre à demandes multiples et simultanées.*

Eve se mordit les lèvres pour ne pas hurler.

Au bout de vingt longues minutes, la machine daigna enfin cracher les documents. Eve s'en empara et quitta son bureau. Elle traversa à grands pas l'espace réservé aux inspecteurs pour gagner le secteur malodorant où assistants et adjudants trimaient, parqués dans des box grands comme des mouchoirs de poche.

— Peabody, je dois m'absenter. J'en ai pour deux heures au maximum. Quand vous aurez fini votre travail, je veux que vous me trouviez un marteau.

— Pardon ?

— Vous avez bien compris. Un énorme marteau. Ensuite, vous irez dans mon bureau et vous démolirez le nid à poussière qui me sert d'ordinateur.

— Ah...

Peabody, qui était une jeune femme avisée, se garda bien de ricaner.

— Je pourrais peut-être appeler la maintenance.

— Oui, et surtout prévenez-les que j'ai la ferme intention de les zigouiller tous, jusqu'au dernier. Quand je les aurai tués, j'en ferai des confettis que je disperserai aux quatre vents. Et comme on ne retrouvera jamais leur cadavre, je ne serai même pas condamnée.

— Je leur signalerai que vous n'êtes pas satisfaite de leur travail.

— Le mot est faible, Peabody.

La logique aurait voulu qu'Eve s'adresse d'abord au Dr Mira. En tant que psychiatre, criminologiste, et membre du conseil d'administration du Drake Center, elle était l'interlocutrice idéale. Pourtant, elle prit la direction du centre-ville, où se dressait le somptueux et vertigineux building qui abritait le quartier général de Connors.

Il avait des bureaux dans d'autres villes, et sur d'autres planètes. Son mari jouait sur tous les tableaux. Des tableaux d'une valeur inestimable et d'une origine parfois douteuse.

Sans doute était-il inévitable que son nom apparaisse fréquemment dans les affaires sur lesquelles Eve enquêtait. Mais elle ne s'y habituait pas, cela lui restait en travers du gosier.

Elle gara sa voiture sur l'emplacement que Connors lui avait réservé, dans le parking à étages. La première fois qu'elle était venue ici, il y avait presque un an, elle ne jouissait pas de tels privilèges. Ses empreintes digitales et vocale n'étaient pas enregistrées dans le système de sécurité de l'ascenseur privatif. Elle était passée, comme tout le monde, par l'immense hall dallé agrémenté de parterres fleuris et d'écrans d'ambiance. Ce jour-là, on l'avait escortée jusqu'au bureau de Connors. Il était impliqué dans une affaire de meurtre.

La voix électronique l'accueillit en l'appelant par son nom, lui souhaita la bienvenue et déclara qu'on allait prévenir Connors de son arrivée.

Les mains dans les poches de sa veste en cuir, Eve tournait en rond dans la cabine qui s'élevait en souplesse, sans bruit, vers le sommet du building. Connors était probablement en train de négocier l'achat d'une nouvelle planète ou d'un quelconque pays dont il tirait les ficelles économiques. Eh bien, il devrait attendre un peu avant de mettre des millions supplémentaires dans son escarcelle. Elle avait quelques questions à lui poser.

Sitôt que les portes de l'ascenseur coulissèrent, l'assistante de Connors vint à sa rencontre, le sourire aux lèvres. Comme à l'accoutumée, elle était très élégante. Ses cheveux d'un blanc neigeux, impeccablement coiffés, brillaient dans la lumière.

— Quel plaisir de vous voir, lieutenant. Connors est en réunion. Il vous prie de patienter un instant.

— Bon... Très bien.

— Puis-je vous offrir quelque chose ?

La secrétaire la conduisit dans le bureau de Connors. Vu d'ici, du haut du soixantième étage, New York avait l'air d'une fourmilière.

— Si vous n'avez pas déjeuné, je me ferai un plaisir de reporter le prochain rendez-vous de Connors.

La politesse et le respect dénué de flagornerie que lui témoignait la secrétaire embarrassaient toujours Eve – elle se sentait gauche, déplacée.

— Non, merci, je n'en aurai pas pour longtemps.

— Si vous avez besoin de quoi que ce soit, je suis à votre disposition, conclut l'assistante en refermant la porte.

La pièce était très vaste, naturellement. Connors ne supportait pas les espaces restreints. Le décor était raffiné, topaze et émeraude, le mobilier confortable.

Tout ici respirait l'élégance, la compétence, le pouvoir. Trois termes qui définissaient à la perfection la personnalité du maître des lieux, songea Eve quand, dix minutes plus tard, il la rejoignit.

Il avait un visage admirable, aussi finement ciselé que celui d'une statue Renaissance, des yeux d'un bleu inouï, une bouche d'une sensualité affolante. Ses cheveux noirs, qui frôlaient presque ses épaules, lui donnaient l'air d'un pirate. Il était grand et svelte, mais Eve savait combien ce corps, lorsqu'il écrasait le sien, pouvait être lourd. Elle connaissait sa force.

— Lieutenant, murmura-t-il de sa voix d'Irlandais, chaude et caressante, quelle divine surprise !

Elle l'observait d'un air mauvais, comme souvent quand l'amour et le désir la submergeaient.

— Il faut que je te parle.

— À quel propos ? demanda-t-il en s'avançant.

— À propos d'un crime.

— Ah...

Il lui prit les mains, se pencha pour l'embrasser.

— Suis-je en état d'arrestation ?

— Je suis tombée sur ton nom en cherchant des informations. Comment se fait-il que tu appartiennes au conseil d'administration du Drake Center, en tout cas à celui du laboratoire de recherche ?

— Tu oublies que je suis un citoyen important. Marié à un flic, de surcroît.

Il effleura l'épaule de sa femme, sentit la tension qui crispait ses muscles, soupira.

— Eve, j'appartiens à une foultitude de comités et de conseils, tous plus ennuyeux les uns que les autres. Qui a-t-on assassiné ?

— Un clochard surnommé le Brochet.

— Je ne crois pas connaître ce monsieur. Assieds-toi, et explique-moi quel rapport il y a avec le Drake Center.

— Il n'en existe peut-être aucun, mais il faut bien que je commence mon enquête quelque part.

Dédaignant le fauteuil qu'il lui indiquait, elle se mit à arpenter la pièce. Connors l'observa en silence, frappé par l'extraordinaire énergie qui émanait d'elle. Il la connaissait si bien, il savait qu'elle n'avait déjà plus qu'un souci en tête : défendre le mort, trouver son meurtrier, faire justice.

C'était cet acharnement – entre autres qualités – qui le fascinait.

— On a découvert la victime dans l'espèce de cabane qu'il s'était fabriquée. On a prélevé son cœur. D'après le légiste, cette opération n'a pu être effectuée que par un chirurgien de premier ordre. Voilà pourquoi je m'intéresse au Drake.

— Tu as raison. C'est le meilleur établissement hospitalier de la ville, voire de toute la côte Est. Tu dis qu'on a ôté le cœur de ce clochard ?

— Oui. Ce bonhomme était un alcoolique, un toxicomane. Morris affirme qu'il en avait pour six mois à vivre, maximum, que son cœur ne valait plus un pet de lapin.

Elle s'immobilisa, le regarda.

— Qu'est-ce que tu sais du trafic d'organes ?

— Je ne me suis jamais mêlé de ce genre d'affaire, même au temps où ma moralité était plus... souple. Mais je crois que le marché noir a quasiment disparu, grâce aux progrès de la science, de la médecine, ainsi qu'aux dons d'organes qui continuent à se pratiquer. Il y a une trentaine d'années, en revanche, les trafiquants gagnaient des fortunes.

— À combien un cœur pourrait-il se négocier ?

— Je l'ignore.

Connors marqua une pause. Un sourire joua sur ses lèvres.

— Tu veux que je me renseigne ?

— Je le ferai moi-même, merci bien. Qu'est-ce tu fabriques dans ce conseil d'administration ?

— Je suis conseiller. Mon propre laboratoire de recherche comporte un département médical qui coopère avec celui du Drake. Nous avons un contrat. Nous leur fournissons l'équipement, les appareils, les ordinateurs. Le labo du Drake s'occupe essentiellement de produits pharmaceutiques et de prothèses. Nous fabriquons ensemble des organes artificiels.

— Des cœurs ?

— Notamment.

— Qui est le meilleur chirurgien de l'équipe ?

— Colin Cagney, le chef de service. Tu l'as déjà rencontré.

Elle haussa les épaules. Comment se rappeler tous les gens qu'elle avait croisés depuis qu'elle connaissait Connors ?

— Je n'imagine pas l'éminent et distingué Dr Cagney pratiquant une intervention chirurgicale dans la cahute d'un clochard, ajouta-t-il.

— On verra ce que j'en pense quand j'aurai revu ce monsieur, soupira-t-elle. Désolée de t'avoir dérangé.

— Moi, j'en suis ravi, rétorqua-t-il en s'approchant d'elle pour lui prendre doucement le menton. Reste déjeuner avec moi.

— Impossible, j'ai trop de boulot. Et toi aussi. Qu'est-ce que tu as décidé de t'offrir, aujourd'hui ?

— L'Australie.

Comme elle le regardait d'un air médusé, il éclata de rire et lui planta un baiser sur les lèvres.

— Juste un petit bout du continent. Je t'adore, Eve.

Chaque fois qu'il lui disait ces mots, elle se sentait fondre. C'était merveilleux de se savoir aimée.

— Bon, grommela-t-elle, il faut que j'y aille.

— Tu ne veux pas que je me renseigne sur la banque d'organes du Drake ?

— C'est mon job, et je te serais reconnaissante, pour une fois, de ne pas t'en mêler. Occupe-toi d'acheter l'Australie ou ce qui te chante. Rendez-vous ce soir à la maison.

Il pivota, ouvrit un tiroir de la table en ébène, en sortit une barre énergétique.

— Tu mangeras ça, lieutenant.

Elle lui sourit.

— Merci.

Dès qu'elle fut sortie, il consulta sa montre. Il disposait de vingt minutes avant la prochaine réunion. Cela suffisait amplement.

Il s'assit à sa console en songeant que sa femme serait furieuse – ce qui l'enchantait – et commanda à l'ordinateur d'afficher sur l'écran les données concernant le Drake Center.

3

Elle avait bien fait de ne pas aller directement chez le Dr Mira. La psychiatre était absente. Elle lui laissa un bref e-mail, lui demandant un rendez-vous pour le lendemain, après quoi elle prit la direction du Drake.

Elle était passée des milliers de fois devant ces immeubles qui occupaient tout un pâté de maisons, sans jamais y prêter attention. Ou plus exactement, avant de rencontrer Connors, elle ne les regardait pas. Depuis qu'il était son mari, il l'avait souvent traînée de force jusqu'ici sous prétexte qu'elle avait besoin de soins. Alors que, selon elle, un pansement et une nuit de repos auraient largement suffi à la remettre d'aplomb.

Elle haïssait les hôpitaux. Et le fait d'y entrer en tant que flic et non en tant que patiente n'y changeait rien : elle détestait cordialement ce genre d'endroit.

Le centre névralgique du Drake était un vieil édifice en brique amoureusement, et sans doute coûteusement, restauré. De là rayonnaient d'autres bâtiments d'un blanc étincelant, reliés entre eux par des galeries vitrées et des trottoirs roulants qui sinuaient comme autant de serpents argentés. L'ensemble était ponctué de rotondes, de pavillons blancs où les membres du personnel, les malades ou leurs proches pouvaient se réfugier, jouir du panorama et oublier un moment la souffrance qui les entourait.

Eve avait profité du trajet pour demander à son ordinateur de bord, plus fiable que celui de son bureau, un descriptif du complexe. Plus qu'un centre hospitalier, le Drake était une véritable ville dans la ville. Outre les unités proprement médicales, les facultés et les laboratoires, il comportait une dizaine de restaurants – dont deux affichaient cinq étoiles –, une quinzaine de chapelles, un hôtel, des boutiques de luxe, trois théâtres et plusieurs salons de beauté.

D'innombrables cartes mobiles et points d'information étaient à la disposition du visiteur égaré dans ce labyrinthe. Des trams faisaient la navette entre les principales zones de stationnement et l'entrée des différents services.

Eve se gara dans le parking des urgences, au niveau de la rue. C'était le secteur qu'elle connaissait le mieux, pour l'avoir, contre son gré, régulièrement fréquenté. Aussitôt l'horodateur déclara de sa voix métallique :

— *Aucun véhicule n'est autorisé à stationner sans que l'état de son conducteur ait été vérifié au préalable. Veuillez indiquer la nature, la gravité de vos blessures ou les symptômes de votre maladie, et avancez-vous vers le scanner.*

Eve, furibonde, colla son insigne sur l'écran de l'appareil.

— Police ! Je suis en phase terminale, je passe.

Ignorant le hoquet de la machine, Eve s'éloigna en direction des portes vitrées dont la simple vue lui chavirait l'estomac.

Comme d'habitude, le service des urgences résonnait de gémissements, de plaintes et de sanglots. Des malades remplissaient des formulaires ou attendaient simplement leur tour, recroquevillés sur eux-mêmes.

Une employée désinfectait les dalles métalliques du sol, tachées de sang. Des infirmières en tenue bleu pâle allaient et venaient. Des médecins passaient en coup de vent, prenant bien soin de ne pas croiser le regard implorant de ceux qui souffraient.

Eve se planta devant la première carte qu'elle repéra et demanda le service de chirurgie. On lui suggéra d'emprunter le tram souterrain, ce qu'elle fit. Elle se retrouva dans un wagon avec un blessé attaché sur un brancard, deux internes à l'air exténué, et un couple qui parlait à voix basse d'un dénommé Joe, lequel avait peut-être une chance de s'en tirer maintenant qu'il avait un nouveau foie.

Parvenue au terminus, elle prit l'escalier roulant qui menait au rez-de-chaussée. Elle déboucha dans un immense hall où régnait un silence d'église. Le plafond, d'une hauteur impressionnante, était orné de mosaïques ; de somptueuses compositions de fleurs et de plantes embaumaient l'atmosphère. Des fauteuils et des canapés, disposés çà et là, formaient de luxueux salons où des droïdes en combinaison pastel se tenaient prêts à satisfaire les moindres désirs de la clientèle.

Se faire rafistoler dans un établissement privé de la classe du Drake coûtait une fortune. Aussi, ceux qui avaient les moyens de s'offrir ce luxe étaient-ils traités comme des rois.

Derrière une bonne demi-douzaine de consoles officiaient des réceptionnistes. Eve en choisit un au hasard et lui montra son insigne.

— Je veux parler au Dr Colin Cagney.

— Un moment, je vous prie, le temps de localiser le Dr Cagney.

L'employé, qui arborait une cravate impeccablement nouée, se pencha sur son écran.

— Il est au dixième, annonça-t-il avec un sourire. L'étage des consultations. D'ailleurs, il est avec un patient.

— Il y a un endroit, là-haut, où je pourrais le voir en tête à tête ?

— Nous avons six salons d'attente privés à cet étage. Je vérifie si l'un d'eux est libre.

Il se tourna vers un tableau électronique où clignotaient des voyants verts et rouges.

— Le salon numéro trois est disponible. Je vous le réserve immédiatement.

— Merci. Prévenez le Dr Cagney que je l'attends et que je suis pressée.

— Entendu. Je vous souhaite une bonne journée, lieutenant, et une bonne santé.

— Ouais, c'est ça, grommela-t-elle, agacée par la politesse mielleuse de son interlocuteur.

Au sortir de l'ascenseur, elle trouva sans difficulté le salon d'attente. La pièce était petite, décorée avec goût et pourvue d'un écran d'ambiance sur lequel se formaient et se défaisaient des tableaux abstraits aux couleurs douces. Eve s'empressa de l'éteindre. Dédaignant le canapé bas et les deux profonds fauteuils, elle se mit à tourniquer comme un fauve en cage.

En proie à une pénible sensation de claustrophobie, elle se précipita vers une fenêtre qui surplombait la 2e Avenue. Un médicopter s'apprêtait à se poser sur l'aire d'atterrissage, un avion sanitaire décrivait des cercles dans le ciel, des ambulances se croisaient en un ballet étourdissant.

— Lieutenant ?

Elle se retourna vers l'homme qui était entré sans bruit. Il souriait de toutes ses dents parfaitement alignées, pareilles aux touches d'un piano. Des yeux gris, brillants d'intelligence, éclairaient son visage rasé de près. Une mèche noire, sur la tempe gauche, striait son abondante chevelure blanche, telle une traînée d'encre sur un tapis de neige.

Sa main, quand il serra celle d'Eve, était douce et ferme. Du fer dans un gant de velours. Il arborait un élégant costume du même gris ardoise que son regard.

— Docteur Cagney...

— Appelez-moi Colin. Nous nous sommes vus à plusieurs reprises. Mais j'imagine qu'entre votre métier et votre vie privée vous devez rencontrer une multitude de gens.

— En effet, mais je me souviens très bien de vous.

Elle ne mentait pas. Au premier coup d'œil, elle l'avait reconnu. Il avait un visage qu'on n'oubliait pas – des pommettes saillantes, la mâchoire volontaire, le front haut, et surtout ce teint doré qui contrastait de façon saisissante avec ses cheveux blancs.

— Je vous remercie d'avoir accepté de me recevoir, ajouta-t-elle.

— Je vous en prie, c'est un plaisir pour moi, rétorqua-t-il en l'invitant d'un geste à s'asseoir. J'espère cependant que vous ne venez pas consulter le médecin. Vous n'êtes pas souffrante, au moins ?

— Non, je vais très bien. Je suis ici pour des raisons professionnelles. Cette nuit, un clochard a été assassiné. Il semblerait que son meurtrier soit un chirurgien de grand talent.

Il fronça les sourcils.

— Comment cela ?

— On lui a prélevé le cœur. Un témoin a aperçu deux personnes sur le lieu du crime. L'une d'elles portait un container à organes.

— Mon Dieu...

Il croisa les mains sur ses genoux. La confusion se lisait dans ses yeux.

— Quelle histoire épouvantable ! Cependant... je ne comprends pas. Vous dites que le cœur de ce malheureux a été extrait de façon chirurgicale ?

— Exactement. Il a été anesthésié et tué dans sa cahute. On a vu deux individus entrer dans cette cabane, l'un avait à la main ce qui paraît être une sacoche de médecin, l'autre un container. L'intervention a été pratiquée par un chirurgien de premier ordre. L'incision était parfaite, les artères clampées. Un amateur n'aurait pas pu accomplir un travail de cette qualité.

— Mais pourquoi ? murmura-t-il. Il y a des années que je n'ai entendu parler de vols d'organes. Dans quel état physique était ce clochard ?

— D'après le légiste, il ne lui restait plus que quelques mois à vivre. Son cœur était probablement usé.

Il s'adossa à son fauteuil, poussa un lourd soupir.

— J'imagine, lieutenant, que vous êtes bien placée pour savoir ce que les hommes sont capables d'infliger à leurs semblables. Pour ma part, j'ai réparé des corps déchiquetés, brisés, démembrés. On finit par s'y habituer, il le faut bien. Pourtant, on est toujours effaré de constater que l'imagination humaine est sans limites quand il s'agit de tuer.

— C'est vrai, acquiesça Eve. Cependant, j'ai le sentiment que l'assassin de ce pauvre bougre avait un but précis. Et je suis contrainte de vous poser une question, docteur Cagney : où étiez-vous entre minuit et 3 heures du matin ?

Il tressaillit, se redressa dans son fauteuil. Son regard se troubla, comme si une impalpable pellicule de glace recouvrait l'eau grise de ses yeux.

— J'étais chez moi, avec mon épouse, je dormais. Je n'ai toutefois aucun moyen de le prouver. Dois-je faire appel à un avocat, lieutenant ?

— À vous de décider, répondit-elle d'un ton neutre. Pour l'instant, cela ne me paraît pas indispensable. Mais je serai dans l'obligation d'interroger votre femme.

— Naturellement, rétorqua-t-il, les lèvres pincées.

— Vous et moi sommes soumis à des impératifs professionnels qui ne sont pas toujours plaisants. J'aurai besoin de la liste des meilleurs chirurgiens de la ville, notamment des spécialistes en cardiologie.

Il se leva, se dirigea vers la fenêtre.

— Les médecins ont coutume de se soutenir mutuellement. C'est une question d'honneur et de solidarité.

— Les policiers aussi se soutiennent. Et quand l'un d'entre eux a les mains sales, cela rejaillit sur nous tous. Je peux me procurer cette liste par un autre biais, mais j'apprécierais que vous collaboriez. Un homme a été assassiné. Quelqu'un s'est arrogé le droit d'abréger son existence. C'est une chose que je ne tolère pas, docteur Cagney.

Il soupira à nouveau.

— Je vous communiquerai les noms que vous demandez, fit-il sans se retourner. Vous les aurez avant ce soir.

— Merci.

De retour au Central, Eve enfonça machinalement les mains dans les poches de sa veste. Elle y trouva la barre énergétique que lui avait donnée Connors. Tout en regagnant son bureau, elle la mastiqua distraitement. Elle pensait à Cagney.

Il avait une allure, un visage qui devaient inspirer aux patients de la confiance, voire un peu de crainte. Nul n'osait sans doute discuter ses diagnostics. Quel âge avait-il ? La soixantaine, environ. Il avait donc passé la moitié de sa vie à pratiquer la médecine.

Il était capable de tuer. Eve savait que, dans certaines circonstances, n'importe qui l'était. Mais pouvait-il tuer de sang-froid ? Et irait-il, pour ne pas trahir un confrère, jusqu'à protéger le meurtrier ?

Autant de questions qui, pour l'instant, demeuraient sans réponse.

Le voyant vert de l'ordinateur clignotait, signalant que des informations toutes fraîches étaient à la disposition d'Eve. Peabody n'avait pas ménagé sa peine.

Après les grincements et couinements de rigueur, la machine afficha les données sur l'écran.

— *Victime identifiée sous le nom de Samuel Michael Petrinsky, né le 6 mai 1961, à Madison, Wisconsin. Numéro 12176-VSE-12. Parents décédés. Pas de frères ni de sœurs. Divorcé en juin 2023 de Cheryl Petrinsky Sylva, âgée de quatre-vingt-douze ans. Père de trois enfants : Samuel, James, Lucy. Données disponibles dans fichier annexe. N'a exercé aucun emploi au cours des trente dernières années.*

« Que t'est-il arrivé, Sam ? songea-t-elle. Pourquoi astu quitté ta femme et tes gosses pour venir à New York te bousiller la cervelle et t'imbiber d'alcool ? »

— C'est vraiment moche de finir comme ça, marmonna-t-elle, puis elle demanda à consulter les renseignements concernant les enfants – elle devrait prévenir la famille.

— *Annulez la demande et entrez immédiatement votre numéro d'identification, faute de quoi les données seront détruites.*

— Espèce de crétin ! pesta-t-elle en abattant son poing sur l'ordinateur. Aïe !

— Auriez-vous des problèmes avec votre matériel, lieutenant ?

Elle se redressa d'un bond. Il était rarissime que le commandant Whitney lui rende visite dans son bureau. La malchance avait voulu qu'il la surprenne en train de malmener un bien de la police.

— Sauf votre respect, commandant, ce machin est une vraie plaie.

Eve crut discerner une lueur amusée dans les yeux noirs de Whitney.

— Appelez donc la maintenance, Dallas.

— Je ne voudrais pas être exagérément critique, commandant, mais les types de la maintenance sont des abrutis.

— Et notre budget est d'une maigreur affligeante.

Il referma la porte, jeta un regard circulaire.

— Votre rang vous donne droit à un bureau, Dallas. Cet endroit est un cachot.

— Ça me convient.

— C'est ce que vous dites toujours. Que propose votre autochef ? Le café de la police ou le vôtre ?

— Le mien, commandant. Vous en voulez ?

— Volontiers.

Elle lui en servit une tasse. Il avait fermé la porte, ce qui signifiait qu'il souhaitait lui parler en privé ; le café était censé la mettre à l'aise.

Ce qui, bien entendu, eut le don d'accroître la nervosité d'Eve. Elle demeura cependant impassible, les yeux rivés sur son supérieur. Il était très grand, avec des épaules de déménageur, des mains pareilles à des battoirs, et il arborait, la plupart du temps, une expression lasse.

Il but une gorgée du sublime nectar, issu d'authentiques grains de café – ces trésors que seul Connors avait les moyens de s'offrir.

— Vous avez été appelée pour un homicide, ce matin.

— Effectivement. La victime vient d'être identifiée. Je compte prévenir la famille, déclara Eve en lançant un regard mauvais à l'ordinateur, dès que cette moulinette à légumes daignera cracher les coordonnées des proches. Vous aurez mon rapport dans la journée.

— J'ai déjà celui du premier agent arrivé sur les lieux. Ainsi qu'une plainte. Il semblerait que Bowers et vous ayez eu une prise de bec.

— Je lui ai un peu tiré les oreilles. Elle ne l'avait pas volé.

— Elle vous reproche un langage grossier et outrageant.

Comme Eve levait les yeux au ciel, il esquissa un sourire.

— Nous savons tous les deux qu'en général ce genre de réclamation n'est qu'une broutille qui porte surtout tort à son auteur. Néanmoins...

Son sourire s'effaça.

— ... elle affirme aussi que vous avez bâclé votre travail. Que vous avez utilisé à mauvais escient la jeune recrue dont elle assure la formation, et que vous l'avez physiquement menacée.

Eve se raidit, piquée au vif.

— Peabody a enregistré les premières constatations. Je vous en fais communiquer la copie.

— J'en aurai besoin pour rejeter officiellement la plainte. Entre nous, cette histoire m'enquiquine autant que vous.

Whitney considéra d'un air méfiant les deux uniques fauteuils branlants que comptait le cagibi d'Eve, hésita, puis casa précautionneusement sa lourde carcasse dans l'un d'entre eux.

— Cela étant, poursuivit-il, j'aimerais que vous me donniez plus de détails.

— Ils figurent dans mon rapport.

Il joignit les mains, la dévisagea fixement.

— Dallas...

— J'estime qu'entre policiers des chicaneries de ce genre ne devraient pas se produire.

Comme Whitney continuait à la regarder sans ciller, Eve poussa un soupir excédé.

— Bon, d'accord... À mon arrivée sur la scène du crime, l'agent Bowers n'avait pas correctement sécurisé le périmètre. Je lui ai donc passé un savon amplement mérité. Elle a manifesté une très nette tendance à l'insubordination, ce qui lui a valu un nouveau savon, également justifié. Son jeune collègue m'a, de son propre chef, signalé que lors de leurs précédentes rondes dans le secteur, il avait remarqué une cahute près de celle de la victime. Cet abri avait été déplacé. Il l'a signalé à son instructeur qui n'en a pas tenu compte. Or, l'observation de ce garçon nous a permis de découvrir un témoin. J'ai par conséquent demandé à l'agent Trueheart d'assister à l'interrogatoire de ce témoin, qui le connaissait. Ainsi que vous le lirez dans mon rapport, je considère le jeune Trueheart comme un élément prometteur.

Elle s'interrompit pour reprendre son souffle.

— Je récuse toutes les accusations de Bowers hormis, peut-être, la dernière, enchaîna-t-elle, et une lueur belliqueuse s'alluma dans ses yeux mordorés. Il se pourrait bien que je lui aie écrasé les orteils par inadvertance, voire que je l'aie physiquement menacée, je vérifierai auprès de Peabody. Mais je vais vous avouer une chose, commandant : mon seul regret est de ne pas avoir mis ma menace à exécution. J'aurais dû lui botter son gros derrière.

Whitney haussa les sourcils, sarcastique.

— Heureusement que vous n'avez pas suivi votre inclination, lieutenant, nous aurions un joli scandale sur les bras. Vous connaissant, j'imagine que vous vous êtes renseignée sur l'agent Bowers. Vous savez qu'elle a été affectée à plusieurs brigades successives. Elle a le profil type du mouton noir, que les services se refilent comme une patate chaude.

Il se tut un instant, se massa la nuque.

— Bowers est aussi la championne des procédurières. Elle adore déposer des réclamations. Elle vous a prise en grippe, Dallas, et je préfère vous prévenir qu'elle mettra tout en œuvre pour vous créer des ennuis.

— Elle ne me fait pas peur.

— Je vous conseille vivement d'être sur vos gardes. Elle appartient à cette catégorie d'individus qui se complaisent dans le conflit, les tracasseries. Or, elle en a après vous. Elle a adressé une copie de sa plainte au chef Tibble et à son délégué syndical. Veillez à ce que votre rapport, dûment circonstancié, et votre réponse aux accusations de Bowers soient sur mon bureau avant ce soir. Faites appel à Peabody, ajouta-t-il avec un imperceptible sourire, elle a un tempérament moins bouillant que le vôtre.

— Oui, commandant, marmotta-t-elle.

— Vous êtes mon meilleur lieutenant, j'insisterai sur ce point. Les flics comme Bowers tiennent rarement la distance. Elle est sur la mauvaise pente, elle glisse insensiblement vers la sortie. Ce n'est qu'une embûche sur votre parcours. Ne la négligez pas, mais n'y consacrez pas plus d'énergie et de temps que nécessaire.

— Cinq minutes suffiront largement, j'ai une affaire à résoudre qui me paraît autrement plus importante. Je vous remercie malgré tout pour votre soutien.

Il se leva, posa sa tasse vide sur la table.

— Délicieux, ce café, commenta-t-il d'un ton nostalgique. J'attends votre rapport, Dallas.

Quand il fut sorti, Eve faillit, de rage, boxer à nouveau son ordinateur. Elle jugea toutefois plus raisonnable d'appeler Peabody à la rescousse, pour qu'elle obtienne les coordonnées des proches parents du Brochet.

Elle réussit à contacter la fille qui se mit à sangloter en apprenant la mort de son père, qu'elle n'avait pourtant pas vu depuis près de trente ans. Cela n'améliora pas l'humeur d'Eve ; son seul réconfort fut la réaction de Peabody, lorsqu'elle lui rapporta les manigances de Bowers.

— Cette espèce de morue ! s'exclama la jeune femme, rouge de colère. Si je la tenais, je l'étriperais. Elle ment comme un arracheur de dents. Pire, en tant que flic, elle ne vaut rien. Déposer une plainte contre vous ? Non mais, quel culot !

Peabody extirpa son vidéocom de sa poche.

— Je vais lui montrer de quel bois je me chauffe !

— Selon Whitney, vous avez la tête plus froide que moi, rétorqua Eve, amusée. Je constate que le commandant connaît bien ses troupes. Respirez, Peabody, vous êtes écarlate. Nous riposterons à la régulière, par la voie hiérarchique et dans le respect de la procédure.

— Mais ensuite, on étripera cette garce, hein ?

— Dire que vous êtes censée avoir sur moi une influence modératrice, observa Eve en secouant la tête. Je veux que vous transmettiez à Whitney une copie des premières constatations et que vous rédigiez votre rapport personnel. Soyez claire et concise. De mon côté, je ferai le mien. Je me charge aussi de la réponse aux accusations de Bowers et, quand vous aurez recouvré ce caractère posé que Whitney vous prête, vous la relirez.

— Je ne sais pas comment vous pouvez prendre ça avec un tel calme.

— Je ne suis pas calme, murmura Eve, croyez-moi sur parole. Allez, au boulot.

Elle terminait l'enregistrement de sa réponse, d'un ton froidement professionnel, lorsque la liste réclamée à Cagney lui parvint. Malgré le début de migraine qui lui vrillait les tempes, elle copia toutes les disquettes ayant trait à l'affaire, puis passa à la maintenance un coup de fil qu'elle estima fort courtois – elle ne les traita que deux fois d'abrutis indécrottables –, et enfin quitta le bureau. Exceptionnellement, elle ne rentrerait pas trop tard à la maison, même si elle projetait de travailler encore quelques heures.

Néanmoins, quand elle fut dans la voiture, la colère la reprit. Elle crispa les mains sur le volant, si fort que ses jointures blanchirent. Elle n'avait pas ménagé sa peine pour devenir un bon flic. Elle avait étudié, trimé, veillé des nuits entières jusqu'à tomber de fatigue, dans le seul but de rester un policier digne de ce nom.

Son insigne ne définissait pas simplement sa fonction, mais son identité. Elle était consciente que, d'une certaine manière, cet insigne – et tout ce qu'il représentait – l'avait sauvée.

Les premières années de son existence s'étaient effacées de sa mémoire ; elle n'en conservait que des images floues, de violence, de douleur et de désespoir, gravées au fer rouge dans sa chair. Elle avait pourtant survécu à cette enfance-là, à son bourreau de père qui la battait, la violait et la torturait au point que, quand on l'avait retrouvée gisant dans une ruelle, en sang, elle ne se rappelait même pas son nom.

Une assistante sociale l'avait alors baptisée Eve Dallas. Elle s'était battue pour que ce nom ait un sens, puis pour décrocher le grade de lieutenant. Être policier signifiait qu'elle n'était plus impuissante, sans défense. Et surtout, qu'elle était capable de défendre les faibles.

Chaque fois qu'elle examinait un cadavre, elle se remémorait ce qu'on éprouve lorsqu'on est une victime. Chaque fois qu'elle résolvait une affaire, c'était pour elle une victoire, une façon de rendre justice à toutes les victimes du monde et à la fillette sans nom d'autrefois.

Et voilà qu'aujourd'hui, l'agent Bowers essayait de la salir, d'entacher sa réputation. Pour beaucoup de ses collègues, ce ne serait qu'un incident, un banal désagrément. Mais pour Eve, c'était une terrible offense, une atteinte à sa personne.

Elle aurait voulu pouvoir affronter physiquement Bowers, entendre le bruit mat de son poing sur la mâchoire de cette bonne femme, voir sa bouche éclater comme une pastèque.

Cette pensée redoubla sa fureur. Elle avait les mains liées, un officier supérieur n'était en aucun cas autorisé à flanquer une raclée à une subalterne, même si celle-ci la méritait.

Maugréant, elle franchit les grilles du domaine et suivit la longue allée qui menait à la somptueuse demeure de Connors. Elle se gara devant le perron, pour faire râler Summerset, grimpa les marches quatre à quatre et pénétra dans le hall.

Là, elle s'immobilisa, à l'affût. En général, il ne fallait pas plus de dix secondes au majordome, cet oiseau de malheur, pour surgir de l'ombre et la tancer vertement. Et justement, aujourd'hui, elle mourait d'envie de se disputer avec lui.

Hélas, pas un bruit ne troublait le silence. Décidément, elle était maudite. Elle ne pouvait même pas se défouler sur son ennemi intime.

Pourtant, elle avait besoin d'en découdre.

Elle ôta sa veste en cuir qu'elle jeta sur la rampe de l'escalier, dans l'espoir que ce crime fasse apparaître Summerset. Peine perdue.

« Sale traître », pensa-t-elle, frustrée. Comment apaiser la tempête qui grondait en elle si on la privait du plaisir de se bagarrer avec le majordome ? Boxer le droïde sparring-partner, dans la salle de gym, ne lui disait rien. Elle voulait une vraie bataille, une bonne joute avec un être de chair et de sang.

Elle monta dans la chambre, avec l'intention de prendre une douche brûlante avant de se remettre au travail. En franchissant le seuil, elle vit Connors qui rangeait sa veste dans la penderie.

Il pivota, pencha légèrement la tête pour mieux détailler le visage empourpré de sa femme, ses yeux flamboyants, ses poings crispés. Il lui sourit.

— Comment s'est passée ta journée, ma chérie ?

— L'horreur. Où est Summerset ?

Il s'approcha ; elle était dans un tel état de nerfs qu'il avait l'impression d'entendre crépiter des étincelles autour d'elle.

— Il a pris sa soirée.

— Génial ! Pour une fois que j'ai besoin de lui, il se défile.

Connors coula un regard en direction de Galahad, le gros chat gris pelotonné sur le lit. Le matou comprit aussitôt le message de son maître et s'esquiva en hâte. Il ne supportait pas la violence.

— Je peux faire quelque chose pour toi ? demanda Connors, prudent.

— Je te casserais bien la figure, mais elle me plaît trop.

— C'est une chance, murmura-t-il.

Il se tut, tandis qu'Eve arpentait la pièce et assenait des coups de pied vengeurs au sofa et aux fauteuils.

— Tu me sembles avoir de l'énergie à évacuer, lieutenant. J'ai peut-être un remède pour toi.

— Ne me dis pas d'avaler un calmant, sinon je te...

Elle n'eut pas le temps d'achever sa phrase. La saisissant par la taille, il la plaqua sur le lit.

— Ne m'embête pas ! protesta-t-elle. Je suis de mauvais poil.

— Je n'avais pas remarqué.

Elle ruait et se débattait. Il lui bloqua les bras, se coucha sur elle.

— Quand j'aurai envie de faire l'amour, je te préviendrai, siffla-t-elle.

— D'accord...

Il lui mordilla doucement le cou.

— En attendant, je vais m'amuser un peu. Lorsque tu es furieuse, ta peau a un goût... acidulé.

— Arrête, Connors !

— Patience...

Refermant la main sur son sein, il l'embrassa à pleine bouche. Un baiser fougueux, sauvage. Puis il s'écarta et déclara avec un grand sourire :

— Et voilà ! Maintenant, puisque tu as envie de solitude...

Elle l'agrippa par le col.

— Trop tard, mon vieux, j'ai envie d'amour.

Elle le fit rouler sur le dos et, l'enfourchant, lui planta un doigt dans la poitrine.

— Je te préviens, ce soir, je me sens méchante.

— Je t'ai épousée pour le meilleur et pour le pire, ma chérie.

Le souffle court, elle s'employait déjà à déboutonner la chemise en soie noire de son mari.

— Combien coûte ce truc ?

— Je n'en ai pas la moindre idée.

— Tant mieux.

D'un coup sec, elle déchira la chemise. Grisée par sa propre violence, elle mordit Connors à l'épaule, puis contempla la marque de ses dents, pareille à de petits croissants rouges.

— Prépare-toi, dit-elle en enfouissant les mains dans les cheveux de Connors. Ce sera rapide et brutal.

Enlacés, bouche contre bouche, ils roulèrent sur le lit. Ils connaissaient si bien leurs corps, ils savaient si bien jouer de ces instruments fragiles et palpitants, qu'un instant leur suffisait pour en tirer l'accord parfait. Pour prendre et se donner sans retenue.

Scintillante de sueur, Eve s'empala avec un cri de bonheur sur le sexe érigé de son mari, plongea le regard dans les yeux si bleus, y lut un désir ardent, un amour infini.

Puis le feu embrasa son esprit. Les flammes crépitaient dans tout son être, au rythme de la folle danse des amants. « Encore, encore », gémissait-elle.

Les mains nouées sur les reins cambrés de sa femme, Connors guettait le moment où elle fermerait les paupières, où le frisson du plaisir glisserait sur son beau visage, comme une vague sur du sable fin. Quand il la sentit au bord de sombrer, il la renversa à nouveau sur le dos pour l'envahir de toute sa vigueur d'homme et, en un va-et-vient presque insoutenable, les mena jusqu'aux confins de la passion.

4

— Tu te sens mieux ? murmura Connors en pressant ses lèvres sur le cou d'Eve, là où battait une veine bleutée.

Elle émit un son qui hésitait entre le grognement et le soupir de volupté, ce qui le fit sourire. Il la serra dans ses bras, lui caressa doucement le dos.

Elle était pantelante, si alanguie qu'elle n'aurait pas même eu la force de soulever une paille. Elle était sur le point de s'endormir lorsque Galahad, jugeant que la tempête était passée, réintégra la chambre et sauta allégrement sur le postérieur dénudé de sa maîtresse.

Elle sursauta. Le chat, déséquilibré et surpris, enfonça ses petites griffes acérées dans la chair tendre de son perchoir qui poussa un cri de douleur et se trémoussa pour déloger l'intrus. Se démanchant le cou, Eve vérifia qu'elle ne saignait pas, puis se retourna vers son mari. Galahad s'était tapi près de Connors et, sous la caresse de ses longs doigts experts, ronronnait déjà, tel un moteur bien huilé.

Elle leur tira la langue.

— Je suppose que vous trouvez ça drôle, tous les deux.

— Nous nous faisons un devoir de t'accueillir chaleureusement quand tu rentres à la maison. Chacun à notre manière...

Il se redressa dans le lit, enserra entre ses mains le visage d'Eve. Il contempla longuement sa bouche meurtrie par les baisers, ses yeux d'ambre auxquels la jouissance donnait toujours une couleur d'encre.

— L'amour te rend extraordinairement séduisante, lieutenant.

Il lui effleura la joue.

— Je propose de prendre une douche et de dîner. Tu m'expliqueras ce qui te tracasse.

— Je n'ai pas faim, marmonna-t-elle – à présent que sa rage était retombée, elle avait simplement envie de broyer du noir.

— Moi si, répliqua-t-il d'un ton ferme.

Il attendit d'être dans la cuisine pour amorcer la discussion. Connaissant Eve, il présumait que ses soucis avaient un rapport avec son travail. Elle ne se confiait pas spontanément, mais en déployant des trésors de tact il parvenait immanquablement à la faire parler.

Il choisit sur le menu des coquilles Saint-Jacques, déboucha une bouteille de bon vin, et rejoignit Eve dans le confortable coin-repas près de la fenêtre.

— Le clochard a été identifié ? demanda-t-il.

Elle but une gorgée de vin, haussa les épaules.

— Oui... Un marginal qui s'est exclu de la société après la Guerre Urbaine. Bien malin qui pourrait dire pourquoi il a renoncé à une vie tranquille et ordinaire pour mener une existence misérable.

— Peut-être n'était-il pas satisfait de sa vie tranquille.

— Possible... Dès que cette affaire sera bouclée, le corps de ce pauvre diable sera restitué à sa fille.

— Tu es triste, murmura-t-il.

— On ne me paie pas pour avoir des sentiments.

— Tu es quand même triste, insista-t-il. Et, pour surmonter cette tristesse, il faut que tu découvres l'assassin.

— De toute façon, je suis là pour ça.

Tête baissée, elle pignochait dans son assiette.

— Si les gens faisaient leur boulot au lieu de chercher des crosses à ceux qui travaillent, les choses iraient beaucoup mieux.

« Ah, nous y voilà ! » pensa-t-il.

— Qui t'a mis des bâtons dans les roues, lieutenant ?

Elle voulut hausser à nouveau les épaules, feindre l'indifférence, mais les mots franchirent ses lèvres sans qu'elle puisse les ravaler.

— Une imbécile de la brigade des éboueurs. Va savoir pourquoi, elle m'a détestée au premier regard.

— Je n'ose pas imaginer ce qu'est un « éboueur », mais cette créature a-t-elle un nom ?

— Elle s'appelle Bowers et elle a déposé une plainte contre moi parce que je lui ai tapé sur les doigts. Elle avait salopé le travail, tu comprends. En dix ans de service, je n'ai jamais eu le moindre pépin de ce genre. Quelle poisse !

Elle but une autre gorgée de vin, déglutit avec peine. Connors, alarmé par l'angoisse que reflétait le regard d'Eve, lui prit doucement la main.

— C'est grave ?

— C'est grotesque ! N'empêche que j'ai cette fichue bonne femme sur le dos.

— Raconte-moi tout depuis le début.

Elle expliqua l'affaire, avec infiniment plus de virulence que dans son rapport oral à Whitney. Tout en parlant, elle s'échauffait et engloutissait ses coquilles Saint-Jacques sans même s'en rendre compte.

— Je récapitule, déclara-t-il quand elle eut terminé son exposé. Tu as vexé une enquiquineuse qui s'est vengée en déposant une plainte contre toi – ce qui semble être chez elle une manie. Néanmoins ton supérieur hiérarchique est officiellement et officieusement de ton côté.

— Oui, mais...

Elle s'interrompit, cherchant ses mots, désarçonnée. Il avait résumé la situation de façon trop carrée.

— Ce n'est pas aussi simple que tu le dis.

Évidemment, songea-t-il, pour Eve, c'était beaucoup plus complexe.

— Peut-être ; toutefois, si on compare ton dossier au sien, elle passera pour une imbécile. On a déjà une piètre opinion d'elle, ça ne fera que l'enfoncer davantage.

Cette réflexion la rasséréna quelque peu.

— Oui, mais c'est la première fois qu'un collègue s'attaque à moi. Les types du Bureau des affaires internes vont se jeter là-dessus avec délectation. Et moi je suis obligée de me défendre contre une accusation ridicule, alors que j'ai une enquête à mener. Je n'ai même pas eu le temps d'examiner la liste de chirurgiens que Cagney m'a adressée. Bowers se fiche éperdument du crime. Elle veut juste me rendre la monnaie de ma pièce, sous prétexte que je l'ai enguirlandée et envoyée chercher du café. Elle n'a pas sa place dans la police.

— Elle n'aurait surtout jamais dû s'en prendre à un flic aussi admirable et respecté que toi. Elle risque de s'en repentir amèrement.

— Je rêve de lui écrabouiller la figure, bougonna Eve d'un air féroce.

— Je reconnais bien là ma douce et tendre dulcinée, rétorqua Connors d'un ton léger.

Il lui baisa la main, heureux de voir un sourire réticent naître sur les lèvres de sa femme.

— Tu veux aller lui mettre une dérouillée ? Je compterai les points.

Cette fois, Eve éclata de rire.

— Pourquoi le spectacle de deux femmes en train de se battre excite-t-il tant les hommes ?

— Ils espèrent que, dans la bagarre, les dames s'arracheront leurs vêtements. Un rien nous divertit, nous autres mâles.

— Hmm...

Elle regarda son assiette, constata avec étonnement qu'il n'y restait plus une miette de nourriture. Du plaisir, un bon repas, un confident attentif et compatissant... La magie du mariage.

— Je crois que je me sens beaucoup mieux.

Comme Connors s'était occupé du dîner, elle jugea équitable de débarrasser la table. Elle mit les assiettes dans le lave-vaisselle à la va-comme-je-te-pousse, referma la porte d'un coup de pied et considéra que sa tâche était accomplie.

Connors s'abstint de lui signaler qu'elle avait rangé les couverts à l'envers et oublié de programmer le lavage. Eve n'était pas douée pour les activités ménagères ; cela fournirait à Summerset une occasion supplémentaire de s'offusquer.

— Montons dans mon bureau, déclara-t-il en l'entraînant vers l'ascenseur. J'ai quelque chose pour toi.

Elle fixa sur lui des yeux étrécis.

— Tu sais pourtant que je ne veux plus de cadeaux. J'en ai eu assez pour Noël.

— Ne me prive pas de ce bonheur, répliqua-t-il en caressant la manche du pull en cachemire qu'il lui avait offert. J'aime te voir porter ce que j'ai choisi pour toi. Mais, dans l'immédiat, il s'agit d'un autre genre de cadeau.

— J'ai du travail et pas une minute à perdre.

— Je le sais, lieutenant.

— Tu ne projettes pas un voyage, au moins ? Il n'est pas question que je parte en vacances, j'ai pris trop de jours de congé à l'automne dernier, quand j'ai été blessée.

Malgré lui, il crispa la main sur l'épaule d'Eve. Quelques mois auparavant, elle avait frôlé la mort. Chaque fois qu'il y repensait, son sang se glaçait.

— Non, il ne s'agit pas d'un voyage.

Il était pourtant résolu, dès que leurs emplois du temps respectifs le permettraient, à l'emmener sous les tropiques. La plage et le soleil avaient sur Eve un effet miraculeux.

— Alors, qu'est-ce que tu mijotes ? ronchonna-t-elle. J'ai du boulot, moi.

— Tu nous sers un petit café ? répliqua-t-il négligemment en entrant dans le bureau.

Eve s'exécuta de mauvaise grâce, uniquement parce qu'il l'avait laissée déverser sur lui sa colère et sa frustration. Et qu'il lui avait gentiment proposé de l'accompagner si elle allait assommer Bowers.

Lorsqu'elle lui apporta son café, ce fut cependant d'un geste un peu trop brusque qu'elle posa la tasse sur la console. Il la remercia distraitement, concentré sur les innombrables boutons, touches et manettes de son installation électronique ultrasophistiquée. Il aurait pu utiliser les commandes vocales, mais il adorait manipuler cette fabuleuse machine – afin, selon Eve, d'entretenir la diabolique habileté de ses mains d'ancien voleur.

L'élégante console en U, lisse comme un miroir, constellée de voyants lumineux, s'intégrait à merveille dans le luxueux écrin de la vaste pièce où les meubles anciens et les œuvres d'art voisinaient avec les dernières nouveautés technologiques.

Eve se sentait encore, parfois, désorientée dans ce décor, près de cet homme magnifique qui était son mari, qui lui appartenait. L'émotion qui la gagnait alors lui coupait les jambes.

— Tu veux aussi un petit gâteau ? lança-t-elle de ce ton sec qui lui venait toujours quand elle était bouleversée.

Il la regarda, réprima un sourire, puis désigna le mur.

— Tu as tout sur l'écran.

— Quoi donc ?

— La liste des chirurgiens, ainsi que leur dossier professionnel et personnel.

Elle pivota si vivement qu'elle faillit renverser le café de Connors.

— Attention, ma chérie.

— Connors, nom d'une pipe ! tonna-t-elle. Je t'avais demandé de ne pas t'en mêler.

— Vraiment ? répliqua-t-il d'une voix suave. Il semblerait que j'ai désobéi aux ordres.

— Je n'ai besoin de personne pour faire mon travail !

— Certes...

Il effleura une touche, les écrans muraux s'obscurcirent.

— Voilà, n'en parlons plus, dit-il gaiement, ravi de la voir écarquiller des yeux horrifiés. Je vais me plonger dans un bon roman, pendant que tu t'échineras à rechercher les informations que j'avais réunies pour toi. Travaille bien, ma chérie.

— Tu te crois malin, je suppose ?

— À juste titre, non ?

Elle croisa les bras, darda sur lui un regard réprobateur où brillait cependant une étincelle malicieuse. Il était tellement irrésistible.

— Rallume-moi ces écrans. Et j'espère pour toi que tu n'as pas effacé les renseignements.

— Bien sûr que non, mais il faudra payer le prix fort.

— C'est-à-dire ?

Avant qu'elle ait pu réagir, il l'attira à lui et l'assit sur ses genoux.

— Je n'ai pas le temps de batifoler, mon vieux !

— Tu me brises le cœur, ironisa-t-il en enfonçant une autre touche de la console. Regarde... Cette ville compte sept chirurgiens correspondant aux paramètres de ton affaire.

— Comment les connais-tu, ces paramètres ? Je ne t'ai pas donné de détails. Tu n'as quand même pas eu le toupet de fouiner dans mes dossiers ?

— Je ne répondrai qu'en présence de mon avocat. Ton témoin a déclaré avoir aperçu deux personnes. Je présume que tu n'élimines pas *a priori* la possibilité que l'une d'elles puisse être une femme.

— Est-ce que, moi, je fourre mon nez dans tes dossiers ? s'insurgea-t-elle. Est-ce que j'épluche ton portefeuille d'actions ou de je ne sais quoi ?

— Je n'ai aucun secret pour toi, ma chérie, ma vie est un livre ouvert. Désires-tu visionner la vidéo de mon dernier conseil d'administration ?

— Non merci, riposta-t-elle dignement.

Comme il l'entourait de ses bras, elle s'appuya contre sa poitrine.

— Tia Wo, chirurgien spécialisé dans la transplantation d'organes. Outre son cabinet privé, elle a une consultation au Drake, au East Side et à la clinique Nordick de Chicago. Description et photo.

Eve hocha pensivement la tête.

— Elle mesure un mètre quatre-vingts, elle est robuste. Dans l'obscurité, un poivrot pourrait facilement la prendre pour un homme, d'autant qu'elle portait un long manteau. Que savons-nous du Dr Wo ?

Répondant immédiatement à sa question, l'ordinateur commença à résumer la biographie du chirurgien. Eve, tout en écoutant, étudiait le visage sévère affiché à l'écran, le regard d'un bleu glacial, les cheveux noirs et raides.

Âgée de cinquante-huit ans, elle avait reçu une excellente éducation et suivi des études poussées. Ses trente années d'expérience lui valaient un salaire annuel astronomique, auquel s'ajoutaient les commissions versées par NewLife, une firme qui fabriquait des organes artificiels.

Elle avait divorcé à deux reprises, la première fois d'un homme, la seconde d'une femme. Elle était célibataire depuis six ans, et sans enfants. Son casier judiciaire était vierge, et elle n'avait à son actif que trois procès pour faute médicale, ce qui représentait un exploit.

— Tu la connais ? s'enquit Eve.

— Oh, vaguement. Elle est ambitieuse, froide, déterminée. On raconte qu'elle a les mains d'une magicienne et l'esprit d'un robot. Il y a cinq ans, elle a présidé l'Association américaine de médecine. Dans son domaine, c'est une personnalité qui compte.

— Elle doit aimer découper les gens en rondelles, marmonna Eve.

— Je suppose, sinon elle changerait de métier.

Les sourcils froncés, Eve demanda la suite de la liste.

— Et ceux-là, tu les connais ?

— Très superficiellement. Par chance, je n'ai jamais eu besoin de recourir à leurs services.

— Lesquels sont les plus puissants ?

— Cagney, Wo et Waverly.

— Michael Waverly... lut-elle. Quarante-huit ans, célibataire, chef du service de chirurgie du Drake et actuel président de l'AAM.

Elle examina avec attention le visage séduisant, auréolé d'une épaisse chevelure blonde, éclairé par des yeux d'un vert intense.

— Qui est le plus arrogant de tous ?

— Je crois que l'arrogance est un trait de caractère commun à tous les chirurgiens, mais si je devais établir une hiérarchie, je mettrais Wo en tête, Waverly et aussi Hans Vanderhaven – le responsable de la recherche au Drake, lui aussi spécialisé dans la transplantation d'organes. Il a des liens étroits avec les trois établissements hospitaliers les plus prestigieux du pays, et de solides relations à l'étranger. Il va fêter ses soixante-cinq printemps et il en est à son quatrième mariage. Chaque nouvelle épouse a dix ans de moins que la précédente. La dernière en date servait de modèle à un sculpteur, elle a tout juste l'âge de voter.

— Ne sois pas cancanier, s'il te plaît, le réprimanda-t-elle. Quoi d'autre ?

— Ses ex-femmes le haïssent cordialement. L'avant-dernière a essayé de le charcuter avec un bistouri de fortune – un coupe-papier, en l'occurrence – quand elle l'a surpris en train de jouer au docteur avec le modèle. Le comité éthique de l'AAM lui a tiré les oreilles, gentiment, et voilà tout.

— Eh bien, je vais m'intéresser de plus près à ces trois éminents personnages. L'assassin du Brochet a manifestement un sentiment de supériorité, du pouvoir et du talent.

— Tu risques de te heurter à un mur, Eve. Ils se serreront les coudes.

— Celui que je cherche est coupable de meurtre, mutilation de cadavre et vol d'organes. Quand tu leur allumes un feu sous les fesses, les gens deviennent bavards. Si l'un de ces charcutiers sait quelque chose, je le forcerai à cracher le morceau.

— Si tu veux te forger une opinion plus personnelle, nous pouvons assister ce week-end au défilé de mode organisé au profit du Drake Center et au dîner dansant.

Elle grimaça.

— Un défilé de mode, tu parles d'une partie de plaisir. D'accord... on ira, et je réclamerai à ma direction une prime pour mission dangereuse.

— Leonardo figure parmi les couturiers qui présenteront leurs créations. Mavis sera là aussi.

Penser à son amie, cette tornade ambulante à l'excentricité étourdissante, lâchée dans une assemblée de respectables médecins, revigora aussitôt Eve.

— J'ai hâte de voir la tête que feront tous ces pontes quand Mavis leur sautera au cou.

Sans le problème Bowers, Eve serait restée chez elle le lendemain pour travailler sur un ordinateur qui avait le bon goût de lui obéir au doigt et à l'œil. Mais son orgueil la poussa à se rendre au Central, où la rumeur ne tarderait pas à circuler dans les couloirs.

Après une matinée au tribunal, où était jugé un meurtrier qu'elle avait arrêté quelques mois auparavant, elle arriva au département de police à 13 heures. Plutôt que de rejoindre directement son bureau et d'appeler Peabody, elle décida de passer par la partie de l'étage réservée aux inspecteurs.

— Hé, Dallas ! l'apostropha Baxter, qui prenait toujours un malin plaisir à lui envoyer des piques. Vous lui gardez un chien de votre chienne, j'espère !

Venant de lui, ces mots étaient une marque de soutien. Eve en fut réconfortée, cependant, elle se borna à hausser les épaules et poursuivit son chemin. À son passage, des commentaires du même tonneau fusèrent des box vitrés. Dès qu'un flic avait sur la tête une épée de Damoclès, autrement dit était menacé d'un blâme, ses collègues le défendaient. C'était chez eux un réflexe.

— Salut, Dallas ! lança Ian McNab, le jeune inspecteur affecté à la Division de détection électronique, qui faisait le pied de grue devant le box de Peabody.

Il était mignon comme un cœur, avec ses longs cheveux dorés, tirés en arrière et tressés, son sourire réjoui et les six anneaux d'argent qui ornaient son oreille gauche. Il avait collaboré avec Eve à deux reprises, et elle savait que sous ses airs de dandy, plus jacasseur qu'une pie, il cachait une intelligence aiguë et un redoutable instinct de limier.

— La DDE vous a mis au chômage technique, McNab ?

— Absolument pas, répondit-il d'un ton joyeux. J'ai fait quelques recherches pour un gars de chez vous, et je suis venu agacer un peu Peabody avant de regagner mon service, ce sanctuaire où travaillent de vrais policiers.

— Vous ne pourriez pas me débarrasser de ce gamin boutonneux, lieutenant ? ronchonna Peabody qui, effectivement, paraissait exaspérée.

McNab gloussa ; jouer avec les nerfs de Peabody était l'un de ses passe-temps favoris.

— Je me suis dit que, concernant votre problème, mes talents ne vous seraient peut-être pas inutiles.

Le sous-entendu était clair : il proposait de contourner le règlement pour fouiller le passé de Bowers.

— Merci, mais je maîtrise la situation, répliqua Eve. Maintenant, si vous n'y voyez pas d'inconvénient, j'ai besoin de Peabody. Allez, McNab, du balai !

— À vos ordres. Au revoir, poupée, lança-t-il à Peabody avec un sourire enjôleur.

Sur quoi, il tourna les talons et s'éloigna en sifflotant.

— Crétin, grommela Peabody. Les rapports sont terminés, lieutenant. Quant aux conclusions du légiste, elles sont arrivées il y a une heure.

— Transmettez tous les éléments afférents à notre affaire au Dr Mira. Vous lui communiquerez également ceci, ajouta Eve en tendant une disquette à son assistante. C'est la liste des meilleurs chirurgiens de la ville. Vous avez deux heures pour déblayer la paperasse, ensuite, nous retournerons sur les lieux du crime.

— Bien, lieutenant. Est-ce que ça va ?

— Ce ne sont pas des imbéciles qui me feront perdre mon temps, j'ai d'autres chats à fouetter.

Malheureusement, les imbéciles la cernaient. Ceux de la maintenance lui avaient laissé un message sur son bureau : selon eux, son ordinateur ne présentait pas la moindre défaillance. Résignée, elle alluma son vidéocom pour contacter Feeney à la DDE.

Sa figure chiffonnée, si familière, lui remonta le moral.

— Qu'est-ce qui se passe, Dallas ? Qui est cette Bowers ? Pourquoi tu ne l'as pas zigouillée ?

Elle esquissa un sourire. Contre vents et marées, Feeney le fidèle se rangeait toujours de son côté.

— Je me fiche éperdument de cette bonne femme. J'ai un meurtre sur les bras, un clochard dont on a volé le cœur.

Les sourcils roux et broussailleux de Feeney se plissèrent en accordéon.

— On lui a volé le cœur ? Comment se fait-il que je n'en aie pas entendu parler ?

— Parce qu'il est beaucoup plus amusant de bavasser sur des flics qui se cherchent mutuellement des poux. Un clodo assassiné, c'est de la petite bière. Mais celui-ci mérite qu'on s'y intéresse. Je te donne les grandes lignes de l'affaire.

Elle lui résuma les éléments dont elle disposait, dans ce style télégraphique qui était pour les policiers une seconde langue. Feeney l'écouta avec attention en opinant du bonnet.

— On se demande jusqu'où l'on ira dans l'horreur, soupira-t-il quand elle eut achevé son exposé. Bon... De quoi as-tu besoin ?

— Tu pourrais vérifier si on a eu des crimes similaires ?

— Sur le plan municipal, national, international, interplanétaire ?

— Tout. Si possible avant la fin de la journée.

Feeney prit une mine de chien battu.

— Ça t'arrive jamais d'être moins exigeante ? ronchonna-t-il. Bon, je vais quand même essayer.

— Je te remercie. Je me chargerais bien de contacter le CIDC moi-même, déclara Eve, évoquant le chouchou de Feeney – le Centre international de documentation sur la criminalité – mais mon ordinateur fait encore des siennes.

— Il marcherait à la perfection si tu le traitais avec respect.

— Facile à dire ! À la DDE vous avez du matériel flambant neuf, alors qu'on nous refile de vieux rogatons. Dès que tu as des infos, préviens-moi.

— S'il y a quelque chose à trouver, je le trouverai. Un peu de patience, rétorqua-t-il, et il interrompit la communication.

Avant de quitter son bureau, Eve parcourut le rapport de Morris, le légiste, qui ne lui apprit rien de nouveau. La fille du Brochet pouvait désormais rapatrier dans le Wisconsin son père disparu depuis trente ans. Pour quelle raison cet homme avait-il choisi de vivre la dernière partie de son existence dans la solitude, coupé de sa famille, de son passé ?

Au fond, Eve avait agi de la même manière, à ceci près qu'elle n'avait pas eu le choix. Cette rupture, cette amputation avaient fait d'elle la femme qu'elle était aujourd'hui. Peut-être le Brochet, de façon plus tragique, s'était-il aussi réalisé en s'éloignant des siens.

Chassant ces pensées déprimantes de son esprit, Eve mit en marche son ordinateur et réussit à force de douceur – deux claques de rien du tout – à lui soutirer la liste des dealers opérant dans le secteur où le Brochet avait été assassiné. L'un des noms inscrits sur l'écran amena sur ses lèvres un sourire carnassier.

« Ce bon vieux Ledo », songea-t-elle en se frottant les mains. Elle le croyait derrière les barreaux mais, apparemment, on l'avait relâché trois mois plus tôt.

Elle n'aurait pas de difficulté à le débusquer et à l'inciter – en recourant si nécessaire à cette méthode douce qu'elle employait avec son ordinateur – à parler.

Mais d'abord, elle devait voir Mira. Tout en enfilant sa veste, elle appela Peabody pour lui demander de la retrouver sur le parking dans une heure, puis sortit à grands pas.

Le bureau de Mira aurait pu avoir l'apparence d'un cabinet médical destiné à accueillir des patients souffrant de troubles mentaux. Il aurait aussi pu ressembler à un laboratoire où l'on étudiait les comportements criminels.

Cependant, chaque fois qu'elle y venait, Eve éprouvait l'étonnante sensation de pénétrer dans un décor douillet, raffiné et apaisant. Mais ce qui la stupéfiait plus encore, c'était l'inébranlable sérénité de la psychiatre qui côtoyait pourtant à longueur de journée le rebut de la société.

Aux yeux d'Eve, Mira incarnait l'idéal féminin. D'une élégance discrète, elle affectionnait les tailleurs bien coupés dont les tons pastel mettaient en valeur son beau visage encadré d'une souple chevelure brune.

Ce jour-là, elle arborait un simple rang de perles fines sur une veste vert amande. Souriante, elle invita Eve à s'asseoir dans l'un des fauteuils et, comme à l'accoutumée, commanda à l'autochef deux tasses de thé.

— Comment allez-vous, Eve ?

— Bien.

Lorsqu'elle rencontrait Mira, il fallait toujours un moment à Eve pour trouver le ton juste. L'atmosphère du lieu, le calme souriant de son interlocutrice l'obligeaient à juguler sa brusquerie naturelle. De plus, au fil des ans, la psychiatre était devenue presque une amie. La preuve, Eve acceptait sans sourciller le thé de Mira, un breuvage qu'elle avait en horreur, et faisait semblant d'y tremper les lèvres.

— Et vous ? demanda-t-elle. Vous avez passé de bonnes vacances ?

Mira sourit, touchée qu'Eve lui pose la question.

— C'était fabuleux. Il n'y a rien de tel qu'une semaine de thalassothérapie pour vous remettre d'aplomb, physiquement et moralement. On m'a massée, triturée, bichonnée. Vous auriez détesté ça, ajouta-t-elle avec un petit rire.

Elle croisa les jambes, but une gorgée de thé ; elle tenait sa tasse avec une grâce inimitable.

— On m'a parlé des difficultés que vous cause un agent en uniforme. J'en suis navrée.

— Ça n'a aucune importance, répliqua Eve, par réflexe. Non, je mens... rectifia-t-elle en soupirant, consciente que Mira ne serait pas dupe. En réalité, je suis ulcérée. Bowers est un mauvais flic, elle a une sale mentalité. Je risque de recevoir un blâme à cause de cette harpie.

Mira se pencha pour lui tapoter la main.

— Je sais combien cela vous affecte. Vous n'ignorez pas que plus on est respecté, plus certaines personnes rêvent de ternir votre réputation. Rassurez-vous, la vôtre restera indemne. Le secret professionnel m'empêche de vous en dire davantage, mais ce policier est connu pour être un chicaneur invétéré. Dans la plupart des cas, ses plaintes ne sont pas prises au sérieux.

Eve lui décocha un regard acéré.

— Vous l'avez testée ?

— Il m'est impossible de répondre, rétorqua Mira d'un ton qui signifiait clairement que la réponse était affirmative. Je voulais simplement vous assurer, en tant que collègue et amie, de mon soutien inconditionnel.

Elle s'adossa à son fauteuil, but une autre gorgée de thé.

— Et maintenant, venons-en à votre affaire.

Eve demeura un instant silencieuse, pour rassembler ses idées. Elle ne devait pas laisser ses soucis personnels interférer avec son travail.

— L'assassin est forcément un chirurgien de talent, un as du prélèvement d'organes.

— J'ai lu les conclusions du Dr Morris et je suis d'accord avec vous. Cela ne signifie pas pour autant qu'il faille chercher votre coupable dans la communauté médicale.

Comme Eve ouvrait la bouche pour protester, Mira l'interrompit d'un geste.

— Il pourrait s'agir d'un retraité ou d'un homme qui a brûlé ses vaisseaux – cela se produit souvent parmi les chirurgiens, beaucoup plus fréquemment qu'on ne le croit. Notre meurtrier a, de toute évidence, perdu la boussole puisqu'il a trahi le serment d'Hippocrate et ôté la vie à un être humain. Exerce-t-il encore son métier ? Je l'ignore.

— Mais vous convenez qu'il l'a exercé à un moment donné ?

— Oui, indubitablement. Compte tenu de ce que vous avez observé sur le lieu du crime, et du rapport d'autopsie, il possède des compétences qui exigent des années de formation et de pratique.

— Comment définiriez-vous un personnage capable d'assassiner froidement un pauvre bougre sur le point de claquer, de lui prélever un organe hors d'usage ou presque, puis de réintégrer sa salle d'opération pour sauver un malade ?

— Je dirais que nous avons peut-être affaire à un mégalomane. De nombreux médecins sont atteints d'une sorte de complexe messianique. Ils se prennent pour Dieu. Cela leur est souvent nécessaire pour trouver le courage de plonger leur bistouri dans de la chair humaine.

— Ils adorent ça.

Mira eut un petit rire amusé.

— Je sais que vous n'appréciez guère les médecins, mais la plupart d'entre eux ont la vocation de soigner, de guérir. Comme dans toutes les professions qui exigent beaucoup d'expérience, d'habileté, certains pèchent par orgueil. Prenez votre exemple, Eve. Ce n'est pas votre humilité qui fait de vous un remarquable policier, mais votre certitude d'être douée pour ce travail.

— Hmm... admettons.

— Néanmoins, c'est aussi votre compassion qui vous empêche d'oublier les principes fondamentaux de votre métier. Dans la police comme dans la médecine, certains perdent cela de vue.

— Un flic, même s'il se prend pour Dieu, n'obtiendra au mieux qu'un peu de pouvoir. Tandis qu'un toubib peut amasser une fortune.

— L'argent est en effet une motivation. Cependant, il faut des années à un médecin pour rembourser le capital investi dans les études et la formation. Il y a d'autres compensations, plus immédiates. Sauver des vies est un puissant moteur, Eve. Un chirurgien qui a la capacité, le talent, d'ouvrir un corps, d'y plonger les mains et de le réparer est fatalement un être particulier.

Mira s'interrompit, contemplant pensivement sa tasse.

— Il lui faut se protéger, se forger une carapace, pour pouvoir se dire : Ce n'est pas une personne que j'ai là, sous mon bistouri, mais un problème à résoudre.

— Les flics fonctionnent de la même manière.

Mira la regarda droit dans les yeux.

— Pas tous. Et ceux qui ne parviennent pas à ce détachement en souffrent parfois, mais ils sont souvent de meilleurs policiers que les autres. En ce qui concerne votre enquête, je crois que nous avons quelques éléments de base. Le meurtrier n'a pas tué par haine, pour se venger de la victime. Ce n'est pas un violent. Il est déterminé, méthodique, maître de lui.

— Des qualités propres à n'importe quel chirurgien, non ?

— En effet. Il a pratiqué une opération, avec succès. Il est très méticuleux. Je connais mal la transplantation d'organes, mais je sais que, quand on n'a pas à se préoccuper de la survie du donneur, on opère de façon plus grossière. Or, il a pris la peine de faire une incision impeccable, de clamper les artères. Il est fier de son travail, il en conçoit même un orgueil démesuré. Il ne craint pas les conséquences de son acte car, à mon avis, il est convaincu qu'il n'y en aura pas. Il est au-dessus de cela.

— Il n'a pas peur d'être arrêté ?

— Non, il se croit à l'abri. J'en conclus qu'il occupe une position élevée – qu'il soit encore en activité ou non. Il est passionné par la médecine, s'y consacre entièrement, et jouit probablement dans son milieu d'une certaine renommée.

Mira fronça les sourcils.

— Je devrais plutôt parler au pluriel. Vous mentionnez dans votre rapport que deux personnes ont été aperçues sur le lieu du crime. Je présume qu'il était accompagné par un anesthésiste, ou un assistant.

— Une personne de confiance.

— Ou quelqu'un qu'il contrôle, qui adhère à son projet.

— Son projet ?

— Il n'a pas prélevé le cœur de la victime sans motif. Je ne vois que deux explications plausibles : l'argent, ce qui semble peu vraisemblable, étant donné que l'organe était en piteux état. Je pencherais plutôt pour la deuxième raison : l'expérimentation.

— C'est-à-dire ?

Mira eut un geste vague de la main.

— Je l'ignore mais, pour être franche et parce que je suis moi-même médecin, cette hypothèse m'effraie. À l'époque de la Guerre Urbaine, on a pratiqué des expériences illégales sur les morts et les agonisants, sans que nul songe à protester. Ce n'était pas la première fois qu'on commettait de telles atrocités, sous prétexte de faire avancer la science, de sauver des vies. On cherche toujours à justifier de tels actes, même s'il n'existe aucune justification valable.

Mira reposa sa tasse de thé, joignit les mains.

— J'espère qu'il s'agit d'un crime isolé. Car si cela se reproduit, je crains que vous n'ayez à résoudre une affaire bien plus abominable qu'il n'y paraît pour l'instant. Vous pourriez être confrontée à un individu qui se croit investi d'une mission sacrée.

— Sacrifier les brebis galeuses pour le salut de l'humanité ? On a déjà vu ça. Ce genre de croisade ne va jamais jusqu'à son terme.

— Certes, rétorqua Mira de sa voix douce où vibrait une note de pitié et d'angoisse, mais elle va toujours trop loin.

5

Les êtres humains, pour la plupart, ont tendance à se complaire dans leurs habitudes. Un dealer de seconde zone, lui-même consommateur de drogue, ne devait pas – selon Eve – se distinguer du commun des mortels. Or, si sa mémoire ne la trompait pas, Ledo avait coutume de traîner ses guêtres dans un bouge – le *Gametown* – où il chassait le client.

Les quelques années passées en cellule ne l'avaient probablement pas métamorphosé ni amené à fréquenter des établissements plus huppés.

Dans les quartiers mal famés du centre, qui formaient les bas-fonds de la ville, les rues et les immeubles étaient jonchés de détritus. Une brigade de recycleurs d'ordures s'étant fait sauvagement agresser – on leur avait brisé les os et démoli la benne qu'ils conduisaient – le syndicat avait définitivement éliminé le secteur de son rayon d'action. Plus aucun employé municipal ne s'aventurait dans le coin – surnommé le Carré – sans se munir d'une tenue de combat et d'une arme paralysante. Les autorités les y obligeaient par contrat.

Eve et Peabody portaient un gilet pare-balles sous leur veste. Si elles devaient se faire égorger, cela ne leur serait d'aucun secours, mais du moins ne pourrait-on pas leur planter un poignard dans le corps.

— Ôtez le cran de sûreté de votre arme et réglez-la à la puissance maximum, ordonna Eve à son assistante qui acquiesça d'un hochement sec de la tête.

Les recherches menées par Peabody sur les sectes réputées pour pratiquer des sacrifices humains comparables au meurtre du Brochet n'avaient abouti à rien. La jeune femme en avait été soulagée. Lors d'une précédente enquête, elle avait eu affaire à ces illuminés sanguinaires, et elle priait pour ne plus jamais les rencontrer sur son chemin.

Cependant, tandis qu'elles pénétraient dans le périmètre du Carré, elle se dit que, à tout prendre, elle échangerait volontiers une meute d'adeptes de Satan contre les patibulaires résidents de ce quartier.

Pour l'heure, les rues semblaient tranquilles. Elles s'animeraient dès la tombée de la nuit. Les rares individus qui déambulaient sur les trottoirs ou battaient la semelle devant les portes cochères avaient le regard fureteur ; ils gardaient les mains dans leurs poches, les doigts serrés sur un pistolet, un couteau ou un rasoir.

Au beau milieu de la chaussée, un taxi de la compagnie Rapid était renversé sur le toit, telle une tortue retournée sur le dos. Les vitres étaient fracassées, les pneus lacérés, et la carrosserie déjà recouverte de graffitis obscènes.

— Il fallait que le chauffeur soit cinglé pour venir jusqu'ici, bougonna Eve en contournant la carcasse de l'automobile.

— Et nous, qu'est-ce qu'on est ?

— Des flics qui n'ont pas froid aux yeux, rétorqua-t-elle avec un sourire conquérant.

Avisant deux droïdes de la sécurité civile qui approchaient dans leur fourgon blindé noir et blanc, elle baissa la vitre de sa portière et leur montra son insigne.

— Le chauffeur de ce taxi s'en est sorti ?

— Nous étions dans le voisinage, nous avons dispersé la foule.

Le droïde assis sur le siège du passager avait un vague sourire aux lèvres. Il arrivait parfois qu'un informaticien, en programmant un droïde de la sécurité, le dote d'une certaine dose d'humour.

— Nous avons transporté ce voyageur égaré de l'autre côté de la ligne de démarcation, plaisanta-t-il.

— Parfait. Vous connaissez un dénommé Ledo ?

— Oui, lieutenant. Il fabrique et commercialise des substances illicites, répondit le droïde sans se départir de son sourire. Il a été libéré et réhabilité.

— Effectivement, il est désormais un pilier de notre société. Il fréquente toujours le *Gametown* ?

— C'est son terrain de jeu favori.

— Je laisse mon véhicule ici. Je veux le retrouver en un seul morceau quand je reviendrai.

Après avoir activé le système antivol et l'alarme, Eve descendit de l'automobile. Elle jeta un regard circulaire puis, d'un pas résolu, s'avança vers un homme efflanqué à la mine agressive qui, d'un geste mécanique, embouchait une bouteille de tord-boyaux. Il était adossé à une paroi métallique décorée de diverses maximes à connotation sexuelle, du même acabit que celles qui ornaient le taxi. Plusieurs étaient mal orthographiées, mais les dessins étaient criants de vérité.

Peabody crut que son cœur allait se décrocher dans sa poitrine, quand Eve se pencha vers l'homme.

— Tu vois cette voiture ?

Il émit un ricanement sarcastique.

— Ça m'a tout l'air d'une bagnole de poulet.

— Exactement.

Elle lui agrippa rudement le poignet, avant qu'il puisse mettre la main dans sa poche.

— Et si jamais elle est esquintée, le poulet en question te coupera tes bijoux de famille, te les attachera autour du cou et t'étranglera avec. Pigé ?

Il ne ricanait plus. Le sang avait afflué à ses joues, la haine flambait dans ses yeux. Il opina.

— Parfait, dit Eve qui pivota et s'éloigna sans un regard en arrière.

— Dallas, j'ai eu une de ces trouilles... bredouilla Peabody. Pourquoi avez-vous fait ça, bon Dieu ?

— Parce que, maintenant, il a le devoir de veiller à ce que nous ayons un moyen de transport pour quitter le secteur. Ce genre de type préfère ne pas avoir les flics sur le dos. C'est un médiocre, conclut Eve avec un grand sourire.

— Vous vous croyez maligne ? rouspéta Peabody. Je suis censée apprécier la plaisanterie ? Ha, ha, je me marre.

— Suivez-moi, et soyez sur vos gardes.

Elles descendirent l'escalier métallique crasseux qui plongeait dans la lumière glauque du ventre de New York.

Il fallait bien, songea Eve, que la mauvaise graine germe quelque part. C'était ici qu'elle s'enracinait et prospérait, dans l'atmosphère confinée des souterrains, peuplés de prostitués et de toxicomanes faméliques.

Régulièrement, le conseil municipal clamait sa volonté de nettoyer tout cela. On réunissait sur les plateaux des chaînes de télévision des « spécialistes » qui se bornaient à débiter de vertueux discours. De temps à autre, on organisait un simulacre de descente de police, on mettait une poignée de paumés en cellule et on fermait quelques bouges durant deux ou trois jours.

Il y a quelques années, quand elle portait encore l'uniforme, Eve avait participé à l'une de ces opérations. Elle n'avait pas oublié la peur qui noue les tripes, les hurlements, l'éclat redoutable des lames de poignard, les relents écœurants d'alcool.

À l'époque, Feeney était son mentor, comme elle était aujourd'hui celui de Peabody. Il l'avait protégée, grâce à lui elle s'en était tirée sans une égratignure.

À présent, elle marchait devant son assistante, à l'affût du moindre signe de danger.

Elles entendaient les pulsations de musiques assourdissantes qui ricochaient contre les murs et les portes closes des différents clubs. Les tunnels n'étaient pas chauffés – ils ne l'étaient plus depuis longtemps – et il y régnait un froid et une humidité tels qu'on avait l'impression d'évoluer dans de l'eau glacée.

Une prostituée fanée par les ans négociait avec un client hagard. Tous deux détaillèrent Eve, puis l'uniforme de Peabody, après quoi ils reprirent leurs pourparlers.

Dans une étroite allée, on avait allumé un feu dans une poubelle. Des hommes, attroupés autour de ce foyer de fortune, échangeaient des sachets de drogue contre des *credits*. Tous se figèrent lorsque Eve apparut. Impassible, elle continua à avancer.

Elle aurait pu demander des renforts et les faire embarquer. Mais à quoi bon ? Dès ce soir, d'autres hommes semblables à ceux-là vendraient de la mort autour de cette poubelle d'où montaient des flammes malodorantes.

L'expérience lui avait appris à se résigner : elle n'avait pas le pouvoir de changer le monde, de guérir la gangrène qui le pourrissait.

Au bout de l'allée, elle s'immobilisa pour observer l'enseigne du *Gametown*. Les néons rouges et bleus projetaient des reflets ternes sur le jaune bilieux de la façade. Ils lui parurent, à l'instar de la prostituée vieillissante qui tapinait un peu plus loin, illustrer le désespoir et le néant où s'engloutissait le genre humain.

Ils lui rappelaient aussi cette lumière rouge d'autrefois, qui palpitait contre les vitres crasseuses de la fenêtre, dans la chambre qu'elle partageait avec son père, à la fin de leur vie commune. Avant qu'il ne la viole pour la dernière fois.

Avant qu'elle ne le tue et laisse derrière elle, à jamais, la fillette martyrisée qu'elle était, dont elle avait perdu jusqu'au souvenir.

— Lieutenant ?

— Je ne me souviens pas d'elle, murmura Eve d'une voix blanche.

Elle était au bord de la nausée, ses jambes flageolaient, comme chaque fois que cette période de son existence lui revenait en mémoire.

— De qui ? demanda Peabody, alarmée. Dallas... qu'est-ce que... De qui parlez-vous ?

— Personne, répondit Eve d'un ton rogue.

Elle était furieuse de sentir à nouveau la terreur et la culpabilité de jadis l'étreindre. Réussirait-elle un jour à s'en délivrer ?

— Personne, répéta-t-elle. On entre ensemble, vous restez près de moi. Si les choses tournent mal, oubliez la procédure réglementaire. Foncez dans le tas.

— Comptez sur moi, rétorqua Peabody avec conviction.

Côte à côte, elles franchirent le seuil du *Gametown*. Comme son nom l'indiquait, l'établissement était pourvu d'innombrables jeux vidéo. Les machines faisaient un raffut de tous les diables. Il y avait également deux holorings ; sur l'un d'eux, un gamin maigrichon au regard vide glissait une pièce dans l'appareil, payant ainsi le droit d'affronter un gladiateur romain, un terroriste de la Guerre Urbaine ou un champion de boxe, à sa guise. Eve préféra ne pas assister au premier round.

Le club présentait aussi du spectacle vivant, en l'occurrence deux femmes aux énormes seins siliconés et frottés d'huile. Juchées sur une piste tournante, elles gémissaient et ondulaient lascivement pour la plus grande joie des spectateurs.

Les murs disparaissaient sous des écrans qui permettaient de suivre simultanément des dizaines d'événements sportifs, filmés aux quatre coins du monde et de l'espace intersidéral. Des bookmakers prenaient les paris. Les parieurs perdaient. Les insultes et les coups de poing pleuvaient.

Eve dépassa les box où les maniaques des jeux vidéo testaient leur adresse, le bar où d'autres noyaient leur défaite dans l'alcool, et passa dans la salle contiguë. Là, pareilles à des cercueils, s'alignaient des tables de billard. On n'entendait que le cliquetis des boules roulant sur le tapis. Les joueurs qui s'affrontaient autour de cinq d'entre elles affichaient tous un air absorbé. À l'évidence, les enjeux étaient sérieux.

Un Noir, dont le crâne rasé s'ornait d'un tatouage représentant un serpent doré, disputait une partie contre une droïde, employée du club. Grande, musculeuse, elle était vêtue en tout et pour tout d'une sorte de maillot vert fluo qui lui couvrait les seins et le sexe. Un poignard à fine lame était fixé à sa hanche par une lanière.

Eve repéra Ledo à la table du fond. À en juger par son sourire suffisant et la gravité de ses adversaires, il était en train de les battre à plate couture.

Elle passa devant la droïde qui, pour l'impressionner ou simplement par habitude, porta la main à son poignard. Le Noir tatoué marmotta un commentaire où, crut comprendre Eve, il était question de flics et de « sales connes ».

Elle faillit lui faire ravaler *manu militari* ces paroles désobligeantes, mais cela aurait donné à Ledo l'occasion de détaler. Or, elle n'avait aucune envie de le pourchasser à travers les souterrains de la ville.

Les conversations s'interrompirent, le silence se fit de table en table, à peine troublé par quelques réflexions outrageantes, chuchotées à voix basse, quelques soupirs excédés. Eve glissa la main sous sa veste, la referma sur la crosse de son arme.

Ledo, à moitié couché sur la table, faisait coulisser entre ses doigts la queue de billard, spécialement fabriquée pour lui et munie d'un procédé en argent. S'il réussissait son coup, il empocherait cinquante *credits* supplémentaires.

Il n'était pas encore ivre ni défoncé. Pendant une partie, il s'obligeait toujours à être d'une sobriété exemplaire. Il était maigre, avec des cheveux filasse coiffés en arrière, un teint blafard. Même le brun de ses yeux, entre les paupières rougies, commençait à ternir. Il ne tarderait pas à ressembler aux épaves qu'il approvisionnait.

S'il continuait à se camer, il ne serait bientôt plus capable de toucher une boule de billard.

Eve le regarda ajuster son tir. Un léger tremblement agitait ses mains. Il frappa néanmoins avec précision la boule numéro cinq qui fila allégrement sur le tapis et tomba dans l'une des poches de la table.

Ledo était trop futé pour laisser éclater sa joie, néanmoins son sourire s'élargit. Puis il posa les yeux sur Eve. Il ne la reconnut pas immédiatement, mais son flair lui souffla qu'elle appartenait à la race maudite des policiers. Son visage se rembrunit.

— Salut, Ledo. Il faut qu'on discute, tous les deux.

— J'ai rien fait. Je suis en pleine partie.

— Considère qu'elle est terminée.

Elle fit un pas en avant, guettant la montagne de muscles qui s'avançait pour lui barrer le passage. Il avait le teint cuivré, le poitrail d'une largeur impressionnante. Des piercings dorés ornaient ses sourcils, ses canines argentées et taillées en pointe étincelaient entre ses lèvres charnues. Il dépassait Eve d'une bonne quarantaine de centimètres et pesait au bas mot cinquante kilos de plus qu'elle.

Un frisson d'excitation la parcourut. « Voilà celui qu'il me faut », pensa-t-elle.

— Écartez-vous de mon chemin, déclara-t-elle d'une voix posée, presque aimable.

— Pas question qu'il abandonne la partie ! tonna-t-il. Je lui dois cinq briques, à ce trouduc. On s'arrêtera pas tant que je me serai pas refait.

— Le trouduc et moi, nous allons bavarder un moment, ensuite vous pourrez continuer.

À présent, elle ne craignait plus que Ledo ne s'échappe. Ses deux adversaires l'encadraient et tenaient solidement ses bras maigrelets. Mais le colosse ne bougeait pas d'un pouce. Il donna une bourrade à Eve, montrant ses crocs argentés.

— On veut pas de flics ici. Chez nous, les poulets, on les bouffe.

— Alors, dans ce cas...

Elle recula d'un pas, vit une lueur triomphante s'allumer dans les yeux de son interlocuteur. Soudain, plus vive que l'éclair, elle empoigna la précieuse queue de billard de Ledo et en enfonça brutalement le bout dans le ventre de la brute. Il poussa un grognement, se plia en deux. Brandissant la queue comme une épée, elle le frappa à la tempe.

Il y eut un craquement réjouissant. L'homme tituba, secoua la tête. Essuyant le sang qui l'aveuglait, il prit son élan pour fondre sur Eve qui lui assena un violent coup de genou à l'entrejambe. Il ouvrit la bouche, son teint cuivré vira au gris. Lentement, il s'effondra sur le sol.

Eve pivota.

— Il y a d'autres amateurs pour bouffer du poulet ?

— Vous me l'avez cassée ! s'écria Ledo avec des sanglots dans la voix.

Il lui arracha sa précieuse queue de billard dont le talon heurta la pommette d'Eve – laquelle en vit trente-six chandelles, mais, stoïque, n'eut même pas un battement de cils.

— Ledo... gronda-t-elle en lui saisissant le poignet.

— Ça suffit !

L'homme qui avait prononcé ces mots avait l'allure des jeunes cadres dynamiques et ambitieux qui évoluaient dans les beaux quartiers de la ville. Il était svelte et élégant. La lèpre qui rongeait les bas-fonds, la crasse qui s'y incrustait partout, semblaient n'avoir aucune prise sur lui.

Retenant toujours Ledo par le bras, Eve exhiba son insigne.

— Pour l'instant, je n'ai rien contre vous. Mais, si vous insistez, ça peut changer.

— Ce serait regrettable... lieutenant. Cet établissement a rarement l'honneur de recevoir la visite d'une personnalité aussi éminente. Mes clients ont été surpris.

Il baissa son regard bleu acier sur le colosse qui, affalé par terre, se tordait de douleur.

— Vraiment surpris, répéta-t-il avec une pointe d'ironie. Je suis Carmine, le propriétaire de ce club. Que puis-je pour vous ?

— Pas grand-chose. Je désire simplement discuter avec ce... client, rétorqua-t-elle en désignant Ledo.

— Je présume qu'un endroit tranquille conviendrait mieux. Nous avons des salons privés. Me permettez-vous d'en mettre un à votre disposition ?

— Ce serait chic, Carmine. Peabody ?

Eve arracha la queue de billard des mains de Ledo et la tendit à sa collègue.

— Je te préviens, Ledo. Mon assistante sera juste derrière toi. À la moindre incartade, elle n'hésitera pas à te planter ton joujou entre les fesses.

— Mais j'ai rien fait ! gémit Ledo.

Il suivit cependant Eve et Carmine qui les conduisit jusqu'au fond de la salle où un rideau masquait une rangée de portes.

Carmine en ouvrit une.

— Y a-t-il autre chose pour votre service, lieutenant ?

— Veillez à ce que votre clientèle ne s'emballe pas, Carmine. Nous ne souhaitons pas que la police new-yorkaise organise une descente dans votre établissement, n'est-ce pas ?

Il acquiesça puis s'éloigna, tandis qu'Eve poussait dans la pièce un Ledo larmoyant.

— Peabody, vous montez la garde. Si quelqu'un s'avisait de vous toucher, fût-ce de vous frôler, je vous autorise à utiliser votre arme.

— Bien, lieutenant.

La queue de billard dans une main, son arme de service dans l'autre, Peabody s'adossa au mur. Satisfaite,

Eve referma la porte. Le lieu ne méritait guère son appellation de « salon privé », avec son plancher poisseux, son écran mural éraflé et l'étroite banquette, d'une propreté douteuse, qui constituait tout le mobilier. Du moins offrait-il une certaine intimité.

— Eh bien, Ledo... attaqua-t-elle.

Elle effleura l'hématome sur sa pommette – non parce qu'il était douloureux, quoiqu'il le fût, mais surtout pour impressionner Ledo, lui faire craindre des représailles.

— Il y a un bail qu'on ne s'est pas vus.

— J'ai pas consommé ni vendu un gramme de came !

Elle eut un rire bref, menaçant.

— Ne me prends pas pour une idiote. Tu sais ce que c'est, ça ? ajouta-t-elle en tapotant sa pommette. Agression, coups et blessures sur la personne d'un officier de police dans l'exercice de ses fonctions. Je pourrais t'arrêter et te coller en taule.

— Dallas, s'il vous plaît... C'était un accident.

— Je passerai peut-être l'éponge, à condition que tu te montres coopératif.

— Pas de problème, Dallas. Qu'est-ce qu'il vous faut ? bredouilla-t-il, fouillant fébrilement dans ses poches. Du Jazz, de l'herbe, de l'ecstasy ? Pour vous, ce sera gratis. Merde, j'en ai pas sur moi. Je vous en trouverai, parole.

Les yeux d'Eve s'étrécirent.

— Retire tes sales pattes de tes poches, Ledo. Tu es encore plus bête que je ne le pensais. Tu as un pois chiche dans le crâne.

Les traits de sa figure blême parurent se pétrifier. Il lâcha un gloussement qui se voulait viril, montra ses mains vides.

— Vous énervez pas, Dallas. Comme vous disiez, il y a un moment qu'on s'est pas vus, j'ai dû oublier que vous aviez mauvais caractère.

Muette, elle continua à le dévisager fixement jusqu'à ce que des gouttes de sueur perlent sur sa lèvre supérieure. Elle ferait en sorte de le réexpédier en prison à la première occasion. Pour l'heure, elle avait un plus gros poisson à ferrer.

— Vous... voulez des tuyaux ? bafouilla-t-il. Je suis pas votre indic. J'ai jamais bossé pour les flics, mais je suis prêt à négocier.

— Négocier ? répéta-t-elle d'un ton glacial.

— Vous donner des renseignements, rectifia-t-il.

Malgré sa cervelle d'oiseau, il commençait enfin à comprendre.

— Vous demandez, et je vous dis ce que je sais. Ça vous va ?

— C'est mieux. Le Brochet.

— Le vieux qui dessinait des fleurs ?

Il haussa ses épaules osseuses.

— On l'a trucidé, à ce qu'il paraît. On lui a pris des bouts de bidoche. Moi, je me mêle pas de ces affaires-là.

— Tu lui fourguais ta camelote.

— Oh, c'est peut-être arrivé quelquefois, répondit-il prudemment. Pas souvent.

— Comment te payait-il ?

— Il mendiait, ou alors il vendait ses dessins. Quand il achetait quelque chose, c'est qu'il avait les moyens de se l'offrir.

— Il ne t'a jamais roulé, toi ou un autre dealer ?

— Non. On traite pas avec les clodos, sauf s'ils règlent d'avance. On peut pas leur faire confiance. Mais le Brochet, il était réglo. Pépère. Personne avait rien à lui reprocher, je crois. Un bon client, pas d'embrouilles.

— Tu opères dans le secteur où il avait sa cahute.

— Faut bien que je vive, Dallas.

Elle le regarda à nouveau, droit dans les yeux. Réalisant qu'il avait commis une gaffe, il enchaîna :

— Ouais, c'est là que je bosse. Il y a quelques collègues qui viennent faire un tour dans le coin de temps en temps, mais on se gêne pas.

— As-tu remarqué, récemment, quelqu'un d'étranger au quartier ? Est-ce qu'on t'a posé des questions sur le Brochet ou ses semblables ?

— Quelqu'un comme le mec au pardessus ?

Eve faillit sauter au plafond, elle eut toutes les peines du monde à se contenir.

— C'est-à-dire ?

— Un mec qui a débarqué une nuit, sapé comme un ministre. Un snobinard qui m'a regardé de haut.

Ledo, qui se sentait maintenant plus à l'aise, s'assit sur la banquette et croisa les allumettes qui lui servaient de jambes.

— D'abord, j'ai pensé qu'il tenait pas à acheter sa came dans son quartier, qu'il préférait venir chez nous, les zonards. Mais je me gourais, il voulait pas de marchandise.

— Et que voulait-il ?

— Ben, le Brochet. Il m'a expliqué comment était le type qu'il cherchait, mais au début j'ai pas tilté. Pour moi, les clodos se ressemblent tous. Ensuite, il a dit que le sien faisait des dessins, alors j'ai reconnu le Brochet.

— Tu lui as donc indiqué où dormait le Brochet.

— Ben oui, pourquoi pas ? rétorqua-t-il avec un sourire stupide.

Soudain, ses yeux s'arrondirent. Eve eut l'impression d'entendre grincer les rouages rouillés de son cerveau.

— Oh merde ! C'est ce mec qui a découpé le Brochet en rondelles ? Mais pourquoi ? Écoutez, Dallas, vous énervez pas. J'y suis pour rien, moi. Il m'a demandé où était le clodo, je lui ai dit. Normal, non ? Je m'imaginais pas qu'il avait dans l'idée de zigouiller quelqu'un.

Affolé, il bondit sur ses pieds. Une pellicule de sueur laquait son visage livide.

— Vous avez pas le droit de me coller ça sur le dos. J'ai juste causé avec ce mec.

— De quoi avait-il l'air ?

— J'en sais rien, geignit Ledo. Un type de la haute, bien fringué.

— L'âge, la race, la taille, le poids, énuméra froidement Eve.

— Oh, là là ! se lamenta-t-il en fourrageant dans ses cheveux, comme s'il voulait se les arracher. Je me souviens plus. Ça remonte à deux ou trois jours.

Il se mit à arpenter la pièce, s'immobilisa brusquement pour lancer à Eve un regard plein d'espoir.

— C'était un Blanc ?

Elle garda le silence.

— Ouais, je crois bien qu'il était blanc, reprit-il. Enfin, c'est possible. Moi, vous comprenez, j'ai regardé que son manteau. Un long manteau noir, bien chaud. Du tonnerre !

« Quel abruti », songea Eve.

— Quand tu lui as parlé, il a fallu que tu lèves la tête, que tu la baisses ? Tes yeux étaient au même niveau que les siens ?

— Euh... j'ai levé la tête ! s'exclama-t-il, tel un gamin qui a trouvé la réponse à une devinette. Ouais, il était drôlement grand. Mais sa tronche, je m'en souviens pas. C'était la nuit, il y avait pas de lumière. En plus, il avait un chapeau et le col du manteau remonté jusqu'aux oreilles. Faut dire qu'il faisait un froid de canard.

— Tu ne l'avais jamais vu avant ? Il n'est pas revenu ?

— Je l'ai rencontré qu'une fois. Il y a deux – non, trois nuits de ça. Juste ce soir-là.

Ledo s'essuya la bouche d'un revers de main.

— J'y suis pour rien.

— Tu devrais te faire tatouer cette phrase sur le front, ça t'éviterait de la répéter à tout bout de champ. J'en ai terminé avec toi pour l'instant, mais je te conseille vivement de rester dans les parages, au cas où j'aurais besoin de t'interroger à nouveau. Si je suis obligée de courir partout pour te mettre la main dessus, ça risque de me fiche en rogne.

— Je bougerai pas, promit-il, tellement soulagé qu'il faillit fondre en larmes. Tout le monde me connaît, vous aurez qu'à demander.

Comme il se précipitait vers la porte, Eve lui agrippa le bras. Elle le sentit trembler.

— Ledo, si jamais tu revois le type au pardessus, ou quelqu'un qui lui ressemble, tu fermes ton clapet pour ne pas l'effaroucher, et tu me contactes immédiatement. Tu n'auras aucun mal à me joindre, ajouta-t-elle avec un sourire glacial. Moi aussi, tout le monde me connaît.

Ledo hésita, puis décida qu'il ne serait pas raisonnable de réclamer un statut d'indic rémunéré. Il se borna à hocher vigoureusement la tête et sortit sans demander son reste.

Peabody demeura sur le qui-vive jusqu'à ce qu'elles aient rejoint leur véhicule et quitté le quartier. Alors seulement, elle commença à se détendre.

— C'était sympa, déclara-t-elle d'un ton pétulant. La prochaine fois, j'aimerais tenter un plongeon dans un bassin infesté de requins.

— Vous avez été très bien, Peabody.

Celle-ci en frissonna de plaisir et d'émotion. Venant d'Eve, ces mots étaient un compliment inestimable.

— Je crevais de trouille, avoua-t-elle.

— Parce que vous n'êtes pas stupide. Si vous l'étiez, vous ne seriez pas mon assistante.

Eve s'interrompit, songeuse.

— Maintenant, nous savons qu'ils en avaient après le Brochet et lui seul. Ils ne cherchaient pas un clochard parmi d'autres. C'était lui qu'ils voulaient. Lui et son cœur. Qu'avait-il donc de si spécial ? Relisez-moi les renseignements que nous avons.

Peabody alluma son ordinateur de poche et énuméra les éléments qu'elle avait réunis, les étapes successives de l'existence d'un homme, depuis sa naissance jusqu'à sa déchéance.

— Il y a forcément là-dedans quelque chose qui nous échappe, murmura Eve. On ne l'a pas choisi au hasard, on n'a pas tiré son nom d'un chapeau. Une histoire familiale, peut-être... L'un des enfants ou des petits-enfants qui ne lui aurait pas pardonné de les avoir abandonnés et qui se serait vengé. Le cœur... ça pourrait être symbolique.

— Tu m'as brisé le cœur, je t'arrache le tien ?

— Un truc dans ce genre.

Eve secoua doucement la tête. La notion de famille lui était complètement étrangère, les sentiments d'amour et de haine qui se tissaient entre les membres d'une même tribu la déroutaient.

Parvenue sur le lieu du crime, elle se gara et balaya du regard le périmètre de sécurité. Les barrages électroniques de la police étaient toujours en place. Apparemment, personne dans les environs ne possédait le savoir ou l'habileté nécessaire pour les désactiver et s'emparer des vestiges de la cahute du Brochet.

Au coin de la rue, deux marchands ambulants battaient la semelle dans la fumée âcre qui montait de leur glissa-gril. Les affaires ne marchaient pas fort, apparemment.

Des mendiants déambulaient sur le trottoir, leur licence - probablement fabriquée par un faussaire, supposa Eve - accrochée à leur cou décharné. De l'autre côté de la rue, des sans-abri étaient attroupés autour d'un brasero de fortune qui dispensait plus de mauvaises odeurs que de chaleur.

— Interrogez les vendeurs, ordonna Eve à Peabody. En principe, ce sont de bons observateurs. Nous aurons peut-être un peu de chance. Moi, je vais jeter un coup d'œil à la cabane.

— Si je leur achetais un hot-dog au soja, ils seraient sans doute plus loquaces.

— Vous êtes prête à ingurgiter la pourriture qu'on vend dans ce quartier ? ironisa Eve. Vous êtes suicidaire.

— Je ne vous le fais pas dire, répliqua Peabody en se dirigeant résolument vers le glissa-gril.

Eve désactiva les barrières électroniques. Elle sentait des regards brûlants lui vriller le dos, des regards où se mêlaient la rancœur, la colère, le désespoir. Toute la misère du monde.

S'efforçant de ne pas y prêter attention, elle écarta la couverture dépenaillée qui protégeait l'entrée de la cabane. Elle bloqua un instant sa respiration, le temps de s'habituer à la puanteur de la crasse et de la mort.

Qui étais-tu, Brochet ? Qu'avais-tu de particulier ?

Elle saisit un petit bouquet de fleurs en papier, recouvertes à présent de la fine poudre blanche que l'équipe de l'Identité judiciaire avait répandue partout afin de relever les empreintes. On avait également récolté les cheveux, les poils, les fibres de tissu, tout ce qui pouvait recéler un indice utile pour l'enquête. Vu le chaos ambiant, les analyses prendraient du temps.

Et Eve doutait qu'elles fournissent le début de piste qu'elle cherchait.

— Tu es très prudent, murmura-t-elle, s'adressant à l'assassin. Très soigneux. Tu n'as laissé aucune trace derrière toi. En tout cas, tu le crois.

Mais un tueur, ainsi que sa victime, abandonnait toujours sur le lieu du crime une infime part de lui-même. Une empreinte, un écho. Or, Eve savait regarder et écouter.

Le meurtrier et son complice étaient arrivés dans leur belle voiture, au milieu de la nuit. Élégants, chaudement vêtus.

Ils ne s'étaient pas camouflés, n'avaient pas essayé de se fondre dans le décor.

Orgueil.

Ils ne s'étaient pas pressés, ils n'avaient aucune inquiétude.

Confiance en soi.

Et dégoût. En entrant ici, en respirant cette puanteur, ils avaient dû être écœurés. Mais peut-être les médecins étaient-ils accoutumés aux mauvaises odeurs.

Ils portaient des masques de chirurgien, des gants. Par précaution, pour se protéger, se prémunir contre les risques d'infection. Par habitude.

Ils avaient utilisé de l'antiseptique. L'habitude, toujours, le réflexe professionnel.

Ils avaient eu besoin de lumière. Les bouts de chandelles et la lampe électrique posés sur les étagères branlantes du Brochet ne suffisaient pas.

Dans la sacoche, ils avaient sans doute un mini-projecteur, des microscopes oculaires, un bistouri au laser et tous les instruments nécessaires.

S'est-il réveillé quand ils ont allumé le projecteur ? A-t-il émergé du brouillard, fût-ce une seconde ? A-t-il eu le temps de comprendre ce qui se passait, d'avoir peur, avant que l'aiguille de la seringue ne s'enfonce dans son bras ?

Ensuite, ils avaient commencé l'opération. Là, l'imagination d'Eve était en panne. Elle ignorait tout des interventions chirurgicales. Cependant, elle supposait qu'ils avaient travaillé vite et bien, sans gestes ni paroles superflus.

Que ressentait-on lorsqu'on tenait entre ses mains le cœur d'un homme ?

Était-ce simplement de la routine, ou éprouvait-on une sensation exaltante de toute-puissance ? Oui... on devait sans doute, ne fût-ce qu'une fraction de seconde, se prendre pour un dieu.

Un dieu suffisamment orgueilleux pour s'accorder le temps de déployer son talent et d'accomplir magistralement son œuvre.

« Voilà ce qu'ils ont laissé derrière eux, songea Eve. L'orgueil, l'arrogance, le sang-froid professionnel. »

Soudain, le bourdonnement de son communicateur la tira de sa méditation. Reposant le bouquet de fleurs en papier, elle extirpa l'appareil de sa poche.

Le visage morose de Feeney apparut sur l'écran.

— J'ai trouvé quelque chose, Dallas. Tu ferais bien de rappliquer.

6

— Erin Spindler, déclara Feeney, désignant le portrait affiché sur l'écran mural d'une salle de réunion du Central. Métisse, soixante-dix-huit ans, compagne licenciée à la retraite. Ces dernières années, elle avait sous sa houlette une petite troupe de prostituées qui travaillaient dans la rue. Elle collectionnait les amendes, parce qu'elle oubliait de renouveler la licence de ses pouliches ou ne les envoyait pas passer les examens de santé obligatoires. Elle s'est fait plusieurs fois secouer les puces pour avoir arnaqué le chaland, mais elle en est sortie indemne.

Eve étudiait le visage étroit au teint café au lait, le regard dur, la bouche aux commissures affaissées.

— Elle opérait dans quel secteur ?

— Le Lower East Side. Elle a débuté dans le centre. Il y a cinquante ans, elle devait avoir une certaine classe. Et puis elle s'est fanée, elle a glissé peu à peu sur la pente savonneuse. Elle avait un penchant pour le Jazz ; or, dans les beaux quartiers, cette camelote se vend à prix d'or. Elle était quadragénaire lorsqu'elle a arrêté de recevoir sur rendez-vous pour faire le tapin.

— Quand a-t-elle été assassinée ?

— Il y a six semaines. L'une des filles l'a trouvée morte dans son logement de la 12e Rue.

— On lui avait retiré le cœur ?

— Non, les reins. Son immeuble n'a pas de système de sécurité, nous n'avons donc pas d'images des allées et venues dans le bâtiment. Le rapport du responsable de l'enquête est on ne peut plus flou : soit elle a ouvert la porte à son assassin, soit celui-ci s'est introduit dans l'appartement. Pas de traces de lutte, pas d'agression sexuelle, pas de cambriolage. La victime était dans son lit, il lui manquait les deux reins. D'après le légiste, elle était morte depuis une dizaine d'heures.

— Où en est le dossier ?

— Nulle part.

Eve sursauta.

— Comment ça : nulle part ?

— J'étais sûr de ta réaction, rétorqua Feeney avec un sourire matois. Le policier dépêché sur les lieux – un dénommé Rosswell affecté à la soixante-deuxième section – a conclu qu'Erin Spindler avait été tuée par un client mécontent. Il a décrété qu'une affaire de cette nature ne méritait pas qu'on s'y attarde.

— Bowers aussi est à la soixante-deuxième. Ce service serait-il une pépinière d'imbéciles ? Peabody !

Cette dernière avait déjà allumé son communicateur.

— J'appelle Rosswell, lieutenant. Je suppose que vous voulez qu'il vienne ici dare-dare.

— Dites-lui que je l'attends dans moins d'une heure. Bravo, Feeney, et merci. Tu n'as rien d'autre ?

— Pas pour l'instant. Je me suis arrêté sur ce cas, parce que j'ai pensé qu'il t'intéresserait. McNab poursuit les recherches.

— Qu'il me prévienne s'il trouve quelque chose. Tu peux transférer ces informations sur l'ordinateur de mon bureau et celui de mon domicile ?

— C'est déjà fait, figure-toi.

Feeney hésita, tira sur le lobe de son oreille.

— Il y a longtemps que je ne me suis pas payé une partie de rigolade. Ça t'embêterait que j'assiste à ton entretien avec Rosswell ?

— Pas du tout. En fait, tu pourrais même me donner un coup de main.

Il poussa un soupir de satisfaction.

— Voilà ce que j'espérais entendre.

— Nous le recevrons dans cette pièce. Peabody, où en êtes-vous ?

— Rosswell sera là dans une heure, lieutenant. Je crois pouvoir dire qu'il est terrorisé à l'idée de vous rencontrer.

— À juste titre, rétorqua Eve avec un sourire de mauvais augure. Bon, avertissez-moi quand il arrivera. Je serai dans mon bureau.

Son vidéocom bourdonnait avec insistance lorsqu'elle pénétra dans son antre. Elle le brancha distraitement, tout en fouillant dans les tiroirs de sa table. Son estomac criait famine.

— Salut, lieutenant.

Elle tressaillit, reconnut sur l'écran le visage de Connors.

— On m'a encore piqué ma barre de chocolat, se plaignit-elle.

— On ne peut pas se fier aux flics.

Soudain, le regard de Connors s'aiguisa.

— Approche un peu... Où as-tu récolté ça ?

— Quoi donc ? Ah, je l'ai ! Celle-là, le voleur ne l'a pas trouvée !

Triomphante, elle rafla la friandise cachée sous un paquet de feuilles.

— Eve, d'où vient cet hématome sur ton visage ?

— Ce petit bobo de rien du tout ? demanda-t-elle d'un ton léger, émue cependant par l'inquiétude qui vibrait dans la voix chaude de son mari. J'ai joué au billard avec des types qui se sont un peu énervés. Résultat, ils vont devoir s'acheter des queues neuves, les leurs ne sont plus en état.

Connors, qui avait instinctivement serré les poings, s'obligea à se détendre. La simple vue d'une égratignure sur le corps de sa femme le plongeait dans une angoisse et une rage indescriptibles.

— J'ignorais que tu aimais le billard, remarqua-t-il posément. Il faudra que nous y jouions ensemble.

— Quand tu veux, très cher.

— Pas ce soir, hélas ! Je rentrerai tard.

— Ah...

Qu'il la tienne ainsi informée de son emploi du temps la surprenait encore.

— Tu as une réunion ?

— Je suis à New Los Angeles – un petit problème à résoudre qui ne pouvait pas attendre. Mais je dormirai à la maison.

Elle savait qu'il voulait la rassurer, lui faire savoir qu'elle ne serait pas seule pour affronter le sommeil et les atroces cauchemars qui la hantaient.

— Hmm... quel temps fait-il sur la côte Ouest ?

— Magnifique, un soleil éclatant et une chaleur de four. Mais, comme tu n'es pas avec moi, je n'en profite même pas, ajouta-t-il avec un tendre sourire.

— Tu as intérêt. Je te laisse, à ce soir.

— Tiens-toi loin des salles de billard, lieutenant.

— D'accord.

L'écran s'éteignit. Eve demeura un instant immobile en songeant que Connors ne serait pas là pour l'accueillir à son retour. En moins d'un an, elle s'était si viscéralement attachée à lui que, quand il s'absentait, elle était perdue.

Agacée par cet accès de sensiblerie, elle se tourna vers l'ordinateur. Lorsqu'il se mit à crachoter, comme à son habitude, elle n'eut même pas le cœur de le rosser.

Elle fit défiler les dossiers du Brochet et d'Erin Spindler, étudia à nouveau leur portrait. Des êtres au bout du rouleau, usés par les excès de toutes sortes. Pourtant, sur le visage du Brochet se lisait une pathétique douceur. Spindler, en revanche, paraissait plus dure qu'un caillou. Il y avait vingt ans d'écart entre eux. Les deux victimes étaient de sexe, de race, de milieux différents.

— Spindler, clichés de la scène de crime, ordonna-t-elle.

Le logement était exigu, délabré, encombré de meubles. Il comportait une seule fenêtre donnant sur un mur qu'on pouvait toucher rien qu'en tendant le bras. Eve nota cependant que les locaux étaient d'une extrême propreté.

Spindler gisait sur les draps du lit, maculés de sang. Elle avait les paupières closes, les traits détendus. Son corps nu, flétri, n'était pas franchement agréable à regarder. Sa chemise de nuit, pliée, était posée sur la table de chevet.

Sans ces taches de sang sur les draps, on aurait pu croire qu'elle dormait.

Ils l'avaient droguée, puis déshabillée. Ils avaient plié sa chemise. Soigneux, méthodiques.

Comment avaient-ils choisi cette femme ? Et pourquoi ?

Sur le cliché suivant, le corps était retourné sur le ventre. Ménager la dignité des victimes n'était pas le souci majeur des équipes chargées de procéder aux premières constatations. La caméra s'attardait sur les cuisses maigres, les fesses molles. Spindler n'avait pas gaspillé son argent en soins de beauté, ce qui était probablement sage, car elle se serait ruinée pour rien.

— Gros plan sur les incisions, ordonna-t-elle.

Celles-ci étaient plus fines qu'Eve ne l'aurait imaginé. Du travail d'artiste. Même s'ils n'avaient pas pris la peine de refermer les plaies, ils les avaient cautérisées avec de l'azote liquide – généralement utilisé en cryochirurgie – afin de stopper l'hémorragie.

L'habitude, encore et toujours. L'orgueil. Car, une fois que la partie la plus délicate d'une intervention est achevée, un chirurgien laisse généralement un sous-fifre terminer le boulot et recoudre le patient.

— Analyse de la méthode opératoire pour les deux sujets. Ensuite, calcul des probabilités. Combien de chances y a-t-il pour que les deux opérations aient été pratiquées par la même personne ?

— *Analyse en cours... résultat disponible dans environ dix minutes.*

— Très bien.

Elle se leva et s'approcha de la fenêtre pour observer le trafic aérien. Un minicopter, pareil à un insecte malmené par le vent, se frayait péniblement son chemin parmi les nuages couleur d'ardoise.

Il y aurait de la neige ou du grésil avant la fin de la journée, ce qui créerait des embouteillages monstrueux. Pour rentrer à la maison, Eve aurait intérêt à prendre son mal en patience.

Elle pensa à Connors, au soleil brûlant et aux palmiers de la côte Ouest, à cinq mille kilomètres de New York.

Machinalement, elle pressa la main sur la vitre, sentit le froid la transpercer.

Alors, brutalement, lui revint un souvenir depuis longtemps enfoui, avec tant d'autres, dans sa mémoire. Elle vit une fillette rachitique, aux yeux cernés, enfermée dans une chambre miteuse. La fenêtre était déglinguée, le radiateur ne marchait plus. La bise cognait contre les carreaux fêlés, s'infiltrait dans la pièce et rampait jusqu'à l'enfant qui claquait des dents.

Elle avait tellement froid. Elle était affamée. Terrorisée. Toute seule dans l'obscurité. Elle attendait son retour. Car il rentrait toujours. Et, parfois, il n'était pas assez soûl pour s'écrouler sur le lit et la laisser tranquille, recroquevillée derrière le fauteuil défoncé qui empestait la fumée et la sueur – ce pauvre rempart qui la protégeait de lui et du vent glacial.

C'était là qu'elle dormait, ou plutôt qu'elle sommeillait, tel un petit animal apeuré et transi.

Mais cette nuit-là, il n'avait pas ingurgité suffisamment d'alcool, et elle n'avait pas pu lui échapper.

— Chicago...

Ce nom roula dans sa bouche, comme un poison. Le son de sa voix la ramena au présent, elle se rendit compte qu'elle avait porté les mains à sa gorge, qu'elle frissonnait de la tête aux pieds.

Elle s'obligea à inspirer profondément, à déglutir pour ravaler le flot de bile qui lui montait aux lèvres. Comment savait-elle que cet abominable épisode, exhumé de son passé, s'était déroulé à Chicago ? D'où tenait-elle cette certitude ?

Et quelle importance cela avait-il, désormais ? Les nerfs à vif, elle se mit à tambouriner sur la vitre. Tout cela appartenait au passé. Elle avait tourné la page, cela n'existait plus.

Elle ne devait plus y penser.

— *Analyse terminée... taux de probabilité...*

Elle se frotta les yeux, secoua la tête. Voilà ce qui, maintenant, était primordial. Son métier, la justice.

Elle se rassit face à l'ordinateur.

— *Concernant l'éventualité que la même personne ait opéré les deux sujets, le taux de probabilité est de quatre-vingt-dix-huit pour cent.*

— Parfait, murmura-t-elle. Combien d'autres interventions ont-ils pratiquées ?

— *Données insuffisantes pour...*

— Ce n'est pas à toi que je pose la question, grosse nouille, coupa Eve.

Oubliant le malaise qui l'avait étreinte quelques instants plus tôt, elle se plongea dans l'examen des chiffres affichés sur l'écran. Elle était si absorbée par sa lecture qu'elle sursauta quand Peabody frappa à la porte.

— Rosswell est arrivé.

— Chic alors !

Dans les yeux d'Eve s'alluma une lueur si féroce que Peabody eut pitié de Rosswell, un sentiment auquel se mêlait néanmoins – après tout, elle n'était pas une sainte – un brin de jubilation à la perspective d'assister au spectacle qui s'annonçait. Elle s'efforça toutefois de garder une expression impassible, et suivit Eve jusqu'à la salle de réunion.

Rosswell était gras et chauve. Son salaire d'inspecteur aurait pu suffire à payer des soins corporels standard, puisqu'il était manifestement trop paresseux pour faire du sport. S'il avait eu un minimum de coquetterie, il aurait eu les moyens de s'offrir des implants capillaires. Cependant, Rosswell se souciait de son aspect physique comme d'une guigne. Il n'avait qu'une passion, dévorante : le jeu.

Cet amour fou était malheureusement à sens unique. Le jeu, la chance n'aimaient pas Rosswell. Ils lui faisaient la nique, lui renvoyaient constamment une image de gros balourd. Mais c'était plus fort que lui, il continuait.

Résultat, il habitait un logement plus que modeste, proche du poste de police où il travaillait – et surtout, à cinquante mètres de la salle de jeu dont il était le plus solide pilier. Quand il lui arrivait, exceptionnellement, d'être en veine, ses gains servaient à rembourser ses dettes. Il passait sa vie à inventer des combines et à négocier avec ses créanciers, lorsque ceux-ci s'impatientaient.

Eve avait eu connaissance de ces éléments grâce au dossier qu'elle venait juste de consulter. Elle ne fut donc pas surprise, en pénétrant dans la salle de réunion, de découvrir un flic lessivé qui avait perdu toute ambition et essayait simplement de se maintenir à flot en attendant la retraite.

Il était avachi sur une chaise et ne se leva pas quand elle entra. Elle se planta devant lui, le regarda fixement, en silence. Il rougit, se redressa.

Peabody avait raison, songea-t-elle. Malgré son apparente nonchalance, la peur se lisait dans ses yeux.

— Lieutenant Dallas ?

— C'est bien moi, Rosswell.

D'un geste, elle l'invita à se rasseoir. Elle le dévisagea à nouveau, sans un mot. La plupart des gens avaient du mal à supporter le silence ; du coup, ils étaient plus enclins à parler.

Le regard d'un brun boueux de Rosswell glissa vers Feeney, Peabody, puis revint vers Eve.

— De quoi s'agit-il, lieutenant ?

— D'une enquête bâclée, lâcha-t-elle.

Elle se percha sur le bord de la table – ce qui lui permettait de dominer Rosswell d'une tête.

— L'affaire Spindler. Vous en étiez chargé, et j'aimerais que vous m'en exposiez les tenants et les aboutissants.

— Spindler ? répéta-t-il, dérouté. Vous savez, lieutenant, j'ai un tas d'affaires sur les bras. On ne peut pas se souvenir de tous les noms.

Un bon flic s'en souvient, mon vieux.

— Erin Spindler, compagne licenciée à la retraite. Ça vous rafraîchit la mémoire ? On lui a prélevé des organes.

— Ah oui ! s'exclama-t-il. On l'a trouvée dans son lit. Elle est morte là où elle avait vécu, en quelque sorte.

Sentant que personne n'appréciait cette fine plaisanterie, il se racla la gorge.

— Une histoire pas compliquée, lieutenant. Elle n'arrêtait pas de chercher des poux à ses pouliches et aux clients. Elle était réputée pour ça. Elle se défonçait au Jazz du matin au soir. Je vous garantis que les gens ne la portaient pas dans leur cœur. Personne n'a versé une larme. Je pense qu'une des filles – ou un client – en a eu ras le bol et lui a réglé son compte.

Il haussa les épaules.

— Entre nous, ce n'est pas une grande perte pour la société.

— Vous êtes débile, Rosswell. Cela m'ennuie de vous le dire aussi franchement, mais je crains que vous ne soyez né avec une case en moins. Il n'empêche que vous avez un insigne de policier, ce qui vous confère le devoir de traiter consciencieusement les dossiers qui vous sont confiés. Or, votre enquête ne vaut rien, votre rapport est nullissime et vos conclusions ineptes.

— Hé, j'ai fait mon boulot !

— Des clous !

Eve afficha sur l'écran mural le gros plan du dos de Spindler.

— Vous voyez ces incisions ? Et vous prétendez que c'est une tapineuse qui a fait ça ? Dans ce cas, les hôpitaux devraient l'embaucher et lui verser un salaire royal. Un client ? Spindler ne recevait plus. Pourquoi un client lui aurait-il prélevé les reins ?

— Qu'est-ce que j'en sais, moi ? J'ignore ce qui se passe dans la cervelle d'un maniaque.

— Voilà précisément pourquoi je veillerai à ce que, désormais, vous ne travailliez plus à la Criminelle.

— Hé, attendez une minute !

Il bondit sur ses pieds, se rapprocha d'Eve. Peabody coula un regard vers Feeney et vit une expression de délectation se peindre sur ses traits.

— Vous n'avez aucun motif valable pour vous plaindre à mon chef et m'attirer des ennuis. J'ai respecté la procédure normale.

— Alors il doit manquer plusieurs pages à votre manuel de procédure, rétorqua Eve d'une voix mortellement calme. Vous ne vous êtes pas renseigné sur les chirurgiens, ni sur les filières du trafic d'organes. Vous n'avez même pas contacté les banques d'organes, humains ou artificiels, qui ont pignon sur rue.

— Pourquoi je me serais décarcassé ? s'écria-t-il en s'avançant encore. Un dingue quelconque l'a trucidée et lui a piqué ses rognons en souvenir. Ce n'était qu'une vieille putain décrépite. Tout le monde s'en fout !

— Moi pas. Et si vous ne reculez pas immédiatement, je vous colle un blâme.

Furibond, grinçant des dents, il s'écarta.

— J'ai fait mon boulot, articula-t-il. Vous ne pouvez pas m'accuser de faute professionnelle, vous n'avez pas de raison valable.

— Vous avez été négligent, Rosswell. J'en ai la preuve tangible, puisque le dossier que vous avez bouclé à la va-vite a un lien avec mon enquête. Un clochard a été tué, on lui a prélevé le cœur. D'après le calcul des probabilités, son assassin est aussi celui de Spindler.

Il pointa le menton, un sourire mauvais naquit sur ses lèvres. Il était dans un tel état de panique qu'il en oubliait toute prudence.

— Ah oui ! votre enquête... Il paraît que vous avez foiré, vous aussi ?

Eve lui rendit son sourire, dardant sur lui des yeux dorés de lionne en colère. Il blêmit, la sueur jaillit des pores de sa figure bouffie.

— Vous connaissez Bowers, je suppose ?

— Elle ne vous apprécie pas beaucoup.

— Je sais, et cela me désole. Or, quand je suis désolée, il faut que je trouve quelqu'un sur qui me défouler. Ça vous dirait d'être mon souffre-douleur ?

Il déglutit. S'il avait été seul avec elle, il aurait capitulé sans hésiter. Mais il y avait deux autres flics dans la pièce, deux langues de vipère susceptibles de répandre les pires calomnies sur son compte.

— Si vous posez les mains sur moi, je porte plainte. Comme Bowers. Vous avez beau être la protégée de Whitney, vous ne couperez pas à une instruction disciplinaire.

Elle crispa les poings, pour s'empêcher de l'assommer.

— Tu entends ça, Feeney ? Rosswell veut me donner une punition.

— Je vois bien que tu trembles de peur, Dallas.

La mine réjouie, Feeney s'approcha.

— Tu me permets de boxer ce gros porc ?

— Ta proposition me va droit au cœur, mais essayons d'abord de nous comporter comme des adultes. Rosswell, vous me dégoûtez. J'ignore comment vous avez obtenu votre insigne, vous en étiez peut-être digne à l'époque, cependant ce n'est plus le cas. Voilà ce que j'ai l'intention de déclarer dans mon rapport. En attendant, vous êtes déchargé de l'affaire Spindler. Vous transmettrez à mon assistante toutes les informations dont vous disposez.

— Je ne le ferai que sur ordre exprès de mon patron, rétorqua-t-il avec une morgue qui n'impressionna personne. Je me fiche éperdument de votre rang, de votre réputation et du fric de votre mari.

— J'en prends note. Peabody, appelez le capitaine Desevres de la soixante-deuxième et passez-le-moi.

— Bien, lieutenant.

Eve avait de la peine à juguler sa rage. La migraine lui vrillait les tempes, des crampes douloureuses lui tordaient l'estomac. Une seule chose l'aidait à se contenir : voir Rosswell suer à grosses gouttes, tandis qu'elle résumait l'affaire Spindler, énumérait les erreurs de l'inspecteur et exigeait qu'on lui communique sur-le-champ toutes les pièces du dossier.

Desevres demanda une heure de réflexion, pour la forme. Rosswell était K.-O., il n'avait plus qu'à jeter l'éponge. De surcroît, il ne couperait pas à une explication houleuse avec son supérieur.

Eve interrompit la communication, rassembla disquettes et documents.

— Vous pouvez disposer, Rosswell.

Il se redressa, livide.

— J'espère que Bowers vous enverra au tapis.

Eve lui lança un bref regard.

— Vous êtes encore là ? Peabody, contactez Morris à la morgue. Il doit être informé des similitudes existant entre le meurtre de Spindler et celui du Brochet. Feeney, tu peux bousculer un peu McNab, voir ce qu'il a trouvé ?

Rosswell, qui avait le sentiment de ne plus exister, les observa tour à tour d'un air ulcéré. Puis, brusquement, il se rua hors de la salle.

Lorsque la porte claqua, Feeney émit un gloussement.

— Ces temps-ci, tu te fais des tas d'amis.

— Ils sont subjugués par ma personnalité et mon humour. Quel crétin, ce Rosswell ! Bon... soupira Eve, je vais au dispensaire de Canal Street. Depuis douze ans, c'est là que Spindler se rendait pour ses bilans de santé.

Il est possible que le Brochet y soit également passé. En tout cas, c'est un point de départ. Peabody, vous m'accompagnez.

Elles prirent l'ascenseur pour gagner le parking et sortaient de la cabine, lorsque Feeney appela Eve sur son communicateur.

— Tu as du nouveau ? s'enquit-elle.

— McNab n'a pas chômé. Il est tombé sur un dénommé Jasper Mott, un toxico assassiné voilà trois mois. On lui a prélevé le cœur.

— Trois mois, tu dis ? Qui était chargé de l'enquête ?

— L'affaire ne relevait pas de la police new-yorkaise, Dallas. Le crime a eu lieu à Chicago.

— Chicago ? murmura-t-elle.

Un frisson glacé lui parcourut à nouveau l'échine, l'image d'une fenêtre aux carreaux fêlés surgit devant ses yeux.

— Exactement, répondit-il. Tu ne te sens pas bien ?

— Si, si.

Elle tourna la tête vers l'extrémité de l'allée où Peabody attendait patiemment, près de la voiture.

— Tu peux transmettre à Peabody le nom du responsable de l'enquête, pour qu'elle se mette en rapport avec la police de Chicago ?

— Naturellement. Tu devrais peut-être manger un morceau, ma grande. Tu es blanche comme un linge.

— Mais non, je vais très bien. Dis à McNab que je le félicite et qu'il continue sur cette lancée.

Eve rejoignit son assistante, déverrouilla les portières du véhicule et s'assit au volant.

— Il y a un problème, lieutenant ?

— Nous avons un autre macchabée à Chicago. Feeney vous communiquera les détails. Vous adresserez une requête officielle à l'enquêteur et à son supérieur hiérarchique pour qu'ils vous envoient le dossier. Avec copie au commandant Whitney. Respectez la procédure à la lettre, mais arrangez-vous pour que ça aille vite.

— Contrairement à certains, j'ai potassé le manuel de la première à la dernière page, répliqua Peabody, se drapant dans sa dignité. Comment se fait-il qu'une ordure comme Rosswell ait le grade d'inspecteur ?

— La vie est souvent injuste, marmotta Eve.

Pour les patients qui fréquentaient le dispensaire de Canal Street, la vie était effectivement injuste. Les murs suintaient la souffrance, le désespoir et la mort.

Une femme au visage meurtri donnait le sein à son bébé, tandis que son deuxième enfant pleurnichait, assis à ses pieds. Un homme toussait convulsivement, et une demi-douzaine de prostituées attendaient le bulletin de santé obligatoire qui leur permettrait de passer leurs nuits sur le trottoir.

Eve se dirigea vers le comptoir de la réception, pourvu d'un hygiaphone.

— Remplissez le formulaire, déclara l'infirmière d'une voix d'automate. N'oubliez pas d'inscrire votre numéro de Sécurité sociale et votre adresse.

Eve plaqua son insigne contre la vitre blindée.

— Qui est le responsable de garde ?

L'infirmière lui lança un regard empli de lassitude.

— Aujourd'hui, ce doit être le Dr Dimatto. Elle est avec un malade.

— Cette porte, là-bas, c'est celle d'un bureau ?

— Si on veut, grommela l'infirmière qui les conduisit néanmoins jusqu'à ladite porte qu'elle déverrouilla.

— Je n'avais jamais mis les pieds dans un endroit pareil, chuchota Peabody.

— Vous avez de la chance, rétorqua Eve qui, elle, y avait fait de nombreux séjours – les pupilles de la nation n'avaient pas droit aux hôpitaux ou aux cliniques privées.

Elles pénétrèrent dans une pièce minuscule, meublée de deux chaises, d'une table, et équipée d'un ordinateur encore plus vétuste que ceux du Central.

Le local était aveugle aussi, pour égayer le décor, avait-on accroché aux murs quelques posters. Dans un coin, une plante verte s'étiolait dans un pot ébréché.

Eve jeta un regard circulaire et tressaillit. Un petit bouquet de fleurs en papier était posé sur une étagère, entre une pile de disquettes et une maquette du corps humain.

— Le Brochet, murmura-t-elle.

— Pardon ?

Eve saisit le bouquet.

— Ce sont ses fleurs. Il les a offertes à quelqu'un d'ici qu'il aimait bien, et ce quelqu'un les a conservées. Peabody, nous tenons notre fil conducteur.

Elle avait toujours les fleurs à la main, lorsque la porte s'ouvrit à la volée. La femme qui entra était jeune, menue, affublée d'une blouse blanche sur un jean délavé et un pull informe. Elle avait les cheveux courts et était encore plus mal peignée qu'Eve, si possible. Mais sa chevelure avait une couleur de miel qui mettait en valeur son teint délicatement rosé.

Le gris de ses yeux évoquait celui d'un ciel d'orage et, de fait, l'orage grondait dans sa voix quand elle déclara :

— Je vous accorde trois minutes. J'ai des patients qui attendent et, ici, un insigne de police ne vaut pas tripette.

Dans d'autres circonstances, Eve n'aurait pas apprécié cet accueil frisquet. Mais elle avait remarqué d'emblée les cernes mauves qui creusaient le regard de son interlocutrice, la raideur de ses épaules et de sa nuque.

Elle-même se tuait suffisamment à la tâche pour reconnaître chez autrui les signes de l'épuisement.

— Décidément, Peabody, notre cote de popularité monte en flèche. Je suis le lieutenant Eve Dallas. J'ai besoin de renseignements sur certains de vos patients.

— Moi je suis le Dr Louise Dimatto, et je ne donne aucun renseignement. Ni aux flics ni à personne. Par conséquent, la discussion est...

— Ils sont morts, coupa Eve avant que Louise Dimatto ne tourne les talons. Assassinés. Je suis de la brigade criminelle.

Louise la considéra avec plus d'attention, détailla sa silhouette élancée, son visage aux traits énergiques.

— Vous enquêtez sur un meurtre ?

— Deux.

Eve désigna les fleurs en papier.

— Elles sont à vous ?

— Oui, je... Oh non, pas lui ! s'exclama Louise, atterrée. Qui aurait pu vouloir tuer le Brochet ? Il était complètement inoffensif.

— C'était votre patient ?

— Il n'avait pas de médecin attitré. Une fois par semaine, nous faisons une ronde en camion et nous soignons les gens sur place, dans la rue.

Elle s'approcha d'un antique autochef pour commander du café. La machine émit un sifflement sinistre. Pestant entre ses dents, Louise ouvrit la porte de l'appareil, contempla d'un air consterné la flaque de liquide brunâtre répandue sur le plateau.

— Et voilà, ça recommence : plus de tasses ! On n'arrête pas de réduire notre budget.

— Nous sommes logées à la même enseigne, hélas, plaisanta Eve.

Louise eut un petit rire, puis fourragea dans ses cheveux.

— Où en étais-je ? Ah oui !... Je voyais le Brochet chaque fois que j'étais de ronde. Il y a trois ou quatre semaines, je l'ai persuadé de me laisser l'examiner dans le camion. Il a fallu que je lui donne dix *credits*, tout ça pour découvrir qu'il était atteint d'un cancer et que, s'il ne se soignait pas, il ne survivrait pas six mois. Je lui ai expliqué ce qu'il risquait, mais il s'en moquait. Il m'a offert ces fleurs en me disant que j'étais gentille.

Elle poussa un lourd soupir.

— Je crois qu'il était sain d'esprit – quoique je n'aie pas réussi à le convaincre de consulter un psy. Simplement, vivre ou mourir lui était indifférent.

— Je suppose que vous avez les résultats des examens dans vos archives.

— Je peux les chercher, ils doivent être quelque part dans ce fouillis, mais à quoi bon ? Si on l'a assassiné, il a au moins échappé au cancer.

— J'en ai besoin pour mon dossier, ainsi que des éléments dont vous disposez concernant Erin Spindler. Elle était suivie ici.

— Spindler ? Je ne crois pas qu'elle faisait partie de mes patients. Et si vous voulez des renseignements confidentiels, lieutenant, vous devez me fournir plus d'informations. Comment sont-ils morts ?

— Pendant une intervention chirurgicale, pour ainsi dire.

Eve lui résuma l'histoire. D'abord stupéfaite, Louise écouta avec une extrême attention, le visage fermé. Quand Eve se tut, elle réfléchit un moment avant de lâcher :

— J'ignore dans quel état était Spindler, mais je vous garantis que les organes du Brochet ne valaient plus un sou, même au marché noir.

— On a pourtant prélevé son cœur, et de façon magistrale. Qui est votre meilleur spécialiste en matière de chirurgie ?

— Personne, répondit Louise avec un sourire désabusé. À part moi. Si vous voulez m'embarquer pour m'interroger ou me mettre en examen, vous devrez attendre que j'aie fini mon travail.

— Je ne compte pas vous mettre en examen, docteur, pas pour l'instant. Sauf si vous avouez avoir pratiqué ces opérations.

Eve lui tendit les clichés des deux victimes. Louise les étudia longuement, hocha la tête.

— Votre assassin a des mains de magicien. Je ne suis pas mauvaise, mais je ne possède pas le dixième de sa compétence. D'autant qu'il a opéré dans des conditions épouvantables. Une cahute de clochard...

Elle rendit les photos à Eve.

— Ce qu'il a fait est abominable, cependant, je ne vous cache pas que je suis éblouie par son talent.

— Vous avez une idée sur l'identité de ce « magicien » ?

— Je ne fréquente pas les génies de la médecine, or, c'est de ce côté-là qu'il vous faut chercher. Un chirurgien génial. Et maintenant, excusez-moi, mes malades m'attendent. Jan vous donnera les dossiers dont vous avez besoin.

Elle s'interrompit, regarda les fleurs en papier. Dans ses yeux las passa une lueur de tristesse.

— Nous avons appris à éradiquer ou soigner presque toutes les maladies, sauf une. Certains êtres meurent avant l'heure parce qu'ils sont trop pauvres, trop désemparés ou trop obstinés pour demander de l'aide. Mais nous continuons le combat. Un jour ou l'autre, nous gagnerons.

Elle tourna le regard vers Eve.

— J'y crois dur comme fer. Dans notre domaine, nous finirons par vaincre. En revanche dans le vôtre, lieutenant, il n'y aura jamais de victoire totale. L'homme sera toujours un prédateur pour l'homme. Moi je continuerai à soigner des gens que leurs semblables auront tabassés ou lardés de coups de couteau, et vous continuerez à ramasser les cadavres.

— Je ne connais pas que des défaites, docteur. Chaque fois que j'enferme un prédateur dans une cellule, c'est une victoire. J'arrêterai le meurtrier du Brochet et de Spindler. Vous pouvez en être certaine.

— Il y a belle lurette que je n'ai plus aucune certitude, conclut Louise avant de quitter la pièce.

Cela m'amuse. Après tout, quand on a accompli un travail admirable, on doit s'accorder une période de repos et se divertir. Or, il se trouve que j'ai pour adversaire une femme réputée pour sa ténacité. Une femme intelligente, de l'avis général, et qui, dans sa partie, se distingue par un indéniable talent.

Toutefois, malgré sa détermination et sa vivacité d'esprit, Eve Dallas n'en reste pas moins un policier. J'ai déjà eu affaire aux policiers, il est aisé de s'en débarrasser.

Ceux qui ont pour tâche de faire respecter les lois – des lois qui changent aussi souvent que la direction du vent – croient avoir barre sur moi ? Quelle absurdité !

Ils qualifient ce que je fais de meurtre. La liquidation des inutiles, des oisifs, des incurables n'a rien de criminel, au contraire, c'est un acte de pure humanité. Dirait-on qu'épouiller un corps constitue un meurtre ? Car les individus que j'ai sélectionnés ne sont que de la vermine. De surcroît, une vermine malade, au bord de l'agonie.

Des êtres contagieux, corrompus et condamnés par la société qui voudrait maintenant les venger au nom de la loi. Quelle loi les protégeait, qui les défendait, lorsque ces pitoyables créatures gîtaient dans leur niche comme des chiens, croupissaient dans l'ordure ? Quand ils étaient encore en vie, ils n'avaient droit qu'au mépris, à l'indifférence ou aux insultes.

Morts, ils contribuent au moins à la réalisation d'un dessein grandiose.

Mais si l'on tient tant à me traiter d'assassin, je l'accepte. Comme j'accepte le défi du lieutenant. Qu'elle enquête, qu'elle cherche et fasse fonctionner sa belle intelligence. Je pense que je prendrai du plaisir à ce duel.

Et si, par hasard, elle devenait un danger pour moi et mon œuvre...

Eh bien, je m'occuperais d'elle.

Chacun a ses faiblesses, même le lieutenant Eve Dallas.

7

McNab découvrit qu'un autre clochard était mort dans une ruelle parisienne. Il lui manquait le foie, mais son corps ayant été déchiqueté par une bande de chats faméliques qui hantait ce quartier de Paris, on ne pouvait espérer en tirer des indices intéressants. Eve enregistra cependant le nom de la victime.

Elle emporta ses dossiers à la maison, avec l'intention de travailler jusqu'au retour de Connors de New Los Angeles. Cette fois, Summerset ne la déçut pas. Il apparut dans le vaste hall sitôt qu'elle eut franchi le seuil de la demeure.

Il la détailla des pieds à la tête, fronça son nez patricien.

— Vous rentrez tard, lieutenant. Dans la mesure où vous n'avez pas jugé bon de m'informer de vos projets, je présume que vous avez déjà dîné.

Elle n'avait rien avalé de la journée, hormis la barre de chocolat engloutie au début de l'après-midi, mais elle haussa négligemment les épaules.

— Je n'ai pas besoin de vous pour me préparer mon repas, vieux corbeau.

Il la regarda ôter sa veste et la jeter sur la rampe d'escalier, comme à l'accoutumée. Un geste qui, il en avait conscience, était une provocation pure et simple, destinée à heurter sa passion de l'ordre.

— C'est heureux car, puisque vous refusez de me tenir au courant de votre planning, vous devrez vous passer de mes services.

Elle pencha la tête de côté et, à son tour, détailla la haute et maigre silhouette du majordome.

— Me voilà bien punie.

— Vous avez une assistante, lieutenant. Il lui serait facile de me prévenir de vos allées et venues, afin que je puisse m'organiser.

— Peabody a d'autres chats à fouetter, et moi aussi.

— Votre travail ne me concerne pas, rétorqua-t-il d'un ton dédaigneux. Je me borne à exécuter le mien. À ce propos, j'ai noté dans votre agenda le gala au profit de l'Association américaine de médecine. Il vous faudra être prête et présentable...

Il marqua une pause, baissa les yeux sur le jean froissé et les bottes éraflées d'Eve.

— ... et présentable, si possible, vendredi à 19 h 30.

Elle s'avança d'un pas.

— Je vous interdis de fourrer votre nez crochu dans mon agenda !

— Connors m'a prié de le faire, répliqua-t-il avec un sourire suffisant.

Elle se promit d'avoir une petite conversation avec son mari, au sujet de ce squelette ambulant qu'il employait comme garde-chiourme.

— Et moi je vous ordonne de ne pas vous mêler de mes affaires.

— Je reçois mes ordres de Connors, pas de vous.

— Moi, je n'en reçois de personne ! riposta-t-elle en grimpant l'escalier. Et toc !

Ils se séparèrent sur ces mots, satisfaits l'un et l'autre de cette passe d'armes.

Elle monta directement dans son bureau et se dirigea vers l'autochef de la kitchenette. Elle aurait été cruellement mortifiée si elle s'était doutée que Summerset lui avait parlé du dîner à seule fin qu'elle songe à se nourrir. Sinon, elle aurait probablement oublié.

Il y avait au menu de la daube de bœuf accompagnée de pâtes. Comme elle adorait cela, elle s'en commanda une assiette. Dès que la minuterie de la machine se mit en marche, Galahad accourut pour se frotter contre ses jambes.

— Ne me raconte pas d'histoires, je sais que tu as eu ta pâtée.

Alléché par l'appétissant fumet qui lui chatouillait les narines, le matou poussa un miaulement déchirant. Eve céda, naturellement, et lui remplit son écuelle. Il se jeta sur la viande et l'engloutit comme s'il craignait qu'elle ne lui échappe.

Eve prit son plateau, une tasse de café, et alla s'asseoir à sa table. Tout en grignotant, elle alluma son ordinateur. Il lui fallait attendre la transmission des dossiers et des clichés pour procéder à un calcul des probabilités et confirmer ce que lui soufflait son intuition.

Elle avait consulté les archives du dispensaire de Canal Street concernant Spindler. Celle-ci souffrait d'une insuffisance rénale, résultat d'une infection mal soignée contractée durant l'enfance. Ses reins fonctionnaient encore, mais ils étaient sérieusement endommagés et nécessitaient un traitement régulier.

Un cœur amoché, des reins abîmés. Eve était prête à parier un mois de salaire que les organes prélevés sur les victimes de Chicago et de Paris étaient également en mauvais état.

Des patients triés sur le volet, parce que leurs organes présentaient des lésions particulières.

— Tu voyages beaucoup pour les trouver, n'est-ce pas, docteur Boucher ?

New York, Chicago, Paris. Dans quelles autres villes s'était-il rendu, et où irait-il la prochaine fois ?

À la réflexion, il n'était peut-être pas installé à New York. Il pouvait être n'importe où, sillonner le monde et les planètes environnantes pour repérer ses proies. Mais il y avait forcément, ici ou là, quelqu'un qui le connaissait, qui reconnaîtrait sa façon de travailler.

Il était d'âge mûr, décréta-t-elle, entérinant les conclusions du profil élaboré par Mira. Instruit, expérimenté. Au cours de sa carrière, il avait dû sauver d'innombrables vies humaines. Qu'est-ce qui l'avait poussé à devenir un assassin ?

La folie ? Probablement pas. L'orgueil, sans aucun doute. Il était suprêmement vaniteux, et il avait des mains de magicien. Il était méthodique, il sélectionnait toujours ses spécimens dans le même environnement.

Oui, il considérait ses victimes comme des spécimens. Des cobayes. Mais pour quel type d'expérimentation ?

Elle devait impérativement s'orienter vers le Drake Center et son laboratoire de recherche.

Quel lien pouvait exister entre un luxueux hôpital et un misérable dispensaire ? Car il était évident que le tueur avait eu accès aux dossiers des patients qui fréquentaient l'établissement de Canal Street. Il connaissait leurs habitudes, leurs problèmes médicaux.

C'était justement ces problèmes médicaux qui l'intéressaient.

Les sourcils froncés, Eve commanda à l'ordinateur de rechercher les articles et la documentation disponibles sur la transplantation d'organes et la chirurgie réparatrice.

Une heure plus tard, elle avait une migraine effroyable, et les lignes dansaient devant ses yeux. Pour chaque phrase, elle était obligée de demander la définition de la moitié des termes. Elle ne comprenait rien à ce jargon.

Jamais elle ne s'en sortirait sans l'aide d'un expert capable de lui traduire ce charabia dans une langue accessible au commun des mortels. À un flic.

Elle jeta un coup d'œil à sa montre. Il était près de minuit, trop tard pour appeler Mira ou Morris, les deux seuls membres de la confrérie médicale en qui elle avait confiance.

Avec un soupir excédé, elle s'attela néanmoins à la lecture d'une autre coupure de presse, datée de 2034. Les premiers mots la firent sursauter.

DÉCOUVERTE SENSATIONNELLE À LA CLINIQUE NORDICK

Après plus de vingt ans d'études sur la fabrication d'organes artificiels, le Dr Westley Friend, directeur de la recherche à la clinique Nordick, déclare avoir procédé avec succès à une transplantation cardiaque, pulmonaire et rénale sur un patient. La clinique Nordick, à l'instar du Drake Center de New York, a consacré près de deux décennies à l'élaboration de greffons qui pourraient être produits à grande échelle et remplacer des tissus humains.

Dans la suite de l'article, on expliquait l'impact formidable que cette découverte aurait sur la santé publique. Auparavant, un enfant né avec une insuffisance cardiaque, par exemple, devait attendre qu'on lui reconstruise un cœur *in vitro*, à partir de ses propres tissus. Le processus était long et onéreux.

Désormais, le cœur défaillant pourrait être rapidement retiré et remplacé par ce que Friend appelait un organe de substitution durable, qui continuerait à fonctionner longtemps après que l'enfant aurait atteint l'âge de cent vingt ans, durée moyenne de la vie.

Et s'il mourait, le cœur serait recyclé et greffé sur un autre patient.

La clinique Nordick et le Drake annonçaient donc leur intention de privilégier les travaux sur les organes artificiels.

Depuis vingt ans, songea Eve, la reconstruction de tissus humains avait été plus ou moins abandonnée.

Quelqu'un aurait-il décidé de la remettre au goût du jour ?

Clinique Nordick : Chicago. Drake Center : New York. Un lien supplémentaire entre les deux affaires.

— Ordinateur, affiche les données sur le Dr Westley Friend.

— *Recherche... Dr Friend, Westley, 987-002-34RF, né à Chicago, Illinois, le 15 décembre 1992. Décédé le 12 décembre 2058...*

— Décédé ? Comment ?

— *Suicide. Le sujet a ingéré une dose mortelle de barbituriques. Il laisse une épouse – Ellen – un fils – Westley junior – une fille – Claire. Des petits-enfants...*

— Stop ! commanda Eve qui, pour l'instant, se moquait des détails personnels. Affiche les données sur les causes du suicide.

— *Recherche... Requête refusée. Données inaccessibles.*

« Mon œil », se dit Eve. Dès le lendemain matin, elle réglerait ce problème. Elle se leva d'un bond et se mit à arpenter la pièce, ce qui l'aidait toujours à réfléchir. Elle voulait tout savoir sur le Dr Westley Friend, son travail et ses associés.

Chicago. Un frisson la parcourut de nouveau. Elle n'avait qu'à se rendre là-bas. Elle y était déjà allée, et cela ne l'avait jamais perturbée.

Mais, à l'époque, elle ne se souvenait pas de la fenêtre aux carreaux fêlés.

Secouant la tête pour chasser ces pensées importunes, elle se resservit du café. Elle avait établi un rapport entre les deux centres hospitaliers, les deux villes. Découvrirait-elle qu'il existait aussi à Paris un établissement similaire ? Qu'il y en avait ailleurs, dans d'autres cités ?

Ce serait logique, non ? Le meurtrier trouvait d'abord un cobaye, lui prélevait un organe quelconque, et, ensuite, travaillait dans un milieu digne de lui – des laboratoires de premier plan, où il était connu et respecté.

Non... Comment pourrait-il se livrer à ses expériences, ses recherches, ses magouilles dans un labo réputé ? Il y avait là des équipes de chercheurs, des règlements, une éthique à respecter. On lui poserait des questions, il ne serait pas libre de ses mouvements.

Pourtant, il avait déjà plusieurs victimes à son actif. Et il tuait dans un but précis.

Eve se frotta les yeux, s'assit sur la méridienne. « Cinq minutes », se dit-elle, le temps que sa cervelle fatiguée assimile toutes ces informations. « Juste cinq minutes », se répéta-t-elle en fermant les paupières.

Elle sombra dans le sommeil comme une pierre dans l'eau.

Et, naturellement, elle rêva de Chicago.

Connors avait profité du vol de retour pour achever de régler ses dossiers en suspens. Aussi arriva-t-il frais et dispos à la maison. Il était sûr de trouver Eve dans son bureau. Quand il s'absentait, elle évitait de dormir dans leur chambre.

Lorsque ses affaires le retenaient loin de New York, elle était tourmentée par d'atroces cauchemars. Il le savait, et en était profondément chagriné. Au cours des derniers mois, il s'était arrangé pour limiter ses voyages au maximum. Autant pour elle que pour lui.

Car maintenant il ne rentrait pas dans une maison vide, un être qu'il chérissait tendrement l'y attendait. Avant Eve, il ne se sentait pas solitaire ou frustré. La gestion de son empire financier l'absorbait et le satisfaisait pleinement.

Des femmes charmantes défilaient dans sa vie.

Mais l'amour métamorphosait un homme. Quand on aimait, tout le reste passait au second plan.

Il s'approcha du scanner, près de la porte.

— Où est Eve ?

— *Le lieutenant Dallas est dans son bureau.*

— Évidemment, marmonna-t-il.

Elle avait dû travailler jusqu'à ce que l'épuisement la jette sur la méridienne où elle avait l'habitude de s'allonger pour sommeiller un moment. Il la connaissait si bien qu'il était capable de prévoir ses moindres réactions, et cela lui apportait un étrange réconfort. Il savait que, tant qu'elle n'aurait pas bouclé son enquête, elle y consacrerait son temps, son talent et son énergie. Elle se battrait, une fois de plus, pour rendre justice aux victimes.

Lui s'efforcerait de la distraire de ses soucis. Il l'aiderait dans toute la mesure du possible. Il avait découvert que suivre les progrès d'une enquête de police, assembler peu à peu les pièces du puzzle, l'amusait énormément.

Et il était doué pour cela, peut-être parce qu'il avait été un hors-la-loi durant la majeure partie de son existence. Un petit sourire, teinté de nostalgie, étira ses lèvres au souvenir de son passé.

Si c'était à refaire, il ne changerait rien à sa vie, il suivrait exactement le même chemin, celui qui l'avait conduit jusqu'ici et qui avait amené Eve jusqu'à lui.

Il monta l'escalier, longea l'un des innombrables couloirs de l'immense demeure remplie d'œuvres d'art, de trésors qu'il avait acquis – par des moyens licites ou non – au fil des ans. Eve ne comprenait pas vraiment le plaisir qu'il avait à collectionner des biens matériels. Il ne lui avouait pas que les acheter, les détenir – voire les offrir – l'éloignait inexorablement du garçon de Dublin qu'il avait été, ce gamin des rues qui ne possédait rien, hormis son intelligence et son courage.

Il franchit le seuil du bureau, s'immobilisa pour contempler son plus précieux trésor – Eve, pelotonnée sur la méridienne, tout habillée, son arme encore fixée à sa ceinture.

Elle avait les traits tirés, et cet hématome sur la pommette. Chaque fois qu'il voyait sur ce visage adoré la fatigue ou la plus infime marque de violence, il en était bouleversé. Il devait déployer des efforts considérables pour se rappeler qui elle était, le métier qu'elle exerçait.

Le chat, lové contre le ventre de sa maîtresse, ouvrit un œil.

— Tu la gardes, mon vieux ? Ne t'inquiète pas, je prends le relais.

Souriant, il se penchait vers sa femme, lorsqu'elle s'agita et laissa échapper un sanglot.

Il l'entoura de ses bras. Elle se débattit comme une furie.

— Non, non ! Ne me fais pas de mal ! gémit-elle d'une petite voix tremblante, enfantine.

— Tout va bien, mon amour. Personne ne te fera de mal. Tu es à la maison, Eve. Je suis là, près de toi.

Dire qu'un être assez solide psychiquement pour affronter quotidiennement la mort était torturé, anéanti, par des cauchemars... Pour Connors, c'était une insupportable souffrance.

Avec douceur, il la souleva, l'installa sur ses genoux et la berça.

— Tu es en sécurité, ma chérie. Je suis là.

Elle eut de la peine à émerger de l'abîme. Son front était emperlé de sueur, sa respiration sifflante, des tremblements convulsifs la secouaient.

— Ça va, balbutia-t-elle. Ça va...

Honteuse, elle essaya de le repousser. En vain, comme toujours.

— Laisse-moi te serrer, murmura-t-il. Reste là, tout contre moi.

Elle se blottit dans ses bras, respira son odeur, l'étreignit jusqu'à ce que ses tremblements s'apaisent.

— Je me sens mieux, dit-elle, et, cette fois, elle était presque sincère. Ce n'était rien. Juste un flash, un vague souvenir.

Il lui massa la nuque pour détendre ses muscles noués.

— Un nouveau souvenir ? Raconte.

— Une chambre, la nuit.

Elle prit une profonde inspiration avant de continuer :

— Chicago. Je ne sais pourquoi je suis tellement sûre que c'était à Chicago. Il faisait affreusement froid dans la chambre, les carreaux de la fenêtre étaient fêlés. J'étais cachée derrière un fauteuil, mais quand il est rentré, il m'a trouvée. Et il m'a violée, une fois de plus. Tu vois, ça n'a rien de franchement neuf.

— Cela n'en est pas moins intolérable.

— Oui, sans doute. Il faut que je me remue, ajouta-t-elle en se levant. On a découvert une autre victime à Chicago – même *modus operandi*. Je suppose que c'est ça qui a réveillé ce souvenir. Je le digérerai.

Il se redressa à son tour, la prit par les épaules.

— Évidemment que tu le digéreras. Mais pas seule. Tu ne seras plus jamais seule.

Lorsqu'il prononçait des mots pareils – ce qu'il faisait souvent –, elle éprouvait un mélange de gratitude et de gêne.

— J'ai du mal à m'habituer à cette idée.

Elle marqua une pause.

— Je suis contente que tu sois là.

— Je t'ai apporté un cadeau.

— Connors ! protesta-t-elle.

— Je te jure qu'il va te plaire.

Il déposa un baiser sur l'adorable fossette qu'elle avait au menton, puis la lâcha pour aller chercher la mallette qu'il avait abandonnée sur le seuil de la pièce.

— Il me faudrait un entrepôt pour stocker tous les trucs que tu m'as déjà achetés, bougonna-t-elle. Chez toi, c'est une espèce de boulimie. Tu devrais essayer de t'en guérir, je t'assure.

— Pourquoi ? Ça me rend heureux.

— Oui, peut-être, mais moi...

Elle s'interrompit, interloquée.

— C'est quoi, ce machin ?

— Un chat, répondit-il en riant. Tu n'as jamais eu de jouets, lieutenant.

Elle saisit la peluche, l'examina avec curiosité.

— Il ressemble comme deux gouttes d'eau à Galahad. Il a les mêmes yeux bizarres.

— N'est-ce pas ? Ce détail a bien embêté le fabricant, mais avoue que c'était indispensable.

Elle souriait à présent, caressait timidement la peluche soyeuse et bien rembourrée. La pensée qu'elle n'avait pas eu de jouets ne lui avait jamais traversé l'esprit, mais Connors, lui, y avait pensé.

— Il a l'air complètement idiot.

— Allons, est-ce une façon de traiter notre fils ? s'offusqua-t-il en désignant Galahad qui avait repris possession de la méridienne.

Le matou plissa ses yeux vairons où luisait une lueur soupçonneuse, puis s'étira comme pour les narguer et, hautain, entreprit de faire sa toilette.

— Il est jaloux, chuchota Connors.

Eve posa la peluche sur la table.

— Voyons comment il va se comporter avec son rival.

— Il faut que tu dormes, déclara Connors, alors qu'elle s'approchait de l'ordinateur. Tu te remettras au travail demain matin.

— Hmm... tu as raison. Toute cette prose médicale m'a embrouillé les idées. Tu sais quelque chose sur la banque d'organes NewLife ?

Il fronça les sourcils, mais elle était trop éreintée, elle ne le remarqua pas.

— Nous en discuterons plus tard. Viens te coucher.

— De toute manière, je ne peux contacter personne avant demain, grommela-t-elle. Je serai éventuellement obligée de m'absenter, moi aussi, pour rencontrer les enquêteurs qui ont travaillé sur les autres affaires.

Il acquiesça et la poussa doucement vers la porte. Si elle devait se rendre à Chicago, où l'attendaient peut-être d'horribles souvenirs, il l'accompagnerait.

Elle s'éveilla à l'aube, surprise d'avoir si bien dormi. Elle était blottie contre Connors, si étroitement que leurs deux corps semblaient se confondre. C'était si rare qu'il ne soit pas déjà debout à cette heure qu'elle ne bougea pas, savourant cet instant de pur bonheur.

Elle posa un baiser sur son épaule. Il avait la peau si douce, si... délicieuse. Son visage, lissé par le sommeil, était d'une beauté saisissante. Eve ne se lassait pas de contempler ses traits vigoureux, sa bouche sensuelle, admirablement modelée, ses longs cils noirs.

Elle sentit son cœur battre plus vite à l'idée que cet homme superbe lui appartenait, qu'elle pouvait le garder, l'aimer.

Elle regarda l'alliance qui scintillait à son doigt, dans la pâle lumière que laissait filtrer le dôme vitré, au-dessus du lit. Elle promena la main sur le flanc de son mari, effleura ses lèvres qui s'entrouvrirent aussitôt pour répondre à son baiser.

Le vent du désir soufflait sur eux, langoureux, paresseux. Quand Connors la pénétra, elle murmura son nom, tout bas. Ils voguèrent ainsi un long moment, au rythme des vagues voluptueuses qui les emportaient. Lorsqu'il sentit Eve se cambrer et vibrer, Connors ouvrit les paupières pour voir le plaisir affluer sur le visage de sa femme, voiler ses yeux mordorés. Un flot d'amour le submergea, si violent qu'il crut défaillir.

Elle était en pleine forme, presque guillerette. Tandis qu'elle se douchait, elle entendit l'écho feutré du bulletin d'informations. Connors devait écouter les actualités d'une oreille, tout en buvant son café et en consultant les rapports boursiers.

« Scène de la vie conjugale », pensa-t-elle avec un brin d'ironie.

De fait, lorsqu'elle émergea de la cabine de séchage et regagna la chambre, elle trouva Connors installé dans le coin-salon, devant son ordinateur. Sur un autre écran, Nadine Furst, de Channel 75, annonçait les nouvelles de la matinée.

Eve se dirigea vers la penderie. Il la suivit du regard, le sourire aux lèvres.

— Tu as une mine radieuse, lieutenant.

— Oui, j'ai la pêche. Maintenant, il faut que je me dépêche d'attaquer la journée.

— Tiens donc, je pensais que c'était déjà fait.

— Je parle de ma journée de travail, gros malin !

— Là aussi, je devrais pouvoir t'apporter ma contribution.

Constatant qu'elle revêtait une simple chemise blanche, il se leva et la rejoignit.

— La météo prévoit des températures polaires. Tu n'es pas assez chaudement habillée.

Il choisit un pull-over bleu marine en laine, le lui tendit. Elle poussa un soupir excédé.

— Tu es pénible, Connors.

— Ai-je le choix ?

Il l'aida à enfiler le pull, lui rajusta son col de chemise.

— Je commande le petit déjeuner, déclara-t-il.

— Je mangerai un morceau au Central.

— Je suggère que tu le fasses ici, ce qui nous permettra de bavarder. Hier soir, tu as mentionné NewLife.

— Euh... oui, marmonna-t-elle, car elle ne se souvenait que vaguement des événements de la veille. C'est une piste possible, je verrai ça plus tard. Ils fabriquent des espèces de prothèses, grâce aux travaux menés à la clinique Nordick, mais il y a peut-être une relation avec les vols d'organes sur lesquels j'enquête.

— S'il y en a une, ce sera fâcheux pour nous deux. J'ai racheté NewLife voilà cinq ans.

Elle le dévisagea fixement.

— Et merde...

— Je m'attendais à cette réaction. Je t'ai pourtant signalé, je te le rappelle, que l'une de mes entreprises fabriquait des organes artificiels.

— Tu ne pouvais pas jeter ton dévolu sur une autre société, non ?

— Je te présente mes plus plates excuses. Pourquoi ne pas nous asseoir ? Tu m'expliqueras comment tu es arrivée jusqu'à NewLife et je ferai le maximum pour t'obtenir les renseignements dont tu as besoin.

Serrant les dents pour se contrôler – se mettre en colère contre Connors serait injuste –, elle saisit un pantalon dans la penderie et acheva de s'habiller.

— Bon, je vais essayer d'être positive. Au moins, je n'aurai pas à me taper des kilomètres et à interroger une kyrielle d'abrutis, mais, bon sang ! tu es vraiment forcé de posséder tout ce qui existe sur cette planète et ailleurs ?

Il réfléchit un instant.

— Oui, répondit-il avec un sourire angélique. Dans l'immédiat, cependant, une seule chose me tente : le petit déjeuner.

Il commanda des céréales enrichies en protéines, des fruits frais de saison et du café, pour deux. Quand il se rassit dans son fauteuil, Eve resta debout devant lui. Elle fulminait.

— Pourquoi faut-il que tu achètes tout ce qui est à vendre ?

— Parce que j'en ai les moyens, Eve chérie. Bois ton café, cela calmera ta fureur.

— Je ne suis pas furieuse, rétorqua-t-elle avec cette mauvaise foi dont elle était coutumière. C'est rentable, la fabrication d'organes artificiels ?

— Oui... NewLife produit aussi des membres prothétiques, ce qui génère également des profits non négligeables. Tu veux consulter les rapports financiers ?

— Il se peut que je te les demande, marmotta-t-elle. Vous avez des médecins qui travaillent pour vous en tant que consultants ?

— Je crois, quoique nous soyons plus axés sur la technique. Nous avons un département de recherche, mais les produits de base ont été conçus des années avant que je reprenne NewLife. Quel rapport entre cette entreprise et ton enquête ?

— La méthode de fabrication à grande échelle d'organes artificiels a été mise au point à la clinique Nordick de Chicago, laquelle a des liens avec le Drake. Moi, j'ai des victimes à Chicago, New York. J'en ai aussi une à Paris, et il faut que je sache s'il existe là-bas un établissement hospitalier qui serait en relation avec les deux autres.

— Je peux t'avoir ce renseignement très vite.

— Tu connaissais le Dr Westley Friend ?

— À peine. Il siégeait au conseil d'administration de NewLife au moment de la passation de pouvoirs, mais je n'ai jamais eu affaire à lui personnellement. Pourquoi ? Il est sur ta liste de suspects ?

— Il s'est suicidé l'automne dernier.

— Ah...

— Oui, comme tu dis. D'après ce que j'ai lu, il dirigeait l'équipe qui a mis au point la technique de production massive de greffons. C'est à cette époque-là que la recherche sur la reconstruction d'organes humains a été interrompue. Peut-être quelqu'un a-t-il décidé de la reprendre pour son propre compte.

— Cela me paraît peu rentable, dans la mesure où cette méthode exige beaucoup de temps et d'argent. La fabrication d'un cœur revient à environ cinquante dollars. Même en ajoutant les frais généraux et la marge bénéficiaire, on le vend deux fois ce prix-là, pas plus. Ajoute encore les honoraires du chirurgien, la part de l'hôpital, et tu as un cœur tout neuf, garanti cent ans, pour moins de mille dollars. Ça vaut le coup.

— Si on ne passe pas par un fabricant, qu'on prenne un organe humain endommagé pour le réparer, alors, c'est le chirurgien qui empoche l'intégralité des bénéfices.

Connors esquissa un sourire.

— Bravo, lieutenant, tu raisonnes comme une vraie femme d'affaires. Néanmoins, si l'hypothèse que tu avances est exacte, tu peux être certaine qu'aucun des actionnaires de NewLife n'accepterait ce scénario.

— À moins que l'argent ne soit pas le nœud du problème, marmonna-t-elle. Mais je vais quand même commencer par NewLife. Il me faut le maximum d'informations sur vos transactions, vos clients. Je veux aussi la liste du personnel affecté à la recherche. Et celle des médecins qui collaborent avec vous.

— Tu auras ça d'ici une heure.

Elle garda un instant le silence, livrant une bataille intérieure qu'elle ne tarda pas à perdre.

— J'aurais besoin de renseignements sur la vie privée de Friend. Il me semble que son suicide est tombé à pic.

— Je m'en occupe.

— Merci... À deux reprises au moins, l'assassin s'est attaqué à des gens qui présentaient des lésions organiques sévères. Le cœur du Brochet était fichu, les reins de Spindler ne fonctionnaient quasiment plus. Je suis prête à parier que les deux autres victimes étaient en mauvaise santé. Il y a fatalement une raison à tout ça.

Connors, pensif, sirotait son café.

— S'il est médecin et qu'il est en exercice, pourquoi, dans le fond, hésiterait-il à prélever des organes gravement lésés qui, de toute façon, seraient retirés du corps au moment de l'autopsie ?

— Je l'ignore.

Elle se mordilla les lèvres, fâchée de n'avoir pas repéré cette faille dans sa théorie.

— Je ne sais pas comment ça marche, mais il faut sans doute accomplir des formalités, obtenir l'autorisation de la famille du donneur, ainsi que l'aval du centre hospitalier pour se livrer à ce type d'expériences.

Elle s'interrompit à nouveau, tambourinant nerveusement sur sa tasse.

— Tu es au conseil d'administration du Drake, n'est-ce pas ? Quelle est votre politique en matière d'expérimentation ?

— Elle est extraordinairement stricte, vu que le département de recherche tient le haut du pavé. Avant de se lancer dans une aventure quelconque, on en débat - des discussions à n'en plus finir -, on prépare des tonnes de dossiers. Ensuite, les juristes s'en mêlent, puis les responsables de la communication qui doivent convaincre les médias du bien-fondé du programme.

— C'est donc compliqué.

— La politique a le don de tout embrouiller, Eve.

— Peut-être son projet a-t-il été rejeté, ou bien il craignait qu'il ne le soit - alors, il a décidé de le mener à bien par ses propres moyens.

Elle bondit sur ses pieds.

— Bon, il faut que j'y aille.

— Ce soir, nous avons le gala du Drake.

— Qu'est-ce que tu insinues ? grommela-t-elle. Je n'ai pas oublié, figure-toi.

— Je n'en doute pas, rétorqua-t-il en lui prenant la main pour l'obliger à se baisser et à l'embrasser. Je t'appellerai.

Il la regarda sortir de la chambre. Il savait que ce soir-là, exceptionnellement, Eve ne serait pas en retard, elle qui fuyait les mondanités comme la peste. Car pour elle, pour eux deux à présent, cette réception aurait un but précis : faire progresser l'enquête.

8

Eve, qui avait l'intention de s'atteler immédiatement au travail, eut le désagrément de découvrir dans son bureau du Central un membre du Bureau des affaires internes. De toute façon, la visite de ces gens-là n'était jamais une bonne surprise.

— Lève-toi de mon fauteuil, Webster.

Il resta assis, tourna la tête vers elle et lui adressa un grand sourire. Elle avait connu Don Webster lors de ses débuts à l'académie de police. Lui était en deuxième année, mais il leur arrivait fréquemment de se rencontrer dans les couloirs.

Eve avait mis plusieurs semaines à comprendre que ces rencontres apparemment fortuites ne l'étaient pas. Elle en avait été d'abord plutôt flattée, puis cela l'avait agacée, et enfin, elle avait envoyé Don sur les roses.

Elle n'était pas entrée à l'académie pour se trouver un petit ami mais pour acquérir une solide formation.

Ensuite, quand ils avaient été tous deux affectés au Central, ils s'étaient régulièrement croisés.

Et un soir, alors qu'elle était encore une novice confrontée à son premier homicide, ils étaient allés boire un verre dans un bar et avaient fini la nuit ensemble. Elle avait considéré cela comme un événement sans importance, un simple divertissement. Ils étaient restés vaguement copains.

Puis Webster avait intégré le Bureau des affaires internes et ils avaient cessé de se voir.

— Salut, Dallas. Tu es superbe.

— Lève-toi de mon fauteuil, répéta-t-elle en se dirigeant vers l'autochef.

Il s'extirpa du siège, soupira.

— J'espérais que nous aurions un entretien amical.

— Je n'ai aucune amitié pour l'équipe de mouchards à laquelle tu appartiens.

Il n'avait guère changé, remarqua-t-elle. Il avait toujours le même visage étroit, encadré par des cheveux bruns et souples, les mêmes yeux bleus, le même sourire charmeur. Son corps, musclé, était bien proportionné. Il portait le costume noir, d'une coupe ordinaire, qui était, pour le Bureau des affaires internes, une sorte d'uniforme. Mais lui agrémentait le sien d'une cravate aux motifs originaux et aux couleurs éclatantes.

Webster, Eve s'en souvenait, était un mordu de la mode. Et il avait de la fantaisie, de l'humour.

Feignant de n'avoir pas entendu la réflexion injurieuse d'Eve, il ferma la porte du bureau.

— Quand la plainte nous a été transmise, j'ai demandé à m'en occuper. J'ai pensé que ça faciliterait les choses.

— Je me fiche éperdument de cette histoire. J'ai une enquête à mener.

— Il faudra que tu prennes le temps de t'y intéresser, à cette histoire. Plus tu seras coopérative, plus vite ce sera réglé.

— Tu sais pertinemment que c'est de la foutaise.

— Je te l'accorde.

Il lui adressa un nouveau sourire, qui creusa dans sa joue gauche une fossette qui devait faire des ravages parmi la gent féminine.

— La réputation de ton café est parvenue jusqu'à nos sphères supérieures. Pourrais-je goûter à ce nectar ?

Eve lui en commanda une tasse. Puisqu'elle était contrainte de pactiser avec le diable, autant le caresser dans le sens du poil.

— Tu étais un bon flic de terrain, Webster. Pourquoi es-tu passé au Bureau des affaires internes ?

— Pour deux raisons. D'abord, c'est le chemin le plus direct pour décrocher un poste administratif. Je n'ai jamais souhaité être un flic de terrain, Dallas. Je préfère contempler le paysage depuis le haut de la pyramide.

Eve haussa les sourcils. Elle ne se doutait pas qu'il ambitionnait de devenir chef ou préfet de police.

— Et la deuxième raison ? demanda-t-elle en lui tendant sa tasse.

— Les mauvais flics me flanquent de l'urticaire.

Il but une gorgée, ferma les yeux d'un air extatique.

— Sublime... Une vraie drogue.

Il rouvrit les paupières, détailla Eve de la tête aux pieds. Il avait eu le béguin pour elle pendant une bonne dizaine d'années. Elle n'en avait jamais eu conscience, ce qu'il jugeait un peu humiliant. Elle était trop accaparée par son travail pour s'intéresser aux hommes.

Jusqu'à ce qu'elle rencontre Connors.

— J'ai du mal à t'imaginer mariée. Tu as toujours été tellement obsédée par ton boulot...

— Ma vie privée n'a rien changé à ça.

— Tu ne m'étonnes qu'à moitié. Mais revenons à nos moutons. Si j'ai décidé de m'occuper de cette plainte, Dallas, ce n'est pas simplement en souvenir du bon vieux temps.

— Ce bon vieux temps a été trop bref pour qu'on s'en souvienne.

— Parle pour toi.

Il but une autre gorgée de café et enchaîna :

— Tu es un excellent flic, Dallas.

Il avait dit ces mots avec tant de sincérité qu'elle en fut désarçonnée. Elle détourna le regard vers la fenêtre.

— À cause d'elle, j'ai une mauvaise note dans mon dossier.

— Rien n'est joué. Je t'aime bien, Dallas, et ça ne date pas d'hier. Voilà pourquoi j'ai fait une entorse à la procédure de rigueur pour te prévenir : elle veut ta peau.

— Mais pour quelle raison ? Parce que je lui ai reproché d'avoir bâclé son boulot ?

— Ça va plus loin que ça. Je présume que tu ne te rappelles pas l'avoir connue à l'académie ?

— Non.

— Je te garantis qu'elle ne t'a pas oubliée. Bowers et moi, nous étions de la même promotion, nous allions quitter l'école quand tu y es entrée. Et dès le début, Dallas, tu as brillé dans tous les domaines. Les cours théoriques, pratiques, les tests d'endurance, l'entraînement au combat. Les instructeurs ne tarissaient pas d'éloges sur toi, ils clamaient partout que l'académie n'avait jamais eu de meilleur élément. Tu étais au centre de toutes les conversations.

Comme elle lui lançait un coup d'œil ahuri, il esquissa un sourire.

— Bien sûr, tu n'étais pas au courant. Tu n'étais pas du genre à écouter les rumeurs. Une seule chose te préoccupait : obtenir ton insigne.

Il se percha sur le bord du bureau, sirotant son café avec délectation.

— Bowers s'acharnait à te discréditer auprès de ses camarades qui, entre nous, se comptaient sur les doigts d'une main. Elle racontait que tu couchais avec les instructeurs. Je l'ai entendue. À l'époque, déjà, j'avais un goût prononcé pour les ragots.

Eve haussa les épaules avec une feinte nonchalance ; l'idée qu'on l'avait ainsi calomniée la révulsait.

— Franchement, je ne me souviens pas d'elle.

— J'enfreins le règlement en te disant ça, mais je t'assure que Bowers n'est pas inoffensive. Elle dépose des plaintes plus vite qu'un droïde affecté à la circulation ne dresse des contraventions. La plupart de ses réclamations sont mises au panier, mais, parfois, elle trouve le filon pour bousiller la carrière d'un flic. Protège-toi, Dallas.

— Qu'est-ce que je suis censée faire, bon sang ! Elle a foiré, je lui ai passé un savon. Il n'y a pas de quoi fouetter un chat. Je ne peux pas rester assise sur une chaise à me morfondre, à me demander quel tour de cochon elle me réserve. Je cherche un tueur qui découpe les gens au bistouri pour leur piquer des organes. Il continuera tant que je ne l'aurai pas arrêté, et je ne l'arrêterai pas si on m'empêche de travailler.

— Dans ce cas, dépêchons-nous d'en finir avec les formalités.

Il sortit de sa poche un minuscule magnétophone qu'il posa sur la table.

— Je t'interroge, tu réponds – pour respecter le règlement –, et on classe le dossier. Crois-moi, personne au Bureau des affaires internes ne souhaite que tu écopes d'un blâme. On connaît tous Bowers.

— Mais alors, pourquoi vous ne lui tombez pas sur le râble, au lieu de m'enquiquiner ?

Voyant qu'un sourire rusé étirait les lèvres de Webster, Eve hocha la tête.

— Ah... Tout compte fait, peut-être que ta bande de mouchards n'est pas complètement inutile.

Lorsque Webster l'eut quittée, Eve, pour juguler sa nervosité et son irritation, se répéta que l'affaire était close et qu'elle ne devait plus y penser. Elle appela Paris et demanda qu'on lui passe l'inspectrice Marie Dubois, qui avait enquêté sur le meurtre du clochard.

Son interlocutrice n'ayant qu'une connaissance limitée de l'anglais, et Eve ne parlant pas le français, elles communiquèrent par l'intermédiaire de leurs logiciels de traduction respectifs. Eve faillit démolir son ordinateur quand il traduisit ses questions en allemand.

— Attendez un instant, je demande à mon assistante de venir me rejoindre.

Marie Dubois battit des paupières, fronça les sourcils.

— Pourquoi dites-vous que je viens de fumer un joint ?

Eve, écœurée, écarta les bras. Son expression devait être suffisamment éloquente, car Marie éclata de rire.

— Vous avez des problèmes avec votre équipement informatique, on dirait.

— C'est un euphémisme. Je vous prie de m'excuser.

— Les flics du monde entier ont des soucis avec leur matériel. Vous vous intéressez à l'affaire Leclerc, si j'ai bien compris ?

— En effet. J'enquête sur deux crimes similaires. Vos infos me seraient très utiles.

Une lueur malicieuse s'alluma dans les yeux de Marie Dubois.

— Je lis ici que vous voudriez coucher avec moi. Je suppose qu'il y a une erreur ?

— Oh, bon sang ! s'exclama Eve en assenant un coup de poing à l'ordinateur.

Peabody entra juste à ce moment.

— Encore en train de caresser votre petit camarade ?

— Ce vieux schnock a fait une proposition malhonnête à l'inspectrice française. Le programme de traduction ne fonctionne pas.

— Laissez-moi regarder ça.

Peabody contourna la table, se pencha vers l'écran.

— On le comprend, le vieux schnock. Elle est ravissante.

— Ha, ha, très drôle ! Arrangez-moi ça, Peabody.

— Oui, lieutenant. Vérification du système, remise à jour et reconstruction du logiciel de traduction.

— *En cours... Vérification et reconstruction achevées.*

— Flanquez-lui une autre claque, à tout hasard, suggéra Peabody. Pour qu'il ne recommence pas tout de suite à dérailler.

— Bon... j'ai donc deux crimes similaires, déclara Eve, qui résuma ensuite, de façon succincte, la situation et les éléments dont elle avait besoin.

— Je vous transmettrai les copies de mes dossiers dès que j'aurai le feu vert, répondit Marie Dubois. Compte tenu de l'état du corps quand on l'a découvert, on n'a pas jugé surprenant qu'il y manque un organe. Les chats avaient à moitié dévoré le cadavre, ajouta-t-elle avec une grimace de dégoût.

Eve songea à Galahad, à son féroce appétit. Elle s'empressa de chasser cette image de son esprit.

— Je suis à peu près sûre que votre victime a le même profil que les nôtres. Vous avez consulté son dossier médical ?

— Je crains que non. Le cas Leclerc n'était pas prioritaire, comprenez-vous. Mais à présent, j'aimerais bien avoir accès aux données dont vous disposez.

— Je vous les transmettrai. En échange, je voudrais la liste des meilleurs hôpitaux et des laboratoires de recherche parisiens, en particulier ceux qui ont un service de transplantation d'organes.

— D'accord. C'est dans ce sens que vous orientez votre enquête ?

— Il me semble tenir là une piste à creuser. Je vous serais reconnaissante de me dire dans quel établissement Leclerc faisait ses bilans de santé, et dans quel état était son foie.

— Dès que j'aurai rempli la paperasse nécessaire, lieutenant Dallas, je vous enverrai ces renseignements le plus vite possible. J'avais la conviction que la mort de Leclerc était un incident isolé. S'il s'avère que je me suis trompée, je m'empresserai de rouvrir l'enquête.

— Quand vous aurez comparé les clichés des corps, vous n'aurez plus de doutes. Merci pour votre coopération. Je vous recontacterai.

Eve interrompit la communication.

— Vous pensez que ce type parcourt le monde à la recherche d'échantillons ? demanda Peabody.

— Des échantillons précis qu'il récupère sur des cobayes sélectionnés par lui, dans des lieux qu'il a choisis. Je le soupçonne d'être extrêmement organisé. Maintenant, appelons Chicago.

Bien qu'elle n'eût pas à utiliser le logiciel de traduction, discuter avec ses collègues de Chicago se révéla autrement plus compliqué qu'avec ceux de Paris.

L'officier chargé de l'enquête était à la retraite depuis un mois. Lorsqu'elle exigea de parler à son remplaçant, on la pria de patienter. Une musique monotone résonna à son oreille, entrecoupée toutes les trente secondes d'un message idiot annonçant le prochain gala de la police.

Elle était sur le point d'exploser, quand un certain Kimiki prit la communication.

— Qu'est-ce qu'on peut faire pour vous, New York ?

Elle exposa une fois de plus la situation. Une expression ennuyée se peignit sur le visage de l'inspecteur Kimiki.

— Ah oui, je connais le dossier ! McRae a abouti à une impasse. Aucune piste. Ça finira dans les archives des affaires non résolues.

— Je viens de vous expliquer que je travaillais sur des crimes comparables, que j'ai trouvé un lien. Vos données sont importantes pour mon enquête.

— Il n'y a pas grand-chose et, entre nous, ce n'est pas mon souci majeur. Mais si vous voulez les quelques éléments qu'on a, je demanderai au patron l'autorisation de vous les transmettre.

— Surtout ne vous fatiguez pas trop, Kimiki, ça me ferait de la peine.

Le sarcasme le laissa de marbre.

— Vous savez, quand McRae a pris sa retraite anticipée, j'ai hérité de la majorité de ses dossiers. Alors, je trie et je me concentre sur les plus urgents. Vous aurez vos informations dès que possible. Salut, New York.

— Charmant personnage, marmotta Eve. McRae aurait pris une retraite anticipée ? Renseignez-vous là-dessus, Peabody.

Une heure plus tard, Eve arpentait les couloirs de la morgue en attendant de voir Morris. Sitôt qu'on déverrouilla la porte de la salle d'autopsie, elle se rua à l'intérieur.

L'odeur douceâtre de la chair en décomposition la prit à la gorge. Elle s'empara d'un masque, jeta un bref coup d'œil au corps boursouflé étendu sur la table.

— Comment vous arrivez à supporter ça, Morris ?

Imperturbable, il incisa le torse du cadavre. Derrière les verres grossissants, ses yeux ressemblaient à ceux d'un hibou.

— Vous venez faire un tour au paradis, Dallas ? ironisa-t-il d'une voix à laquelle le masque donnait une intonation métallique. Cette petite dame que vous voyez là a été découverte la nuit dernière. Ses voisins, après réflexion, ont trouvé que, décidément, la pestilence qui régnait sur le palier n'était pas normale. Elle était morte depuis une semaine. Étranglée, apparemment.

— Elle avait un amant ?

— L'enquêteur essaie de le localiser. En tout cas, on peut affirmer sans risque de se tromper qu'elle ne s'enverra plus jamais en l'air.

— Toujours aussi farceur, Morris. Vous avez autopsié Spindler et le Brochet ? Quelles sont vos conclusions ?

— Mon rapport n'est pas encore terminé, mais puisque vous êtes là, j'en déduis que vous voulez des réponses immédiates. J'estime qu'ils ont été tués par la même personne.

— Ça, je m'en doutais. Expliquez-moi pourquoi on a clôturé le dossier Spindler.

— Du boulot salopé, bougonna-t-il. Ce n'est pas moi qui me suis occupé de Spindler, sinon quand j'ai eu l'autre entre les mains, ça aurait fait tilt dans ma caboche. En plus, si j'avais pratiqué l'autopsie, on aurait des éléments plus solides à se mettre sous la dent. La légiste qui s'en est chargée a reçu un avertissement. Je vous garantis qu'elle ne commettra plus ce genre d'erreur. Je ne l'excuse pas, mais elle prétend que l'enquêteur l'a bousculée et poussée à la faute.

— Qu'elle ait tort ou raison, je m'en fiche. Je veux ses conclusions.

Morris leva les yeux.

— Là, on a un problème. On ne parvient pas à les récupérer.

— C'est-à-dire ?

— Tous ses rapports ont disparu. J'ai su qu'elle était passée par ici uniquement parce que vous n'avez pas pu accéder aux dossiers de l'enquêteur. Bref, on n'a rien.

— Qu'en déduisez-vous ?

— Elle jure qu'elle a archivé ses rapports.

— Soit on les a effacés, soit elle ment ou elle est complètement stupide.

— Je ne la vois pas comme une menteuse. Et, même si elle manque un peu d'expérience, elle n'est pas sotte. Les documents auraient pu être effacés par inadvertance, mais on en retrouverait la trace dans le système informatique. Or, on n'a même pas le nom de Spindler, il ne figure nulle part.

— Alors on les aurait délibérément détruits ? Pourquoi ? Qui y a accès ?

— Les cadres.

Pour la première fois, le regard toujours ironique de Morris s'assombrit. À l'évidence, cette histoire le préoccupait.

— J'ai prévu de les réunir, et je vais devoir diligenter une enquête administrative. J'ai confiance en mes collaborateurs, Dallas. Je les connais bien.

— Vous avez un bon système de sécurité ?

— Manifestement, il n'est pas suffisant.

— Quelqu'un, quelque part, ne voulait pas qu'on établisse le lien entre Spindler et le Brochet. Eh bien, c'est loupé. Ce gros tas de lard de la soixante-deuxième va devoir répondre à une foule de questions. Pour l'instant, j'ai deux autres victimes, à Chicago et à Paris, tuées dans des conditions similaires. Et je crains fort qu'elles ne soient pas les dernières.

Elle marqua une pause, dévisagea Morris.

— Je suis sur une piste intéressante, qui implique deux hôpitaux renommés. Je me suis plongée dans la lecture d'articles médicaux, mais pour moi, c'est de l'hébreu. J'ai besoin d'un consultant qui s'y connaisse.

— Je serais heureux de vous aider, malheureusement, je travaille dans un tout autre domaine. Il vous faut un vrai médecin.

— Mira ?

— Elle est docteur en médecine, certes, mais elle non plus n'est pas dans la partie qui vous intéresse. Cela dit, à choisir entre elle et moi...

— Attendez, coupa Eve, maintenant que j'y pense, j'ai peut-être la personne qui convient. On cherche à nous mettre des bâtons dans les roues, Morris. Faites des copies de tout ce que vous avez sur le Brochet. Gardez-en une pour vous, et rangez-la dans un endroit sûr.

— Je m'en suis déjà occupé. La vôtre est en route pour votre domicile, portée par coursier. Je vous autorise à me traiter de paranoïaque.

— Oh non, vous ne l'êtes pas !

Ôtant son masque, elle se dirigea vers la porte. Avant de sortir, une sorte d'instinct la poussa à se retourner vers le légiste.

— Faites attention à vous, Morris.

Peabody, qui l'attendait dans le couloir, la rejoignit.

— J'ai finalement réussi à avoir quelques tuyaux sur McRae de Chicago. Ça n'a pas été facile, les flics protègent sacrément bien leurs arrières.

— Veillez à protéger aussi les vôtres, marmotta Eve, soucieuse.

— Notre collègue a juste la trentaine, il n'était dans la police que depuis huit ans. Il est parti avec dix pour cent de la pension qu'il aurait perçue s'il avait pris sa retraite à l'âge normal. Deux ans de plus, et il aurait touché le double.

— Pas de maladie invalidante, de dépression nerveuse ? L'administration ne l'a pas contraint à démissionner ?

— Ce n'est pas indiqué dans son dossier, du moins dans ce qu'on m'a communiqué.

Elles sortirent du bâtiment ; le vent leur fouetta le visage avec une telle violence que Peabody en eut le souffle coupé.

— Apparemment, poursuivit-elle quand elle eut repris sa respiration, c'était un type solide. Il avait commencé à la base et grimpé peu à peu les échelons. Il devait être promu dans quelques mois. Il était bien noté, il n'avait jamais eu d'avertissement ni de blâme. Il était affecté à la Criminelle depuis trois ans.

— Il n'avait pas de problèmes personnels ? Une épouse qui l'aurait poussé à quitter la police, des dettes, un divorce en perspective ? Peut-être était-il alcoolique, drogué, ou flambeur ?

— Dès qu'il s'agit de la vie privée, obtenir des renseignements n'est pas de la tarte. Il me faut une commission rogatoire en bonne et due forme, et un motif valable.

— Je m'arrangerai, rétorqua Eve en s'engouffrant dans la voiture.

Elle songeait à Connors, à ses talents si particuliers, et au matériel sophistiqué et parfaitement illégal qu'il détenait dans son bureau, à la maison.

— Mais vous ne me demanderez pas comment je me suis débrouillée, ajouta-t-elle.

— Pourquoi ? susurra Peabody.

— Arrêtez de minauder, s'il vous plaît. Bon... maintenant, prévenez le Central que nous nous octroyons une pause. Je ne tiens pas à ce qu'on nous dérange.

— Génial. On va draguer ?

— Charles ne vous suffit pas ?

— Hmm... j'avoue que, ces temps-ci, j'ai des envies de débauche. Dispatching ? lança la jeune femme dans son communicateur. Je vous informe que le lieutenant Eve Dallas et l'agent Delia Peabody ne seront pas disponibles pendant un moment.

— Bien reçu.

— Et voilà, dit Peabody avec un soupir de satisfaction. Il ne nous reste plus qu'à dénicher deux beaux garçons qui nous invitent à déjeuner, ensuite, nous irons faire un tour au septième ciel.

— Je vous paierai le déjeuner, mais ne comptez pas sur moi pour une partie de jambes en l'air. Je vous suggère plutôt d'oublier votre estomac, vos hormones, et d'ouvrir grand vos oreilles. Je vous explique dans quelle mélasse nous sommes.

L'exposé d'Eve eut tôt fait de calmer les ardeurs de Peabody. Lorsqu'elles atteignirent le dispensaire de Canal Street, elle murmura :

— Alors vous pensez que cette histoire va infiniment plus loin que le meurtre de quelques clodos.

— Nous avons intérêt à mettre en sécurité les copies de tous nos rapports, de tous les éléments dont nous disposons, et de ne pas révéler les progrès de notre enquête.

Avisant un poivrot aux yeux chassieux qui rôdaillait sur le trottoir, elle lui fit signe d'approcher.

— Tu veux gagner une vingtaine de *credits* ?

Son regard s'éclaira.

— Ben ouais...

— Si ma bagnole est intacte quand je reviendrai, tu auras ton fric.

— Marché conclu.

Il s'accroupit, sa bouteille à la main, le regard rivé sur la voiture. On aurait dit un chat à l'affût devant un trou de souris.

— Vous auriez dû le menacer de lui faire un collier avec ses bijoux de famille, comme avec le type de l'autre jour, remarqua Peabody.

— Celui-ci est inoffensif, ce n'était pas la peine de l'effrayer.

Eve pénétra dans le hall du dispensaire et marcha droit vers la réception.

— Il faut que je parle au Dr Dimatto.

Jan, l'infirmière, la considéra d'un air morne.

— Elle est avec un malade.

— Je vais l'attendre dans le bureau. Dites-lui que je ne la retiendrai pas longtemps.

— Aujourd'hui, elle est débordée.

— C'est marrant, moi aussi.

Eve se campa devant la porte du bureau, tourna la tête vers l'infirmière qui, avec un soupir accablé, se leva de son siège. Pourquoi tant de gens détestaient-ils leur travail ? songea Eve, pour qui c'était inimaginable.

— Merci infiniment, ironisa-t-elle, lorsque Jan eut enfin déverrouillé la porte. Votre joie de vivre est réconfortante, on voit que vous adorez votre métier.

Une expression déconcertée se peignit sur le visage de son interlocutrice ; à l'évidence, elle mettrait un certain temps à comprendre le sarcasme.

Vingt minutes plus tard, Louise Dimatto fit son apparition. La visite d'Eve ne semblait pas la réjouir.

— Nous pouvons faire vite ? J'ai une fracture du bras à réduire.

— Eh bien, je n'irai donc pas par quatre chemins. J'ai besoin de vous comme consultante en ce qui concerne les aspects purement médicaux de mon enquête. Je préfère vous prévenir que le salaire est ridicule. Il se pourrait que ça vous attire des ennuis, et je suis très exigeante avec mes collaborateurs.

— Je commence quand ?

Eve la gratifia d'un sourire si chaleureux et malicieux que Louise manqua s'en étrangler de stupéfaction.

— Quand prenez-vous votre prochain jour de congé ?

— Je n'ai que des demi-journées. Demain, par exemple, je commence à 14 heures.

— Parfait. Soyez chez moi, à mon domicile, à 8 heures tapantes. Peabody, notez-lui mon adresse.

— Inutile, lieutenant, je sais où vous habitez, répliqua Louise d'un ton gentiment moqueur. Tout le monde connaît la demeure de Connors.

— Alors, à demain matin.

Elles se quittèrent sur ces mots.

— Je crois que travailler avec elle sera agréable, observa Eve en regagnant sa voiture.

— Vous voulez que je rédige une demande pour qu'on l'affecte à votre équipe en tant que consultante ?

— Pas encore, répondit Eve, qui pensait aux rapports mystérieusement disparus, aux flics qui ne semblaient pas spécialement pressés de résoudre les affaires de meurtre qu'on leur confiait. Pour l'instant, ajouta-t-elle, il vaut mieux que cette collaboration reste officieuse. Rappelez le Central, dites-leur que notre pause est terminée.

— Et le déjeuner ? se plaignit Peabody.

— Ce que vous êtes pénible, soupira Eve. Bon d'accord, mais pas question d'acheter de la nourriture dans ce quartier. Je n'ai pas envie de me bousiller le tube digestif.

Elle fonça vers le centre-ville et, fidèle à sa parole, stoppa devant le premier glissa-gril qui lui parut relativement propre. Elle opta pour un cornet de frites bien grasses, tandis que Peabody, toujours soucieuse de sa ligne, se rabattait sur un assortiment de légumes.

Afin d'avoir les mains libres pour manger, Eve passa en pilotage automatique, et laissa la voiture filer le long des rues. Elle réfléchissait, tout en observant d'un œil distrait l'agitation de la cité, le manège incessant des navettes aériennes. Les magasins annonçaient les soldes d'hiver, des dirigeables publicitaires déroulaient dans le ciel leurs banderoles criardes.

Les chasseurs de bonnes affaires bravaient le froid et se hâtaient sur les trottoirs roulants. Pour les pick-pockets et les as de l'arnaque, ce n'était pas une période faste. Les gens, frigorifiés, ne restaient pas dehors assez longtemps pour qu'on pût leur arracher leur portefeuille ou leur soutirer de l'argent.

Pourtant, Eve repéra un bonneteur et quelques voleurs chaussés de patins à air.

Quand on voulait vraiment quelque chose, songea-t-elle, on ne se laissait pas facilement décourager.

L'habitude, la routine. Les voyous avaient les leurs, de même que les sans-abri recroquevillés sur un coin de trottoir ou dans une cahute de fortune, et qui espéraient simplement survivre jusqu'au printemps.

Personne ne se demandait s'ils y parviendraient ou non. Était-ce sur cette indifférence générale que comptait l'assassin ? Aucune de ses victimes n'avait de famille susceptible de s'inquiéter, d'amis ou de conjoint.

Les chaînes d'informations n'avaient même pas mentionné les meurtres. Le sujet n'avait pas d'intérêt, il n'était pas de ceux qui font grimper le taux d'audience.

Comment réagirait Nadine Furst si Eve lui proposait une interview exclusive ? Autant le savoir tout de suite. Tout en mâchonnant une frite, Eve appela la journaliste.

— Tiens donc, Dallas ! Dépêchez-vous de m'expliquer quel bon vent vous amène, je suis à l'antenne dans dix minutes.

— Un entretien en tête à tête, ça vous dirait ?

Un sourire illumina le ravissant visage de Nadine.

— Que dois-je faire pour mériter cet honneur ?

— Votre boulot, c'est tout. Je suis sur un meurtre - un clochard qui...

— Je vous arrête tout de suite, ça ne me va pas. Le mois dernier, nous avons diffusé un reportage sur les sans-abri. Ils crèvent de froid, ils se font trucider, etc. Nous traitons le sujet deux fois par an, pour accomplir notre B.A. Il est trop tôt pour remettre ça sur le tapis.

— Le mien a effectivement été trucidé – on lui a ouvert la poitrine au bistouri et on lui a prélevé le cœur.

— Comme c'est charmant... Si vous enquêtez du côté des sectes, nous avons également fait un reportage là-dessus en octobre, pour Halloween. Si je lui propose de recommencer, surtout pour un clodo, mon producteur refusera. Par contre, tourner quelques images de Connors et de vous, dans votre belle demeure...

— Ce qui se passe chez nous est top secret, Nadine. Écoutez, j'ai aussi une compagne licenciée à la retraite qui coachait une petite équipe de prostituées. Elle a été tuée il y a environ deux mois. On lui a pris les reins.

Le regard de Nadine s'aiguisa.

— Il y a un lien entre les deux affaires ?

— Faites votre boulot de journaliste. Ensuite rappelez-moi au bureau et reposez-moi la question.

Sur quoi, Eve raccrocha.

— Vous êtes sacrément rusée, Dallas, commenta Peabody.

— Elle obtiendra plus de renseignements en une heure que six droïdes en une semaine. Après quoi elle me demandera une déclaration officielle et une interview. Et comme je suis de nature complaisante, j'accepterai.

— Votre façon d'agir m'évoque irrésistiblement ces dresseurs d'otaries qui font sauter leurs bestioles à travers des cerceaux.

— Peut-être, mais je tiens les cerceaux au ras du sol pour ne pas fatiguer mes otaries. Prévenez le dispatching que nous nous rendons au domicile de Spindler. Si on doute encore que nous avons établi la relation entre les différents meurtres, je veux que ce doute soit dissipé. Je veux qu'on commence à s'inquiéter.

La scène du crime avait été passée au peigne fin des semaines auparavant, mais Eve n'était pas en quête d'indices matériels. Elle désirait s'imprégner de l'atmosphère des lieux et, éventuellement, rencontrer quelques personnes avec qui tailler une bavette.

Spindler avait vécu dans l'un de ces préfabriqués qui avaient poussé comme des champignons afin de remplacer les immeubles détruits durant la Guerre Urbaine. À l'origine, il était prévu que ces logements construits à la hâte ne seraient que provisoires et céderaient rapidement la place à des bâtiments plus solides et esthétiques. Mais des décennies plus tard, beaucoup de ces structures métalliques, d'une laideur consternante, étaient toujours là.

Un artiste de rue s'était amusé à peindre sur la façade d'un gris terne des couples nus, dans diverses postures érotiques. Il ne manquait pas de talent, décréta Eve, et il avait de l'à-propos, vu que la bâtisse abritait en majorité des prostitués.

Il n'y avait pas de caméra de sécurité extérieure ni de scanner digital. Dans le quartier, les dispositifs de ce genre étaient une denrée rare qu'on s'empressait de saccager.

Eve pénétra dans un hall aveugle où s'alignaient des boîtes aux lettres branlantes. Il n'y avait qu'un ascenseur, dont la porte était cadenassée.

— Elle occupait le 4C, annonça Peabody d'un ton accablé. Il va falloir monter à pied.

— Ça vous fera brûler des calories.

Au premier, quelqu'un avait mis à fond une musique détestable qui écorchait les tympans et se répercutait dans la cage d'escalier. Ce tintamarre avait au moins l'avantage d'étouffer les gémissements et les cris de plaisir que laissait filtrer une porte, mince comme du papier à cigarette, du deuxième étage. Sans doute une prostituée qui, ravie de s'être dégoté un client, s'efforçait de le satisfaire.

— Je crains que l'isolation phonique ne soit pas la qualité première de ce charmant petit immeuble, railla Peabody.

— À mon avis, les habitants. s'en moquent éperdument.

Parvenue au quatrième, Eve s'arrêta devant l'appartement 4C et frappa. Les prostituées qui faisaient le trottoir travaillaient vingt-quatre heures sur vingt-quatre, sept jours sur sept, à tour de rôle. En principe, il devait y avoir quelqu'un dans le logement.

Effectivement, une voix aigre lança :

— Je suis de repos jusqu'à ce soir. Fichez le camp !

Eve plaqua son insigne contre le judas.

— Police. J'ai à vous parler.

— Ma licence est en règle. Vous avez rien à me reprocher.

— Ouvrez, sinon je vous garantis que je trouverai très vite une casserole à vous accrocher au derrière.

Elle entendit un chapelet de jurons, le bruit d'une serrure qu'on déverrouillait. La porte s'entrebâilla, un œil brun injecté de sang apparut.

— Qu'est-ce qu'il y a ? Je voudrais bien dormir un peu.

— Depuis combien de temps occupez-vous cet appartement ?

— Quelques semaines. Où est le problème ?

— Et avant, où logiez-vous ?

— De l'autre côté du palier. Écoutez, j'ai ma licence, mon bilan de santé. Je vous répète que je suis en règle.

— Vous étiez une employée de Spindler ?

— Ouais...

La porte s'entrouvrit un peu plus, révélant un deuxième œil et une bouche au pli dur.

— En quoi ça vous intéresse ?

— Comment vous appelez-vous ?

— Mandy.

— Laissez-moi entrer, Mandy, j'ai des questions à vous poser sur votre ancienne patronne.

— Elle est morte, c'est tout ce que j'ai à vous répondre.

Elle s'écarta néanmoins, afin qu'Eve et Peabody puissent pénétrer dans le vestibule. Elle avait les cheveux coupés très court, presque en brosse. Cette coiffure lui permettait de mettre plus aisément les perruques qu'arboraient souvent les tapineuses. Elle n'avait probablement pas dépassé la trentaine, mais son visage était si marqué qu'elle faisait dix ans de plus.

À l'évidence, Mandy consacrait une partie de l'argent qu'elle gagnait à soigner son corps souple, ses seins généreux et fermes qui pointaient sous le fin tissu de son peignoir rose d'une propreté douteuse.

Elle avait raison de miser davantage sur sa silhouette que sur sa figure, songea Eve. Les clients regardaient rarement le visage d'une prostituée.

Eve s'avança dans le salon, aménagé en local professionnel. Un rideau le coupait en deux. Une moitié de la pièce était meublée de deux lits à roulettes séparés par une tablette sur laquelle un écriteau indiquait les services proposés à la clientèle ainsi que les différents tarifs.

Dans l'autre partie se trouvaient un ordinateur, un système de vidéocom et un fauteuil.

— Vous avez repris l'affaire de Spindler ? interrogea Eve.

— Ouais, on est quatre associées. On s'est dit qu'il fallait quelqu'un pour diriger les équipes et que, si c'était nous, ça nous sortirait un peu du trottoir. On est des cadres supérieurs, en quelque sorte, ajouta Mandy avec un gloussement. L'hiver, faire le pied de grue dehors, c'est mortel.

— Je m'en doute. Vous étiez dans les parages, la nuit où Spindler a été tuée ?

— Ouais, j'ai dû aller et venir. Il me semble que ça marchait plutôt bien pour moi.

Elle s'assit dans le fauteuil, étendit les jambes.

— On se gelait pas comme en ce moment, vous comprenez.

— Vous avez votre agenda sous la main ?

La figure de Mandy s'allongea.

— J'ai pas à vous le montrer. Je suis en règle.

— Dans ce cas, dites-moi où vous étiez et ce que vous savez. Vous vous en souvenez, j'imagine. Même dans un immeuble comme celui-ci, il n'y a pas un crime tous les soirs.

— Ouais, bon, je m'en souviens... J'étais en train de me reposer quand Lida l'a trouvée, le matin. Elle a piqué une de ces crises de nerfs, je vous raconte pas. Elle hurlait, on aurait cru une vierge qu'on déflore. Elle a cogné à ma porte, elle a crié que la vieille était morte, qu'il y avait du sang sur le lit. Je lui ai dit de la boucler et d'avertir les flics, si elle y tenait tellement. Et puis je me suis recouchée.

— Vous n'avez pas eu la curiosité d'aller voir ce qu'il en était ?

— Pourquoi ? Si la vieille était clamsée, tant mieux. Sinon, tant pis.

— Depuis quand étiez-vous son employée ?

— Six ans, répondit Mandy en bâillant. Maintenant, au moins, je travaille à mon compte.

— Vous ne l'aimiez pas.

— Je la détestais. Comme je l'ai expliqué aux flics, quand on la fréquentait, on était forcé de la détester. Moi, j'ai rien vu, rien entendu. Et même si j'avais vu ou entendu quelque chose, je me serais bouché les yeux et les oreilles.

— À quels flics avez-vous parlé ?

— D'abord à un type dans son genre, fit Mandy, désignant Peabody. En uniforme. Ensuite à un autre dans votre style. Cette histoire les intéressait pas des masses. Et ils avaient bien raison.

— Vous connaissez mal les gens dans mon style, Mandy. Par contre, je connais bien ceux dans votre genre.

Eve s'approcha du fauteuil et se pencha.

— Une femme qui dirige une équipe de prostituées a de l'argent liquide chez elle. Elle ne court pas en pleine nuit le déposer à la banque, elle attend le matin. Or, d'après les rapports, on n'a pas trouvé le moindre petit billet.

Mandy croisa les jambes.

— Un des flics a dû se servir.

— Un flic aurait eu l'intelligence de ne pas rafler la totalité du magot. Je pense que, quand la police est arrivée ici, il n'y avait plus rien à prendre. Alors, soit vous êtes franche, soit je vous embarque, vous et votre agenda, et je vous enferme dans une salle d'interrogatoire pour vous faire cracher le morceau. Je me moque que vous ayez piqué le fric, je veux savoir ce qui s'est passé ce soir-là.

Elle marqua une pause, pour laisser à Mandy le temps de bien assimiler ses paroles.

— Je résume : dans la matinée, votre copine est venue frapper à votre porte en hurlant. Nous savons à présent que vous ne vous êtes pas recouchée, contrairement à ce que vous prétendez. Je vous écoute.

Mandy la dévisagea, la soupesa. Une prostituée qui ambitionnait de survivre jusqu'à l'âge de la retraite apprenait vite à déchiffrer l'expression d'un regard. Ce flic-là, estima-t-elle, ne la lâcherait pas avant d'avoir obtenu les réponses qu'elle attendait.

— J'ai empoché l'argent, d'accord. Je l'ai partagé avec Lida. Où est le problème ?

— Vous êtes donc entrée dans cet appartement, vous avez vu votre patronne.

— J'ai vérifié qu'elle était bien morte. Je n'ai même pas eu à aller jusqu'à la chambre. L'odeur m'a suffi.

— Bien... Parlez-moi des événements de la nuit. Vous avez dit que vous aviez bien travaillé. Vous connaissez le type de clients qui fréquentent cet immeuble. Avez-vous remarqué quelqu'un qui vous a paru bizarre ?

— J'ai pas envie d'avoir les flics sur le poil à cause de cette vieille garce.

— Si vous voulez être tranquille, dites-moi ce que vous avez vu. Gardez le silence, et je vous considérerai comme un témoin direct coupable d'avoir détruit des indices matériels.

Une pause.

— Je peux demander un mandat pour vous mettre en détention provisoire et vous soumettre au détecteur de mensonge.

— Bon Dieu !...

Mandy se leva pour s'approcher du mini-freezer d'où elle sortit une bière.

— Écoutez, ce soir-là, j'ai vraiment beaucoup bossé. Peut-être que j'ai aperçu deux mecs qui sortaient de l'immeuble et qui semblaient pas être du coin, au moment où j'entrais avec un client. J'ai juste pensé : « Merde alors, moi j'hérite de cette loque, et une des filles s'est tapé ces deux rupins qui ont l'air d'avoir du fric plein les poches. »

— À quoi ressemblaient-ils ?

— Ils avaient des manteaux superbes. Ils portaient un sac ou une mallette. Je me suis dit qu'ils aimaient les accessoires sadomaso.

— Vous avez vu deux hommes ? Vous en êtes certaine ?

Mandy but une lampée de bière, clappa de la langue.

— Ils étaient deux, ça j'en suis sûre. Mais j'ai pas pu bien les regarder, parce que mon taré de client commençait déjà à me tripoter.

Eve hocha la tête, se percha sur le coin de la table.

— Très bien, Mandy. Reprenons tout depuis le début, histoire de raviver vos souvenirs.

9

En principe, Eve considérait les mondanités comme une véritable calamité. Elle les fuyait autant que possible – ce qui devenait de plus en plus difficile depuis qu'elle avait épousé Connors –, et lorsqu'elle ne réussissait pas à éviter la corvée, elle l'affrontait en grinçant des dents. Pour elle, cela équivalait à avaler un médicament.

Mais ce soir-là, pour une fois, elle avait hâte de se rendre au gala donné au profit du Drake Center.

Elle regrettait simplement de ne pas pouvoir prendre son arme de service, dont elle jugeait le contact réconfortant. Il lui était malheureusement impossible de la dissimuler sous la robe qu'elle avait revêtue. Il lui avait semblé judicieux d'opter pour une toilette dessinée par Leonardo, puisqu'il participait au défilé de mode qui serait l'attraction de la soirée.

Elle n'avait eu que l'embarras du choix. Depuis que Leonardo était entré dans la vie de Mavis, et donc d'Eve, la garde-robe de cette dernière s'était considérablement enrichie. Outre les jeans, pantalons et chemises qu'elle affectionnait, ainsi que le sobre tailleur gris qu'elle réservait naguère aux grandes occasions, Eve avait désormais de quoi habiller une troupe de théâtre au grand complet.

Elle avait sélectionné ce long fourreau droit qui lui dénudait les épaules, parce qu'elle en aimait la teinte cuivrée. Elle avait un instant songé à fixer son petit automatique à sa cheville, puis décidé de le ranger dans la pochette, assortie à sa toilette, qu'elle tenait à la main. Au cas où...

Une arme trop visible eût effectivement détonné dans la salle de bal ruisselante de lumières, peuplée de gens élégants, couverts d'or et de pierres précieuses. Dans l'air se mêlaient des fragrances de fleurs fraîches et de luxueux parfums. Les enceintes diffusaient en sourdine une musique raffinée.

Des serveurs stylés, en tenue noire, offraient aux invités du champagne et autres breuvages exotiques. L'atmosphère bruissait de murmures ponctués parfois par un rire flûté.

Pour Eve, tous ces chichis symbolisaient le comble de l'hypocrisie, de l'ennui. Elle allait en faire la remarque à Connors, quand elle perçut un tourbillon coloré, entendit une exclamation ravie et le son cristallin de verres qui se brisaient sur le sol.

Mavis Freestone agitait frénétiquement une main dont chaque doigt s'ornait de lourdes bagues. Elle s'excusa en pouffant de rire auprès du serveur qu'elle avait bousculé et, juchée sur les vertigineux talons d'escarpins qui découvraient ses orteils aux ongles peints en bleu fluo, traversa la salle comme un boulet de canon.

— Dallas ! s'écria-t-elle en sautant au cou d'Eve. C'est génial ! Je ne pensais pas que tu viendrais. Quand Leonardo saura que tu es là, il sera fou de joie. Il est dans les coulisses, en pleine crise de nerfs. Je lui ai dit de prendre un calmant, sinon il finira par mordre quelqu'un. Hello, Connors !

Avant qu'Eve ait pu réagir, Mavis se hissa sur la pointe des pieds pour planter un baiser sur la bouche de Connors.

— Vous êtes magnifiques, tous les deux ! Je vous conseille de goûter un de leurs cocktails : la tornade. Une merveille ! J'en ai déjà bu trois.

— Cela semble vous réussir, remarqua Connors en souriant.

Il la trouvait attendrissante : plus vive et menue qu'un lutin, rayonnante de bonheur, et visiblement pompette.

— Et comment ! J'ai du Sober-Up dans mon sac, il faut que je me tienne convenablement quand les mannequins de Leonardo défileront. Mais d'ici là...

Elle saisit un verre sur le plateau d'un autre serveur qui passait et qui eut le réflexe de s'écarter pour protéger son précieux chargement. Eve entoura de son bras les épaules de son amie.

— D'ici là, tu ferais bien de manger quelque chose.

Tous trois formaient un tableau fort agréable à contempler : Connors, superbe dans son smoking noir ; Eve, longiligne, telle une statue de cuivre ; et Mavis, vêtue d'une robe argentée qui paraissait taillée dans une matière liquide et dont la jupe translucide laissait apercevoir un lézard tatoué sur sa cuisse droite.

— On dînera après le show.

— Pourquoi attendre ? rétorqua Eve.

Amusée, elle disposa des canapés sur une assiette qu'elle tendit à Mavis, laquelle en engouffra plusieurs avant de presser la main sur son estomac.

— Je me sens un peu chavirée, dit-elle gaiement. Je vais aller prendre mon Sober-Up et voir si Leonardo a besoin de moi. Je suis si contente que vous soyez là. La plupart des invités sont tellement... rasoir.

— Reste avec Leonardo. Moi, je dois bavarder avec les rasoirs, ironisa Eve.

— On dînera à la même table, hein ? On se paiera la tête de tous ces snobs. Non mais franchement, regardez comment ils sont habillés !

Secouant sa crinière du même bleu que les ongles de ses orteils, Mavis s'éloigna d'un pas allègre quoique mal assuré.

— Nous sortons son disque et sa vidéo ce mois-ci, déclara Connors. Comment Mavis Freestone sera-t-elle accueillie par le public, à ton avis ?

— Personne ne résistera à son charme, assura Eve. Bon... tu me présentes à ces gens ? J'aimerais bien qu'il y en ait au moins un qui passe une mauvaise soirée.

Eve ne s'ennuyait plus, à présent. Chaque visage sur lequel elle posait les yeux était celui d'un suspect potentiel. Certaines personnes, en apprenant qu'elle était lieutenant à la brigade criminelle, souriaient, opinaient du bonnet ou haussaient les sourcils, surprises.

Elle repéra le Dr Mira, Cagney et fut étonnée d'apercevoir Louise Dimatto. Ceux-là, elle s'en occuperait plus tard, songea-t-elle, tandis que Connors l'entraînait vers le Dr Tia Wo.

Elles se serrèrent la main.

— J'ai entendu parler de vous, lieutenant.

— Vraiment ?

— Oui, j'écoute toujours les nouvelles locales. L'année dernière, vous avez été à la une de l'actualité. Vos exploits professionnels et votre relation avec Connors ont fait grand bruit.

Le Dr Tia Wo, malgré sa voix rocailleuse et son ton brusque, n'était pas déplaisante. Vêtue d'un strict tailleur noir, elle était imposante et digne. Elle n'arborait aucun bijou, hormis un pin's en or au revers de sa veste – l'antique emblème des médecins, deux serpents entrelacés autour d'une baguette surmontée de deux courtes ailes.

— Une enquête policière n'a rien d'un exploit, rétorqua Eve.

Wo esquissa un sourire poli, machinal, qui ne réchauffa pas son regard.

— N'interprétez pas mal mes paroles. Pour moi, les actualités sont la meilleure distraction que je connaisse, infiniment plus divertissantes que les livres ou les vidéos. On y voit les gens tels qu'ils sont, dans leur réalité. Et je vous avoue que je suis assez fascinée par le crime.

— Moi aussi... répliqua Eve, saisissant la perche inespérée que l'autre lui tendait. Actuellement, j'ai à résoudre une affaire qui vous intéresserait. J'enquête sur une série de meurtres. Des sans-abri, des toxicomanes, des prostituées de bas étage.

— Ces malheureux mènent une existence atroce.

— Et ceux-là ont eu une mort atroce. Sur chaque victime, on a prélevé un organe. Un prélèvement effectué de façon chirurgicale, impeccable, sur un donneur qui n'était pas volontaire.

Les yeux de Wo s'étrécirent.

— Je n'étais pas au courant de cette histoire.

— Vous le serez bientôt, lâcha négligemment Eve. Je creuse certaines pistes. Vous êtes une spécialiste de la transplantation d'organes, docteur Wo.

Un bref silence.

— Je me demandais si, en tant que médecin, vous n'auriez pas une idée à me souffler.

Wo tripota son pin's. Elle avait des doigts longs et forts, aux ongles courts.

— Vous devriez peut-être chercher du côté des trafiquants, quoique le marché ait été quasiment réduit à néant depuis que les greffons artificiels sont accessibles au plus grand nombre.

— Les organes prélevés étaient en très mauvais état.

— Vraiment ? Votre assassin est un fou, décréta Wo en soulignant ces mots d'un hochement de tête. L'esprit humain, voilà une énigme insoluble. Le corps est une machine relativement simple qu'on peut réparer. Mais l'esprit, même s'il est considéré comme cliniquement sain, comporte tant de méandres, de recoins obscurs. Il reste toujours faillible. Vous avez raison, lieutenant, votre affaire est intéressante.

Le regard de Wo s'était dérobé. Eve réprima un sourire. « Elle a envie de me planter là, mais elle ne sait pas comment s'y prendre sans offenser Connors – le richissime et généreux Connors. »

Celui-ci posa la main sur l'épaule d'Eve.

— Mon épouse est un policier tenace. Elle ne renoncera pas avant d'avoir trouvé ce qu'elle cherche. Il me semble que les policiers et les médecins ont cette qualité en commun.

— Oui, en effet...

Le Dr Wo s'interrompit pour saluer un homme qu'Eve reconnut aussitôt : Michael Waverly, le plus jeune des chirurgiens figurant sur sa liste de suspects, et l'actuel président de l'AAM.

Il était grand, séduisant et, à l'évidence, moins conventionnel que ses confrères. Ses cheveux blonds et bouclés tombaient sur les épaules du smoking noir qu'il portait sur une chemise sans col, également noire, et agrémentée de boutons en argent.

Il avait le sourire d'un homme sûr de son charme et de son pouvoir.

— Bonsoir, Tia...

Sans se laisser démonter par le maintien sévère du Dr Wo, il l'embrassa sur la joue. Puis il tendit la main à Connors.

— Ravi de vous revoir. Au Drake, nous apprécions énormément votre générosité.

— Je suis heureux de vous aider, du moment que vous faites bon usage de mon argent.

Connors attira Eve contre lui, dans un geste possessif. La lueur de convoitise qui s'était allumée dans le regard de Waverly ne lui avait pas échappé.

— Je vous présente ma femme, le lieutenant Eve Dallas.

— Je suis enchanté de vous rencontrer, fit Waverly en serrant la main d'Eve.

Nouveau sourire éblouissant.

— Puisque vous avez eu la liberté de vous joindre à nous, nous pouvons en déduire que les citoyens de cette ville ne courent aucun danger ce soir ?

— Un policier ne se fonde jamais sur des conjectures, docteur.

Il éclata de rire.

— Tia vous a-t-elle avoué sa fascination pour le crime ? Hormis les revues médicales, elle ne lit que les faits divers ou des histoires policières.

— Je lui parlais justement de l'enquête que je mène actuellement. Et là, il ne s'agit pas de fiction.

Elle lui résuma brièvement l'affaire, les yeux rivés sur lui. Diverses expressions se succédèrent sur son visage, depuis l'attention polie, jusqu'à la stupéfaction et, enfin, la compréhension.

— Vous pensez que votre assassin est un médecin – un chirurgien. Cette idée me paraît difficilement recevable.

— Pourquoi ?

— Quand on a consacré des années à se former, à acquérir le savoir-faire nécessaire pour sauver des vies, tuer ainsi sans raison apparente... J'avoue que cela me dépasse. C'est déroutant, mais captivant. Avez-vous un suspect ?

— Plusieurs. Pour l'instant, je m'intéresse aux grands chirurgiens new-yorkais.

— Donc à mon amie ici présente et à moi-même, rétorqua-t-il avec un rire bref. Quel honneur, Tia, d'être suspectés dans une affaire de meurtre !

— Votre humour est parfois discutable, Michael.

Visiblement furieuse, le Dr Wo les salua d'un hochement de tête.

— Je vous laisse, excusez-moi, articula-t-elle, et elle tourna les talons.

— Elle prend tout tellement au sérieux, murmura Waverly. Eh bien, lieutenant, vous ne me demandez pas où j'étais la nuit du crime ?

— Cette nuit-là et d'autres, répliqua négligemment Eve. Vos réponses me seront certainement très utiles.

Il eut un imperceptible tressaillement, son sourire perdit un peu de son éclat.

— Je crains que le lieu et le moment ne soient guère propices à une telle discussion.

— Je vous contacterai très vite afin que nous convenions d'un rendez-vous.

— Parfait, répliqua-t-il avec une froideur subite. Je constate que vous allez droit au but, lieutenant.

Il se sentait offensé, mais ne manifestait aucun signe d'affolement, estima Eve. Simplement, il ne s'attendait pas à ce qu'elle veuille interroger un personnage aussi éminent que lui.

— J'apprécie votre coopération, docteur, dit-elle. Connors, nous devrions aller saluer Mira.

— Naturellement. Excusez-nous, Michael. Bien joué, chuchota Connors à l'oreille d'Eve, tandis qu'ils se frayaient un chemin dans la foule.

— C'est toi qui m'as appris l'art et la manière de couper l'herbe sous le pied de quelqu'un qu'on veut désarçonner.

— Merci, chérie. Je suis flatté.

— Hmm... trouve-moi donc un autre gibier.

Il jeta un coup d'œil circulaire.

— Hans Vanderhaven devrait te plaire.

Il l'entraîna vers un homme corpulent au crâne chauve et luisant, au menton orné d'une barbe blanche soigneusement taillée. Il se tenait auprès d'une petite femme aux seins énormes et à la luxuriante chevelure rouge, striée de mèches dorées.

— Sa dernière épouse, probablement, murmura Connors.

— Il les aime jeunes, apparemment.

— Et pourvues de somptueux attraits.

Avant qu'Eve ait pu le tancer pour cette réflexion oiseuse, Connors s'approcha de leur cible.

— Bonsoir, Hans.

— Connors ! lança l'autre d'une voix grave et tonitruante. Je suppose que voilà votre femme. Ravi de vous connaître. Vous êtes dans la police, à ce qu'il paraît ?

— En effet.

Eve le laissa lui prendre la main, la baiser avec insistance. La nouvelle Mme Vanderhaven ne parut pas s'en offusquer. Un sourire niais aux lèvres, elle tenait une coupe de champagne de façon à bien montrer la bague qui étincelait à son doigt – un diamant de la taille d'un œuf de pigeon.

— Je vous présente Fawn, mon épouse. Connors et...

— Eve Dallas.

— Oh ! glousa Fawn en écarquillant ses yeux bleu layette, c'est la première fois que je parle à un policier.

Si cette bécasse continuait à se mêler à la conversation, Eve n'avancerait pas d'un pouce. Elle donna un coup de coude discret à Connors qui, évidemment, comprit aussitôt. Il se tourna vers Fawn et entreprit de l'abreuver de compliments sur sa toilette.

La cruche étant neutralisée, Eve reporta son attention sur Vanderhaven.

— Je vois que vous avez au revers de votre veste un pin's semblable à celui du Dr Wo.

— Le caducée. Pour ceux qui exercent la médecine, c'est une espèce de décoration. J'imagine que la police a aussi son emblème. Je suppose aussi que vous n'avez pas demandé à Connors de distraire mon adorable épouse pour que nous puissions discuter de bijoux et d'accessoires.

— Vous êtes très observateur, docteur.

Le regard de Vanderhaven se fit plus grave.

— Colin m'a dit que vous enquêtiez sur un meurtre assorti d'un vol d'organes. Vous pensez vraiment qu'un chirurgien est impliqué dans cette affaire ?

— Oui, un chirurgien de grand talent.

Avec lui, il n'y aurait pas de fines plaisanteries, de dérobades. Elle ne le rayerait pas de sa liste de suspects, cependant, elle appréciait son attitude.

— J'espère pouvoir compter sur votre coopération, docteur. J'ai prévu d'interroger plusieurs de vos confrères au cours des prochains jours.

Il porta à sa bouche un verre de whisky irlandais. Il avait préféré cet alcool fort aux cocktails plus raffinés que proposaient les serveurs.

— C'est insultant. Nécessaire pour vous, j'en conviens, mais insultant. Aucun chirurgien, aucun médecin ne mettrait délibérément fin à une vie humaine sans raison valable.

— Nous considérons qu'il n'a pas de raison valable simplement parce que nous ignorons ses motivations, objecta Eve d'un ton neutre. Il a tué, prélevé un organe, et d'après divers experts, cette opération a été exécutée de façon magistrale. Avez-vous une autre théorie à me suggérer ?

— Une secte, rétorqua-t-il avec brusquerie.

Il avala une lampée de whisky, respira un coup.

— Pardonnez-moi de réagir aussi brutalement, mais vous mettez en cause mes confrères, ma communauté, ma famille, au vrai sens du terme. J'ai la conviction qu'il s'agit d'une secte, dont un ou plusieurs membres auraient une solide formation. Le temps où l'on dépeçait les cadavres remonte au déluge. Nous n'avons plus besoin d'organes en mauvais état.

Eve le regarda droit dans les yeux.

— Il ne me semble pas avoir précisé que l'organe prélevé était en mauvais état.

Il resta un instant silencieux, battit des paupières.

— Vous avez dit qu'il provenait d'un indigent, d'où je conclus qu'il était forcément endommagé. Et maintenant, je vous prie de m'excuser. Ma femme et moi avons des gens à saluer.

Agrippant par le coude Fawn qui minaudait tant et plus, il s'éloigna à grands pas.

— Tu me revaudras ça, déclara Connors qui saisit au vol une coupe de champagne et la vida d'un trait. Le gloussement exaspérant de cette mijaurée me hantera toute la nuit, j'en suis certain.

— Elle porte une fortune sur elle. Cet énorme diamant... tu crois que c'est du toc ?

— Je n'ai pas ma loupe de joaillier sur moi, mais je serais surpris que ce soit une imitation. À vue d'œil, elle promène un quart de million de dollars en diamants et saphirs de première qualité. Rien que ne puisse s'offrir un chirurgien réputé, même si les pensions qu'il verse à ses ex-femmes et à ses nombreux enfants doivent passablement entamer ses revenus.

— Hmm... Il était très au courant de l'affaire, et furieux que j'enquête du côté du corps médical. J'ai eu l'impression qu'il en avait longuement discuté avec Cagney.

— C'est compréhensible. Ils sont confrères et amis.

— Mira me donnera peut-être des renseignements plus précis sur ce petit groupe de copains.

— Ah ! fit Connors, comme la musique changeait de tempo, le défilé va commencer. Nous retrouverons Mira plus tard. D'ailleurs dans l'immédiat, nous la dérangerions. Elle est en pleine conversation.

Eve avait elle aussi remarqué que Mira était avec Cagney, lequel la tenait par le bras. Il parlait, elle l'écoutait en silence. Il fixait sur elle un regard intense, dur ; à l'évidence, ce qu'il lui disait était à la fois très important et très désagréable.

Quand il se tut, Mira opina, lui tapota la main, et courut presque se réfugier dans un coin de la salle.

— Elle est bouleversée, murmura Eve, stupéfaite d'éprouver un tel sentiment de protection à l'égard de la psychiatre. Je devrais aller la rejoindre.

Mais, à cette minute, une musique solennelle retentit, les invités se dirigèrent en masse vers le podium où se déroulerait le défilé. Eve perdit Mira de vue... pour se retrouver soudain nez à nez avec Louise Dimatto.

— Dallas... déclara le médecin d'un ton froid.

Elle était superbement coiffée, vêtue d'un fourreau rouge. Des diamants, qui eux non plus ne semblaient pas être des imitations, brillaient à ses oreilles.

— Je ne m'attendais pas à vous rencontrer ici, ajouta-t-elle.

— Moi non plus.

« Non, songea Eve, je ne m'attendais pas à vous voir aussi élégante et sophistiquée. »

— Ce lieu est très éloigné de votre dispensaire, docteur Dimatto.

— Et il est très éloigné du Central, lieutenant.

— J'adore les réceptions mondaines, rétorqua Eve avec une telle ironie que Louise esquissa un sourire.

— Autant que moi, j'imagine. Je suis Louise Dimatto, enchaîna-t-elle en tendant la main à Connors. Votre femme m'a embauchée comme consultante. Je pense que, quand notre collaboration s'achèvera, soit nous serons les meilleures amies du monde, soit nous nous détesterons cordialement.

— Puis-je engager les paris ? plaisanta Connors.

— Je n'ai pas encore fixé l'enjeu, répondit Louise, qui tourna la tête pour observer les premiers mannequins qui s'avançaient sur le podium. Ces filles me font toujours penser à des girafes.

— Personnellement, je préfère les girafes, grommela Eve. Il y a une chose qui m'échappe : si le Drake avait économisé l'argent que leur coûte cette soirée, ils n'auraient pas eu besoin d'organiser un gala pour récolter des fonds.

— Ma chérie, tu es beaucoup trop logique pour saisir les subtilités de la charité. Plus la réception est fastueuse, plus les invités sont contents de vider leur tirelire.

— Et n'oubliez pas que c'est une excellente occasion de se faire des relations, renchérit Louise avec un sourire narquois. Tous les grands pontes de la médecine ont ainsi l'opportunité de se pavaner au bras de leur épouse ou de leur maîtresse, de converser aimablement et d'approcher des piliers de la société, tels que Connors.

— Lui, un pilier ? Allons bon.

— Louise, elle, comprend que quand on jouit d'une certaine puissance financière on devient effectivement, de façon quasi automatique, un pilier de la communauté.

— Et sa femme acquiert le même statut.

— Moi, je ne suis qu'un flic.

Eve dévisagea Louise.

— Connors avait l'obligation d'être présent, et je l'ai accompagné. Mais vous ? Comment se fait-il qu'un médecin qui travaille dans un dispensaire assiste à un gala au profit du Drake ?

Louise tendit un bras gracile, prit une coupe de champagne sur le plateau d'un serveur, et la leva pour porter un toast à ses deux interlocuteurs.

— Parce que je suis la nièce du directeur.

— Cagney est votre oncle ?

— Absolument.

« Une vraie confrérie, pensa Eve, formée d'amis, de collègues. Un microcosme, une tribu étroitement soudée afin de repousser tout élément étranger à la famille. »

— Pourquoi exercez-vous dans les quartiers mal famés au lieu de rester dans votre univers ?

— Parce que je fais ce qui me plaît, lieutenant. À demain matin.

Là-dessus, Louise salua Connors d'un petit hochement de tête et se faufila dans la foule.

Eve la suivit des yeux.

— Tu te rends compte ? J'ai engagé la nièce d'un de mes suspects.

— Tu vas la garder ?

— Pour le moment, oui, murmura-t-elle. On verra bien ce qui en sortira.

Lorsque le dernier mannequin aux jambes interminables eut quitté le podium, le dîner commença. Tandis qu'Eve tentait d'identifier ce qu'elle avait dans son assiette – les formes et les couleurs évoquaient plutôt des sculptures abstraites que des aliments –, Mavis, assise à son côté, se trémoussait sur son siège.

— Les modèles de Leonardo étaient les plus beaux, n'est-ce pas ? Les autres n'avaient pas du tout la même classe. Connors, il faut que vous offriez à Eve la robe rouge décolletée dans le dos.

— Cette teinte ne la flatterait pas, objecta Leonardo en couvrant de sa grosse patte la main délicate de Mavis.

Quand il regardait sa compagne, ses yeux noisette débordaient d'amour et de joie. Malgré sa carrure de colosse, il avait le cœur tendre et, parfois, l'émotivité d'un gamin à la veille de son premier jour d'école.

— En revanche, la toilette en satin vert... ajouta-t-il avec un sourire timide. J'avoue qu'en la dessinant, je pensais à votre femme.

— Alors, elle la portera. N'est-ce pas, ma chérie ?

Eve, qui s'évertuait toujours à dénicher dans son assiette quelque chose qui ressemblât à de la viande, grommela :

— Où ont-ils planqué le poulet ?

— Le traiteur qui a préparé ce dîner est un artiste, rétorqua Connors d'un ton malicieux.

Il lui fit goûter une bouchée de la taille d'une pièce de monnaie.

— Il est plus soucieux de l'esthétique que de la saveur des aliments, enchaîna-t-il en l'embrassant sur la joue. Ne t'inquiète pas, nous achèterons une pizza sur le chemin du retour.

— Excellente idée, approuva Eve. Je vais faire un petit tour, voir si je trouve Mira.

— Je te suis.

— D'accord. Votre défilé était superbe, Leonardo. J'ai surtout aimé votre machin vert.

Le couturier, ravi, se leva pour l'embrasser. Mavis pouffa de rire et décréta que, pour fêter ça, elle avait envie de ce cocktail sublime : la tornade.

Les tables drapées de nappes blanches étaient disséminées d'un bout à l'autre de la salle. Six gigantesques chandeliers descendaient du plafond, baignant les convives d'une lumière douce, presque argentée. Les serveurs allaient et venaient en un ballet savamment orchestré.

L'alcool avait délié les langues. On parlait et riait plus fort qu'au début de la soirée. Eve remarqua que les dîneurs chipotaient ; la plupart d'entre eux s'extasiaient devant leur assiette, mais se gardaient bien d'y toucher.

— Combien coûte ce repas ? Entre cinq et dix mille dollars ? demanda-t-elle à Connors.

— Beaucoup plus, je le crains.

— Quelle honte ! Ah, j'aperçois Mira, là-bas ! Elle doit aller aux toilettes, son mari n'est pas avec elle. Je la rejoins. Pendant ce temps, tu peux me remplacer et faire la causette à tes relations ? J'ai l'impression que les gens commencent à se relâcher un peu.

— Avec plaisir, ma chérie. Mais ensuite, j'exige que tu m'accordes une danse et des pepperoni sur ma pizza.

Elle lui sourit et l'embrassa sur la bouche, sans se soucier des regards curieux qui se tournaient vers eux.

— D'accord... Je reviens dans un instant.

Eve se dirigea vers la rangée de portes derrière l'une desquelles Mira avait disparu, traversa une luxueuse antichambre et pénétra dans le boudoir réservé aux dames.

Un droïde vêtu d'une tenue noir et blanc se tenait près d'un long comptoir en bois de rose, surmonté d'une dizaine de miroirs brillamment éclairés, sur lequel étaient disposés d'innombrables flacons de parfum, des peignes et des brosses à cheveux, des atomiseurs à laque.

Si une invitée avait, par malheur, oublié son rouge à lèvres ou son poudrier, le droïde s'empressait alors de lui offrir les meilleurs fards disponibles sur le marché, afin qu'elle puisse retoucher son maquillage.

Mira était assise à l'extrémité du comptoir, sur un pouf juponné. Figée, elle se contemplait dans le miroir.

Elle était pâle. Triste. Gênée soudain, Eve faillit ressortir. Mais Mira, qui avait entendu son pas, pivota à demi.

— C'est vous, Eve. On m'avait dit que vous étiez là.

— Je vous ai aperçue, tout à l'heure. Ensuite, quand le défilé a commencé, je vous ai perdue de vue.

— Il y avait quelques beaux modèles, n'est-ce pas ? J'avoue cependant que ceux de Leonardo sont incomparables. C'est lui qui a dessiné votre toilette, je suppose ?

— Oui... Il me fait toujours des robes simples.

— Cela prouve qu'il vous connaît bien.

— Vous êtes bouleversée, dit Eve tout à trac. Qu'est-ce qui ne va pas ?

— Un léger mal de tête, voilà tout. Je me suis réfugiée ici un moment, j'avais besoin d'un peu de calme.

Mira se détourna et, penchée vers le miroir, se refarda les lèvres.

— Je vous ai vue discuter avec Cagney. Plus exactement, il parlait et vous l'écoutiez. Il vous a mise dans tous vos états. Pourquoi ?

— Nous ne sommes pas dans une salle d'interrogatoire, répondit Mira d'un ton sec.

Elle ferma brièvement les paupières, soupira.

— Oh, pardonnez-moi cette réflexion désobligeante ! J'admets que je suis... perturbée. Et je pensais être capable de le dissimuler.

— J'ai le sens de l'observation, rétorqua Eve en esquissant un sourire. Rassurez-vous, vous n'avez pas l'air ravagé. Vous êtes parfaite, comme toujours.

— Vraiment ?

Mira s'étudia dans le miroir. Elle ne voyait que les défauts de son visage, les égratignures du temps. Une femme coquette ne remarquait que cela, songea-t-elle. Malgré tout, elle était flattée – et un brin confuse – qu'Eve la trouve parfaite.

— Pourtant, juste avant votre arrivée, j'étais en train de me dire qu'un traitement complet dans un salon de beauté ne serait pas du luxe.

— Je ne parlais pas seulement de votre apparence physique, mais de votre attitude. Si je suis indiscrète, envoyez-moi sur les roses, mais si votre tristesse a un rapport quelconque avec Cagney et notre affaire, je veux en connaître la raison.

— Colin est un vieil ami.

Mira leva les yeux vers Eve.

— À une époque, nous étions plus que des amis.

— Ah... bredouilla Eve, atrocement embarrassée.

Pour se donner une contenance, elle ouvrit sa pochette de soirée, se rappela qu'elle n'y avait rangé que son automatique et son insigne, saisit une brosse au hasard et feignit de se recoiffer.

— Cela remonte à très longtemps, avant que je ne rencontre mon mari. Les années passant, nous sommes restés amis, quoique nous ne soyons pas vraiment proches. Chacun a suivi sa propre route. Mais nous avons eu une véritable histoire d'amour, Eve. Je n'ai pas jugé utile de vous en parler lorsque vous avez sollicité ma collaboration. Professionnellement, cela ne change rien pour moi. J'admets cependant que, sur un plan personnel, c'est assez... douloureux.

— Écoutez, si vous préférez vous retirer du jeu...

— Non, et je l'ai dit à Colin tout à l'heure. Il est très préoccupé par votre enquête, ce qui me semble compréhensible. Il sait que, tant que vous n'aurez pas bouclé cette affaire, vous les suspecterez, lui et ses confrères. Il souhaitait que je le tienne informé de mes découvertes et des vôtres ou, si je refusais, que je me dessaisisse du dossier.

— Il vous a demandé de lui communiquer des renseignements confidentiels ?

— Pas de manière aussi directe, répliqua vivement Mira. Il faut que vous compreniez, Eve. Il se sent responsable de ceux qui travaillent pour lui, avec lui. Il occupe un poste directorial, cela implique de nombreuses contraintes.

— Un ami ne vous aurait pas demandé d'enfreindre votre déontologie.

— Sans doute, mais il subit un terrible stress. La discussion que nous avons eue affectera notre amitié, si elle ne la brise pas. Je le regrette, cette idée me désole. Néanmoins, j'ai moi aussi des responsabilités.

Mira prit une inspiration, redressa les épaules.

— Compte tenu de ce que je viens de vous raconter, vous êtes en droit d'exiger que je confie le dossier à un autre profileur. Je n'en serai pas offensée.

Eve reposa la brosse à cheveux, dévisagea Mira.

— J'ai d'autres éléments pour vous, je vous les transmettrai demain. J'espère que vous pourrez me fournir un profil au début de la semaine prochaine.

Les yeux de la psychiatre s'embuèrent.

— Merci.

— Vous n'avez pas à me remercier. Je veux la meilleure, et vous êtes la meilleure. Au fait... ajouta Eve, pour juguler l'émotion qui la gagnait. Que savez-vous de la nièce ? Louise Dimatto ?

— Pas grand-chose. Elle est extrêmement intelligente, passionnée, et très indépendante.

— Je peux avoir confiance en elle ?

— Je crois, mais je vous le répète, je ne la connais pas très bien.

— Bon. Est-ce que je... je peux faire quelque chose pour vous ? bafouilla Eve.

Mira laissa échapper un petit rire qui sonnait comme un sanglot. Eve paraissait tellement terrifiée à l'idée qu'elle réponde « oui ».

— Non, merci de votre gentillesse. Je vais simplement rester ici un moment, au calme.

— Alors, je vous laisse tranquille.

Avant de franchir le seuil du boudoir, Eve se retourna.

— Si les soupçons se focalisent sur lui, vous serez capable de le supporter ?

— Si tel était le cas, cela signifierait qu'il n'est pas l'homme que je pensais connaître. Celui que j'ai aimé autrefois. Oui, Eve, je le supporterai.

Cependant, lorsqu'elle fut enfin seule, Mira ferma à nouveau les yeux et s'autorisa à verser quelques larmes.

10

L'intuition était une chose, les faits en étaient une autre. Que sa future consultante ait avec Colin Cagney d'étroits liens familiaux dérangeait fortement Eve. Aussi demanda-t-elle à son ordinateur, au début de la matinée, de lancer une recherche sur Louise Dimatto. Adossée à la fenêtre, les mains dans les poches, elle l'écouta débiter ses renseignements.

— *Dimatto, Louise Anne. 3452-100-34 FW. Née le 1er mars 2030 à Westchester, État de New York. Célibataire, sans enfants. Fille unique d'Alicia Cagney Dimatto et de Mark Robert Dimatto. Domiciliée au 23 Houston Street, appartement C, New York. Médecin généraliste au dispensaire de Canal Street, depuis deux ans. Diplômée de la faculté de médecine de Harvard, avec mention. A effectué son internat au Roosevelt Hospital...*

— Situation financière, coupa Eve qui, en entendant Connors entrer dans le bureau, lui jeta un regard distrait.

— *Recherche... Salaire annuel : trente mille dollars.*

— Une misère ! grogna Eve. Bon sang, elle gagne moins que moi ! Ce n'est pas avec cette poignée de cacahuètes qu'elle s'est offert les cailloux qu'elle avait aux oreilles.

— *Actions et placements divers. Revenus annuels supplémentaires : deux cent soixante-huit mille dollars environ.*

— Ah, je comprends mieux. Mais, avec tout cet argent, pourquoi ne vit-elle pas dans un bel appartement du centre-ville ?

— De nos jours, avec un quart de million de dollars, on ne fait plus grand-chose, plaisanta Connors en s'approchant de l'écran. Tu te renseignes sur notre jeune doctoresse ?

— Oui, elle sera là dans quelques minutes. Il faut que je décide si je la vire ou si je la garde.

Eve, les sourcils froncés, se mordillait les lèvres.

— Une fille de la bonne société qui a ses entrées au Drake, mais qui trime dans un dispensaire où elle soigne des pauvres pour quelques roupies. Ça ne te paraît pas bizarre ?

Connors s'assit sur le coin de la table.

— Je connais un certain flic qui a désormais des revenus plus que confortables, qui a ses entrées dans les hautes sphères de la planète et d'ailleurs, et qui pourtant continue à patrouiller dans les rues, souvent au péril de sa vie. Tout ça pour un salaire de misère.

Il s'interrompit.

— Ça ne te paraît pas bizarre ?

— C'est toi qui es richissime, pas moi.

— Non, ma chérie, tu l'es aussi. Peut-être Louise Dimatto ne s'intéresse-t-elle pas à l'argent, peut-être estelle simplement passionnée par son métier. Comme toi.

— Tu l'aimes bien.

— Au premier abord, oui. Et j'ai la conviction qu'elle t'est sympathique.

Eve réfléchit un instant.

— C'est possible, mais je ne sais pas comment elle réagira si son oncle se retrouve sur la sellette. Bah !... on verra bien. Ordinateur, sauvegarde les données et archive-les.

— J'ai les renseignements que tu m'as demandés hier, dit Connors en s'approchant d'elle, une disquette à la main. J'ignore s'ils te seront utiles. Je n'ai pas repéré de relation entre ton affaire et NewLife. Quant à Westley Friend, il ne semblait pas dissimuler quelque secret honteux. Il se consacrait à sa famille et à son travail.

— Plus on a d'éléments, plus on peut faire de recoupements. Merci pour ton aide.

— À ta disposition, lieutenant.

Connors lui prit les poignets, les serra doucement. Il sentit le pouls de sa femme battre plus vite, et il en fut heureux.

— Si je comprends bien, tu comptes travailler toute la journée ?

— J'en ai l'intention, oui. Et toi, tu ne vas pas au bureau ?

— Non, je reste ici. Nous sommes samedi.

— Oh, marmotta-t-elle, submergée par un sentiment de culpabilité, nous n'avions pas de projets pour le week-end, n'est-ce pas ?

Le sourire aux lèvres, il l'attira contre lui.

— Rien de précis, mais je peux en imaginer un pour occuper notre soirée.

— Ah oui ? répliqua-t-elle en se nichant dans ses bras. De quel genre ?

— Du genre inavouable. Où aimerais-tu aller, Eve chérie ? À moins que tu ne préfères que je te fasse la surprise ?

— Tes surprises sont toujours très agréables, soupira-t-elle. Connors, lâche-moi, tu m'embrouilles les idées.

— Tant mieux.

Il l'étreignit plus fort, l'embrassa avec fougue. Lorsque Louise, flanquée de Summerset, franchit le seuil de la pièce, elle s'arrêta net. La politesse eût exigé qu'elle toussote, manifeste sa présence. Mais elle était hypnotisée par le spectacle de ce couple tendrement enlacé, et rassurée de constater que le lieutenant Dallas, au caractère si abrupt, était dans l'intimité une femme de chair et de sang.

Ils formaient vraiment un merveilleux tableau. Lui, élégant, tout en noir, et elle, vêtue d'une chemise banale et d'un pantalon à la ceinture duquel était fixé un holster. Ils paraissaient coupés du monde, seuls dans leur bulle de lumière et de bonheur. Ce qui prouvait, songea Louise, que le mariage ne tuait pas fatalement la passion.

Ce fut Summerset qui émit une petite toux sèche.

— Je vous prie de m'excuser, mais le Dr Dimatto est là.

Eve sursauta, voulut s'écarter de Connors qui la retint. Chaque fois qu'elle tentait de le repousser en présence d'un tiers, il l'en empêchait. Elle s'efforça donc de dominer son embarras et de paraître naturelle, décontractée, alors que son cœur battait la chamade.

— Vous êtes ponctuelle, docteur, dit-elle d'une voix passablement éraillée.

— Toujours, lieutenant. Bonjour, Connors.

— Bonjour, rétorqua-t-il sans lâcher Eve. Pouvons-nous vous offrir un café ?

— Je ne refuse jamais un bon café. Vous avez une magnifique demeure.

— On s'en accommode en attendant de trouver quelque chose de plus grand, railla Eve.

Louise éclata de rire, posa sa mallette sur le sol. La lumière opalescente qui baignait la pièce alluma un reflet doré sur le pin's épinglé au revers de la veste de la doctoresse. Eve haussa les sourcils.

— Le Dr Wo et le Dr Vanderhaven arboraient le même emblème, hier soir.

Louise effleura distraitement la petite broche.

— La tradition. Depuis le début du siècle, l'habitude a été prise d'attribuer un caducée aux médecins qui avaient achevé leur internat. Je suppose que beaucoup de ces pin's ont échoué au fond d'un tiroir. Moi, j'aime le porter.

— Je vous laisse travailler, intervint Connors.

Il tendit une tasse de café à Louise, fixa sur Eve un regard brillant de désir.

— À plus tard, lieutenant, nous concrétiserons notre projet.

— D'accord, marmonna-t-elle, si troublée qu'il lui sembla sentir encore sur sa bouche les lèvres brûlantes de son mari.

Dès qu'il eut disparu dans la pièce contiguë et refermé la porte, Louise déclara avec un sourire :

— C'est le plus bel homme que j'aie vu de toute mon existence. J'espère que cette remarque ne vous offense pas ?

— La vérité n'est jamais offensante. Moi-même, j'en ai une à vous dire. Votre oncle figure parmi mes suspects. Pour l'instant, il m'est impossible de l'éliminer de ma liste. Cela vous pose-t-il un problème ?

Une expression irritée se peignit sur les traits de Louise.

— Ce ne sera pas un problème, parce que j'ai la certitude que vous le rayerez très vite de votre fameuse liste. Mon oncle et moi avons de nombreux sujets de discorde, mais il consacre tous ses efforts à préserver la qualité de vie de ses patients.

— Voilà un commentaire intéressant.

Eve se percha sur le coin de la table, croisa les bras, et dévisagea son interlocutrice. Il leur fallait se tester mutuellement pour pouvoir travailler ensemble.

— Pour lui, il ne s'agit pas de sauver des vies, voire de les prolonger ?

— Certains d'entre nous estiment que, sans un degré minimum de qualité, la vie n'est que souffrance inutile.

— C'est votre conviction ?

— Je m'emploie à soulager la souffrance.

Eve opina, but une gorgée de café et réprima une grimace. Il était froid.

— La plupart des gens considéreraient que le Brochet, par exemple, n'avait aucune qualité de vie. Il était malade, misérable, au bout du rouleau. Mettre fin à son calvaire aurait peut-être été un acte de charité.

Louise pâlit, cependant, son regard ne se troubla pas.

— Aucun médecin respectueux de la déontologie et conscient des devoirs de sa charge ne songerait à euthanasier un patient sans son consentement. « Je ne provoquerai jamais la mort délibérément. » Mon oncle a prononcé ce serment, il ne l'a jamais trahi.

— Nous verrons... En attendant, j'aimerais que vous jetiez un œil à la documentation et que vous me traduisiez ce jargon en termes compréhensibles pour quelqu'un qui n'est pas diplômé de la fac de médecine de Harvard.

Louise haussa un sourcil narquois.

— Vous avez pris des renseignements sur moi.

— Cela ne vous surprend pas, j'espère ?

— Non, répondit Louise en souriant. J'étais à peu près sûre que vous le feriez. Ce qui prouve que j'ai un bon instinct.

— Eh bien, mettons-nous au travail.

Au moment où toutes deux s'asseyaient devant l'écran, Peabody apparut, soufflant comme un phoque.

— Vous êtes en retard, remarqua Eve.

— Le métro... haleta-t-elle en ôtant son manteau couvert de neige. Je l'ai loupé... Quel temps de chien ! Lieutenant, par pitié... du café.

Eve se borna à indiquer l'autochef ; son communicateur bourdonnait.

— Dallas ! aboya-t-elle.

— Vous n'écoutez jamais vos messages ? lança Nadine d'un ton réprobateur. J'essaie de vous joindre depuis hier soir.

— J'étais de sortie, maintenant je suis là, alors arrêtez de rouspéter. Qu'est-ce que vous voulez ?

— Je vous demande officiellement une interview concernant le meurtre de Samuel Petrinsky et Erin Spindler.

Toutes deux savaient que les communications pouvaient être écoutées, et qu'elles devaient feindre d'aborder ce sujet pour la première fois. Elles avaient souvent joué à ce jeu-là.

— Le département de police n'a pas encore diffusé de communiqué sur ces deux affaires. L'enquête est en cours.

— D'après mes sources, ces crimes sont liés. Soit vous gardez le silence, et j'annonce à l'antenne ce que j'ai découvert, soit vous limitez les dégâts en m'accordant un entretien. À vous de choisir, Dallas.

Eve aurait pu louvoyer encore, cependant, elle estima qu'elle avait suffisamment donné le change.

— Aujourd'hui, je travaille chez moi.

— Parfait, je serai là dans vingt minutes.

— Ah non, pas de caméras sous mon toit ! s'écria Eve qui, sur ce point, était inébranlable. Je vous attends au Central dans une heure.

— Trente minutes.

— Une heure, Nadine. C'est à prendre ou à laisser, conclut Eve. Peabody, vous restez avec le Dr Dimatto. Je reviens dès que possible.

— La circulation est épouvantable, lieutenant, avertit Peabody, soulagée de ne pas avoir à ressortir. Les équipes de la voirie commencent à peine à déblayer les rues.

— J'adore l'aventure, grommela Eve.

Elle était dans le hall et saisissait sa veste, abandonnée comme d'habitude sur la rampe de l'escalier, lorsque le scanner près de la porte clignota.

— Tu nous quittes, lieutenant ?

Elle sursauta.

— Bon sang, Connors ! J'ai failli sauter au plafond. Tu m'espionnes, maintenant ?

— Quand je peux, oui. Mets un manteau, cette veste n'est pas assez chaude.

— Je vais au Central, je n'ai pas l'intention de rester dehors.

— Mets ton manteau, répéta-t-il, et les gants qui sont dans la poche. Je te fais préparer un 4 × 4.

Elle s'apprêtait à riposter, mais il avait déjà disparu.

— La barbe, bougonna-t-elle.

Elle manqua tomber à la renverse, lorsque le visage de son mari s'encadra à nouveau dans l'écran du scanner.

— Je t'aime aussi, dit-il avec un petit rire.

Eve hésita, faillit enfiler sa veste, par pur esprit de contradiction. Puis elle songea au manteau, si doux et si chaud. Après tout, elle ne se rendait pas sur la scène d'un crime, ce serait puéril de ne pas capituler – juste une fois. Elle revêtit donc le long manteau en cachemire sur son vieux pantalon et sortit sur le perron à la seconde même où un véhicule gris métallisé, flambant neuf, se rangeait au pied des marches.

Conduire un tel engin, aussi puissant qu'un tank, serait un vrai plaisir. Elle s'installa au volant, sourit en constatant que le chauffage fonctionnait déjà. Connors pensait à tout. Elle programma le pilotage manuel – qu'elle préférait de très loin à l'automatique –, empoigna le levier de vitesse et s'engagea dans l'allée.

Le 4 × 4 roulait sur la neige comme il l'eût fait sur de l'asphalte. Un bonheur.

Ainsi que l'avait annoncé Peabody, les conditions de circulation étaient abominables. Plusieurs voitures étaient abandonnées le long de la chaussée, renversées sur le côté. D'autres avaient embouti les rails de sécurité. Même les vendeurs ambulants, qui bravaient pourtant les pires intempéries pour gagner leur croûte, avaient pris un jour de congé. Les trottoirs étaient déserts, le ciel pareil à un lourd édredon qui étouffait les bruits du trafic aérien.

Eve avait l'impression d'évoluer dans l'un de ces objets anciens qu'elle avait vus chez des antiquaires – un globe renfermant un paysage figé où tourbillonnaient des flocons de neige.

Tout était blanc. Cela ne durerait pas, mais, pour l'instant, la ville paraissait immaculée, irréelle. Et il y régnait un silence tel qu'il en était angoissant.

Ce fut avec un certain soulagement qu'elle se gara dans le parking du Central, et retrouva le brouhaha, l'agitation de l'immeuble.

Comme elle avait plus d'une demi-heure devant elle avant l'interview, elle verrouilla la porte de son bureau – au cas où Nadine arriverait en avance, ce dont elle était bien capable – et appela Whitney à son domicile.

— Excusez-moi de vous déranger pendant votre journée de repos, commandant.

— Il me semble que c'est aussi votre jour de congé.

Il s'interrompit, cria :

— Mettez vos bottes, je vous rejoins dans quelques minutes ! Je parlais à mes petits-enfants, expliqua-t-il en souriant – lui qui souriait si rarement. Nous avons prévu une bataille de boules de neige.

— Je ne vous retiendrai pas longtemps, mais j'ai jugé nécessaire de vous prévenir : j'ai accepté d'accorder une interview à Nadine Furst. Elle m'a contactée ce matin chez moi. Elle a des informations sur Petrinsky et Spindler. J'ai pensé qu'il valait mieux faire une déclaration officielle, répondre à quelques questions, plutôt que de la laisser raconter n'importe quoi à l'antenne.

— Soyez coopérative, mais n'en dites pas trop. Nous pouvons être certains qu'ensuite les autres médias exigeront aussi des communiqués. Où en êtes-vous ?

— J'ai trouvé un médecin qui me servira de consultant sur les questions techniques. J'ai établi un lien possible avec deux autres meurtres, à Chicago et à Paris. J'attends que les inspecteurs chargés de ces enquêtes me transmettent les éléments dont ils disposent. McNab poursuit ses recherches sur des affaires comparables. Je creuse du côté de plusieurs chirurgiens – deux au moins – attachés à de grands établissements hospitaliers.

— Ne soyez pas trop bavarde avec la journaliste et envoyez-moi votre rapport aujourd'hui, chez moi. Nous discuterons de tout ça lundi matin.

— Très bien, commandant.

« Une bonne chose de faite, se félicita Eve en interrompant la communication. Maintenant, à nous deux, Nadine. »

Elle alla déverrouiller la porte et, pour tuer le temps, commença le rapport destiné à Whitney. Sitôt qu'elle entendit dans le couloir le martèlement de hauts talons, elle s'empressa de sauvegarder le document et de mettre son ordinateur en veille.

— Seigneur Dieu ! s'exclama Nadine, lissant de sa main fine ses cheveux parfaitement coiffés. Il n'y a que les fous pour sortir par un temps pareil. D'où je déduis que nous sommes timbrées, Dallas.

— Les flics n'ont pas peur du blizzard, ma chère. Rien ne fait obstacle à la loi.

— Ah ! voilà pourquoi j'ai croisé deux voitures de patrouille naufragées en pleine rue. J'ai écouté la météo avant de partir. Ils affirment que c'est la tempête du siècle.

— Encore une ! Il y en a eu des centaines depuis le début du siècle.

— C'est vrai, admit Nadine en déboutonnant son manteau, mais ils annoncent que ça va continuer demain, et que nous aurons près d'un mètre de neige. New York sera ville morte.

— Génial. D'ici demain soir, les gens s'égorgeront pour un rouleau de papier toilette.

— En ce qui me concerne, je vous garantis que je vais prévoir des réserves.

Nadine, qui ébauchait le geste d'accrocher son manteau à la patère où Eve avait suspendu le sien, poussa une nouvelle exclamation :

— Du cachemire, quelle splendeur ! Il est à vous ? Je ne vous ai jamais vue le porter.

— Jamais quand je suis en service, je craindrais de l'abîmer. Mais je vous rappelle que c'est le week-end et que je ne suis pas censée travailler. Dites-moi, Nadine, vous voulez parler de mode ou de meurtre ?

— Avec vous, le crime passe toujours avant les choses importantes.

Nadine caressa amoureusement le cachemire puis, avec un soupir de regret, se tourna vers son cameraman.

— Prends un plan de la fenêtre, pour que le public voie bien la neige et comprenne à quel point le flic que voici et l'admirable journaliste que voilà ont l'esprit de sacrifice.

Elle saisit son poudrier, vérifia son maquillage, sa coiffure. Satisfaite, elle s'assit et croisa ses longues jambes gainées de soie.

— Vous êtes hirsute, mais je suppose que vous vous en fichez.

— Dépêchons-nous d'en finir, bougonna Eve en se passant la main dans les cheveux – sa dernière coupe datait d'avant Noël.

— On y va. Souriez un peu, Dallas, sinon les téléspectateurs croiront que vous voulez les mordre. Le sujet sera diffusé au journal de midi, mais je vous préviens : la une sera réservée au mauvais temps.

À la télé, songea Nadine avec philosophie, on avait une conception de l'essentiel souvent discutable, mais il fallait bien l'accepter.

D'un geste, elle intima au cameraman de commencer à filmer, prit un air grave et attaqua :

— Ici Nadine Furst, en direct depuis le bureau du lieutenant Eve Dallas, au département de police. Lieutenant Dallas, je crois que vous enquêtez actuellement sur le meurtre d'un indigent. Pouvez-vous nous le confirmer ?

— Samuel Petrinsky, surnommé le Brochet, a effectivement été tué dans la nuit du 12 janvier. L'enquête suit son cours.

— Ce crime présente des caractéristiques inhabituelles, anormales.

— Aucun crime n'est normal.

— Sans doute, néanmoins, dans le cas qui nous intéresse, on a prélevé le cœur de la victime, qui n'a pas été retrouvé. Le confirmez-vous ?

— Disons que la victime a été découverte dans la cahute où elle dormait, et qu'elle est morte au cours d'une opération chirurgicale durant laquelle on lui a extrait un organe.

— Vous suspectez une secte ?

— Je n'éliminerai pas cette piste tant que je n'aurai pas la preuve qu'elle n'aboutit à rien.

— Vous cherchez du côté des trafiquants ?

— C'est aussi une piste à creuser.

Nadine se pencha, son avant-bras reposant sur sa cuisse.

— D'après mes sources, vous vous intéressez également à la mort d'une certaine Erin Spindler, assassinée à son domicile voilà quelques semaines. Ce n'est pas vous qui avez enquêté sur cette affaire. Pourquoi avez-vous demandé qu'on vous confie le dossier ?

— Étant donné les similitudes existant entre les deux homicides, il a paru plus rationnel qu'un seul et même individu soit responsable de l'enquête.

— Avez-vous établi le profil du ou des criminels ?

Eve marqua une pause. Elle avait atteint le point à partir duquel elle marcherait sur un fil tendu entre le devoir de réserve que lui imposait sa fonction et sa propre volonté de progresser, de jeter un pavé dans la mare.

— Compte tenu des éléments dont nous disposons, il semblerait que l'assassin ait une solide formation médicale.

— Ce serait un médecin ?

— Pas forcément, mais c'est une hypothèse que nous ne rejetons pas. Nous mettrons tout en œuvre pour arrêter le ou les meurtriers de Petrinsky et Spindler. Pour nous, il s'agit d'une priorité absolue.

— Vous avez des pistes ? insista Nadine.

Eve ne répondit pas immédiatement.

— Nous n'en négligeons aucune.

Elle accorda dix minutes supplémentaires à la journaliste, lui distillant habilement les informations qu'elle souhaitait l'entendre répéter à l'antenne. Les deux affaires étaient liées, le tueur avait une formation médicale, et Eve était résolue à le pincer.

— Bien, très bien ! conclut Nadine d'un ton satisfait. J'ai de la matière pour un bon sujet capable de rivaliser avec cette maudite tempête de neige.

Elle se tourna vers le cameraman, lui adressa un sourire enjôleur.

— Sois un amour, tu veux, descends envoyer tout ça à la chaîne. Je te rejoins dans le camion-régie.

Dès qu'il fut sorti, elle fixa sur Eve un regard aigu.

— Et officieusement, qu'est-ce que vous avez à me raconter ?

— Pas grand-chose de plus.

— Vous pensez que le tueur est un chirurgien. Un grand chirurgien.

— Encore faudrait-il que je le prouve. Pour l'instant, j'enquête.

— Mais pas du côté des sectes ou des trafiquants.

— En confidence, non. Je ne crois pas qu'il s'agisse d'un sacrifice à un quelconque dieu sanguinaire, ni que le meurtrier soit motivé par l'appât du gain. Si l'argent joue un rôle dans cette affaire, c'est un investissement à long terme. Continuez à fouiner, Nadine, et si vous trouvez quoi que ce soit d'intéressant, tenez-moi au courant. Je le confirmerai ou non, en fonction de ma marge de manœuvre.

Le marché était honnête, décréta Nadine. D'autant qu'Eve Dallas respectait toujours sa part du contrat.

— Et si je déterre un os que vous n'avez pas, et que je vous en fasse cadeau ? Que me donnerez-vous en échange ?

— Vous aurez l'exclusivité quand l'enquête sera bouclée, répondit Eve en souriant.

— C'est agréable de traiter avec vous, Dallas.

Nadine se leva, contempla la neige qui tombait audehors, tel un rideau blanc.

— J'ai une sainte horreur de l'hiver, soupira-t-elle, et sur ces mots, elle sortit.

Eve passa l'heure suivante à peaufiner son rapport pour Whitney. Elle en achevait la transmission, lorsqu'un bip retentit : les documents envoyés par Marie Dubois étaient arrivés.

Eve préféra en prendre connaissance avant de rentrer chez elle, où elle risquait d'être distraite. Il était plus de midi, quand elle eut terminé sa lecture et fourra la disquette dans son sac.

Elle regagna son 4 × 4 et se mit en route. Par précaution, elle activa le système radar. Les flocons, drus et serrés, recouvraient inlassablement le pare-brise. Elle n'y voyait rien et n'avait pas envie de tamponner une voiture accidentée.

De fait, elle faillit rouler sur un homme étendu sur la chaussée, face contre terre, à moitié enfoui sous la neige.

— Merde ! jura-t-elle en pilant net.

Ses roues avant s'arrêtèrent à quelques centimètres de la tête du type. Elle ouvrit la portière, se rua hors du véhicule. Elle empoignait son communicateur pour appeler une ambulance, lorsque l'homme bondit sur ses pieds et lui assena au visage un coup d'une telle violence qu'elle tomba à la renverse.

La colère qui l'enflamma lui fit presque oublier la douleur. Elle se redressa, les poings serrés.

— Tu dois être aux abois, mon vieux, pour essayer d'arnaquer les gens par un temps pareil. Et tu n'as vraiment pas de bol, parce que je suis flic.

Elle ébauchait le geste de saisir son insigne, quand elle le vit lever la main. Il tenait une arme semblable à celle qu'elle-même portait à la hanche.

— Lieutenant Dallas...

Elle connaissait les dégâts que causait une arme de ce calibre, elle avait déjà pris une balle dans le corps et ne souhaitait pas renouveler l'expérience.

Figée, elle l'étudia avec plus d'attention. Un droïde, réalisa-t-elle. Programmé pour l'agresser. Elle et uniquement elle.

— En effet, je suis le lieutenant Dallas. Et alors ?

— Je suis là pour vous faire une proposition.

La neige devait l'aveugler, lui aussi, pensa Eve. Avec un peu de chance, elle réussirait peut-être à lui sauter dessus et à détruire ses circuits électroniques.

— Une proposition ? Dépêchez-vous de m'expliquer ça avant qu'une voiture ne nous écrabouille.

— Vous devez abandonner votre enquête sur les affaires Petrinsky et Spindler dans les vingt-quatre heures.

— Ah oui ? le défia-t-elle, dédaigneuse, en reportant tout le poids de son corps sur la jambe droite et en fléchissant la gauche, afin d'être en position d'attaquer. Et pourquoi ferais-je une chose pareille ?

— Si vous refusez, vous serez éliminée ainsi que votre époux, Connors. Vous mourrez dans d'atroces souffrances. Certaines personnes, qui ont une connaissance approfondie du corps humain, déploieront tout leur savoir-faire pour que votre agonie soit le plus pénible possible. Je suis autorisé à vous décrire en détail comment ces personnes procéderont.

Mue par un instinct viscéral, elle s'avança.

— Ne touchez pas à mon mari !

Le droïde bougea la main qui tenait l'arme et leva l'autre pour empêcher Eve d'approcher encore.

La suite se déroula en une fraction de seconde.

Elle le frappa à l'avant-bras, le désarma puis, pivotant à demi, lui assena un coup de talon dans le tibia. Il recula, pas assez cependant pour permettre à Eve de dégainer.

Il se jeta sur elle, la fit tomber sur l'épais tapis de neige qui amortit quelque peu sa chute. Ils s'empoignèrent dans le silence cotonneux de la rue. Eve se battait comme une diablesse, muette, mais elle cracha un juron en sentant un goût de sang dans sa bouche. Il lui avait fendu la lèvre.

Elle le frappa à l'entrejambe, sans résultat. Par contre, un coup de coude à la gorge s'avéra plus efficace.

— Il te manque quelque chose, hein ? haleta-t-elle. Sans testicules, tu coûtais moins cher.

Elle réussit enfin à extirper du holster son arme dont elle pressa le canon sur le cou du droïde.

— Dis-moi, espèce d'ordure, qui est l'avare qui t'a programmé ?

— Je ne suis pas autorisé à vous livrer cette information.

Elle accentua la pression de son arme.

— Moi, je t'y autorise.

— Donnée incorrecte, articula-t-il, les yeux révulsés. Je suis programmé pour, dans de telles circonstances, m'autodétruire. Dix, neuf, huit...

— Bon Dieu !

Elle se dégagea et, dérapant sur la neige, courut se mettre à l'abri de l'explosion. Elle entendit le droïde compter : deux, un... La tête entre ses bras repliés, pour se protéger, elle se jeta à plat ventre sur le sol.

Il lui sembla que ses tympans éclataient, un souffle brûlant courut sur son corps, puis le calme revint.

Grimaçant de douleur, elle se redressa lentement, puis s'approcha du droïde. Il ne restait de lui que des morceaux de métal et de plastique éparpillés sur la neige noircie.

— Merde ! pesta-t-elle. Il n'y a plus rien à en tirer.

Le dos de sa main droite lui cuisait. Baissant les yeux, elle constata que son gant était largement déchiré, sa peau à vif. Écœurée, encore un peu sonnée, elle ôta ses deux gants et les lança au loin.

« Ne nous plaignons pas, se dit-elle en remontant dans le 4 × 4. Une étincelle aurait pu embraser ma superbe chevelure et, à l'heure qu'il est, je serais chauve comme un œuf. »

Elle appela le dispatching pour leur signaler l'incident, et leur demander de débarrasser la chaussée des vestiges carbonisés du droïde, puis reprit la direction de sa demeure. Lorsqu'elle parvint à destination, ses diverses plaies et bosses lui faisaient un mal de chien. Elle était d'une humeur massacrante.

— Lieutenant...

Summerset s'interrompit.

— Mais qu'avez-vous fait ? Votre manteau est dans un état pitoyable. Il était pourtant tout neuf, vous ne l'avez que depuis un mois à peine.

— C'est la faute de votre cher patron, il n'avait qu'à pas m'obliger à le mettre.

Elle ôta le vêtement sali, lacéré et brûlé par endroits. Furibonde, elle l'abandonna sur les dalles du hall et, cahin-caha, grimpa les marches de l'escalier.

Elle ne fut évidemment pas surprise de découvrir Connors qui l'attendait sur le palier.

— Le vieux corbeau s'est empressé de te dire que le manteau était fichu, naturellement !

— Il m'a seulement dit que tu étais blessée, rétorqua Connors d'un ton grave.

— Mon adversaire, lui, est en miettes. Il faudra le ramasser avec une pince à épiler.

Soupirant, il lui tendit un mouchoir.

— Ta lèvre saigne, ma chérie.

— Elle s'est rouverte parce que j'ai adressé la parole à Summerset. Je suis désolée pour le manteau, ajouta-t-elle en s'essuyant la bouche d'un revers de main.

— Heureusement que tu le portais, il t'a mieux protégée que ta veste.

Il l'attira contre lui et, tendrement, lui baisa le front.

— Viens, nous avons un médecin dans la maison.

— Dans l'immédiat, j'enverrais volontiers tous les médecins au diable.

— C'est là que tu les expédies toujours, observa-t-il en l'entraînant vers le bureau où Louise était encore au travail.

— Ils ne méritent pas mieux. J'ai accordé une interview à Nadine et, quelques minutes après sa diffusion, un droïde m'est tombé dessus. Hier soir, pendant la réception, j'ai dû faire peur à quelqu'un.

— Eh bien, dans la mesure où c'était ton intention, il me semble que tu as réussi ton coup.

— Oui, grommela-t-elle. En attendant, j'ai perdu une paire de gants, une fois de plus.

11

Dans l'après-midi, Eve s'enferma dans son bureau pour lire la documentation que Louise lui avait traduite en termes simples.

Pour résumer, les greffons artificiels – initialement mis au point par Friend et son équipe, puis perfectionnés au fil des années – ne coûtaient pas cher et fonctionnaient à la perfection. La transplantation d'organes humains n'avait pas ces qualités. Il fallait un donneur sur qui prélever un spécimen en bon état, compatible, ensuite le conserver dans la glace et le transporter jusqu'à l'hôpital où attendait le candidat à la greffe.

La reconstruction d'organes à partir des tissus du malade était plus avantageuse, puisqu'il n'y avait pas de risque de rejet, cependant le procédé était long et onéreux.

En outre, les donneurs n'étaient pas légion. Dans la plupart des cas, les organes en bon état provenaient d'accidentés de la route cliniquement morts – les familles en faisaient don ou les vendaient.

Les progrès de la science, d'après Louise, n'avaient pas que de bons côtés. Plus on prolongeait la durée moyenne de la vie, plus les donneurs devenaient rares. Quatre-vingt-dix pour cent au moins des transplantations réussies étaient pratiquées avec des substituts artificiels.

Certaines maladies, jadis incurables, pouvaient désormais être soignées. Les autres, qui étaient à un stade trop avancé et concernaient généralement les pauvres ou les marginaux, affaiblissaient trop le patient pour qu'on envisage une greffe d'organe humain. On avait donc recours, car c'était la seule solution, aux produits manufacturés.

« Mais pourquoi a-t-il tué pour prendre un spécimen inutile ? » se demanda Eve.

Entendant le pas de Connors, elle leva la tête.

— Après tout, c'est peut-être un dingue, doué pour la chirurgie, qui se croit investi d'une mission. Il veut peut-être simplement débarrasser le monde des créatures qu'il considère comme inférieures. Leurs organes sont pour lui des espèces de trophées.

— Il n'y a pas de lien entre les victimes ?

— Le Brochet et Spindler connaissaient le dispensaire de Canal Street. À part ça, il n'y a pas de point commun entre eux, ni avec les victimes de Chicago et de Paris. Tout ce qu'on peut dire, c'est qu'ils appartenaient à la même catégorie d'individus.

Eve, qui avait en mémoire l'affaire Leclerc, poursuivit :

— Le type de Paris était un toxico, il approchait des soixante-dix ans, et il n'avait apparemment pas de famille. Quand il en avait les moyens, il louait un taudis, sinon il dormait dans la rue. Il fréquentait un dispensaire de façon irrégulière ; il profitait du système pour qu'on lui fournisse des produits de substitution lorsqu'il n'avait pas le sou pour se payer ses doses. On ne distribue ces drogues qu'à ceux qui se soumettent à des examens. D'après son dossier médical, il souffrait d'une cirrhose du foie à un stade très avancé.

— Voilà donc ce qui les relie les uns aux autres.

— Un foie, un cœur, des reins. Il se monte une collection. Je suis certaine que la piste part d'un établissement hospitalier. Mais lequel ? Le Drake, la clinique Nordick, un autre hôpital... Je l'ignore.

— Un hôpital, ou plusieurs.

— J'y ai pensé, et cette hypothèse me déplaît fortement. Le type que je cherche occupe un poste haut placé. Il se sent à l'abri. Et il l'est.

Elle s'adossa à son fauteuil.

— Il est cultivé, prospère, extrêmement bien organisé. Il n'agit pas à la légère, Connors. Il était prêt à dégommer un flic pour protéger son entreprise. Je n'arrive pas à comprendre en quoi consiste cette entreprise, pourquoi il fait ça.

— Par plaisir ?

— Je ne crois pas.

Elle ferma les yeux, s'efforça de revoir par la pensée chacune des victimes.

— Non, il n'y a pas de jubilation perverse là-dedans. Il se comporte toujours en professionnel. Je présume qu'il en retire de la satisfaction, mais ce n'est pas ce qui le motive.

Connors se pencha, effleura la joue tuméfiée de sa femme.

— Cette affaire te démolit, lieutenant. Littéralement.

— Louise m'a sacrément bien raccommodée. Elle est moins horripilante que la plupart de ses collègues.

— Tu as besoin de te distraire, décréta-t-il. Sinon, lundi matin, tu n'auras pas les idées claires. Allons-y.

— Où ça ? s'étonna-t-elle. Au cas où tu ne l'aurais pas remarqué, ajouta-t-elle en désignant la fenêtre, il fait un temps à ne pas mettre un chien dehors.

— Justement, profitons-en. Nous allons faire un bonhomme de neige.

Il la surprenait toujours. Chez lui, c'était un don, mais cette fois elle en demeura interdite.

— Pardon ?

— J'avais pensé à un week-end à Mexico, mais... Quand aurons-nous à nouveau une occasion pareille ?

— Mais je n'ai jamais fait de bonhomme de neige !

— Moi non plus, et alors ? Nous ne sommes pas plus maladroits que les autres.

Elle ronchonna tant et plus. Pour finir, elle se retrouva dehors, emmitouflée dans une combinaison polaire. Le blizzard soufflait avec une telle violence qu'elle vacilla.

— Tu es complètement toqué, Connors. On n'y voit pas à deux pas.

— C'est fabuleux, non ?

Ravi, il la prit par la main et l'aida à descendre les marches du perron.

— Nous allons être ensevelis vivants, protesta-t-elle.

— À Dublin, quand j'étais gosse, il neigeait rarement. Nous n'avions que de la pluie. Allez, au travail ! Il faut un socle solide.

Eve, médusée, contempla un long moment son mari – cet homme du monde, si élégant dans sa combinaison noire – creuser avec ardeur.

— Tu veux un bonhomme parce que tu n'en as pas eu quand tu étais gamin ? C'est une revanche ?

Il leva la tête.

— Pas pour toi ? Nous n'avons rien eu quand nous étions gosses.

Elle ramassa distraitement une poignée de neige.

— On s'est déjà bien vengés de notre enfance, murmura-t-elle. Le socle devrait être plus large, ajouta-t-elle d'un ton autoritaire.

Souriant, il se redressa à demi, enserra entre ses mains gantées pleines de neige le visage d'Eve qui poussa un cri.

— Travaille ou tais-toi.

— Puisque c'est comme ça, je vais fabriquer mon propre bonhomme. Et je te garantis que le tien, à côté, sera ridicule.

— Ton esprit de compétition me fascinera toujours, ma chérie.

— N'essaie pas de m'amadouer avec des compliments, et prépare-toi à être ébloui !

Elle se choisit un emplacement un peu plus loin et s'attela à la tâche. Consciente de n'avoir aucun talent artistique particulier, elle déploya les qualités qu'elle savait posséder : l'énergie, la détermination et l'endurance.

La forme qu'elle modela était sans doute légèrement bancale, mais elle était énorme. Celle de Connors, constata-t-elle avec jubilation, avait une bonne trentaine de centimètres de moins.

Le vent lui mordait les joues, l'exercice lui détendait les muscles, le silence environnant l'apaisait. Il lui semblait évoluer dans un rêve merveilleux, où tout était blanc, où l'on n'entendait pas le moindre son.

— J'ai presque fini, mon vieux, et mon bonhomme est bâti comme une armoire à glace ! lança-t-elle à Connors. Je vais gagner !

Celui-ci recula pour examiner sa propre sculpture. Il sourit.

— J'avoue que je ne suis pas mécontent.

Eve jeta un coup d'œil par-dessus son épaule.

— Tu aurais intérêt à lui ajouter du muscle avant que le mien le dévore tout cru !

— Non, je crois que ce sera parfait.

Il attendit patiemment qu'Eve ait achevé de gonfler les pectoraux de son bonhomme et, foulant avec peine l'épais tapis immaculé, le rejoigne.

Elle s'immobilisa, les yeux étrécis.

— Tu lui as fait des seins.

— Ils sont beaux, non ?

Les poings sur les hanches, elle étudia la silhouette aux courbes voluptueusement féminines, que parachevait une poitrine de pin-up.

— Elle mènera ton grand costaud par le bout du nez.

— Espèce de pervers, bougonna-t-elle. Ces nichons sont énormes. Ils sont grotesques.

— Tout homme a ses fantasmes, ma chérie.

La boule de neige, bien compacte, l'atteignit entre les omoplates. Il pivota, un sourire carnassier aux lèvres.

— Voilà ce que j'espérais. Puisque tu as tiré la première...

Elle s'écarta d'un bond, ramassa une autre poignée de neige qu'elle lança avec la précision d'un joueur de baseball professionnel. Celle-là toucha Connors au cœur. Il salua la performance d'un hochement de tête, avant de riposter.

Les boules de neige se mirent à voler en tous sens, pareilles à des obus. Eve en reçut une à la tempe, qui lui fit pousser un glapissement strident. Elle repartit à l'attaque, avec cette volonté farouche qui la caractérisait ; elle aurait remporté la bataille, elle en était sûre, si le fou rire ne lui avait soudain coupé les jambes.

Elle riait tellement qu'elle en pleurait et s'étouffait. Du coup, elle s'étala de tout son long dans la neige et leva la main.

— Pouce ! Cessez le feu !

— Je n'ai pas bien compris, dit Connors, qui s'avança et se pencha sur elle. Tu as dit : « Je capitule » ?

— N... non, bredouilla-t-elle, hilare.

Comme elle ébauchait un mouvement pour se redresser, il la plaqua au sol.

— Monstre...

— Tu as perdu.

— Sûrement pas !

— Je crois que je domine la situation, lieutenant, rétorqua-t-il en lui bloquant néanmoins les poignets – il savait par expérience combien elle était rusée. Tu es à ma merci.

— Ah oui ? Tu te goures, mon vieux.

Elle lui sourit. Des paillettes irisées s'accrochaient aux cheveux de Connors qui s'échappaient de son bonnet noir couvert de neige.

— Tu as reçu une dizaine de balles mortelles. Tu es définitivement K.-O.

— Le souffle de vie qui me reste est suffisant pour te torturer, et te forcer à demander grâce.

Du bout de la langue, il effleura les lèvres de sa femme. Eve sentit un brouillard délicieux lui obscurcir l'esprit.

— Si tu as l'intention de faire ça ici... murmura-t-elle.

— Quoi donc ?

— Rien...

Elle chercha sa bouche. Aussitôt, le feu du désir se répandit dans son corps et, quand elle sentit Connors trembler, une joie sauvage l'inonda.

— Rentrons, dit-il d'une voix rauque.

— Caresse-moi...

Il fut tenté de la prendre là, dans la neige, de déchirer sa combinaison pour promener ses mains sur sa peau si douce. Glissant le bras sous ses reins, il l'assit sur le sol. Ils se regardèrent, surpris d'être passés en une fraction de seconde du rire à une émotion qui leur serrait le cœur.

Puis un sourire éclaira les yeux d'Eve.

— Connors ?

— Oui ?

— Rentrons. Ce monsieur et sa dame de neige ont besoin d'intimité.

— Tu as raison.

— Encore un instant.

Elle se lova contre lui, l'embrassa sur la bouche puis, d'un mouvement vif, lui fourra une poignée de neige dans le col de sa combinaison.

— Tricheuse ! protesta-t-il.

Elle se releva d'un bond.

— Tu n'auras qu'à te venger quand nous serons nus comme des vers.

— Tu peux y compter.

D'abord, ils se baignèrent dans la piscine. Là, dans les remous d'eau brûlante, Connors la couvrit de baisers et de caresses. Quand il la sentit au bord de l'orgasme, il la souleva dans ses bras, telle une naïade ruisselante, et l'emporta jusqu'à l'ascenseur.

— Et maintenant, au lit.

— Vite...

La tête nichée sur son épaule, elle lui mordillait le cou. Son cœur cognait si fort qu'elle craignait qu'il n'explose.

— Je t'aime, Connors.

Ces mots magiques, qu'elle prononçait si rarement, le transpercèrent. Bouleversé, il la coucha sur le grand lit, sous le dôme de verre tapissé de neige, qui diffusait dans la chambre une lumière irréelle.

— Redis-moi que tu m'aimes, souffla-t-il.

De ses mains tremblantes, il modelait le corps de sa femme, sculptait sa chair frémissante, goûtait la rosée qui emperlait sa toison.

Elle se tendit vers lui.

— Redis-moi que tu m'aimes, supplia-t-il, lorsqu'il la pénétra. Je veux l'entendre. Maintenant.

Griffant les épaules de son mari, elle plongea son regard dans ces yeux d'un bleu inouï qui étaient désormais son seul horizon.

— Je t'aime. Je n'aime que toi. Pour toujours.

Alors elle l'étreignit, de toutes ses forces, et s'abandonna au plaisir.

Un week-end avec Connors aurait fait fondre une statue de pierre.

Cet homme était incroyablement... inventif.

Elle avait prévu de passer son dimanche à travailler, mais avant même d'avoir pu réagir, elle s'était retrouvée dans la salle de réalité virtuelle, nue sur une plage crétoise. Comment se plaindre ? La mer était bleue, le sable fin et le soleil radieux. Et lorsque Eve avait découvert le somptueux pique-nique concocté par Connors, elle avait abdiqué et savouré son bonheur.

New York était enfoui sous un mètre de neige. Les brigades de police équipées de jet-skis patrouillaient pour éviter les pillages de magasins, les équipes d'urgentistes sillonnaient la ville à la recherche d'éventuels accidentés. Tous les autres fonctionnaires municipaux avaient reçu l'ordre de rester chez eux.

Dans ces conditions, autant lézarder sur une plage et se gaver de raisin juteux à souhait.

Le lundi matin, au réveil, Eve était dans une forme éblouissante. Tout en s'habillant, elle écouta les nouvelles. On annonçait que les artères principales de la cité étaient dégagées. Bien qu'elle n'en crût pas un traître mot, elle décida de courir le risque de prendre sa voiture pour se rendre au Central.

Elle boutonnait sa chemise, lorsque son communicateur bourdonna.

— Dallas.

— Ici le dispatching. On signale un homicide dans le Bowery. Des agents en uniforme sont déjà sur les lieux.

— Prévenez l'agent Delia Peabody que je passe la prendre. Je pars immédiatement.

Elle interrompit la communication, saisit son holster.

— Nom d'une pipe, il a recommencé ! dit-elle à Connors. Il s'est arrangé pour agir un jour où je suis de garde. Il me pousse à considérer ça comme une affaire personnelle.

— Sois prudente, lieutenant, rétorqua-t-il, tandis qu'elle sortait de la chambre. De toute façon, pour toi, c'est toujours une affaire personnelle, ajouta-t-il à mi-voix.

Eve ne fut pas enchantée d'apercevoir de loin, alors qu'elle roulait au pas sur la chaussée glissante, les agents Bowers et Trueheart. Elle s'obligea à inspirer à fond.

— Si vous sentez que je suis sur le point d'assommer cette mégère...

— Oui, lieutenant ? répliqua Peabody.

— Surtout, ne me retenez pas.

Eve se gara et descendit de la voiture. Ses bottes enfonçant dans la neige jusqu'à mi-mollet, elle s'avança, dardant sur Bowers un regard glacial.

— Agent Bowers... Votre rapport ?

— La victime est de sexe féminin. Âge indéterminé. On ne l'a pas identifiée.

Du coin de l'œil, Eve vit Trueheart ouvrir la bouche ; il garda cependant le silence.

— On l'a découverte dans sa cahute, comme le Brochet. Mais, cette fois, il y a beaucoup de sang. N'étant pas médecin, j'ignore si on lui a prélevé un organe et lequel.

Eve regarda autour d'elle. Derrière les barrières électroniques qui protégeaient le périmètre, une quinzaine de personnes maigres et pâles les observaient.

— Vous avez interrogé ces gens ?

— Non.

— Eh bien, faites-le.

Bowers intima d'un geste à Trueheart l'ordre d'aller questionner les badauds, puis suivit Eve qui s'approchait de la cabane.

— Je tiens à vous prévenir que j'ai déposé une autre plainte.

— Agent Bowers, ce n'est pas le moment d'aborder ce sujet.

— Vous n'avez pas le droit de m'appeler chez moi pour me menacer. Vous avez dépassé les bornes, Dallas.

Interloquée, Eve s'immobilisa pour scruter le visage de son interlocutrice. Elle y lut de la colère, certes, de la rancœur, mais aussi une certaine satisfaction.

— Je ne vous ai pas appelée, Bowers, ni chez vous ni ailleurs. Et je ne vous ai certainement pas menacée.

— J'ai les enregistrements comme preuves.

— Tant mieux pour vous.

Alors qu'Eve se remettait en marche, l'autre l'agrippa par le bras. Eve dut fournir un effort considérable pour ne pas lui écraser son poing sur la figure.

— Agent Bowers, nous sommes en service, et vous entravez mon enquête. Écartez-vous.

— Je veux que ce soit enregistré, dit Bowers en coulant un regard vers l'appareil miniature fixé au revers de la veste de Peabody.

L'excitation faisait trembler sa voix, elle avait de la peine à se contrôler.

— Je veux qu'il soit enregistré, répéta-t-elle, que je porte plainte contre vous et que, si vos supérieurs ne prennent pas les mesures qui s'imposent, je vous traînerai en justice, vous et le département de police.

— C'est noté, agent Bowers. Maintenant, reculez avant que je fasse valoir mes propres droits.

— Vous avez envie de me frapper, hein ? siffla Bowers dont les yeux, à présent, étincelaient. C'est de cette façon que les gens comme vous règlent les problèmes.

— Je vous accorde qu'il ne me déplairait pas de vous botter le derrière. Mais, dans l'immédiat, j'ai d'autres priorités. Puisque vous refusez d'exécuter mes ordres, je vous démets de votre mission. J'exige que vous quittiez immédiatement la scène du crime.

— Je ne m'en irai pas ! Je suis arrivée ici avant vous.

— Je viens de vous relever de vos fonctions.

Eve dégagea brutalement son bras.

— Ne vous avisez plus de me toucher, sinon je vous assomme, et ensuite, je demande à mon assistante de vous placer en garde à vue pour entrave au bon déroulement de mon enquête. Je vous concède que nous avons un fameux problème. Nous le réglerons plus tard. Vous pourrez choisir l'heure et le lieu. Mais ce ne sera pas ici, et pas maintenant. Fichez-moi le camp, Bowers.

Eve s'interrompit pour reprendre son souffle et juguler sa fureur.

— Peabody, avertissez le supérieur hiérarchique de l'agent Bowers que je l'ai relevée de ses fonctions et que je lui ai ordonné de quitter la scène du crime. Qu'on nous envoie un autre policier pour assister l'agent Trueheart.

— Si je m'en vais, je l'emmène !

— Bowers, si vous n'avez pas déguerpi dans trente secondes, vous serez placée en état d'arrestation. Peabody, escortez-la jusqu'à son véhicule.

— Avec plaisir, lieutenant. Vous partez sur vos deux pieds, Bowers, ou vous préférez que je vous traîne par les cheveux ?

— J'aurai sa peau, et la vôtre aussi !

Sur quoi, Bowers s'éloigna à grands pas.

— Ça ira, Dallas ? s'inquiéta Peabody.

— Je me sentirais beaucoup mieux si j'avais pu l'écrabouiller, marmotta Eve. Allons, elle nous a fait perdre assez de temps. Au boulot.

Elle s'accroupit et écarta les lambeaux de plastique qui servaient de porte à la cahute. Des mares de sang figées par le froid s'étalaient sur le sol. Eve empoigna son kit de terrain, enduisit ses mains et ses bottes de Seal-It.

— Sujet de race noire, âgé de quatre-vingt-dix à cent dix ans. Large plaie à l'abdomen qui semble avoir provoqué une hémorragie massive et entraîné la mort. Aucun signe visible de lutte ou d'agression sexuelle.

Elle pénétra plus avant dans la cabane, sans se soucier du sang qui souillait le bas de son pantalon.

— Peabody, prévenez Morris. Je tiens à ce que ce soit lui qui l'examine. Je crois qu'on lui a enlevé le foie. Bon Dieu ! Cette fois-ci, notre homme a été moins minutieux. Il ne s'est pas donné la peine de ligaturer les veines et les artères.

La victime portait encore ses chaussures, nota Eve. Ces gros godillots noirs que les refuges municipaux distribuaient aux sans-abri. Une minichaîne et une bouteille d'alcool de contrebande, pleine, étaient posées près du mince matelas.

— Pas de vol, déclara Eve. Compte tenu de la température ambiante, la mort a dû se produire aux environs de 2 h 30.

Glissant la main sous le matelas, elle en extirpa une licence de mendiante, expirée depuis un certain temps.

— Identité de la victime : Jilessa Brown, quatre-vingt-dix-huit ans, sans domicile fixe.

— Lieutenant, vous vous poussez un peu que je puisse filmer le corps ?

En se déplaçant, Eve mit le pied dans une flaque de sang et entendit crisser sous sa semelle un minuscule objet en métal.

Un pin's doré.

Deux serpents entrelacés et sanglants.

— Regardez ce que nous avons là, murmura-t-elle. Peabody, enregistrez : un pin's en or, à l'agrafe apparemment brisée, découvert près de la hanche droite de la victime. Il s'agit d'un caducée, l'emblème des médecins.

Elle le glissa dans un sachet en plastique.

— Oui, cette fois, il a vraiment bâclé le travail. Pourquoi ? Parce qu'il s'en moquait, qu'il était furieux ou, simplement, pressé ?

Eve sortit de la cahute à reculons.

— Voyons si Trueheart a des informations.

Tout en s'essuyant les mains, Eve écouta Trueheart lui faire son rapport.

— On l'appelait Honey. Les gens l'aimaient bien, elle était très maternelle. Les personnes que j'ai interrogées n'ont rien vu. La neige a cessé vers minuit, mais il faisait un froid de loup. Ils se sont tous mis à l'abri sous des bâches et des cartons.

— Nous ne trouverons aucune empreinte, rétorqua-t-elle en examinant la neige sale, piétinée, qui couvrait le sol. Trueheart, je n'ai pas de conseils à vous donner, mais à votre place, dès mon retour au poste, je demanderais à travailler sous les ordres d'un autre instructeur. Dès que les choses seront un peu calmées, je vous appuierai pour qu'on vous affecte au Central. À moins que cela ne vous convienne pas ?

— Au contraire, lieutenant. Je vous suis infiniment reconnaissant.

— Il n'y a pas de quoi. Au Central, on ne rigole pas tous les jours.

Elle pivota.

— Peabody, avant de retourner au bercail, on s'arrêtera au dispensaire de Canal Street, histoire de vérifier si Jelissa Brown le fréquentait.

Louise, ce jour-là, était de sortie. Elle sillonnait les rues dans le camion-infirmerie, afin de soigner sur place les indigents souffrant de gelures et autres maux dus au froid. Le collègue qui la remplaçait au dispensaire avait l'air d'un adolescent qui aurait pu jouer au docteur avec sa petite amie, sur la banquette arrière de la voiture paternelle.

Il déclara néanmoins à Eve que Jelissa Brown n'était pas seulement une fidèle patiente du dispensaire : tout le monde l'adorait.

« Une habituée, songea Eve tout en roulant vers le Central. Une femme qui venait là au moins une fois par semaine, juste pour le plaisir de passer un moment dans la salle d'attente, de bavarder et de chiper quelques sucettes, dans la corbeille destinée aux enfants. »

D'après le jeune médecin, elle était toujours gaie, aimable, et se serait damnée pour une friandise. Atteinte durant sa petite enfance d'un problème cérébral mal traité, elle avait des difficultés à s'exprimer et l'âge mental d'une fillette de huit ans.

Elle était absolument inoffensive. Et, depuis six mois, on la soignait pour un cancer du foie.

Avec un peu de chance, on aurait pu stabiliser son état, voire espérer une rémission.

Mais, à présent, Jelissa était morte.

Quand Eve entra dans son bureau, le voyant indiquant qu'elle avait des messages clignotait. Elle n'y prêta pas attention et contacta Feeney.

— J'en ai une autre.

— Je suis au courant. Les nouvelles vont vite.

— J'ai découvert un pin's sur les lieux – un caducée. Je l'ai apporté au labo, je n'ai pas lâché Dickhead avant qu'il ait vérifié que c'était bien de l'or. Tu peux me chercher qui commercialise ce genre de babiole ?

— Je m'y mets. Tu as parlé à McNab ?

— Pas encore. Pourquoi ?

Il soupira, Eve l'entendit fourrager dans le paquet d'amandes dont il ne se séparait jamais.

— Une affaire qui date de six mois. Un junkie londonien. Il était mort depuis plusieurs jours quand on l'a trouvé dans le taudis qu'il habitait. Il lui manquait les reins.

— Comme Spindler. Mais aujourd'hui, il y avait du sang partout. Soit il était pressé, soit il n'en a plus rien à foutre. Je contacte McNab pour avoir les détails.

— Il vient te voir. Tu lui donneras le pin's, je m'en occuperai.

— Merci.

Elle interrompait la communication, lorsque la sonnerie retentit à nouveau.

— Dallas.

— Je vous attends dans mon bureau, lieutenant. Tout de suite.

« Encore un coup de Bowers », pensa Eve qui se borna à opiner.

— Bien, commandant.

En sortant, elle héla Peabody.

— McNab arrive, il a des informations sur une possible victime de notre assassin. Voyez ça avec lui.

— D'accord, lieutenant, mais...

Peabody s'interrompit, jugeant que le moment était mal choisi pour se plaindre. Pestant entre ses dents, elle rassembla ses documents et se rua dans le bureau d'Eve. Si elle n'occupait pas la place avant que l'insupportable McNab ne débarque, il lui piquerait le fauteuil.

Whitney ne fit pas attendre Eve. De sa voix de stentor, il la pria d'entrer. Il trônait derrière sa table, les mains jointes, le visage impassible.

— Lieutenant, vous avez eu une nouvelle altercation avec l'agent Bowers.

— En effet, commandant. Tout a été enregistré ce matin même, sur la scène du crime.

Bon Dieu, elle détestait ce genre d'entretien. Elle avait l'impression d'être une mauvaise élève face au principal du collège.

— Elle a fait preuve d'insubordination, elle s'en est prise physiquement à moi, aussi lui ai-je ordonné de quitter les lieux.

Il hocha la tête.

— Vous ne pouviez pas gérer la situation de façon différente ?

Ravalant la riposte qui lui montait aux lèvres, Eve extirpa une disquette de son sac.

— Tout est là, commandant. Vous visionnerez le film, ensuite, vous me direz si je pouvais réagir autrement.

— Asseyez-vous, Dallas.

— Si je dois être blâmée pour avoir exécuté mon travail, je préfère rester debout.

— Il ne me semble pas vous avoir blâmée, lieutenant. Bowers avait déjà déposé une autre plainte avant le petit incident de ce matin. Elle affirme que vous l'avez appelée chez elle samedi soir et que vous l'avez menacée.

— C'est faux, commandant.

Malgré la colère qui bouillait en elle, Eve s'efforça de garder son calme.

— Je l'ai menacée – en admettant qu'il s'agisse bien d'une menace – face à face, parce qu'elle m'avait provoquée. Cette disquette vous le confirmera.

— En guise de pièce à conviction, elle présente une copie de la communication. Sa correspondante déclare être Eve Dallas.

Eve se raidit.

— Vous avez mon empreinte vocale. Je demande à ce qu'elle soit comparée à celle de l'enregistrement.

— Très bien. Dallas, asseyez-vous, s'il vous plaît.

Elle hésita, puis obtempéra.

— Les empreintes ne correspondront pas, j'en suis convaincu. Mais Bowers continuera à vous chercher des noises, je n'en doute pas non plus. Soyez assurée que le département vous soutiendra.

— Vous m'autorisez à parler franchement ?

— Bien sûr.

— Cette femme ne devrait pas porter l'uniforme. Elle est dangereuse, commandant. Ce n'est pas un avis personnel, mais professionnel.

— Je ne suis pas loin de le partager, cependant, les choses ne sont pas toujours aussi simples qu'elles le paraissent. Ce qui m'amène à un autre problème. Ce week-end, le maire m'a contacté. Le sénateur Brian Waylan lui a demandé de faire en sorte que vous soyez dessaisie de l'enquête.

Eve bondit sur ses pieds.

— Qui est ce Waylan ? Pourquoi un politicien se mêle-t-il de mes oignons ?

— Waylan est un fidèle supporter de l'Association américaine de médecine. Son fils, qui est médecin, travaille à la clinique Nordick de Chicago. Il considère que votre enquête, et l'intérêt qu'elle suscite auprès des médias, jette le discrédit sur le corps médical. Qu'elle risque de déclencher de terribles remous. L'AAM est inquiète, et prête à financer sa propre investigation.

— Je ne m'étonne pas qu'ils aient la frousse, car il est évident que l'assassin est l'un des leurs. Mais je ne renoncerai pas à mon enquête, commandant. J'irai jusqu'au bout.

— Il vaut mieux pour vous ne pas compter, désormais, sur la coopération de la communauté médicale. De même, il est vraisemblable que le département subira des pressions politiques.

Il eut un rictus méprisant, avant de poursuivre :

— Je veux que vous me boucliez cette affaire, Dallas, et vite. Je ne tiens pas à ce que des soucis... personnels vous perturbent. Je vous demande donc instamment de laisser vos supérieurs régler le problème Bowers.

— J'ai le sens des priorités, commandant.

— Parfait. Jusqu'à nouvel ordre, ne livrez aucune information aux médias. Vous coderez toutes les données dont vous disposez.

— Vous craignez qu'il n'y ait des fuites au sein du département ?

— Je pense qu'à Washington, on s'intéresse beaucoup trop à nous. Constituez une équipe et travaillez en code 5, ordonna-t-il, signifiant ainsi qu'aucun autre service n'aurait accès aux rapports classés top secret.

12

— Je peux lancer un calcul de probabilités à la DDE en moins de temps qu'il vous faudra pour stopper le hoquet de cette machine antédiluvienne.

— Nous ne sommes pas à la DDE, McNab.

— Ah bon ? Je ne m'en étais pas rendu compte. Je vous signale que si vous voulez une recherche complète sur la victime londonienne, je dois m'en charger. C'est moi, l'inspecteur spécialisé en informatique.

— Et moi, je suis l'assistante du lieutenant responsable de l'enquête. Arrêtez de m'enquiquiner.

— Vous sentez drôlement bon, poupée.

— Si vous continuez, vous n'aurez bientôt plus de nez pour renifler mon parfum.

Eve, immobile sur le seuil du bureau, leva les yeux au ciel. Ah, elle était belle, son équipe ! Deux affreux jojos qui se chamaillaient dès que maman avait le dos tourné.

Ils se regardaient en chiens de faïence lorsqu'elle pénétra dans la pièce. Surpris, ils rectifièrent aussitôt la position et arborèrent un air angélique.

— La récréation est terminée ! aboya-t-elle. Retrouvez-moi dans la salle de réunion, et fissa. J'ai prévenu Feeney, il arrive. Je veux que toutes les données dont nous disposons sur les différentes affaires soient analysées et recoupées dans les heures qui viennent. Il faut coffrer ce salaud avant qu'il ajoute une pièce supplémentaire à sa collection.

Dès qu'elle fut ressortie, un grand sourire éclaira la figure de McNab.

— J'adore travailler avec elle ! Vous croyez qu'on établira notre quartier général dans le bureau de son domicile ? Ça me plairait, Connors a un matériel du tonnerre. Des joujoux fabuleux.

Peaoby émit un reniflement dédaigneux, rassembla à la hâte disquettes et documents.

— On s'installera où le lieutenant nous dira de nous installer.

Elle se leva du fauteuil, son bras heurta celui de McNab. Les nerfs en pelote, elle détourna la tête pour ne pas croiser le regard vert, pétillant de malice, de son collègue.

— Vous me barrez le passage, McNab.

— C'est fait exprès. Comment va Charlie ?

Elle compta jusqu'à dix pour ne pas hurler, puis répondit :

— Charlie va bien et, de toute façon, ça ne vous concerne pas. Maintenant, bougez vos fesses de là.

Il obtempéra, et elle s'arrangea pour lui assener au passage un coup de coude vicieux dans le flanc. Il réprima une exclamation, se massa les côtes.

— Pour vous, jolie poupée, je bougerais volontiers mes fesses et tout le reste, bougonna-t-il. Dieu sait pourquoi, d'ailleurs !

Eve arpentait la salle de réunion, ponctuant chaque pas d'un épouvantable juron. Elle s'efforçait de chasser Bowers de son esprit et, pour accroître l'efficacité de l'exercice, elle se représenta l'insupportable harpie enfermée dans une cellule ténébreuse, souterraine de préférence, avec pour seule nourriture un quignon de pain rassis que lui disputait une bande de rats affamés.

Ce tableau la réconforta. Elle avait presque recouvré son calme lorsque les membres de son équipe la rejoignirent.

— Peabody, établissez une carte géographique situant les diverses scènes du crime.

— Bien, lieutenant.

— McNab, expliquez-moi où vous en êtes.

— Eh bien, voilà, je...

— Et soyez concis, s'il vous plaît, coupa Eve, ce qui fit ricaner Peabody.

— Oui, lieutenant, rétorqua-t-il, piqué. J'ai établi la liste des hôpitaux et des centres de recherche, dans les villes qui nous intéressent. Je vous l'affiche sur l'écran central. J'ai fait des recoupements avec votre liste, celle des meilleurs chirurgiens new-yorkais. Vous constatez que tous sont en rapport avec au moins un des autres établissements. Je n'ai répertorié que trois cents chirurgiens environ, spécialistes de la transplantation d'organes et capables d'avoir réalisé l'opération qu'ont subie les victimes.

Il s'interrompit, assez fier de la clarté et de la brièveté de son exposé.

— Je continue mes recherches sur les crimes similaires. Ça prend du temps, car les policiers qui ont enquêté sur ces affaires n'ont pas suivi la piste que nous avons privilégiée.

Il n'en pouvait plus d'être debout, au garde-à-vous. Il s'assit sur le coin de la table, croisa à hauteur des chevilles ses bottes vertes à semelles aérodynamiques.

— J'ai l'impression que certains enquêteurs ont enterré les dossiers en se disant que tout le monde se fichait que des indigents se fassent trucider dans la rue. Je suis donc obligé de fureter dans tous les coins. Je tombe essentiellement sur des meurtres perpétrés par des sectes, ou des crimes passionnels. J'ai notamment un paquet de castrations pratiquées à domicile par une concubine ou une épouse folle de rage. Je n'imaginais pas que les femmes soient à ce point des maniaques du sécateur. Les coureurs de jupon ont intérêt à se tenir à carreau. Depuis trois mois, on dénombre six eunuques de plus en Caroline du Nord. C'est une espèce d'épidémie.

— Vous êtes captivant, ironisa Eve. Mais, dans l'immédiat, je suggère de nous focaliser sur les organes internes. Réduisez-moi cette liste, ajouta-t-elle en désignant l'écran. Je veux un établissement hospitalier par ville, qui corresponde à nos critères.

— Il suffit de demander, lieutenant.

À cet instant, Feeney apparut, son sachet d'amandes à la main.

— Salut, Feeney. Tu as quelque chose concernant le pin's ?

— Trois magasins new-yorkais vendent ce modèle en or de dix-huit carats. La bijouterie du Drake Center, Tiffany's sur la 5e Avenue, ainsi que DeBower.

Il goba machinalement une poignée d'amandes.

— Le modèle de dix-huit carats coûte environ cinq mille dollars. La plupart des hôpitaux chic traitent avec Tiffany's. Ils achètent les pin's en gros pour les distribuer aux étudiants qui ont achevé leur internat. Ils leur en offrent un en or ou en argent, en fonction des notes qu'ils ont obtenues. L'an passé, Tiffany's en a écoulé soixante et onze en or, quatre-vingt-seize en argent. Quatre-vingt-douze pour cent ont été directement livrés aux hôpitaux.

— D'après Louise, la plupart des médecins ont ce pin's. Mais tous ne le portent pas. Je l'ai vu sur Tia Wo, Hans Vanderhaven... et sur Louise, marmonna Eve, les sourcils froncés. Il faut vérifier si quelqu'un n'aurait pas récemment perdu le sien. Restez en contact avec les trois magasins. Celui qui a égaré son caducée voudra peut-être en racheter un autre.

Fourrant les mains dans ses poches, elle se tourna vers le tableau.

— Avant que nous commencions, je dois vous prévenir que le commandant nous interdit formellement toute relation avec les médias. Pas d'interviews, aucun commentaire. Nous sommes en code 5, toutes les données que nous réunirons seront chiffrées et classifiées.

— Il y aurait des fuites dans notre beau bâtiment ? s'étonna Feeney.

— Ce n'est pas impossible. En tout cas, il y a des pressions politiques émanant de Washington. Feeney, que peux-tu dénicher sur Waylan, sénateur du Maryland, sans alerter son staff ?

Un sourire matois se peignit sur le visage raviné de Feeney.

— Oh ! je peux tout savoir ou presque, y compris la taille de ses caleçons.

— Je parierais qu'il a un gros derrière et un petit zizi, railla-t-elle. Bon, je vous résume mon point de vue, poursuivit-elle en s'approchant du tableau sur lequel étaient fixés plusieurs clichés. Notre homme est un collectionneur. Pour le plaisir, pour le fric, parce qu'il se croit au-dessus des lois ? Je l'ignore. Toujours est-il qu'il collectionne systématiquement des organes défectueux. Il ne les laisse pas sur place. Dans un cas au moins, nous savons qu'il était muni d'un container, et nous pouvons raisonnablement en déduire que, les autres fois, il l'avait aussi. S'il prend la peine de préserver les organes dans une glacière servant à les transporter, il doit donc avoir un endroit pour les stocker.

— Un laboratoire, suggéra Feeney.

— Ça semble logique. Un labo privé, peut-être, qu'il a aménagé chez lui. Comment trouve-t-il ses victimes ? Il les repère bien avant de les tuer. Ces trois-là vivaient à New York et fréquentaient, peu ou prou, le dispensaire de Canal Street. Il avait accès à leur dossier médical. Par conséquent, soit il a des liens professionnels avec le dispensaire, soit il a quelqu'un dans les lieux qui lui fournit les renseignements dont il a besoin.

— Ça pourrait être un flic, murmura Peabody.

Lorsque tous les regards convergèrent vers elle, elle rougit comme une pivoine.

— C'est-à-dire que... bredouilla-t-elle.

Elle se racla la gorge.

— Les membres de la brigade des éboueurs connaissent les indigents. Si on admet l'idée qu'il y a des fuites au sein du département, on devrait peut-être se demander si la taupe ne donne pas des tuyaux à l'assassin.

— Vous avez raison, acquiesça Eve après réflexion.

— Bowers travaille dans le secteur où on a découvert deux des victimes, fit McNab, surexcité. Cette bonne femme est complètement dingue. Je peux éplucher son dossier – professionnel et personnel.

— Hmm...

Pensive, Eve alla se camper devant la fenêtre, cligna des yeux, aveuglée par la réverbération du soleil sur la neige. Si elle ordonnait une investigation sur Bowers, elle serait obligée de passer par la voie hiérarchique, et sa démarche risquait d'être interprétée comme du harcèlement.

— On peut mettre la DDE sur le coup, déclara Feeney qui avait compris son dilemme. Je signerai la requête, ton nom n'apparaîtra pas.

— Je suis responsable de l'enquête, objecta Eve avec cette droiture qui la caractérisait. C'est moi qui donne les ordres, et moi qui les assume. Mettez-vous tout de suite au boulot, McNab, ne perdons pas de temps.

— Bien, lieutenant ! s'exclama-t-il en se ruant sur l'ordinateur.

— L'enquêteur de Chicago ne coopérera pas, poursuivit-elle. Nous allons attendre le dossier de Londres, mais d'ici là nous avons largement de quoi nous occuper. Peabody, que savez-vous de la politique ?

— C'est un mal nécessaire qui, souvent, est synonyme de corruption et de dilapidation des biens publics. Nous autres, partisans du Free Age, nous n'apprécions pas beaucoup la politique. Mais, pour ce qui est des manifestations non violentes, nous sommes des champions, conclut Peabody avec un petit sourire narquois.

— Oubliez un peu vos théories philosophiques, et creusez du côté de l'AAM. Cherchez si, là aussi, il n'y aurait pas de la corruption et des magouilles. Je vais secouer les puces à cet imbécile de Chicago et voir si Morris a terminé l'autopsie de Jilessa Brown.

De retour dans son bureau, elle contacta Chicago. Une fois de plus, Kimiki était injoignable. Furieuse, elle décida de s'adresser directement à son supérieur.

— Lieutenant Sawyer, annonça une voix grave.

— Lieutenant Dallas, département de police de New York, rétorqua-t-elle d'un ton sec, tout en détaillant l'homme qui venait d'apparaître sur l'écran de son vidéocom.

Il avait une longue figure émaciée, le teint olivâtre, des yeux gris foncé, et des lèvres si minces qu'elles semblaient avoir été dessinées d'un trait de crayon. Tout en lui respirait la lassitude.

— Je travaille sur plusieurs homicides qui paraissent avoir un lien avec une affaire que vous avez traitée.

Elle lui résuma la situation, vit une ride s'imprimer entre les sourcils de son interlocuteur.

— Un instant, New York.

Il obscurcit l'écran. Eve tambourina sur la table, comptant les minutes. Quand son correspondant reparut enfin, il arborait une expression impassible.

— Je n'ai pas reçu de requête officielle pour une transmission de données. L'affaire à laquelle vous faites allusion a été classée sans suite.

— Écoutez, Sawyer, j'en ai discuté avec votre enquêteur voilà plus d'une semaine. Je vous certifie que j'ai envoyé une requête officielle. J'ai trois cadavres sur les bras, ici à New York, et la preuve que ces crimes ont un rapport avec celui qui a eu lieu à Chicago. Vous voulez mettre le dossier à la poubelle ? D'accord, mais jetez-le dans *ma* poubelle. Je vous demande simplement un minimum de coopération. J'ai besoin de ces renseignements.

— L'inspecteur Kimiki est actuellement en congé. À Chicago aussi, on a notre lot d'homicides. Votre demande a dû se noyer dans la paperasse.

— Vous allez la repêcher ?

— Vous aurez tout dans une heure. Je vous prie d'excuser ce retard, et je m'occupe personnellement de vous transmettre les dossiers.

— Merci.

« Une bonne chose de faite », songea Eve. Elle interrompit la communication et appela aussitôt Morris. En la voyant sur son écran, il protesta :

— Ce n'est pas encore prêt, Dallas ! Je n'ai que deux mains.

— Donnez-moi un aperçu.

— Elle est morte.

— Vous êtes tordant, Morris.

— J'essaie juste de vous dérider. La mort a été provoquée par la plaie à l'abdomen, lequel a été incisé avec un bistouri au laser, manié de façon magistrale – comme précédemment. La victime a été anesthésiée. Dans ce cas, néanmoins, la plaie n'a pas été clampée, ce qui a entraîné une hémorragie massive. On a prélevé le foie. Cette femme souffrait d'un cancer qui avait probablement affecté l'organe. Mais elle était soignée et, si elle présentait les lésions caractéristiques de la maladie à un stade avancé, certains tissus étaient en assez bon état. Le traitement ralentissait le processus. Avec des soins constants, elle aurait pu s'en tirer.

— L'incision est comparable aux autres ?

— Elle est nette, impeccable. Là aussi, il a pris son temps. À mon avis, il s'agit du même assassin. Cependant, certains détails ne collent pas avec les crimes précédents.

Il n'a pas peaufiné le travail, et cette femme n'était pas sur le point de mourir. Elle avait encore une dizaine d'années à vivre, peut-être davantage.

— Très bien. Merci, Morris.

Eve s'adossa à son fauteuil, ferma les yeux pour mieux réfléchir. Elle sursauta en entendant quelqu'un entrer dans son bureau.

— Désolé d'interrompre ta sieste, s'excusa Webster.

— Encore toi ? Si ça continue, je vais contacter mon avocat.

— Ce ne serait pas une mauvaise idée. Il y a une autre plainte contre toi.

— Cette histoire commence à me taper sérieusement sur les nerfs. Tu as analysé les empreintes vocales ? Bon sang, Webster, tu me connais ! Appeler les gens pour leur débiter des insanités, ce n'est pas mon genre.

Elle se leva, et s'aperçut qu'elle tremblait. Jusqu'ici, elle n'avait pas mesuré la violence de la fureur qui l'habitait, tant elle s'évertuait à la maîtriser. Mais, à présent, cette colère était comme une boule de feu qui lui brûlait les poumons et la gorge. Ce fut plus fort qu'elle : elle saisit une tasse vide sur la table et la balança contre le mur.

— Tu te sens mieux ? dit Webster, goguenard, montrant les débris épars sur le sol.

— Ouais, un peu mieux.

— On analysera les empreintes vocales, Dallas, et je suis convaincu qu'elles seront différentes. Je te connais, effectivement. En principe, tu attaques de front, tu ne te planques pas derrière un communicateur. Mais tu as un problème avec cette bonne femme, ne le sous-estime pas. Elle se plaint de la façon dont tu l'as traitée ce matin, sur la scène du crime.

— Tout est enregistré. Tu visionnes le film, ensuite, on en reparle.

— C'est ce que j'ai l'intention de faire, soupira-t-il. Je respecte la procédure réglementaire, parce que c'est préférable pour toi. Là-dessus, j'apprends que tu as ordonné une investigation sur Bowers. Ça la fiche mal, Dallas.

— N'y vois rien de personnel, j'ai pris cette décision dans le cadre de mon enquête. D'ailleurs, Trueheart a droit au même traitement.

— Pourquoi ?

— Il m'est impossible de te répondre. Le Bureau des affaires internes n'a pas à se mêler de mes dossiers en cours. De toute manière, tous les documents sont classés sur ordre de Whitney. Code 5.

— Ça ne va pas arranger ta situation.

— Je fais mon boulot, Webster.

— Et moi le mien.

Il secoua la tête.

— Quel bordel ! Bowers vient de parler aux médias.

— À mon sujet ?

— Oui, elle leur a fait un laïus aux petits oignons. Elle clame que la hiérarchie te couvre, je t'en passe et des meilleures. Ton nom a un effet magique sur les taux d'audience, cette histoire sera sur tous les écrans à l'heure du dîner.

— Il n'y a rien à raconter.

— Erreur, tu constitues une histoire sensationnelle à toi seule. L'as de la Criminelle qui, l'an dernier, a déquillé l'un des politiciens les plus puissants du pays. Le flic qui a épousé l'homme le plus riche du système solaire – un type au passé plus que douteux. Avec toi, les journalistes ont de quoi régaler les foules. Ils ne te lâcheront pas.

— Ce n'est pas mon problème, rétorqua-t-elle avec une assurance qu'elle était loin de ressentir.

— Mais c'est celui du département. On posera des questions, on exigera des réponses. Tu seras obligée de faire une déclaration pour désamorcer la bombe.

— Bon Dieu, Webster, on m'a interdit de m'adresser aux médias ! Ça risquerait de compromettre mon enquête.

Il la dévisagea fixement, espérant qu'elle lirait dans son regard l'amitié qu'il éprouvait pour elle.

— Alors, je crains que tu ne sois coincée entre le marteau et l'enclume. Les empreintes vocales seront comparées, et le résultat publié. Le film tourné sur la scène du crime sera visionné, ton comportement et celui de Bowers analysés. Jusqu'à ce que le verdict soit rendu, ta demande concernant une investigation complète sur Bowers sera mise en attente. Voilà ce qu'on m'a chargé de te dire. Officiellement. Mais j'ai autre chose à te dire, Dallas. Officieusement. Engage un avocat. Avec l'argent de Connors, tu peux t'offrir un as du barreau.

— Je me sortirai du pétrin par mes propres moyens.

— Tu as toujours été plus têtue qu'une mule. C'est d'ailleurs ton obstination, entre autres attraits, qui me séduit tellement.

— Ne sois pas idiot.

— Sans blague, je n'exagère pas.

Il s'approcha d'elle.

— J'ai de l'affection pour toi - en tant qu'ami et collègue. Je te le répète, Bowers veut te couler. Et certains ne te tendront pas la main pour t'empêcher de sombrer. Quand on a atteint la position que tu occupes - dans ton métier et ta vie privée -, on suscite pas mal de jalousies.

— Je me débrouillerai.

— Très bien.

Il pivota, se dirigea vers la porte.

— N'oublie pas mon conseil : fais très attention à tes jolies fesses, dit-il avant de sortir.

Eve se laissa tomber dans son fauteuil et se cacha le visage dans les mains. Comment allait-elle se sortir de ce guêpier ?

À la fin de la journée, Eve décida, pour une fois, de ne pas faire d'heures supplémentaires. Elle rassembla ses dossiers, dont ceux que Chicago lui avait enfin transmis.

Une atroce migraine lui taraudait le crâne et elle n'avait qu'une envie : se retrouver chez elle.

Tandis qu'elle patientait, bloquée dans un embouteillage, entre la 51e et la 52e Rue, Bowers montait quatre à quatre les escaliers du métro. Elle était d'humeur joyeuse, autant que pouvait l'être une créature aussi atrabilaire qu'Ellen Bowers. Elle avait eu la peau d'Eve Dallas. Cette garce était grillée, songea-t-elle avec une telle jubilation qu'elle glissa sur le trottoir verglacé et manqua de s'étaler de tout son long.

Quel plaisir elle avait eu à expliquer devant les caméras, à un journaliste qui l'écoutait avec une attention passionnée, les humiliations qu'elle avait endurées !

Mon Dieu, elle devait se dépêcher ! Ce serait bientôt l'heure des actualités. Le monde entier la verrait, l'entendrait.

Elle aurait voulu, oh, oui ! elle aurait tant voulu leur raconter comment tout avait commencé, des années auparavant, lorsque Dallas était entrée à l'académie. Elle était douée, elle obtenait toujours les meilleures notes, d'accord. Mais parce qu'elle faisait des gâteries aux instructeurs. Même aux femmes, probablement. Et quiconque avait une once de jugeote savait qu'elle couchait avec Feeney et sans doute avec Whitney depuis des lustres. Dieu savait à quelles perversions sexuelles elle s'adonnait avec Connors dans leur gigantesque et somptueux palais.

Maintenant, elle allait plonger, pensa Bowers qui s'arrêta dans une supérette pour s'acheter un énorme pot de crème glacée avec des pépites de chocolat. Elle le mangerait en entier, décida-t-elle, tout en notant le compte rendu de sa journée dans son journal intime.

Cette salope de Dallas avait cru pouvoir s'en prendre à Ellen Bowers et s'en tirer sans y laisser la moindre plume ? Tragique erreur ! Toutes ces années de galère, ces mutations incessantes de service en service porteraient enfin leurs fruits.

Elle avait des relations. Ça oui ! Elle connaissait des gens.

Les gens qu'il fallait connaître.

Cette fois, la liquidation d'Eve Dallas serait son tremplin vers la gloire, la respectabilité. Bientôt, elle trônerait dans un bureau de la Criminelle.

C'est à elle que s'intéresseraient les médias.

Ah oui, il était grand temps que ça change ! décréta-t-elle *in petto*, submergée à nouveau par une haine farouche. Et dès qu'elle aurait réduit Dallas en bouillie, elle veillerait à ce que Trueheart, cet insolent, paie cher sa traîtrise.

Il avait couché avec Dallas, elle en était sûre.

Le sexe menait le monde. Voilà pourquoi elle n'avait jamais laissé un beau parleur l'approcher, lui fourrer son pénis dans le ventre. Elle savait bien ce que les gens pensaient d'elle. Ce qu'ils disaient. Oh, oui ! elle le savait.

Ils racontaient qu'elle était une enquiquineuse. Un mauvais flic. Ils chuchotaient qu'elle était un peu fêlée.

Des imbéciles, tous autant qu'ils étaient, depuis Tibble jusqu'à Trueheart.

Mais qu'ils ne comptent pas l'évacuer en douceur, la mettre sur la touche avec une demi-pension en guise de consolation. Quand elle en aurait terminé, elle tiendrait le département de police dans le creux de sa main.

Ils dégringoleraient tous de leur piédestal, à commencer par Dallas.

Parce que Dallas était la cause de tout.

Sa gaieté s'était envolée, la rage la consumait à nouveau. Cette rage qui ne la quittait jamais, qui grondait dans sa tête en permanence. Elle la maîtrisait, pourtant, et depuis des années. Car elle était intelligente, beaucoup plus brillante que tous les autres. Lorsqu'un abruti du département lui ordonnait de subir un test de personnalité, elle avalait un calmant pour faire taire les voix qui résonnaient dans son esprit, et elle s'en tirait haut la main.

Certes, ces derniers temps, elle avait besoin d'augmenter les doses et d'ajouter un peu de Zoner pour garder son sang-froid. N'empêche qu'elle se contrôlait parfaitement.

Elle savait comment blouser ces crétins, avec leurs questions. Ça oui ! Car elle avait un soutien à l'intérieur de la forteresse – ce dont personne ne se doutait.

Et à présent, elle avait aussi un joli paquet de billets dont nul ne découvrirait jamais la provenance, et qu'on lui avait offert pour faire ce qu'elle avait toujours rêvé de faire : parler devant des caméras.

Un sourire flottant sur ses lèvres, elle bifurqua pour s'engager dans la ruelle menant à son immeuble. Elle allait devenir riche, célèbre, puissante, mener enfin l'existence à laquelle elle était destinée.

Et si son ami lui donnait un petit coup de pouce, elle démolirait Dallas.

— Agent Bowers ?

— Oui ?

Elle pivota, scrutant l'obscurité, et porta la main à son holster.

— J'ai un message pour vous. De la part de votre ami.

— Oh, vraiment ? Quelle est la teneur de ce message ?

— C'est délicat. Nous ne pouvons pas en parler ici.

— Eh bien, suivez-moi, proposa-t-elle, ravie – peut-être allait-on lui fournir d'autres éléments qu'elle pourrait utiliser pour anéantir Dallas.

— Ce ne sera pas nécessaire.

Le droïde surgit de l'ombre ; il avait un visage sans expression, des yeux transparents. Il abattit la matraque métallique sur le crâne de Bowers, qui n'eut même pas le temps de crier.

Le pot de crème glacée roula sur le sol. Le droïde agrippa Bowers et la traîna jusqu'à l'entrée de l'immeuble, puis dans l'escalier conduisant au sous-sol. Le corps rebondissait sur les marches avec un bruit sourd.

Prestement, il remonta et verrouilla la porte. Il n'avait pas besoin de lumière, il avait été programmé pour y voir dans le noir. Il dépouilla Bowers de son uniforme, prit son insigne, son arme et rangea le tout dans le grand sac qu'il jetterait ensuite dans une benne réservée aux ordures recyclables qu'il avait déjà repérée et sabotée.

Puis dans la cave ténébreuse, impassible et méthodique, se servant de ses mains et de ses pieds, il entreprit de briser un à un les os d'Ellen Bowers.

13

— Du travail bâclé ! Nul ! fulminait Eve qui arpentait le bureau de Connors.

Il fallait qu'elle déverse sa colère sur quelqu'un, or, elle n'avait que son mari sous la main. Lui émettait des « hmm, hmm » compatissants, tout en parcourant le dernier rapport d'activité – transmis par fax – de son plus vaste domaine interplanétaire, Olympus.

Il songea qu'il aurait intérêt à aller y faire un tour et à emmener sa femme ; elle avait besoin de quelques jours de vacances. Il arrangerait cela dès que possible.

— Deux enquêteurs se sont succédé sur le dossier ! tonna-t-elle sans cesser de tourner en rond. Ils s'y sont mis à deux, et ils se sont plantés ! Comment forme-t-on les policiers à Chicago ?

Il leva la tête, réprima un sourire. Eve était si furieuse qu'elle en avait les joues écarlates.

— Des incapables, voilà ce qu'ils sont ! Il manque la moitié des documents. Les déclarations des témoins et le rapport d'autopsie ont disparu. Ils ont quand même réussi à identifier la victime, mais ils n'ont fait aucune recherche sur son passé. En tout cas, ça ne figure pas au dossier.

Connors inscrivit sur le fax un petit rectificatif – trois quarts de million et des poussières –, puis envoya le tout à son bureau du centre-ville. Il se leva pour aller prendre une bouteille de vin dans la vitrine réfrigérée réservée aux grands crus.

— Alors en quoi consiste ce fameux dossier ?

— Un homme a été tué à Chicago, on lui a prélevé le cœur, point à la ligne ! Je peux admettre qu'un flic foire complètement. Ça me révolte, mais je peux l'admettre. En revanche, que deux flics se ramassent sur la même affaire... c'est louche. D'autant qu'à présent, ils sont l'un et l'autre injoignables. Et moi, demain, je vais devoir me coltiner leur chef.

Elle s'interrompit un instant, haletante, suffoquée par la rage et la frustration.

— Quelqu'un leur a peut-être graissé la patte, ou les a menacés. Il est possible que nous ayons une taupe, ici à New York.

— Tu oublies le sénateur de l'Illinois qui commence à s'en mêler, fit Connors.

— Ah, oui ! cette ordure de politicien. J'en discuterai avec le commandant, mais je devrai rendre visite au type de Chicago.

— Je t'y emmènerai.

— C'est une affaire de flic.

— Et tu es le flic de mon cœur, répliqua-t-il en lui tendant un verre. Tu n'iras pas à Chicago sans moi, Eve. Je te l'interdis formellement. Maintenant, bois ton vin et raconte-moi la suite.

— Bowers a déposé deux autres plaintes contre moi. Ce matin, elle est arrivée la première sur la scène du crime, elle s'est mal comportée, et je l'ai démise de ses fonctions. Tout est enregistré, quand ils visionneront le film, ils ne pourront pas me reprocher quoi que ce soit, mais cette bonne femme me tape vraiment sur les nerfs.

Eve avala une gorgée de vin qui, malheureusement, ne parvint pas à dissoudre la boule qui pesait au creux de son estomac.

— Mon copain du Bureau des affaires internes est venu me prévenir qu'elle avait parlé aux médias.

— Chérie, le monde regorge d'imbéciles et de créatures malveillantes. En principe, ces gens-là finissent toujours par scier la branche sur laquelle ils sont perchés. Elle se sabordera toute seule.

— N'empêche que Webster est inquiet.

— Webster ?

— Mon copain.

Dans l'espoir de la distraire de ses soucis, il lui massa doucement la nuque.

— Je ne crois pas t'avoir jamais entendue parler de lui. Tu le connais bien ?

— On ne se croise plus beaucoup.

— Et avant ?

Elle haussa les épaules, ébaucha un mouvement pour s'écarter ; il la retint.

— Rien. Ça remonte au déluge.

— C'est-à-dire ?

— Un soir qu'on avait trop bu, on s'est retrouvés tout nus et on a couché ensemble, murmura-t-elle. Tu es content ?

Il se pencha pour lui baiser les lèvres.

— Non... Maintenant, pour me consoler, il faut que tu t'enivres, que tu te déshabilles et que tu couches avec moi.

S'il n'avait manifesté aucune jalousie, réalisa-t-elle, elle en aurait été blessée.

— J'ai du travail, grogna-t-elle.

— Moi aussi, rétorqua-t-il en l'attirant contre lui. Avec toi, lieutenant.

— Je te signale que je ne suis pas ivre.

— Tant pis et tant mieux, dit-il en la débarrassant de son verre. Il ne me reste plus qu'à te déshabiller et à te faire l'amour.

La serrant dans ses bras, il la déséquilibra adroitement et la coucha sur la moquette.

Quand elle recouvra ses esprits, elle décida de bouder et de ne pas avouer qu'elle adorait être prise de cette façon, à la hussarde, sur le tapis du bureau.

— Maintenant que tu t'es bien amusé, mon vieux, tu me lâches.

Il lui mordilla le cou, soupira.

— J'aime le goût de ta peau. Ici... et là...

— Arrête, protesta-t-elle, sentant que son cœur recommençait à s'affoler. J'ai du travail, sans blague !

Elle le boxa pour la forme, sans conviction. Lorsqu'il s'écarta, elle en éprouva presque du dépit. Roulant sur le côté, elle saisit la chemise qui était à portée de sa main – celle de Connors. Elle jeta un regard à son mari, à son corps nu, souple et vigoureux. Seigneur, il était beau comme un dieu antique ! songea-t-elle.

— Tu comptes rester allongé là toute la nuit, dans cette tenue ? bougonna-t-elle.

— Ça me plairait bien, mais, ainsi que tu l'as dit, nous avons du travail.

— Nous ?

— Absolument.

Il se leva et enfila son pantalon.

— Si les documents qui manquent au dossier de Chicago ont existé, je peux te les récupérer.

— Tu... Non, surtout ne m'explique pas comment tu t'y prendrais. Quant à moi, je passerai par la voie légale.

Sitôt qu'elle eut prononcé ces mots, elle eut envie de se gifler. Comment, à présent, lui demander de se renseigner, en douce, sur le suicide de Friend ?

Il haussa négligemment les épaules.

— À ta guise. Mais je pourrais sans doute avoir ces informations d'ici deux à trois heures.

C'était terriblement tentant, cependant Eve résista.

— Je me débrouillerai par mes propres moyens.

Elle tourna la tête vers la porte qui faisait communiquer leurs bureaux respectifs.

— Ah ! je crois que j'ai un appel.

— Je le bascule ici.

Il s'approcha de la console, pianota sur le clavier.

— Connors...

— Bon Dieu, Connors, où est Dallas ?

Tout en gardant le regard rivé sur le visage de Nadine Furst, il capta du coin de l'œil le signe que lui adressait Eve.

— Je suis navré, elle n'est pas disponible pour l'instant. Puis-je lui transmettre un message ?

— Branchez-vous sur Channel 48. Dites-lui de me contacter, elle doit réagir. Je diffuserai son démenti immédiatement.

— Je la préviendrai. Merci, Nadine, conclut-il en interrompant la communication. Channel 48, ordonna-t-il.

Aussitôt, la figure de Bowers emplit l'écran mural.

— Il y a désormais trois plaintes contre elle, le département ne pourra plus couvrir le lieutenant Dallas, ni fermer les yeux sur ses agissements scandaleux. Sa soif de pouvoir l'a poussée à franchir les limites, à ignorer le règlement, à falsifier des rapports et à suborner des témoins.

— Agent Bowers, vous portez là des accusations très graves.

Bowers pointa l'index vers le journaliste.

— Ce sont des faits ! L'enquête interne qui est en cours le démontrera. J'ai déclaré au Bureau des affaires internes que je leur fournirais tous les documents nécessaires, notamment ceux prouvant qu'Eve Dallas n'a pas hésité à payer de sa personne – sexuellement parlant – pour obtenir des informations et grimper les échelons de la police new-yorkaise.

Connors, malgré la colère qui bouillait en lui, entoura de son bras les épaules d'Eve et dit d'un ton badin :

— Petite dévergondée... Je crois que je vais être obligé de divorcer.

— Ce n'est pas une plaisanterie.

— Cette femme est grotesque, Eve. Pathétique. Stop ! commanda-t-il.

— Non, je veux entendre la suite.

— Il y a longtemps qu'on soupçonne – et cela aussi sera prouvé – Connors, le mari de Dallas, d'être impliqué dans des activités criminelles. L'année dernière, il était même le principal suspect dans une affaire de meurtre. Comme par hasard, Dallas était chargée de l'enquête. Connors a été blanchi, et Dallas est maintenant l'épouse d'un homme richissime qui se sert d'elle pour couvrir ses manigances.

Eve crispa les poings.

— Là, elle va trop loin. Elle s'attaque à toi, elle va beaucoup trop loin.

Connors fixait sur l'écran un regard froid. Glacé.

— C'était prévisible.

— Agent Bowers, selon vous, le lieutenant Dallas jouit d'un grand pouvoir qui la rend éventuellement dangereuse, déclara le journaliste dont les yeux luisaient d'excitation. Dans ce cas, pourquoi prenez-vous le risque de le révéler publiquement ?

— Parce qu'il faut bien que quelqu'un dise la vérité.

Bowers leva crânement le menton et tourna légèrement la tête pour faire face à la caméra.

— Le département choisira peut-être de couvrir un policier corrompu, mais je respecte trop l'uniforme que je porte pour participer à cette conspiration du silence.

— Ça, ils ne le lui pardonneront pas, murmura Eve, les dents serrées. Quel que soit le sort qu'on me réserve, elle vient de mettre fin à sa carrière. Cette fois, ils ne la muteront pas dans un autre service. Ils la vireront.

Connors obscurcit l'écran, puis il prit Eve dans ses bras.

— Elle ne peut pas te nuire, ma chérie. C'est déplaisant, révoltant même, mais ça ne va pas plus loin. Tu es en droit, si tu le souhaites, de la poursuivre en justice pour diffamation. La liberté d'expression est une chose, certes, cependant cette femme a dépassé les bornes.

Il lui embrassa le front.

— Dans ma vie, j'ai reçu moi aussi beaucoup de flèches empoisonnées. Si tu me permets de te donner un conseil : laisse tomber. Prends du recul.

Fermant les yeux, elle se blottit contre lui.

— J'ai envie de la tuer. Un bon coup sur la nuque et hop ! terminé.

— Je ferai fabriquer un droïde qui lui ressemble. Tu pourras l'assassiner aussi souvent que tu le désireras.

Elle esquissa un pauvre sourire.

— Ce serait formidable. Bon... Il vaut mieux que j'essaie de travailler un peu. Ça m'empêchera de penser à elle et de devenir dingue.

— D'accord.

Il la lâcha et, les mains dans ses poches, la regarda s'éloigner.

— Eve ?

Elle fit demi-tour.

— Tu as examiné attentivement le visage de cette femme. Ses yeux, surtout ? Elle est à moitié folle.

— Je l'ai bien examinée. Et tu as tort, elle n'est pas folle.

Ce qui la rendait encore plus redoutable, songea Connors alors qu'Eve refermait la porte de son bureau.

Le lieutenant Dallas le désapprouverait, mais tant pis. Il passerait la nuit dans son antre, cette pièce secrète où se trouvait un équipement électronique strictement interdit par la loi.

Et demain matin, il saurait tout ce qu'il y avait à savoir sur Ellen Bowers.

Assise au volant de sa voiture, Eve observait la meute hurlante qui bloquait les grilles de sa demeure. Pour elle qui avait horreur de côtoyer les journalistes, même dans le cadre de son métier, c'était carrément insupportable d'affronter cette horde de reporters qui, aujourd'hui, ne s'intéressaient qu'à sa vie personnelle. Intime.

Pétrifiée, elle les écoutait vociférer. La température s'était adoucie et la neige commençait à fondre. Le bonhomme qu'elle avait modelé rétrécissait à vue d'œil, la bonne femme de Connors avait déjà perdu sa poitrine avantageuse.

Elle avait plusieurs solutions, notamment celle que Connors lui avait suggérée : électrifier la grille. Ce serait réconfortant de voir les journalistes tressauter sous le choc et s'écrouler par terre, tétanisés.

Mais, comme toujours, elle opta pour une riposte plus frontale. Elle brancha le mégaphone et démarra.

— Vous êtes sur une propriété privée et, pour l'instant, je ne suis pas en service. Reculez. Quiconque franchira cette grille sera arrêté et déféré à la justice.

Ils ne bougèrent pas d'un pouce. Elle voyait les caméras qu'ils tenaient au-dessus de leurs têtes, pareilles à des bêtes féroces prêtes à la dévorer.

— Vous l'aurez voulu, marmotta-t-elle.

Elle actionna le mécanisme commandant l'ouverture de la grille, enfonça l'accélérateur, tout en répétant à mi-voix, tel un automate, son avertissement :

— Vous l'aurez voulu.

Plusieurs reporters s'écartèrent d'un bond quand ils réalisèrent qu'elle ne ralentirait pas. Elle foudroya du regard les intrépides qui tentaient d'agripper les poignées de ses portières.

Sitôt que ses roues avant mordirent la chaussée, elle commanda la fermeture de la grille en espérant que quelques doigts se coinceraient entre les lourds battants de fer forgé.

Elle accéléra à fond. Un sourire mauvais joua sur ses lèvres lorsqu'elle entendit les reporters brailler de plus belle. L'écho de leurs insultes résonnait à ses oreilles comme une musique entraînante qui lui requinqua le moral.

À son arrivée au Central, elle monta directement dans la salle de réunion, laquelle était déserte. Maugréant, Eve s'installa devant l'ordinateur.

Elle disposait d'une heure avant de se rendre au Drake pour rencontrer les premières personnes qu'elle devait interroger.

Peabody avait affiché les portraits des chirurgiens, on aurait cru des canards alignés sur un stand de tir. Justement, Eve avait la ferme intention d'en déquiller un avant la fin de la journée. En tout cas, avec un peu de chance, elle en ferait vaciller quelques-uns.

Elle pianota sur le clavier pour ouvrir le fichier.

Drake Center, New York.

Clinique Nordick, Chicago.

Clinique Jeanne d'Arc, Paris.

Melcount Center, Londres.

« Quatre villes, se dit-elle. Six cadavres répertoriés pour l'instant. »

Elle parcourut les informations réunies par McNab, puis se concentra sur les hôpitaux et les centres de recherche concernés. Ils avaient tous un point commun, fort intéressant : Westley Friend y avait travaillé, ou donné des cours, ou encore leur avait apporté son soutien.

— Bon boulot, McNab, murmura-t-elle. Excellent. Tu es la clé de cette affaire, Friend, et toi aussi, tu es mort. Ordinateur, existait-il des liens personnels ou professionnels entre le Dr Westley Friend et le Dr Colin Cagney ?

— *Recherche...*

— Une petite minute, je rectifie. Je veux savoir quelles relations avait Friend avec le Dr Tia Wo, le Dr Michael Waverly et le Dr Hans Vanderhaven. Vas-y.

— *Recherche...*

— C'est ça, mon vieux, creuse-toi les méninges.

Eve se leva pour se servir du café. À la première gorgée, elle grimaça et faillit tout recracher. Elle se conduisait comme une gamine trop gâtée, pensa-t-elle. Naguère, elle ingurgitait des litres de cette infâme mixture sans sourciller.

À présent, la simple odeur de ce breuvage brunâtre la faisait frémir de dégoût. Dès que Peabody serait là, elle lui demanderait de foncer jusqu'à son bureau et de lui rapporter un café digne de ce nom.

Ce fut à cet instant que Peabody entra.

— Vous êtes en retard. Ça devient une habitude, je vais devoir...

Eve s'interrompit, soudain frappée par la pâleur de son assistante.

— Qu'y a-t-il ?

— Lieutenant... Bowers...

— Oh, qu'elle aille au diable, celle-là ! Nous avons une affaire de meurtre à résoudre.

— Justement.

— Quoi ?

— Dallas... on l'a assassinée.

Peabody prit une profonde inspiration pour tenter d'apaiser les battements de son cœur.

— La nuit dernière, on l'a battue à mort. On l'a découverte dans la cave de son immeuble, voilà deux heures. On n'a pas retrouvé son uniforme, son arme de service et son insigne. Seules ses empreintes digitales ont permis de l'identifier. Il paraît que son visage était tellement en bouillie que... qu'il était méconnaissable.

Avec précaution, Eve reposa sa tasse sur la table.

— On est sûr qu'il s'agit bien d'elle ?

— Oui. Dès que j'ai entendu parler de ça, dans les vestiaires, je suis allée aux nouvelles. Les empreintes digitales et génétiques sont bien celles de Bowers. On vient de le confirmer officiellement.

— Bon Dieu !

Ébranlée, Eve ferma les yeux, s'efforça de rassembler ses idées.

— *Recherche terminée... Vous souhaitez voir les données affichées sur l'écran ?*

— Copie sur disquette. Oh, bon Dieu ! répéta Eve d'une voix blanche. Ils ont des indices ?

— Aucun. C'est du moins ce qu'on m'a dit. Pas de témoins. Elle vivait seule, par conséquent personne ne l'attendait. Il y a eu un appel anonyme vers 5 h 30, signalant un incident à son adresse. Deux agents en uniforme se sont rendus sur les lieux et l'ont trouvée. Je n'en sais pas davantage.

— Vol ? Agression sexuelle ?

— Dallas, je n'en sais pas plus. J'ai eu de la veine d'obtenir ces renseignements. Ils ont déjà imposé le black-out total.

Eve déglutit avec difficulté. Elle sentait peser sur sa poitrine un poids insoutenable : la peur, même si elle refusait de l'admettre.

— Qui est chargé de l'enquête ?

— Baxter, à ce qu'il paraît, mais je n'en suis pas certaine.

— Bon... Si c'est Baxter, il me donnera des informations, dans la mesure du possible. Ce meurtre n'a sans doute pas de lien avec notre affaire, mais on ne peut pas écarter cette hypothèse.

Eve leva les yeux vers son assistante.

— Elle a été battue à mort, vous dites ?

— Oui, balbutia Peabody.

Eve était bien placée pour savoir ce qu'on éprouvait quand on vous rouait de coups, qu'on entendait ses propres os se briser, que la douleur irradiait dans tout le corps et vous arrachait des hurlements de bête.

— Elle aura eu une triste fin, articula-t-elle. J'en suis navrée. Elle ne méritait pas d'être policier, mais je la plains.

— Les collègues partagent tous ce sentiment.

— Nous contacterons Baxter plus tard, au cas où il aurait des détails à nous fournir. Pour l'instant, nous devons mettre ça de côté. Je commence les interrogatoires dans moins d'une heure, il faut que je les prépare.

— Dallas, il y a autre chose... J'ai entendu prononcer votre nom.

— Mon nom ? À quel propos ?

— À propos de Bowers...

Le communicateur d'Eve bourdonna. Peabody se pétrifia.

— Dallas !

— Lieutenant, venez immédiatement dans mon bureau.

— Commandant, je suis en train de...

— C'est un ordre, lieutenant.

Eve lâcha un juron.

— Peabody, jetez un œil aux données que ce brave ordinateur nous a dénichées, sélectionnez les éléments importants et copiez-les sur une disquette. Je les consulterai tout à l'heure, dans la voiture.

— Dallas...

— Je suis trop pressée pour écouter les derniers ragots qui circulent dans les couloirs. Vous me raconterez ça plus tard.

Eve sortit de la salle en coup de vent, le cerveau en ébullition. Elle comptait se faufiler, d'une manière ou d'une autre, dans le laboratoire de recherche du Drake. C'était peut-être là, en effet, qu'elle trouverait la réponse à une question qui lui était venue à l'esprit durant la nuit.

Que faisait-on des organes malades ou endommagés, une fois qu'ils étaient extraits du corps d'un patient ? On les disséquait, on les mettait au rebut ? On s'en servait pour certaines expériences ?

L'assassin avait un projet précis. Si celui-ci avait un rapport quelconque avec la recherche médicale autorisée par la loi, Eve aurait une marge de manœuvre plus large. Un point d'appui plus solide.

Partant du principe qu'il fallait des fonds pour financer la recherche, il serait sans doute judicieux de suivre la piste de l'argent. Elle demanderait à McNab de se pencher sur les dons et les subventions.

Elle en était là de ses réflexions quand elle entra dans le bureau de Whitney. Aussitôt, l'angoisse lui comprima à nouveau la poitrine. Le commandant, le chef Tibble et Webster se tenaient devant elle.

— Fermez la porte, lieutenant, ordonna Whitney.

Personne ne s'assit. Whitney était debout derrière sa table. Eve eut à peine le temps de noter qu'il avait le teint grisâtre, comme s'il était malade. Tibble s'avança vers elle. Il était grand, imposant, il respirait l'énergie et l'honnêteté. Il darda sur Eve son regard noir, indéchiffrable.

— Lieutenant, vous avez le droit d'exiger que votre avocat assiste à cet entretien.

— Mon avocat ? répéta-t-elle en jetant un bref coup d'œil à Webster. Ce ne sera pas nécessaire. Si le Bureau des affaires internes a des questions à me poser, je n'ai pas besoin de garde-fou pour y répondre. Hier soir, au cours d'une émission télévisée, on a porté contre moi certaines accusations, on a critiqué mon comportement professionnel et personnel. Ces accusations sont infondées. Je ne doute pas qu'une enquête interne, si elle devait être diligentée, le prouverait de manière indiscutable.

— Dallas... commença Webster.

Comme Tibble tournait la tête vers lui, il se tut.

— Savez-vous, lieutenant, que l'agent Ellen Bowers a été tuée ?

— Oui, mon assistante vient de m'en informer.

— Je suis contraint de vous demander où vous étiez hier soir entre 18 h 30 et 19 heures.

Elle était dans la police depuis onze ans, et elle ne se souvenait pas d'avoir jamais reçu un coup aussi violent. Elle vacilla, le souffle coupé comme si elle avait reçu un direct à l'estomac, sa bouche devint brusquement sèche.

— Chef Tibble, articula-t-elle avec difficulté, dois-je comprendre que je suis suspectée de meurtre ?

Le regard de Tibble demeura impénétrable. Il avait des yeux de flic, songea-t-elle avec un frisson. Il avait les yeux d'un flic redoutable.

— Le département estime indispensable de savoir où vous étiez au moment du meurtre.

— Bien... Entre 18 heures et 19 heures, je roulais en direction de mon domicile. Je crois avoir quitté le Central à 18 h 10.

Sans un mot, Tibble se détourna et alla se camper devant la fenêtre. Eve contempla son dos. Elle avait mal, il lui semblait que des griffes se plantaient dans ses entrailles.

— Commandant, je reconnais que Bowers me causait des problèmes assez sérieux, mais je les ai gérés en respectant la procédure réglementaire.

— Nous avons les documents qui l'attestent, admit Whitney, qui gardait les mains croisées derrière le dos. Mais nous aussi, nous avons une procédure à suivre. L'enquête sur le meurtre de l'agent Bowers est en cours et, pour l'instant, vous figurez parmi les suspects. Je suis persuadé que vous serez disculpée dans les plus brefs délais.

— Disculpée ? Je serais capable, selon vous, de tuer une collègue ? De trahir tout ce en quoi j'ai foi, que j'ai défendu sans relâche ? Mais pour quelle raison aurais-je fait une chose pareille ? s'écria Eve, consciente qu'un filet de sueur glacée coulait le long de son échine. Parce qu'elle a voulu souiller ma réputation ? Bon sang, commandant, il est clair qu'elle avait des tendances autodestructrices !

— Dallas, coupa Webster, tu as menacé de la frapper, c'est enregistré. Contacte ton avocat.

— Arrête de me bassiner avec mon avocat ! riposta-t-elle.

La panique la gagnait et elle n'avait qu'un moyen de la combattre : lâcher la bonde à sa fureur.

— Tu veux me soumettre à un interrogatoire en règle, Webster ? Parfait, allons-y. Ici, tout de suite.

— Lieutenant, tonna Whitney, le département a l'obligation de mener une enquête interne et externe sur la mort de l'agent Bowers. Nous n'avons pas le choix.

Il poussa un soupir.

— Nous n'avons pas le choix, répéta-t-il. Pendant toute la durée des investigations, vous serez démise de vos fonctions.

Il réprima un tressaillement en voyant Eve devenir blanche comme un linge.

— C'est avec regret, lieutenant, avec un immense regret, que je dois vous demander de me remettre votre arme de service et votre insigne.

Elle eut l'impression que son cerveau cessait brusquement de fonctionner. Elle ne sentait plus rien, elle était aveugle et sourde.

— Mon... insigne ? bredouilla-t-elle.

— Dallas, dit Whitney d'un ton radouci, fixant sur elle un regard voilé par l'émotion, il n'y a pas d'autre solution. Vous êtes suspendue, jusqu'à la fin de l'enquête.

Elle le dévisagea. Dans sa tête, une voix hurlait – assourdie, lointaine, désespérée. De ses doigts gourds, tellement raidis qu'elle avait de la peine à les remuer, elle prit son insigne, puis son arme.

Quand elle les déposa dans la main de Whitney, il lui sembla que son cœur se déchirait.

Quelqu'un prononça son nom, deux fois, mais elle sortit sans se retourner, se précipita vers l'escalier roulant, les talons de ses bottes claquant sur les dalles. En proie au vertige, elle se cramponna à la rampe.

— Dallas, attends ! lui cria Webster en l'agrippant par le bras. Appelle ton avocat.

— Lâche-moi, balbutia-t-elle, sans avoir toutefois la force de se dégager. Ne t'approche plus jamais de moi.

— Tu vas m'écouter.

Il l'entraîna jusqu'au bas de l'escalier, la poussa contre un mur.

— Personne ne voulait ça, ni Tibble, ni Whitney, ni moi. Nous n'avons pas eu le choix. Bon Dieu, tu sais comment ça marche ! On te blanchira, tu récupéreras ton insigne. Prends quelques jours de vacances et, à ton retour, tout sera réglé.

— Écarte-toi.

— Elle tenait un journal intime, dit-il très vite, craignant qu'elle ne s'enfuie. Elle y a écrit des horreurs sur toi.

Il n'était pas autorisé à lui fournir cette information, mais il s'en fichait.

— On doit vérifier ses allégations et les démentir. Quelqu'un l'a mise en morceaux, Dallas. Dans une heure, tous les médias ne parleront plus que de ça. Tu avais un problème avec elle. Si tu n'étais pas suspendue, on insinuerait que le département te couvre.

— On dirait que mes supérieurs et mes collègues croient en ma parole. Lâche-moi, ajouta-t-elle d'une voix vibrante.

— Il faut que je t'accompagne, rétorqua-t-il, agacé de sentir ses mains trembler, pour contrôler que tu n'emportes que tes objets personnels, ensuite je t'escorterai hors du bâtiment. Je dois te confisquer ton communicateur, ton passe électronique et ton véhicule.

Elle ferma brièvement les yeux, chancelante.

— Ne m'adresse plus la parole.

Ses jambes flageolaient, mais elle réussit à avancer. Elle avait besoin d'air. Étourdie, elle poussa la porte de la salle de réunion. Des mouches noires dansaient devant ses yeux.

— Peabody ?

Celle-ci se leva d'un bond.

— Lieutenant...

— Ils me retirent mon insigne.

Feeney traversa la pièce comme un boulet de canon, fondit sur Webster.

— C'est quoi, cette histoire ? Espèce de salopard...

— Tu devras t'occuper des interrogatoires, coupa Eve en lui posant la main sur l'épaule, non pas tant pour l'empêcher d'assommer Webster que pour éviter de tomber – elle était à bout de forces. Peabody a le planning, les dossiers...

Il lui prit les doigts, les serra.

— Qu'est-ce qui se passe ?

— Je suis suspecte...

Comme c'était étrange d'entendre sa propre voix prononcer ces mots-là.

— ... dans le meurtre de Bowers.

— Quelle ânerie !

— Il faut que j'y aille.

— Attends, tu...

— Il faut que j'y aille, répéta-t-elle, fixant sur Feeney un regard vitreux. Je ne suis pas autorisée à rester ici.

— Laisse-moi te ramener chez toi. S'il te plaît.

Elle secoua la tête, regarda Peabody.

— Maintenant vous travaillez avec Feeney. Je... j'y vais.

Elle pivota et sortit.

— Mon Dieu... gémit Peabody, au bord des larmes. Qu'est-ce qu'on fait ?

Feeney abattit son poing sur la table.

— On règle cette affaire, on trouve cette ordure. Appelez Connors tout de suite. Qu'il soit là quand elle arrivera à la maison.

Maintenant, elle est obligée de payer. Pauvre idiote. Et le prix qu'elle paie est bien plus élevé que celui de sa propre vie. Que va-t-il advenir de toi, Dallas ? Maintenant que le système pour lequel tu t'es toujours battue t'a trahie ?

Comprendras-tu enfin, à présent que tu es dehors, dans la rue, tremblante de la tête aux pieds, que ce système que tu as si farouchement défendu est absurde ? Que seul compte le pouvoir ?

Tu n'es plus qu'une abeille épuisée, expulsée de la ruche parce qu'elle ne sert plus à rien. Tu es moins qu'un insecte.

Car le pouvoir m'appartient, et il est incommensurable.

Il y a eu des sacrifices, c'est vrai. Des rajouts au plan initial. Ils étaient nécessaires. Des risques ont été pris, ils étaient calculés. Peut-être d'infimes erreurs ont-elles été commises. Une expérience de cette envergure supporte quelques faux pas.

Le résultat justifie tout.

Je suis si près, tellement près. Désormais, la roue a tourné. La chasseresse est devenue le gibier, elle est traquée par ses pairs. Tels des loups affamés, ils la dépéceront avec une suprême indifférence.

Tout cela a été si simple. Quelques mots soufflés à l'oreille de certaines personnes, quelques retours d'ascenseur. Un esprit défaillant et jaloux utilisé à bon escient et, en effet, sacrifié. Nul ne pleurera la haïssable Bowers, pas plus qu'on ne regrette les déchets dont j'ai débarrassé notre société.

Oh ! ils réclameront que justice soit rendue. Ils exigeront des coupables.

Eve Dallas paiera.

L'irritant petit moustique qu'elle était ne m'importunera plus. Je peux à nouveau consacrer mon talent à mon œuvre. Mon travail est indispensable, et la gloire que j'en retirerai me revient de droit.

Quand tout sera accompli, ils vénéreront mon nom, ils pleureront de gratitude.

14

Immobile dans le froid, fou d'inquiétude, Connors attendait le retour d'Eve. Il avait appris la terrible nouvelle alors qu'il était au milieu de négociations délicates avec une compagnie pharmaceutique qu'il comptait racheter et réorganiser afin d'opérer une fusion avec sa propre société basée sur Taurus I.

À l'instant où il avait reçu l'appel de Peabody, il avait interrompu les pourparlers sans hésiter. Le récit de la jeune femme entrecoupé de sanglots – elle d'ordinaire si réservée – l'avait bouleversé. Il était parti aussitôt, avec une seule idée en tête : rentrer à la maison, être là.

Et maintenant, attendre.

Quand il vit le taxi remonter l'allée, une colère brûlante le transperça.

Ils lui avaient repris son véhicule. Les salauds.

Il aurait voulu se précipiter au bas du perron, arracher Eve à ce maudit taxi et l'emmener très loin, dans un lieu où elle pourrait panser une blessure qui, il le savait, devait la faire atrocement souffrir.

Mais pour l'instant, il devait réfréner sa fureur, elle n'avait pas besoin de ça.

Il descendit les marches, tandis qu'elle sortait de la voiture. Elle était pâle comme la mort, ses yeux semblaient deux puits sombres. Elle paraissait incroyablement jeune, songea-t-il. Sa force, cette solidité qui, ce matin encore, la faisaient ressembler à un roc inébranlable s'étaient évanouies.

Elle se tenait là, devant lui. Muette, pétrifiée.

— Ils m'ont retiré mon insigne.

Soudain, la brutale réalité la frappa de plein fouet. Des larmes amères l'étouffèrent.

— Connors...

— Je sais.

Il l'entoura de ses bras, l'étreignit farouchement.

— Je suis navré, Eve. Navré.

— Qu'est-ce que je vais devenir ? balbutia-t-elle, se cramponnant à lui, sans même se rendre compte qu'il la soulevait, la portait jusqu'au hall puis dans l'escalier. Oh ! Connors... ils m'ont enlevé mon insigne.

— Tu le récupéreras, je te le jure.

Une fois dans la chambre, il s'assit et la serra contre lui. Elle tremblait comme une feuille.

— Accroche-toi à moi, ma chérie.

— Ne me laisse pas.

— Non, mon amour. Je suis là, je ne bouge pas.

Elle pleura tellement qu'il craignit qu'elle ne s'en rende malade. Puis ses sanglots s'apaisèrent, et elle demeura inerte entre ses bras. Une poupée cassée, pensa-t-il, la gorge nouée. Il la coucha dans le grand lit et lui donna un calmant. Elle qui, même avec dix balles dans la peau, aurait refusé le moindre antalgique, avala le sédatif sans protester.

Il la déshabilla comme il l'eût fait pour une enfant exténuée.

— Je ne suis plus rien, murmura-t-elle.

Il plongea son regard dans les yeux voilés de sa femme.

— Ce n'est pas vrai, Eve.

— Je ne suis plus rien, répéta-t-elle.

Puis elle ferma les paupières, se tourna sur le côté, et se réfugia dans le sommeil.

Elle avait déjà connu ça : n'être rien. Une enfant perdue, une victime, un fétu de paille. Un numéro dans une institution qui manquait de personnel. À l'époque aussi, elle avait essayé de dormir sur l'étroit lit d'hôpital. L'odeur de la maladie et de l'agonie empestait l'atmosphère. Les gémissements, les plaintes troublaient constamment le silence, ponctués par le bip-bip lancinant des moniteurs, le frottement des semelles de crêpe sur le linoléum usé jusqu'à la trame.

La douleur était là, tapie dans son corps amolli par les drogues qu'on lui administrait. Tel un orage lointain, prêt à éclater, mais qui ne parvenait jamais à crever tout à fait les nuages.

Elle avait huit ans, du moins, c'est ce qu'on lui disait. Et elle était brisée.

Les questions pleuvaient. Des questions que lui posaient les policiers et les travailleurs sociaux qu'on lui avait appris à redouter.

Ils t'enfermeront dans une cave, ma petite fille. Une cave toute noire.

Le docteur passait la voir. Il avait un regard sévère et des mains rudes. Il était toujours débordé, tellement débordé. Elle le lisait dans ses yeux, l'entendait dans sa voix sèche lorsqu'il s'adressait aux infirmières.

Il n'avait pas le temps de s'attarder dans les salles communes, pleines à craquer de pauvres gens, de créatures pitoyables.

Un pin's... Était-ce de l'or qui brillait au revers de sa blouse ? Des serpents entrelacés.

Elle rêvait que les serpents se tournaient vers elle, qu'ils se jetaient sur elle, plantaient leurs crochets venimeux dans sa chair.

Le docteur lui faisait souvent mal, simplement parce qu'il était pressé et indifférent. Mais elle ne se plaignait pas. Quand on se plaignait, elle le savait, on vous faisait encore plus mal.

Et le docteur avait des yeux de serpent. Durs et cruels.

Où sont tes parents ?

Ça, c'étaient les policiers qui le lui demandaient. Ils s'asseyaient près du lit, ils se montraient plus patients que le docteur. Parfois, ils lui offraient une friandise, parce qu'elle était une enfant qui parlait si peu et ne souriait jamais. L'un d'eux lui avait apporté un petit chien en peluche pour lui tenir compagnie. On le lui avait volé le jour même, mais elle se rappelait le contact de la fourrure soyeuse et la gentillesse du policier.

Où est ta maman ?

Elle secouait la tête, fermait les paupières.

Elle ne savait pas. Est-ce qu'elle avait une mère ? Elle n'avait aucun souvenir, hormis cette horrible voix qui chuchotait à son oreille et l'emplissait de terreur. Elle avait appris à la chasser, à tout effacer de son esprit. Jusqu'à ce qu'il ne reste plus rien, plus rien de ce qu'elle avait vécu avant d'être couchée sur ce lit étroit, dans la salle commune de l'hôpital.

L'assistante sociale affichait un grand sourire qui ne réussissait pas à masquer sa lassitude.

On va te donner un nom : Eve Dallas.

« Ce n'est pas moi, avait-elle pensé, mais elle s'était tue. Je ne suis rien. Je ne suis personne. »

Pourtant, dans les foyers, les pensionnats, c'était ainsi qu'on l'appelait : Eve. Aussi avait-elle appris à être Eve, à riposter quand on l'embêtait, à suivre le chemin qu'elle s'était tracé, à se construire. D'abord, survivre. Ensuite, atteindre son but, c'est-à-dire porter un insigne de policier, défendre ceux qui n'étaient rien.

Un beau jour, alors qu'elle se tenait bien droite dans son uniforme empesé, on avait déposé sa vie dans le creux de ses paumes. On lui avait remis son insigne.

Félicitations, agent Eve Dallas. Le Département de la police et de la sécurité de New York est fier de vous compter parmi ses membres.

À cet instant, la joie et l'exaltation d'avoir une mission à accomplir avaient allumé dans tout son être un feu clair et vivace qui avait dispersé toutes les ombres du passé. Elle était finalement devenue quelqu'un.

Je dois vous demander de me remettre votre insigne et votre arme de service.

Elle geignait dans son sommeil. Connors se pencha et lui caressa doucement le front, jusqu'à ce qu'elle s'apaise.

Marchant sur la pointe des pieds, il alla prendre son communicateur dans le coin-salon et appela Peabody.

— Expliquez-moi ce qui se passe.

— Elle est avec vous ? Elle va bien ?

— Elle est avec moi, et elle va extrêmement mal. Qu'est-ce qu'ils lui ont fait, bon sang ?

— Je suis au Drake. Feeney s'occupe des interrogatoires qui étaient prévus, mais on a pris du retard. Je ne peux pas vous parler très longtemps. Hier soir, Bowers a été assassinée. Dallas est suspecte.

— C'est du pur délire !

— Tout le monde partage cet avis, malheureusement... c'est le règlement.

— Qu'ils aillent se faire foutre avec leur règlement !

Peabody réprima un frisson. Le visage de Connors, sur l'écran du vidéocom, était presque effrayant. Il avait le regard d'un fauve en quête d'une proie.

— Je n'ai pas beaucoup de détails, reprit-elle. Baxter, celui qui mène l'enquête, est tenu au silence. Je sais simplement que Bowers a écrit des insanités sur Dallas dans son journal intime. Des horreurs. Pornographie, corruption, chantage, falsification de rapports...

— Personne ne songe à chercher de quelle source émanent ces accusations ?

— La source est un flic assassiné. Écoutez, nous ferons tout ce qu'il faudra pour qu'elle soit réintégrée au plus vite. Feeney a l'intention de creuser le passé de Bowers.

— Prévenez-le que ce n'est pas nécessaire. Il n'a qu'à me contacter, j'ai déjà ces renseignements.

— Mais, comment...

— Demandez-lui de m'appeler, Peabody, la coupa-t-il d'un ton abrupt. Quels sont les prénom et grade de Baxter ?

— David, et il est inspecteur. Il ne vous parlera pas, Connors. Il n'y est pas autorisé.

— Je n'ai aucune envie de bavarder avec lui. Où est McNab ?

— Au Central, vissé à son ordinateur.

— Parfait.

— Connors, dites à Dallas... Oh ! dites-lui ce qu'elle a besoin d'entendre.

— Elle aura besoin de vous, Peabody, conclut-il avant d'interrompre la communication.

Il s'assura qu'Eve dormait toujours et sortit de la chambre. L'information était l'instrument du pouvoir, pensa-t-il. Et il s'arrangerait pour que sa femme ait tout le pouvoir possible.

— Je suis désolé de vous avoir fait attendre, inspecteur...

— Capitaine, corrigea Feeney en détaillant de la tête aux pieds son interlocuteur, vêtu d'un élégant costume italien. Capitaine Feeney, je remplace temporairement le lieutenant Dallas.

— Vraiment ? s'étonna Waverly. J'espère que le lieutenant n'a pas de problèmes.

— Elle va très bien. Peabody, veuillez enregistrer.

— À vos ordres, capitaine.

— Quelle solennité ! railla Waverly en s'asseyant à son bureau en chêne massif.

— Il s'agit d'un interrogatoire officiel.

D'un ton monocorde, Feeney exposa les droits prévus par le nouveau code Miranda.

— Avez-vous compris ? conclut-il.

— Mais oui, j'ai parfaitement saisi mes droits et mes obligations. Je n'ai pas estimé utile de demander à mon avocat d'être présent, puisque je suis tout à fait disposé à coopérer avec la police.

— Dans ce cas, dites-moi où vous étiez, hmm...

Baissant le nez sur ses notes, Feeney énuméra les dates des trois meurtres perpétrés à New York.

— Il faut que je vérifie, si vous permettez.

Waverly posa la paume de sa main sur un mince boîtier noir et commanda la vérification de son planning professionnel pour les périodes en question.

— Première période : en congé ; deuxième : en congé ; troisième : de garde au Drake Center après l'opération du patient Clifford.

— Emploi du temps personnel, ordonna Waverly.

— Première période : pas de rendez-vous ; deuxième : Larin Stevens ; troisième : pas de rendez-vous.

— Larin, en effet... dit Waverley avec un sourire vaguement égrillard. Nous sommes allés au théâtre, ensuite nous avons soupé chez moi. Nous avons aussi pris le petit-déjeuner ensemble, si vous voyez ce que je veux dire, capitaine.

— Larin Stevens, répéta Feeney d'un ton sec pour inscrire le nom dans son mémo électronique. Son adresse ?

Le visage de Waverly se rembrunit, l'atmosphère de la pièce devint soudain glaciale.

— Mon assistante vous donnera ses coordonnées. J'aimerais que la police n'importune pas les êtres qui me sont proches. C'est extrêmement gênant.

— On n'a pas hésité à « importuner » les victimes, docteur. Nous interrogerons votre amie et votre patient. Même s'ils confirment vos déclarations en ce qui concerne ces deux soirs-là, il en reste un pour lequel vous n'avez pas d'alibi.

— Un homme a le droit de passer la nuit seul chez lui, capitaine.

— Certes, marmonna Feeney.

Il s'adossa à son siège.

— Ainsi donc, votre spécialité, c'est d'enlever aux gens leur cœur et leurs poumons.

— Si l'on veut, répliqua Waverly, retrouvant son sourire charmeur qui creusait une fossette dans ses joues. Le Drake s'enorgueillit d'avoir l'un des meilleurs services de transplantation du monde.

— Quelles sont vos relations avec le dispensaire de Canal Street ?

— Je ne crois pas connaître cet établissement. Je ne consulte plus dans les dispensaires. Je l'ai fait au début de ma carrière, naturellement. Vous découvririez que la plupart des médecins qui sont volontaires pour travailler dans ce genre d'endroit sont jeunes, débordant de vitalité et terriblement idéalistes.

— Vous avez donc cessé de soigner les pauvres. Ça n'en vaut pas la peine ?

Cette remarque ne parut pas l'offenser. Il joignit tranquillement les mains sur le bureau ; sous le poignet de sa chemise luisait une somptueuse montre en or.

— Financièrement, non. Professionnellement, cela ne permet guère de progresser. J'ai choisi d'investir mon savoir et mon talent là où l'on pourrait l'employer au mieux, et de laisser la charité à ceux que cela intéresse.

— Vous passez pour être l'un des meilleurs dans votre domaine.

— *Le* meilleur, capitaine.

— Dans ce cas, donnez-moi votre avis...

Feeney extirpa de son dossier les clichés pris sur les lieux des crimes et les étala sur la table.

— Considérez-vous que c'est du bon travail ?

Waverly étudia les photos une à une, avec calme.

— Oui... Excellent. Atroce, humainement parlant, rectifia-t-il en jetant un bref regard à Feeney. Mais vous me demandez mon opinion en tant que professionnel. Eh bien, j'estime que le chirurgien qui a fait ça est assez remarquable, d'autant qu'il a dû opérer dans des conditions épouvantables. Hmm... oui, c'est indéniablement une réussite.

— Auriez-vous pu en faire autant ?

— En ai-je les capacités ? Mais oui.

— Que pensez-vous de celle-ci ? lui demanda Feeney en lui tendant la photo de la dernière victime.

Waverly examina le cliché, fronça les sourcils.

— Ça, c'est du travail bâclé. Un instant...

Il ouvrit un tiroir, en sortit des lunettes à verres grossissants, qu'il chaussa.

— Ah ! l'incision est parfaite. Le foie a été prélevé de façon impeccable, mais on n'a pas clampé les artères ni nettoyé le champ opératoire. Du travail bâclé, je le maintiens.

— C'est drôle, railla Feeney. C'est ainsi que j'aurais qualifié les trois opérations.

— Bougre d'animal, maugréa Feeney quelques minutes plus tard, quand il se retrouva dans le couloir avec Peabody. Lui aussi, on a dû lui enlever le cœur.

Il consulta sa montre.

— Maintenant, on va papoter avec Wo, pour essayer de savoir où ils conservent les morceaux de viande qu'ils piquent aux gens. Bon Dieu, je déteste ce genre d'endroit !

— C'est ce que Dallas dit toujours.

— Évitez de penser à elle en ce moment, répliqua-t-il d'un ton bourru, car il avait lui-même beaucoup de difficulté à se concentrer sur sa tâche. Si nous voulons l'aider, nous avons intérêt à garder les idées claires.

Il s'éloigna, jeta un coup d'œil par-dessus son épaule pour s'assurer que Peabody le suivait.

— Prévoyez une copie supplémentaire de tous les interrogatoires.

Comprenant ce qu'il avait en tête, elle esquissa un sourire, pour la première fois de la journée.

— Oui, capitaine.

— Bon sang, arrêtez de me donner du « capitaine ».

Le sourire de Peabody s'élargit.

— Ça énervait aussi Dallas. Elle s'y est habituée.

Une lueur fugace éclaira le regard de Feeney.

— Vous comptez me mettre au pas, Peabody ? grogna-t-il.

Celle-ci ne répliqua pas, mais pensa avec malice que Feeney, sous ses airs d'ours mal léché, était une bonne pâte, facile à modeler.

Une heure plus tard, elle contemplait, fascinée et horrifiée, un cœur humain conservé dans une sorte de gel bleuâtre.

— Notre service est probablement l'un des meilleurs du monde en ce qui concerne la recherche sur les organes, expliqua le Dr Wo. C'est ici que le Dr Drake a découvert et élaboré le vaccin contre le cancer. À présent, nous y étudions les maladies, y compris les lésions dues au vieillissement, qui affectent les organes. En outre, nous continuons à perfectionner les techniques de transplantation.

Le laboratoire était aussi vaste qu'un héliport, compartimenté par de minces cloisons. Des dizaines d'individus vêtus de longues blouses blanches, vertes ou bleues, étaient installés devant des consoles, manipulaient des ordinateurs, des microscopes électroniques et d'autres appareils dont Feeney ignorait l'usage.

Un silence d'église régnait dans ces lieux où flottait une imperceptible odeur d'antiseptique.

Ils se trouvaient dans la section où les organes étaient alignés dans des récipients remplis de gel et soigneusement étiquetés. Devant la porte la plus proche, un droïde vigile montait la garde. « Au cas, songea Feeney avec une sombre ironie, où quelqu'un aurait brusquement l'idée farfelue de chiper une vessie. »

Seigneur, cet endroit lui faisait froid dans le dos !

— Où vous procurez-vous vos spécimens ? demanda-t-il à Wo qui pivota pour darder sur lui un regard glacial.

— Nous ne les prélevons pas sur des patients vivants. Docteur Young ?

Bradley Young était grand, mince, et visiblement distrait. Il leva ses yeux gris pâle de la lamelle qu'il observait, ôta la pince munie de lentilles grossissantes qui lui comprimait le nez.

— Oui ?

— Voici le capitaine Feeney et son assistante. Le Dr Young est le technicien responsable de notre service de recherche. Pourriez-vous expliquer à ces personnes comment nous collectons les échantillons que nous étudions ?

— Bien sûr.

Il passa la main dans ses cheveux clairsemés, d'un blond presque blanc. Il avait des doigts osseux, comme le reste de son anatomie.

— La plupart des spécimens dont nous disposons ont plus de trente ans. Ce cœur par exemple...

Il se redressa, foulant le sol immaculé pour s'approcher du récipient près duquel se tenait Peabody.

— Il a été prélevé sur un patient voilà vingt-huit ans. Comme vous pouvez le constater, il est en très mauvais état. Le malade avait eu trois infarctus. Ce cœur a été extrait et remplacé par l'un des premiers organes artificiels produits par NewLife. Le greffé a maintenant quatre-vingt-neuf ans, il se porte bien et vit à Bozeman dans le Montana.

Young s'interrompit un instant avant de poursuivre :

— Tous nos spécimens ont été offerts à la science par les patients eux-mêmes, par des malades avant de mourir, ou par leur proche famille, ou encore acquis par l'intermédiaire d'un courtier licencié.

— Vous avez donc des documents pour chacun d'eux.

Young fixa sur Feeney un regard ahuri.

— C'est-à-dire ?

— Vous avez des documents attestant leur origine.

— Absolument. Ce service a une organisation sans faille. Pour chaque échantillon, nous avons un dossier comportant l'identité du donneur ou du courtier, la date du prélèvement, la description de l'organe, et la composition de l'équipe médicale qui a effectué l'opération. Tout est noté, y compris les divers examens pratiqués ici, dans nos murs, ou à l'extérieur.

— Il vous arrive de les faire sortir d'ici ?

— Oui, cela se produit.

Désarçonné, Young jeta un coup d'œil au Dr Wo qui, d'un signe, l'encouragea à continuer.

— D'autres services nous réclament parfois un spécimen présentant une lésion particulière qu'ils souhaitent étudier. Nous avons des accords de prêt ou de vente avec plusieurs centres de recherche, dans le monde entier.

« Bingo ! » pensa Feeney qui chercha dans son mémo la liste établie par Eve. Il la lut à son interlocuteur.

— Vous avez des accords avec ces centres ?

À nouveau, Young regarda Wo qui hocha la tête.

— Oui, nous travaillons en étroite collaboration avec eux.

— Vous êtes déjà allé à Chicago ?

— Assez souvent, oui... Je ne saisis pas.

— Capitaine, intervint Wo, cet entretien devient fastidieux.

— Mon métier n'est pas toujours marrant, rétorqua nonchalamment Feeney. Docteur Young, pouvez-vous me fournir les dossiers concernant les organes que vous avez réceptionnés au cours des six dernières semaines ?

— Je... je... C'est confidentiel.

— Peabody, articula Feeney, sans cesser de fixer Young qui semblait en proie à une subite nervosité. Demandez une commission rogatoire.

— Ce ne sera pas nécessaire, intervint Wo en agitant la main, comme si Peabody n'était qu'une mouche qu'elle voulait chasser. Remettez au capitaine ce qu'il exige, docteur Young.

— Mais, c'est confidentiel, insista-t-il, le visage crispé dans une expression butée. Je n'ai pas les autorisations nécessaires.

— Je vous les donne, rétorqua-t-elle sèchement. J'en prends la responsabilité, je réglerai cela avec le Dr Cagney. Rassemblez les documents.

Young acquiesça et s'éloigna.

— Nous apprécions votre collaboration, dit Feeney au Dr Wo.

— Ne me remerciez pas, je désire simplement que vous quittiez ce laboratoire au plus vite. Vous perturbez des travaux d'une importance cruciale.

— Arrêter des criminels n'est sans doute pas aussi important pour vous que de tripoter des foies humains, mais il faut bien que chacun de nous justifie son salaire.

Feeney fouilla dans sa poche, en extirpa le sachet transparent renfermant le pin's doré.

— Vous savez ce que c'est ?

— Évidemment ! C'est un caducée. J'en ai un qui ressemble à celui-ci.

— Où est-il ?

— Où ? Chez moi, probablement.

— J'ai remarqué que certains médecins, autour de nous, en portent un. Je suppose que vous ne mettez pas le vôtre quand vous travaillez.

— En général, non.

Elle effleura cependant le revers de sa blouse, d'un geste machinal.

— Si vous en avez terminé avec moi... J'ai beaucoup à faire.

— Je vous libère. Je reviendrai demain, j'ai d'autres interrogatoires prévus. Si vous pouviez avoir votre pin's sur vous, j'aimerais le voir.

— Pardon ?

— Votre pin's. Quelqu'un a perdu le sien récemment, ajouta Feeney en montrant le sachet. Je désire vérifier que celui-ci ne vous appartient pas.

Elle le dévisagea, les lèvres pincées, puis tourna les talons.

— Pas commode, la dame, grommela-t-il. Dès que nous serons de retour au Central, nous nous pencherons sur son cas.

— Elle a présidé l'AAM, rétorqua Peabody. Actuellement, c'est Waverly qui occupe le siège de président. L'AAM fait pression sur Washington, qui fait pression sur le maire, qui fait pression sur nous pour qu'on mette l'affaire aux oubliettes.

— Le principe de la réaction en chaîne. Où en est-on avec Vanderhaven ?

— Nous devions l'interroger après le Dr Wo, mais il a annulé le rendez-vous.

Peabody jeta un regard circulaire pour s'assurer que personne ne les écoutait.

— J'ai appelé son bureau en prétendant que j'étais une patiente du Dr Vanderhaven, et on m'a répondu qu'il avait pris dix jours de congé.

— Comme c'est intéressant. Il n'a pas envie de nous parler ? Procurez-vous son adresse personnelle, on lui rendra une petite visite.

Pirater l'ordinateur de Baxter et les données afférentes au meurtre de Bowers avait été un jeu d'enfant pour Connors.

Hélas ! la moisson s'avérait décevante. La police n'avait même pas un début de piste.

Bien sûr, il y avait les journaux intimes de Bowers, reflet de la haine et de l'hystérie qui rongeaient cette femme.

Connors les avait analysés et s'était aperçu qu'Eve y était citée depuis de nombreuses années. Lorsque Eve avait été promue inspecteur, Bowers s'était répandue en commentaires particulièrement acerbes. Chacune des promotions successives de son ennemie l'avait mise dans un état de rage inimaginable. Elle prétendait par exemple qu'Eve avait séduit Feeney pour l'inciter à devenir son instructeur, et qu'ensuite, elle avait usé de son charme sur le commandant afin qu'il lui confie des affaires importantes.

Mais ces critiques, qui revenaient de temps à autre dans le journal intime, étaient bénignes comparées aux diatribes concoctées par Bowers après sa rencontre avec Eve, le matin du meurtre du Brochet.

Il avait suffi d'un instant, d'un caprice du destin, pour que l'obsession nourrie par Bowers depuis des lustres se déchaîne, et empoisonne l'existence des deux femmes.

À présent, l'une d'elles en était morte.

Connors tourna les yeux vers l'écran qui lui permettait de surveiller la chambre et son épouse endormie.

Et l'autre était brisée.

Du coin de l'œil, il vit la longue figure de Summerset s'encadrer dans un autre écran, celui de communication.

— Non, pas maintenant.

— Le Dr Mira est au salon. Elle souhaiterait vous parler.

— Je descends.

Il se redressa, le regard toujours rivé sur Eve.

— Arrêt du système, murmura-t-il, et, aussitôt, le ronronnement feutré de son équipement électronique s'interrompit.

Il sortit de la pièce. La porte se verrouilla automatiquement derrière lui ; on ne pouvait l'ouvrir que grâce aux empreintes digitales et vocale des individus autorisés à y pénétrer. Or, seulement trois personnes au monde étaient entrées dans ce lieu.

Pour aller plus vite, il emprunta l'ascenseur. Il ne voulait pas s'éloigner d'Eve trop longtemps.

— Connors...

Se levant de son fauteuil, Mira se précipita vers lui. Son visage d'ordinaire si serein était crispé par l'anxiété.

— J'ai appris la nouvelle tout à l'heure, je suis venue immédiatement. Je suis désolée de vous déranger, mais il fallait que je vous parle.

— Vous ne me dérangez jamais.

Elle lui prit les mains, les serra.

— Dites-moi... Acceptera-t-elle de me voir ?

— Je l'ignore. Elle dort, je lui ai donné un sédatif. Je pourrais les tuer pour ce qu'ils lui ont fait, dit-il comme pour lui-même, d'une voix si douce qu'elle en était redoutable. Si vous aviez vu son regard... Oui, je pourrais les tuer rien que pour ça.

Mira, consciente qu'il n'exagérait pas, frissonna.

— Pourrions-nous nous asseoir ?

— Naturellement. Pardonnez-moi, je perds tout savoir-vivre.

— Cela n'a aucune importance. Connors...

Mira se rassit, et Connors en fit autant. Elle se pencha pour saisir à nouveau sa main, avec l'espoir que ce contact contribuerait à les réconforter tous les deux.

— Ce qui s'est passé aujourd'hui déclenchera de nombreuses réactions, certains seront indignés, d'autres compatissants... Cependant, vous et moi comprenons vraiment ce que cela implique pour elle. Pour son identité profonde, l'idée qu'elle a d'elle-même.

— Ils l'ont détruite.

Incapable de rester en place, il se releva et alla se camper devant la fenêtre, contemplant les arbres du parc qui frémissaient sous le vent glacial.

— Je l'ai vue affronter la mort, la sienne et celle d'autrui. Je l'ai vue affronter son passé avec son cortège d'ombres, de tourments, d'effroi. Je l'ai vue terrifiée par ses propres sentiments. Mais elle ne flanchait pas. Elle serrait les dents, et elle se battait. Tandis que là, elle est proprement anéantie.

— Elle retrouvera sa combativité. Mais, si elle est seule, elle ne réussira pas à surmonter cette épreuve.

Il pivota. Dans le contre-jour, ses yeux si bleus évoquaient ceux d'un ange vengeur surgi des enfers, songea Mira.

— Elle n'est pas seule.

— La relation que vous avez avec elle la sauvera. De même qu'elle vous a sauvé.

— Vous n'avez pas tort, admit-il après un silence. Elle m'a effectivement sauvé, elle m'a apporté l'oubli. Je l'aime plus que ma propre vie, et je ferai tout ce qui sera nécessaire.

Mira contempla un instant ses mains jointes sur ses genoux.

— Je ne vous interrogerai pas sur vos méthodes ou vos... contacts dans certains milieux. En revanche, j'ai une question à vous poser : comment puis-je vous aider ?

— Pour qu'Eve récupère son insigne, jusqu'à quel point est-il important de démentir les accusations de Bowers ?

— En ce qui concerne l'enquête menée par le Bureau des affaires internes, ce serait très utile. Toutefois, tant que le meurtre ne sera pas résolu et Eve publiquement innocentée, le département suivra sa ligne de conduite sans en déroger.

— Vous seriez disposée à la tester ? Détecteur de mensonge, profil psychologique, etc.

— Oui, mais elle doit être volontaire, et prête à subir ces tests qui sont pénibles, physiquement et moralement. Cela plaidera néanmoins en sa faveur.

— Je la convaincrai.

— Elle va s'abîmer dans le désespoir, cette étape est inévitable. Veillez cependant à ce qu'elle ne se prolonge pas trop. À un moment ou à un autre, il faudra qu'Eve passe par la colère. C'est dans la rage qu'elle puisera de la force.

Mira quitta son siège, s'approcha de Connors.

— J'ai demandé qu'on me confie le soin d'évaluer l'état psychique et émotionnel de Bowers – en m'appuyant sur ses rapports de ces dernières semaines, ses journaux intimes, les déclarations de ses collègues et de ses relations. Je compte prendre mon temps. Je dois être extrêmement prudente et précise. Je ne serai sans doute pas en mesure de remettre mes conclusions avant deux semaines.

— Je pourrais l'emmener loin d'ici.

— Ce serait une excellente solution, même pour quelques jours. Mais je serais surprise qu'elle accepte et...

Mira s'interrompit.

— Oui ?

— Je la connais si bien. J'ai pour elle beaucoup d'affection. Mais je suis aussi psychiatre. Je crois savoir comment elle va réagir, du moins au début. N'interprétez pas mes propos comme une indiscrétion, une intrusion dans son intimité...

— Je sais que vous tenez à elle. Dites-moi ce que vous pensez.

— Elle cherchera un refuge. Dans le sommeil, le silence, la solitude. Il est possible qu'elle vous repousse.

— Là, elle n'a aucune chance de réussir.

— Mais elle le voudra, elle essaiera, parce que jamais personne n'a été aussi proche d'elle que vous. Oh ! je suis tellement navrée, soupira Mira en se massant les tempes. Serait-ce abuser de votre hospitalité si je vous demandais un fond de cognac ?

— Pas du tout.

Mû par un instinct protecteur irrépressible, il lui posa la main sur l'épaule.

— Asseyez-vous, docteur Mira.

Les jambes flageolantes, les yeux pleins de larmes, elle se laissa guider jusqu'au fauteuil, tandis que Connors sortait d'un cabinet superbement sculpté un flacon en cristal.

— Merci, balbutia-t-elle en saisissant le verre qu'il lui tendait.

Elle but une gorgée de cognac, attendit que l'alcool diffuse sa chaleur bienfaisante dans son corps.

— Le fait d'être suspectée, suspendue, ne représente pas pour Eve un simple avatar professionnel, reprit-elle d'un ton plus ferme. Quand elle était enfant, on l'a déjà dépouillée de son identité. Elle en a bâti une autre, elle s'est reconstruite. Et voilà qu'on l'ampute à nouveau de ce qu'elle est. Si elle s'enferme trop longtemps dans sa coquille, il sera difficile de l'atteindre. Cela risque même d'affecter votre couple.

— Là non plus, elle ne réussira pas.

Mira émit un petit rire tremblant.

— Vous êtes un homme très obstiné. Tant mieux.

Elle le contempla longuement, et ce qu'elle lut sur son visage la rasséréna.

— Vous serez peut-être obligé d'étouffer la compassion qu'elle vous inspire. Il serait plus simple pour vous de la choyer, de la dorloter. Mais si vous agissiez ainsi, elle sombrerait. Je pense que vous serez capable de sentir à quel moment elle aura besoin que vous la poussiez en avant.

Mira reposa son verre.

— Je ne veux pas vous retenir loin d'elle plus longtemps. Si elle souhaite me voir, je viendrai aussitôt.

Il hocha la tête, songea à la loyauté de Mira envers Eve, à son amitié, et se demanda ce que pesaient ces sentiments face à son devoir. N'étant pas du genre à biaiser, il dit :

— Quand aurez-vous tous les documents concernant Bowers ?

— Dans un jour ou deux.

— Moi, je les ai déjà, déclara-t-il simplement.

Elle demeura un instant silencieuse, les yeux rivés aux siens.

— Si vous pouviez me les transmettre chez moi... Je présume qu'accéder à mon ordinateur personnel ne vous pose pas de problème ?

— Pas le moindre.

— J'avoue que, parfois, vous m'effrayez, répliqua-t-elle avec un petit rire. Je me mettrai au travail dès ce soir.

— Je vous en suis infiniment reconnaissant, docteur Mira.

15

Les rêves et les souvenirs s'enchevêtraient, chaotiques, tourbillonnant follement dans sa tête. Sa première fiche de paie, la satisfaction d'avoir gagné cet argent en faisant le métier pour lequel on l'avait formée. Le garçon qui l'avait embrassée quand elle avait quinze ans, ce baiser maladroit, son étonnement en constatant qu'elle n'éprouvait ni peur ni honte, mais un certain intérêt.

Une nuit de beuverie avec Mavis au *Blue Squirrel*. Elle riait tellement qu'elle en avait mal aux côtes. Le corps mutilé d'une enfant qu'elle n'avait pas pu sauver, parce qu'elle était arrivée trop tard.

Les larmes des parents, des familles, les cris des victimes.

La première fois qu'elle avait vu Connors, son visage si beau sur l'écran du vidéocom de son bureau.

Et puis, encore et toujours, cette lumière rouge qui palpitait derrière la fenêtre d'une chambre sordide et glacée. Le couteau dans sa main, dégouttant de sang, et la douleur dans son corps, si violente, si atroce qu'elle n'entendait plus rien. Qu'elle n'était plus rien.

Lorsqu'elle se réveilla, il faisait nuit, et elle se sentait affreusement vide.

Son cœur battait sourdement au fond de sa poitrine, lourd de pleurs et de désespoir. Elle n'était qu'une masse de chair molle, comme si ses os avaient fondu pendant son sommeil.

Elle n'avait qu'une envie : se rendormir, disparaître.

Une ombre silencieuse s'approcha dans l'obscurité, s'assit près d'elle et lui prit la main.

— Tu veux que j'allume la lumière ?

— Non, répondit-elle d'une voix rauque, méconnaissable. Je ne veux rien. Tu n'étais pas obligé de rester là.

— Tu crois que j'aurais permis que tu sois seule à ton réveil ? murmura-t-il en lui baisant les doigts. Tu n'es pas seule, Eve.

Les larmes étaient là, à nouveau, sous ses paupières. Brûlantes. Inutiles.

— Qui t'a prévenu ?

— Peabody. Elle est passée ici avec Feeney, ainsi que Mira. McNab a appelé plusieurs fois. Nadine aussi.

— Je ne peux pas leur parler.

— D'accord... Mavis est en bas. Elle ne partira pas, et il m'est impossible de la mettre dehors.

— Qu'est-ce que je suis censée lui dire ? À elle, aux autres ? Connors, je n'existe plus. La prochaine fois que j'irai au Central, ce sera en tant que suspecte, pour subir un interrogatoire.

— Ne t'inquiète pas, j'ai contacté un avocat. Si tu acceptes d'être interrogée, ce sera ici, sous ton propre toit, et dans les conditions que tu auras fixées.

Il ne distinguait que sa silhouette pelotonnée dans le lit. Elle ne le regardait pas. Avec une infinie douceur, il la fit se retourner.

— Aucun de tes collègues, aucune des personnes qui te connaissent, ne pense que tu es impliquée d'une quelconque manière dans le meurtre de Bowers.

— Je m'en fiche, de ça. Il n'y a pas de preuve tangible, pas de mobile plausible. Je m'en fiche, répéta-t-elle d'une voix hachée qui lui faisait horreur. Ils n'ont que de vagues soupçons, mais ça suffit pour me retirer mon insigne. Pour me virer.

— Il y a des gens qui tiennent à toi et qui veilleront à ce que tu ne sois pas virée.

— Je le suis déjà. C'est un fait qu'on ne peut pas changer. Pas même toi.

Elle roula sur le côté, ferma les yeux.

— Je veux dormir, je suis fatiguée. Va rejoindre Mavis, je préfère être seule.

Il lui caressa les cheveux. Il lui accorderait cette nuit pour ruminer son chagrin, pour fuir la réalité.

Mais quand il fut sorti de la chambre, Eve rouvrit les paupières et fixa le vide devant elle. Elle ne se rendormit pas.

Le lendemain matin, elle n'eut pas le courage de bouger. À quoi bon ?

Elle contempla le dôme vitré au-dessus du lit. Le ciel était plombé. Elle essaya de trouver une bonne raison de se lever, de s'habiller, mais aucune idée ne lui vint. Elle était exténuée.

Elle tourna la tête et vit Connors qui, installé dans le coin-salon, sirotait son café.

— Tu as assez dormi, Eve. Tu ne peux pas continuer à te cacher.

— Pour l'instant, ça me paraît la meilleure solution.

— Tu as tout à y perdre. Debout !

Elle s'assit dans le lit, ramena les genoux sous son menton.

— Je n'ai rien à faire, nulle part où aller.

— Tu es libre d'aller où tu le désires. J'ai pris deux semaines de vacances.

— Tu n'avais pas à faire ça, se récria-t-elle dans une flambée de colère qui s'éteignit aussitôt. Je n'ai pas envie d'aller où que ce soit.

— Eh bien, nous resterons à la maison. Mais toi, tu ne resteras pas dans ce lit, la tête sous l'aile.

— Je n'ai pas la tête sous l'aile, répliqua-t-elle.

De quel droit lui adressait-il des reproches ? Comment pouvait-il comprendre ce qu'elle ressentait ? Vexée cependant - elle avait encore un peu de fierté -, elle se leva et saisit son peignoir.

Satisfait d'avoir remporté cette petite victoire, Connors lui servit un café.

— J'ai déjà mangé, déclara-t-il négligemment. Par contre, je ne crois pas que Mavis ait pris son petit-déjeuner.

— Mavis ?

— Oui, elle a passé la nuit ici, répondit-il en activant l'interphone. Elle te tiendra compagnie.

— Non, je ne...

Trop tard, le visage de Mavis était là, sur l'écran.

— Connors, est-ce qu'elle est... Oh, Dallas ! s'exclama Mavis en apercevant Eve. J'arrive ! ajouta-t-elle avec un sourire qui dissimulait mal son anxiété.

— Je ne veux parler à personne, maugréa Eve sitôt que l'écran s'éteignit. Tu ne comprends donc pas ?

— Si, très bien.

Il la prit par les épaules et, en la sentant si fragile sous ses mains, eut l'impression que son cœur se déchirait.

— Pendant de longues années, toi et moi nous n'avons eu personne à aimer, personne pour nous aimer. Alors, je comprends parfaitement ce que c'est que d'avoir quelqu'un dans sa vie.

Il lui baisa tendrement le front.

— D'avoir besoin de quelqu'un. Mavis est là, parle-lui.

— Je n'ai rien à lui dire, répliqua Eve en ravalant un sanglot.

— Dans ce cas, écoute-la.

Il se dirigeait vers la porte quand celle-ci s'ouvrit soudain, livrant passage à Mavis qui se précipita vers Eve et l'entoura de ses bras.

Avant de sortir, il entendit la jeune femme lancer d'un ton ulcéré :

— Ce sont tous des guignols ! Des andouilles !

— Oui, balbutia Eve en enfouissant son visage dans la chevelure bleu électrique de son amie. Oui...

— J'avais l'intention d'aller voir Whitney pour lui cracher à la figure, mais Leonardo m'a convaincue de venir d'abord ici.

Elle se recula d'un mouvement si brusque qu'Eve chancela.

— Qu'est-ce qu'ils ont dans le crâne, ces enfoirés ? clama-t-elle en faisant voleter les manches roses et diaphanes de ce qui était vraisemblablement un déshabillé.

— Ils respectent le règlement, articula Eve.

— Ils ne s'en tireront pas comme ça ! Je parie que Connors a déjà engagé toute une armée d'avocats pour expédier ces salauds aux galères. Tu vas voir. Quand tout ça sera terminé, tu seras la reine de New York.

— Je veux simplement récupérer mon insigne.

Eve s'effondra sur le sofa et, parce qu'elle n'avait pas à sauver les apparences devant Mavis, fondit en larmes.

— Sans mon insigne, je n'ai plus rien.

— On te le rendra.

Bouleversée, Mavis s'assit auprès de son amie, l'étreignit.

— Tu trouves toujours la bonne solution, Eve.

— Là, je suis impuissante.

Épuisée, elle renversa la tête en arrière et ferma les yeux.

— Tu as trouvé la solution pour moi, insista Mavis. Quand tu m'as épinglée, il y a des années, tu as changé ma vie.

Eve esquissa un pauvre sourire.

— Tu parles de quelle arrestation, au juste ?

— La première. Les suivantes n'étaient que, disons, des faux pas. Grâce à toi, je me suis demandé si je ne pouvais pas devenir autre chose qu'une petite arnaqueuse à la manque. Ensuite, tu m'as persuadée que j'en étais capable. Et l'an dernier, quand je ne tournais pas rond, que j'étais au bord du gouffre, tu as été là pour moi. Tu as trouvé la solution.

— J'avais mon insigne. J'avais un métier.

— Eh bien, maintenant, tu as une amie et le mari le plus génial de l'univers. Et ce n'est pas tout. Tu sais combien de gens ont appelé, hier soir ? Connors voulait rester près de toi, j'ai donc demandé à Summerset la permission de prendre les communications. Ça n'a pas arrêté.

— Combien d'appels émanaient de journalistes en quête d'une histoire croustillante ?

Pour toute réponse, Mavis émit un reniflement de mépris. Puis elle se redressa pour se diriger vers l'autochef et consulter le menu. Connors l'avait priée de veiller à ce qu'Eve se nourrisse.

— Je sais comment clouer le bec aux reporters, figure-toi. Si on s'offrait une glace ?

— Je n'ai pas faim.

— Une glace, ça se mange sans faim. Oh, attends !... des cookies aux pépites de chocolat, quelle merveille !

— Mavis...

— Tu as pris soin de moi quand j'en avais besoin. S'il te plaît, ne me donne pas le sentiment d'être inutile.

Cette prière, prononcée d'une voix douce, ne pouvait pas laisser Eve insensible. Elle coula un regard empli de regret vers le lit, ce refuge où elle brûlait de se terrer, puis soupira :

— Elle est à quel parfum, cette glace ?

Eve traversa cette journée tel un voyageur égaré dans le brouillard. Elle ne mit pas les pieds dans son bureau ni dans celui de Connors, prétexta une migraine pour s'isoler quelques heures. Elle ne répondit à aucun appel, refusa de discuter avec son mari, et finit par s'enfermer dans la bibliothèque. Soi-disant pour lire.

Elle activa le fichier électronique répertoriant les volumes rangés sur les rayonnages. De cette façon, si on l'épiait grâce aux écrans de contrôle, on penserait qu'elle était en train de choisir un ouvrage. Après quoi, elle commanda l'extinction des lumières, se blottit sur le canapé et sombra dans le sommeil.

Elle rêva de deux serpents entrelacés autour d'une baguette en or ensanglantée. Les gouttes de sang tombaient une à une sur des fleurs en papier plantées dans une bouteille d'alcool.

Quelqu'un criait « Au secours ! ». Sa voix était celle d'une personne âgée.

Elle entrait dans le rêve, dans un paysage enneigé, d'un blanc aveuglant. Le vent lui piquait les yeux et emportait au loin l'écho de la voix. Elle courait, glissait et se tordait les chevilles, de la buée s'échappait de sa bouche, mais elle ne voyait rien, hormis la neige immaculée et glacée.

Sale flic !

Les mots sifflaient à son oreille.

Qu'est-ce que tu mijotes, ma petite fille ?

La terreur lui griffait le cœur.

Mais pourquoi ils lui ont fait ce trou dans la couenne ?

Une question sans réponse.

Soudain, elle les apercevait, les damnés de la terre, immobiles dans la neige. Leurs corps décharnés et noueux, leurs visages empreints de révolte. Leurs regards qui la fixaient, l'interrogeaient, elle qui n'avait pas de réponse à leur donner.

Derrière elle, derrière le rideau blanc, résonnait un bruit étrange, celui de la glace qui se rompt. Comme un rire qui fusait, sourd, furtif.

Le rideau blanc bougeait, devenait une paroi lisse. Les murs d'un couloir d'hôpital, pareil à un tunnel sans issue. Des pas s'approchaient. Paniquée, elle pivotait d'un bond, portait la main à son arme. Elle n'avait plus d'arme.

Qu'est-ce que tu mijotes, ma petite fille ?

Un sanglot lui écorchait la gorge, la peur la dévorait tout entière. Elle s'élançait, trébuchait, les poumons en feu. Elle sentait son souffle dans son dos. Son haleine qui empestait le whisky.

Le tunnel se divisait en deux. Elle s'arrêtait, trop affolée pour savoir quelle direction prendre. Le pas titubant s'approchait, elle se mordait les lèvres pour ne pas hurler. Elle obliquait à droite, plongeait dans le silence. La sueur inondait son visage. Il y avait de la lumière, là-bas, une faible lueur, l'ombre d'une silhouette.

Elle accélérait l'allure.

Pitié, aidez-moi. Au secours.

Au bout du tunnel se trouvait une table, et sur cette table son propre corps, son cadavre. Livide, avec un trou à la place du cœur.

Elle se réveilla en sursaut, tremblant de tous ses membres. Elle se leva, se traîna jusqu'à l'ascenseur. Parvenue au rez-de-chaussée, elle ouvrit la porte d'entrée. Elle avait besoin d'air.

Elle resta dehors pendant près d'une heure, malgré le froid mordant, s'évertuant à chasser de son esprit l'atroce cauchemar. Elle se sentait comme dédoublée ; une part d'elle-même la contemplait de loin, avec dégoût.

Ressaisis-toi, Dallas, lui disait-elle. *Tu es pitoyable.*

Laisse-moi tranquille, geignait l'autre part de son être. *Fiche-moi la paix.*

Elle avait le droit d'être désespérée, non ? D'avoir des faiblesses ? Et si elle avait envie de s'y complaire, cela la regardait.

Car personne ne pouvait comprendre ce qu'elle ressentait.

Tu as encore une cervelle, n'est-ce pas ? Même si tu as perdu ton courage, commence à réfléchir un peu.

— J'en ai marre de réfléchir, marmonna-t-elle. Ce n'est plus la peine.

Les épaules voûtées, elle regagna la maison. Elle voulait Connors auprès d'elle. Qu'il la serre dans ses bras, qu'il chasse ses démons.

Au prix d'un effort surhumain, elle refoula les larmes qui lui montaient aux yeux. Pleurer l'épuisait. Elle n'avait plus qu'un désir : se pelotonner contre son mari, bien au chaud, et l'écouter lui répéter que tout allait s'arranger.

Elle entra dans le hall. Ses chaussures étaient boueuses, son jean trempé jusqu'aux genoux. Elle n'avait même pas songé à enfiler une veste avant de sortir et s'aperçut tout à coup qu'elle claquait des dents.

Summerset l'observa un moment, les lèvres pincées, le regard empli d'inquiétude. Puis il plaqua sur sa figure son expression la plus hautaine et s'avança.

— Vos semelles sont crottées, voyez ces traces sur le marbre. Vous pourriez vous montrer plus soigneuse.

Il attendit, espérant qu'elle allait riposter, l'envoyer sur les roses. Mais elle se contenta de tourner vers lui des yeux vides, et il sentit son cœur se serrer – ce cœur dont elle le croyait dénué.

— Excusez-moi, murmura-t-elle, je n'ai pas fait attention.

Tête basse, elle se cramponna à la rampe de l'escalier et commença à gravir les marches.

Désemparé, Summerset se précipita sur l'interphone.

— Connors, le lieutenant vient de rentrer. Elle n'avait rien sur le dos. Elle est en piteux état.

— Où est-elle ?

— Elle monte. Connors, je l'ai agressée et... elle s'est *excusée*. Il faut faire quelque chose.

— Je m'en occupe.

Connors quitta son bureau et gagna la chambre à grands pas. À l'instant où il découvrit sa femme, blême et transie, l'angoisse et la fureur le submergèrent. Il était temps, décréta-t-il, de laisser parler la colère.

— Qu'est-ce que tu fabriques, Eve ?

— J'ai marché un moment dans le parc, j'avais besoin de respirer.

Elle s'assit pour se déchausser, mais elle avait les doigts trop gourds pour dénouer ses lacets.

— Tu es sortie sans manteau. Tu as l'intention de tomber malade ? Voilà le plan génial que tu as mitonné dans ta cervelle de linotte ?

Elle en demeura bouche bée. Elle avait voulu le rejoindre, pour qu'il la console, et voilà qu'il la réprimandait, qu'il lui ôtait ses chaussures avec des gestes brusques, comme si elle était une gamine insupportable.

Mon Dieu, constata-t-il, elle avait les mains gelées. Réfrénant son envie de la serrer dans ses bras, il ordonna d'un ton sévère :

— File prendre une douche. Brûlante, s'il te plaît. D'ailleurs, tu mériterais d'être ébouillantée.

Le visage d'Eve se crispa douloureusement, mais elle garda le silence. Avec une docilité qui redoubla le courroux de Connors, elle passa dans la salle de bains.

Lorsqu'il entendit l'eau ruisseler, il ferma les yeux et se remémora les conseils de Mira.

Il l'avait laissée pleurer tout son soûl. Maintenant, il devait la forcer à réagir.

Pourvu que je ne me trompe pas.

Il remplit deux verres de cognac, attendit qu'Eve reparaisse, drapée dans un peignoir. Il était prêt.

— Il est temps de parler des diverses possibilités qui s'offrent à toi.

— Des possibilités ?

Il lui tendit un verre puis s'installa confortablement sur le sofa.

— Avec ta formation et ton expérience, tu devrais t'orienter vers la sécurité. Je possède plusieurs organismes où tes capacités seraient fort utiles.

— Je travaillerais pour toi ?

— Je peux te garantir que tu toucheras un bien meilleur salaire et que tu ne seras pas désœuvrée.

Il étendit le bras sur le dossier du sofa, feignant la plus parfaite décontraction.

— Cela te laisserait des loisirs, ce qui te permettrait de m'accompagner quand je pars en voyage d'affaires. Avoue que ce serait bien pour nous deux.

— Je ne cherche pas de job, Connors.

— Ah non ? Pardon, j'avais cru. Dans ce cas, si tu as décidé de prendre ta retraite, nous pourrions envisager d'autres options.

— Des options... Je n'en ai aucune.

— Nous pourrions avoir un enfant.

Elle fut tellement stupéfaite qu'elle faillit lâcher son verre.

— Quoi ?

— J'ai au moins réussi à capter ton attention, murmura-t-il. Je comptais attendre un peu avant de fonder une famille mais, vu les circonstances...

— Tu es cinglé ? Tu parles d'avoir un bébé ?

— C'est en général de cette manière qu'on fonde une famille.

— Mais, je... je ne connais rien aux bébés, aux enfants.

— Tu apprendras, tu auras tout le temps pour ça. Être à la retraite fera de toi une mère idéale. Professionnelle, dirais-je.

— Professionnelle... Seigneur Dieu, bredouilla-t-elle. Tu plaisantes, n'est-ce pas ?

— Pas vraiment, rétorqua-t-il en se levant. Je veux une famille. Pas nécessairement tout de suite, ni dans un an, mais je veux que tu me donnes des enfants. Et je veux retrouver ma femme.

— Un job dans la sécurité, un bébé...

Les yeux d'Eve s'emplirent de larmes.

— Tu as décidé de m'enfoncer la tête sous l'eau alors que je suis en train de me noyer ?

— Je m'attendais à mieux de ta part, répliqua-t-il d'un ton froid.

— Mieux de ma part ?

— Qu'as-tu fait durant ces dernières vingt-quatre heures, Eve ? Tu t'es apitoyée sur ton sort. Selon toi, où cela te mènera-t-il ?

— J'espérais que tu me comprendrais ! s'écria-t-elle d'une voix si déchirante qu'il dut se raidir pour ne pas flancher. Que tu me soutiendrais !

Il avala une lampée de cognac.

— J'en ai assez de te regarder te vautrer dans ton malheur.

Elle en eut le souffle coupé.

— Alors laisse-moi seule ! hurla-t-elle en balançant son verre à travers la chambre. Tu ne sais pas ce que j'éprouve.

— En effet...

« Enfin, songea-t-il, enfin, elle retrouve sa rage. »

— Pourquoi ne pas me l'expliquer ?

— Je suis un flic, bon sang ! Je me suis décarcassée pour entrer à l'académie de police parce que, pour moi, c'était le seul moyen de devenir quelqu'un. De ne plus être un numéro, une victime parmi tant d'autres. Et j'ai réussi ! clama-t-elle.

Elle se détourna. Elle pleurait à nouveau, mais cette fois, au lieu de l'anéantir, les larmes lui redonnaient de la force.

— Les souvenirs que j'avais perdus, l'acte que j'avais commis... Rien de tout ça ne me ferait dévier de la route que je m'étais tracée. Être un flic, avoir les moyens d'agir, utiliser ce foutu système qui m'avait toujours broyée. Être au cœur de la machine, grâce à mon insigne. Avoir quelque chose à défendre.

— Pourquoi as-tu baissé les bras ?

Elle pivota, les poings serrés, les yeux flamboyants.

— Ils m'y ont forcée ! Après onze ans d'apprentissage et de travail acharné pour changer les choses. Je les ai dans la tête, tous ces cadavres que j'ai examinés, tout ce sang où j'ai plongé mes mains. Je les vois dans mon sommeil, chaque visage est là, gravé dans mon esprit. Mais ça ne m'a pas arrêtée, rien ne m'aurait arrêtée, parce que c'était trop important. Parce que je suis capable d'affronter n'importe quelle horreur, même celles dont je ne me souviens pas.

Sans se départir de sa froideur, il acquiesça.

— Eh bien, bats-toi pour ce qui te paraît tellement essentiel.

— Je n'ai plus rien. Merde, Connors, tu ne comprends pas ? En me retirant mon insigne, ils m'ont pris tout ce que je suis.

— Non, Eve. Ils ne t'ont pas amputée de ce que tu es, sauf si tu capitules. Ils t'ont simplement pris des symboles, des objets. Et si tu as tant besoin de ces objets, cesse de pleurnicher et débrouille-toi pour les récupérer.

— Je te remercie vraiment pour ton soutien !

Elle se rua hors de la chambre et, telle une tornade, descendit à la salle de gym où elle troqua son peignoir pour une combinaison. Ivre de rage, elle activa le droïde sparring-partner et se mit à le bombarder de coups.

À l'étage, Connors buvait son cognac tout en observant sa femme sur un écran de contrôle. Il se doutait bien que ce n'était pas le visage du droïde qu'elle martelait de la sorte, mais celui de son mari.

— Tape, mon amour, murmura-t-il avec un sourire béat. Réduis-moi en bouillie.

Il grimaça cependant, lorsqu'elle frappa d'un violent coup de genou les testicules de son adversaire.

— Je suppose que je ne l'ai pas volé, admit-il. Il ne faut pas que j'oublie de commander un nouveau sparring-partner. Quand tu en auras terminé avec celui-ci, il ne vaudra plus tripette.

Elle allait mieux, estima-t-il lorsqu'elle eut abandonné le droïde démantibulé sur le tapis. Elle se débarrassa de sa combinaison trempée de sueur, plongea dans la piscine et se mit à nager comme si elle concourait pour un titre olympique.

Soudain, la voix de Summerset retentit :

— Un certain inspecteur Baxter est à la grille. Il désire voir le lieutenant Dallas.

— Dis-lui qu'elle n'est pas disponible. Attends, non...

Se fiant à son instinct, Connors se leva. Il en avait plus qu'assez de l'inaction.

— Fais-le monter dans mon bureau, Summerset. Je le recevrai moi-même. J'ai un petit message à transmettre au département de police.

— Avec grand plaisir.

Baxter déployait des efforts considérables pour dissimuler sa gêne et ne pas paraître trop empoté. Il était d'humeur maussade, il avait les nerfs en pelote à cause de la horde de reporters qu'il avait dû affronter à la grille. Ces fous furieux n'auraient pas hésité à briser les vitres d'un véhicule officiel. De nos jours, pensa-t-il avec amertume, plus personne ne respectait la police.

Et maintenant il se retrouvait dans une espèce de palais, guidé par un majordome guindé. Des endroits pareils, on n'en voyait que dans les films. Naguère, il prenait un malin plaisir à taquiner Eve, à lui répéter qu'elle n'avait épousé Connors que pour son immense fortune. À présent, il n'avait plus aucune envie de plaisanter à ce sujet.

Il eut un autre choc en pénétrant dans le bureau de Connors. Les yeux lui sortirent de la tête lorsqu'il avisa le matériel électronique hypersophistiqué qui occupait une partie de l'immense pièce. Dans ce décor raffiné, il se sentit lamentable. Il eut honte de son costume à deux sous et de ses chaussures usées.

Il était franchement mal à l'aise.

— Inspecteur, dit Connors qui demeura assis à sa table, pour bien montrer qui des deux détenait le pouvoir, puis-je voir votre insigne ?

Ils s'étaient déjà rencontrés plusieurs fois, mais Baxter n'émit aucun commentaire et exhiba son insigne. Compte tenu des circonstances, il pouvait comprendre que son interlocuteur ne l'accueille pas avec effusion.

— Je dois interroger Dallas à propos du meurtre de Bowers.

— Il me semble vous avoir informé hier que ma femme n'était pas disponible en ce moment.

— Oui, j'ai eu le message. Écoutez, il n'y a pas moyen d'éviter ça. Il faut bien que je fasse mon boulot.

— Effectivement, il faut que vous fassiez votre travail, riposta Connors d'un ton menaçant.

Il se leva ; il se mouvait sans bruit, pareil à un fauve qui traque sa proie.

— Eve n'en a plus la possibilité, puisque votre institution s'est empressée de la lâcher. Comment osez-vous vous présenter ici, venir l'interroger chez elle, dans sa maison ? Je devrais vous forcer à l'avaler, cet insigne que vous brandissez, vous couper la tête et la renvoyer à Whitney.

— Je comprends que vous soyez furieux, répliqua posément Baxter. Mais j'ai une enquête à mener sur une affaire où elle est impliquée.

— Je vous semble furieux, Baxter ?

Les yeux de Connors brillaient d'un éclat métallique qui rappelait la lame d'un poignard. Il contourna la table, s'approcha.

— Et si je vous montrais à quel point je le suis ?

Baxter n'eut même pas le temps d'anticiper le coup. Le poing de Connors s'abattit sur lui à la vitesse de l'éclair.

Eve entra à l'instant précis où Baxter s'écroulait. Elle fit un bond de côté pour l'éviter, puis s'interposa entre lui et Connors.

— Mais tu es fou ! Arrête !

Elle se pencha pour tapoter les joues du policier groggy.

— Ça va ?

— Je suis un peu sonné, bredouilla-t-il.

— Vous avez dû trébucher.

Mettant son orgueil dans sa poche, elle ajouta d'un ton presque implorant :

— Je vous aide à vous relever.

Il coula un regard en direction de Connors, puis dévisagea Eve.

— Oui, c'est ça, j'ai dû trébucher.

Il se tâta la mâchoire, s'appuya sur Eve pour se remettre debout.

— Dallas, vous savez pourquoi je suis là.

— Eve, tu ne lui parleras qu'en présence de nos avocats, déclara Connors. Nous les contacterons et nous vous fixerons un nouveau rendez-vous, inspecteur, à la date qui conviendra à mon épouse.

— Baxter, dit-elle, les yeux rivés sur Connors, vous pouvez nous laisser seuls un instant ?

— Oui, bien sûr. Je... euh... je vais attendre dans le couloir.

— Merci.

Eve attendit qu'il soit sorti et qu'il ait refermé la porte.

— Il fait simplement son boulot.

— Alors qu'il le fasse correctement, qu'il te donne la possibilité d'avoir tes avocats près de toi.

Elle s'avança, lui prit la main qu'elle examina.

— Ça va enfler, je te le garantis. Baxter a la tête plus dure qu'un caillou.

— Je suis soulagé. Je regrette seulement que tu sois intervenue.

— Si je ne m'en étais pas mêlée, tu serais déjà bouclé dans une cellule et je serais obligée de payer ta caution.

Elle le dévisageait, étonnée par la colère qu'elle lisait dans ses yeux.

— Il y a moins d'une heure, tu me reprochais de m'apitoyer sur mon sort. Je débarque dans ton bureau et je te trouve en train d'assommer le type qui enquête sur l'affaire qui m'a mise dans la mélasse. Dans quel camp es-tu, Connors ?

— Dans le tien, Eve. Je serai toujours de ton côté.

— Alors, pourquoi m'as-tu fait tous ces reproches ?

— Pour te vexer, répondit-il avec un sourire. Ça a marché. Toi aussi, tu vas avoir les mains enflées.

— J'ai démoli ton droïde.

— Oui, je sais.

— Je me disais que c'était toi que je boxais.

— Ça aussi je le sais. Tu as encore envie de me frapper ?

— Peut-être...

Elle l'entoura de ses bras, l'étreignit.

— Merci.

— Pourquoi me remercies-tu ?

— Parce que tu me connais si bien que tu as compris ce dont j'avais besoin.

Elle nicha son visage au creux de l'épaule de son mari, ferma les yeux.

— Et moi, ajouta-t-elle, je crois te connaître assez bien pour savoir que ça n'a pas été facile pour toi de me houspiller.

Il la serra contre lui de toutes ses forces.

— Je ne supporte pas de te voir souffrir.

— Je m'en sortirai. Je ne te décevrai pas, et je ne me décevrai pas non plus. J'ai besoin de toi.

Elle l'embrassa, recula d'un pas.

— Je rappelle Baxter. Tu ne le touches pas, d'accord ?

— Je peux rester et assister au spectacle ? Ça m'excite de te regarder découper quelqu'un en rondelles.

16

Quand Eve rappela Baxter, celui-ci lança à Connors un long regard méfiant.

— Bah ! je crois que j'aurais réagi comme vous, marmonna-t-il, puis il se tourna vers Eve. J'ai une chose à vous dire avant de commencer l'interrogatoire.

Elle opina.

— Je vous écoute.

— C'est vraiment pas marrant.

Elle esquissa un sourire, sentit ses muscles se décontracter. Baxter paraissait encore plus gêné et malheureux qu'elle ne l'était.

— Effectivement. Alors dépêchons-nous d'en finir.

— Vous avez contacté votre avocat ?

— Mon mari restera à mon côté durant notre entretien.

— Ah ! fit Baxter en frottant sa mâchoire endolorie. S'il veut encore m'assommer, j'espère que vous l'en empêcherez.

Il prit son enregistreur, le garda un instant dans ses mains. La consternation se lisait sur son visage.

— Bon Dieu, c'est vraiment pas marrant ! répéta-t-il.

— Faites votre travail, Baxter. Ça nous facilitera les choses.

— Ça m'étonnerait, bougonna-t-il.

Il posa l'enregistreur sur la table, le mit en marche, puis énonça la date, l'heure, et débita d'une voix monocorde les articles du code Miranda.

— Vous connaissez la chanson, pas vrai ?

— Je connais mes droits et mes obligations.

Eve, qui sentait ses genoux se dérober, préféra s'asseoir. Elle qui avait été si souvent à la place de Baxter, se retrouvait soudain de l'autre côté de la barrière.

— Je veux d'abord faire une déclaration, dit-elle. Ensuite, vous pourrez m'interroger sur les détails.

Elle prit une profonde inspiration. C'était un peu comme un rapport, pensa-t-elle, pareil à tous ceux qu'elle avait rédigés au fil des ans.

De la routine.

Il fallait qu'elle s'accroche à cette idée, pour se débarrasser de la boule qui lui obstruait la gorge. Un rapport, du concret.

Quand elle attaqua son récit, elle entendit pourtant dans sa voix un imperceptible chevrotement.

— Lorsque je suis arrivée sur les lieux, le matin du meurtre de Petrinsky, je n'ai pas reconnu l'agent Ellen Bowers. Ensuite, j'ai appris que nous avions été ensemble à l'académie, au moins durant quelques mois. Je ne me souviens pas de l'avoir vue ou d'avoir discuté avec elle avant notre rencontre sur la scène de crime. Elle n'avait pas exécuté correctement son travail, et je n'ai pas apprécié son attitude. Étant d'un grade supérieur au sien, je l'ai réprimandée. Cet incident a été dûment enregistré.

— Nous avons le film de Peabody. Nous sommes en train de l'analyser.

Eve reprit sa respiration – elle avait toujours cette boule dans la gorge – et poursuivit d'un ton plus ferme :

— L'agent Trueheart, dont Bowers était l'instructeur, s'est avéré posséder un sens aigu de l'observation. En outre, il connaissait les indigents du secteur. Je lui ai demandé de m'assister pour interroger un témoin, et son aide m'a été fort utile. Il s'agissait de ma part d'une décision professionnelle et non personnelle. Quelques heures après, l'agent Bowers a déposé une plainte contre moi, m'accusant de l'avoir insultée et d'avoir enfreint le règlement. J'ai répondu point par point à ces accusations.

— Les rapports sont également en cours d'examen, rétorqua Baxter.

Sa voix était neutre, mais dans son regard elle lut un encouragement : *Continue, expose clairement les faits*.

— Quand je suis intervenue lors du meurtre de Jilessa Brown, l'agent Bowers était déjà sur les lieux. Le film des premières constatations montre son insubordination et son manque de professionnalisme. Elle a affirmé que je l'avais appelée pour la menacer, ce que l'analyse des empreintes vocales démentira. La deuxième plainte qu'elle a déposée contre moi est sans fondement. Bowers ne représentait pour moi qu'un désagrément mineur, rien de plus.

Elle aurait aimé boire un verre d'eau, mais elle préférait aller jusqu'au bout sans s'interrompre.

— Au moment de sa mort, j'avais quitté le Central, j'étais dans ma voiture, en route pour mon domicile. D'après ce que j'ai compris, ce créneau horaire ne me laissait que peu de marge pour suivre Bowers dans la rue et la tuer de la manière censée avoir causé sa mort. Vous pouvez vérifier mes allées et venues et, si vous le jugez nécessaire pour votre enquête, je me soumettrai au détecteur de mensonge ainsi qu'à une évaluation psychologique.

Baxter hocha la tête.

— Vous me simplifiez vraiment les choses.

— Je souhaite juste reprendre le cours de ma vie.

« Récupérer mon insigne », songea-t-elle, mais elle ne pouvait l'avouer.

— Je ferai tout qu'il faut pour ça, ajouta-t-elle.

— Nous devons aussi examiner la question du mobile. Euh...

Il jeta un bref coup d'œil à Connors. Le regard bleu, implacable, de cet homme avait le don de lui flanquer la chair de poule.

— Dans ses journaux intimes, Bowers parle de vos relations avec certains membres du département de la police new-yorkaise. Euh... vous leur auriez accordé vos faveurs pour obtenir des promotions.

— Vous m'avez déjà vue « accorder mes faveurs » pour obtenir quoi que ce soit ? rétorqua Eve avec un sourire amusé qui lui coûta un effort considérable. J'ai résisté à vos avances pendant des années.

Il devint rouge comme une pivoine, lança un nouveau regard à Connors qui se balançait sur ses talons.

— Vous savez bien que c'était pour rigoler, se défendit-il.

— Oui, je le sais.

Il l'avait souvent agacée avec ses plaisanteries lourdingues, pensa-t-elle, non sans une pointe d'affection. Mais c'était un bon flic et un honnête homme.

— Disons les choses carrément, reprit-elle. Jamais, ni à l'académie ni dans l'exercice de mes fonctions, je n'ai couché avec mes supérieurs. J'ai travaillé pour avoir mon insigne, je l'ai mérité et... jusqu'à ce qu'on me le retire, je me suis efforcée d'en être digne.

— On vous le rendra.

— Ce n'est pas garanti, nous le savons tous les deux.

Elle fixa sur lui un regard empli d'un désespoir qu'elle ne parvenait plus à dissimuler.

— Je le récupérerai peut-être si vous découvrez qui a assassiné Bowers, et pourquoi.

— D'accord. Ainsi, vous ne vous rappelez pas l'avoir connue à l'académie. Pourtant, elle relate dans ses journaux de nombreux incidents vous concernant, qui se seraient produits sur une période d'environ douze ans. Logiquement, vous avez dû avoir des contacts avec elle.

— Je n'en ai aucun souvenir. Je ne peux pas vous donner d'explication, logique ou non.

— Elle vous accuse d'avoir négligé des indices, suborné des témoins et établi des rapports erronés afin de boucler au plus vite les affaires qui vous étaient confiées et d'améliorer votre palmarès.

Eve se raidit. La colère lui fouetta le sang, ramenant à ses joues des couleurs qui réconfortèrent Connors.

— Ces accusations sont infondées, j'exigerai de voir des preuves ! Elle aurait pu écrire n'importe quoi – qu'elle avait une aventure passionnée avec Connors, par exemple, qu'il lui avait fait six enfants, ou qu'elle possédait un élevage de golden retrievers dans le Connecticut. Où sont les preuves, Baxter ?

Elle se pencha vers lui, les yeux flamboyants.

— Je ne peux que nier ! Nier tout en bloc. Je n'ai même plus la ressource de l'affronter, face à face, puisqu'on l'a tuée. Il est désormais impossible de la soumettre à un interrogatoire en règle, de la sanctionner ou de lui coller un blâme. Est-ce que quelqu'un se demande pourquoi on l'a tuée, pourquoi on me met sur la touche, alors que j'enquêtais sur une série de crimes et que mes investigations déplaisaient fortement à certains personnages haut placés ?

Baxter se mordit les lèvres.

— Je n'ai pas le droit d'aborder ce sujet avec vous, Dallas. Vous ne l'ignorez pas.

— En effet, je ne l'ignore pas, ce qui ne m'empêche pas d'émettre des hypothèses.

Elle se leva d'un mouvement brusque et se mit à arpenter la pièce.

— On m'a enlevé mon insigne, pas ma cervelle. Si quelqu'un voulait me causer du tort, il n'avait pas à chercher bien loin. Bowers était là. Obsédée par moi, bouffie de haine. Il suffisait de la manipuler un peu, puis de la trucider pour que les soupçons se portent sur moi. Car on ne m'a pas simplement dessaisie du dossier, on m'a virée. Virée ! Une nouvelle enquête commence, le département est assailli par les médias qui hurlent au scandale, à la corruption. Tout cela arrange les affaires de celui qui s'amuse à dépecer des indigents comme des bêtes de boucherie. Ça lui donne le temps de brouiller les pistes.

Elle pivota, dévisagea Baxter.

— Vous voulez boucler votre affaire, Baxter ? Cherchez le tueur dont on m'a détournée, trouvez le lien qu'il a avec moi. Parce qu'il y en a un. Bowers n'était pour lui qu'un instrument bien pratique, dont il s'est débarrassé. Elle n'avait aucune importance pour moi, ajouta-t-elle d'une voix où, pour la première fois, vibrait une note de pitié. Elle en avait encore moins pour celui qui l'a sauvagement assassinée. C'est moi qu'il visait.

— L'enquête se poursuit. Feeney a repris le dossier.

— Ah !... Certains vont s'en mordre les doigts.

Le reste de l'interrogatoire fut de pure forme. Des questions banales, des réponses qui l'étaient tout autant. Pour conclure, Eve accepta de se soumettre au détecteur de mensonge dès le lendemain.

Lorsque Baxter fut parti, Connors déclara :

— Tu as été parfaite.

— Il ne m'a pas trop bousculée. Il manquait de conviction.

— J'aurais peut-être dû m'excuser de lui avoir flanqué ce coup de poing, rétorqua-t-il avec un sourire malicieux. Mais, moi aussi, j'aurais manqué de conviction.

Elle lui rendit son sourire.

— C'est un bon flic. Et, dans l'immédiat, j'ai besoin de bons flics.

Joignant le geste à la parole, elle prit son communicateur et appela Peabody.

— Dallas ! s'exclama celle-ci, soulagée. Comment allez-vous ?

— J'ai connu des jours meilleurs. Votre planning vous permet-il de venir grignoter à la maison ?

— Grignoter ?

— Absolument. Je vous signale que c'est une communication personnelle, qui passe par votre communicateur personnel, dit Eve en détachant bien chaque syllabe, dans l'espoir que Peabody saisirait le sous-entendu. Je serais vraiment ravie que vous acceptiez mon invitation. Amenez donc vos copains. Mais si vous ne pouvez pas vous joindre à nous, je comprendrai.

Peabody n'eut pas l'ombre d'une hésitation.

— Figurez-vous que j'ai une faim de loup ! Je préviens mes... copains. Nous serons chez vous dans une heure.

— Je serai contente de vous voir.

— Oh ! moi aussi... murmura Peabody.

Eve demeura un instant immobile, plongée dans ses réflexions, puis elle se tourna vers Connors.

— Il me faut le maximum d'informations sur Bowers : son histoire personnelle, professionnelle. Il me faut aussi le dossier de Baxter concernant le meurtre de Bowers : le rapport du légiste, celui des flics qui ont découvert le corps, et les déclarations des éventuels témoins.

Elle se mit à marcher de long en large.

— Ils ont effacé les données que j'avais sur mon ordinateur du Central et sur celui de la maison. Je veux les récupérer et me procurer tous les éléments que Feeney a rassemblés depuis qu'on m'a fichue à la porte. Je ne peux pas lui demander de m'en faire une copie. Il accepterait, mais je n'ai pas le droit de lui imposer ça. Il me faut aussi des renseignements sur le suicide de Friend, et sur ceux qui étaient ses plus proches associés au moment de sa mort.

— Il se trouve que j'ai déjà la plupart des informations dont tu as besoin.

Comme elle le fixait d'un air ahuri, il sourit de toutes ses dents.

— Sois la bienvenue, lieutenant. Tu m'as manqué, j'attendais ton retour avec impatience.

Elle s'approcha, glissa sa main dans la sienne.

— C'est bon d'être de retour. Connors... Quelle que soit l'évolution de la situation, le département jugera peut-être préférable de... Ils risquent de ne pas me réintégrer.

Plongeant son regard dans le sien, il effleura tendrement la fossette qu'elle avait au menton.

— Ils commettraient une erreur irréparable.

— Quoi qu'il advienne, je dois terminer ce que j'ai commencé. Je ne peux pas renoncer au métier qui m'a sauvée. Mais si, ensuite, on ne veut plus de moi...

— Ne parle pas ainsi.

— Je suis bien forcée d'envisager cette éventualité, de m'y préparer, rétorqua-t-elle d'un ton ferme que démentait la lueur d'angoisse qui vacillait au fond de ses yeux assombris. Mais rassure-toi, je le surmonterai. Je ne m'effondrerai plus, tu n'auras pas une loque sur les bras.

— Eve, nous nous en sortirons. Aie confiance en moi.

— J'ai confiance en toi. Mais... Bon Dieu, Connors, je vais devenir hors la loi ! Et je t'entraîne avec moi.

Il lui baisa les lèvres.

— Je n'aurais pas toléré que tu agisses autrement.

— Je parie que ça va t'amuser, bougonna-t-elle. Bon, ne perdons plus de temps. Tu es capable de tripatouiller l'ordinateur de mon bureau pour embrouiller l'Ordigarde ?

— C'est une question ?

Hilare, il la prit par la taille et la guida jusqu'à la pièce voisine.

Dix petites minutes lui suffirent. Eve, qui l'observait, essayait de ne pas paraître trop impressionnée, mais, en vérité, elle était éblouie par le spectacle des doigts agiles de son mari qui couraient sur les claviers, domptaient la machine et la faisaient ronronner comme un chaton repu.

— Voilà, tu ne risques plus rien, annonça-t-il.

— Tu es sûr que l'Ordigarde ne se réveillera pas quand je fourrerai mon nez dans les fichiers du Central ?

— Si tu m'insultes, je te plante là et je vais m'amuser avec mes jouets à moi.

— Ne sois pas si susceptible. Je te signale qu'un délit de ce genre pourrait me valoir des années de prison.

— Je te rendrai visite toutes les semaines, c'est promis.

— C'est ça, de la cellule d'à côté. Et maintenant, comment j'accède aux fichiers ? enchaîna-t-elle en se penchant sur le clavier.

Il lui assena une tape sur la main.

— Pas touche, tu n'es qu'un amateur.

Ses doigts recommencèrent à voleter sur le clavier, des voyants s'allumèrent, puis une suave et féminine voix électronique annonça :

— *Transfert achevé.*

Eve haussa les sourcils.

— Où est passé le crapaud avec qui j'avais l'habitude de converser ?

— Si je dois travailler sur cette console, je choisis mon interlocutrice.

— Par moments, Connors, tu es d'une puérilité effarante. Et maintenant, lève-toi de mon fauteuil.

— Avec joie, répliqua-t-il, pincé.

Il se redressa. Elle l'agrippa par le col et lui donna un long baiser farouche.

— Merci, souffla-t-elle.

— De rien, dit-il en lui cédant la place. Du café, lieutenant ?

— Quelques litres, pour commencer. Ordinateur, imprime les clichés de toutes les scènes de crime, ainsi que les fichiers afférents. Affiche le rapport d'autopsie de l'agent Ellen Bowers.

— *Travail en cours...*

— Vas-y, mon coco, murmura-t-elle.

Une demi-heure plus tard, tous les documents étaient copiés, les disquettes rangées dans un tiroir. Eve était fin prête lorsque Feeney arriva, flanqué de Peabody et de McNab.

— J'ai une chose à te dire, attaqua-t-il avant qu'elle ait pu ouvrir la bouche. On ne va pas rester les bras croisés en attendant que la poussière retombe. J'ai déjà expliqué à Whitney ce que je pensais de la situation, de façon officieuse et officielle.

— Feeney...

— Tais-toi !

Le visage de Feeney avait perdu sa mine de chien battu, ses traits étaient crispés par la colère, sa voix sèche comme un coup de fouet. Quand il pointa le doigt vers Eve, elle se rassit docilement.

— Je t'ai formée, bon Dieu, ce qui me donne le droit d'exprimer mon opinion. Si tu les laisses te virer comme une malpropre, je te botterai le derrière. Tu es dans la panade, c'est certain. Mais il est grand temps de te secouer. J'aimerais savoir pourquoi tu ne leur as pas encore adressé une réclamation en bonne et due forme. Hein ?

— Je... je n'y ai pas pensé, bredouilla-t-elle.

— Vraiment ? Ta cervelle est en congé ?

Feeney pivota, pointant cette fois l'index vers Connors.

— Et vous, avec vos tas d'or et votre armée d'avocats ? Vous êtes aussi ramolli du cerveau ?

— Les papiers sont rédigés, ils n'attendent que sa signature, maintenant qu'elle a fini de... pleurnicher, rétorqua Connors en adressant à Eve un grand sourire.

— Allez au diable, tous les deux ! marmonna-t-elle.

— Je t'ai dit de la fermer ! tonna Feeney. Envoyez la réclamation avant la fin de la journée, ordonna-t-il à Connors. La machine est lente à démarrer. De mon côté, je leur ai adressé un témoignage écrit en tant qu'ancien instructeur et coéquipier. Et l'émission de Nadine en remettra une couche.

— Quelle émission ? demanda Eve.

Feeney leva les yeux au ciel.

— Tu étais trop occupée à te lamenter sur ton sort pour regarder Channel 75 ? Elle a interviewé des gens impliqués dans certaines affaires sur lesquelles tu as enquêté. Les proches de victimes. Un boulot formidable, de quoi vous tirer des larmes. Le plus émouvant, à mon avis, c'était Jamie Lingstrom. Il a dit que son grand-père te considérait comme un policier hors pair. Il a raconté comment tu avais mis ta vie en danger pour arrêter l'assassin de sa sœur. Hier soir, il est venu sonner à ma porte. Il était furieux, il m'a reproché de les avoir laissés te retirer ton insigne.

— Tu n'y pouvais rien, objecta-t-elle, abasourdie.

— Essaie de dire ça à un garçon qui veut devenir flic, qui a foi dans le système. Tu devrais peut-être lui expliquer pourquoi tu restes enfermée dans ta tour d'ivoire, les fesses sur une chaise, à te rouler les pouces.

— Capitaine, vous y allez un peu... intervint McNab qui n'acheva pas sa phrase, refroidi par le regard noir que lui décocha Feeney.

— Je vous dispense de vos commentaires, inspecteur ! Je ne t'ai donc rien appris ? demanda-t-il à Eve.

— Tu m'as tout appris.

Elle se redressa.

— Je suis épatée par ton numéro, Feeney. Je te conseille de le ressortir à l'occasion. Mais tu as usé ta salive pour rien. J'avais déjà décidé de passer à l'attaque.

— Ce n'est pas trop tôt, grommela-t-il en extirpant de sa poche son paquet d'amandes. Sur quel tableau tu comptes jouer ?

— Sur tous. J'ai l'intention de poursuivre l'enquête, à la fois sur les affaires dont tu as désormais la charge et sur le meurtre de Bowers. Ce n'est pas un manque de confiance envers vous tous ou envers Baxter, mais j'ai besoin d'agir.

— Ce n'est pas trop tôt, répéta Feeney en gobant une amande. Je vais te mettre au courant des dernières nouvelles.

— Ah non ! protesta-t-elle. Il n'en est pas question, Feeney. Je ne tiens pas à ce qu'on te retire ton insigne, à toi aussi.

— C'est le mien, j'en fais ce que je veux.

— Je n'ai pas demandé à Peabody de vous amener tous ici pour vous soutirer des informations, mais pour vous expliquer comment j'envisage les choses. La situation est déjà suffisamment compliquée. Jusqu'à ce que le département ait la preuve du contraire, je suis suspectée de meurtre. J'ai la conviction que l'assassinat de Bowers est lié à ceux sur lesquels vous enquêtez. Vous aurez besoin d'un maximum d'éléments, et mes propres réflexions vous seront peut-être utiles.

— Je crois que tu n'as pas bien saisi ce que, moi, j'ai dans la tête. Ouvre bien tes oreilles, Dallas. Je suis responsable de l'enquête. Je prends les décisions. À mon sens, tu es la clé de l'affaire, et si tu as fini de bayer aux corneilles, on s'attelle au boulot. Ça vous pose un problème, vous autres ?

— Non, capitaine, répondirent en chœur Peabody et McNab.

— Tu n'as plus droit à la parole, Dallas. Maintenant, j'aimerais bien un café. Il faut que je te briefe, et j'ai la bouche sèche comme du carton.

— Inutile de me briefer. J'ai déjà toutes les infos.

— Tiens donc, ironisa Feeney en jetant un regard narquois à Connors. N'empêche que j'ai envie d'un café.

— Je vais vous le chercher, proposa Peabody.

Guillerette, elle se dirigea vers la kitchenette.

— J'avais cru entendre parler d'un dîner, geignit McNab.

— Débrouillez-vous tout seul, riposta Peabody.

— Ce garçon est obsédé par son estomac, soupira Feeney, avant de sourire à Eve, tel un père fier de sa progéniture. Toi, par contre, tu es au-dessus de ces trivialités. Par où veux-tu commencer ?

— C'est toi qui tiens le gouvernail.

— Exactement, répliqua Feeney en s'installant confortablement dans un fauteuil.

Du menton, il désigna Connors.

— Et on embarque ce bel Irlandais dans la galère ?

— Il fait partie du lot.

— Un sacré bon lot.

Quelques minutes plus tard, ils étaient tous au travail. Sur un tableau, Peabody avait fixé d'un côté les photos des victimes, et de l'autre celles des suspects. Eve et Feeney épluchaient les comptes rendus d'interrogatoires.

Penchée sur l'écran, elle étudia la vidéo prise dans le laboratoire.

— Tu as tout vérifié ? Ils peuvent établir la traçabilité de tous ces spécimens ?

— Rien ne cloche, apparemment. Ces organes proviennent de donneurs, ou ils ont été achetés par l'intermédiaire de courtiers qui ont pignon sur rue, ou encore cédés par des institutions publiques.

— Qu'est-ce qu'ils en font au juste ?

— Sur ce point, les documents ne sont pas faciles à comprendre, avoua-t-il. Je crois qu'ils s'en servent pour de la recherche fondamentale, pour étudier certaines maladies et les phénomènes dus au vieillissement. Ce jargon médical, c'est un vrai casse-tête.

— Tu n'envisages pas de recourir aux services de Louise Dimatto ?

— C'est délicat. Elle est la nièce de Cagney, elle consulte au dispensaire de Canal Street. Mais, effectivement, elle paraît blanche comme neige et elle t'a bien déblayé le terrain.

— À ta place, je prendrais le risque. Je ne sais pas si elle trouvera la faille – ils sont très organisés et très prudents –, néanmoins elle te fera gagner du temps. McNab, renseignez-vous sur le genre de droïdes que le Drake utilise pour assurer la sécurité, ensuite, cherchez quels fabricants commercialisent des programmes d'autodestruction. Par explosion, pas par court-circuit.

— J'ai déjà le tuyau, rétorqua le jeune inspecteur en engloutissant une cuillerée de nouilles au soja. En tout cas pour le dernier point. L'industrie privée ne fabrique pas d'explosifs de ce type, c'est illégal. Réservé au gouvernement et à l'armée qui en équipent les droïdes destinés à l'espionnage ou à la lutte contre le terrorisme. En principe, la fabrication de ce matériel a été abandonnée il y a environ cinq ans, mais personne n'y croit vraiment.

— À juste titre, car c'est faux, intervint Connors.

Il s'adossa à son fauteuil, prit une cigarette et l'alluma.

— Nous fournissons cet équipement à plusieurs nations, notamment les États-Unis. Cela représente un marché assez rentable puisque ce programme d'autodestruction, par définition, ne sert qu'une fois. Il faut donc le remplacer, et la demande est constante.

— Vous ne traitez pas avec des particuliers ? s'enquit Eve.

Il prit un air choqué, souffla la fumée de sa cigarette.

— Voyons, lieutenant, nous enfreindrions la loi. Non, pour autant que je le sache, aucun industriel ne vend ce matériel sous le manteau à des acheteurs privés.

— Eh bien, voilà qui mouille un peu plus Washington, reprit Eve en se demandant comment réagirait Nadine Furst si elle apprenait ça.

Elle s'approcha du tableau, examina une fois de plus le cliché du cadavre de Bowers.

— À première vue, on a l'impression que l'assassin a été pris d'un accès de folie meurtrière. Cela ressemble presque à un crime passionnel. Cependant, si on regarde de plus près, si on lit attentivement le rapport d'autopsie, il est clair que le crime a été méthodiquement perpétré. On l'a frappée quand elle était encore dans la rue. Un coup d'une précision absolue, porté à la tempe gauche, avec un instrument contondant, très lourd. C'est ce coup, d'après le légiste, qui a été fatal. Elle n'est pas morte instantanément, mais dans les cinq minutes qui ont suivi, et sans avoir repris conscience.

— Alors, pourquoi ne l'a-t-il pas laissée là ? intervint Peabody.

— Oui, pourquoi n'est-il pas parti à cet instant ? Le travail était fait. Le reste n'est que de la mise en scène. Il la traîne dans l'immeuble, il la déshabille. On a pu l'identifier immédiatement grâce à ses empreintes, qui figuraient comme celles de n'importe quel policier, dans les fichiers du Central. Ensuite, on a retrouvé son uniforme et son insigne quelques centaines de mètres plus loin, dans une benne de recyclage qui ne fonctionnait plus. Qui avait été sabotée, à mon avis. Mais le vol de l'uniforme et de l'insigne avait un but précis : donner à penser que le meurtrier voulait retarder autant que possible l'identification de la victime.

— Si vous l'aviez refroidie, vous auriez été plus maligne, déclara Peabody.

Comme Eve tournait vers elle un regard sévère, elle rougit jusqu'à la racine des cheveux.

— Je voulais juste dire que l'inspecteur Baxter aboutira vite à cette conclusion.

— Hmm... Revenons à la mise en scène. On lui a brisé les os un à un, écrasé les doigts, piétiné le visage jusqu'à ce qu'il soit méconnaissable. Même si ça semble être une agression sauvage, d'une brutalité inouïe, c'était là aussi soigneusement calculé. Programmé.

— Un droïde, marmonna Feeney. Oui, ça colle.

— L'équipe qui a fait les premières constatations n'a trouvé aucune trace de sang, hormis celui de la victime, pas de cheveux, pas de tissus cutanés. Rien. Quand on tabasse quelqu'un de cette manière, on s'écorche la peau. Ceux qui ont organisé ce meurtre n'ont pas pensé à ce détail – ou bien ils savaient que ce ne serait pas nécessaire pour me neutraliser. Ils ne sont pas policiers, mais ils ont sans doute un flic dans la manche.

Peabody écarquilla les yeux.

— Rosswell.

— Excellente déduction, acquiesça Eve. Il connaissait Bowers, il a enquêté sur l'une de nos affaires, et il a bâclé le travail, délibérément ou non. En tout cas, il mérite qu'on se penche sur son cas. C'est un joueur invétéré, il faudrait savoir où il en est sur le plan financier.

— Figure-toi que, ce matin, il était au Central, expliqua Feeney. Webster l'avait convoqué à propos de Bowers. Il a fait du ramdam, il clamait qu'il avait des choses à dire sur toi. Cartright se l'est emplafonné.

— Sans blague ? s'exclama Eve, ravie. Cartright m'a toujours été sympathique.

— Ouais, c'est une chic fille. Elle lui a flanqué un coup de coude dans le bide, il en est tombé à la renverse. Alors, elle s'est penchée sur lui et a susurré : Oh ! pardon...

— Chérie, nous devrions lui envoyer des fleurs, suggéra Connors.

Eve secoua la tête d'un air irrité.

— Ce ne serait pas correct. Peabody, occupez-vous de Rosswell. McNab, cherchez-moi un lien quelconque entre Washington et le Drake, au sujet du droïde. Feeney, tu contacteras Louise, pour voir si elle déniche quelque chose dans les documents concernant les organes.

— Il existe vraisemblablement d'autres documents, déclara Connors.

Eve le dévisagea.

— Que veux-tu insinuer ?

— Que si le Drake conduit certaines recherches illégales, il y a probablement des dossiers quelque part, à l'abri des regards indiscrets.

— Mais comment nous les procurer ?

— Là, je crois pouvoir vous aider. Mais il me faudra un peu de temps pour venir à bout de votre liste de suspects.

— Je ne vous demanderai pas comment vous comptez vous y prendre, lança Feeney, mais commencez donc par Tia Wo et Hans Vanderhaven. Aujourd'hui, il était prévu que nous rencontrions Wo qui devait nous montrer son caducée en or. Elle nous a posé un lapin. Vanderhaven, quant à lui, a brusquement décidé de s'offrir des congés. Il serait en Europe. Quand tu nous as appelés, Dallas, Peabody et moi étions en train d'essayer de les localiser.

— Si le pin's découvert sur le lieu du crime appartient à l'un d'eux, ils se débrouilleront pour en acheter un autre.

— Je veille au grain, dit McNab. Je suis en relation avec tous les bijoutiers de la ville qui vendent cet objet. J'ai déjà commencé à répertorier les joailliers européens. Si Vanderhaven se pointe dans leur magasin, nous serons avertis.

— Parfait.

— Il faut qu'on y aille, soupira Feeney en se levant. On a du pain sur la planche. Qu'est-ce que tu as l'intention de faire, en attendant ?

— Je projette un petit voyage. Je serai de retour demain. J'ai dit à Baxter que je me soumettrais au détecteur de mensonge et à des tests de personnalité.

— Tu n'y étais pas obligée. Dans quelques jours, tu seras complètement innocentée.

Le sourire d'Eve s'effaça.

— Je ne le serai pas si je me dérobe.

— Cantonne-toi au niveau un. Ils n'ont pas le droit de te forcer à accepter le grand jeu.

— Je ne serai pas blanchie si je refuse. Tu le sais bien, Feeney.

— Quelle merde ! pesta-t-il.

— Je suis capable d'affronter ça. Ce n'est que de la routine, et j'ai confiance en Mira.

— Oui.

La mine sombre, Feeney enfila son manteau.

— Magnez-vous, vous autres. On te tiendra au courant, Dallas. Tu peux nous joindre à n'importe quel moment, sur nos communicateurs personnels.

— Je n'y manquerai pas, dès que j'aurai du nouveau.

— Lieutenant...

Peabody se campa devant Eve, rose de confusion.

— Oh ! flûte, lâcha-t-elle en l'étreignant impulsivement.

— Pas de sensiblerie, Peabody.

— Si Rosswell est impliqué dans cette histoire, je l'étriperai.

Eve l'étreignit à son tour brièvement, avant de la repousser.

— Vous aurez ma bénédiction. Et maintenant, fichez-moi le camp. J'ai des choses à faire.

— Personne ne me prend dans ses bras, moi, se plaignit McNab en sortant.

Eve se mit à rire, pour masquer son émotion. Elle tourna les yeux vers Connors, consciente qu'il l'observait fixement.

— J'ignorais que ces tests comportaient plusieurs niveaux, dit-il.

— Oh ! ça n'a rien de dramatique.

— Feeney ne semble pas de cet avis.

— C'est un angoissé de nature, répliqua-t-elle en haussant les épaules.

— Ne mens pas, Eve.

— Ce n'est pas comme si on exigeait de moi que je vole dans les airs, alors que j'ai le vertige sitôt que je monte sur un tabouret. Écoute, Connors, je préfère ne pas y penser pour l'instant. Ça risquerait de m'embrouiller les idées, or, je dois impérativement garder ma lucidité.

Elle s'interrompit, esquissa un sourire.

— Combien de temps faut-il à ton joli petit avion pour nous emmener à Chicago ?

Ils reparleraient de tout ça demain, décida-t-il *in petto*.

— Combien de temps te faut-il pour préparer ton sac ? répondit-il avec toute la tendresse dont, il le savait, elle avait éperdument besoin.

17

Le soleil plongeait déjà derrière l'horizon déchiqueté que dessinaient les gratte-ciel de Chicago ; les derniers éclats de lumière rampaient sur le lac.

Devrait-elle se rappeler ce lac ? songea Eve.

Était-elle née ici ou y avait-elle simplement passé quelques nuits, dans cette chambre à la fenêtre cassée ? Si elle retrouvait ce lieu, que ressentirait-elle ? Quelles images ressurgiraient à la surface de sa mémoire ? Aurait-elle le courage de les affronter ?

— Tu n'es plus une enfant, murmura Connors en lui prenant la main, tandis que l'avion entamait sa lente descente vers le Complexe spatial de Chicago. Tu n'es plus seule.

— Quand je m'aperçois que tu es capable de lire dans mes pensées, je t'avoue que ça me met mal à l'aise.

— Pourtant, ce n'est pas toujours facile de lire dans tes pensées ou dans ton cœur. Surtout lorsque tu essaies de me cacher ce qui te tourmente.

— Je ne te cache rien.

L'atterrissage ayant tendance à lui chavirer l'estomac, elle baissa les yeux.

— Je ne suis pas venue ici pour des histoires personnelles, Connors. J'ai une affaire à régler, c'est ma priorité.

— Cela ne t'empêche pas de t'interroger sur ton passé.

— C'est vrai.

Elle contempla leurs doigts entrelacés. Tant de choses auraient dû les séparer, pensa-t-elle. Or, ils étaient encore ensemble, unis à jamais.

— Quand tu es retourné en Irlande l'automne dernier, tu avais toi aussi des problèmes personnels à affronter, à résoudre. Mais tu ne les as pas laissés te détourner du but que tu t'étais fixé.

— Moi, je ne me souviens que trop de mon passé. On combat mieux les fantômes quand on est en mesure de les reconnaître.

Il lui baisa le bout des doigts, avec cette tendresse qui avait le don de bouleverser Eve.

— Tu ne m'as jamais demandé où j'étais allé le jour où je suis parti seul.

— Non, parce que j'ai vu, à ton retour, que tu étais moins triste.

— Alors, toi aussi, tu es capable de lire dans mon cœur. Ce jour-là, je suis allé dans le quartier où j'avais vécu quand j'étais gamin. Là où on avait trouvé mon père poignardé. Par moi, selon certains. Je n'y étais pour rien, hélas ! Dieu sait que j'ai regretté de ne pas lui avoir planté ce couteau dans le corps.

— Il ne faut pas le regretter, assura-t-elle.

— C'est là que nous divergeons, lieutenant, rétorqua-t-il, et sa voix au doux accent irlandais prit un ton froid, catégorique. Mais peu importe... Je suis resté là, dans cette ruelle sordide, à respirer les odeurs de ma jeunesse. J'ai senti comme autrefois le sang bouillir dans mes veines, la haine me tordre le ventre. J'ai réalisé à ce moment-là qu'une part de ce que j'avais été subsistait en moi, que je ne m'en délivrerais jamais. J'ai aussi compris autre chose, ajouta-t-il, et sa voix se fit à nouveau onctueuse et chaude, tel le whisky de son pays natal. J'étais devenu un autre homme, grâce à toi.

Il lui sourit.

— Ce que tu me donnes, Eve, je n'aurais pas cru le posséder un jour. Je n'imaginais même pas que je puisse le désirer, en avoir tellement besoin. Là-bas, dans cette ruelle où mon père m'avait tabassé si souvent, où il s'était écroulé tant de fois, ivre, et finalement mort, j'ai compris que toutes ces années noires m'avaient forgé et amené où je suis à présent. Que ce salaud ne m'avait pas détruit, que j'étais le vainqueur.

L'avion s'était posé sur la piste dans un murmure feutré. Connors déboucla sa ceinture de sécurité, puis celle d'Eve. Silencieuse, elle le dévisageait.

— Quand je suis reparti, sous la pluie, je savais que tu serais là. Lorsque tu décideras d'affronter ton propre passé, quoi que tu découvres, puis quand tu t'en détourneras, moi aussi je serai là à t'attendre.

Les yeux d'Eve s'emplirent de larmes.

— Je me demande comment j'ai réussi à survivre avant toi.

Ému, il l'aida à se lever.

— Ma chérie, souffla-t-il. Parfois, tu dis exactement les mots qu'il faut.

Sachant que les voyages aériens ne lui réussissaient guère, il lui entoura la taille de son bras.

— Ça va ?

— Oui, merveilleusement.

L'argent et le pouvoir ouvraient toutes les portes ; en quelques minutes, ils eurent traversé le terminal bondé et atteint la zone où un véhicule les attendait.

Eve examina d'un œil narquois la somptueuse torpédo gris métallisé à la silhouette fuselée.

— Tu ne pouvais pas louer un truc moins voyant ?

— Pourquoi se priver d'un peu de confort ? répliqua-t-il, tandis qu'ils s'installaient dans les sièges profonds, à l'avant de la voiture. En plus, cette petite splendeur file comme l'éclair.

Là-dessus, il mit le contact et démarra sur les chapeaux de roue.

— Seigneur Dieu, ralentis ! s'écria-t-elle. Espèce de maniaque ! On va se faire épingler par la police de l'aéroport.

— Encore faudrait-il qu'ils me rattrapent, dit-il gaiement.

Il actionna une manette et, soudain, la voiture décolla du sol et se propulsa dans les airs. Eve ferma les paupières et se mit à débiter un chapelet de jurons.

— Tu peux arrêter de réciter tes prières, chérie, nous sommes sortis de l'aéroport.

Elle déglutit avec peine ; il lui semblait que son estomac était bloqué dans son gosier.

— Mais pourquoi fais-tu des choses pareilles, nom d'une pipe ?

— Parce que ça m'amuse. Bon, je te suggère de programmer l'adresse du flic retraité que tu veux rencontrer, pour savoir quel est le meilleur itinéraire.

Elle rouvrit un œil, constata qu'ils roulaient à nouveau à l'horizontale. Maugréant, elle se pencha pour chercher la carte.

— L'ordinateur est à activation vocale, Eve. Il te suffit de lui indiquer la destination de ton choix.

— Je m'en doute, grommela-t-elle. Je veux juste voir de mes yeux l'endroit où nous allons mourir quand cet engin s'écrasera au sol, par ta faute.

— La Stargrazer 5000W est équipée d'un système de sécurité et d'éjection, répliqua-t-il, placide. Je suis bien placé pour t'en parler, j'ai participé à sa conception.

— Ah ouais ? Ça me rassure. Ordinateur, en service.

— *En quoi puis-je vous être utile ?*

Elle fronça les sourcils. C'était la même voix féminine, suave et sensuelle, que Connors avait installée sur son ordinateur, à la maison.

— Qui est cette bonne femme ? bougonna-t-elle.

— Tu ne la reconnais pas ?

— Non. Je devrais ?

— C'est toi, ma chérie. Après l'amour.

— Monstre.

Il éclata de rire.

— Trouve-nous cet itinéraire, lieutenant, avant que nous soyons dans le Michigan.

— Ce n'est pas ma voix, marmonna-t-elle, vexée.

Elle énonça l'adresse ; aussitôt, une carte s'imprima sur l'écran, des points rouges s'allumèrent, signalant la route la plus directe.

— Pratique, non ? fit Connors. Ah ! voilà notre sortie.

Il bifurqua à une telle vitesse qu'Eve fut plaquée au dossier de son siège. Elle l'étranglerait plus tard, se promit-elle. De ses propres mains, lentement, jusqu'à ce qu'il demande grâce.

À condition qu'ils ne meurent pas avant.

Wilson McRae habitait une coquette maison blanche, dans un lotissement de coquettes maisons blanches rigoureusement identiques, posées au milieu de pelouses de la taille d'un mouchoir de poche et tondues avec soin.

La rue s'étirait, telle une ligne tracée à la règle, entre deux rangées de jeunes érables plantés à quatre mètres d'intervalle.

— On se croirait dans un film d'horreur, commenta Eve.

— Tu es une incurable citadine, ma chérie.

— Non, je t'assure. C'est ce genre d'endroit que les extraterrestres envahissent. Ils se glissent dans la peau des gens qui se transforment en zombis. Ils s'habillent tous de la même façon, ils mangent tous la même chose, à la même heure.

Elle promena un regard inquiet sur les façades.

— Ils sont comme... des abeilles dans une ruche. Tu vas voir que toutes ces portes vont s'ouvrir, et que des créatures absolument semblables vont sortir de ces baraques.

— Arrête, tu me donnes le frisson.

Ils descendirent de la voiture. Eve pouffa de rire.

— Il y a de quoi trembler. Je parie que quand un extraterrestre s'installe dans ton corps, on ne s'en rend même pas compte.

— Tu as sans doute raison. Passe devant.

Main dans la main, ils suivirent l'allée goudronnée et rectiligne qui menait à la porte blanche.

— Je me suis renseignée sur le zombi qui habite là. Rien de louche, apparemment. Marié depuis huit ans, un enfant et un autre qui naîtra bientôt. La maison est hypothéquée, ils remboursent le crédit sans difficulté. Je n'ai pas repéré de subite rentrée d'argent qui laisserait supposer qu'on lui a graissé la patte.

— Tu penses donc qu'il est honnête.

— J'espère qu'il l'est et qu'il me donnera un coup de main. Rien ne l'oblige à me parler. Je ne peux pas m'appuyer sur la police locale et je n'ai aucune autorité pour l'interroger.

— Sers-toi de ton charme.

— C'est *toi* qui as du charme.

— Je ne te le fais pas dire. Mais essaie quand même le tien.

— Comme ça ? rétorqua-t-elle, plaquant sur son visage un sourire éblouissant.

— Tu me donnes à nouveau le frisson.

— Gros malin, marmotta-t-elle.

Elle appuya sur la sonnette – qui carillonna allégrement –, roula des yeux effarés.

— Bon Dieu, si je devais vivre ici, je me suiciderais ! Je suis sûre qu'ils ont des fauteuils assortis au canapé, et des théières et des pots à lait en forme de vache pour égayer la cuisine.

— Non, en forme de petit chat. Je te le parie à cinquante contre un.

— Pari tenu. Une vache, c'est beaucoup plus kitsch.

Lorsque la porte s'ouvrit, Eve sourit aimablement à la jolie femme au ventre rebondi qui se tenait sur le seuil.

— Bonjour, déclara cette dernière. Que puis-je pour vous ?

— Nous souhaiterions parler à Wilson McRae.

— Oh !... Il est dans son atelier. C'est à quel sujet ?

— Nous venons de New York.

Eve hésita, ne sachant trop comment présenter les choses. La femme l'observait de ses grands yeux bruns, emplis de curiosité.

— Je... nous aimerions discuter avec votre mari d'une enquête qu'il a menée avant de quitter la police.

— Vous êtes des policiers ? Entrez, je vous en prie. Will ne voit quasiment jamais ses collègues. Je crois qu'ils lui manquent beaucoup. Voulez-vous attendre un instant au salon ? Je descends le prévenir.

— Elle ne m'a pas demandé de lui montrer mon insigne, murmura Eve d'un ton réprobateur. Elle a épousé un flic, et elle laisse entrer des inconnus dans sa maison. Les gens sont inconscients.

— On devrait les pendre haut et court pour faire confiance à leur prochain.

Elle émit un reniflement de mépris.

— Ça te va bien de parler ainsi, toi qui as équipé ton palais de systèmes de sécurité tellement perfectionnés que même des envahisseurs extraterrestres s'y casseraient le nez.

— Ma parole, tu es obsédée par les extraterrestres !

— C'est ce décor qui me file des obsessions. Regarde ce que je te disais !

Elle montra le sofa bleu et blanc, les fauteuils bleu et blanc, les rideaux blancs, la moquette bleue.

— Tout est assorti. Quelle horreur !

— Je présume que, pour certaines personnes, c'est rassurant.

La tête penchée sur le côté, il l'observait. Elle avait besoin d'une coupe de cheveux et de bottes neuves, des nécessités qui n'entreraient jamais dans son schéma mental. Elle était belle, longiligne et souple, débordante de vitalité. Elle avait l'air d'un félin dangereux lâché dans un pavillon de banlieue.

En entendant des voix dans le couloir, elle pivota. À l'évidence, Wilson McRae n'était pas enchanté d'avoir de la visite. Il précédait sa femme qui arborait à présent une mine consternée.

« Un vrai flic », songea Eve. Il les détaillait d'un œil méfiant, les jaugeait, prêt à réagir au moindre geste suspect.

Il était grand, environ un mètre quatre-vingt-dix, bien bâti. Ses cheveux châtain clair coupés à la diable encadraient une figure carrée. Il dardait un regard brun et dur sur ses visiteurs.

— Mon épouse ne vous a pas demandé votre nom.

— Eve Dallas. Et voici Connors.

— Connors ? s'exclama la jeune femme. Il m'avait bien semblé vous reconnaître, ajouta-t-elle en rougissant. Je vous ai souvent vu à la télévision. Asseyez-vous, je vous en...

— Karen, coupa son mari.

Elle se tut, surprise et confuse.

— Vous êtes flic ? lança-t-il à Connors.

— Non, pas du tout, répondit Connors en posant la main sur l'épaule d'Eve. C'est elle, le flic.

— De New York, enchaîna Eve. Je vous serais reconnaissante de m'accorder quelques minutes. Je suis sur une affaire qui a un rapport avec un dossier que vous avez traité avant de prendre votre retraite.

— Je suis effectivement retraité, acquiesça-t-il avec amertume.

Elle le dévisagea fixement.

— Récemment, on a voulu me mettre également à la retraite. Pour des raisons... médicales.

Il pinça les lèvres, ses paupières battirent. Avant qu'il ait prononcé un mot, Connors s'avança vers Karen et, avec un sourire chaleureux :

— Madame McRae, puis-je abuser de votre hospitalité ? Je boirais volontiers un café. Ma femme et moi arrivons tout droit de l'aéroport.

— Oh, mais bien sûr ! Excusez-moi de n'y avoir pas pensé. Je cours le préparer.

— Me permettez-vous de vous aider ?

Sans se départir de son sourire qui aurait fait fondre un iceberg, il la poussa gentiment vers la porte.

— Laissons-les parler chiffons. Vous avez une maison ravissante.

— Merci. Will et moi, nous l'habitons depuis près de deux ans.

Lorsqu'ils se furent éloignés, Will, les yeux rivés sur Eve, déclara :

— Je ne peux rien pour vous.

— Vous ne savez même pas ce que j'ai à vous demander. Enfin, pas encore. Quant à moi, il m'est impossible de vous montrer mon insigne. On me l'a retiré il y a quelques jours. Ils ont réussi à se débarrasser de moi, à me dessaisir de l'affaire. J'en ai conclu que je brûlais et que ça ne leur plaisait pas. Je suppose qu'ils ont agi de même avec vous pour que cet imbécile de Kimiki reprenne le dossier.

Will émit un grognement ; l'expression de méfiance qui crispait ses traits s'estompa.

— Kimiki n'est même pas capable de pisser tout seul.

— Vous ne m'étonnez pas. Je suis un bon flic, McRae, et cette fois, ils ont commis une erreur, parce que celui qui va poursuivre l'enquête est aussi un sacré bon flic. À New York, nous avons trois cadavres sur lesquels on a prélevé des organes. Ici, vous en avez eu un. Même *modus operandi*. Il y en a un à Paris, un autre à Londres. Nous continuons à recenser les crimes similaires.

— Je ne peux pas vous aider, Dallas.

— De quoi vous ont-ils menacé ?

— J'ai une famille, répondit-il d'une voix sourde, farouche. Une femme, un fils de cinq ans, nous attendons un bébé. Je ferai en sorte qu'il ne leur arrive rien. Vous comprenez ?

— Oui.

Elle comprenait également qu'il n'avait pas peur pour lui-même. Comment lutter contre ça ?

— Personne ne sait que je suis ici, personne ne l'apprendra, mais je n'ai pas l'intention de baisser les bras.

Il se campa devant la fenêtre, écarta le joli rideau blanc.

— Vous avez des enfants ?

— Non.

— Mon garçon est chez la mère de Karen. Elle doit accoucher d'un jour à l'autre. Mon fils est superbe. Une merveille.

Il pointa le doigt vers un hologramme dans un cadre, posé sur la table. Eve s'en approcha et examina le visage souriant du garçonnet. Des cheveux blonds, de grands yeux bruns, des fossettes. Pour elle, tous les enfants se ressemblaient : mignons, innocents, mystérieux. Cependant, elle prononça les mots que McRae attendait :

— En effet, il est superbe.

— Ils ont dit qu'ils s'en prendraient d'abord à lui.

Les doigts d'Eve se crispèrent sur le cadre qu'elle remit soigneusement à sa place.

— Ils vous ont contacté ?

— Ils m'ont envoyé une saleté de droïde. Il m'a attaqué par surprise et m'a tabassé. Ça, je m'en fous.

Il se retourna.

— Je l'ai chargé de dire à son propriétaire d'aller au diable. J'ai fait mon boulot, Dallas. Seulement, le droïde m'a expliqué ce qui arriverait à ma famille, à mon petit garçon, à ma femme et au bébé qu'elle porte. J'ai eu la trouille, mais j'ai décidé de continuer, de coincer ces ordures. Et puis un jour, j'ai reçu des photos par courrier. Des photos de Karen et de Will dans un magasin de jouets, au centre commercial, dans le jardin de ma propre mère, chez qui je les avais envoyés par précaution. Sur une des photos, il y avait ce fumier de droïde qui tenait Will par la main, balbutia-t-il d'une voix étranglée. Il le tenait par la main ! Un message était joint à ce cliché : la prochaine fois, on lui arrachera le cœur. Il a cinq ans.

Il s'écroula dans le canapé, enfouit son visage dans ses mains.

— Quelquefois, on est forcé de faire passer son insigne au second plan.

Depuis que Connors était entré dans sa vie, Eve savait à quel point l'idée qu'un être aimé puisse être en danger était intolérable.

— Vous en avez parlé à votre chef ?

— Je ne l'ai dit à personne, ça me ronge depuis des mois. La nuit, je suis vigile, et l'après-midi, je passe mon temps en bas, dans l'atelier, à fabriquer des volières. Ça me rend complètement dingue.

Eve s'assit près de lui.

— Alors, aidez-moi à les arrêter, à protéger votre famille.

Il baissa les mains, la regarda.

— Le métier de flic, c'est fini pour moi. Ils ont le bras long, et j'ignore jusqu'où ils sont capables d'aller.

— Rien de ce que vous me confierez ne sera noté dans un rapport, officiel ou non. Décrivez-moi le droïde.

— Bon Dieu !

Il se frotta les yeux. Pendant d'interminables semaines, il avait vécu dans une peur paralysante, coupé de tout.

— Un mètre quatre-vingt-dix, cent kilos, race blanche, cheveux et yeux bruns. Visage mince. Un modèle de qualité supérieure. Formé aux techniques de combat.

— J'ai rencontré son frère jumeau, rétorqua-t-elle avec un petit sourire. Où en étiez-vous quand les menaces ont commencé ?

— J'avais fouiné du côté du marché noir, mais ça ne menait nulle part. Aucun des éléments que j'avais réunis concernant la victime ne me permettait de conclure qu'elle avait un ennemi quelconque. J'ai tourné en rond un bon moment. J'en revenais toujours aux caractéristiques du meurtre. Une opération sacrément réussie, pas vrai ?

— En effet.

— Il y a un dispensaire pas très loin du lieu du crime. On y avait reçu la victime à plusieurs reprises. J'ai interrogé les médecins qui y travaillent, ça n'a rien donné. Pourtant, j'avais la conviction de tenir une piste.

Eve acquiesça. Il poussa un soupir ; visiblement, il commençait à se détendre.

— J'ai élargi le cercle de mes recherches à d'autres centres médicaux, d'autres chirurgiens. Je suis allé gratter à la porte de la clinique Nordick. Là-dessus, voilà que le chef m'appelle pour m'annoncer que cet abruti de Waylan crie au scandale, au harcèlement, tout le tralala, et qu'il exige que nous montrions plus de respect envers la communauté médicale.

— Waylan... Il m'a aussi mis des bâtons dans les roues.

— Un fléau, ce type. Karen s'intéresse plus à la politique que moi. Ne la branchez surtout pas sur Waylan.

Il lui sourit, pour la première fois, et brusquement il eut l'air de l'homme jeune qu'il était.

— Je vous garantis que, dans cette maison, Waylan n'a pas la cote. Enfin bref, j'en ai déduit que j'avais touché un nerf sensible. Je ne voyais pas en quoi mon enquête pouvait gêner Waylan – sauf s'il avait des copains à l'AAM. J'ai suivi cette piste et, un beau jour, je me suis retrouvé par terre, sonné par ce foutu droïde qui m'appuyait son laser sur la tempe.

Il soupira à nouveau, se leva et fit les cent pas dans le salon.

— J'allais prévenir mon chef, faire un rapport, mais le lendemain j'ai été convoqué par le commandant. On n'était pas content, en haut lieu, de ma façon de travailler. Il ne fallait pas que je compte sur le soutien de mes supérieurs. Au contraire, on me conseillait d'être prudent, de ne pas monter sur les orteils de certaines personnes.

Après tout, la victime n'était qu'un déchet de la société. Tandis que les autres, c'étaient des gens bien. Riches, puissants. Ça m'a fichu en rogne, et j'ai décidé d'envoyer ma famille chez ma mère, et de continuer. Et puis j'ai reçu les photos, et j'ai capitulé. Si c'était à refaire, je réagirais de la même manière.

— Je ne vous critique pas, Will. Moi, je n'ai pas d'enfants. J'estime que vous êtes allé aussi loin que vous le pouviez.

— J'ai rendu mon insigne, rétorqua-t-il d'une voix éraillée. Et ils vous ont retiré le vôtre.

— On s'est bien fait avoir, hein ? dit-elle d'un ton narquois, pour le réconforter, ramener le sourire sur ses lèvres.

— Dans les grandes largeurs, Dallas.

— Nous réussirons peut-être à les avoir, nous aussi. Vous avez une copie de vos dossiers ?

— Non, mais ils sont là, dans ma tête, je les ressasse à longueur de temps. J'ai noté certains éléments.

En entendant la voix de sa femme, il jeta un coup d'œil par-dessus son épaule et chuchota :

— Karen ne sait rien de tout ça. Je ne veux pas l'affoler.

— Donnez-moi juste un nom.

— Drury. Simon Drury.

— D'accord.

Connors entrait, portant un plateau chargé de tasses. Du café, des cookies et un petit pot à lait en forme de chaton à la mine réjouie.

Eve réprima un grognement. Jamais Connors ne perdait un pari.

Elle prit un cookie sur l'assiette en porcelaine.

— Délicieux...

Elle était fascinée par la façon dont Karen se contorsionnait pour s'asseoir. Comment une femme pouvait-elle ébaucher le moindre mouvement avec un ventre aussi énorme ?

Karen, remarquant qu'Eve l'observait, eut un sourire radieux.

— Je vais accoucher aujourd'hui.

Eve faillit s'étouffer. Si Karen avait subitement braqué une arme sur elle, elle en aurait été moins affolée.

— Aujourd'hui, coassa-t-elle. Maintenant ?

— Pas tout de suite, rassurez-vous.

Karen couvait d'un regard attendri Connors qui lui servait son thé. Apparemment, pendant qu'ils étaient dans la cuisine, ces deux-là s'étaient liés d'amitié.

— Mais je crois que notre fille est pressée de naître, ajouta-t-elle avec un soupir.

— J'imagine que vous serez heureuse de... Enfin... Qu'elle sorte de là ! bredouilla sottement Eve.

— J'ai hâte de la tenir dans mes bras. Mais j'avoue que j'adore être enceinte.

— Ah bon ? riposta Eve, médusée. Pourquoi ?

Karen éclata de rire, tourna des yeux débordant d'amour vers son mari.

— Parce que je porte un petit miracle.

— Oui, bien sûr, marmotta Eve.

Comme cette conversation l'embarrassait terriblement, elle dit à Will :

— Nous vous avons suffisamment dérangés. Si vous pouviez me donner vos notes sur Drury, je vous en serais reconnaissante.

— Je vais vous les chercher.

Il se redressa, s'approcha de sa femme et posa un instant la main sur son ventre, avant de sortir du salon.

Connors roulait sans destination précise, sur la demande d'Eve qui profita de cette balade pour lui relater par le menu son entretien avec Wilson McRae.

— Tu juges son attitude condamnable ?

Elle secoua la tête.

— Chacun a son... Comment dit-on ? – son talon d'Achille. Ils ont trouvé le sien, ils s'en sont servis. Il a un petit garçon, une femme qui va accoucher, un pavillon de banlieue. Ce n'était pas difficile de le piéger.

— Elle est professeur. Depuis six mois, elle a opté pour l'enseignement à distance et elle envisage de continuer pendant un ou deux ans, mais le contact avec ses étudiants lui manque. C'est une femme adorable qui s'inquiète beaucoup pour son mari.

— Que sait-elle exactement ?

— Pas tout, mais plus qu'il ne l'imagine. Tu crois qu'il retrouvera son poste quand tu auras bouclé cette affaire ?

Il avait dit « quand » et non « si », songea Eve. Avoir près de soi quelqu'un qui vous manifestait une telle confiance faisait chaud au cœur. En réalité, Connors était infiniment plus optimiste qu'elle ne l'était.

— Non, il ne se pardonnera jamais d'avoir abdiqué. Ils lui ont enlevé sa fierté, son honneur. Il y a des choses qui, malheureusement, sont irréparables.

Elle ferma un instant les yeux.

— Tu veux bien m'emmener dans le centre-ville ? Il faut que je voie si... si je me souviens.

— Dans l'immédiat, tu pourrais peut-être t'épargner ça.

— Tu sais, il y a aussi des choses dont on ne se libère jamais. S'il te plaît, il faut que je voie.

Chicago n'était qu'une cité parmi tant d'autres, pensa-t-elle. Avec quelques antiques bâtiments de pierre et de brique, préservés coûte que coûte, grignotés par l'acier de la modernité.

Que trouverait-elle ici ? Des quartiers chic, la vitrine alléchante que les autorités municipales proposaient aux touristes désireux de dépenser leur argent, des restaurants et des clubs huppés, des boutiques de luxe.

Et puis, comme partout, les bas-fonds ; les hôtels borgnes, les bouges où l'on vendait du sexe, les immeubles délabrés, l'entrelacs de rues sordides peuplées de paumés.

Ce fut cette direction que prit Connors. La somptueuse voiture gris métallisé s'enfonça dans les artères étroites, éclairées par des enseignes criardes qui promettaient à qui en avait envie les plaisirs les plus pervers. Sur les trottoirs, les prostitués battaient la semelle en priant pour que le ciel leur envoie un client qui leur permette de passer un moment au chaud. Les dealers rôdaient, prêts à faire des rabais exorbitants sur la marchandise, car avec ce froid polaire, seuls les toxicos aux abois avaient le courage de mettre le nez dehors.

Les clochards se blottissaient dans leurs niches de carton et s'imbibaient d'alcool en attendant que la nuit s'achève.

— Arrête-toi là, murmura Eve.

Connors se gara devant une bâtisse à la façade lépreuse et couverte de graffitis obscènes. Les fenêtres du bas étaient bouchées par des planches en bois. Des néons d'un bleu sale dessinaient les lettres : *Hôtel.*

Eve descendit de la voiture, les yeux rivés sur les fenêtres. Certaines avaient des carreaux cassés, toutes étaient masquées par des écrans noirs bon marché.

— Ces endroits se ressemblent tellement, dit-elle d'une voix sourde. Je ne sais pas.

— Tu veux entrer ?

— Je ne sais pas, répéta-t-elle.

À cet instant, un homme maigre au regard sournois surgit de l'ombre.

— Vous cherchez quelque chose ? Un peu de dope ? J'ai ce qu'il vous faut, si vous avez de quoi payer. Zeus, Ecstasy, Zoner, le grand jeu.

— Dégage, ordure, gronda Eve. Sinon je t'arrache les yeux et je te les fais bouffer.

— Me cause pas sur ce ton, espèce de garce. Ici, tu es chez moi.

Il avait repéré la voiture et jugé qu'il avait affaire à de stupides touristes pleins aux as. D'un geste vif, il pointa vers eux son couteau à cran d'arrêt.

— Filez-moi les portefeuilles et les bijoux, on sera quittes.

Eve hésita une fraction de seconde. Que faire, lui casser les dents ou le nez ? Connors se hâta d'en profiter. Il abattit son poing sur la main du dealer qui lâcha son couteau, puis l'agrippa par le col.

— Il m'a semblé t'entendre traiter ma femme de garce.

L'homme, qui se débattait comme un poisson au bout d'une ligne, émit un couinement plaintif. Impassible, Eve ramassa le couteau.

— Si tu ne disparais pas tout de suite, poursuivit Connors d'une voix sirupeuse, c'est moi qui t'arrache les yeux et qui les bouffe. Je me sens en appétit.

Il lâcha brutalement le dealer qui s'affala sur le trottoir comme un sac d'os, se redressa tant bien quel mal et s'enfuit en traînant la patte.

Connors se frotta les mains.

— Où en étions-nous ?

— J'ai bien aimé ta tirade à propos des yeux, je te l'emprunterai à l'occasion.

Elle fourra le couteau dans sa poche.

— Entrons là-dedans.

Dans le hall de l'hôtel, une unique ampoule dispensait une lumière jaunâtre. Un droïde trapu était assis derrière une vitre de sécurité crasseuse. Il leur jeta un regard morne et, du pouce, montra le panonceau des tarifs.

— Un dollar la minute pour une chambre avec un lit. Le double pour un cabinet de toilette.

— Troisième étage, droite, dit Eve d'un ton bref.

— Vous prendrez la chambre que je vous donnerai.

— Troisième étage, répéta-t-elle.

Il baissa le nez sur le billet de cent dollars que Connors avait glissé sous l'hygiaphone.

— Bof, après tout, je m'en fiche, grommela le droïde qui se tourna pour saisir une clé électronique sur le tableau derrière lui. Vous avez cinquante minutes. Si vous restez plus longtemps, vous payez le double, conclut-il en raflant le billet.

Eve prit la clé d'une main qui, constata-t-elle avec soulagement, ne tremblait pas. Elle se dirigea vers l'escalier.

Elle ne reconnaissait rien, pourtant tout lui était douloureusement familier. Les marches étroites, les murs sales, les portes trop minces qui laissaient échapper les gémissements déprimants des couples réunis par le hasard. Le froid qui s'insinuait partout.

Sans un mot, elle introduisit la clé dans la serrure, poussa le battant.

Une odeur aigre, de sueur et de sexe, empuantissait la pièce. Les draps du lit d'angle étaient tachés, zébrés de traînées rouille. Du sang, probablement, séché depuis des lustres.

La gorge nouée, elle s'avança. Connors referma la porte et demeura immobile.

Elle contempla la fenêtre aux carreaux fêlés. Il y avait tant de fenêtres pareilles à celle-ci. Le revêtement du sol était crevassé par endroits. Comme tant d'autres qu'elle avait foulés. Les jambes en coton, elle alla se poster devant la fenêtre.

Combien de fois par le passé était-elle restée ainsi, devant une fenêtre, à regarder en bas, à s'imaginer sautant dans le vide, s'écrasant sur le trottoir ? Quelle force l'en avait empêchée, nuit après nuit, où avait-elle trouvé le courage de survivre ?

Combien de fois avait-elle entendu la porte s'ouvrir, prié un Dieu qui faisait la sourde oreille de la secourir ?

— Je ne sais pas si c'est de cette chambre que j'ai rêvé, murmura-t-elle. J'en ai vu tellement. En tout cas, le décor était le même qu'ici. Pas très différent, au fond, de celui de la dernière chambre, à Dallas. Quand je l'ai tué. Mais, dans mon rêve, j'étais plus jeune. Ça, j'en suis sûre. J'ai une vague image dans la tête, de moi et de lui. Je sens ses mains...

Machinalement, elle porta les doigts à ses lèvres.

— ... qui me bâillonnent. Et puis, d'un coup, il me pénètre. Au début... au début, tu ne comprends pas ce qui t'arrive. Tu as mal, c'est tout. Ensuite, tu comprends ce que ça signifie. Tu sais que tu ne peux rien faire. Alors, tu te mets à espérer que, quand il rentrera, il se contentera de te frapper, de te rouer de coups.

Elle ferma les yeux, appuya le front contre le carreau fêlé.

— Je me disais que, peut-être, un souvenir d'avant me reviendrait. Avant tout ça... Je suis bien née quelque part. Une femme m'a portée dans son ventre, comme Karen porte son bébé, son foutu « petit miracle ». Bon sang ! Comment a-t-elle pu me laisser seule avec lui ?

Connors s'approcha et la prit dans ses bras.

— Elle n'a sans doute pas eu le choix.

Eve déglutit, ravalant son chagrin et sa rancœur et, finalement, toutes les questions qui la taraudaient.

— On a toujours le choix, fit-elle d'une voix rauque. Mais... Peu importe, désormais. Rentrons à la maison, Connors.

18

Ce qu'elle aurait à affronter le lendemain l'angoissait, inutile de prétendre le contraire. Elle ne voyait qu'une solution : travailler pour ne pas penser à l'épreuve qui l'attendait. Elle n'eut pas besoin de le dire à Connors, avec son intuition coutumière il avait déjà ordonné qu'on leur serve le repas dans son propre bureau.

— Autant utiliser mon matériel, déclara-t-il simplement. Il est plus efficace et mieux protégé. Tu es d'accord ?

— Oui, répondit-elle en montant l'escalier. Je veux d'abord appeler Feeney pour lui raconter mon entretien avec McRae.

— Pendant ce temps, je ferai une copie des données qu'il t'a fournies.

— Comme assistant, tu es presque aussi bon que Peabody.

Il l'agrippa par le bras, l'embrassa à pleine bouche.

— Tu n'aurais pas ça avec Peabody.

— Oh que si ! rétorqua-t-elle avec malice tandis qu'il déverrouillait la porte du bureau. Mais, pour l'amour, c'est toi que je préfère.

— Je suis heureux de l'entendre. Sers-toi du minicom. Il est indétectable.

— Encore une infraction à la loi, rouspéta-t-elle.

— Je ne cesse de me reprocher mes incartades, répliqua-t-il avec un sourire éblouissant, avant de s'asseoir à sa console.

— Feeney ? C'est Dallas, je rentre de Chicago.

— J'allais justement te contacter. On a du nouveau pour le pin's.

— Depuis quand ?

— Quelques minutes. Il y a moins d'une heure, Tiffany's a vendu un caducée en or au Dr Tia Wo. Peabody et moi allons de ce pas bavarder avec la dame.

— Parfait.

Elle se serait coupé un bras sans hésiter, pour pouvoir être avec eux en ce moment crucial.

— Vous avez localisé Vanderhaven ?

— Il se balade en Europe, sans jamais se poser nulle part. Si tu veux mon avis, il est en fuite.

— Qu'il continue. À Chicago, j'ai obtenu certains renseignements. Je vais creuser un peu tout ça et, si je tombe sur quelque chose d'intéressant, je le transmettrai à Peabody sur son communicateur personnel.

— On te tient au courant. Bon, je te laisse, il faut qu'on y aille.

— Bonne chance.

Feeney avait déjà disparu. Elle contempla un instant l'écran éteint, puis s'écarta de la console.

— Quel bordel ! pesta-t-elle.

— Oui, ce n'est pas drôle de ne pas tenir les rênes, admit Connors.

L'autochef émit un bip signalant que leur repas était prêt. Eve le fusilla des yeux.

— Ne dis pas d'âneries. Il s'agit de résoudre cette affaire, peu importe de savoir qui y parviendra.

— Excuse-moi, mais tu n'es pas très convaincante.

Elle darda sur lui un regard noir, haussa les épaules d'un air furibond.

— Il faudra bien que je le digère.

Saisissant une assiette, elle la posa brutalement sur la table.

— Et je le digérerai. Quand ce sera terminé, je t'autoriserai peut-être à m'offrir un salaire mirobolant pour devenir ton garde du corps. Qu'ils aillent tous au diable !

— Hmm...

Il se leva à son tour, déboucha une bouteille de vin et remplit leurs verres.

— Non mais c'est vrai ! fulmina-t-elle. Pourquoi je devrais continuer à trimer comme une esclave ? À travailler sur un matériel qui ne vaut pas un clou, à recevoir des ordres, à ménager la chèvre et le chou, à bosser dix-huit heures par jour ? Tout ça pour qu'on me crache à la figure !

— Je reconnais que c'est sidérant. Bois donc un peu de vin.

— Oui.

Elle saisit le verre et avala d'un trait le sublime nectar, à six cents dollars la bouteille.

— Leurs fichus règlements, leurs procédures à la noix, ils n'ont qu'à se les mettre où je pense ! enchaîna-t-elle. Pourquoi je passerais ma vie à tripoter des cadavres ? Qu'ils aillent tous se faire voir ! Il y en a encore ? demanda-t-elle en brandissant son verre vide.

Si elle avait l'intention de se soûler, pensa-t-il, il ne pouvait décemment pas l'en blâmer. Mais elle ne se le pardonnerait pas.

— Si on mangeait un petit quelque chose ?

— Je n'ai pas faim !

Il vit luire dans ses yeux un éclat sombre, qu'il connaissait bien. L'instant d'après, elle se jetait sur lui, l'agrippait par les cheveux, plantait un baiser sauvage sur sa bouche.

— Il me semble au contraire que tu as une faim de loup, souffla-t-il.

Il appuya sur un bouton. Le lit escamotable dissimulé dans l'un des murs se rabattit. Connors y coucha Eve qui se redressa sur son séant, lui déchira sa chemise, lui mordit l'épaule.

Il eut l'impression qu'un brasier s'allumait en lui. Ivre de désir, il la plaqua sur les draps, lui bloqua les poignets.

— Lâche-moi ! gronda-t-elle.

— Pas question. Tu m'appartiens et, maintenant, tu vas ne penser qu'à moi, à ce que je te fais.

De sa main libre, il la débarrassa de sa chemise, de son jean et glissa les doigts dans sa toison. Elle cambra les reins.

— Je veux que tu gémisses... Que tu hurles.

Sa voix était rauque de désir. Il baisa ses seins, mordilla ses mamelons dressés, comme il eût mordu des fruits mûris au soleil.

Eve renversa la tête en arrière. Son âme volait en éclats. L'univers se résumait aux mains de Connors, à sa bouche ardente qui l'entraînaient dans un tourbillon tour à tour lent et voluptueux, violent et vertigineux.

Il la possédait tout entière, elle se donnait à lui tout entière. Le poids de ce corps magnifique qui l'écrasait l'éblouissait, l'anéantissait.

Pour Connors, il n'existait rien de plus exaltant que l'abandon d'une femme rebelle. Il la modelait comme de l'argile, tendre et patient, puis avide, brutal. Il voulait qu'elle jouisse, encore et encore, que toute sa chair soit inondée de plaisir, que le bonheur irradie d'elle comme un soleil.

Elle répétait son nom, inlassablement, s'ouvrait sous sa bouche, cherchait son sexe, se tendait vers lui.

D'un coup de reins, il la pénétra. Il allait et venait dans cette gangue de soie, si douce qu'il en perdait la raison. Il contemplait, fasciné, son visage aux paupières closes, scintillant de sueur. Il écoutait leurs cœurs battre à l'unisson, il craignait de ne pas pouvoir retenir plus longtemps la vague brûlante qui montait du plus profond de son être.

— Crie, murmura-t-il, éperdu. Maintenant...

Et quand le cri libérateur fusa enfin de la gorge d'Eve, il s'abandonna à son tour.

Il l'avait meurtrie. Il voyait la trace de ses propres doigts sur le dos et les hanches d'Eve qui gisait, alanguie, sur les draps froissés. Elle avait la peau si fine, si délicate, il l'oubliait parfois. Surtout quand ils faisaient l'amour de cette façon, follement.

Il ébaucha le geste de tirer le drap, pour qu'elle n'ait pas froid.

— Je ne dors pas, soupira-t-elle.

— Pourquoi ?

Elle se retourna, le dévisagea.

— Je me suis jetée sur toi, je me suis servie de toi.

Il poussa un soupir faussement affligé.

— Quelle horreur, je ne suis qu'un objet !

Elle eut de la peine à sourire. Il lui ébouriffa les cheveux.

— Tu es trop romantique, Eve. Tu préfères manger au lit ou à table ?

Comme elle fixait sur lui des yeux étrécis, il arqua les sourcils, moqueur.

— Encore ?

— Je ne pense pas au sexe chaque fois que je te regarde, figure-toi. Même si tu es nu, superbe et que j'ai le cerveau complètement ramolli. Où est mon pantalon ?

— Je l'ignore. À quoi penses-tu, alors ?

— Au sexe, répondit-elle d'un ton léger. Sur un plan philosophique.

— Vraiment ? Et quelle est ton opinion philosophique ?

— Il n'y a pas de meilleur remède que le sexe, voilà mon opinion.

Elle fourragea parmi les vêtements épars, finit par retrouver son jean et l'enfila.

— On mange ?

Elle dégusta son steak, accompagné de délicieuses pommes de terre nouvelles, tout en étudiant les documents affichés sur l'un des écrans de la console.

— Ce ne sont pas les liens qui manquent entre tous ces gens. Cagney et Friend étaient dans le même cours, à Harvard. Vanderhaven et Friend assuraient des consultations au centre médical de Londres voilà seize ans, et à celui de Paris, il y a quatre ans. En 55, Wo et Friend travaillaient ensemble à la clinique Nordick, et elle est d'ailleurs toujours associée à cet établissement. Waverly et Friend sont tous deux membres de l'AAM. Friend était un collaborateur régulier du Drake où Waverly est en poste depuis près de dix ans.

— Effectivement, tous ces fils sont reliés entre eux pour former une sorte de toile d'araignée qui, à mon avis, recouvre aussi le continent européen.

— Je demanderai à McNab de vérifier, mais je pense que tu as raison.

Elle but une gorgée de vin, clappa de la langue avec satisfaction.

— Tia Wo se rend fréquemment à la clinique Nordick. McRae a cherché à savoir si elle était venue à Chicago au moment du meurtre. Il a fait chou blanc, mais cela ne signifie pas qu'elle n'était pas là-bas.

— Là, j'ai une longueur d'avance sur toi, rétorqua Connors qui afficha d'autres données sur l'écran. Aucune trace d'un billet réservé à son nom auprès d'une compagnie aérienne publique ou privée. N'oublions pas cependant la navette réservée au *vulgum pecus* qui fait le trajet toutes les heures entre New York et Chicago. Pas besoin de réservation pour avoir une place. D'après son planning, ce jour-là, elle consultait au Drake. Elle a dû terminer vers 16 heures. Je vais t'imprimer ça.

— Je ne serai pas en mesure de l'utiliser. Enfin, je veux dire... Feeney ne pourra pas s'en servir. Il lui faudrait un mandat pour avoir accès à ces informations.

— Moi, je n'en ai pas besoin, déclara-t-il en pianotant sur le clavier. Son système de sécurité est pitoyable, un enfant de cinq ans le piraterait en un clin d'œil. Tiens, regarde.

— Voyons voir... Elle a reçu des patients jusqu'à 16 heures, elle a quitté le Drake à 17 heures, et elle avait un dîner à 18 heures, avec Waverly et Cagney. Feeney vérifiera si elle était au rendez-vous, néanmoins, même si elle a cassé la croûte avec ses petits camarades, ça lui laissait le temps de partir pour Chicago. Elle n'avait rien de prévu avant le lendemain matin, 8 h 30 : en l'occurrence, une séance de travail au laboratoire avec Bradley Young. Que savons-nous de ce garçon ?

— Qu'aimerais-tu savoir ? Ordinateur, affiche toutes les données disponibles concernant le Dr Bradley Young.

Tandis que la machine se mettait à ronronner, Eve repoussa son assiette et se leva.

— Wo devait dîner avec Cagney et Waverly, récapitula-t-elle. Cagney a tenté de persuader Mira d'étouffer l'affaire ou, carrément, de se dessaisir du dossier. Waverly m'a fait une très mauvaise impression. J'ai la conviction que plusieurs personnes sont impliquées. Ces trois-là, peut-être. Ils dînent ensemble, ils discutent, ils s'organisent. L'un d'eux se rend à Chicago – à moins qu'ils n'y aillent tous ensemble –, exécute le boulot et revient. Le lendemain, Wo apporte l'échantillon au laboratoire et le remet à Young.

— Ta théorie ne me paraît pas absurde. Il faut que tu arrives à mettre la main sur leurs documents occultes. On finira bien par les dénicher.

— Vanderhaven a détalé comme un lapin pour échapper à l'interrogatoire. Donc... combien sont-ils exactement ? marmonna Eve, réfléchissant à voix haute. Et quand tout cela a-t-il commencé ? Pourquoi ? Pour quelle raison ? Voilà la question fondamentale. Un toubib qui pète les plombs, on peut le concevoir. Mais il ne s'agit pas de ça. Nous avons une équipe, un groupe, qui a des contacts à Washington et au sein de la police new-yorkaise. Qui a, c'est évident, infiltré au moins une taupe dans mon service, voire dans d'autres sections, ainsi que dans des établissements hospitaliers. Car ils ont quelqu'un qui leur fournit des tuyaux. Je dois absolument savoir qui les renseigne.

— Les organes humains ne rapportent plus grand-chose aujourd'hui. S'ils ne sont pas motivés par l'argent, alors, c'est le goût du pouvoir qui les anime.

— Mais quel genre de pouvoir peut-on acquérir en prélevant des organes abîmés sur des indigents ?

Connors haussa les épaules.

— Je ne sais pas. Peut-être ne cherchent-ils pas le pouvoir au sens où on l'entend, mais la gloire.

— En quoi cela ajouterait-il à leur renommée ? Ces organes sont inutilisables, pourris, défectueux. Qu'est-ce qu'ils espèrent en tirer ?

Comme il ouvrait la bouche, elle l'interrompit d'un geste impatient.

— Attends, attends... Et si quelqu'un estimait qu'ils ne sont pas inutilisables ?

— Hmm ? marmotta-t-il pour l'encourager à poursuivre son raisonnement.

— Dans toute la documentation que j'ai consultée, on souligne la difficulté ou même l'impossibilité de réparer, de reconstruire des organes sévèrement lésés. On préfère recourir à des substituts artificiels, moins chers et plus durables. Les grands labos ont cessé de subventionner la recherche dans ce domaine depuis des années. Depuis que Friend a mis au point ses greffons.

— On s'efforce toujours d'inventer des produits plus sophistiqués, plus efficaces, plus rentables. Pour se tailler une plus grosse part du gâteau. L'inventeur devient un homme illustre... et il empoche la monnaie.

— Quels revenus annuels te rapporte NewLife ?

— Un instant, je vérifie.

Il pianota à nouveau sur son clavier, pivota vers un autre écran sur lequel s'inscrivirent des colonnes de chiffres.

— Brut ou net ? demanda-t-il.

— Euh... net ?

— Un peu plus de trois milliards par an.

— Trois milliards ? s'exclama-t-elle, effarée. Nom d'une pipe, Connors ! mais à combien se monte ta fortune, au juste ?

Il eut un sourire amusé.

— Oh ! quelques milliards. Mais ces trois-là n'alimentent pas directement mon compte personnel. Il faut bien faire tourner la société, tu comprends ?

— Passons, tu veux, ça me rend nerveuse, répliqua-t-elle en balayant l'air de ses mains. Donc, fabriquer des transplants te rapporte trois milliards par an. Friend, l'inventeur de cette technique, a eu la gloire. Les médias ne parlaient que de lui, on lui a décerné des prix, alloué des subventions, etc. Il a eu sa part du gâteau, comme tu dis. Une belle part.

Elle arpentait le bureau de long en large, telle une lionne. Connors la contemplait, tout en sirotant son vin. C'était un pur bonheur de l'observer tandis qu'elle réfléchissait, analysait toutes les hypothèses possibles. C'était aussi, pour lui, étrangement excitant. Il avait envie d'elle et se promit de lui faire l'amour, plus tendrement cette fois, dès la fin de cette séance de brainstorming.

— Donc, enchaîna-t-elle, un individu ou un groupe d'individus découvre une nouvelle technique qui permet de travailler à partir d'organes abîmés. Ils ont trouvé, ou ils sont sur le point de trouver, une méthode pour les remettre en état. Mais comment se procurer les échantillons nécessaires ? Pas question de puiser dans les réserves des hôpitaux, où tout est enregistré, consigné, étiqueté. Les gens qui ont fait don de leurs organes – et même les courtiers – pour aider la recherche dans un cadre bien défini désapprouveraient qu'on utilise ainsi des morceaux de leur carcasse. Ça déclencherait un tollé. De plus, je présume que les lois fédérales imposent certaines limites.

Elle s'immobilisa, secoua la tête.

— Alors ils iraient jusqu'à tuer ? Ils assassineraient de pauvres bougres pour leurs expérimentations ? C'est un peu gros, non ?

— Crois-tu ? L'Histoire regorge d'exemples de ce genre. Les puissants ont souvent exploité de la pire manière les êtres les plus démunis. Sous prétexte, la plupart du temps, d'agir pour le bien du plus grand nombre. On peut avoir affaire à un groupe de personnes extrêmement brillantes, douées, persuadées de savoir ce qui est bon pour l'humanité. Rien, à mon avis, n'est plus dangereux que ce type de conviction.

— Et Bowers, dans tout ça ?

— Un banal incident dans la guerre contre la maladie, la quête de l'immortalité. On sacrifie quelques pions pour gagner la partie.

— Voilà pourquoi la clé du mystère est dans le labo du Drake, murmura Eve. Il faut que je trouve le moyen de m'y introduire.

— Je devrais pouvoir t'ouvrir certaines portes, dès à présent, grâce à cette console magique.

Elle hésita, puis se rassit.

— Entendu... Présente-moi d'abord le Dr Young.

Quelques minutes après, le dossier s'affichait sur l'écran. Tous deux l'étudièrent en silence, puis Connors décréta :

— Un robot.

— Pardon ?

— Ce que serait McNab sans son charme ravageur, son penchant pour les dames et ses goûts vestimentaires si... particuliers.

— Oh ! la plupart des gars de la DDE sont comme lui. Mais je comprends ce que tu veux dire. Ces types-là sont branchés sur un disque dur, faute de quoi ils ne pourraient pas respirer. Trente-six ans, célibataire, il habite chez sa mère.

— Le robot classique, insista Connors. Intellectuellement brillant, mais pas très doué pour les relations humaines. Au lycée déjà, il présidait le club d'informatique.

— Un club de robots, je suppose ?

— Probablement. Il a dirigé le même club à Princeton, ainsi que la gazette de l'université, et décroché son diplôme à l'âge canonique de quatorze ans.

— Un petit génie.

— Oui. Ensuite, il s'est tourné vers la recherche médicale. Je connais bien ce genre d'individu, j'en emploie des légions. Ils sont infiniment précieux, dans la mesure où ils ne pensent qu'au travail. Si Mira établissait son profil, je crois qu'elle le définirait comme un introverti pourvu d'une intelligence exceptionnelle, de problèmes sexuels insurmontables, d'un orgueil considérable et d'une propension à obéir à des personnalités symbolisant l'autorité, même s'il se considère comme intellectuellement supérieur à elles.

— Des personnalités féminines, de préférence. Il vit avec sa maman, il travaille pour Wo. Il est au Drake depuis huit ans, il dirige l'unité de recherche sur les organes. Il n'est pas chirurgien, c'est un rat de laboratoire.

— Et il n'a vraisemblablement pas d'amis, il ne fréquente pas ses collègues. Il est plus à l'aise avec ses machines et ses échantillons.

— Où était-il lors des différents meurtres ?

— Pour te répondre, il faut que j'épluche son emploi du temps. Accorde-moi une minute.

Au bout d'un moment, Connors fronça les sourcils.

— Tiens, tiens... Il est plus féru de sécurité que notre Dr Wo.

Il prit un autre clavier dans un casier et se lança dans une série d'opérations manuelles.

— Que d'écrans de fumée pour un simple planning, commenta-t-il, les yeux rivés sur l'écran où s'alignait ce qui, pour Eve, ressemblait à des signes cabalistiques. Un malin, ce garçon. Il s'est fabriqué un sacré système. Sale petit renard.

— Tu n'y arrives pas ?

— Ce n'est pas facile.

— Si tu dois être battu à plate couture par un robot, je serai forcée de me trouver un autre coéquipier, le taquina-t-elle.

Il s'adossa à son siège, torse nu, le regard sombre. Il était incroyablement sexy, songea-t-elle.

— Quelle est ton expression favorite ? Ah oui ! Lâche-moi et prépare-moi du café. Il va me falloir un peu de temps.

Avec un rire moqueur, Eve se dirigea vers l'autochef. Connors, lui, retroussa mentalement ses manches, et se remit au travail.

Il ne toucha même pas à son café, alors qu'Eve, pour tromper son impatience, s'en octroya deux pleines tasses. Son mari pestait entre ses dents et, à mesure que les minutes s'égrenaient, ses jurons devenaient de plus en plus imagés. Ils fleuraient bon l'Irlande.

— Bougre de salopard, où a-t-il eu ça ? grommelait-il. Là, tu me tends un piège, hein ? Ah ! tu es fort, mais j'y suis presque. Et merde ! s'exclama-t-il soudain, furieux. Il m'a encore eu.

Eve faillit émettre un commentaire sarcastique, puis se ravisa. C'était tellement rare de voir Connors face à un obstacle qu'il ne parvenait pas à franchir...

Elle se servit un troisième café, alla s'installer à l'autre bout de la pièce et appela Louise, laquelle bredouilla :

— Dr Dimatto.

— Dallas. J'ai un boulot pour vous.

— Vous savez quelle heure il est ?

— Non. Je veux que vous cherchiez dans le système central de votre dispensaire les relevés des transmissions entre votre établissement et ceux que je vais vous citer. Vous m'écoutez ?

— Je vous hais, Dallas.

L'image sur l'écran se fit plus nette, montrant une Louise ébouriffée, aux yeux bouffis de sommeil.

— J'ai bossé toute la journée, j'ai fait la tournée avec le camion, demain matin je suis de garde. Alors, vous m'excuserez, mais je ne suis pas d'humeur.

— Attendez... Il me faut ces renseignements.

— Si je ne m'abuse, vous êtes dessaisie de l'affaire. J'avais accepté de servir de consultante à un policier en fonction. Il n'est pas question de communiquer des informations confidentielles à un civil.

Ce terme – « civil » – fit tressaillir Eve. Elle n'aurait pas imaginé qu'un simple mot pût être aussi douloureux.

— Que j'aie un insigne ou non, les victimes ne ressusciteront pas.

— L'enquêteur qui a repris le dossier n'a qu'à me contacter, je l'aiderai dans les limites de la loi. Si j'accepte de vous donner ce que vous demandez et que je me fais prendre la main dans le sac, je perds mon poste.

Eve serra les poings de frustration.

— Votre dispensaire n'est qu'une ruine. Combien vous faudrait-il pour le propulser dans le XXIe siècle ?

— Un demi-million de dollars, minimum, dont je disposerai sitôt que je toucherai mon capital. Donc, je vous le répète : allez au diable !

— Accordez-moi une minute. Juste une minute, d'accord ? rétorqua Eve avant de couper le son. Connors ?

Pour toute réponse, elle eut droit à un grognement irrité.

— Connors ! répéta-t-elle d'un ton aigre. J'ai besoin d'un demi-million pour un petit graissage de patte.

— Prends-le sur ton compte, tu as tout l'argent nécessaire. Ne m'embête plus avant que j'en aie fini avec ça.

— J'ai un compte ? articula-t-elle, éberluée.

De crainte que Louise n'interrompe la communication, elle ne s'interrogea pas davantage.

— Je vous ferai un virement d'un demi-million de dollars dès que vous m'aurez transmis les informations.

— Quoi ?

— Vous voulez de l'argent pour votre dispensaire ? Je vous le donne en échange de ces renseignements. Voici la liste des hôpitaux, enchaîna-t-elle, soulagée de voir Louise saisir un mémo.

— Si vous essayez de me rouler dans la farine, Dallas...

— Je suis sincère. Ne vous faites pas pincer, procurez-moi ces tuyaux et nous nous arrangerons pour le transfert de fonds. Vous non plus n'essayez pas de m'arnaquer. Marché conclu ?

— Vous êtes vraiment coriace. Je vous contacterai le plus vite possible. Vous savez, vous venez de sauver des centaines de vies.

— Ça, c'est votre boulot. Moi, je m'occupe des morts.

Elle éteignait le vidéocom lorsque Connors poussa un rugissement de triomphe :

— J'y suis !

Il saisit sa tasse, but une gorgée.

— Seigneur, tu as décidé de m'empoisonner !

— Je t'ai servi ce café il y a plus d'une heure. Dis donc, tu pourrais m'expliquer cette histoire de compte ?

Il se redressa, se massa la nuque.

— Eh bien, mais c'est très simple. Tu as un compte personnel, depuis plusieurs mois. Tu ne t'intéresses jamais à tes finances ?

— J'ai – ou plutôt j'avais un salaire de flic, par conséquent, je n'ai pas de finances. Il me restait deux cents dollars, vu que les cadeaux de Noël ont passablement écorné mon budget.

— Là, tu parles de ton compte professionnel, celui sur lequel on te vire ton salaire. Je pensais que tu faisais référence à l'autre.

— Mais je n'en ai pas d'autre !

— Si, expliqua-t-il patiemment, tu as celui que j'ai ouvert pour toi l'été dernier. Tu ne veux pas voir le planning de Young, après tout le mal que je me suis donné ?

— Une seconde... Pourquoi diable m'as-tu ouvert un compte ?

— Parce que nous sommes mariés. Cela m'a paru logique, naturel même.

— Et à combien se chiffre ce... « naturel » ?

Il s'humecta les lèvres, résigné à affronter la tempête qui se préparait. Il considérait parfois que sa femme souffrait d'une fierté excessive.

— Cinq millions, si ma mémoire ne me trompe pas. Mais, avec le cumul des intérêts, cette somme a dû s'arrondir.

— Tu... tu es cinglé !

Il fut surpris qu'elle ne lui écrase pas son poing sur la figure. Elle se contenta de lui enfoncer rudement l'index dans la poitrine.

— Franchement, Eve, une séance de manucure ne serait pas du luxe, dit-il d'une voix suave.

Elle leva les bras, se mit à gesticuler.

— Cinq millions de dollars ! tonna-t-elle. Tu es impossible ! Je ne veux pas de ton argent !

— Tu viens de me demander un demi-million, objecta-t-il avec un sourire charmeur qui porta l'exaspération d'Eve à son comble.

Il l'observa un instant, puis :

— Que préfères-tu ? On se dispute comme des chiffonniers ou on se concentre sur notre enquête ?

Elle inspira à fond, pour se calmer.

— Tu ne t'en tireras pas comme ça, on en reparlera plus tard.

— Avec grand plaisir, ma chérie. Cela t'intéresse-t-il de savoir que notre cher petit robot s'est rendu dans certaines villes aux dates fatidiques ?

Eve se rua sur l'écran.

— Oh, bon sang, tout est là ! Chicago, Paris, Londres. J'en tiens enfin un. Le salopard ! Je te garantis que quand je l'interrogerai, il me crachera le morceau. Avec tripes et boyaux. Je vais le...

Elle s'interrompit brusquement, ferma les yeux et sentit les mains de Connors sur ses épaules.

— J'oublie que ce n'est plus moi qui... Quelle idiote !

Il la serra doucement contre lui.

— Ça va, la rassura-t-elle. Il faut que je trouve le moyen de communiquer ces données à Feeney sans le compromettre. On n'a qu'à faire une copie de ce planning et l'envoyer anonymement par courrier. Il est indispensable que ça passe par le réseau du département, que ce soit enregistré comme pièce à conviction, pour que Feeney soit autorisé à réquisitionner ces documents et à les utiliser pour soumettre Young à un interrogatoire. On perdra une journée, mais au moins on évitera le vice de forme.

— Tu as raison. On commence à y voir plus clair, Eve. Bientôt, ce sera réglé. Toute cette histoire ne sera plus qu'un mauvais souvenir.

— Oui...

« Et, vraisemblablement, songea-t-elle, mon insigne ne sera aussi qu'un souvenir. »

19

Lorsqu'elle pénétra dans le bureau de Mira, Eve avait réussi à se persuader qu'elle était prête à affronter ce qui l'attendait. Elle ferait tout ce qu'elle devrait faire. Elle savait aussi que les heures à venir détermineraient en grande partie la décision du département : la réintégrer dans ses fonctions ou la renvoyer définitivement.

À son entrée, Mira se précipita vers elle et lui prit les mains.

— Je suis terriblement navrée.

— Vous n'y êtes pour rien.

— Justement, j'aurais aimé pouvoir intervenir. Eve, vous n'êtes pas obligée de subir ces tests si vous ne vous sentez pas en état de les supporter.

— Je veux en finir.

Mira acquiesça et s'écarta.

— Je comprends. Asseyez-vous, bavardons un peu.

Eve se raidit, pour tenter de contrôler la nervosité qui la tenaillait.

— Docteur Mira, je ne suis pas là pour papoter autour d'une tasse de thé. Plus vite ce sera terminé, mieux ce sera pour moi.

— Alors, considérez que cela fait partie de la procédure, rétorqua la psychiatre d'un ton sec en désignant un fauteuil.

Elle souhaitait apaiser, réconforter, et malheureusement, elle devrait faire preuve d'autorité.

— Asseyez-vous, répéta-t-elle. J'ai là votre dossier.

Eve pointa le menton et se laissa ostensiblement tomber dans le fauteuil. « Elle n'a pas perdu son orgueil, songea Mira. Tant mieux. »

— Je dois m'assurer que vous comprenez bien ce qui vous attend.

— Je connais la chanson.

— Il s'agit d'évaluer votre personnalité, votre violence potentielle, ensuite de quoi nous passerons au détecteur de mensonge. Ces procédures comportent des séquences de réalité virtuelle, des injections de substances chimiques et des scanners cérébraux. Je conduirai ou superviserai ces opérations. Je serai près de vous, Eve.

— Vous n'y êtes pas obligée, cette histoire ne vous concerne pas.

— Si l'un de mes collègues a joué un rôle dans l'affaire qui vous a amenée ici, je suis concernée.

Le regard d'Eve s'aiguisa.

— Vous en êtes arrivée à la conclusion que l'un de vos collègues était impliqué ?

— Je ne peux pas discuter de cela avec vous.

Les yeux rivés sur le visage d'Eve, Mira saisit une disquette posée sur sa table.

— Je vous dirai simplement que j'ai là une copie de mon rapport, lequel a été transmis à qui de droit.

Elle reposa la disquette, se leva.

— Je vous abandonne un instant, je vais contrôler les appareils.

« C'est une perche qu'elle me tend ? se demanda Eve lorsque Mira eut refermé la porte. Je la saisis ou non ? »

Elle hésita une fraction de seconde puis, d'un geste vif, attrapa la disquette et la glissa dans la poche de son jean.

Elle avait envie de marcher, pour évacuer la tension qui l'habitait. Mais elle se força à rester assise, à attendre, à faire le vide.

Ils veulent que tu t'affoles. Plus tu céderas à la panique, plus tu seras vulnérable, et plus ils pourront, avec leurs satanées machines, plonger tout au fond de ton esprit. Pour atteindre tes peurs les plus intimes.

Laisse-les derrière toi, ces peurs, qu'ils n'aient pas la possibilité de les exploiter.

Mira rouvrit la porte. Elle demeura sur le seuil, ne jeta même pas un coup d'œil vers sa table, d'où la disquette s'était envolée.

— Nous sommes prêts.

Muette, Eve se redressa et suivit Mira le long d'un des innombrables couloirs qui formaient une sorte de dédale. Celui-ci avait des murs vert pâle, couleur d'hôpital. D'autres auraient des parois vitrées, derrière lesquelles seraient tapis des machines et des techniciens.

À partir de là, chaque geste d'Eve, chaque expression, chaque mot seraient enregistrés, soupesés, analysés.

— La procédure de niveau un ne prend pas plus de deux heures, annonça Mira.

Eve sursauta, l'agrippa par le bras.

— Niveau un ?

— Oui, on ne vous en demande pas davantage.

— Il me faut le niveau trois.

— Ce n'est pas nécessaire, ni préconisé. Les risques et les effets secondaires sont trop importants. Les circonstances ne l'imposent pas.

— Mon insigne est en jeu, insista Eve qui avait de la peine à maîtriser le tremblement de ses doigts sur la manche de Mira. Vous et moi, nous savons que la procédure de niveau un ne garantit pas qu'on me le restitue.

— Des résultats positifs appuyés par mon avis favorable plaideront en votre faveur.

— Ça ne suffira pas. Je suis en droit d'exiger le niveau trois.

— Soyez raisonnable, Eve. Il est réservé aux assassins les plus violents, aux pervers et aux psychopathes.

— Suis-je lavée de tout soupçon concernant le meurtre de l'agent Ellen Bowers ?

— L'enquête ne vous place pas en tête de la liste des suspects.

— Mais je ne suis pas disculpée, or, j'ai l'intention de l'être. Je veux le niveau trois.

— Vous allez vous mettre dans une situation excessivement pénible.

Eve esquissa un sourire.

— Elle l'est déjà. Allons-y.

Elles passèrent sous plusieurs portiques détecteurs, puis une voix électronique pria poliment Eve d'ouvrir la porte de gauche, et de retirer ses vêtements ainsi que ses bijoux.

Mira vit Eve poser une main protectrice sur son alliance. Elle en eut le cœur serré.

— Je suis navrée, je ne peux pas vous la laisser. Si vous le souhaitez, je vous la garderai.

Eve entendit les paroles de Connors résonner dans sa tête. *Ils t'ont simplement pris des symboles, des objets.*

— Merci, murmura-t-elle.

Elle entra, referma la porte. Comme un automate, elle se déshabilla, consciente que les techniciens l'observaient.

Elle avait horreur de se mettre nue devant des inconnus. Elle se sentait vulnérable, fragile.

Ne pense pas à ça.

Une lumière s'alluma au-dessus de la porte opposée, une autre voix lui intima de gagner le centre de la pièce et de demeurer immobile.

Docile, elle se plaça sur la marque dessinée au sol. Des éclats de lumière fusèrent, elle entendit les machines ronfler. On passait son corps au crible.

L'examen fut rapide, sans douleur. On lui ordonna ensuite d'enfiler une combinaison bleue et de rejoindre la pièce voisine pour le scanner cérébral.

Là, elle s'allongea sur un banc rembourré, ignorant délibérément les visages qu'elle distinguait derrière le mur vitré. Lorsque le casque enserra son crâne, elle ferma les paupières.

« Que vont-ils m'infliger ? » songea-t-elle, tandis que le banc se redressait lentement jusqu'à ce qu'elle soit en position assise.

Alors commença la séance de réalité virtuelle. Elle se retrouva d'abord dans l'obscurité et en fut tellement désorientée qu'elle se cramponna aux rebords du banc.

Mon Dieu, elle était attaquée par-derrière ! Des mains énormes surgissaient des ténèbres, la soulevaient et la jetaient au sol. La chute fut brutale. Elle s'aperçut qu'elle se trouvait dans une ruelle, le sol était visqueux. Elle s'était fait mal en tombant. Serrant les dents, elle se redressa d'un bond, ébaucha le geste de dégainer son arme.

Elle n'eut pas le temps de la dégager du holster. Son agresseur chargeait, tel un taureau furieux. Elle pivota, lança sa jambe pour le frapper au bas-ventre, tout en saisissant son pistolet.

— Police, on ne bouge plus !

Elle s'accroupit, l'arme pointée vers lui, prête à tirer, lorsqu'elle fut brusquement propulsée dans un décor inondé de soleil. Elle avait toujours le doigt crispé sur la détente de son arme qu'elle braquait à présent sur une femme qui tenait dans ses bras un enfant terrorisé.

Haletante, le cœur cognant contre ses côtes, elle baissa le bras.

Il faisait une chaleur torride, la lumière était aveuglante. Elle était sur le toit d'un petit immeuble. Une femme chancelait, au bord du vide. Elle regardait Eve avec des yeux déjà morts. L'enfant se débattait et hurlait.

— Ne vous approchez pas !

— D'accord, je recule. Vous voyez ? Je veux juste vous parler. Comment vous appelez-vous ?

— Vous ne m'en empêcherez pas !

— Non...

Mais où étaient les renforts ? L'équipe de sauvetage avec les matelas gonflables, les psychiatres ? Bonté divine !

— Comment s'appelle le petit ?

— Je ne peux plus m'occuper de lui. Je suis fatiguée.

— Il a peur.

La sueur ruisselait le long de son dos. La chaleur était suffocante, elle semblait s'élever en vagues miroitantes du toit au revêtement goudronné.

— Il a chaud, ajouta Eve. Vous aussi. Venez, mettons-nous à l'ombre.

— Il crie sans arrêt. Toute la nuit. Je n'arrive pas à dormir. Je ne le supporte plus.

— Donnez-le-moi, il est lourd. Quel est son nom ?

— Peter.

La femme avait la figure cramoisie, ses courts cheveux noirs étaient collés à ses joues.

— Il est malade. Moi aussi. Alors, à quoi bon ?

Le gamin poussait des hurlements déchirants. À chaque cri, Eve avait l'impression que son cœur, son âme se fendaient en deux.

— Je connais des gens qui vous aideront.

— Vous n'êtes qu'une saleté de flic. Vous ne pouvez rien faire.

— Si vous sautez, personne ne pourra plus rien pour vous. Écoutez, on crève de chaleur, ici. Rentrons.

— Laissez-moi tranquille...

La femme se pencha en avant, alors Eve bondit, saisit par la taille le garçonnet qui s'époumonait, agrippa la mère par l'aisselle et s'arc-bouta de toutes ses forces pour la retenir.

— Accrochez-vous à moi, bon Dieu !

La sueur ruisselait sur son front et lui piquait les yeux. L'enfant se débattait, elle avait l'impression de tenir contre elle un poisson. La femme la regardait de ses yeux vides.

— Cramponnez-vous ! cria Eve.

— Quelquefois il vaut mieux mourir. Vous le savez bien, Dallas.

La femme avait souri en prononçant le nom d'Eve. Elle éclata de rire lorsqu'elle commença inexorablement à glisser, et tomba du toit.

Eve se retrouva soudain dans une autre ruelle. Recroquevillée sur le sol, elle n'était plus qu'une boule de souffrance et de peur.

Une fillette battue, brisée, sans nom et sans passé.

Ils utilisaient maintenant ses propres souvenirs. Elle les détesta pour ça, avec une violence terrible qui, mêlée à la panique, la fit frémir tout entière.

Une rue de Dallas, une gamine avec du sang sur le visage, un bras fracturé. Seule au monde.

Allez au diable, tous autant que vous êtes ! Elle n'a rien à faire dans cette histoire.

Elle aurait voulu hurler ces mots, se libérer des images qu'on déversait dans son cerveau, arracher le casque et se ruer sur ces gens, derrière la cloison vitrée.

Son pouls s'emballait, la rage la suffoquait. Alors, en un clin d'œil, elle fut propulsée dans Manhattan, par une nuit glaciale. Bowers se tenait devant elle, la figure déformée par un rictus méprisant.

— Sale garce, je t'enterrerai sous les plaintes. Tout le monde saura ce que tu es : une vulgaire putain qui s'est vendue pour grimper les échelons.

— Vous avez un sérieux problème, Bowers. Insubordination, outrage à un officier supérieur... Quand j'aurai terminé mon rapport, je pense que le département aura assez de bon sens et de cran pour vous virer.

— On verra laquelle de nous deux sera virée.

Bowers poussa brutalement Eve qui recula d'un bon mètre. Un flot d'adrénaline lui parcourut le corps ; une colère brûlante la submergea.

— Ne me touchez pas !

— Pourquoi, qu'est-ce que vous comptez faire ? Il n'y a que vous et moi. Vous pensiez pouvoir marcher sur mes plates-bandes, me menacer ?

— Je ne vous menace pas, je vous préviens. Ne vous mêlez pas de mes affaires, ou vous le paierez.

— Je vais vous anéantir, siffla Bowers. Je vous enlèverai tout ce que vous avez, et vous ne pourrez pas m'en empêcher.

— Oh que si !...

Eve sentit une matraque dans sa main, elle avait les doigts crispés sur le métal. Plus agacée que surprise, elle la jeta au loin, puis empoigna Bowers par le col de son manteau d'uniforme.

— Déposez toutes les plaintes que vous voudrez, ma réponse sera toujours la même. Mais, je vous le garantis, je veillerai à ce que vous soyez exclue de la police. Vous êtes une vraie plaie.

Elle lâcha Bowers avec dégoût, et commença à s'éloigner. Du coin de l'œil, elle capta un mouvement, s'accroupit, pivota d'un bond. La matraque lui frôla les cheveux.

— Erreur, articula-t-elle d'une voix froide. Vous n'êtes pas une plaie. Vous êtes folle.

Une horrible grimace retroussait les lèvres de Bowers. Elle balança à nouveau la matraque qui toucha Eve à l'épaule. La douleur la poussa en avant, elle fondit sur Bowers. Toutes deux roulèrent sur le sol.

La matraque se retrouva à nouveau dans la main d'Eve, qui une fois de plus la jeta au loin. Elle dégaina son arme, appuya le canon sur le menton de son adversaire.

— Vous êtes finie, haleta-t-elle en lui bloquant les bras derrière le dos pour la menotter. Je vous arrête, espèce de cinglée !

Eve se redressait, quand elle s'aperçut qu'elle était dans le noir, qu'elle piétinait un corps réduit en bouillie. Elle avait les mains pleines de sang et de matière cervicale.

L'horreur et une peur effroyable la transpercèrent.

— Mon Dieu, non... Je n'ai pas fait ça. Je n'ai pas pu faire ça...

Mira, en la voyant se tordre sur le banc, ordonna :

— Ça suffit. Cette phase du test est achevée. Veuillez passer dans la pièce voisine. Je vous y rejoins.

Flageolante, Eve se leva. Elle soutint cependant le regard de Mira et des techniciens, puis se dirigea vers la porte qu'elle poussa.

Dans la salle aux murs blancs et nus, elle découvrit un autre banc matelassé, un fauteuil, une longue table sur laquelle s'alignaient divers instruments, des appareils, des moniteurs.

Mira franchit le seuil.

— Vous avez droit à une pause de trente minutes. Je vous conseille vivement d'en profiter.

— Finissons-en vite.

— Asseyez-vous, Eve.

Eve obtempéra ; elle s'efforçait de ne pas songer à ce qu'elle venait de subir, de rassembler ses forces pour la prochaine étape.

Mira prit place dans le fauteuil.

— J'ai des enfants que j'aime, déclara-t-elle. J'ai des amis auxquels je tiens profondément, des collègues que j'admire et respecte. Vous m'inspirez tous ces sentiments-là.

Elle saisit la main d'Eve, la pressa.

— Si vous étiez ma fille, si j'avais de l'autorité sur vous, je vous interdirais d'aller jusqu'au niveau trois. En tant qu'amie, je vous demande de revenir sur votre décision.

— Je suis désolée de vous mettre dans une situation difficile, rétorqua Eve, les yeux rivés sur la main de la psychiatre.

— Mon Dieu, Eve, il ne s'agit pas de moi !

Mira bondit sur ses pieds, se détourna pour tenter de contrôler l'émotion qui la submergeait.

— C'est une procédure extrêmement pénible. Vous serez impuissante, incapable de vous défendre, physiquement et mentalement. Si vous luttez, ce qui sera chez vous un réflexe, vous en serez terriblement affectée.

Elle pivota, dévisagea longuement Eve, consciente de parler dans le vide.

— Le mélange de drogues que je vais devoir utiliser vous rendra malade. Vous aurez des nausées, des migraines épouvantables, vous serez exténuée, désorientée, il est possible que vous souffriez temporairement d'atonie musculaire.

— Une vraie partie de plaisir. Vous me connaissez, je ne changerai pas d'avis. Alors, à quoi bon nous paniquer à l'avance ? Allons-y.

Résignée, Mira s'approcha de la table et prit une seringue.

— Allongez-vous, essayez de vous détendre.

— Mais bien sûr, ironisa Eve. Je vais même en profiter pour piquer un petit roupillon. C'est quoi, cette ampoule bleue au plafond ?

— Concentrez-vous sur elle. Imaginez que vous êtes dans cette bulle de lumière bleue. Imaginez que vous vous immergez dans de l'eau douce et fraîche. Excusez-moi, il faut que je déboutonne le haut de votre combinaison.

— Ah, je comprends pourquoi vous avez des fauteuils bleus dans votre bureau. Pour que les gens se noient.

— Ce ne sera pas douloureux.

Avec des gestes vifs et précis, Mira dénuda l'épaule et le bras d'Eve.

— Vous ne sentirez qu'une légère pression sur la peau, murmura-t-elle en injectant la première dose de drogue. Ce n'est qu'un calmant.

— Je déteste ça.

— Je sais. Respirez normalement. Je vais brancher les scanners et les moniteurs. Là non plus, ce ne sera pas douloureux.

— Je n'ai pas peur. Vous avez mon alliance ?

Eve avait déjà du brouillard dans la tête, la voix pâteuse.

— Vous pouvez me la redonner ?

— Je la garde. Dès que nous aurons terminé, je vous la rendrai.

Avec l'habileté due à une longue expérience, Mira posa les électrodes sur les tempes, les poignets et le cœur d'Eve.

— Décontractez-vous, laissez-vous envelopper par la lumière bleue.

Eve dérivait déjà, et une part de son esprit, celle qui demeurait encore lucide, se demandait pourquoi Mira faisait tout un plat de cette expérience. Ce n'était pas désagréable, au contraire.

La psychiatre avait le regard rivé sur les moniteurs. Rythme cardiaque, tension, activité cérébrale. Tout était normal. Pour l'instant. Eve avait les yeux clos, le visage lisse, les muscles relâchés. Elle lui effleura la joue, presque tendrement. Puis, après lui avoir entravé les chevilles et les poignets, elle saisit la deuxième seringue.

— Vous m'entendez, Eve ?

— Hmm... oui. Je me sens bien.

— Vous avez confiance en moi ?

— Oui.

— N'oubliez pas que je suis là, près de vous. Comptez avec moi. Cent, quatre-vingt-dix-neuf...

— Quatre-vingt-dix-huit, quatre-vingt-dix-sept...

À la seconde où la drogue se répandit dans son sang, son pouls s'accéléra, son souffle se bloqua dans sa gorge.

— Quatre-vingt-dix... Oh !

Elle tressauta violemment.

— Ne luttez pas, respirez, écoutez ma voix. Ne vous débattez pas, Eve.

Des centaines d'insectes fourmillaient sous sa peau, dévoraient sa chair. Une main glacée lui enserrait le cou. Son cœur cognait contre ses côtes comme un marteau chauffé à blanc. Terrifiée, elle rouvrit les yeux et s'aperçut qu'elle était ligotée.

— Ne m'attachez pas, par pitié... gémit-elle.

— Il le faut, sinon vous risqueriez de vous blesser. Je suis là, Eve. Respirez lentement, écoutez ma voix.

Comme Eve continuait à ruer et à se cabrer, Mira déclara sèchement :

— Lieutenant Dallas, c'est un ordre. Cessez de vous débattre, respirez normalement.

Eve aspira une goulée d'air ; un tremblement convulsif la secoua, puis elle se calma.

— Regardez la lumière bleue, poursuivit Mira, tout en surveillant les moniteurs. Écoutez ma voix, vous n'entendez qu'elle. Je suis là. Vous savez qui je suis ?

— Mira. Le Dr Mira. J'ai mal.

— Dans un instant vous n'éprouverez plus aucune douleur. Inspirez profondément. Fixez la lumière, inspirez, expirez...

Mira répéta ces mots inlassablement, d'un ton monocorde, jusqu'à ce que les muscles d'Eve se relâchent à nouveau.

— Vous êtes détendue et vous n'entendez que ma voix. Vous avez encore mal ?

— Non, je ne sens plus rien.

— Dites-moi votre nom.

— Lieutenant Eve Dallas.

— Votre date de naissance.

— Je ne sais pas.

— Votre lieu de naissance.

— Je ne sais pas.

— La ville où vous résidez.

— New York.

— Votre situation de famille.

— Mariée. Connors.

— Votre adresse professionnelle.

— Département de la police et de la sécurité de New York. Euh... non...

Sur les écrans des moniteurs, les échos s'accélérèrent, indiquant l'agitation, la confusion.

— Je suis suspendue de mes fonctions. Ils m'ont retiré mon insigne. J'ai froid.

— Ça passera.

Mira ordonna cependant une augmentation de la température ambiante. Après quoi, durant plusieurs minutes, elle posa des questions simples, anodines, en attendant que les paramètres physiques et cérébraux redeviennent normaux.

— Votre suspension était-elle justifiée ? demanda-t-elle alors.

— C'est la procédure. Tant que l'enquête est en cours, je ne peux pas travailler.

— Était-ce justifié ?

Une expression de désarroi se peignit sur le visage d'Eve.

— C'est la procédure, répéta-t-elle.

— Vous êtes flic jusqu'à la moelle des os, murmura Mira.

— Oui.

Cette réponse fit presque sourire la psychiatre.

— Il vous est arrivé d'utiliser la force pour accomplir votre devoir ? Répondez par oui ou par non.

— Oui.

À partir de maintenant, on allait s'aventurer sur un terrain beaucoup plus dangereux, songea Mira, le cœur serré.

— Avez-vous déjà tué quelqu'un, alors que vous n'étiez pas en état de légitime défense ?

L'image fulgura dans l'esprit d'Eve. La chambre sordide, la flaque de sang par terre, sur le couteau.

— Il fallait que... il fallait...

Elle avait balbutié ces mots d'une voix enfantine, pitoyable. Mira se pencha.

— Eve, restez avec moi, répondez à la question par oui ou par non. Lieutenant, avez-vous tué alors que vous n'étiez pas en état de légitime défense ?

— Non ! s'écria-t-elle. Non... non... Il me fait trop mal, il ne s'arrêtera pas.

— Revenez, écoutez-moi, regardez la lumière. Vous n'avez pas à retourner là-bas. Vous comprenez ?

— Il est là.

Voilà ce que redoutait tellement Mira.

— Non, vous êtes seule avec moi. Dites mon nom.

— Il... il rentre, bredouilla Eve en se débattant. Il est soûl, mais pas assez.

— Lieutenant Dallas, vous êtes tenue d'observer les règles qui régissent cette procédure. Vous êtes tenue d'obéir aux ordres. Quel est mon nom ?

— Oh, je... Mira. Dr Charlotte Mira.

Accrochez-vous à moi, ma petite Eve, pensa Mira. *Cramponnez-vous au présent.*

— Sur quel type d'affaire enquêtiez-vous quand vous avez été suspendue de vos fonctions ?

Les spasmes se calmèrent.

— J'enquêtais sur une série d'homicides.

— Avez-vous été en relation avec l'agent Ellen Bowers ?

— Oui. À deux reprises, je l'ai rencontrée, elle et son assistant, sur les lieux où Petrinsky et Brown ont été assassinés.

— Avez-vous eu une altercation avec Bowers ?

— Oui.

— Expliquez pourquoi.

Des images, à nouveau, qui éclataient dans sa tête. Elle raconta. La haine qu'elle avait perçue chez Bowers, qui l'avait étonnée, les paroles échangées.

— Vous étiez consciente que Bowers avait porté plainte contre vous ?

— Oui.

— Les réclamations de Bowers étaient-elles justifiées ?

— Je l'ai insultée.

Même assommée par les drogues, Eve émit un reniflement de mépris, qui allégea l'angoisse de Mira.

— En ça, j'ai enfreint le règlement. Mais elle l'avait cherché.

Pour un peu, Mira aurait éclaté de rire.

— Avez-vous physiquement menacé cet agent ?

— Je ne sais pas trop. J'ai peut-être dit que je lui botterais les fesses si elle continuait à faire n'importe quoi. En tout cas, je l'ai pensé.

— Elle a déclaré que vous aviez eu des rapports sexuels avec vos supérieurs pour obtenir de l'avancement. Est-ce exact ?

— Non.

— Avez-vous eu des rapports sexuels avec le commandant Whitney ?

— Non.

— Et avec le capitaine Feeney ?

— Mais non, je ne couche pas avec mes amis.

— Avez-vous déjà accepté des pots-de-vin ?

— Non.

— Avez-vous déjà falsifié un rapport ?

— Non.

— Avez-vous physiquement agressé l'agent Ellen Bowers ?

— Non.

— Avez-vous provoqué sa mort ?

— Je ne sais pas.

Mira tressaillit, effarée.

— Avez-vous tué l'agent Ellen Bowers ?

— Non.

— Comment auriez-vous pu provoquer sa mort ?

— Quelqu'un s'est servi d'elle pour me neutraliser. C'est moi qu'on voulait abattre. Elle n'était qu'un instrument.

— Vous croyez qu'une ou plusieurs personnes, dont l'identité est encore inconnue, ont assassiné Bowers afin que vous soyez dessaisie de l'enquête que vous meniez ?

— Oui.

— En quoi cela vous rend-il responsable de la mort de Bowers ?

— Parce que c'était mon dossier. Parce que je me suis laissé aveugler par la colère, que je n'ai pas pressenti qu'ils allaient se servir de Bowers. Je suis responsable.

Mira poussa un soupir.

— Concentrez-vous sur la lumière bleue, Eve. Nous avons presque terminé.

Connors arpentait la salle d'attente du cabinet de Mira. Pourquoi était-ce si long ? Il aurait dû se douter qu'Eve mentait quand elle avait prétendu que les tests dureraient une heure à peine. « Ça n'a rien de dramatique », avait-elle affirmé. Mais ce matin, elle avait quitté la maison comme une voleuse. Elle ne voulait pas qu'il l'accompagne, qu'il l'attende ici.

Eh bien, tant pis ! Il était là, et elle devrait l'accepter.

Il consulta sa montre. Quatre heures déjà ! Que lui faisait-on, bon Dieu ? Pourquoi ne l'avait-il pas forcée à lui expliquer à quoi elle s'exposait ?

Il savait en gros en quoi consistaient les tests auxquels on soumettait les policiers qui avaient été contraints de faire usage de leur arme. Ce n'était pas agréable, mais Eve avait subi cette épreuve à plusieurs reprises. Le niveau un, de même que le détecteur de mensonge, étaient fatigants, voire assez pénibles. Le sujet mettait un moment à récupérer.

Eve était passée par là.

Pourquoi, aujourd'hui, cela durait-il aussi longtemps ?

Soudain, Whitney apparut. Connors darda sur lui un regard glacial.

— Bonjour, Connors. Je pensais que c'était fini.

— Quand elle sortira, elle n'aura vraiment pas besoin, en plus, de vous voir. Vous avez causé suffisamment de dégâts, commandant.

Les yeux noirs de Whitney s'assombrirent encore, les cernes qui marquaient ses paupières semblèrent se creuser davantage.

— Nous sommes tous tenus d'observer le règlement. Sans cela, nous aboutirions vite au chaos.

— Vous voulez que je vous dise ce que je pense de vos règlements ? rétorqua Connors en s'avançant, l'air menaçant.

Ce fut à cet instant que la porte s'ouvrit. Il pivota et manqua de défaillir en découvrant Eve.

Elle était d'une pâleur mortelle. Elle avait les pupilles dilatées, les iris opaques. Appuyée sur Mira, elle titubait.

— Vous n'êtes pas en état de marcher, disait la psychiatre d'un ton alarmé.

— Je veux m'en aller d'ici.

Eve aurait volontiers repoussé Mira, mais elle craignait de s'affaler si elle la lâchait. Elle vit d'abord Connors, et en fut à la fois fâchée et soulagée.

— Je t'avais demandé de ne pas venir.

— Tais-toi, lança-t-il, submergé par une indicible fureur.

En deux enjambées, il se précipita vers sa femme et l'arracha des bras de Mira.

— Que lui avez-vous fait ? gronda-t-il.

— Ce qu'elle devait faire, bredouilla Eve.

Elle déployait des efforts surhumains pour se tenir debout. Une atroce nausée lui tordait l'estomac, elle était trempée de sueur. Ah non ! elle n'allait pas vomir à nouveau. Pas question.

— Il faut qu'elle s'allonge, déclara Mira qui, elle aussi, était blême. Je vous en prie, Connors, persuadez-la de m'autoriser à...

Eve regarda son mari droit dans les yeux.

— Je veux m'en aller d'ici.

— D'accord. On s'en va.

Elle se blottissait contre lui quand elle avisa Whitney. La fierté lui fit redresser les épaules.

— Co... commandant... bégaya-t-elle.

— Dallas, je regrette que vous ayez dû vous soumettre à cette épreuve. J'aimerais que vous écoutiez le Dr Mira qui souhaite vous garder en observation jusqu'à ce que vous soyez suffisamment rétablie pour rentrer chez vous.

— Jack, lui dit Mira. Elle a exigé le niveau trois.

— Mais ce n'était pas nécessaire ! Nom d'un chien, ce n'était pas nécessaire !

— Vous m'avez retiré mon insigne, murmura Eve. C'était... indispensable.

Elle s'écarta de Connors, espérant qu'il comprendrait qu'elle refusait de s'humilier devant tout le monde. Elle avait presque atteint la porte quand les tremblements la reprirent. Comme Connors l'agrippait, elle secoua la tête d'un air féroce.

— Non, ne me porte pas. Laisse-moi un peu de ma dignité.

— Bon... appuie-toi sur moi.

Il lui passa un bras autour de la taille, sentit qu'elle pesait sur lui de tout son poids, et l'entraîna vers l'ascenseur.

— En quoi consiste le niveau trois ?

— C'est pas marrant, avoua-t-elle. Ne te fâche pas, c'était le seul moyen.

— Tu ne te contentes jamais de demi-mesures, marmonna-t-il.

Elle ne voyait plus que du gris. Les voix des gens qui se pressaient dans l'ascenseur étaient lointaines, refluant comme des vagues sonores. Eve ne savait plus où elle était, qui elle était. Elle percevait vaguement des mouvements autour d'elle, la chaleur de Connors qui la soutenait.

Quand ils gagnèrent le parking, le rideau gris s'épaissit brusquement devant ses yeux.

— Mira... m'avait prévenue... souffla-t-elle. C'est juste un effet secondaire...

— Quel effet secondaire ?

— Connors... Oh ! je crois que je vais m'évanouir.

20

Pendant quatre heures, elle oscilla entre le sommeil et une semi-inconscience. Elle ne se rappelait pas comment elle était arrivée à la maison, dans son lit. Heureusement, elle ne se souvenait pas non plus que Connors avait demandé à Summerset de l'examiner et de déployer ses talents de guérisseur.

Quand elle se réveilla, la migraine lui vrillait encore les tempes, mais la nausée et les tremblements s'étaient apaisés.

— Prends cet antalgique.

Battant des paupières, elle loucha sur la pilule bleue que lui tendait Connors.

— C'est quoi, ce machin ?

— Avale.

— J'en ai soupé, des drogues, je...

Il lui prit le visage, la força à ouvrir la bouche et lui posa la pilule sur la langue.

— Avale.

Elle obtempéra, non sans grimacer tant et plus.

— Je vais très bien.

— Absolument. Je propose que nous allions danser.

Elle s'assit dans le lit avec difficulté et, une fraction de seconde, crut que sa tête allait se détacher de ses épaules.

— Il y avait quelqu'un dans les parages quand je suis tombée dans les pommes ?

— Non, répondit-il en lui effleurant tendrement la joue. Ta réputation est intacte.

— C'est déjà ça. Waouh ! J'ai une faim de loup.

— Cela n'a rien de surprenant. Mira m'a prévenu que tu vomirais tout ce que tu avais ingurgité au cours des dernières vingt-quatre heures. Je l'ai contactée, en effet, ajouta-t-il comme elle lui lançait un regard noir. Je voulais savoir ce qu'on t'avait fait.

Elle lut dans ses yeux de la colère et de l'angoisse. Instinctivement, elle glissa les doigts dans ses cheveux.

— Tu comptes te fâcher encore ?

— Non. Tu n'avais pas d'autre solution.

Elle lui sourit.

— Quand je t'ai vu dans la salle d'attente, j'ai été vexée, entre autres parce que j'étais contente et soulagée que tu sois là.

— Quand auras-tu les résultats ?

— Dans un jour ou deux. Je préfère ne pas y penser. D'ici là, j'ai du pain sur la planche. Zut, où sont mes vêtements ? Mon jean... Il y a une disquette dans la poche.

— Celle-ci ? rétorqua-t-il en prenant la disquette qu'il avait posée sur la table de chevet.

— Oui... Mira s'est arrangée pour que je la lui pique. C'est le profil de l'assassin. À l'heure qu'il est, Feeney a dû mettre la main sur Wo. S'il l'a déjà interrogée, Peabody aura peut-être quelques tuyaux à me refiler.

Elle était déjà debout, s'habillait à la hâte. Elle était encore pâle comme un linge et, à en juger par les cercles bistre qui cernaient ses yeux, sa migraine ne s'était pas totalement dissipée.

Mais rien ne l'empêcherait de se mettre au travail.

— Ton bureau ou le mien ? lança-t-il.

— Le mien, marmonna-t-elle en fourrageant dans un tiroir, à la recherche d'une barre chocolatée, son péché mignon.

D'un geste vif, Connors la lui arracha.

— Tu la mangeras après le dîner.

— Tu es tellement strict, quelquefois. J'ai été malade, tu es censé me chouchouter.

— Tu détestes ça.

— Ce n'est pas vrai, je commence à m'y habituer.

— Pas de sucreries avant le repas. Nous avons du bouillon de poulet au menu, le remède miracle. Puisque tu te sens beaucoup mieux, va donc le prendre à la cuisine pendant que je m'occupe de cette disquette.

Boudeuse, elle prit la direction de la cuisine en traînant les pieds. Il était dur avec elle. Après tout, elle avait encore mal à la tête, ses jambes flageolaient. En principe, dans ces cas-là, il la forçait à rester couchée et jouait les chiens de garde à son chevet. Mais pour une fois qu'elle aurait apprécié d'être un peu choyée, il lui imposait une corvée. Et si elle s'en plaignait, il se moquerait d'elle.

Résultat, elle était coincée, admit-elle en ouvrant la porte de l'autochef pour saisir un bol de bouillon au fumet délicieux. La première cuillerée lui fit pousser un soupir de gratitude. Elle en avala une autre, ignorant le chat qui, alléché par l'odeur, s'enroulait autour de ses chevilles tel un ruban poilu.

Elle vida son bol en un clin d'œil. Le remède avait opéré sa magie : la migraine s'était envolée, son corps lui obéissait à nouveau, et son moral remontait en flèche.

— Pourquoi a-t-il toujours raison ? demanda-t-elle à Galahad.

— C'est un autre de mes petits talents, répondit Connors, immobile sur le seuil.

Il s'approcha, lui tapota la joue.

— Tu as repris des couleurs, lieutenant. Et, si je ne m'abuse, tu as recouvré ton appétit. Où est mon bouillon ?

Elle rafla le deuxième bol dans l'autochef, y plongea sa cuillère.

— Je ne sais pas. Le chat a dû le manger.

Il éclata de rire, se baissa pour saisir Galahad qui émit un miaulement de protestation.

— Eh bien, mon pauvre, puisque notre maîtresse est si peu partageuse, nous allons nous débrouiller seuls.

— Où est ma barre chocolatée ?

— Je n'en ai pas la moindre idée.

Il programma l'autochef qui ne tarda pas à livrer deux nouveaux bols de bouillon. Il en posa un par terre. Galahad sauta littéralement dessus. Après quoi, Connors pivota et quitta la cuisine.

Eve lui emboîta le pas.

— Tu as un postérieur superbe, mon vieux, commenta-t-elle, tandis qu'ils pénétraient dans le bureau. Mais ce n'est pas une raison pour l'installer dans mon fauteuil.

— Pourquoi ne pas t'asseoir sur mes genoux ? proposa-t-il avec un sourire malicieux.

— Je n'ai pas de temps à consacrer à tes petits jeux pervers.

Comme il ne bougeait pas, elle approcha un siège et déchiffra le texte inscrit sur l'écran de l'ordinateur.

— Ne nous attardons pas sur l'introduction, c'est l'habituel charabia psy. Ah !... nous avons affaire à un individu mature, intelligent, organisé.

— Cela ne t'apprend pas grand-chose.

— Non, mais devant un tribunal, les profils de Mira valent de l'or, et ils justifient l'angle qu'ont privilégié les enquêteurs. Complexe messianique. Formation médicale supérieure. Caractère marqué par la dualité, partagé entre la volonté de guérir et celle de détruire.

Eve se pencha vers l'écran pour lire la suite plus attentivement.

En violant son serment de ne pas faire le mal, il s'est mis au-dessus des lois qui régissent sa profession. Il est, ou était, indubitablement médecin. Les opérations pratiquées sur les victimes indiquent qu'il maîtrise à la perfection les techniques chirurgicales. Sans doute exerce-t-il toujours son métier. Il sauve des vies, quotidiennement, il soigne ses patients. Il les guérit.

Néanmoins, en tuant, il s'est délesté des responsabilités inhérentes à sa profession. En cela, c'est un destructeur. Il agit sans hésitation et sans l'ombre d'un remords. Il est, selon moi, pleinement conscient de ses actes. Il leur confère une justification sans doute liée à la médecine. Il sélectionne des sujets malades, âgés, voire mourants. À ses yeux, ils ne sont pas des êtres humains, mais des instruments. Le soin qu'il met à prélever leurs organes signifie que, pour lui, ce sont ces échantillons qui ont de l'importance. Les victimes n'ont pas plus de valeur qu'une éprouvette, dans un laboratoire. On s'en débarrasse et on les remplace aisément.

— Caractère marqué par la dualité, répéta Eve à mi-voix.

— Tu es tombée sur Jekyll et Hyde. Le médecin possédé par un démon qui le domine et le pousse à détruire les innocents, les damnés de la terre. Et qui, pour finir, détruira son hôte.

— Je l'espère bien, rétorqua-t-elle d'un ton féroce. Elle ne dit pas qu'il est schizophrène. Elle parle de nature duelle.

— Les deux faces d'une même pièce. L'ombre et la lumière. Nous avons tous ça en nous.

— Pas de philosophie, s'il te plaît.

Elle se leva, se mit à arpenter la pièce pour mieux réfléchir.

— Note que tu n'as pas tort, il s'agit effectivement de philosophie. La sienne. Il – ou elle – tue, parce qu'il le peut, qu'il le veut, qu'il l'estime nécessaire. Il sacrifie des gens qui, de son point de vue, sont dénués d'importance, et ceci pour créer un monde meilleur.

Elle se tourna vers Connors.

— Ce qui nous ramène aux organes. À leur utilité. À la gloire qu'ils lui apporteront. Réparer, rajeunir, guérir ce que la médecine actuelle considère comme incurable. Évidemment... Il a découvert la façon, ou du moins il en est convaincu, de redonner vie à de la chair humaine déjà rongée par la mort.

— Le Dr Frankenstein. Un autre fou anéanti par son propre génie. Dans ce cas, il n'est pas seulement chirurgien. C'est un scientifique, un chercheur.

— Qui a des accointances dans le monde politique. Bon sang ! il faut que j'en sache plus sur Friend, et sur l'entretien de Feeney avec Wo.

— Que ne le disais-tu ? Tu veux une copie sur disquette ou une transcription vidéo et audio ?

Elle se figea.

— Connors, tu ne peux pas accéder aux rapports d'interrogatoire.

Il poussa un soupir à fendre l'âme.

— Je me demande pourquoi je tolère ces insultes permanentes. Bien sûr, tu me simplifierais la tâche en m'indiquant le numéro du fichier, ainsi que la date, mais je me débrouillerai sans.

— Bonté divine !... Je refuse de savoir comment tu vas t'y prendre. Et je n'ai pas l'intention de rester là à te regarder commettre un délit.

— La fin justifie les moyens, ma chérie.

— Je vais chercher du café, grommela-t-elle.

— Un thé léger, tu as suffisamment malmené ton organisme pour aujourd'hui. Et tu seras gentille de m'en rapporter une tasse. Je t'afficherai les infos concernant le suicide de Friend sur l'écran mural.

Elle se hâta de disparaître dans la kitchenette et se campa devant la fenêtre. Jusqu'où irait-elle dans l'illégalité ?

Aussi loin qu'il le faudrait.

Elle en était là de ses réflexions quand son communicateur bourdonna.

— Je serai brève, déclara Peabody d'un ton grave. Louise Dimatto a été agressée ce matin au dispensaire.

Nous l'avons appris il y a quelques minutes. Elle est hospitalisée au Drake. Il paraît qu'elle est dans un état critique, je n'ai pas d'autres détails.

— J'arrive.

— Dallas, Wo est également au Drake. Elle aurait fait une tentative de suicide. On craint qu'elle ne s'en sorte pas.

— Bon sang !... Vous l'aviez interrogée ?

— Malheureusement non. Je suis désolée. Et Vanderhaven est toujours dans la nature. Par contre, nous avons placé Young en garde à vue.

— J'arrive.

— Ils ne vous permettront pas de voir Wo ou Louise.

— J'arrive, répéta sèchement Eve en interrompant la communication.

Elle atteignait le bureau des infirmières, dans le service des soins intensifs, lorsqu'on lui barra le passage.

— Indiquez-moi la chambre de Louise Dimatto. Dites-moi dans quel état elle est.

L'infirmière la détailla de la tête aux pieds.

— Vous êtes de la famille ?

— Non.

— Navrée, mais si vous ne faites pas partie des proches ou des forces de police, je ne peux pas répondre à vos questions.

Par réflexe, Eve fourra la main dans sa poche, puis se rappela qu'elle n'avait plus d'insigne.

— Et le Dr Tia Wo ? Comment va-t-elle ?

— Je ne peux pas vous répondre.

Eve se mordit la langue pour ne pas injurier son interlocutrice. À cet instant, Connors s'avança.

— Madame Simmons, dit-il, déchiffrant le nom de l'infirmière sur son badge, le Dr Wo et moi-même appartenons au conseil d'administration de cet établissement.

Auriez-vous l'amabilité de prévenir le médecin qui s'occupe d'elle que Connors souhaite lui parler ?

Elle écarquilla les yeux, une vive rougeur se répandit sur son visage.

— Connors... Euh... oui... La salle d'attente est là, sur votre gauche. J'avertis immédiatement le Dr Waverly.

— Pendant que vous y êtes, avertissez aussi l'agent Peabody, intervint Eve.

L'autre lui décocha un regard noir.

— Je n'ai pas le temps de...

— Nous aimerions voir l'agent Peabody, susurra Connors. Ma femme et moi, ajouta-t-il en posant la main sur l'épaule d'Eve qui bouillait littéralement de colère, sommes très inquiets.

— Oh...

L'infirmière dévisagea Eve, manifestement sidérée que cette créature hirsute fût l'épouse de Connors.

— M... mais bien sûr, bégaya-t-elle. Je m'en occupe tout de suite.

— Pourquoi ne l'as-tu pas priée de te baiser les pieds ? rouspéta Eve. Elle l'aurait fait.

— Je croyais que tu étais pressée.

Ils pénétrèrent dans la salle d'attente déserte. Sur un écran mural défilaient les images de la dernière sitcom comique à la mode. Eve n'y jeta même pas un coup d'œil. Elle dédaigna également la cafetière remplie d'un breuvage probablement infect.

— Connors, commença-t-elle, si Louise est ici, j'en suis responsable. Je lui ai offert de l'argent, le tien en l'occurrence, pour qu'elle me fournisse des renseignements.

— En admettant que tu dises vrai, elle a fait un choix. C'est son agresseur le coupable.

— Elle aurait accepté n'importe quoi pour son maudit dispensaire, répliqua Eve d'une voix vibrante. Pour elle, il passe avant tout. Je me suis servie de ça, je l'ai appâtée, attirée dans un traquenard pour boucler une affaire dont on m'a dessaisie. Si elle en meurt, je ne me le pardonnerai jamais.

— Je comprends, mais je te le répète : c'est l'agresseur le coupable. Si tu continues à te fustiger, ça ne te mènera à rien. Tu es à deux doigts de la conclusion, ce n'est pas le moment de flancher. Fais ce que tu as à faire. Résous l'énigme, trouve la solution.

— Cette solution a-t-elle un rapport avec ma nièce qui est dans le coma ?

Cagney se tenait sur le seuil, hagard. Il s'avança vers Eve.

— Comment osez-vous venir ici ? Vous avez mêlé Louise à une histoire qui ne la concernait pas, vous l'avez délibérément mise en danger. Je suppose qu'elle collaborait avec vous et maintenant... On l'a sauvagement attaquée.

— A-t-elle une chance de s'en sortir ?

— Vous n'êtes pas habilitée à poser des questions. Vous êtes une meurtrière, une perverse et un policier corrompu. Oui... voilà ce que vous êtes à mes yeux, malgré l'image flatteuse que votre amie journaliste essaie d'imposer au public.

— Cagney, murmura Connors avec une douceur inquiétante. Je compatis à votre douleur, mais faites attention à ce que vous dites.

— Qu'il dise ce qu'il veut, rétorqua Eve qui s'interposa entre les deux hommes. J'admire Louise pour sa volonté et son courage. Elle a refusé un poste gratifiant dans votre hôpital réservé aux riches, et elle a suivi sa propre voie. Pour ma part, quelle que soit l'évolution de son état, j'assumerai mes responsabilités. Et vous, docteur Cagney ?

— Elle n'était pas à sa place dans ce dispensaire.

Il secouait la tête d'un air désespéré.

— Elle gâchait son intelligence, son talent, pour des rebuts de la société, de vulgaires déchets que vos collègues ramassent dans les rues toutes les nuits.

— Des déchets qu'on peut tuer pour leur prélever certains organes ?

Il lui décocha un regard qui flamboyait de colère.

— Des gens qui n'hésiteraient pas à assassiner une belle jeune femme pour la dépouiller des quelques *credits* qu'elle a dans la poche, ou lui voler des drogues, cracha-t-il. La lie de l'humanité. Un milieu que vous connaissez bien, tous les deux.

— Je pensais que pour un médecin, toute vie était sacrée.

— Elle l'est ! lança Waverly en entrant dans la pièce. Colin, vous êtes à bout. Allez donc vous reposer.

— Non, je resterai près d'elle.

Waverly lui posa la main sur le bras.

— Prenez un peu de repos, insista-t-il avec gentillesse. Je vous préviendrai s'il y a du changement, vous avez ma parole. Elle aura besoin de vous à son réveil.

— Oui... bien sûr, balbutia Cagney en portant une main tremblante à son front. Ma sœur et mon beau-frère sont à la maison... Je vais les rejoindre.

— Voilà qui est plus raisonnable. Je vous appellerai.

Waverly le guida jusqu'à la porte, lui susurra quelques mots, puis rejoignit Eve et Connors.

— Il est bouleversé. On a beau pratiquer la médecine depuis des années, quand il s'agit d'un membre de votre famille, on réagit comme le commun des mortels.

— Elle est dans un état critique ? demanda Eve.

— Fracture du crâne, hémorragie, contusions multiples. L'opération s'est bien passée et, pour l'instant, le scanner n'indique pas de lésion cérébrale irréversible. Il faut attendre, mais nous avons bon espoir de la tirer de là.

— Elle a repris conscience ?

— Non.

— Vous savez comment c'est arrivé ?

— Les policiers vous l'expliqueront. Moi, je n'ai que des informations d'ordre médical à vous fournir, et je ne devrais même pas vous les communiquer. À présent, excusez-moi, mais je retourne auprès d'elle.

— Et le Dr Wo ?

Les traits fatigués de Waverly parurent s'affaisser.

— Tia s'est éteinte voilà quelques minutes. Je venais prévenir Colin, mais j'ai renoncé à le lui dire. Inutile de le bouleverser davantage. J'espère que vous le traiterez avec ménagement.

Sur ces mots, il pivota et quitta la salle.

— Il faut que je consulte le dossier, marmonna Eve. Comment s'est-elle suicidée ? Qui l'a découverte, et quand ? Bon sang, j'ai besoin de ces renseignements !

— Trouve-toi un informateur.

— Qui pourrait...

Elle s'interrompit, le dévisagea.

— Passe-moi ton communicateur.

Il le lui tendit en souriant.

— Transmets mon bonjour à Nadine. Je vais voir si on a averti Peabody.

— Quel petit futé tu es, murmura-t-elle en composant le numéro de Nadine à Channel 75.

— Dallas ! s'écria la journaliste. Vous m'évitez depuis des jours, vous me paierez ça. Comment allez-vous ? Quelle bande de salauds ! Vous avez regardé mon émission ? Ça a déclenché un sacré raffut, nous avons reçu des milliers d'appels.

— Je n'ai pas le temps de bavarder, j'ai quelque chose à vous demander. J'imagine que vous avez des informateurs à la morgue ? Rancardez-vous sur le suicide de Tia Wo. Elle sera sur la table d'autopsie d'ici une heure environ. Je voudrais connaître l'heure de la mort, la cause du décès, savoir qui l'a trouvée, quel policier est chargé de l'affaire, quel médecin s'est occupé d'elle. Bref, je veux tout savoir.

— Je n'ai aucune nouvelle de vous pendant des lustres, et voilà que vous me donnez des ordres ! En plus, vous insinuez que j'ai des indics à la morgue, ajouta Nadine d'un air offusqué. Je ne me permettrais pas de suborner un fonctionnaire, c'est illégal.

— Je vous signale que, pour l'heure, je ne suis plus flic. Faites vite, Nadine, vous me rendrez service. Par la même occasion, pourriez-vous chercher quelles saletés le sénateur Brian Waylan planque sous le tapis ?

— Ces saletés, je vous les expédie dans une brouette ou un camion ? railla Nadine. Avec un sénateur américain, il me semble que le semi-remorque s'impose.

— Je m'intéresse surtout à sa position concernant les organes artificiels. Vous n'aurez qu'à me joindre sur le communicateur de Connors.

— J'ignore hélas ! le numéro personnel de Connors. Même une journaliste comme moi a ses limites.

— Vous n'aurez qu'à passer par Summerset. Merci, Nadine.

— Attendez, Dallas. Vous ne m'avez pas dit comment vous alliez et si...

— Pardonnez-moi, je suis pressée, coupa Eve.

Elle se précipitait vers la porte quand Peabody apparut.

— Mais où étiez-vous ? Je vous ai fait demander deux fois.

— Nous sommes un peu débordés. Feeney m'a envoyée ici à cause de Wo qui a succombé il y a un quart d'heure. Sa compagne était là, elle a piqué une crise d'hystérie. Il m'a fallu l'aide de deux infirmiers pour la maîtriser. Ils ont quand même réussi à lui administrer un calmant.

— Je croyais qu'elle vivait seule.

— Eh bien, non. Elle avait une liaison qu'elle s'efforçait de ne pas ébruiter. Quand sa maîtresse est rentrée à la maison, elle l'a trouvée bourrée de barbituriques.

— Quand ?

— Il y a deux ou trois heures. On était venus ici pour Louise et déjà repartis quand nous avons été prévenus. Cartright est chargée de l'affaire, elle considère cette mort comme suspecte, mais il semblerait qu'il s'agisse bel et bien d'un suicide. J'ai besoin d'un café, déclara Peabody en saisissant la cafetière.

Elle la renifla en grimaçant.

— Tant pis, je prends le risque, décida-t-elle en remplissant une tasse. Wo ne s'était pas présentée à l'interrogatoire. Feeney et moi, nous sommes allés chez elle, nous avions un mandat pour pénétrer dans son appartement. Elle n'y était pas. Ici non plus, nous n'avons pas réussi à lui mettre la main dessus. Pourtant, on nous a affirmé l'avoir aperçue au labo. On a alpagué Young, il est en garde à vue. On retournait chez Wo, quand on a appris que Louise avait été agressée.

Elle avala une gorgée de café, frémit ostensiblement.

— Pouah !... Et vous, comment s'est passée votre journée ?

— Abominablement. Qu'est-il arrivé à Louise, exactement ?

Peabody consulta sa montre, releva les yeux et s'aperçut qu'Eve avait pâli.

— Oh ! Dallas, je suis désolée...

— Ne vous excusez pas. Vous êtes en service, et vous êtes pressée.

— J'avais surtout prévu un bon dîner dans un super restau et une nuit d'amour, répliqua Peabody avec un humour qui sonnait faux. Je vous explique en deux mots. Louise a été attaquée au dispensaire. Frappée à la tête. Elle a une fracture du poignet droit, donc elle a dû essayer de se défendre. Elle a probablement vu son agresseur. Il l'a assommée avec le portable du bureau.

— Mince, il est costaud !

— Oui, il l'a vraiment tabassée et laissée là, par terre. Il a fracassé la serrure de l'armoire où elle rangeait les drogues et tout raflé. Elle a reçu son dernier patient à 15 h 10. Le médecin qui devait la relayer l'a découverte dans le bureau à 16 heures. On l'a tout de suite transportée ici.

— Quelles sont ses chances de s'en tirer, selon vous ?

— Elle est dans le meilleur hôpital de la ville. Ils ont un matériel ultraperfectionné, on se croirait à la NASA. Elle a autour d'elle un bataillon de médecins, et un policier devant sa porte qui montera la garde jour et nuit.

Peabody s'interrompit, vida sa tasse.

— J'ai entendu les infirmières dire qu'elle était jeune et robuste. Son cœur et ses poumons sont en excellent état. Les scanners cérébraux sont encourageants. Et l'équipe médicale se démène pour la sortir du coma.

— J'aimerais que vous me préveniez s'il y a du nouveau.

— Ça va de soi. Bon... il faut que j'y retourne.

— D'accord. Dites à Feeney que je creuse certaines pistes. Je lui transmettrai ce qui me paraît intéressant.

— Entendu.

Peabody, qui s'apprêtait à franchir le seuil de la pièce, s'arrêta et dévisagea Eve.

— Vous savez, on chuchote dans les couloirs que le commandant Whitney harcèle littéralement le chef. Il ne lâche pas les gars du Bureau des affaires internes, et il est constamment sur le dos de Baxter pour qu'il boucle le dossier Bowers. Il s'est rendu en personne à la soixante-deuxième section pour enquêter sur cette femme. Bref, il remue ciel et terre pour que vous soyez réintégrée.

— Ah... marmotta Eve, embarrassée.

— Encore une chose : depuis plus de deux mois, on a régulièrement viré sur le compte bancaire de Rosswell des sommes importantes. Dix mille dollars, chaque fois.

Peabody, voyant la lueur qui s'allumait dans les yeux d'Eve, esquissa un sourire.

— Rosswell est un ripou. Feeney l'a mis entre les pattes de Webster.

— Ces virements coïncident avec le meurtre de Spindler. Bon boulot.

Sitôt qu'elle fut seule, Connors la rejoignit. Il la trouva assise sur l'accoudoir d'un fauteuil. Elle contemplait ses mains.

— La journée a été longue, lieutenant.

— Oui...

Elle se redressa, le regarda droit dans les yeux.

— J'ai une idée pour l'achever en beauté.

— Laquelle ?

— Que dirais-tu d'un petit cambriolage nocturne ?

— Chérie, rétorqua-t-il avec un sourire éblouissant, je craignais que tu ne me le proposes jamais.

21

— Je conduis.

Connors, qui avait la main sur la poignée de la portière, sourcilla.

— Je te signale qu'il s'agit de *ma* voiture.

— C'est ça, ou je renonce.

Il la dévisagea longuement.

— Pourquoi ?

— Parce que.

Gênée, elle baissa le nez.

— Ne te moque pas de moi.

— J'essaierai de résister à la tentation. Et je répète ma question : pourquoi ?

— Parce que... quand je suis sur une enquête, c'est moi qui conduis, alors... si je prends le volant, je me sentirai moins... criminelle.

— Oh, je vois ! Tout cela est parfaitement logique. Je te laisse le volant.

Il contourna la voiture pour s'installer sur le siège du passager.

— Je suppose que tu ris sous cape ?

— Évidemment. Tu sais, pour que ça ait l'air plus officiel, il me faudrait un uniforme. Je veux bien en mettre un, mais je refuse de porter ces affreux godillots dont on affuble les policiers subalternes.

— Tu es désopilant, parfois, ronchonna-t-elle en démarrant sur les chapeaux de roue.

— Dommage que ce véhicule n'ait pas de sirène. Je suggère qu'on fasse comme si elle ne marchait plus.

— Continue, je me tords de rire.

— À vos ordres, lieutenant, répliqua-t-il avec un grand sourire. Quel est le programme, au juste ?

— Je veux entrer dans le dispensaire, dégoter les renseignements que j'avais demandés à Louise, et repartir. Sans tomber sur un droïde. J'imagine qu'avec tes doigts de fée, ce sera un jeu d'enfant.

— Merci, chérie.

— Lieutenant.

Elle accéléra et prit la direction du sud.

— Je n'arrive pas à croire que je suis en train de faire une chose pareille. Je suis cinglée. Je m'enfonce dans la délinquance, je repousse sans cesse les limites.

— Tu te bats, voilà tout.

— À force, je me retrouverai avec des menottes aux poignets. Moi qui ai toujours respecté à la lettre les règlements... Maintenant, je réécris le manuel en fonction de ce qui m'arrange.

— C'est ça, ou tu retournes te réfugier dans notre lit, la tête sous les couvertures.

— Oui, il faut choisir, n'est-ce pas ? Alors disons que mon choix est fait.

Elle repéra une place de parking à cinq cents mètres environ du dispensaire de Canal Street, et se faufila entre un scooter aérien et une camionnette cabossée. L'élégante voiture de Connors avait l'air d'un cygne égaré au milieu d'une troupe de vilains petits canards, songea-t-elle. Mais, après tout, la loi n'interdisait pas aux conducteurs fortunés de circuler dans les quartiers défavorisés.

— Je préfère ne pas me garer trop près. Je suppose que ce carrosse est protégé contre le vol, le vandalisme, et tout le bataclan ?

— Naturellement. Activation du système de sécurité, commanda-t-il avant d'ouvrir la portière.

Il fouilla dans sa poche.

— Ton automatique... lieutenant.

— Qu'est-ce que tu fabriques avec ça ? fulmina-t-elle en le lui arrachant des mains.

— Je te le donne.

— Tu n'es pas autorisé à avoir cette arme sur toi, et moi non plus. Pas de commentaire, s'il te plaît, ajouta-t-elle, comme il souriait de toutes ses dents.

Elle fourra l'automatique dans la poche de son jean.

— Quand nous rentrerons à la maison, tu pourras me... punir, lieutenant.

— Ce n'est pas le moment de penser au sexe.

— Au contraire, ça s'impose pour se donner du cœur au ventre. Cet environnement est tellement charmant...

Tandis qu'ils marchaient d'un pas vif sur le trottoir, Connors posa négligemment la main sur l'épaule d'Eve. Les rôdeurs, cachés sous les porches à l'affût d'une proie, se hâtèrent de disparaître dans l'ombre, sans doute impressionnés par l'éclat menaçant qui luisait dans le regard bleu de cet homme élégant.

— Le dispensaire est une vraie poubelle, expliqua Eve. Pas de scanner digital, pas de caméras de surveillance. En revanche, les serrures sont solides, à cause des drogues. Et il y a probablement une alarme antivol. Cartright enquête sur l'agression, c'est un bon flic, elle a dû mettre les scellés. Et je n'ai plus mon passe.

— Tu as un passe magique : moi.

Elle lança un coup d'œil au beau visage de son mari, y lut de l'excitation.

— Tu t'amuses comme un petit fou, espèce de monstre.

— Si tu veux, je te montrerai comment crocheter une serrure.

Seigneur, elle aurait donné n'importe quoi pour avoir son arme de service, son insigne.

— Je me contenterai de faire le guet. Si l'alarme se déclenche, on pique un sprint.

— Je t'en prie, s'indigna-t-il. La dernière fois que j'ai déclenché une alarme, j'avais dix ans.

Ils étaient parvenus devant le dispensaire. Connors se posta devant la porte, pendant qu'Eve patrouillait à proximité, abîmée dans ses réflexions.

Elle avait été le jouet d'événements qui s'étaient enchaînés de façon inexorable. Une ancienne camarade de l'académie qui lui vouait une haine féroce, un clochard assassiné, une conjuration, et voilà où elle en était : réduite à surveiller les alentours pendant que son mari jouait les cambrioleurs.

Comment réussirait-elle à revenir en arrière si elle continuait à glisser ainsi sur la mauvaise pente ? Elle rebroussa chemin, prête à dire à Connors de laisser tomber. Et elle le vit, tranquille et satisfait, devant la porte ouverte.

— On entre ou on s'en va, lieutenant ?

— Bon Dieu de bon sang ! pesta-t-elle.

Elle pénétra dans le bâtiment. Connors referma la porte et alluma une lampe stylo.

— Où est le bureau ?

— Là-bas, dans le fond.

Ils s'approchèrent. Connors lui tendit la lampe.

— Éclaire-moi, ordonna-t-il en se baissant pour examiner la serrure. Mazette, je n'en ai pas vu de semblable depuis des siècles. Si ton amie Louise croyait qu'un demi-million de dollars suffirait à moderniser ce musée, elle était très optimiste.

Il extirpa de sa poche ce qui ressemblait à un autre stylo, le dévissa et effleura du doigt l'extrémité d'un mince fil métallique.

Eve le connaissait depuis près d'un an, elle vivait dans son intimité, pourtant il ne cessait de la surprendre.

— Tu trimbales une panoplie de voleur sur toi ?

— On ne sait jamais, n'est-ce pas ? rétorqua-t-il en enfonçant le fil de métal dans la fente de la serrure.

Un instant plus tard, Eve perçut une série de déclics, puis un ronronnement feutré. La serrure était désactivée.

— Après toi, lieutenant.

— Vaurien, fit-elle entre ses dents.

Elle s'avança dans la pièce.

— Il n'y a pas de fenêtre. On peut allumer la lumière, ajouta-t-elle en actionnant l'interrupteur manuel.

L'équipe des premières constatations avait fait son travail, le moindre centimètre carré était recouvert d'une couche de poudre blanchâtre.

— Ils ont déjà relevé les empreintes, récolté les fibres, les cheveux, etc. Je serais étonnée que ça leur fournisse un quelconque indice. Dieu sait combien de membres du personnel passent ici chaque jour. Mais mieux vaut quand même ne rien toucher.

— Ce que tu cherches est dans l'ordinateur.

— Ou sur une disquette, si Louise avait découvert quelque chose. Tu t'occupes de la machine, je me charge du reste.

Tandis que Connors s'affairait à pirater le système de sécurité du matériel électronique, Eve passa en revue les disquettes rangées sur une étagère. Chacune était étiquetée et portait le nom d'un patient. Il manquait le dossier de Spindler.

Un pli soucieux entre les sourcils, Eve fouilla l'étagère supérieure. De la documentation sur diverses maladies, de la littérature médicale.

Soudain, elle tressaillit en lisant sur une étiquette : *Syndrome Dallas*.

— Je savais qu'elle était sacrément maligne, dit-elle en saisissant la disquette. Je l'ai, Connors.

— Je n'ai pas fini de jouer.

— Charge ça dans ton joujou.

À cet instant, le communicateur de Connors, qu'elle avait dans la poche, sonna.

— Brouillage de l'image, ordonna-t-elle. Dallas !

— Lieutenant, c'est Peabody. Louise a repris conscience, elle vous demande. Nous vous ferons entrer, mais il ne faut pas perdre de temps.

— J'arrive.

— Passez par l'escalier est. Je vous ouvrirai.

— À tout de suite. On y va, Connors.

— On est déjà partis. Et cette fois, c'est moi qui pilote.

Quelques secondes plus tard, Eve, les yeux fermés, se cramponnait au tableau de bord. Elle avait la réputation d'appuyer volontiers sur le champignon, mais comparée à Connors, elle conduisait comme une vieille dame au volant d'une antique berline.

Quand il pénétra à fond de train dans le parking, elle ravala avec difficulté un cri de frayeur. Puis elle se rua hors de la voiture et grimpa quatre à quatre l'escalier.

Peabody la fidèle était en haut.

— Waverly sera de retour à son chevet dans quelques minutes. Laissez-moi un instant pour évacuer le planton. Feeney est dans la chambre, mais elle ne veut parler qu'à vous.

— Comment est-elle ?

— Je ne sais pas trop. Les médecins ne nous disent rien.

Peabody regarda Connors.

— Je suis désolée, je ne peux pas vous faire entrer.

— J'attendrai ici.

— Dallas, préparez-vous à foncer.

Peabody s'éloigna, redressant les épaules pour se donner une allure plus imposante. Eve se glissa à pas de loup dans le couloir en ayant soin d'avoir la porte de Louise dans son champ de vision.

Peabody consulta ostensiblement sa montre et, d'un signe, indiqua au planton qu'elle prenait la relève. Sans se faire prier, il fila vers l'ascenseur, en quête d'un café, d'un casse-croûte et d'un siège où s'affaler pour reposer ses pieds endoloris.

Eve se précipita et se faufila dans la chambre.

— Je ne serai pas longue, chuchota-t-elle à Peabody.

La pièce, plongée dans la pénombre, était beaucoup plus grande qu'Eve ne l'aurait imaginé. Louise avait la tête enveloppée de bandages, une multitude de fils la reliait à des scanners et des moniteurs dont le ronflement lancinant troublait à peine le silence.

Quand Eve s'approcha du lit, elle ouvrit des yeux tuméfiés. Une ombre de sourire étira ses lèvres.

— Je l'ai gagné, ce demi-million.

— Je suis désolée, murmura Eve.

— Vous êtes désolée ? répéta Louise avec un petit rire, montrant son poignet droit maintenu par des attelles. La prochaine fois, *vous* vous ferez tabasser, et *moi* je serai navrée.

— Marché conclu.

— J'ai les renseignements. Ils sont sur une disquette, je...

— Je les ai.

Eve, la gorge nouée, se pencha pour poser la main sur celle de Louise.

— Ne vous inquiétez pas, ne pensez plus à ça.

Louise soupira, referma les yeux.

— Je ne sais pas si ça vous aidera. Je pense qu'il se passe des choses terribles, effarantes. Oh... ils m'ont bourrée de drogues. Je flotte...

— Dites-moi qui vous a frappée. Vous avez vu votre agresseur.

— Oui... J'ai été stupide. J'ai mis la disquette à l'abri et j'ai cru pouvoir affronter l'ennemi toute seule. Dallas... je perds les pédales...

— Dites-moi qui vous a frappée, Louise.

— Je l'ai appelée... et ensuite, on m'a sauté dessus. Je ne me serais jamais doutée... Jan, l'infirmière. La garce, faites-le-lui payer, Dallas. Je ne suis pas en état de me venger.

— Je vous vengerai.

— Arrêtez tous ces salauds, marmonna Louise avant de sombrer dans l'inconscience.

— Elle était cohérente, dit Eve à Feeney, sans se rendre compte qu'elle tenait toujours la main de la blessée. Elle n'aurait pas été aussi lucide si elle avait une lésion cérébrale.

— Elle a la tête dure. Jan... articula-t-il en saisissant son mémo. L'infirmière du dispensaire. Celle-là, je vais la mettre au trou.

Eve s'écarta enfin du lit.

— Tu me tiendras au courant ? chuchota-t-elle.

— Bien entendu.

— Bon, il vaut mieux que je file avant d'être repérée.

Elle se dirigea vers la porte, se retourna.

— Feeney ?

— Oui ?

— Peabody est un bon flic.

— Je suis d'accord avec toi.

— Si je ne reviens pas, demande à Cartright de la prendre comme assistante.

Il la dévisagea, déglutit.

— Tu seras réintégrée, Dallas.

— Si je ne reviens pas, répéta-t-elle, demande à Cartright de la prendre comme assistante. Peabody veut travailler à la Criminelle, devenir inspecteur. Cartright continuera à la former. Fais ça pour moi.

Les épaules de Feeney se voûtèrent.

— Oui... compte sur moi. Quelle merde, jura-t-il, lorsqu'elle eut refermé la porte. Quelle merde !

Durant le trajet de retour, Connors respecta le silence d'Eve. Il devinait que, mentalement, elle était avec Feeney et Peabody, qu'elle sonnait à la porte de Jan, aboyait : « Police ! »

— Dormir un peu te ferait du bien, suggéra-t-il quand ils furent de retour chez eux. Mais je suppose que tu préfères travailler.

— Il le faut.

Elle avait à nouveau les yeux battus, emplis de désespoir. Il l'attira contre lui, l'étreignit.

— Ça va, protesta-t-elle, mais elle se nicha dans ses bras – juste une minute, pensa-t-elle. Quoi qu'il advienne, je le surmonterai, pourvu que cette affaire soit résolue. Sinon, je...

— Tu réussiras, coupa-t-il en lui caressant les cheveux. Nous réussirons.

— Absolument. Et si je recommence à pleurnicher, je t'autorise à me flanquer des claques.

— Chic alors, j'adore battre ma femme.

La prenant par la main, il l'entraîna dans l'escalier.

— Il est préférable d'utiliser mon matériel, déclara-t-il. J'ai programmé une de mes machines pour déterrer les dossiers secrets du labo. Elle a peut-être déjà trouvé quelque chose.

— Moi, j'ai la disquette de Louise. Je ne l'ai pas remise à Feeney, il ne me l'a pas demandée.

— Tu choisis bien tes amis.

Il déverrouilla la porte de son antre, jeta un regard à la console, et esquissa un sourire.

— Ah ! ma petite reine a accompli des prodiges. Il semblerait que nous ayons là un bon paquet de dossiers ultra-secrets. Notre génie de l'informatique a dû les coder, mais à présent, je sais comment fonctionne sa cervelle.

— Tu peux me charger ça ? demanda-t-elle en lui tendant la disquette. Affiche également les données sur Friend. Je suppose que tu veux du café ?

— À vrai dire, je boirais plutôt un cognac. Merci, chérie.

Elle leva les yeux au ciel.

— Franchement, si tu t'achetais quelques droïdes au lieu de tout confier à ce vieux corbeau de Summerset...

— Chérie, je sens que tu recommences à pleurnicher.

Elle se tut et, se drapant dans sa dignité, servit son cognac à Connors. Elle se remplit une tasse de café, puis s'installa à la console, face à l'un des écrans.

Elle parcourut d'abord le dossier concernant Westley Friend. Il n'avait laissé aucune lettre au moment de son suicide. D'après sa famille et ses amis, durant les jours qui avaient précédé, il était très déprimé et nerveux. Tous en avaient conclu qu'il était stressé, fatigué par son travail, ses conférences, et les nombreuses émissions auxquelles il participait pour vanter les produits fabriqués par NewLife.

On l'avait découvert mort dans son bureau de la clinique Nordick, écroulé sur sa table. Une seringue gisait sur le sol, derrière son fauteuil.

Des barbituriques, songea Eve. Wo s'était suicidée de la même manière.

Les coïncidences n'existaient pas, décréta-t-elle. En revanche, les schémas répétitifs, les habitudes existaient.

À l'époque de sa mort, Friend dirigeait une équipe de médecins et de chercheurs éminents engagés dans un projet classé top secret.

Cagney, Wo et Vanderhaven faisaient partie de l'équipe, constata-t-elle avec une sombre satisfaction.

Toujours le même schéma. Le même complot.

Quel était ce projet top secret, Friend, et pourquoi en es-tu mort ?

— C'est une vraie pieuvre avec des tentacules partout, murmura-t-elle.

Elle se tourna vers Connors.

— Ce n'est pas facile de mettre la main sur un assassin quand il y en a des dizaines. Autant chercher une aiguille dans une meule de foin. Combien d'entre eux ont trempé dans la machination, et combien ont fermé les yeux ? Ils se serrent les coudes. Et il n'y a pas que des médecins qui sont impliqués. Je te parie qu'on va tomber sur des policiers, des politiciens, des financiers...

— Tu as très certainement raison, Eve. Mais n'en fais pas une histoire personnelle, ça ne t'aidera pas.

— Je ne vois pas comment je pourrais réagir autrement. Passe-moi la disquette de Louise, s'il te plaît.

Une seconde après, la voix de Louise résonnait dans la pièce.

— *Dallas, vous me devez cinq cent mille dollars. Je n'ai pas vraiment de certitude, mais...*

— Coupe le son, tu veux ? marmonna Connors qui tapotait sur son clavier. Ça me dérange.

Grinçant des dents, Eve s'exécuta. « Il faudra qu'il perde cette manie de me donner des ordres, décida-t-elle. Je ne supporte pas qu'on me donne des ordres. » Puis elle pensa brusquement que, même si elle était réintégrée, on risquait de la rétrograder au rang d'inspecteur, voire d'agent en uniforme. À cette idée, elle faillit s'effondrer sur la console et éclater en sanglots.

Elle inspira à fond, plusieurs fois, et concentra à nouveau son attention sur l'écran.

— *Je n'ai pas vraiment de certitude, mais j'ai quelques théories à vous soumettre qui, entre nous, me déplaisent au plus haut point. Ainsi que le montrent les fichiers qui suivent, quelqu'un de chez nous a régulièrement appelé le Drake depuis notre standard. Il arrive parfois qu'on contacte l'un des services de l'hôpital pour y envoyer un patient, cependant, ces communications me paraissent bizarres. Elles sont trop fréquentes et, je le répète, elles émanent du standard. Les médecins de garde utilisent le communicateur du bureau. Seuls les infirmières et les membres du personnel administratif passent par le standard. On a également appelé la clinique Nordick de Chicago. À moins qu'un de nos malades y ait été hospitalisé et que son dossier médical soit là-bas, nous n'avons aucune raison d'entrer en relation avec des établissements situés dans d'autres*

États. Sauf peut-être, dans certains cas exceptionnels, pour joindre un spécialiste. Même chose en ce qui concerne les hôpitaux de Londres et de Paris. Pour ces derniers, les appels ont cependant été moins nombreux.

Après vérification, les numéros sont ceux des services de transplantation. J'ai aussi contrôlé les plannings du dispensaire pour savoir qui était de garde aux dates qui nous intéressent. Dès que j'aurai terminé cet enregistrement, je me propose d'avoir une discussion avec la personne en question. Je doute qu'elle ait une explication valable à me fournir, mais je tiens à lui laisser une chance de se justifier avant d'alerter la police.

Je suppose que vous ne tenez pas à ce que je mentionne votre nom quand je préviendrai vos collègues. Du coup, il me semble mériter un petit bonus. Mais ne prenez pas ça pour du chantage. Ha, ha !

Dallas, dépêchez-vous de coincer ces salauds, ces assassins.

— Je vous avais simplement demandé de me procurer quelques renseignements, marmotta Eve, pas de jouer les justicières.

Elle consulta sa montre, songea que Feeney et Peabody devaient être en train de cuisiner Jan dans une salle d'interrogatoire du Central. Elle aurait sacrifié dix ans de sa vie pour être avec eux.

« Ne rumine pas », se tança-t-elle. Elle se penchait à nouveau vers l'écran, quand le communicateur posé sur la console bourdonna.

Elle fut surprise de voir le visage morose de Feeney.

— Vous avez déjà interrogé Jan ?

— Non.

— Vous l'avez épinglée ?

— Si on veut... Elle est dans une housse, prête à partir pour la morgue. Nous l'avons découverte dans son appartement, morte et encore tiède. On l'a tuée rapidement et proprement. Un seul coup à la tête. Il semblerait qu'elle ait succombé moins de trente minutes avant notre arrivée.

Eve lâcha un juron, et se massa les tempes, pour tenter de mettre de l'ordre dans ses idées.

— Ça coïncide avec le moment où Louise a repris conscience, remarqua-t-elle. Même si elle n'a pas pu nous révéler son identité, elle a vu son agresseur.

— Il ne voulait pas que Jan parle. Logique, acquiesça Feeney.

— Ça nous ramène au Drake. Il faut savoir quels médecins de notre liste étaient là durant ce laps de temps. Tu as les vidéos de surveillance de l'immeuble de Jan ?

— Peabody est en train de les réquisitionner.

— Ce n'est pas lui qui a tué, il n'est pas stupide. Sur le film, tu découvriras un droïde, un mètre quatre-vingt-dix, cent kilos, race blanche, cheveux et yeux bruns. Mais quelqu'un l'a forcément programmé et activé.

Feeney hocha à nouveau la tête.

— Un droïde. En cherchant des données sur les mécanismes d'autodestruction, McNab est tombé sur un détail intéressant. Figure-toi que le sénateur Waylan dirigeait la commission parlementaire qui travaillait sur l'usage militaire de ce genre de système.

— Si notre copain sénateur compte briguer un deuxième mandat, j'ai le sentiment qu'il pourra se brosser. Contrôle le planning des droïdes du Drake chargés de la sécurité. Réveille McNab. Qu'il voie de quel type de système ils sont équipés. Il vous faudra un mandat pour ça, mais il est possible qu'on trouve quelque chose. Ensuite tu...

Elle s'interrompit, confuse.

— Excuse-moi, je réfléchissais à voix haute.

— Tes réflexions sont pertinentes, ma grande. Comme toujours. Continue, je t'écoute.

— Eh bien, j'ai des renseignements sur la mort de Westley Friend. Il s'est suicidé de la même façon que le Dr Wo. Tous deux, ainsi que quelques autres membres de notre petite bande, étaient engagés dans un projet classé top secret. Ça me paraît trop simple pour ne pas être louche. Il serait peut-être judicieux de souffler à Morris l'idée qu'on a administré de force une dose de barbituriques à nos suicidés.

— Le pin's découvert sur la scène du crime appartenait à Wo.

— Oui, et c'est l'unique erreur qui a été commise dans toute cette affaire. Car ça aussi, c'est trop simple, trop évident.

— Elle serait le bouc émissaire, Dallas ?

— Je le pense. Je me demande ce qu'elle savait exactement. Si j'avais accès à ses dossiers personnels...

— Je crois que je vais réveiller McNab et le mettre au boulot. Tu ne bouges pas, je te rappelle.

— Entendu.

Elle se leva et, sa tasse de café à la main, se mit à faire les cent pas. Friend était le pivot de l'histoire, elle en avait la conviction. Il avait élaboré une méthode de transplantation révolutionnaire qui avait rendu caduques les recherches sur les greffes d'organes menées par ses confrères. Ceux-ci avaient en conséquence été privés des subventions et des honneurs qu'ils espéraient.

— Et si un groupe de médecins avait poursuivi ou repris ses travaux de recherche en douce ? lança-t-elle à Connors. Oh, excuse-moi ! ajouta-t-elle, voyant qu'il s'acharnait toujours sur son clavier.

— Ce n'est pas grave, j'ai saisi sa logique. À partir de maintenant, ça va rouler tout seul.

Il pivota sur son siège, la suivit du regard tandis qu'elle allait et venait dans le bureau, concentrée, vibrante. Son flic bien-aimé.

— Vas-y, explique-moi ta théorie, dit-il.

— L'assassin n'agit pas seul. Regarde ce qui se passe pour nous. Je ne pourrais pas me débrouiller par mes propres moyens. Je t'ai, toi et tes talents plus que douteux. J'ai Feeney, Peabody et McNab, qui enfreignent allégrement les procédures réglementaires pour me fournir des informations. J'ai même enrôlé une doctoresse. Et j'ai Nadine qui fouine un peu partout. Cette affaire est trop lourde pour un seul flic, surtout s'il opère sans l'appui des autorités, en dehors du système. Il faut des contacts, des assistants, des experts. Il a une équipe, Connors. Nous savons qu'il avait Jan, l'infirmière, dans son camp. Je présume qu'elle le renseignait sur les patients qui fréquentaient le dispensaire ou le camion-infirmerie. Des clochards, des prostituées, des dealers, des camés. La lie de l'humanité, comme dit Cagney.

Connors acquiesça.

— Elle était en quelque sorte un intermédiaire qui leur indiquait où trouver de la matière première.

— Hmm...

— On découvrira certainement qu'elle avait un bas de laine bien garni. Ils rémunèrent sans doute généreusement leurs complices.

— C'est probable.

— Nous savons par ailleurs qu'ils avaient Young dans leur manche.

— Effectivement.

— Le Drake est une structure gigantesque, et Young assumait plus ou moins la responsabilité du laboratoire de recherche organique. Il lui était facile d'escamoter les échantillons venus de l'extérieur. En outre, il a un diplôme de médecine. Il possédait donc toutes les qualités requises pour assister le chirurgien, garder intact l'organe prélevé et le rapporter au labo. Ça nous fait déjà deux personnes impliquées dans cette affaire.

Eve s'interrompit, se dirigea vers l'autochef et se servit un autre café.

— Passons maintenant à Wo. Un grand chirurgien qui avait le goût du pouvoir. Ex-présidente de l'AAM. Elle s'y entendait pour tirer les ficelles, elle avait des relations haut placées. Pourtant, à l'évidence, on a estimé qu'elle n'était plus indispensable. Peut-être avait-elle un certain sens moral, peut-être commençait-elle à paniquer, à moins qu'on ne l'ait simplement sacrifiée afin de lancer les enquêteurs sur une fausse piste. Friend aussi a été sacrifié. Il n'aurait pas été ravi de découvrir l'existence de cette conjuration. Il lui aurait fallu dire adieu aux tournées de conférences grassement payées, aux banquets donnés en son honneur, aux lauriers que lui tissaient les médias, etc.

— En admettant que ce qu'ils font, ou comptent faire, soit couronné de succès.

— Oui. Ils tuent pour réussir, continua-t-elle, donc je présume qu'ils n'ont pas hésité à éliminer un adversaire. Leur truc, c'est la reconstruction organique. Louise m'en a expliqué les grandes lignes dans son premier rapport. On prélève des tissus sur un organe endommagé ou défectueux et on en construit un nouveau en laboratoire. On met ces tissus en culture dans une espèce de moule pour qu'il prenne la forme requise. Cela solutionne le problème du rejet. L'ennui, c'est que ça prend du temps. On ne fait pas pousser un cœur tout neuf en un jour. De plus, si je me souviens bien, ça ne fonctionne pas vraiment pour les sujets âgés de quatre-vingt-dix ans et plus.

Elle se percha sur le bord de la console, regarda un instant les doigts de Connors, qui s'était remis au travail, voleter sur les claviers.

— Là-dessus, Friend débarque avec ses greffons artificiels que le corps humain tolère parfaitement. Ils sont bon marché, durables, et on peut les fabriquer à la chaîne. Bravo, bravo, l'éternité nous appartient.

Connors esquissa un sourire.

— Ça ne te plairait pas ?

— Pas si je n'étais qu'un assemblage de pièces détachées. Mais peu importe. On porte Friend en triomphe, les foules l'acclament, les dollars pleuvent. Et les autres, qui s'acharnent à reconstruire des organes endommagés, prennent une grande claque. Qui aurait envie de se trimbaler pendant des mois avec un paquet de couches dans son caleçon en attendant qu'on ait fini de réparer sa prostate, alors qu'il a la possibilité de se faire opérer et de ressortir une semaine après fringant comme un jeune homme ?

— Tout le monde est content, d'accord. Alors pourquoi notre groupe de savants fous continuerait-il ses travaux ?

— Par principe. Sur le plan strictement médical, ils ont sans doute accompli une sorte de miracle. La régénération de la chair. Comme l'autre, le Dr Frankenstein. Imagine : ton cœur est à moitié fichu, déjà presque mort. Il ne battra plus longtemps. Mais si on pouvait te le réparer, te le remettre à neuf ? Tu garderais ce cœur avec lequel tu es né, tu n'aurais pas dans ta carcasse un greffon issu de l'industrie. Les conservateurs, notamment le sénateur Waylan, applaudiraient à tout rompre. Beaucoup d'entre eux ont eu recours aux nouvelles méthodes de transplantation, néanmoins, ils clament régulièrement que prolonger l'existence par des moyens artificiels va à l'encontre des lois divines.

— Chérie, il t'arrive donc de lire les journaux ? Tu m'impressionnes.

— Gros malin, rétorqua-t-elle avec un rire qui lui fit du bien. Je parie que, quand Nadine me rappellera, elle m'annoncera que Waylan est contre les transplantations d'organes artificiels. Sous prétexte que ce qui n'est pas donné par Dieu est amoral.

— NewLife reçoit quotidiennement des plaintes émanant de groupes partisans d'un mode de vie naturel. Je suppose que le sénateur les soutient.

— Oui, et s'il peut leur soutirer des fonds pour subventionner des chercheurs qui promettent un miracle, il ne doit pas se gêner. La méthode qu'ils ont élaborée est forcément rapide et sans danger pour le patient. Sinon, ça ne vaudrait pas le coup. Ça ne leur rapporterait pas les profits qu'ils escomptent. La gloire. Les votes des électeurs.

— À mon avis, jusqu'à une date récente, ils ont travaillé sur des animaux. Et ils ont obtenu des résultats probants.

— Ensuite ils sont montés d'un cran sur l'échelle de l'évolution. Un petit cran, selon eux. Ils se sont attaqués au rebut de la société.

— Voilà, je suis entré dans son système, annonça Connors.

Eve sursauta.

— Tu y es ? Laisse-moi regarder.

Il afficha les données sur l'écran et, d'un mouvement prompt, assit Eve sur ses genoux. Elle ne songea même pas à protester.

— Limpide comme de l'eau de roche, murmura-t-elle. Les noms, les dates, les résultats. Mon Dieu, Connors, tout est là !

— Jasper Mott, 15 octobre 2058, extraction du cœur effectuée sans difficulté. Confirmation du diagnostic : organe hypertrophié, sévèrement lésé. Le sujet n'aurait pas survécu plus d'un an.

Enregistré sous le numéro K-489, en tant qu'organe prélevé sur un donneur.

Processus de régénération entamé le 16 octobre.

Elle parcourut la suite d'un coup d'œil pour s'arrêter sur le premier crime qu'elle avait eu à traiter, sa première victime. Le Brochet.

— Samuel M. Petrinsky, 12 janvier 2059, extraction du cœur effectuée sans difficulté. Confirmation du diagnostic : organe sérieusement endommagé, hypertrophié, artères bouchées, métastases cancéreuses. Le sujet n'aurait pas survécu plus de trois mois.

Enregistré sous le numéro S-351, en tant qu'organe acheté par l'intermédiaire d'un courtier.

Processus de régénération entamé le 13 janvier.

Eve sauta les paragraphes suivants, rédigés dans ce jargon médical qui l'horripilait. La dernière ligne, en revanche, était parfaitement compréhensible.

— Échec du processus. Échantillon évacué le 15 janvier.

— Ils lui ont volé trois mois de vie, ils se sont plantés et ils ont jeté son cœur à la poubelle.

— Lis ça, Eve.

Elle déchiffra le nom que Connors lui indiquait – Jilessa Brown – la date, l'échantillon prélevé, avant de poursuivre :

— *25 janvier. Phase préliminaire accomplie avec succès, la deuxième a commencé. L'échantillon répond aux injections et aux stimuli. On constate une croissance notable de cellules saines. 26 janvier : début de la troisième phase. Les tissus ont recouvré leur roseur naturelle. L'échantillon est pleinement régénéré, trente-six heures après la première injection. Tous les examens prouvent que l'organe est en excellent état. Aucun signe de maladie. Les lésions dues au vieillissement ont disparu. L'organe fonctionne parfaitement.*

— Bravo, s'exclama Eve. Maintenant, il ne reste plus qu'à les coincer.

J'ai réussi. À force de talent, de patience, en usant de mon pouvoir, en m'adjoignant des esprits brillants et d'autres plus cupides, j'ai réussi. L'éternité est à ma portée.

Il ne reste plus qu'à travailler encore, à réitérer le processus, à continuer.

Mon âme frémit, mais mes mains ne tremblent pas. Elles ne tremblent jamais. Je les regarde et je les vois telles qu'elles sont : fortes, magnifiques, des œuvres d'art sculptées par des doigts divins. J'ai tenu dans ces mains des cœurs palpitants que j'ai replacés avec un soin infini dans des corps humains, afin de prolonger la vie, de l'améliorer.

À présent, enfin, j'ai vaincu la mort.

Certains des brillants esprits que j'ai mentionnés auront des remords, ils s'interrogeront, peut-être même contesteront-ils ce qu'il a fallu faire maintenant que le but est atteint. Pas moi. Les géants qui suivent leur voie écrasent parfois des innocents sous leurs semelles.

Si des êtres ont été sacrifiés, nous les considérerons comme les martyrs d'une grande cause. Ni plus ni moins.

Quant aux esprits cupides, ils se plaindront, réclameront plus d'argent et calculeront comment arrondir leurs profits. Peu importe. La manne sera suffisamment abondante pour les satisfaire tous, même les plus avides.

D'autres mettront en question le bien-fondé de ce que j'ai accompli, les moyens que j'ai utilisés. Mais au bout du compte, ils se bousculeront à ma porte pour avoir ce que je peux leur donner.

Et ils paieront le prix fort sans discuter.

D'ici un an, mon nom sera sur les lèvres de tous les souverains et les présidents de la planète. La gloire, la renommée, la richesse, la toute-puissance sont là, à portée de main.

Ce que le destin m'a naguère volé, je l'ai reconquis. Au centuple. De prestigieux hôpitaux, des temples voués à l'art de la médecine seront érigés en mon honneur dans chaque ville, chaque pays, partout où les hommes se battent contre la mort.

L'humanité me canonisera. Je serai sanctifié, je serai le génie qui leur a offert l'éternité.

Dieu n'est plus. J'ai pris Sa place.

22

Il fallait les coincer, mais comment ? Tout le problème était là. Eve pouvait copier les documents et les envoyer à Feeney par courrier. Il les aurait le lendemain, ce qui lui permettrait d'obtenir un mandat, pour perquisitionner le labo, réquisitionner les échantillons et enfermer les pontes du Drake dans une salle d'interrogatoire.

C'était une solution envisageable mais pas du tout satisfaisante.

Deuxième option : Eve se rendait en personne au Drake, forçait la porte du labo et malmenait les sommités de l'établissement jusqu'à ce qu'elles crachent la vérité.

Ça, ce n'était pas envisageable, pourtant c'eût été infiniment plus jubilatoire.

— Dès que Feeney aura ça, dit-elle en brandissant la disquette, il bouclera l'affaire en quarante-huit heures. Il faudra peut-être un peu plus de temps pour épingler tous ceux qui sont impliqués dans la conjuration ici en Amérique, sur le continent européen, voire ailleurs.

Connors la prit par les épaules, lui massa la nuque.

— Maintenant, je suggère de faire une pause. Je comprends que ce soit dur de ne pas assister au bouquet final. Pour te consoler, dis-toi que si tu n'avais pas trouvé les réponses, cette histoire ne serait pas près de s'achever. Tu es un sacré flic, Eve.

— J'étais.

— Tu peux parler au présent. Les résultats de tes tests et l'évaluation de Mira te rendront ta place. Du bon côté de la barrière.

Il l'embrassa dans le cou.

— Tu vas me manquer.

— Quel que soit le côté de la barrière où je me trouve, tu réussis toujours à me rejoindre, répondit-elle avec un sourire malicieux. Bon, allons poster cette disquette. Ensuite, dans un jour ou deux, nous regarderons le grand nettoyage à la télévision, comme des citoyens ordinaires.

Ils se dirigèrent vers l'escalier.

— N'oublie pas de mettre ton manteau, Eve.

— Je te rappelle qu'il est en lambeaux.

— Tu en as un tout neuf.

Il ouvrit une penderie, y prit une merveille en cachemire bronze.

— Il fait trop froid pour que tu te promènes avec une simple veste sur le dos.

— Tu n'aurais pas, par hasard, des droïdes cachés quelque part dans cette maison, et qui fabriqueraient des manteaux à la chaîne ?

— C'est bien possible. Les gants sont dans la poche.

Une fois sur le perron, elle dut admettre qu'il était bien agréable de s'emmitoufler dans un vêtement chaud et moelleux. Le vent semblait charrier des aiguilles de glace qui piquaient cruellement la peau.

— Dépêchons-nous, dit-elle en s'engouffrant dans la voiture. À notre retour, je propose que nous fassions l'amour comme des bêtes pour nous réchauffer.

— Voilà un programme alléchant.

— Et demain, tu reprendras ton travail. Tu arrêteras de me dorloter.

— Je ne te dorlote pas. Je joue les Sancho Pança.

— Qui c'est, celui-là ?

— Le serviteur de Don Quichotte, ma chérie. Il faudra vraiment que nous songions à peaufiner ta culture.

— Je ne sais pas où tu trouves le temps de te cultiver, tout en amassant des milliards. Tiens, à ce propos... parlons un peu de ce fameux compte que tu m'as ouvert. J'exige que tu le refermes.

— Je n'y laisse même pas le demi-million de dollars dont tu as fait don au dispensaire de Canal Street ?

— Ne m'embête pas, tu veux ? Je ne t'ai pas épousé pour ton argent, mais pour ton corps.

— Eve chérie, tu me bouleverses. Et moi qui croyais que tu étais uniquement attirée par mon café.

— J'avoue qu'il m'a séduite, plaisanta-t-elle avec un sourire radieux.

Soudain, elle sursauta.

— Louise... Mon Dieu ! Il faut foncer au Drake. Vite ! Mais comment cela a-t-il pu nous échapper ?

Connors réagit aussitôt et appuya sur l'accélérateur.

— Tu penses qu'ils s'en prendront à elle ?

— Ils ont éliminé Jan. Il n'est pas question pour eux que Louise parle.

Sans plus se soucier de confidentialité, elle saisit le communicateur et appela Feeney.

— Va au Drake, déclara-t-elle, auprès de Louise. Je serai là dans cinq minutes. Ils vont la tuer, Feeney. Ils ne peuvent pas faire autrement. Elle en sait trop.

— On se rejoint là-bas. Mais ne t'affole pas, Dallas. Il y a un agent devant sa porte.

— Il n'aura pas l'idée d'arrêter un médecin. Contacte-le, ordonne-lui de ne laisser entrer personne dans cette chambre.

— Bien reçu. Rendez-vous dans une quinzaine de minutes.

— Nous y serons dans un instant, promit Connors en accélérant encore. Tu soupçonnes Waverly ?

— Il est l'actuel président de l'AAM, chef du service chirurgical, spécialiste de la transplantation d'organes, membre du conseil d'administration. Il est en relation avec les hôpitaux les plus prestigieux du monde.

Elle se cramponna au tableau de bord, tandis que Connors prenait un virage en épingle à cheveux pour pénétrer dans le parking du Drake.

— Et il y a Cagney, enchaîna-t-elle. Louise est sa nièce, d'accord, mais il dirige cet établissement et il est l'un des chirurgiens les plus respectés d'Amérique. Hans Vanderhaven a pris la poudre d'escampette. Et en dehors de ces trois-là, ce ne sont pas les médecins qui manquent par ici. Il existe sans doute des dizaines de manières de trucider un patient sans que sa mort paraisse suspecte.

Elle descendit de la voiture, se rua vers l'ascenseur.

— Ils ignorent que Louise m'a parlé. Elle est assez maligne pour ne pas s'en vanter et pour jouer les idiotes s'ils essaient de la faire parler. Mais ils ont certainement soutiré des informations à Jan avant de la tuer. Ils doivent savoir que Louise a épluché les communications passées depuis le dispensaire, qu'elle a posé des questions à Jan, lancé des accusations.

Eve gardait les yeux rivés sur les chiffres lumineux au-dessus des portes de la cabine. Pourquoi ne défilaient-ils pas plus vite, bon sang ?

— Ils attendront probablement que l'étage soit plus tranquille, au moment du changement d'équipe.

— Nous arriverons à temps, affirma-t-elle d'un air féroce. Il le faut.

Dès que l'ascenseur s'immobilisa, elle se précipita dans le couloir.

— Mademoiselle ! lui cria l'infirmière de garde qui s'élança à sa poursuite tout en bipant la sécurité.

Eve était déjà devant la chambre de Louise. Elle tenta d'ouvrir la porte, en vain.

— Où est l'agent qui montait la garde ?

— Je l'ignore, répliqua l'infirmière, outrée. Seuls les proches et les membres du personnel sont autorisés à pénétrer dans ce service.

— Ouvrez cette porte.

— Certainement pas. J'ai prévenu la sécurité. Cette patiente ne doit pas être dérangée, ordre du médecin. Je vous demande de partir.

— Tu peux toujours courir !

Eve recula et, d'un violent coup de pied, fit sauter la serrure. Elle se rendit à peine compte qu'elle sortait son automatique de la poche de son jean et le pointait devant elle.

— Merde !

La pièce était vide.

Eve agrippa par le col l'infirmière qui faillit s'étrangler de stupéfaction.

— Où est Louise ?

— Je... je n'en sais rien. Quand j'ai pris mon service, voilà vingt minutes, j'ai consulté le mémo. Il était spécifié que cette patiente ne devait en aucun cas être dérangée.

— Eve, appela Connors, le planton est là.

Accroupi de l'autre côté du lit, il tâtait le pouls du jeune policier inconscient.

— Il est vivant. Je crois qu'on lui a administré un sédatif.

— Quel médecin a donné la consigne de ne pas déranger Louise ? demanda Eve.

— Le Dr Waverly.

— Occupez-vous de l'agent. La police sera là dans dix minutes. Faites bloquer toutes les issues du bâtiment.

— Mais je ne suis pas habilitée à...

— C'est un ordre ! vociféra Eve qui pivota sur ses talons. Connors, filons au labo. Une fois là-bas, nous nous séparerons pour fouiller le local.

— Nous la retrouverons.

Ils se précipitèrent vers l'ascenseur. En un clin d'œil, Connors eut trafiqué le tableau.

— Accroche-toi, la descente va être un peu rude.

Elle n'eut même pas le temps de protester. La vitesse la plaqua contre la paroi de la cabine. Elle ferma les yeux, sûre qu'ils allaient s'écrabouiller au sol. Mais non... Quand la cabine stoppa, le choc fut si brutal qu'elle craignit que tous ses os ne se brisent.

— Tu parles d'une balade, ronchonna-t-elle. Tiens, prends mon automatique.

— Merci, lieutenant, je suis équipé.

Impassible, il sortit un revolver .9 mm, une arme de poing prohibée depuis des décennies.

— Sans commentaire, marmonna-t-elle.

— Je prends le côté gauche, toi le droit.

— Ne te sers pas de ce revolver, sauf si...

Elle n'acheva pas sa phrase – il avait déjà disparu.

Elle s'avança dans le couloir, balayant l'espace du regard. Les caméras de surveillance, au plafond, enregistraient le moindre de ses mouvements. Jamais elle n'atteindrait sa cible sans être repérée. De plus, celui qu'elle traquait l'attirait habilement dans ses filets – certaines portes qui auraient dû être verrouillées s'ouvraient devant elle comme par enchantement.

— D'accord, espèce de fumier, murmura-t-elle. Tu veux un duel ? Ça tombe bien, moi aussi.

Elle bifurqua dans un autre couloir, se retrouva face à deux battants en verre opaque. Elle examina le scanner digital, les serrures équipées d'une minuterie. Une voix électronique retentit.

— *Attention, l'accès à ce périmètre est strictement réservé aux membres du personnel munis d'une habilitation de Niveau cinq. Attention, risque de contamination, interdiction de pénétrer dans cette zone sans combinaison de protection.*

Les battants s'entrebâillèrent sans bruit.

— Je suppose que l'interdiction ne vaut pas pour moi.

— J'admire votre ténacité, lieutenant. Je vous en prie, entrez donc.

Waverly avait ôté sa blouse blanche de médecin. Il était vêtu d'un élégant costume noir et d'une cravate en soie, comme s'il s'apprêtait à assister à une réception mondaine. Au revers de sa veste étincelait un caducée en or.

Souriant, il appuyait une seringue sur la gorge de Louise, étendue sur un chariot. Eve sentit la peur lui nouer les entrailles. Puis elle s'aperçut que la poitrine de Louise se soulevait imperceptiblement.

« Elle respire encore », songea-t-elle.

— Je crains que vous n'ayez commis certaines erreurs, docteur.

— Mais non, il fallait simplement prendre quelques précautions. Je vous conseille de lâcher votre arme, lieutenant, si vous ne voulez pas que j'injecte à notre jeune amie une dose létale de ce produit.

— Il s'agit sans doute du médicament que vous avez administré à Friend et à Wo ?

— En réalité, c'est Hans qui s'est occupé de Tia. Cependant, vous avez raison : il a utilisé cette substance indolore et remarquablement efficace. Dans moins de trois minutes, elle sera morte. Lâchez votre arme.

— Si vous la tuez, vous n'aurez plus d'otage pour vous servir de bouclier.

— Vous ne me laisserez pas la tuer, rétorqua-t-il avec un sourire. Cela vous est impossible. Une femme qui risque sa vie pour des indigents ne peut que ravaler sa fierté et ses principes afin de sauver une innocente. Je vous ai bien étudiée durant ces dernières semaines, lieutenant... enfin, je devrais plutôt dire : ex-lieutenant.

— Grâce à vous.

Elle posa l'automatique sur une table. Désormais, elle ne pouvait plus compter que sur son courage, sa vivacité d'esprit. Et Connors.

— Au fond, vous m'avez simplifié la tâche. Ou du moins, Bowers l'a fait. Fermeture et verrouillage des portes, commanda-t-il.

Eve entendit le cliquetis des serrures. Elle n'avait plus d'échappatoire.

— Bowers travaillait pour vous ?

— Indirectement. Écartez-vous de cette table et de votre arme, lentement. Voilà, parfait. Vous êtes intelligente et nous ne risquons pas d'être dérangés avant un bon moment. Si vous avez des questions à me poser, je suis disposé à y répondre. Vu les circonstances, cela me semble la moindre des politesses.

Il ressentait le besoin de pavoiser, de l'éblouir, réalisa-t-elle. L'orgueil lui montait à la tête. Il se croyait invincible, il se prenait pour Dieu.

— Oh ! j'ai éclairci presque tous les points. J'aimerais juste savoir comment vous vous êtes assuré le concours de Bowers.

— Nous n'avons pas eu à lui forcer la main, elle était prête à tout pour vous nuire. Elle était l'instrument idéal pour nous débarrasser de vous, dans la mesure où les menaces n'avaient abouti à rien et où vous offrir de l'argent eût été absurde, compte tenu de votre moralité sans faille et de votre fortune personnelle. Entre parenthèses, vous avez coûté cher au Drake. Vous avez détruit un droïde très onéreux.

— Vous en avez d'autres.

— Plusieurs, en effet. À l'heure qu'il est, l'un d'eux se charge de votre époux.

Eve ne put réprimer un tressaillement. Le sourire de Waverly s'élargit.

— Ah ! vous êtes anxieuse. Personnellement, je n'ai jamais cru en l'amour, mais votre mari et vous formez un couple charmant. Vraiment charmant.

Connors était armé, songea-t-elle pour se rassurer. Et c'était un bon tireur.

— Connors sait se défendre.

— Il ne m'inquiète pas outre mesure, répliqua-t-il avec arrogance. Vous non plus, d'ailleurs. Mais revenons à Bowers. Nous n'avons pas eu de mal à la manipuler. C'était une paranoïaque, une femme violente qui avait réussi à se glisser dans le système et à endosser un uniforme. Il y a d'autres chiens galeux dans la police.

— Malheureusement.

— Vous voulez dire : heureusement. Donc... on vous a chargée de l'enquête sur... comment s'appelait-il ?

— Petrinsky. Le Brochet.

— Oui, c'est bien ça. Rosswell aurait dû hériter de ce dossier, hélas ! il y a eu une petite erreur d'aiguillage.

— Depuis combien de temps tenez-vous Rosswell sous votre coupe ?

— Oh ! quelques mois. Si les choses s'étaient déroulées selon le plan prévu, toute cette affaire aurait terminé aux oubliettes.

— Vous avez un collaborateur à la morgue. Qui est-ce ?

— Une petite employée qui a un goût prononcé pour certaines drogues.

Un nouveau sourire triomphant étira ses lèvres.

— Vous n'imaginez pas combien il est facile de trouver la personne qui convient. Il suffit de connaître sa faiblesse.

— Vous avez tué le Brochet pour rien. Avec lui, vos expérimentations ont échoué.

— Ce fut pour nous une déception, je vous le concède. Son cœur n'a pas réagi comme nous l'espérions. Bah ! n'importe quel programme de recherche comporte des échecs. On rencontre fatalement des obstacles sur sa route. Vous en étiez un. Nous avons rapidement compris que vous alliez vous acharner à déterrer la vérité. Nous avions eu le même problème avec un policier de Chicago – mais nous l'avions résolu sans trop de difficultés. Vous étiez plus coriace, par conséquent, nous avons dû recourir à d'autres moyens : la collaboration de Rosswell, celle de Bowers que nous avons flattée dans le sens du poil et à qui nous avons farci la tête de contrevérités. Ensuite, nous nous sommes arrangés pour que vous vous rencontriez à nouveau sur une scène de crime. Elle a réagi comme prévu et, malgré votre sang-froid, vous vous êtes retrouvée sur la corde raide.

— Puis vous l'avez assassinée, pour que je sois suspendue de mes fonctions et soumise à une enquête interne.

— Nous avons eu raison, puisque cela a résolu notre petit problème. Et avec le sénateur Waylan qui faisait pression sur le maire, nous avions désormais le temps de terminer.

— La régénération des organes.

— Exactement ! s'exclama-t-il, ravi. Vous avez donc tout compris. J'en étais sûr, j'avais dit aux autres que vous étiez brillante.

— Oui, j'ai compris. Friend vous a mis des bâtons dans les roues avec ses greffons artificiels. À cause de lui, on vous a supprimé vos subventions.

Enfonçant les mains dans ses poches, elle s'avança d'un pas.

— Vous étiez jeune à cette époque-là, vous mettiez tout juste le pied à l'étrier. Vous avez dû être furieux.

— Oh oui ! Il m'a fallu des années pour acquérir une position qui me permette de réunir des fonds, de constituer une équipe, de me procurer le matériel nécessaire afin de poursuivre les travaux auxquels nous nous consacrions quand l'éminent Friend a entrepris ses expérimentations sur les organes artificiels. Mais Tia croyait en mon projet, en mon idéal. Elle m'a beaucoup aidé.

— Vous a-t-elle aidé à tuer Friend ?

— Non, je m'en suis chargé seul. Friend avait eu vent de mes recherches sur la régénération des organes. Je travaillais alors sur des animaux. Mes idées déplaisaient à ce monsieur. Il comptait user de son influence pour me priver des maigres ressources dont je disposais. Je l'ai éliminé avant qu'il ne puisse me nuire.

Eve, les yeux rivés sur lui, avança encore d'un pas.

— Mais ensuite vous avez dû œuvrer dans la clandestinité. Vous aviez l'intention de passer à l'expérimentation humaine, il fallait vous cacher derrière des écrans de fumée.

— En effet. J'ai enrôlé quelques-uns des plus remarquables spécialistes de la transplantation, et à présent... tout est bien qui finit bien. Restez où vous êtes.

Eve s'immobilisa.

— Vous savez que la police a arrêté Young. Il vous dénoncera.

— Il préférait plutôt mourir, ricana Waverly. Ce garçon est obsédé par mon œuvre. Il voit déjà son nom s'étaler à la une des revues médicales. Il me considère comme un dieu. Il se trancherait la gorge pour ne pas me trahir.

— C'est possible. Je suppose que Tia ne vous vouait pas une loyauté aussi aveugle ?

— Elle représentait un danger, elle s'impliquait puis hésitait. C'était un médecin très doué, mais une femme instable. Elle a commencé à rechigner quand elle a découvert que nous avions acquis nos échantillons humains de façon... illégale.

— Elle n'avait pas prévu que vous assassineriez des gens.

— Ce n'étaient même pas des êtres humains.

— Et les autres membres de votre groupe ?

— Ici, dans cet hôpital ? Hans partage mes convictions. Colin se met des œillères, il feint de ne pas connaître l'étendue de notre projet. Il y a d'autres personnes, évidemment. Une réalisation de cette ampleur nécessite une équipe importante et triée sur le volet.

— Vous avez fait éliminer Jan par un droïde ?

— Vous avez déjà découvert Jan ?

Il secoua la tête d'un air presque admiratif ; ses cheveux blonds brillaient comme de l'or en fusion sous la lumière crue du labo.

— Fichtre, vous avez été rapides. Oui, il fallait se débarrasser de Jan, elle n'était qu'un pion sur l'échiquier.

— Comment réagira Cagney quand vous lui direz que Louise aussi n'est qu'un pion ?

— Il ne le saura pas. Dans cet hôpital, le crématorium fonctionne vingt-quatre heures sur vingt-quatre. La disparition de Louise demeurera un mystère.

D'un geste distrait, Waverly caressa les cheveux de Louise. Eve serra les dents.

— Ça le brisera, reprit-il pensivement. J'en suis navré. Honnêtement, je regrette de devoir sacrifier deux excellents médecins, hélas ! le progrès – surtout quand il s'agit d'une authentique révolution – exige souvent de lourds sacrifices.

— Cagney devinera ce que vous avez fait.

— Sans doute, d'une certaine manière. Mais il s'enfermera dans le déni. Il est extraordinairement doué pour cela. Il se sentira coupable, je présume. Car il est probablement conscient que nos expérimentations sont menées ici, et dans d'autres services, sans autorisation officielle. Cagney a gardé le silence et continuera à se taire par esprit de caste. Un médecin ne s'en prend pas à un confrère.

— Vous, par contre, vous n'hésitez pas.

— Je ne pense qu'à mon œuvre.

— Qu'espérez-vous en retirer ?

— C'est donc là l'unique question que vous aviez à me poser ? Seigneur, la réponse est simple : nous avons réussi !

Les yeux émeraude de Waverly étincelèrent.

— Nous sommes capables de régénérer un organe humain. En l'espace d'une journée, un cœur mourant redevient sain. Il recouvre sa force, sa jeunesse, sa vitalité, ajouta-t-il d'une voix qui grimpait dans l'aigu. Dans certains cas, il fonctionne mieux qu'avant d'être rongé par le mal. Encore un peu de travail, et ce principe sera applicable à l'ensemble de l'organisme.

— Vous serez en mesure de ressusciter les morts ?

— Vous estimez que cela relève de la science-fiction, n'est-ce pas ? C'est aussi ce que l'on disait autrefois pour les greffes en général. Mon œuvre aboutira, et ce dans un très proche avenir. Nous sommes quasiment prêts à annoncer notre découverte au public : en l'occurrence, un sérum qui, injecté directement dans l'organe endommagé grâce à une opération chirurgicale banale, régénère les cellules et supprime toute trace de maladie. En quarante-huit heures, le patient quittera l'hôpital guéri, avec son propre cœur, ses poumons ou ses reins. Il n'aura pas besoin de recourir à des greffons artificiels.

Il se pencha, dardant sur Eve un regard étincelant.

— Je sens que vous ne saisissez pas ce que cela signifie. Cette méthode peut être répétée à l'infini, pour chaque organe. Ensuite nous passerons aux muscles, aux os. Avec de pareilles perspectives, nous obtiendrons plus de subventions qu'il n'en faudra pour achever nos travaux. D'ici deux ans, nous serons en mesure de reconstituer un être humain dans son entier, en utilisant son propre corps. La durée de vie sera multipliée par deux, au moins. La mort sera vaincue.

— Elle ne le sera jamais, Waverly. Tant qu'il y aura des gens comme vous, elle ne le sera pas. Comment choisirez-vous les candidats à la régénération ? Il n'y aura pas assez de place dans l'univers pour que chacun puisse accéder à l'éternité.

Elle le dévisagea.

— Ce sera une question d'argent, n'est-ce pas ? Et de sélection.

— Les rues de nos villes sont encombrées de prostituées, de clochards, de toxicomanes, de délinquants. Nous avons Waylan dans notre camp, il nous soutiendra auprès de Washington. Les politiciens nous acclameront. Nous avons trouvé le moyen de nettoyer la société, de procéder à une sélection naturelle, d'offrir la survie aux êtres les mieux adaptés.

— Que vous désignerez.

— Pourquoi pas ? J'ouvre des corps, je les répare. Qui est mieux placé que moi pour décider ?

— Voilà donc la mission dont vous vous êtes investi, dit-elle posément. Recréer l'humanité, la façonner à votre idée, et éliminer les êtres qui ne vous conviennent pas.

— Dallas, admettez que le monde serait infiniment plus agréable sans tous ces déchets, ces ordures qui le souillent.

— Vous avez raison. Mais nous n'avons pas la même définition de « l'ordure ».

Là-dessus, elle prit son élan et bondit sur lui.

Connors était accroupi de l'autre côté de la porte. Toute sa vie désormais dépendait de cette maudite serrure. Il avait la pommette écorchée, l'épaule de son manteau déchirée.

Le droïde, lui, avait perdu le bras gauche et la tête. Mais il avait retardé Connors.

Il inspira profondément pour empêcher ses mains de trembler, rester concentré sur sa tâche. Il ne broncha même pas en entendant des pas derrière lui. Pourtant, le martèlement des godillots réglementaires que portaient les flics était reconnaissable entre mille.

— Dites donc, Connors, c'est vous qui avez démoli le droïde ?

— Elle est là-dedans, marmonna-t-il sans lancer un regard à Feeney. Écartez-vous, vous me bouchez la lumière.

Peabody se racla la gorge, effarée par les avertissements que débitait la voix électronique : *Attention...*

— Si vous vous trompez... bredouilla-t-elle.

— Je ne me trompe pas.

Elle lui écrasa son poing sur la figure, sentit avec satisfaction les chairs éclater. Tous deux roulèrent sur le sol.

Il était robuste, il se débattait comme un forcené. Elle avait du sang plein la bouche et vit trente-six chandelles lorsque sa tête heurta rudement les roues du chariot sur lequel Louise était allongée.

La douleur décupla sa rage. Elle l'enfourcha, lui enfonça le coude dans la trachée. Il s'étrangla, ouvrit la bouche pour aspirer une goulée d'air. D'un geste vif, elle s'empara de la seringue qu'il essayait de lui planter dans le flanc et la pressa sur son cou.

Les yeux écarquillés, il se figea.

— Tu as peur, espèce de salaud ? C'est déplaisant de ne plus dominer la situation, hein ? Un seul mouvement, et tu es un homme mort. Qu'est-ce que tu m'as dit, tout à l'heure ? Il n'y en a que pour moins de trois petites minutes. Je vais te regarder crever.

— Lâchez-moi, coassa-t-il. Je m'étouffe.

— Je pourrais abréger tes souffrances, rétorqua-t-elle avec un sourire mauvais. Mais ce serait trop facile. Tu veux l'éternité, Waverly ? Tu l'auras. En taule.

Elle se recula légèrement et, d'un direct à la mâchoire, le mit K.-O.

— Quel dommage, soupira-t-elle.

Elle se relevait lorsque les portes s'ouvrirent.

— Ah ! voilà les renforts, s'exclama-t-elle.

Avec précaution, elle tendit la seringue à Peabody.

— Mettez ça en sûreté dans un sachet. Allez-y doucement, c'est un poison mortel. Connors... tu saignes.

Il s'approcha, lui essuya délicatement les lèvres avec un mouchoir.

— Toi aussi.

— Heureusement que nous sommes dans un hôpital, on va nous soigner. Tu as déchiré ton manteau.

— Toi aussi, répliqua-t-il avec un sourire.

— Je t'avais bien dit que le cachemire n'était pas pour moi. Feeney, tu pourras m'interroger dès que tu auras évacué cet individu. Il faudrait que quelqu'un vienne s'occuper de Louise. Il a dû lui administrer un sédatif, elle n'a pas bougé un cil depuis mon arrivée. Fais arrêter Rosswell, il était à la solde de Waverly.

— Avec grand plaisir. Qui d'autre ?

— Cagney et Vanderhaven, lequel est encore à New York, d'après notre docteur. Il avait d'autres complices, un peu partout.

Elle tourna les yeux vers Waverly qui gisait sur le sol, inconscient.

— Il les dénoncera, ne t'inquiète pas. Il n'a rien dans le ventre.

Elle reprit son automatique, le fourra dans sa poche.

— On rentre à la maison.

— Bon boulot, Dallas.

Elle demeura un instant immobile, puis esquissa un sourire.

— Ouais... Ça ne m'avancera pas beaucoup, murmura-t-elle en glissant son bras sous celui de Connors.

— Peabody ! lança Feeney quand ils furent sortis.

— Oui, capitaine ?

— Réveillez le commandant Whitney.

— Pardon ?

— Prévenez-le que le capitaine Feeney lui demande de rappliquer en quatrième vitesse.

Peabody s'éclaircit la voix.

— Me permettez-vous de formuler votre requête dans des termes un peu plus... respectueux ?

— Je m'en fiche, du moment qu'il ne traîne pas en route.

Elle dormait à poings fermés lorsque le communicateur bourdonna. Pour la première fois de son existence, elle ne réagit pas. Quand Connors la secoua, elle grogna et s'enfouit sous les couvertures.

— Je dors.

— C'était un appel de Whitney. Il t'attend au Central dans une heure.

— Et zut, je vais encore en prendre plein la figure.

Résignée, elle s'assit dans le lit.

— Ils n'ont pas encore les résultats des tests ni l'évaluation de Mira. Ça sent mauvais, Connors. Ils ont décidé de me virer.

— Tu n'en sais rien. Allons-y et nous verrons bien.

— Ça ne te concerne pas.

— Tu n'iras pas là-bas seule. Debout, Eve, prépare-toi.

Il était déjà habillé, coiffé. L'hématome sur sa pommette et l'éclat de son regard lui donnaient un air de pirate résolu à en découdre.

— Comment se fait-il que tu sois déjà prêt ? bougonna-t-elle.

— Parce que rester au lit jusqu'au matin est une perte de temps. Sauf si on s'adonne aux plaisirs de la chair. Comme tu ne semblais pas disposée à jouer avec moi, je me suis levé. Dépêche-toi de te doucher.

— Oh ! ce que tu es pénible...

Elle se dirigea vers la salle de bains, tout en remâchant de sombres pensées. Ensuite elle refusa le petit-déjeuner que Connors lui proposait. Il n'insista pas.

Quand ils furent dans la voiture, en route pour le Central, elle chercha cependant la main de son mari et la serra très fort.

Parvenus à destination, il l'attira contre lui, lui caressa les cheveux. Elle était pâle, mais il fut soulagé de constater qu'elle ne tremblait pas.

— Eve, n'oublie pas qui tu es.

— J'essaie. Tu n'as qu'à m'attendre ici.

— Pas question.

— Bon, allons-y !

Ils se dirigèrent vers l'ascenseur. La cabine était pleine de policiers qui observaient Eve puis s'empressaient de détourner la tête. Ils ne savaient comment se comporter avec elle, que lui dire. D'ailleurs, il n'y avait rien à dire.

Lorsqu'elle fut dans le couloir menant au bureau du commandant, elle sentit son estomac se tordre. Ce fut cependant d'un pas ferme qu'elle s'avança.

La porte était ouverte.

— Entrez, Dallas. Et asseyez-vous, déclara Whitney, qui se borna à lancer un coup d'œil à Connors.

— Je préfère rester debout, commandant.

Ils n'étaient pas seuls dans la pièce. Le chef Tibble était campé devant la fenêtre. Feeney, assis dans un fauteuil, arborait sa mine des mauvais jours. Peabody avait les lèvres pincées. Webster observait Connors avec curiosité.

Soudain, Mira fit irruption dans le bureau.

— Pardon, je suis en retard. J'étais avec un patient.

Elle prit place au côté de Peabody, joignit les mains sur ses genoux.

Whitney fouilla dans un tiroir de sa table. Il en sortit l'insigne d'Eve, son arme, et les posa devant lui. Elle ne broncha pas.

— Lieutenant Webster, je vous cède la parole.

Webster se redressa.

— Merci, commandant. Le Bureau des affaires internes estime qu'il n'y a aucun motif de sanctionner le lieutenant Dallas.

— Parfait. L'inspecteur Baxter a terminé son rapport concernant le meurtre de l'agent Ellen Bowers. L'affaire est classée, et le lieutenant Dallas lavée de tout soupçon. Ce qui confirme votre évaluation, docteur Mira.

— En effet. Les tests prouvent indubitablement qu'elle est apte à assumer ses fonctions.

Whitney se tourna vers Eve immobile au centre de la pièce, telle une statue de pierre.

— Le Département de la police et de la sécurité de New York vous présente ses excuses. Je vous présente également les miennes, lieutenant. Les règlements sont nécessaires, mais ils ne sont pas toujours équitables.

Tibble pivota et s'approcha d'Eve.

— Cette regrettable affaire ne figurera pas dans votre dossier. Le département diffusera un communiqué de presse détaillé afin que votre réputation ne pâtisse pas des erreurs qui ont été commises. Commandant ?

Whitney saisit l'insigne et l'arme, les tendit à Eve qui les contempla en silence.

— Lieutenant Dallas, le département et moi-même serions infiniment navrés que vous nous quittiez.

Dieu sait comment, Eve émergea de son hébétude et reprit ce qui lui appartenait. Elle entendit vaguement Peabody étouffer un sanglot.

Un sourire éclaira le visage de Whitney.

— Lieutenant, dit-il en lui serrant la main. Vous êtes à nouveau des nôtres. Les congés sont terminés, vous êtes de garde.

— Oui, commandant.

Elle glissa l'insigne dans sa poche, boucla son holster d'épaule. Puis elle regarda Connors.

— Il faut d'abord que je me débarrasse de ce civil, si vous permettez. Tu veux bien me suivre un instant ?

— Volontiers.

Connors adressa un clin d'œil à Peabody qui reniflait frénétiquement et suivit Eve dans le couloir. Là, il la souleva dans ses bras et l'embrassa passionnément.

— Mon lieutenant adoré...

— Mon Dieu, balbutia-t-elle, je devais absolument sortir de ce bureau, sinon j'aurais... Enfin, tu comprends.

— Oui, répondit-il en écrasant une larme sur la joue de sa femme. Je comprends.

— Va-t'en avant que je ne me ridiculise complètement. J'attendrai ce soir pour m'écrouler.

— Dépêche-toi de te remettre au boulot. Tu as assez fainéanté.

Elle lui sourit, s'essuya les yeux d'un revers de main, tandis qu'il s'éloignait.

— Connors ?

— Oui, lieutenant ?

Elle s'élança, lui sauta au cou et lui planta un baiser sonore sur les lèvres.

— À ce soir, mon amour.

— Compte sur moi, répliqua-t-il avec un sourire dévastateur, avant de s'engouffrer dans l'ascenseur.

— Lieutenant Dallas ?

Eve pivota. Peabody se dandinait d'un pied sur l'autre.

— Je ne voulais pas vous déranger, mais j'ai reçu l'ordre de vous restituer votre communicateur de service.

Elle fourra l'appareil dans la main d'Eve. Puis, de toutes ses forces, elle étreignit son supérieur hiérarchique.

— Un peu de dignité, Peabody.

— Oui, lieutenant. Que diriez-vous de fêter ça, de nous soûler comme des grives ? Ce soir ?

— Ah ! j'ai déjà réservé ma soirée, répondit Eve qui pensait à Connors et à la nuit d'amour fou qui s'annonçait. Mais demain, je suis libre.

— Génial. Feeney m'a chargée de vous dire que nous avions encore quelques détails à régler pour boucler définitivement cette affaire : les ramifications internationales, les politiciens véreux de Washington, les médecins impliqués dans la conjuration, à Chicago et ailleurs.

— Ça prendra un peu de temps, mais nous en viendrons à bout. Vous avez épinglé Vanderhaven ?

— Pour l'instant, il court toujours. Waverly est en détention, il se montre plus bavard qu'une pie, dans l'espoir que ses aveux lui vaudront la clémence des juges. Il ne tardera pas à nous révéler où se cache Vanderhaven. Feeney a pensé que vous aimeriez l'interroger vous-même.

— Feeney a toujours de bonnes idées. Waverly n'est pas au bout de ses peines, Peabody, nous allons de ce pas lui chatouiller les côtes.

— J'adore quand vous parlez comme ça, lieutenant.

Composition Nord Compo
Achevé d'imprimer en Italie
par Grafica Veneta S.p.A.
le 7 juillet 2010.
Dépôt légal juillet 2010
EAN 9782290025031

Éditions J'ai lu
87, quai Panhard-et-Levassor, 75013 Paris
Diffusion France et étranger : Flammarion